唐诗新读

——经典唐诗赏析

陈 柯◎著

群众出版社
·北 京·

图书在版编目（CIP）数据

唐诗新读：经典唐诗赏析 / 陈柯著 .—北京：群众出版社，2023. 10
ISBN 978-7-5014-6311-4

Ⅰ. ①唐…　Ⅱ. ①陈…　Ⅲ. ①唐诗—诗歌欣赏　Ⅳ. ①I207. 227. 42

中国国家版本馆 CIP 数据核字（2023）第 187929 号

唐诗新读——经典唐诗赏析

陈　柯　著

出版发行：群众出版社
地　　址：北京市丰台区方庄芳星园三区 15 号楼
邮政编码：100078
经　　销：新华书店
印　　刷：天津嘉恒印务有限公司

版　　次：2023 年 10 月第 1 版
印　　次：2023 年 10 月第 1 次
印　　张：36
开　　本：787 毫米×1092 毫米　1/16
字　　数：686 千字

书　　号：ISBN 978-7-5014-6311-4
定　　价：116. 00 元

网　　址：www. qzcbs. com
电子邮箱：qzcbs@ sohu. com

营销中心电话：010-83903991
读者服务部电话（门市）：010-83903257
警官读者俱乐部电话（网购、邮购）：010-83901775
教材分社电话：010-83903084

前　言

中国是一个诗的国度。诗歌历来都是文学艺术中最精美的表现形式。诗情画意是中华民族独特的文化基因。诗歌是诗人面对现实精神超越的结果。古代著名诗人，是后人赋予他们的文化光环，并不是他们的职业选择，更不是他们甘愿自认的身份。无论战国时期的屈原，还是唐代的李白、杜甫、白居易，抑或是宋代的苏轼、黄庭坚，他们的理想都是居庙堂之高，创千秋伟业。家国情怀与人生价值思考经过长久的酝酿，在生老病死、命运沉浮、人生穷达、悲欢离合、喜怒哀乐、爱恨情缘等际遇的触碰之下，便会令诗人有感而发，或抒啸，或喷发，或吐露，或倾诉，引发群体精神共鸣，汇成一片诗的海洋。精美的诗歌，是诗人在具备足量学识与才情禀赋的基础上，凝结情感、倾注心血而铸成的文学艺术作品。说到中国诗歌，很难绕开唐诗。唐诗是中国传统文化瑰宝中璀璨的明珠。中华文明是绵延五千多年从未间断的人类文明。今天，中华民族步入了一个伟大的新时代。实现伟大的中国梦，致力于中华民族伟大复兴，是每个华夏儿女崇高的历史使命。通过经典唐诗的诵读与赏析，可强化读者对华夏古典诗歌的认知、认同，增强民族文化自信，提振精神，以浓厚的家国情怀投身于中华民族伟大复兴的千秋伟业。

“千淘万漉虽辛苦，吹尽狂沙始到金。”（刘禹锡《浪淘沙九首》其八）经典唐诗是经过千百年来历代文人的鉴赏形成共识后所确定的，其文化价值不可估量。经典唐诗可使阅读者在得到艺术享受的同时，平抚躁动的情绪，提升文化素养与人生品味，陶冶情操，塑造与固化真善美的人格。对经典作品的赏析，在很大程度上需要阅读者在理解原作旨意的基础上对作品合理地进行再次艺术展现。赏析古典诗作，需要将原作高度凝结的诗话语言，拓展为具有表现力的现代语言。经典作品赏析不仅是一个阅读过程，而且是一个艺术再现过程。因此，经典唐诗赏析，不仅可以提升阅读者的解读分析能力，而且可以有效提升其思维能力和文字表达能力。

唐诗鉴赏的著作很多，有关唐诗注解的书籍也非常之多。这些书籍不仅对唐诗的文化传承与普及做出了重要的贡献，而且为唐诗的阅读与学习提供了极大的方便。但近年来所出版的此类图书，对于非文学专业的一般读者而言，在阅读和学习方面还存在着一些不方便甚至不太适用的情况。一是所选诗歌数量较多，一般读者难以全部阅读学习。二是鉴赏类的著作注重鉴赏文字而未对诗作进行注解，不便于一般读者便捷、准确理解诗歌的含义，从而影响阅读与学习效果。三是鉴赏文字往往从文学专业的角度解释诗歌句意，典雅有余而通俗不足，对于一般读者适用性不强。四是对一些关键诗句，未能予以详细的解读，一般读者看后仍然难以准确理解。

目前，网络上古典诗歌的鉴赏作品数量众多，一般读者往往难以识别这些“免费午餐”的优劣。有的鉴赏作品文字错误颇多，会对一般读者理解经典诗作造成不良影响，甚至会误导读者。

本书选取唐代不同时期创作成就最高的38位著名诗人的经典代表诗作共计200余首。诗歌选择的重点突出盛唐，其次是中唐，总体上与唐代不同时期诗歌创作成就相适应。考虑到阅读者的精力与时间成本，加之本书篇幅有限，在择取经典诗作时，未选择人们耳熟能详且在理解上无明显歧义的诗作。此外，文学史上影响很小的诗人之经典诗作，本书也未选取。

阅读古诗，不仅需要一定的文学功底，更需要丰厚的人生阅历。针对当代很多青年读者不了解农耕文化的现实，笔者注重以新的时代视角，对诗歌进行详尽的注解和赏析。在诗歌注解方面，本书力求从一般读者阅读学习的角度，作出既符合原作本意又通俗晓畅的详细注解。在撰写赏析文字的过程中，力求以非文学专业的一般读者易理解的思维角度来解读与赏析诗作。诗歌赏析语言方面，注重考虑非专业读者群体的认知能力和阅读学习兴趣，用适合于一般读者阅读力的语言，避免以所谓专业化的高深莫测刻意“掉书袋”和“玩文学”的现象，力求形成既能准确表现原作内容与艺术，又朴素真切的赏析文字。为了读者更好地理解作品，在对作品注解与赏析之前，本书首先对诗人进行简要介绍。此外，在对作品注解与赏析的同时，简要介绍与唐诗相关的一些文学常识，如唐诗兴盛的原因、一些重要的诗歌创作流派等知识。

鉴赏是对所分析的对象进行鉴定和欣赏。本书未采用“鉴赏”一词，是因为笔者认为，相对于唐代著名诗人，我辈对古体诗和格律诗的理解和掌握较为浮浅，不敢妄言对所选的经典诗作进行所谓的“鉴赏”。本书内容是笔者在学习借鉴现有优秀研究成果的基础上，对唐诗中一些经典作品的理解与赏析感知后形成的文字。笔者学习和研究唐诗30多年，在高校从事中国古代文学作品选读和唐诗宋词赏析等课程的教学已有20多年。对唐诗的学习和研究，不仅是笔者的职业，也是长期坚守的爱好。在感受唐诗内容与艺术韵味的同时，用文字来表达对之理解与欣赏，是笔者多年学习唐诗的习惯。因此，这些文字不仅是一个职业爱好者对唐诗精品的理解与欣赏，也是一个古典文学传授者多年教学感知与心得的体现。虽然与原作相比，理解与赏析文字的表现力显得苍白了许多，但笔者还是十分期待把自己对经典唐诗的理解和感知与广大读者一起交流探讨。

本书既可以作为一般读者学习古典诗词的文献资料，也可以作为高等院校相关课程与系列讲座的参考书籍。感谢南京警察学院对本书出版的全力资助，感谢校领导和科技处领导的鼓励与支持，感谢群众出版社对本书出版的大力支持。由于笔者专业能力有限，书中难免会存在一些纰漏和瑕疵。在此，恳请读者在阅读时提出宝贵的批评意见。

陈　柯

2023年3月

目 录

绪论　唐诗兴盛原因与创作概况

第一节　唐诗兴盛原因

唐代是中国诗歌创作的鼎盛时期。诗歌创作的繁荣与当时社会的政治、经济、文化等有着密不可分的关系，同时也是中国诗歌自身发展的结果。

一、唐代社会简况

（一）唐代政治

618 年，李渊称帝建唐。唐朝是中国历史上的重要朝代。在经济、政治、文化和中外交流等方面，唐代都取得了辉煌的成就。李唐王朝历高祖（李渊）、太宗（李世民）、高宗（李治）、中宗（李显）、少帝（李重茂）、睿宗（李旦）、玄宗（李隆基）、肃宗（李亨）、代宗（李豫）、德宗（李适）、顺宗（李诵）、宪宗（李纯）、穆宗（李恒）、敬宗（李湛）、文宗（李昂）、武宗（李炎）、宣宗（李忱）、懿宗（李漼）、僖宗（李儇）、昭宗（李晔）及哀帝（李柷）共 21 位帝王，中间在中宗、睿宗之际曾出现过短暂的武周政权。唐朝所控制的疆域东至安东（今辽宁丹东，设安东都护府），西迄安西（今新疆境内，设安西都护府），北起单于（在今内蒙古境内，设单于都护府），南止日南郡（在今越南中部）。唐代都城是西京长安（今陕西西安），并以洛阳（今河南洛阳东）为东都，通称长安与洛阳为“二京”。在唐朝全盛时期，疆土东至朝鲜半岛，西至黑海一带，南至苏门答腊岛、爪哇岛一带，北至北冰洋。

文学史上通常把唐朝分为初唐、盛唐、中唐和晚唐四个时期。[①] 初唐时期

① 范文澜先生把唐代分为前期（618—741 年）、中期（742—820 年）和后期（821—907 年）（《中国通史简编》第三篇第一册，人民出版社 1965 年版）。

(618—712 年）历高祖李渊、太宗李世民、高宗李治、周武则天、中宗李显、少帝李重茂、睿宗李旦、玄宗李隆基。此时唐朝为励精图治时期，出现了贞观之治。盛唐时期（712—755 年）是指玄宗李隆基统治的时期。唐玄宗即位后励精图治，力求有所作为。故开元年间形成了政治清明、物阜民殷的局面，史称开元之治、开元盛世。这是继汉武帝时期之后，中国历史上出现的第二次鼎盛局面。天宝年间，唐玄宗在一派歌舞升平声中，逐步转化成了一个贪图逸乐、沉迷女色的皇帝，导致安史之乱爆发。中唐时期（755—820 年）历经玄宗、肃宗、代宗、德宗、顺宗、宪宗等皇帝的统治。天宝十四载（755 年）十一月安史之乱爆发。安史之乱虽然得以平定，但藩镇割据的形势却从此形成。安史之乱后的唐王朝，由于没有大的战乱，国家暂时实现了统一。统治者也采取了一些改革措施，在唐德宗贞元、唐宪宗元和年间，社会相对安定，史称“中兴”时期。晚唐时期（821—907 年）的皇帝有穆宗、敬宗、文宗、武宗、宣宗、懿宗、僖宗、昭宗及哀帝。元和十五年（820 年），宦官杀害唐宪宗，宦官梁守谦、王守澄立李恒为帝（唐穆宗），唐朝政治在军阀割据和宦官弄权等多重势力冲击下更进一步腐败。唐朝后期，阶级矛盾激化，农民起义此起彼伏。在乱世中逐渐起势的朱全忠（朱温）遂于天祐四年（907 年）逼唐哀帝禅位于己，改国号梁（史称后梁），改元开平，定都于开封，唐朝灭亡。

由盛到衰是历代王朝难以走出的历史循环。唐王朝自然也无法突破封建社会这一普遍的周期律。但总体上看，唐代的政治成就超过以前的任何朝代，也是中国封建社会时期比较成功的统治阶段。唐朝政治不仅给予了诗人实现人生理想的心理期望，而且为他们提供了绚丽多彩的诗歌创作题材。

（二）唐代的经济与文化

相对于西汉之后的其他前朝，唐代是繁荣昌盛的大一统朝代。从唐代起，中国的长江流域开始在经济和政治方面发挥重大作用。唐前期的经济繁荣，主要表现在农业生产的兴盛上，自中期以下的繁荣，主要表现在工商业特别是商业的兴盛上。唐代商业发达，各地都有市和行。全国最大的市是西京、东京两市，其中西京市更大。此外，各州有州市，各县有县市，还有乡间交通便利的地方因商业需要形成的草市。另外，还有行市、墟市、亥市、集、庙会等商业网点。自两京到乡村，都设立大小不等的市，说明唐朝有比较发达的商业。唐代的交通业和对外贸易也比前代有了很大的发展。

经济的繁荣和科举制度的实行，促进了文化的发展。唐代在文学艺术和科技领域都有了很大的发展。除了文学，唐代的歌舞、书法、雕塑、绘画等艺术都取得了很大的成就。歌舞交汇南北艺术风格，借鉴少数民族舞蹈艺术，表现出很高的艺术价值。书法艺术方面，篆、隶、草、行、楷发展成熟，书法大师有颜真卿、柳公权、张旭和怀素等。中国古代雕塑和壁画艺术的发展到了唐代进入全盛期。著名的石窟有河南洛阳的龙门石窟、敦煌的莫高窟等。唐代的陶塑，造型逼真，色彩艳丽，人物神态逼真，马和骆驼等动物雕塑栩栩如生，是享誉中外的艺术杰作。

唐代经济和文化的发展，既为唐代诗歌的兴盛提供充裕的物质与社会条件，也为唐代诗歌的传播提供了广阔的空间。唐代诗人推动了诗歌的兴盛，社会对诗歌的需求扩大促进了诗歌传播，而诗歌的快速传播更加激励诗人们致力于诗歌创作。

二、唐代文人特质

唐代经济和文化的发展，引发了文人精神面貌的变化。唐代文人在人员构成、政治态度、思想状况、文化修养方面较之前的朝代表现出新的特点。这主要表现在：

（一）中下层文人入主文坛

唐代文学拥有空前广大的作者群，舞文弄墨、吟诗作赋者遍及各个阶层。明人胡应麟说："唐诗人上自天子，百司庶府，三教九流，靡所不备。"（《诗薮·外编》）。但是，唐代文人的主体，是新兴的庶族地主出身的文人。这改变了六朝以来豪门士族文人作为文人主体的局面。初唐时期，文坛主盟者还是陈隋遗老，但到了盛唐以后，随着均田制和租庸调制的实行和科举制度的推行，以及唐太宗对豪门贵族的抑制，庶族地主知识分子迅速崛起，入主文坛。王勃、杨炯、卢照邻、骆宾王、孟浩然、王昌龄、高适、李白、杜甫（没落贵族）、韩愈、柳宗元、白居易、李贺、李商隐等都是庶族出身。中下层文人入主文坛，把文学从豪门贵族的垄断中解放出来，使得文学不再囿于宫廷和闺帏的小天地，开始走向士阶层化和大众化，为唐代文学的繁荣奠定了创作与传播基础。

（二）文人自觉地关注社会

在科举制度之前，文人仕进之路往往是个人难以预料的人生期望。特别是魏晋六朝文人，由于社会矛盾急剧，命运难料，所以不少人热衷于道家思想，为苟安远祸，他们或狂诞玄谈，或隐逸山林，或沉迷酒色。这些文人，在文学创作中将文学作为排遣内心苦闷的艺术来把玩以自适其乐。唐代文人由于有了科举制度的这条晋升之路，就有了希望和寄托。于是，"文儒"型学者形成知识阶层。（葛晓音，1998）他们受儒家思想影响，以济苍生、安社稷、平天下为己任，自觉地在文学中干预政治，反映社会民生，表现自己的济世心志。此外，唐代文人或千里应试，或拜访投奔名流，或聊且随军作幕府，或与将帅一起赴边求功，或遭到打击贬谪荒远，或避世归隐游历山川，他们的眼界和阅历较前朝文人更加开阔，也有更多机会接触社会下层百姓，了解民生疾苦，因此在作品中能够体现出忧国忧民的情怀。

（三）文人的思想相对自由

唐代是一个思想开放的时代。唐代文人的思想信仰各有所宗。总体上说，唐代文人大都受儒、道、佛三家思想的影响。儒家思想在唐代文人中占主导地位，但道教和佛教对文人们的影响也很大。李家王朝将老子李耳奉为先祖，将道教奉为国教，实行儒道并重的思想统治。佛教在南北朝时大举进入中国，至唐时，礼佛参禅成为文人的一种时尚。因此，唐代文人大都受佛道思想的影响，有的诗人如王维、孟浩然、李白、韦应物、孟郊、贾岛、白居易、司空图等，所受佛道影响还很大。此外，不少唐代文人如陈子昂、李白等人，还受侠义之风的影响。唐代杂糅、开放的思想局面，使得文人能够大胆地表达思想，同时也能够在诗歌中体现儒、道、佛等思想的文学理念。如儒家的文质彬彬、注重社会功用的文学思想，体现在兴寄刺讽的诗歌之中，中庸儒雅、温柔敦厚的思想也体现在雅正浑厚、雄壮悲沉诗歌风格之中。道家的“大巧若拙、大辩若讷”（《老子》第四十五章）和“复归于朴”（《庄子·山木》）等思想，体现在恬淡自然、明静致远、浑然天成的诗歌风格之中。同时，庄子散文的想象奇特，夸饰大胆的特色，体现在一些意境虚幻瑰丽，辞采斑斓夺目的诗歌中。佛家思想对文学的影响主要是禅境在一些诗歌中的体现，不少文人，如王维、孟浩然、韦应物、柳宗元、白居易等在一些诗作中表现出空寂明净、物我混一、淡泊玄远的意境和情景交融的艺术境界。陈子昂、李白、高适、岑参等诗人受侠义之风影响，他们的一些诗作往往透出一股豪侠雄气。

（四）文艺兼擅，修养精深

唐代文人诗文并长，绘画、书法、乐舞兼擅，有些甚至文武并举（如李白与韦应物等诗人）。唐代文人能够博览群书，“别裁伪体”“转益多师”（杜甫《戏为六绝句》），既能继承前人的文化遗产，又能创新，因此在文学创作上取得了空前的成就。

唐代文人的精神面貌空前激昂，思想相对开放，言辞相对自由，文化积淀深厚，为诗歌兴盛提供了创作主体与诗歌传播的良好条件。

三、诗歌创作发展

先秦时期，中国的诗歌创作便取得了很大的成就，出现了《诗经》和“楚辞”的诗歌源头。汉代的民歌创作出现了繁盛时期，有专门采集民歌的机构——乐府。文人诗歌创作进一步发展，到了汉代末期，五言诗成熟，代表作品是《古诗十九首》。魏晋时期，诗歌创作继续受到文人重视。魏统治者对诗歌创作十分重视，以三曹[①]为代表的建安文人，创作了大量内容充实、感情丰富、风格清峻、深沉慷慨、气势雄浑的诗作，形成了建安风骨。“建安七子”[②]和蔡琰创作了大量反映社会和人生感怀的诗作。正始文学的主要作家是竹林七贤[③]，他们的诗歌创作体现婉曲沉郁、幽深玄远的特色。西晋诗歌的创作主要有三张、二陆、两潘、一左[④]，成就最高的是左思。东晋诗歌创作出现了陶渊明，他的诗歌平淡自然、富有意蕴，情景事理浑融，在平淡中见警策，朴素中见绮丽。陶渊明被尊称为隐逸诗人之宗，开创了田园文学这一文学潮流，同时还创作了大量的饮酒诗。东晋时期，还有谢灵运创作的山水诗对后世具有重要影响。齐梁时期，诗歌创作走向绮丽柔靡。当时盛行的是宫体诗和永明体。宫体诗的代表作家有萧衍、萧纲、萧绎等萧氏父子和庾肩吾、庾信父子，还有徐陵等人。永明体的主要作家是沈约。永明体在形式上对诗歌创作影响很大，对近体诗的产生具有直接影响，谢朓、王融等人的创作中已经出现了近体诗。北朝文人诗歌创作主要是庾信的诗作，特别是他由南梁到北朝的西魏之后，诗歌创作的内容和艺术有了很大提升。南北朝时期，乐府民歌创作取得很大的成就。南朝的乐府民歌以爱情为主要题材，代表作是《西洲曲》，北方民歌则尚武、歌咏山川和爱情兼有，代表作是《木兰辞》。

唐代以前的诗歌创作成就，为唐代文人进行诗歌创作的开拓奠定了良好的基础。唐代诗歌在前代诗歌创作的基础上取得了巨大的成就。

第二节　唐诗创作概况

一、初唐诗歌创作概况

初唐文学基本上还是承袭六朝以来的文风，诗歌作品中的绮靡偶丽随处可见。但是一些文人如陈子昂和初唐四杰，已经开始转变文风，文学作品中表现出新的气象。此时的诗人及诗歌创作依次出现贞观文人、初唐四杰、刘希夷和张若虚、陈子昂、宫廷诗人等诗人及其诗作。贞观文人以李世民为代表，另有

---

① 指曹操、曹丕、曹植父子。

② 指孔融、陈琳、王粲、徐干、阮瑀、应瑒、刘桢七位诗人。

③ 指阮籍、嵇康、山涛、向秀、刘伶、阮咸、王戎七位诗人。

④ 三张指张载、张协、张亢兄弟，二陆指陆机、陆云兄弟，两潘指潘岳、潘尼叔侄，一左是左思。

魏征、王绩等人，李世民作诗虽有气度，但形式偶丽琦靡，其追随者有虞世南、杨师道等，人称“贞观诗风”。王绩的诗文在贞观文坛上卓然不群，其诗长于五言，诗作风格率真疏浅，“能涤初唐俳偶板滞之习”（清人永瑢、纪昀等《四库全书总目提要》卷一百四十九）。初唐四杰王勃、杨炯、卢照邻、骆宾王，是初唐文坛上新旧过渡时期的人物。初唐四杰的诗文虽未脱齐梁以来绮丽余习，但已初步扭转文学风气。他们的诗歌从宫廷走向人生，题材较为广泛，风格也较清俊。卢、骆的七言歌行趋向辞赋化，气势稍壮；王、杨的五言律绝开始规范化，音调铿锵。四杰中王勃诗作成就最高。与初唐四杰同时的刘希夷和张若虚，在诗作中改造宫体诗，开始涤洗六朝诗的浮艳铅华，呈现出清丽自然的风格。他们的一些诗句已经有了一定的盛唐气象韵味。陈子昂是一位对唐诗发展有重大贡献的诗人，他主张恢复古诗兴寄言志传统，在《与东方左史虬〈修竹篇〉序》中反对六朝以来“文章道闭”，指责其“彩丽竞繁，而兴寄都绝”“风雅不作”，主张继承汉魏“风骨”。此文被认为是唐代开创文学新风的一篇宣言。陈子昂的诗作内容充实，风格刚健质朴，在唐诗发展进程中堪称一个转折。（许总，2001）从贞观后期到睿宗延和年间的六七十年间，文坛又出现了一批新的宫廷诗人，代表作家前有上官仪、后有文章四友①和沈宋②。上官仪和苏味道、李峤、崔融等人的诗作，多为应制之作，内容空乏。上官仪在律诗创作的对偶上作了积极的探索。宫廷诗人中，杜审言的成就最高，他是唐代近体诗的奠基人之一。沈宋为御用文人，诗歌内容不外乎颂圣歌德，但其诗作在艺术上讲求精切工丽，在律诗的定型和完善上具有很大贡献。张九龄是由初唐到盛唐过渡时期的重要诗人，因为他在政治上和文坛上的影响，对消除六朝绮靡诗风、开启盛唐气象发挥了重要作用。

二、盛唐诗歌创作概况

盛唐时期出现了诗歌创作的鼎盛时代。盛唐指唐玄宗在位的开元、天宝年间，大致在公元八世纪上半叶。这时唐王朝国土扩张，国力强盛，经济繁荣，文化发达，对外交流频繁，社会充满自信。文人们在这样的时代开阔了眼界和胸怀，他们满怀希望，感情激越，游宦从军，漫游各地，寄情山水，极为活跃。诗人们胸襟开阔，意气昂扬，气高骨傲，吞吐浑厚雄壮，在诗作中形成了“神来、气来、情来”（唐人殷璠《河岳英灵集序》）的“盛唐气象”。

所谓“盛唐气象”，是着眼于盛唐诗歌给人的总体印象。盛唐文人们通过意象运用、意境呈现，性情与声韵结合，在诗歌中包含丰富多彩的内容题材，

---

① 指杜审言、苏味道、李峤、崔融四位诗人。

② 指沈佺期、宋之问两位诗人。

形成博大、雄浑、深远、超逸的风格，给人带来新的艺术美感和活力充沛、创造力非凡的体验。这种美感和体验合称为“盛唐气象”。

雄壮浑厚是盛唐诗歌的总体风貌特征。在内容上，盛唐诗歌或表达建功立业理想，或抒发爱国主义豪情，或反映田园生活淡泊，或描绘山水风光表达返璞归真的愿望，或反映征战生活的艰苦，或描写边塞雄奇景象，或揭露统治者穷兵黩武和唐军将帅骄奢腐败，大大地开拓了诗歌题材的领域，强化了诗歌的现实性。在艺术上，诗人或在诗句中洋溢着一股涵天盖地的雄浑之气，或在诗句中表现出洒脱情怀，或在愁怀中透出一股浩然之气。即使山水田园诗篇，虽不雄壮，但自然浑成，具有盛唐诗歌独有的特色。

盛唐诗坛上，不仅出现了李白、杜甫两位伟大诗人，还有王维、孟浩然、储光羲、常建、裴迪、祖咏等人为代表的田园山水诗人和以高适、岑参、王昌龄、李颀、崔颢、王之涣、王翰等人为代表的边塞诗人。

盛唐诗歌不仅是唐诗创作的高峰期，也是中国整个封建社会时期诗歌的鼎盛时期。盛唐文人及其诗作对后世文人以及诗歌乃至整个文学创作的影响极为深远。

三、中唐诗歌创作概况

中唐是继盛唐之后，诗歌创作又一个繁荣时期。经历了多年战乱，唐朝国力再也无法回到盛唐的强盛了。文人们面对家国不幸和民生艰难发出慨叹。大历年间，诗人因社会衰败和个体精神的失意而往往流露出落寞彷徨的心声，其诗气骨顿衰，典型的诗人是大历十才子①。与大历十才子同期的刘长卿、韦应物则于郁郁寡欢、孤独冷漠之中放情山水，其山水诗高雅闲淡，意味深长。而此时的李益、卢纶等人的边塞诗则继承盛唐边塞诗人的长吟余响，写出了边塞戍边将士切切思乡之情。元结、顾况则是杜甫与元白新乐府运动之间的一个现实主义流派，诗作内容体现救时劝俗的主题，风格通俗明快。

中唐时期，诗坛上出现的最瞩目成就是白居易等人领导的新乐府运动。诗歌创作在大历年间之后，到了中唐后期，诗坛上又活跃起来，此时名家辈出，流派分立，诗人们开始着眼于开拓新的途径。当时的著名诗人和诗派有以孟郊、贾岛、姚合等为代表的苦吟派诗人，以韩愈、孟郊等为代表的奇崛诗派（又称奇险怪硬派、韩孟诗派等），柳宗元、刘禹锡被称为刘柳诗派。李贺则以奇特的造语、怪异的想象和幽奇冷艳诗境开辟了自己的独特天地。中唐诗歌创作在唐穆宗长庆时期（821—824 年）开始低落。

---

① 指卢纶、钱起、李端、吉中孚、韩翃、司空曙、苗发、崔峒、耿湋、夏侯审十位诗人。

四、晚唐诗歌创作概况

唐宪宗之后，唐王朝进一步开始衰落，士人的心态发生了重大的变化，文学风貌再次发生明显转变，创作进入晚唐时期。晚唐的诗人主要有杜牧、李商隐以及温庭筠等人，杜牧与李商隐并称“小李杜”，温庭筠与李商隐并称“温李”。总体上说，晚唐后期的诗歌创作处于衰微的阶段。诗歌的题材和创作倾向大致可分为两类：一类是继承了新乐府运动的现实主义精神，继续关注社会现实、反映民生疾苦和社会乱离，这类作品主要的代表是皮日休、聂夷中、陆龟蒙、杜荀鹤等诗人的一些作品，风格质朴，语言通俗，但艺术上较为粗糙；另一类是表现隐逸闲适情怀、爱情闺阁生活的作品，这类作品涉及的诗人较多，如杜牧与李商隐等诗人的感怀人生之作、皮日休和陆龟蒙的唱和之作、温庭筠诗作与韩偓的香奁体诗歌、司空图主要描写隐逸闲情的诗歌等，这类作品反映了政治衰败下的文人诗歌题材取向和精神状态，内容虚弱但注重诗歌表现形式，具有较高的艺术性。

第一章　初唐经典诗作赏析

第一节　王勃、杨炯与骆宾王经典诗作赏析

一、王勃经典诗作赏析

王勃（650—676），字子安，绛州龙门（今山西河津）人。唐代文学家，初唐著名诗人。唐高宗乾封元年（666年）中进士第，拜朝散郎。为人恃才傲物，不为官场所容，曾两次因事废官。26岁因溺海惊吓而病亡。有《王子安集》。

王勃聪慧超人，幼年便能作诗，少时饱览群书，颇有文才。在文学上与杨炯、卢照邻、骆宾王称为“初唐四杰”，诗歌成就为四杰之首。中华书局《全唐诗》（1999年版）录王勃诗2卷，共97首。

（一）《杜少府之任蜀州》赏析

杜少府之任蜀州[1]

城阙辅三秦，风烟望五津[2]。
与君离别意，同是宦游人[3]。
海内存知己，天涯若比邻[4]。
无为在歧路，儿女共沾巾[5]。

注释

［1］选自《全唐诗》（卷五六），中华书局1999年版，第678页。有的版本题为《送杜少府之任蜀州》或《杜少府之任蜀川》。杜少府，生平不详。少府，县尉，唐人称县尉为少府。蜀州，今四川崇州市。

[2] 城阙，城市宫阙。古代称宫门前的瞭望楼为“阙”。这里的城阙，指长安宫阙，代指整个长安城。辅三秦，以三秦为辅，意思是长安城阙在三秦的中枢位置。三秦，指今陕西一带，项羽灭秦之后，将秦国旧地分为雍、塞、翟三地，故称三秦。辅三秦，有的版本为“俯西秦”。风烟，代指自然景色。五津，蜀地岷江边的白华、万里、江首、涉头、江南等五个渡口，这里泛指蜀地一带。

[3] 同是，有的版本为“俱是”。宦游人，指远离家乡在外地做官的人。

[4] 海内二句，化用了曹植《赠白马王彪》“丈夫志四海，万里犹比邻”句。知己，指人际交往中情谊深厚、彼此理解赏识对方的人。天涯，指远在天边，意思是距离非常遥远。比邻，乡邻、邻居，意思是距离非常近。

[5] 无为二句，意思是劝慰自己与杜少府不要像年轻男女一样，在分别时抛泪而沾湿巾袖。无为，意思是不要、别做。无，同“毋”。歧路，岔路口，借指分别之地。

这首五言律诗，是送别之作精品中的精品。江淹《别赋》中言：“黯然销魂者，唯别而已矣”。古人抒写别情，往往多凄怨哀叹。但王勃此诗，用大气恢宏的气概抒写送别之情，已透出盛唐之气象。

首联写景。诗人用一个工整的对偶句，从长安之景联想到遥远的蜀地，以宏阔辽远的意境为送别之情奠定了一个高格爽朗的情感基调。

颔联破题。诗人在此开始抒发离别之情，他并没有渲染离别的凄然愁情，而是抒发自己与对方感同身受的宦游经历，以抚慰杜少府的离别心情。同时，相同的境遇，也拉近了二人的情感距离，为后面诗句设定情感铺垫。

颈联立意。诗人将二人的情感进一步升华，从知己的角度劝慰对方，道出了送别之作的千古名句——“海内存知己，天涯若比邻。”分别之后的空间距离是客观存在的，但王勃认为，可以用心理距离弥补空间距离的缺憾。在交通闭塞、信息不畅的时代，唯有心灵沟通，才可有效淡化距离造成的交流隔绝。

尾联点题。诗人以劝慰之词作结语。王勃认为，既然彼此心灵相近，就不必在分别之时像小青年男女一般地哭哭啼啼。在劝慰的诗句中，透出王勃身处多变官场之中，心存一种自若淡然的君子风范。

王勃在送别同僚到外地赴任之时爽朗豁达的情感，显示了他身处险恶封建官场之中高远志向和旷达情怀。诗歌采用“偷春体”，在首联和颈联用工整的对偶句，颔联和尾联则以非对偶句承接，这样既保持了律诗严整对仗的要求，又使得诗句一张一弛，富有变化。诗歌结构上体现情感发展，首联描写意境，为颔联抒情做景物氛围铺垫；颔联紧扣主题表达对朋友到远方赴任的理解之情，情感的抒发开始上扬；颈联将抒情推向高潮，抒发千古高格的词调；尾联收束感情，将豪迈高亢的词调舒缓下来，落在“送别”之上，赋予诗作充满情味的悠然结尾。全诗在起承转合之间情感收放自如，体现出诗人高超的构思艺术。诗歌对仗工整，语言精切，情感真挚，韵味深长，风格刚健。

附：《杜少府之任蜀州》繁体字文本

杜少府之任蜀州

城闕輔三秦，風煙望五津。
與君離別意，同是宦遊人。
海內存知己，天涯若比鄰。
無為在歧路，兒女共霑巾。

（二）《春庄》赏析

春庄[1]

山中兰叶径，城外李桃园[2]。
岂知人事静，不觉鸟声喧[3]。

注释

[1] 选自《全唐诗》（卷五六），中华书局1999年版，第682页。

[2] 兰叶径，指长满兰草被兰叶布满的小路。李桃园，指种满李树和桃树的果园。

[3] 岂知，哪里知道。人，指诗人自已。事静，奉行静意，即进入淡远恬静的精神状态。事，动词，意思是从事、奉行，这里意指进入某种状态。觉，动词，意思是感觉到、意识到。喧，形容词，意思是呱噪、吵闹。

王勃的诗，成就最突出的是怀乡别友、登山临水之作。他的诗清新刚健，意境开阔，格调高昂，辞采飞扬。王勃这首五言绝句，是初唐山水诗中的佳作。

前两句写景，总体描绘了一个色彩对比明显的春景图。“山中兰叶径”营造了一个幽深静谧的意境。深山之中，一条曲折的小路上长满了兰草，布满了兰叶，让人有一种幽静淡然的美感。构成这一静美意境的核心意象是兰。兰常用于古代诗词中象征清雅淡泊的意象。屈原称颂“兰茝幽而独芳”（《九章·

悲回风》），陶渊明赞美兰草“清风脱然至，见别萧艾中”（《饮酒·幽兰生前庭》）都是对兰花兰草清虚淡泊君子风格的情感共鸣。王勃这首诗开笔就聚焦在空谷之中的幽兰，为诗歌后面所表达的旨意做了铺垫。兰草淡然自处，清虚飘逸，是君子清虚淡泊心静的寄托。“城外李桃园”则营造了一个色彩绚丽的意境。喧闹的城外，是一处长满李子树和桃树的果园。春天时分，李子花、桃花盛开，繁花似锦，迷乱人眼。塑造这一明丽意境的核心意象是正在开花的李树与桃树。诗歌开首两句描绘出截然不同的两个意境，形成强烈的视觉对比，是诗人精心的艺术设计。一边是幽深的山路、一边是明丽的果园，一边是清虚淡泊的兰草，一边是迷人目光的繁花。一幅春景图中共置两处色彩反差巨大的意境，诗人的心之所向如何取舍？这便是诗歌开首两句的巧妙之处。

后两句抒情，表现诗人意欲远离喧嚣、取向清虚淡雅的情志。“岂知人事静”用一个反问句表现诗人已经选择了宁静淡泊情志的取向。淡泊宁静，是古代文人极力追求的一种心态。“非淡泊无以明志，非宁静无以致远。”（三国时期蜀汉诸葛亮《诫子书》）读到此处，应该明白诗人在前两句诗构建两个截然不同意境的一片苦心了。两组色彩反差巨大的意象，充分为后两句抒情做了良好的铺垫。色彩绚烂的果园是为了更好地衬托深山幽谷，迷乱人眼的桃李花，是为了更好地反衬清虚脱然的兰草。诗人在两处意境的选择上，取深山而舍果园，重兰草而轻桃李。“不觉鸟声喧”表现了诗人选择清虚淡泊宁静心态之后的超然状态。春天的鸟鸣，夹杂着城郭的人声鼎沸，甚嚣尘上。身处城郭之外，诗人因为进入了淡远恬静的心理状态，全然感觉不到尘世的喧闹。这两句诗，在抒发情志的同时，也刻画了一个淡然独立于世、恬静沉入于心的清雅士子形象。

这首五言绝句托情山水，表现出王勃选择置身淡远宁静的情志。诗歌构思精妙，在同一画面中有意安排两个色彩截然不同的意境，形成深山与城外、兰草与桃李的明显对比。诗歌善用意境烘托情志，用桃李繁华烘托兰草幽径，将清虚淡远之情寄托于深山幽兰之中。全诗四句诗皆对偶，对仗工整，“山中”与“城外”、“兰叶径”与“李桃园”、“岂知”与“不觉”、“人事静”与“鸟声喧”都一一构成贴切的对偶。诗歌用词平实，格调高远，音韵和谐。王勃的五言律诗和五言绝句的成就最为突出，明人胡应麟说王勃的五律和五绝“自是唐人开山祖”（《诗薮·内编》），在这首诗中，人们仿佛已经体味到了盛唐田园山水诗的一些韵味。

附:《春庄》繁体字文本

春莊

山中蘭葉徑，城外李桃園。
豈知人事靜，不覺鳥聲喧。

（三）《山中》赏析

山中[1]

长江悲已滞，万里念将归[2]。
况属高风晚，山山黄叶飞[3]。

注释

［1］选自《全唐诗》（卷五六），中华书局 1999 年版，第 684 页。

［2］长江二句大意：面对滚滚长江我对久留他乡感到伤悲，万里之外家人们正在思念我即将回去。悲，意动词，以……为悲，这里指诗人以久滞他乡悲伤。已滞，早已滞留，已，早已，这里具有已经长久的含义。万里，形容距离远，万是概数，有夸饰之意。念，动词，意思是思念、惦念、念叨。将归，将要回家。将，副词，意思是即将、将要。

［3］况属二句大意：何况此时正值秋风刚劲萧索的夜晚，山山岭岭的黄叶正在随风飘飞。况，连词，意思是何况、更何况。属，动词，意思是正值、正是。高风，刚劲猛烈的风，这里具有秋风肃杀的含义。

这首五言绝句是羁旅行役之作。王勃才高气傲，任朝散郎时，曾是沛王李贤的侍读。李贤与英王李显兄弟俩斗鸡，王勃戏作一篇《檄英王鸡文》为李贤助兴。此文被唐高宗李治看到之后颇为不悦。高宗认为王勃身为侍读，对二王斗鸡之事不但不劝阻，反而做檄文，将才气歪用，有离间王子之嫌，遂令将王勃逐出王府。这是王勃短暂人生中的第一次被逐。离开朝廷之后，王勃淹留巴蜀。据清人高步瀛《唐宋诗举要》的说法，这首诗就写于王勃被逐出朝廷后客居巴蜀（今陕南川北一带）之时。

前两句写游子思乡悲情。“长江悲已滞”表现出王勃客居他乡悲苦心境。看着滚滚东流的长江水，诗人对自己滞留他乡感到内心十分悲凉。“悲”字奠定了整个诗歌的情感基调。王勃聪颖过人，6 岁能文，9 岁便读颜师古注的《汉书》，写成《汉书注指瑕》十卷，指出颜师古注《汉书》的多处错误，16 岁时应幽素科中第。唐高宗看到王勃的文章之后，连连称奇，称赞王勃为大唐奇才。不到弱冠之年的王勃，拜朝散郎，被沛王李贤招为府修撰，并做李贤的侍读。此时的王勃可谓少年得志，志高气远。但转眼之间则因一篇戏作被逐出朝廷，流落巴蜀。如梦幻般的人生遭际，让一个未及弱冠的青少年承担，心态落差之大，承受打击之重，自在情理之中。读者了解了王勃这些经历，对诗句中的“悲”字能有更为深刻地理解。人在遭受沉重打击之时，非常需要家人的陪伴与安抚，但此时的王勃却偏偏远离家乡而留滞巴蜀，情何以堪！面对滔滔江水，王勃此时能够表达思乡之情的只有“悲”字可选。“万里念将归”写远方家人对自己归乡的企盼。在诗词中设想对方的心理和行为，不说自己如何思念对方，而描写对方如何思念自己，是古人写诗词常用“设身处地法”。王勃在此以家人对自己的思念，更加强烈地表现出自己滞留他乡的痛苦和伤悲。与家乡距离是万里之遥，而家人的企盼是诗人即将归去，这本身就是一对明显的矛盾。诗句突出了这一时空矛盾，既形象地表达了思乡之痛，也道出思乡之情难以得到抚慰的无奈。

后面两句写寂寥萧索秋景。“况属高风晚”是诗人在思乡痛楚正浓之际对秋天环境的感知。秋风瑟瑟，风急天高，一片萧然，令人在思乡的痛苦之中又增添了几分无可奈何。“山山黄叶飞”是诗人对眼前实景的描绘。在萧索秋风中，诗人感到阵阵悲凉，不觉之中将视线投向远方。映入诗人眼帘的是一座座群山之上正在飘落的一大片又一大片黄叶。黄叶漫天飞舞，在思乡之人的眼里，是满目凋零的凄凉景象。诗人思乡的悲凉心情与凄然的景色互相交融，使得眼前景色具有无以言说的情感内涵。诗歌到此，似乎只有用这凋零萧索秋景，才能承载诗人难以抒发的愁情。纵观全诗，后两句写景既是前两句抒情的映衬，又是诗人思乡情感的进一步深化。漫天黄叶纷纷飘落，落叶无凭无依，任随秋风飘零，此景之中给人以深远地悲情体味，让人不由产生孤旅天涯的萧索心境。意境宕然深长，令人回味无穷。

这首诗最突出的艺术特色在于诗人奇特的艺术构思。诗歌打破常见的先写景后抒情模式，采用先抒情后写景，情景相互依托、彼此渗透、最终交融一体，令人读之情感更为浓烈，韵味更为深长。诗歌以滚滚江水开启，以片片黄叶收尾，但景色变换在情感的贯穿之中一气呵成。四句诗中间用连词“况”承接，使得结构更为紧凑。诗歌意境阔远，写景点面结合，精于选择最合适承载悲凉情感的景物，采用白描手法，着墨不多但蕴含丰富。在用词上，诗人将笔力放在动词上，“悲”“滞”“念”“飞”等动词，形象准确而传神。

附：《山中》繁体字文本

山中

長江悲已滯，萬里念將歸。
況屬高風晚，山山黃葉飛。

二、杨炯《从军行》赏析

杨炯（650—693?），华阴（今陕西华阴）人，唐代文学家，初唐著名诗人。幼时聪颖过人，被举神童。唐高宗上元三年（676年）应制举及第，任校书郎，历任崇文馆学士、詹事司直、司法参军、盈川县令等职。卒于盈川县令任上，世称杨盈川。有《盈川集》。

杨炯为初唐四杰之一，诗作中五律成就最高。中华书局《全唐诗》（1999年版）录杨炯诗1卷，共33首。

从军行[1]

烽火照西京，心中自不平[2]。
牙璋辞凤阙，铁骑绕龙城[3]。
雪暗凋旗画，风多杂鼓声[4]。
宁为百夫长，胜作一书生[5]。

注释

［1］选自《全唐诗》（卷五〇），中华书局1999年版，第615页。从军行，乐府旧题，体裁属歌行体，题材多涉及军旅。

［2］烽火，古代用以边关报警的烟火，引申为战争、战事。西京，长安，即今西安。不平，指得知边患战事的消息之后不平静的心情。

［3］牙璋二句的意思是说唐军调兵遣将，大军离开长安，深入敌境围攻犯边之敌。牙璋，古代调动军队所用的兵符，用玉做成，分为两半，分别由朝廷和主帅所掌，两半相合严丝合缝后方可调兵。由于兵符两半相接处呈齿牙状，故名牙璋。凤阙，代指皇都长安。汉武帝在长安建造建章宫，东为凤阙，为长安的标志性建筑，故往往用凤阙代指长安。铁骑，身着铁甲的骑兵，泛指军队。骑（jì），量词，一人一马为骑。龙城，汉代匈奴各部落聚集拜天的地

方（在今蒙古国境内），这里泛指敌方的战略要地。

［4］雪暗二句的意思是说双方战事胶着惨烈。雪暗凋旗画，暗淡的雪色使军旗上的纹饰和图案黯然失色。雪暗，指战场厮杀导致雪色暗淡。风多杂鼓声，猛烈的狂风使鼓声夹杂着各种声音。风多，指风刮得很大，多，这里用作程度副词。这里的“凋”和“杂”，都是使动用法，意思分别是（使）凋落、凋敝；（使）夹杂、裹杂。

［5］百夫长，古代百人左右队伍的军官，泛指低级军官。

这是一首初唐时期著名的边塞诗，也是杨炯诗中思想性和艺术性高度融合的著名诗作。诗歌以乐府歌行体做题目，但实际上是一首成熟的五言律诗。首联开篇就将读者带入一个烽火顿起的紧急情景，“照西京”一词表明，边患已影响到皇城长安的安宁，充分表现出军情的紧急与战事的迫切程度。第一句写景为第二句抒情做了意境的铺垫，诗人内心不平正是由边患发生而起。“自不平”中的“自”，富有表现力，反映出作为一介书生的诗人在国家危难之际发自内心的报国之情。颔联写唐军平患。诗人用一工整的对偶句，叙写唐军发兵长安，深入前方要地打击敌人的雷霆之势。颈联表现敌我双方交战的情景。“雪暗凋旗画”从视觉角度写战场形势严峻，“风多杂鼓声”从听觉角度写战斗激烈。诗人又用一个工整的对偶句，着力刻画出唐军将士奋勇杀敌悲壮惨烈的场面：在双方厮杀得昏天黑地的战场上，军旗上的图案黯然无色，将士们无法分辨、更顾不得辨认旗帜，只顾奋勇杀敌；在厉烈的狂风之中，将士的耳边所听到是阵阵催战的鼓声、排山倒海的喊杀声、敌我双方厮杀声、死伤士兵的惨叫声，……。颈联将战场气氛推向高潮之后，尾联诗人笔锋一转，抒发自己愿投笔从戎、建功立业的情志。

这首五言律诗全面展示了唐军一场守边卫国战争的过程，颂扬了唐军将士不畏强敌的英雄壮举，体现了诗人的爱国情怀，抒发了诗人欲投身军营、驰骋沙场、保卫边疆的愿望。在艺术上，诗作体现出高度艺术的概括笔力。诗歌将敌军犯边、唐军发兵与深入敌境、双方激战的战争全过程进行了高度艺术性概括。若无丰富的想象能力、严谨的构思能力和高超的驾驭语言能力，是很难用五句诗 25 个字将这场战争如此艺术地全景展示出来的。全诗共用了三个对偶句，对偶手法应用娴熟，颔联和颈联是工整的对偶句式，尾联则采用流水对的形式，语言自然贴切，不留斧凿之痕。诗人善于选用富有表现力的动词，“照”“辞”“绕”“凋”“杂”五个动词，展示了战争全貌，极富表现力。诗歌格调慷慨豪壮，韵律铿锵深沉，风格雄健苍劲。

附：《从军行》繁体字文本

從軍行

烽火照西京，心中自不平。
牙璋辭鳳闕，鐵騎繞龍城。
雪暗凋旗畫，風多雜鼓聲。
寧為百夫長，勝作一書生。

三、骆宾王《于易水送人》赏析

骆宾王（约619—约684），婺州义乌（今浙江义乌）人，初唐著名诗人。曾任长安和武功两县主簿、侍御史、临海县丞（世称骆临海）等职，郁郁不得志。睿宗时，徐敬业起兵反武则天，作《讨武瞾檄》（又名《为徐敬业讨武瞾檄》《代李敬业传檄天下文》），兵败后不知所终。有《骆临海集》和《骆宾王文集》。

骆宾王为初唐四杰之一，诗作擅长七言歌行体，五言诗也多有佳作。中华书局《全唐诗》（1999年版）录骆宾王诗3卷，共130首。

于易水送人[1]

此地别燕丹，壮士发冲冠[2]。
昔时人已没，今日水犹寒[3]。

注释

［1］选自《全唐诗》（卷七九），中华书局1999年版，第861页。有的版本题为《于易水送人一绝》。易水，河流名，源于河北易县，流经河北定兴县。

［2］此地，指易水岸边，战国时期曾是燕国的领地。燕丹，燕太子丹，曾在易水岸边为刺杀秦王的荆轲送行。壮士发冲冠，有的版本为“壮发上冲冠”。壮士，指荆轲，战国时期死士，曾受燕太子丹之命刺杀秦始皇，失败后被杀。发冲冠，人在极为愤慨之时，头发直竖，将帽子顶起，此乃夸饰之词。

［3］人，指上面所言的易水河畔送别场景中的燕太子丹和荆轲。没（mò），消失、不见。水，指易水。犹，仍然、依旧。“今日水犹寒”句由西汉

刘向《战国策·燕策三》中“风萧萧兮易水寒，壮士一去兮不复还”之句意化用而来。

人们知道唐代大诗人骆宾王，往往都是从看到他 7 岁所写的成名作《咏鹅》始。骆宾王是初唐四杰中作诗最多的诗人。他的诗作强调兴寄，抒发情志，涤荡了六朝以来浮艳诗风，与四杰其他诗人一起为开启盛唐气象做出了积极的贡献。

这首五言绝句名为赠别之作，实为咏史诗，是骆宾王五言诗中内容与艺术高度统一的代表作之一。唐高宗仪凤三年（678 年），任侍御史的骆宾王忤逆武则天，因言获罪而入狱。调露元年（679 年），因唐高宗改元大赦天下才得以出狱。出狱之后的冬天，骆宾王到过幽燕一带，本诗应写于此时。

开首二句由地及人，赞颂壮士荆轲。易水河畔荆轲辞燕慷慨激越的画面，曾让多少壮士慨叹不已。诗人用寥寥数笔，还原了历史画面。随着诗人的笔触，可将时空穿越到战国时期燕国的易水河畔：燕太子丹在此为赴秦刺嬴政的壮士荆轲送别。送别现场，人人皆穿白色衣冠，与荆轲一行作死别。乐师高渐离击筑，荆轲和歌，在“风萧萧兮易水寒，壮士一去兮不复还”的歌声中，众人皆泣涕垂泪，感慨激愤，怒发冲冠，激越张目，送荆轲一行消失在视野之外……。

末尾两句抒情，诗人用一个对偶句，表达了对壮士荆轲的深切怀念之情。骆宾王在易水河畔与朋友话别，谈论的话题是燕太子丹与荆轲辞别的情景。荆轲拼死刺秦，是为了报答燕太子丹的知遇之恩，在诗人心目中，二人虽为主臣，实为知己。骆宾王借易水河边荆轲辞燕的故事，表现与友人的关系非同一般，彼此当为肝胆相照的挚友。诗句表面上是怀念荆轲壮士，实际上是与友人辞别之际剖白心迹。诗人在咏史中委婉地与友人相约：以死士荆轲为楷模，为创旷世奇功而不惜牺牲一切。骆宾王后来敢于随徐敬业反对武则天暴政，以“一抔之土未干，六尺之孤何托”（《为徐敬业讨武曌檄》）的犀利文笔令女皇武则天惊震，正说明他内心早已有为创建千古功业而视死如归的期许。

和王勃《杜少府之任蜀州》慨然豁达诗风相比，骆宾王的这首送别诗体现出怆然悲慨的风格，这与骆宾王当时所处的境遇有关。短短 20 个字的小诗，字里行间透出苍凉悲壮之美。

附：《于易水送人》繁体字文本

於易水送人

此地別燕丹，壯士髮衝冠。
昔時人已沒，今日水猶寒。

第二节　刘希夷与张若虚经典诗作赏析

一、刘希夷《代悲白头翁》赏析

刘希夷（651—约678），字庭芝，汝州（今河南临汝）人，初唐著名诗人。唐高宗上元二年（675年）进士及第。生平不详。著作《刘希夷集》已佚。刘希夷是初唐时期开唐朝诗歌风气的重要诗人。中华书局《全唐诗》（1999年版）录刘希夷诗1卷，共35首。

代悲白头翁[1]

洛阳城东桃李花，飞来飞去落谁家[2]。
洛阳女儿惜颜色，坐见落花长叹息[3]。
今年花落颜色改，明年花开复谁在[4]。
已见松柏摧为薪，更闻桑田变成海[5]。
古人无复洛城东，今人还对落花风[6]。
年年岁岁花相似，岁岁年年人不同[7]。
寄言全盛红颜子，应怜半死白头翁[8]。
此翁白头真可怜，伊昔红颜美少年[9]。
公子王孙芳树下，清歌妙舞落花前[10]。
光禄池台开锦绣，将军楼阁画神仙[11]。
一朝卧病无相识，三春行乐在谁边[12]？
宛转蛾眉能几时？须臾鹤发乱如丝[13]。
但看古来歌舞地，惟有黄昏鸟雀悲[14]。

注释

[1] 选自《全唐诗》（卷八二），中华书局1999年版，第884页。有的版本题为《代白头吟》《白头翁咏》《白头吟》。代，拟，诗歌体裁属于乐府

歌辞。

[2] 桃李花，桃花和李花。这两句诗化用了《玉台新咏》卷一东汉乐府《董娇娆》中“洛阳城东路，桃李生路傍。花花自相对，叶叶自相当。春风东北起，花叶正低昂，不知谁家子，提笼行采桑”诗句。

[3] 惜颜色，珍惜自己的容貌，意思是指感叹青春苦短，担忧美貌难以持久。惜颜色，有的版本为“好颜色”。坐见，有版本为“行逢”。

[4] 这两句诗化用了南朝（陈）诗人沈炯《幽庭赋》“故年花落今复新，新年一故成故人”句意。颜色改，容颜变化，指叹花女子的容颜变化。

[5] 摧，动词，意思是摧毁、折断，这里的意思可理解为砍伐。薪，柴火。松柏摧为薪，意思是松柏本来可作为堪用之材，但砍伐之后变得无用只能当作柴烧。该句化用了《古诗十九首》“古墓犁为田，松柏摧为薪”诗句。桑田变成海，曾经的桑田变成了大海。东晋人葛洪《神仙传》：神仙麻姑对王方平说：“接待以来，已见东海三为桑田。向到蓬莱，水又浅于往者会时略半，岂将复还为陵陆乎。”这句诗由此处化用而来，沧海桑田成语也由此而来。

[6] 古人二句大意：作古的人们不再看到洛阳城东的繁华，今天的人们仍然还在对着落花随风飘零而嗟呀。古人，与今人相对，指已故去的人。无复，不再。落花风，吹落花朵的春风，这里可理解为风吹落花的伤春之景。

[7] 人，指赏花叹花的人。

[8] 寄言，寄语、带信，这里的意思是带话、转告。全盛红颜子，正值年轻气盛的青少年。全盛，指人或物最为旺盛的状态，这里指人最富青春的年岁。红颜子，面色红润的青年男子。颜，指脸面、脸色。子，古代对男子的通称。半死，原指伤病极重，这里指年老体衰病态龙钟的状态。翁，古代对年老男子的通称。

[9] 伊，他，第三人称代词。昔，过去、从前。少年，这里指年轻人，与“老年”相对。

[10] 公子王孙，泛指官僚贵族的子弟，这里是指与白头翁年轻时一起游玩的富家子弟。芳树，泛指兰、桂等一类开花的树木。

[11] 光禄二句大意：曾经像光禄勋马防那样用锦绣装饰池台，像梁冀将军那样在府第楼阁上画着神仙。光禄，指光禄勋。此句用东汉马防（东汉开国功臣马援之子）的典故。南北朝（宋）历史学家范晔《后汉书》（卷二十四）记载，马防在汉章帝时拜光禄勋，生活非常奢侈。池台开锦绣，指池台上展示锦绣图画。开，动词，意思是打开、展示。开锦绣，有的版本为“文锦绣”。将军，指东汉外戚权臣梁冀。《后汉书》（卷三十四）记载，梁冀大兴土木，建造府宅。楼阁画神仙，府第的楼阁上到处雕画着神仙。

[12] 一朝，一旦、忽然有一天。无相识，没有人相认，意即无人理睬。

三春，孟春、仲春、季春，指整个春天。行乐，寻求快乐，这里指纵情享乐。在谁边，到了谁的身边，意思是今天又是谁和那些公子王孙一起享乐。

[13] 宛转二句大意：妩媚动人的美貌能够保持几时，转眼间黑发就变成乱蓬蓬的白丝。宛转娥眉，缠绵多情的漂亮眉毛，这里代指妩媚动人的美丽容貌。宛转，曲折、委婉，引申为妩媚、动人。娥眉，女人细长弯曲的美丽眉毛，代指女人美貌。鹤发，如同鹤羽毛一样的白发。

[14] 但，副词，意思是只、仅仅。古来，意思是自古以来或古往今来。歌舞地，即歌女舞女表演的舞榭歌台。悲，悲鸣，有的版本为“飞”。

刘希夷诗歌中最优秀的作品是闺情诗。（许总，1994）这是一首拟古乐府诗歌，咏叹时光难再、青春易逝、富贵无常。诗歌前半部分写洛阳女子感伤落花，抒发岁月飞逝、人生短促、红颜易老、人事无常的感慨，后半部分写一个白头老翁人生前后对比，抒发富贵无常、人生无奈的慨叹。

开篇两句以写景起兴，描绘洛阳城东暮春的桃花李花盛开的美丽景色。初唐时期的洛阳十分繁华。唐高宗李治实行两京制，将长安和洛阳都定为国都，二者并称为“京都”。武则天执掌朝政后，二京并重，在洛阳兴建了明堂、天堂、集仙殿等政治活动场所与皇室宫廷建筑，且长期居住在洛阳。武周时期，洛阳被称为“神都”，一度成为世界著名的政治、经济、文化中心。繁华的都市盛开着艳丽的鲜花，满城春色，生气勃勃，令人心醉神往。然而时光易逝，诗人的笔触聚焦于凋零的桃花和李花。此时的洛阳已是落花季节，凋落的桃花李花在空中飞舞，不知飘落何处。“飞来飞去”形象地描写了落花随风飘零的景象，极易引发伤春之感。以下十句是女子面对落花的感慨。“洛阳女儿惜颜色，坐见落花长叹息”写洛阳女子叹惜落花。洛阳女子所感伤的，实际上是由大自然的变化而联想到美好事物维持时间短暂，联想到了自己美好青春易逝。“坐见落花”这个细节描写十分传神：一位美丽的年轻女子久久地坐在那里，如雕塑般一动不动地默默看着落花，她细数着一片片的花瓣，神情越来越凝重。女子面对落花发出沉重的思考和疑问：“今年花落颜色改，明年花开复谁在”？表现出因春光流逝而感叹红颜易老、生命无常的心理。“已见松柏摧为薪，更闻桑田变成海”两句，感慨世态无常。由伤感落花到伤感青春易逝，再到伤感美好的事物易受摧残、世事无常，诗人借一个美貌女子的思绪，发出对人生与世态的深入思考，情感层层深入。最后将思考的问题关注到世间生死之来来往往：“古人无复洛城东，今人还对落花风。”离开人世已作古的人，再也无法看到洛阳城东繁华的景象了。今天的人们，在落花纷纷之际，还在对着春风发出多愁善感的叹惋。作古的人们曾经饱经人世繁华与冷落，也曾与今天的人们一样面对落花叹息。但今天有谁还在乎那些作古之人曾经的感慨。今天面对落花在春风中多愁善感的人们，免不了最终成为新的“古人”。生死往来，代际更替会永远持续，世间会反复上演类似的剧目。于是诗人抒发了出语惊人的慨叹：“年年岁岁花相似，岁岁年年人不同。”这两句诗，以优美、流畅、工整的对偶句，集中地表现物是人非、世事无常的感叹，极富诗歌语言魅力，且具有哲理性，是历来广为传诵的名句。据元代辛文房《唐才子传》（卷一）说，刘希夷的舅舅宋之问欲夺其“年年岁岁花相似，岁岁年年人不同”句不得，将刘希夷用装满土的袋子压杀。这些无根端的传说不可采信，但这一故事的杜撰则从侧面说明这句诗在世人眼中的分量。

以上是诗歌的前半部分，写洛阳女子感伤时逝、人生苦短，抒发红颜易老，青春难再、人世无常的感慨。以下是诗歌的第二部分，转为写白头翁的经历与感慨。

从“寄言全盛红颜子”到“三春行乐在谁边”，概括叙述白头翁一生的经历。诗人前面在发出物是人非的惊人慨叹之后立刻收笔，然后将笔触宕开，转向一个白头老翁。“寄言全盛红颜子”一句，承上启下，将描述人物的侧重点由貌美女子转向帅气的青年男子，既避免了上下衔接的突兀感，又顺理成章地引出“应怜半死白头翁”诗句，将诗歌描写对象，在不经意间自然而然地转移到白头老翁身上。“此翁白头真可怜，伊昔红颜美少年”两句诗，将诗歌内容的重点再次拉回到人生无常的主题。人们很难将一个行将半死的白头老翁与一个风度翩翩的富家公子联系起来。但事实上，他确实曾是一个风流倜傥的少年。“公子王孙芳树下，清歌妙舞落花前”两句，用一个工整的对偶句，叙述白头老翁年轻时曾常与王孙公子们一起纵情游乐。“光禄池台开锦绣，将军楼阁画神仙”两句，再用一个工整的对偶句，叙述白头老翁曾经有过锦衣玉食、雕梁画栋、豪华奢侈的富裕生活。“一朝卧病无相识，三春行乐在谁边”两句，通过一个典型细节描写，形象地揭示了人情无常、世态炎凉的现实。曾经富裕洒脱的美男子，一旦生病体衰，便立刻无人理睬，三春行乐之事自然与别人结缘而与己无关了。上述10句诗，通过描写白头翁从充满青春活力到年老体衰、从纵情游乐到孤苦无依、从尽享荣华富贵到落魄卧病在床的生活经历，不仅抒发了对美之短暂与生命有限的感慨，而且揭示了人生无常、世态炎凉的社会现实。

“宛转蛾眉能几时”到“惟有黄昏鸟雀悲”四句，点明全诗主旨。前两句是感慨个人青春苦短，时光难再，后两句是慨叹整个社会荣枯更替，兴衰难期。世事难料，荣盛难久，不仅白头翁个人如此，整个社会群体大多如此。往日繁华热闹的游乐场所，如今只有几只离群的鸟雀在苍茫的暮色中发出阵阵凄苦的悲鸣。诗歌到此文字已写尽，但黄昏时分令人心酸的鸟雀悲鸣仿佛会久久回荡在读者的耳旁，令人嗟呀不已……

全诗主要表现了诗人对时光不永、青春易逝、富贵难久、人世无常的感慨，体现出诗人对人生价值和人世盛衰的深入思考，透出若隐若现的无奈叹息之情。诗歌选取年轻漂亮女子、全盛红颜子、白头老翁等人物，刻画了多愁善感的美貌女子、纵情声色的帅气青年、老病残喘的白头老翁等艺术形象，是本诗最突出的艺术特征。诗歌抒情宛转，语言优美，音韵幽深，在唐代当朝便受到了广泛推崇，历来传为名篇。

附：《代悲白头翁》繁体字文本

代悲白頭翁

洛陽城東桃李花，飛來飛去落誰家。
洛陽女兒惜顏色，坐見落花長歎息。
今年花落顏色改，明年花開復誰在。
已見松柏摧為薪，更聞桑田變成海。
古人無復洛城東，今人還對落花風。
年年歲歲花相似，歲歲年年人不同。
寄言全盛紅顏子，應憐半死白頭翁。
此翁白頭真可憐，伊昔紅顏美少年。
公子王孫芳樹下，清歌妙舞落花前。
光祿池臺開錦繡，將軍樓閣畫神仙。
一朝臥病無相識，三春行樂在誰邊。
宛轉蛾眉能幾時，須臾鶴髪亂如絲。
但看古來歌舞地，惟有黃昏鳥雀悲。

二、张若虚《春江花月夜》赏析

张若虚（约660—约720），扬州（今江苏扬州）人。曾任兖州兵曹。唐中宗神龙（705-707）年间，与贺知章、张旭、包融并称为“吴中四士”。张若虚是初盛唐之际重要的诗人，对开创盛唐气象的诗风起到了先驱探索的积极作用。中华书局《全唐诗》（1999年版）录张若虚诗仅2首。

春江花月夜[1]

春江潮水连海平，海上明月共潮生[2]。

滟滟随波千万里，何处春江无月明[3]。
江流宛转绕芳甸，月照花林皆似霰[4]。
空里流霜不觉飞，汀上白沙看不见[5]。
江天一色无纤尘，皎皎空中孤月轮[6]。
江畔何人初见月，江月何年初照人[7]。
人生代代无穷已，江月年年只相似[8]。
不知江月待何人，但见长江送流水[9]。
白云一片去悠悠，青枫浦上不胜愁[10]。
谁家今夜扁舟子，何处相思明月楼[11]。
可怜楼上月裴回，应照离人妆镜台[12]。
玉户帘中卷不去，捣衣砧上拂还来[13]。
此时相望不相闻，愿逐月华流照君[14]。
鸿雁长飞光不度，鱼龙潜跃水成文[15]。
昨夜闲潭梦落花，可怜春半不还家[16]。
江水流春去欲尽，江潭落月复西斜[17]。
斜月沉沉藏海雾，碣石潇湘无限路[18]。
不知乘月几人归，落月摇情满江树[19]。

注释

［1］选自《全唐诗》（卷一一七），中华书局 1999 年版，第 1185 页。春江花月夜，乐府歌曲名。本诗为乐府诗歌体裁。

［2］春江，春天里的长江。生，这里指月亮升起。

［3］滟（yàn）滟，形容水波映光的样子。千万里，有的版本为“千万顷”。

［4］芳甸，开满花草的郊野。甸（diàn），古代对郊外之地的称呼。霰（xiàn），天空中降落的白色不透明的小冰粒，此处比喻月光下的春花晶莹洁白。

［5］流霜，飞霜。古人以为霜和雪一样，是从空中落下来的，所以叫流霜。不觉飞，指月色朦胧似有霜霰充塞空中但又感觉不到流霜存在。飞，指流霜飞舞。汀（tīng），水边的平地或小洲。

［6］江天一色，形容宽阔的江面与天际融为一种颜色而无法分辨。纤尘，

极细微的灰尘。孤月，指明月独在天空。晴朗的天空没有云朵，星星又被月光掩盖，天空中只有月亮，所以叫孤月。

[7] 江畔，长江岸边。江，长江。畔（pàn），紧靠江、河、湖、渠、沟、路的地方。何人，谁人、什么人，这里的意思是哪一个人。

[8] 人生，人的生命。无穷已，没有尽头，意思是（人生）一直代代接替下去。已，意思是结束、完成、完毕。只相似，指月亮看上去没有变化，意思是相对于不断变化的看月人，月亮永远没变。只相似，有的版本为“望相似”。

[9] 待，等待。送，运送、输送。

[10] 白云二句的含义是：看到天空的浮云远去，（思妇）想起离家的游子，难以承受那遥远水边的愁思。去悠悠，到很远。悠悠，指渺茫、遥远。青枫浦，地名，今湖南浏阳县境内有青枫浦，这里泛指遥远的水边。也有观点认为，青枫浦泛指游人离别的地点。不胜愁，难以忍受愁情。胜（shēng），动词，意思是承受得了、经得起。

[11] 谁家，哪家。扁舟子，指飘荡江湖的游子。扁（piān）舟，小舟。明月楼，明月照耀下的闺楼。相思，思念，古代文学作品中大多指男女之间思情。

[12] 可怜，可怪。如杜甫《解闷十二首》（其十一）“脆瓜碧梨沈玉瓷，赤梨蒲萄寒露成。可怜先不异枝蔓，此物娟娟长远生。”月裴回，指月光偏照闺楼，久久不肯离去，更加引发思人之苦。裴（péi）回，这里的意思是留恋。月裴回，有的版本为“月徘徊”。应照，意思是像有感应地照在（妆镜台）上。应，这里的意思是感应。离人，指思妇。妆镜台，梳妆台，有的版本为“玉镜台”。

[13] 玉户二句大意：月光照在玉石镶嵌华丽的门庭帘子上，照在捣衣砧上，卷不走也拂不掉。玉户，用玉装饰的门，是古代文学作品中对门的美称。玉户，有的版本为“遮户”。捣衣砧（zhēn），古代洗衣用的捣衣石、捶布石。

[14] 这两句诗是思妇对月感慨。相望，指二人都在相互看着月亮。不相闻，指互相得不到对方的消息。逐，动词，意思是追逐、跟随。月华，月光。

[15] 鸿雁二句字面大意：鸿雁不停地飞翔，但不能飞出无边月光之境；鱼龙潜游在水下，月光照耀江面泛起层层波纹。文，同“纹”，指水面的波纹。这两句诗的含义是，虽然月光无处不在，鸿雁飞得再远也难以越出月光，鱼龙潜游的再深月光也照出层层波纹，但思妇传递消息则无任何渠道。古有鸿雁传书之说，诗中多有鸿雁意象，如卢照邻《关山月》：“寄言闺中妇，时看鸿雁天。”李白《千里思》：“鸿雁向西北，因书报天涯。”韩愈《送陆畅归江南》：“岁晚鸿雁过，乡思见新文。”又，古代有鲤鱼传书的说法，汉乐府《饮马长城窟行》：“客从远方来，遗我双鲤鱼，呼儿烹鲤鱼，中有尺素书。”后人

写诗多用鲤鱼传书的寓意，如骆宾王《夏日夜忆张二》："烹鲤无尺素，筌鱼劳寸心。"

［16］闲潭，空旷幽静的深水池。闲，这里指水面上没有东西。潭，深水池。可怜，这里的意思是可惜。不还家，意思是回不去家、回不了家。

［17］江水流春，意思是春天像江水一样地流逝。欲尽，将要结束、将要完了。欲，副词，意思是将要。江潭，偏义复词，就是指潭。复西斜，又西斜。复，又、再次。斜，古音读作 xiá。

［18］沉沉，深沉迟缓，形容月亮缓缓下沉的样子。藏海雾，指月亮没入潭面的大雾之中。藏，动词，意思是隐蔽、隐匿。海雾，指水潭上面的茫茫大雾。海，古人有时候将大湖或大池叫做海，这里指水潭。碣（jié）石，山名，在渤海边上。潇湘，湘江与潇水，在今湖南。碣石潇湘，两地一南一北，喻指路途遥远，相聚无望。无限路，极言离人相距之远。

［19］落月，指月亮落下，有的版本为"落花"。摇情，指飘荡牵动扰乱人心的离情。满江树，意思是离情洒满了江边的树木。

这是一首七言歌行体诗歌。全诗围绕题目，集中体现了月下春江的美景，构成了诱人探寻的奇妙艺术境界，并在景物感召下抒发了人间离情。

首句到"但见长江送流水"为第一部分，主要写景和表达对人生的思索。

开篇两句描绘出一幅春江月夜的壮丽画面。江潮浩瀚无垠，仿佛和大海连在一起，茫茫无涯，体现出宏大的气势。在茫茫的江面上，一轮明月随着潮水涌出，景象异常壮观。一个"生"字，赋予了明月与潮水极富动感的活力。"春江潮水连海平"展示给读者的是茫茫无涯的黄昏色彩，紧接着一轮明月从海面升起，朦胧的江景中便呈现出洁白的圆月与月光映在海面上的一道光束。江面上的光束与海面上月亮连在一起，犹如茫茫江面上铺了一条伴着波光粼粼的光柱。诗人通过明显的色彩对比，描绘出一个梦幻般的艺术境界。真乃开篇不凡。从"滟滟随波千万里"到"汀上白沙看不见"，具体描绘月光照耀下的春江美景。诗人用细腻的笔触，精微的描写，塑造了一个神话般美妙的艺术境界。月光闪耀千万里之遥，春江无处不在明月朗照之中。江水曲曲弯弯，环绕着郊外花草遍生的春天原野。长江两岸的佳木鲜花盛开，月光倾泻在鲜花之上，整个树林像蒙上了一层晶莹透亮的雪霰。将月光照耀花林比作雪霰，神似绝妙。在浑然一体的月光下，目所及处是一个如冰雕玉砌般的晶莹透亮的世界。"空里流霜"是诗人仰望时所见之境，"不觉飞"是诗人对所处之境的奇妙触觉感受，"汀上白沙"是俯视所见之景，"看不见"是诗人奇异视觉感受。由于皎洁月色充盈整个天空，让诗人产生空中流霜的幻觉，真实的触觉自然是"不觉飞"。由于白沙被月光笼罩，自然给人的视觉是"看不见"。"空里流霜"

两句，写景细腻，比喻传神。以上八句，诗人的笔触从春江开始，由大到小，由远及近，将笔墨凝聚在一轮孤月之上，然后再以明月为中心，描绘了春江、花林、流霜、沙汀等意象，构建了春江花月夜清明澄澈的意境，给人以幽然恬静的美感。

从“江天一色无纤尘”到“但见长江送流水”八句，表现诗人在景物的感召下对人生的思考。环顾江天一色明净清澈的夜景，诗人对着已经跃升到天空的那轮圆月，发出疑问：“江畔何人初见月，江月何年初照人”？这是诗人遐思冥想之后对天发问，也是诗人对人生和宇宙的探秘思考。天问自无答案，思考亦无结果。诗人继续深思：“人生代代无穷已，江月年年只相似。”人的生命不停地代代更替，每个个体生命与江上明月相比，极其短暂。生命难久，江月永恒。这让人不免感叹人生短暂。但好在人生代代无穷，江月年年相同，可以在此中寻找到一丝慰藉。“不知江月待何人，但见长江送流水”两句，颇有气韵。一轮孤月在中天留恋忘返，似在等待着谁，但月光下空无一人，只有大江波涛滚滚，奔腾东流。以上八句诗，聚焦明月与大江，并赋予明月以生命与知性，情感缠绵悱恻，语言流丽婉转。

“白云一片去悠悠”到结尾是第二部分，主要表达月夜中游子思妇的离别思情。

“白云一片去悠悠”到“何处相思明月楼”四句，总写游子与思妇的月下思情。“白云一片去悠悠”以写景起兴，引出男子青枫浦上之愁。“白云一片”承接上文“流水”，行笔非常自然，“去悠悠”开启下文“相思明月楼”，诗意非常贴切。思妇看到天空中飘向远方的白云，便自然想起远在天边的游子。“白云”句一语双关，既指思妇眼中的浮云，又喻指离家远去的游子。天际白云，岸边愁情，扁舟游子，月楼思妇，景中人，人中景，景含情，情入境，人境合一，情景交融。

“可怜楼上月裴回”到“鱼龙潜跃水成文”八句，具体描写思妇对离家游子缠绵悱恻的思念之情，抒发思妇对离人刻骨铭心思念的痛楚。诗人采用移情于物的写法，将思妇的离情别愁的痛苦感受寄寓在月光之上。思妇嗔怪月光无处不在，扰人更加烦恼。因为看到月圆而人难团圆，所以月光使思妇的愁情更浓，离情更苦。不愿看到月光，可月光偏偏徘徊在思妇的闺楼上不肯离去，梳妆台、门帘、捣衣砧……，目之所见周围的一切，都铺满了月光，“卷不去”“拂还来”，让人情何以堪。月光不离左右，女子设想游子也该对着圆月在思念自己吧。二人互相都可以将目光聚焦在同一个月亮上，但却难以得到彼此消息。无奈之下，思妇便生发出大胆奇特而又极为浪漫的愿望：将思念载于明月，让它追随着月光，映照离人身上，以聊慰思情痛苦。“我寄愁心与明月，随君直到夜郎西”（李白《闻王昌龄左迁龙标遥有此寄》），与此句有异曲同工之妙。将愁思随月光而照游子的愿望，聊可略减愁思之苦。然而，随着另一个愿望难以实现，思妇立刻陷入了使她离情更甚、愁情更深的境地：“鸿雁长飞光不度，鱼龙潜跃水成文。”鸿雁难以飞出月光之限，鱼龙潜底后只留下江面的粼粼波纹。无论是鸿雁捎书，还是鱼传尺素（见注释），都根本没有了可能。因此，欲与离人通信息而不得的情景，随即让思妇更加愁苦不堪。感情一波三折，语言清幽雅淡。

“昨夜闲潭梦落花”到“落月摇情满江树”八句，主要写游子思归之情。梦中落花、江上流水、西斜落月、碣石潇湘，游子所见之物，每每触景生情。但事务羁绊，难以归家，眼光久久凝视着江畔月光照耀下摇曳不停的一片树林……。结尾有无穷余韵，令人神思回味。

诗歌全面展示了“春江花月夜”之景，并将情感深深地嵌入意象与意境之中，阐发了诗人对人生的思考，抒发了春江月夜中游子与思妇的眷眷思情。

在艺术上，成就之一是结构完整。诗歌以时间为经，以月为纬，从黄昏月出一直写到拂晓月落。通篇诗作围绕“春”“江”“花”“月”“夜”5个关键字描绘意象，塑造意境，抒发情感。诗中所有的景物都是春天的景物。江水、江畔、江浦、江舟，无不与江相关。前有月照花林，后有江潭落花，前后照应，浑然一体。诗中共用了15个“月”字，除了首句之外，诗中所有景物皆为月下之景。诗中“夜”字虽然仅出现两次，但诗人所触之景，所发之感，所思之情，皆在夜晚。由此可见诗人谋篇布局的艺术功力之深厚。艺术成就之二是意象刻画与意境构建非常成功。月光、江水、花甸、江浦、白云、扁舟、高楼、玉户、卷帘、鸿雁、水波、树林等景物，构成一幅幅淡雅明丽的画卷，且物物含情，景景生情，给人以含蕴隽永的意境之美。艺术成就之三是词清语丽，用语精工，体现了诗人高超的语言驾驭能力。诗中如“江畔何人初见月，江月何年初照人”“玉户帘中卷不去，捣衣砧上拂还来”“鸿雁长飞光不度，鱼龙潜跃水成文”“江水流春去欲尽，江潭落月复西斜”等句用词精切，对仗工整。诗作产生了不少佳句，如“春江潮水连海平，海上明月共潮生”“江天一色无纤尘，皎皎空中孤月轮。江畔何人初见月，江月何年初照人”“不知乘月几人归，落月摇情满江树”等皆是描摹细腻、情景交融的极佳之句。此外，音韵优美也是本诗一大艺术成就。诗作沿用乐府《清商曲辞·吴声歌曲》的旧题（原题就叫《春江花月夜》），36句共用了9韵，每4句换韵，既有多样的声韵变化，又体现出淡雅深沉的语调特色，组成了一首婉转谐美、意蕴深长的情歌。

总体上说，这首诗作沿用乐府旧题来抒写真挚感人的离别情绪和富有哲理意味的人生感慨，构思严谨，意象鲜明，意境感人，语言清新优美，韵律婉转悠扬，已经洗去了六朝以来诗歌的浓脂艳粉气息，给人以澄澈空明、清丽自然的艺术享受。清人王闿运评价此诗说："张若虚《春江花月夜》用《西洲》格调，孤篇横绝，竟为大家。李贺、商隐，挹其鲜润；宋词、元诗，尽其支流。"（《论唐诗诸家源流——答陈完夫问》）此言虽有夸饰之嫌，但张若虚仅仅靠留下的两首诗就能在中国古代文学史上占有一席之地，在唐代众多诗人中脱颖而出，说明这首诗的艺术成就得到了历史的认可，得到了广泛赞誉。难怪闻一多先生称赞《春江花月夜》孤篇盖全唐，是"诗中的诗，顶峰上的顶峰"。（《宫体诗的自赎》）

附：《春江花月夜》繁体字文本

春江花月夜

春江潮水連海平，海上明月共潮生。
灩灩隨波千萬里，何處春江無月明。
江流宛轉遶芳甸，月照花林皆似霰。
空裏流霜不覺飛，汀上白沙看不見。
江天一色無纖塵，皎皎空中孤月輪。
江畔何人初見月，江月何年初照人。
人生代代無窮已，江月年年祇相似。
不知江月待何人，但見長江送流水。
白雲一片去悠悠，青楓浦上不勝愁。
誰家今夜扁舟子，何處相思明月樓。
可憐樓上月裴迴，應照離人妝鏡臺。
玉戶簾中捲不去，擣衣砧上拂還來。
此時相望不相聞，願逐月華流照君。
鴻雁長飛光不度，魚龍潛躍水成文。
昨夜閑潭夢落花，可憐春半不還家。
江水流春去欲盡，江潭落月復西斜。
斜月沈沈藏海霧，碣石瀟湘無限路。
不知乘月幾人歸，落月搖情滿江樹。

第三节 陈子昂经典诗作赏析

陈子昂（661—702），字伯玉，梓州射洪（今四川射洪市）人。唐代文学家，初唐著名诗人。唐睿宗文明元年（684 年）中进士第，先后担任麟台正字、右卫胄曹参军、右拾遗（世称陈拾遗）等职。41 岁时因遭武三思所指使的射洪县令段简的陷害，死于狱中。有《陈子昂集》（又名《陈伯玉集》《陈拾遗集》）。

陈子昂思想比较复杂，以儒家思想为主，但也信奉佛老思想，还喜神仙，任侠尚义，好王霸之道。陈子昂是唐代诗文改革运动的先驱人物。他明确提出诗歌革新主张，反对齐梁“彩丽竞繁”“风雅不作”的文风，倡导恢复“汉魏风骨”，要求诗歌反映社会现实，开创了唐代诗文改革的风气，直接影响了盛唐诗歌创作。中华书局《全唐诗》（1999 年版）录陈子昂诗 2 卷，共 128 首。

一、《感遇诗三十八首》（其二）赏析

感遇诗三十八首（其二）[1]

兰若生春夏，芊蔚何青青[2]。
幽独空林色，朱蕤冒紫茎[3]。
迟迟白日晚，袅袅秋风生[4]。
岁华尽摇落，芳意竟何成[5]。

注释

［1］选自《全唐诗》（卷八三），中华书局 1999 年版，第 888 页。有的版本题为《感遇》或《感遇诗》

［2］兰，兰草、兰花。若，杜若。芊（qiān）蔚（wèi），花叶茂密或草木茂盛。青青，同“菁菁”，草木繁茂的样子。

［3］幽独，幽深孤寂。空林，指空寂的山林。朱蕤，红色的花。蕤（ruí），草木花下垂的样子，这里指下垂的花。冒，动词，意思是冒出、生发。紫茎，紫色的花茎。

［4］迟迟，指时间漫长。袅袅（niǎo），轻盈柔弱或娇弱柔美，这里指草

木微弱细长的样子。秋风生，秋风刮起来了，意思是萧索衰杀的季节来临。

[5] 岁华，兰花和杜若在深林中生长一年才开出花朵，所以称岁华，含生长开花之艰的寓意。华，同“花”。摇落，指兰花和杜若被秋风摇动导致花朵脱落。芳意，指花开不谢的愿望，代指美好的愿望。何成，岂可成、哪里可成。成，动词，意思是达成、实现。

陈子昂诗作有60%以上是古体诗。这是一首通过咏物抒发感慨的五言古诗。用香草美人来抒发君子怀抱是中国诗歌自《诗经》和楚辞以来就有的传统手法。兰花与杜若，都是文人眼中象征君子人格的香草。兰花具有典雅、脱俗、幽静、高洁等寓意。杜若具有清秀、纯洁、优雅等寓意。诗人用兰花和杜若作为描写对象，借此抒怀，寓意不言自明。全诗结构根据诗意，可分两层。前四句表现诗人对兰花与杜若的激赏之情，后四句发出兰花与杜若遭到摧残，美好事物难以永久的慨叹。

开首两句，写兰花和杜若生长茂盛的状态。兰花、杜若历经寒冬，在春天恢复生长，在春夏之际开始全力生发，呈现出郁郁葱葱的茂盛状态。虽立寒冬而不改其性，只要有条件就奋力生长，正是自强不息君子之风的象征。接下来两句，写兰花和杜若的生长环境与幽雅脱俗的姿态。独处空寂山林之中，兰花和杜若表现出卓尔不群的高洁、幽独、雅静。“幽”“空”等环境的渲染，突出兰花与杜若所独具的秀色。诗人用“幽独”“空林色”“朱蕤”“紫茎”等词语，来赞美兰花和杜若的芳姿，用“冒”来表现兰花与杜若积极向上的生命力，将自己的君子怀抱不着痕迹地赋予所咏叹的对象。“朱”“紫”等色彩，在周围幽独空林的环境烘托之下，具有鲜明的视觉感受。以上四句，描绘了兰花与杜若空绝群芳的独特秀色，抒发了诗人对兰花和杜若幽雅绝尘、清芳独放、秀色卓然、绝胜群芳等品质的激赏之情。

接下来诗人将笔锋一转，叙写兰花与杜若的凄然遭际。白天虽然漫长，但对于兰花和杜若生长来说却太短暂。夜幕降临，秋风兴起，肃杀的季节来临。生长在空山深林中的兰花与杜若，凭着自身顽强的生发力，好不容易绽放出美丽的花朵，此时却要遭受秋风摧残。兰花与杜若在秋风中“袅袅”之状，让诗人感到怜惜甚至心悸，看着柔弱纤细的兰花和杜若，想到即将来临的肃杀秋风，让人如何能不为兰花与杜若的命运遭际担忧。岁月难再，美好难永。果然，“岁华尽摇落”，诗人担忧的结果出现了。身处深林，生长缓慢，经过春夏两季拼力生发成长的兰花与杜若，在迎来最美的开花时刻，却遭到萧杀秋风无情摧残，花茎无助地被秋风摇动，花朵尽数脱落。面对如此满目凄然之状，诗人喟然长叹：“芳意竟何成!”美好的事物，在狂暴的恶势力面前，总是那么凄然无助。兰花与杜若欲保持芳容的意愿在萧杀的秋风面前顷刻间毫无悬念地破灭了。兰花与杜若如此，诗人何尝不是如此。陈子昂 21 岁入长安，游太学。初试落第，23 岁中进士，所写《谏灵驾人京书》《谏政理书》被武则天赏识，文名一时显著于京城。他曾上呈《谏刑书》《谏用刑书》《上蜀川安危事》等奏章，主张节制刑措，整饬吏治，恤民息兵，但均未被朝廷采纳。陈子昂志向高远，才识出众，富有才干，但屡遭权臣和政敌的打击迫害，仕途多舛。由于武三思等人的构陷，陈子昂两次入狱，最后于 41 岁死于狱中。陈子昂当时对兰花与杜若发出的慨叹，其实是在鸣自己官场中的不平。才华出众却无所施展，岁月如梭而抱负难以实现，对芳意难成的叹息，表面上由兰花与杜若遭际感发，实际上是诗人对自己人生遭际的悲怆叹惋。诗歌结尾“芳意竟何成”句，点明诗作主题，乃全诗诗意的点睛之笔。

诗歌借咏兰花与杜若的遭际，抒发自己遭遇打击、壮志难酬的不平之气。艺术上突出的特征在于将个人遭际寄语咏叹对象中，前面皆为铺垫，最后一笔点题。诗歌将兰花奋力茂盛生长与秋风肃杀进行鲜明对比，用空寂的山林烘托兰花与杜若的秀色，笔短情长，用语简约，体现出陈子昂诗作托物寄情内容深刻、情感真挚且刚健质朴的艺术风格。

附：《感遇诗三十八首》（其二）繁体字文本

感遇詩三十八首（其二）

蘭若生春夏，芊蔚何青青。
幽獨空林色，朱蕤冒紫莖。
遲遲白日晚，嫋嫋秋風生。
歲華盡搖落，芳意竟何成。

二、《登幽州台歌》赏析

登幽州台歌[1]

前不见古人，后不见来者[2]。
念天地之悠悠，独怆然而涕下[3]。

注释

[1] 选自《全唐诗》（卷八三），中华书局 1999 年版，第 899 页。幽州，

唐时郡名，属河北道，故址在今北京市西南的大兴区一带。幽州台，即蓟北楼。歌，歌行体，在乐府诗基础上发展而来的一种古代诗歌体裁。武则天万岁通天元年（696 年），陈子昂随军北征契丹，到达燕京一带，登幽州台，感慨燕昭王重用乐毅之事，慨然写成这首诗。

[2] 前不见二句大意：以前像燕昭王那样能任用贤才的古人或许曾经有，但自己没有见到。后来这样的贤者或许还会有，但自己看不到了。古人，指像燕昭王那样可以慧眼识才并大胆启用的明主或贤者。来者，与古人的含义相同。

[3] 念，动词，意思是想到、考虑到。天地之悠悠，指天地的空间和时间无限久远。悠悠，指岁月久远或距离遥远。独，独自。怆（chuàng）然，感伤凄然的样子。涕下，指眼泪流下、掉眼泪。涕，眼泪。

陈子昂的古体诗以思想深邃、形式质朴古直为唐诗创作提供了新的艺术范式。（杜晓勤，1996）《登幽州台歌》是传颂千古的一首唐诗，也是整个唐代的一首奇诗。读这首诗，必须首先了解清楚这首诗的写作背景。陈子昂任侠使气，自幼习武，十七八岁之后才开始发奋读书，21 岁到长安太学读书，初试落第，23 岁中进士。唐睿宗垂拱二年（686 年）任麟台正字的时候，随唐高祖李渊的外孙乔知之率领的军队，到过西北边关。陈子昂知晓兵事，具有政治远见，他与乔知之交情很深，曾给乔知之写过《为乔补缺论突厥表》，文中细陈突厥边患，分析当时边防弊端和军队积弊，提出屯兵实边、挑选精兵良将、持久御敌之策，颇有见地。武则天延载元年（694 年），33 岁的陈子昂，在武则天酷吏政治之下，被以“逆党”罪名陷害入狱。虽然不久释放并恢复官职，但他对武则天的朝政有了深刻的认识。武则天万岁通天元年（696 年），北方游牧民族契丹犯边，武则天派武攸宜率军去征伐契丹。陈子昂以右拾遗的身份担任武攸宜的参谋，随军出征。这是陈子昂第二次从军。武攸宜是武则天的侄子，被封授建安王，凭武氏家族的出身获得高位，也因与武则天的血缘关系执掌军队。武攸宜昏庸无能，并不通晓军事，轻率而无谋略，导致战场失利，前锋大败，全军震惊。陈子昂多次向武攸宜提出分兵万人作为前锋，亲自率兵杀敌。武攸宜以陈子昂历来是书生为由，谢绝了他的请求。陈子昂向武攸宜多次提出谏言，不但不被采纳，而且被贬为军曹。其实，武则天以及武氏集团对陈子昂并不认可，他的人生结局也是因武三思等人构陷而死于牢中。因此，即使他具有排兵布阵、纵横疆场的才能，武攸宜也不会把兵权交到他手上，他的策略也不可能得到武攸宜的采纳。这首诗就是陈子昂在杀敌请命被拒绝后的某一天，登上幽州台，感慨燕昭王与乐毅之事而写的。

开头两句是诗人因思燕昭王重用乐毅之事而发出的感慨。乐毅是战国后期著名的军事家，他出生在赵国，后来到了魏国。乐毅自幼为人聪慧，喜好兵法。乐毅以魏国使臣身份到了燕国后，得到了燕昭王赏识。燕昭王礼贤下士，聘乐毅做了亚卿，后来任他为燕国上将军。乐毅辅佐燕昭王，攻强齐，兴弱燕，做出了杰出贡献。陈子昂屡遭打击，壮志难酬，报国无门，建功无望，他激赏燕昭王慧眼识才和诚心用人的贤君人格，发出振聋发聩的呼号："前不见古人，后不见来者。"

陈子昂认为，像燕昭王这样礼贤下士、识大才并重用人才的贤君或上司，自己以前没有遇到，今后也可能永远不会遇到了。这是陈子昂在悲时伤世之后近乎绝望的呼号。明主贤臣历来是中国文人的理想政治模式，但也是古代大多文人们一厢情愿的梦幻。在封建人治时代，文人士子的人生理想能否实现，很大程度上取决于是否能得到统治者的认可。统治者则往往并不从德才维度去考量属下，而是更多地从血缘姻亲、忠心可靠、出身门第以及自身统治地位稳固与利益交换等角度考虑授权对象。所以，"腾驾罢牛，骖蹇驴兮，骥垂两耳，服盐车兮"（贾谊《吊屈原赋》）"英俊沉下僚"（左思《咏史》）的现象在人治时代普遍存在。陈子昂所发出的仰天大声的呼喊，道出了中国古代千千万万怀才不遇知识分子的心声。

"前不见古人，后不见来者"是绝望，更是一种旷世孤独。个人才识不被统治者认可，固执且不畏强暴的秉性，加之任侠尚义的性格，使得陈子昂屡屡在仕途上遭到打击。已过而立之年的陈子昂，在登上幽州台上环顾四周，俯仰天地，追溯历史，展望未来，一种无以拟比的孤独感不觉一阵阵地袭上心头，于是悲愤情感压抑不住地喷发出这两句千古传唱的绝世慨叹。

后两句抒发了诗人感到功业难成绝望后的悲怆心情。"念天地之悠悠"，道出了诗人对时空无限而人生苦短的深刻理解。天地悠悠永存，但人生非常短暂；天地时空无限，但个人时光难再。深感时光易逝而报国无门的陈子昂，登上幽州台之后四顾天地，所看到的是茫茫无边的苍天和苍茫寂寥的大地。他沉思很久很久，全面回顾盘古开天地以来的过去，认真审视唐王朝的现实，冷静思考唐王朝和自己的未来，结果只有一片茫然。他感到政治理想难以实现，功业无望，仕途渺茫，便忧愤而无奈地抒啸"天地悠悠"的长叹。情到此时，诗人不禁满眼含泪，泪水随着诗人俯首倾泻而下，抛洒长襟。情已至此，诗人无法找到更合适的语言表达内心的忧愤惆怅，只好用"独怆然而涕下"做结束语。此种由真实感情自然喷发而凝成的语言，更具有震撼人心的艺术效果。

前面说过，这是一首旷古奇诗。古人登高赋诗，往往通过描绘景物意象营造意境为抒情作铺垫，或者将感情寄寓景物描写之中，采用情景交融的手法抒发情志。但是，陈子昂这首登高诗作，无一句写景，无一个意象，更没有构建任何意境。如果隐去题目，读者根本看不出这是一首登高赋诗之作。诗人开篇就直接抒发感慨，然后用两句叙写登楼时的“念”与“泣”的行为。短短四句诗22个字，没有一句雕琢的语言，没有一个刻意选择的文字，全是从诗人心底自然流淌而出的大白话。然而，这首诗往往令人拍案叫绝。读此诗者，无不受其感。这是真实的力量。真实是文学的生命。这首诗之所以感人肺腑，是因为它字字由诗人真情实感凝结而成。

这首诗歌在音韵方面也独具特色。诗歌采用古诗句法，前两句每句各为5个字，后两句每句各为6个字，既在两句内保持了整齐的句式，又在前后之间形成参差相错句式。诗歌的音韵停顿格式为“前——不见——古人，后——不见——来者。念——天地——之——悠悠，独——怆然——而——泣下。”音节在急促中兼有悠扬，音韵顿挫，极具艺术感染力。

诗歌语言毫无雕饰，自然质朴，集中体现出陈子昂诗歌气高骨傲、格调刚健、苍凉梗概的风格。

附：《登幽州台歌》繁体字文本

登幽州臺歌

前不見古人，後不見來者。
念天地之悠悠，獨愴然而涕下。

三、《晚次乐乡县》赏析

晚次乐乡县[1]

故乡杳无际，日暮且孤征[2]。
川原迷旧国，道路入边城[3]。
野戍荒烟断，深山古木平[4]。
如何此时恨，噭噭夜猿鸣[5]。

注释

[1] 选自《全唐诗》（卷八四），中华书局1999年版，第901页。晚次乐乡县，晚上住在乐乡县。次，临时住宿。乐乡县，在今湖北荆门，唐代属襄州。

[2] 杳无际，形容故乡遥远，像在无边无际的地方。杳，渺茫、遥远。

无际，没有边际。且，副词，意思是尚且、还。孤征，孤身一人赶路。征，走远路。

［3］川原，指山川和原野。迷旧国，看不到昔日故乡。迷，迷失，这里的意思是看不到、找不到。旧国，这里指故土、故乡。入，动词，意思是进入、通向。边城，边远小城。乐乡县原属楚国，唐代以陕西关中与中原地区为中心，故称乐乡县为边城。

［4］野戍，野外戍边的地方。荒烟，荒远弥散的烟尘。断，断开、不连贯。这里指烟尘断断续续。古木，古树。平，指树木分不出高低。

［5］如何，奈何、怎么办，这里的意思是无可奈何、不知如何处置。恨，遗憾、惆怅。噭（jiào）噭，象声词，猿的叫声。夜猿，夜里的猿。

这是一首含有羁旅行役之意的五言律诗，表露了诗人孤旅途中抑郁苦闷的心情。

首联写诗人远离故土，孤身一人在苍茫暮色中长途跋涉的情景。出门在外的人，在遇到困难和心情郁闷的时候，思乡（想家）之情便油然而生。对于身处官场的中国古代文人，咏唱羁旅行役之诗，实际上委婉曲折地表达在官场中具有诸多不顺。通常，一个人的思乡之情往往在夜幕降临的时候更为浓烈。陈子昂自幼为人仗义疏财，慷慨任侠，乐为奇举，进士及第之前，曾在长安当街摔琴，扬名京都。进士及第做官之后，他仍然性情耿直，在右拾遗任上，直言敢谏，招致武三思等武氏集团和其他权贵的不满，因此仕途多有不顺，曾被诬陷为“逆党”入狱。仕途上滞碍连蹇的陈子昂，独自一人在暮色苍茫的黄昏时分遥望故土，比起常人的思乡之情，就更浓更甚了。故乡远在万里之外，遥似漫无边际，思乡却偏偏看不到故乡，令人不免无限惆怅。

颔联和颈联写征途所见之景。莽莽原野在苍茫暮色中一望无际，使人迷失方向，分辨不清故土到底在哪里。长长的道路弯弯曲曲通向边远的小城。极目望去，在荒远的原野上，戍边的士兵点燃篝火所产生的青烟，在晚风的吹拂下，与尘土融到一起，断断续续飘荡在空中。群山在暮色中朦朦胧胧，山上的树林在荒烟和苍茫夜色中，依稀难辨高低，隐隐约约、模模糊糊地映入苍茫的天际线。视线由近及远，意境寥廓苍茫，景中蕴含着淡淡的凄凉、孤寂和落寞之情。

尾联抒发诗人苦闷孤寂的羁旅乡思之情。诗至第七句，才开始明确抒情。但诗人仅言“如何此时恨”，对无良策消除苦闷惆怅之情发出慨叹，并不明言是什么苦闷让自己如此惆怅。当人们还期待他进一步说明时，诗人却宕开不言“恨”，转而去写入夜之后远处传来的猿猴凄厉的长鸣。这种欲放又收、顿挫跌宕的笔法，不但增添了诗作含混朦胧的艺术韵味，而且更能富有蕴含地有效表达作者的愁情。

陈子昂诗歌大多以抒发怀抱、激越悲慨、托物寄情、质朴明朗见长。但这首诗则具有含而不露、深远精微、婉曲有致、笔法细腻的特色，体现出含蓄深婉的艺术风格。诗歌以时间为线索，从黄昏写到入夜，在结构上用七句诗写景状物，仅有一句抒情，构思奇妙，效果独特。诗歌语言质朴但又不失精深，特别是“孤征”“荒烟”“古木”等词，构成精微意象，耐人寻味，“迷”“入”“断”“平”“鸣”等词贴切传神，蕴藉深远。

附：《晚次乐乡县》繁体字文本

晚次樂鄉縣

故鄉杳無際，日暮且孤征。
川原迷舊國，道路入邊城。
野戍荒煙斷，深山古木平。
如何此時恨，噭噭夜猿鳴。

第四节　张九龄与贺知章经典诗作赏析

一、张九龄《望月怀远》赏析

张九龄（678—740），字子寿，韶州曲江（在今广东韶关市）人，世称张曲江，唐代政治家，初盛唐之际著名诗人。武则天神功元年（697 年）进士，官至中书门下平章事（宰相），玄宗开元二十四年（736 年）被李林甫所僭罢相。有《曲江集》。

张九龄早期诗歌呈现词彩清丽婉约特色，晚期逐渐转向超逸朴质遒劲风格，诗作中五言古诗的成就最高。中华书局《全唐诗》（1999 年版）录张九龄诗 3 卷，共 218 首。

望月怀远[1]

海上生明月，天涯共此时[2]。
情人怨遥夜，竟夕起相思[3]。
灭烛怜光满，披衣觉露滋[4]。

不堪盈手赠，还寝梦佳期[5]。

注释

［1］选自《全唐诗》（卷四八），中华书局 1999 年版，第 594 页。远怀，怀念远方的情人。

［2］天涯共此时的主语是诗中的主人公与其情人。

［3］情人，意思是多情之人，指诗中主人公。怨，埋怨、责怪。遥夜，长夜。竟夕，整个夜晚。

［4］灭烛二句是因诗歌音韵所需而倒置语序的句子，正常的语序应为“怜光满灭烛，觉露滋披衣”，大意是：喜欢明月之光而吹灭灯烛，感觉到露水生起而披上衣衫。怜，爱、喜爱。光满，指月光洒满四处。露滋，指露水出现且越来越浓。

［5］不堪盈手赠，意思是无法捧起月光而赠予思念的情人。“盈手”一词化用陆机《拟明月何皎皎》“照之有余辉，揽之不盈手”句意。还寝梦佳期，意思是回到卧房睡觉，希冀能够在梦中与思念的人相见欢娱。期，期望、等待、相约。

这首五言古诗，历来多有人认为主人公是诗人自己，所表达的内容是张九龄宦游在外对远方情人的思念。但从内容上看，将之作为一首思妇诗欣赏，更符合诗作的情感基调。就其客观文本赏析而言，这是一首情诗，主人公是一名独守空闺的女子。在古代，导致女子独守空闺，对于社会上层而言，主要原因是丈夫外地做官、宦游或领兵出征。对于下层而言，主要原因是在外务商、服兵役或徭役。这首诗的主人公应为上层社会的大家闺秀，她所思念的情人，应是远离家乡在外宦游或出征的男子。

诗人开篇就将一个宏阔的意境展示给读者，景色描写所具有的气韵颇有盛唐气象：一望无际的大海上，有一轮圆月跃出海面，顷刻间天空明澈，海面银光斑驳，四周空阔清幽。在阔远浑融的意境中，主人公出现了，她和远在天涯的男子同处于千里婵娟之下。“天涯共此时”是破题之句。由景入情，诗人将笔触聚焦在一个仰首望月的女子身上。她想象着令自己日思夜想的男子，此时也在望月，也在思念着自己。二人远隔天涯，但在明月之下、万里同辉的此时，虽然空间无法定位，但通过想象，借助月光，他们可以在心理上暂时实现心心相印。女子实现与所思之人共情的唯一媒介是她眼中的这轮圆月。因此，接下来的诗句，皆围绕月光而写。

三、四两句诗，写女主人公因思情而长夜难眠的情景。夜深了，女子辗转反侧，思情萦怀，难以入睡。女主人生怕心上人此时并无思念自己，因此便埋怨自己是“多情”之人。埋怨自己多情之后，她又埋怨夜晚太长。怨这怨那，其实是女子因思情所扰而导致的心理反应。恋人相守惜时短，愁人独居恨夜长。女子一边埋怨，一边又忍不住地思念远在天涯的男子。“竟夕起相思”表现了女子在埋怨和思念的复杂心理折磨中度过了整个夜晚。今天的我们，即使情人远在万里之外，也可以通过通讯工具即刻明确对方的地理位置，及时了解对方的情况。应该明白：诗中所描述的时代，根本无法及时了解对方情况，如果是男子宦游或出征，则连他所处的地理方位甚至生死也无法明确。这与我们现今知其定位并了解情况思念的性质和愁苦程度完全不同。古代女子思念宦游或出征的男子，不仅仅是情感的空虚，而且还有对其患病甚至生死等多种担忧。如果能想到这一层，在赏析诗句中就可能更容易、更深刻地理解和体味女主人公彻夜难眠的心情。

五、六两句诗，写女主人苦于思情而整夜难眠的两个具体细节。“灭烛怜光满”这一细节，形象地描述了女子对于月光的痴迷。整夜无眠的她，想将所有的情思都倾注于明月，并希冀通过明月传递给天涯之外的心上人，因此她才对月光如此热爱，以至于将灯烛吹灭，以便月光透过窗户照亮屋子的每个角落。“披衣觉露滋”这一细节，则形象地描述了女子为情所困、为情所苦的心理状态。为了更好地看月，女主人公走出屋外，天空明月由东到西，她的目光也随着明月移动。或许有时候，她的思绪一片空白，眼光呆滞地看着月亮。夜深了，露水打湿了地面，湿气越来越重，她不得不加披一件衣衫，然后继续伫立于屋外，凝视逐渐西沉的明月……。

结尾两句，写女子对男子的无比思念和痴恋。女子沉迷于整夜看月，是因为她将月光视为唯一能够借助之实现与心上人心灵相约的介质。她在心底里希望男子也能如此对待月光。因此，便有了欲捧月光赠远方男子的行为。然而，“不堪盈手赠”，月光是无法捧在手里的，更无法将之赠予远在天边令她日思夜想的男子。于是，女子布满伤痕的心灵又一次受到打击。整夜无眠被思情折腾得已经身心俱疲的女主人公，无奈之下只好做出“还寝”决定，希望能够在梦中见到男子。读诗至此，应对如此痴情的女主人公给出一个良好的祝愿：愿她能够在梦中与男子相会……。诗人巧妙的结尾，令诗情余韵袅袅，回味无穷。

这首诗意境雄浑阔远，抒情委婉朦胧，语言富有情致。人们总习惯于从政治家的角度去解读这首诗，认为是诗人思念家人之作，将诗歌的主人公定位为张九龄。如此读诗，总觉难以体味诗句的韵味。葛兆光先生认为，这首诗是作者以女子口吻所做。（葛兆光，2018）笔者极为赞同此观点。因此，赏析本诗最关键的需要打破原有观点的束缚，将主人公定位为空守闺房为思情所困的女子。这样才能更好地体味诗句的韵味，得到更深切的艺术享受。

附：《望月怀远》繁体字文本

望月懷遠

海上生明月，天涯共此時。
情人怨遙夜，竟夕起相思。
滅燭憐光滿，披衣覺露滋。
不堪盈手贈，還寢夢佳期。

二、贺知章经典诗作赏析

贺知章（659—744），字季真，晚年自号四明狂客，越州永兴（今浙江萧山）人，一说山阴（今浙江绍兴）人。初唐著名诗人，书法家。武后证圣元年（695年）进士及第，历任国子四门博士、太常博士、集贤院学士、礼部侍郎、工部侍郎、太子宾客等职，官至秘书监，世称贺密监。后人辑有《贺密监集》。

贺知章性情放诞，生性嗜酒，有诗书才艺，是“吴中四士”之一。他的诗作明淡质朴，以绝句见长，书法尤其是草书成就很高。中华书局《全唐诗》（1999年版）录贺知章诗1卷，共19首。

（一）《咏柳》赏析

咏柳[1]

碧玉妆成一树高，万条垂下绿丝绦[2]。
不知细叶谁裁出，二月春风似剪刀[3]。

注释

[1] 选自《全唐诗》（卷一一二），中华书局1999年版，第1148页。有的版本题为《柳枝词》。

[2] 碧玉，喻指春天里柳树长满的嫩绿色的树叶。绦（tāo），丝织的带子或绳子，喻指柳条。

[3] 裁，剪裁。二月，指古历二月。

贺知章与陈子昂是同代人，有人说他俩同岁。（冯建国，2007）贺知章是唐代少有的高龄诗人，这使得他的诗歌创作横跨初唐和盛唐两个时代。虽然他的文学才华和诗歌成就主要体现在盛唐时期，但人们习惯上把贺知章划归初唐诗人。这首七言绝句是咏物诗，描写早春柳树景色，并用形象的语言揭示柳树美景形成的原因。

开首句，诗人用拟人化的手法将柳树描绘成一个美女，让人从柳条垂下的碧绿嫩叶中联想到婀娜多姿的小家碧玉女子的神态。第二句诗从首句继续生发，具体写早春柳树的美丽姿态。上句写柳树“高”，下句写柳条“垂”，视角从上到下，由高到低，将柳条比作柔美的丝带，形象地展示出柳枝下垂，随风轻摇，柔美清幽的神态。

三、四两句诗，诗人将笔锋一转，由前面展示柳树风采转为探求春柳之美的原因。诗中采用自问自答方式，应用大胆而形象的比喻，揭示春风的魅力。春风和剪刀，一个有形，一个无形，一个坚硬锋利，一个轻柔和煦，二者形象差异巨大。若在平时，人们无论如何也不可能将二者联系起来，更不能相互作为比较。但在诗人的艺术设计之下，“春风”和“剪刀”则成为了一对绝美精伦的本体和喻体，且显示出诗歌别出心裁、逸趣横生的艺术魅力。

诗作体现了诗人巧妙设喻的高超艺术手法。前两句诗采用借喻手法，本体和喻体之间的相似点是“形”，这样的比喻手法隐而不显，但柳条轻柔和少女婀娜多姿的“形似”之处一目了然。后两句诗采用的是明喻，本体和喻体之间的相似点是“意”，这样的比喻手法显而不隐，但本体春风和喻体剪刀之间的“意似（或神似）”之处则需要读者仔细体味。两处比喻，构成四句诗，句句精粹。但令人拍案叫绝的，还是后两句，虽精巧绝伦，但又似不经意间自然流出，毫不见斧凿之痕，这充分体现出贺知章高超的艺术思维与表现能力。这首绝句的后两句诗，后人多有仿效，但艺术韵味很难达到如此之高境界，如宋代诗人梅尧臣《东城送运判马察院》“春风骋巧如剪刀，先裁杨柳后杏桃”句，明显是从本诗“不知细叶谁裁出，二月春风似剪刀”的诗句中化用而出，但仔细体味艺术韵味，便觉得前者与后者相差甚远。

附：《咏柳》繁体字文本

詠柳

碧玉妝成一樹高，萬條垂下綠絲縧。
不知細葉誰裁出，二月春風似剪刀。

（二）《回乡偶书二首》赏析

回乡偶书二首[1]

少小离家老大回，乡音无改鬓毛衰[2]。
儿童相见不相识，笑问客从何处来[3]。

离别家乡岁月多，近来人事半销磨[4]。
唯有门前镜湖水，春风不改旧时波[5]。

注释

［1］选自《全唐诗》（卷一一二），中华书局 1999 年版，第 1148 页。有的版本题为《回乡偶书》。

［2］离家，原诗为“离乡”，据别本改。无改，原诗为“难改”，据别本改。鬓毛，有的版本为“面毛”。衰（shuāi），指年老鬓发疏落变白。

［3］笑问，有的版本为“借问”或“却问”。客，指被儿童误认为外乡人的作者自己。

［4］销磨，本义是消耗、磨灭，这里含人事多变之意。销磨，有的版本为“消磨”。

［5］镜湖，即今浙江绍兴的鉴湖，原名镜湖，据说宋代因避宋高祖赵匡胤之祖父赵敬的名讳而改为鉴湖，又名长湖、太湖、庆湖。贺知章故居在镜湖旁边，故又称贺鉴湖。

贺知章前半生在官场并不如意，36 岁以状元名次中进士第，年过半百仍在低级官位上蹭蹬不遇。李隆基先天政变之后，贺知章仕途开始平顺，几乎是一路坦途。（唐雯，2022）唐玄宗天宝三载（744 年），贺知章因病上疏请度为道士，请求告老还乡。他要求舍自己在京城的房屋改为道观，求得湖泊数顷为放生之地。唐玄宗准许他归乡，诏令在长乐坡饯别贺知章，并赐诗一首赠给他。贺知章辞别京城归乡之际，皇太子率百官为他饯行。回到家乡后，贺知章在镜湖旁边过起了归隐的生活。这两首七绝写于贺知章晚年归乡逸居镜湖之畔。

第一首绝句，写归乡之初所遇趣事，体现出贺知章初归家乡的多重心态。这首诗语言质朴，格调活泼，对于一般读者不存在理解的任何障碍。“作诗无古今，唯造平淡难”（北宋梅尧臣《读邵不疑学士诗卷杜挺之忽来因出示之且伏高》）自然平淡的诗歌难做，赏析也不易，需要读者从平易中咀嚼出韵味，特别是需要用心体味作者平淡诗句之外的用意。否则，虽是成人读诗，收获则与孩童无异。欣赏这首诗，重点需要斟酌诗句之外的韵味，体味诗人当时的心情。“少小离家老大回”，当年辞家外出的那个意气风发少年，如今成为一个满头银发老人，回来了。当年人生的起点，今天成为人生的终点。家乡还是那个家乡，但回到起点的主人公，却由充满建功立业雄心壮志的小伙，变成了一个心静如水看透一切的道士老者。从少小到老大，从辞家到归乡，这期间所经历人世间的酸甜苦辣与官场中的千难万险，只有诗人自己清楚，不必说，也无需说，因此诗人用朴质无华的七个字，概括了自己的一生。这句诗，既是对自己功成名就、荣归故里的人生总结，又是久客他乡、宦游一生的人生感慨，既包含诗人一生宦海得以保全的释然心情，又具有作者对环境人事多变、物是人非的慨叹心理。在经过一番五味杂陈的心理感受之后，诗人轻轻用一句“乡音无改鬓毛衰”，淡然地总结了自己从离家到归乡的“不变”与“变”。不变的是一口地道的乡音，改变的则是由黑发油油到白发苍苍的容颜。当然，不变的还很多，诗人表面上只说乡音未变，其实“乡音”暗含很多未变的东西：对家乡的依恋、做人的本心、为人的底线、直率的性情、旷达的心态，等等。只是受诗句字数所限诗人难以逐一道出，或者是这个归乡老人不愿过多唠叨罢了。自然，改变的要比不变的东西更多，但诗人只是淡淡地说出容颜的变化，其他的一切变化闭口不谈。在宦海打拼一生，经过多少风雨，历经多少险境，耳闻目睹各种明争暗斗，所见所闻无数宦海沉浮，人生的变化实在太多了。但诗人为何只说自己的容颜变化呢？当时的贺知章已 85 岁，是一个病体缠身的耄耋老人，他以道士身份归乡隐居。宦海之中的一切沉浮，人世间的一切炎凉，他早已看淡甚至看破了，除了皮囊和容颜之变，其他一切变化在他眼中早已成空了，还有必要赘言吗？想到这一层，便可领会诗人的用意与高妙之笔。从诗歌的情感发展角度看，“乡音无改鬓毛衰”句，承上启下，使首句所表达的多重情感和略有沉重的心情，自然地过渡到三、四两句自然诙谐、调笑轻松的情调。诗作选择一群天真无邪的孩童，作为诗人初归家乡首次接触的“老乡”，看似自然平淡，实则用心良苦。告老还乡的贺知章，辞别京城之时动静如此之大，消息可能还在他未回到家乡之时，已经传到当地“父母官”和乡绅富豪的耳朵里了。当地官员和乡绅，很可能是迎接贺知章归乡的第一拨人。还有那些相迎的车马、洗尘的酒宴，能少得了吗？为何诗人将“迎接”的对象聚焦到一群孩童呢？诗歌是艺术，选材需要服务诗人所表现的旨意或情志。贺知章用一群孩童的嬉笑问话，作为这首诗的结尾，是为了表达他晚年归乡一种释然恬淡的心情，也暗暗映射自己宦海一生虽年过八旬但童心未泯。虽然孩童将他称“客”，回归桑梓之地反倒成了陌生人，但丝毫不妨碍这位耄耋道士回乡之际，在与孩童的戏谑逗笑中，体会到趣味横生的愉悦心情。

第二首绝句，写回乡之后的感慨，表现出作者淡然面对世间变化的心态。镜湖相传因黄帝在此铸镜而得名。贺知章的家族居住在镜湖旁边，是会稽（今绍兴）当地的一个高门望族。据说会稽贺氏有个祖先姓庆，故此湖又名庆湖。到了汉代，为了避汉安帝刘祜之父刘庆名字的讳，此湖又改名为贺家湖。贺知章以道士名义告老还乡之时，唐玄宗将镜湖赐给他。能在家乡的镜湖旁修道，贺知章自然非常惬意。元代诗人李孝光曾以“当时贺老狂复狂，乞得鉴湖此生足”（《鉴湖雨》）诗句赞叹此事。面对镜湖，诗人抒发清虚淡然的咏叹，体现沉静淡泊的情怀。

开首两句，写回到家乡之后所了解到的诸多有关人的各种变化。贺知章少小离家，身居官场多年。这位85岁高龄的老人，回到家乡后，发现原先的许多人已经不在人世了，有些人已经今非昔比了，有些人同自己一样容貌变了，也有些人连品性都变了……。人间荣辱、世态炎凉、亲朋沉沦，这一切不胜枚举的变化，诗人用“半销磨”一词淡然道出，虽然有些淡淡的深沉，但总体上反映出诗人清虚面对人间变化的淡然心态。结尾两句，诗人将淡然的心态自然过渡到平静清虚。清澈明净的镜湖水，春风吹来之时，依然泛起与诗人年少时所见的微波一样，一切都未曾改变。以变观之，沧海桑田，物是人非；以不变观之，湖水依旧，山河永存。贺知章写出此诗之后不久便与世长辞了。一个已成道士身份的耄耋老人，自然会感觉到自己不久于人世。此时的贺知章无理由为“人事销磨”而面对湖水伤感，更何况宦海一生的他，有何“人事销磨”看不破。我们可以根据诗作体味这位归隐镜湖之畔的道士当时的心态：静静地望着镜湖，诗人仿佛觉得自己的心境犹如镜湖之水，虽然面对“人事销磨”，犹如镜湖在春风掠过之时泛起微波，但终究清澈未变，明净依然。

贺知章是唐代知名度很高的文人（陈尚君，2012），这两首诗结构简洁清晰，语言清新质朴，情感自然真切，韵律和衷流畅，格调闲雅淡远，充分体现了贺知章诗作从容淡雅、疏朗清练的特色。

附：《回乡偶书二首》繁体字文本

囬鄉偶書二首

少小離家老大囬，鄉音無改鬢毛衰。
兒童相見不相識，笑問客從何處來。

離别家鄉歲月多，近來人事半銷磨。
唯有門前鏡湖水，春風不改舊時波。

第二章　盛唐田园山水诗人经典诗作赏析

盛唐田园山水诗大量出现并形成一个诗歌流派，既有政治、经济、文化等社会原因，也有创作主体方面的原因，同时也是田园山水诗歌发展的结果。

盛唐时期社会安定，国力强大，政治、经济、文化全面繁荣。文人士大夫的物质生活优裕，为漫游行旅、赏玩山水提供了必要条件。当时，社会上佛道思想盛行，道家崇尚自然及返朴归真的追求和佛家禅宗净心明性的境界，为诗歌提供了文化及审美心理的积淀。文人的隐逸情怀也与山水田园诗的形成有紧密的关系，此时文人大多并非为隐而隐，而是酿成了一种向往自然、追求超然独立的文化心态和崇尚自然的审美趣味。

中国的田园山水诗很早就已出现，《诗经》和楚辞中就有不少描写田园和山水的诗句。晋宋以来田园山水诗兴起，特别是陶渊明的田园诗和谢灵运的山水诗，为唐代田园山水诗提供了艺术上的借鉴。盛唐一些诗人继承晋宋以来田园诗和山水诗的创作传统，形成了以田园山水为题材、具有相近艺术风格的诗歌流派——田园山水诗派。

盛唐田园山水诗派（又称山水田园诗派），以王维和孟浩然为主要代表，故又称“王孟诗派”。此外，还有储光羲、常建、祖咏、裴迪、綦毋潜、王湾等代表诗人。他们的一些诗歌描绘自然山水和田园风光，表现返朴归真、怡情养性的情趣，抒写隐逸生活的闲情逸志。田园山水诗人的诗歌提高了诗歌表现自然景物的艺术技巧，风格清新自然，意境淡远闲适，写景状物工致传神，是唐诗艺苑中的一枝奇葩，对后世的诗歌创作有很大的影响。

第一节　王维经典诗作赏析

王维（701—761），字摩诘，祖籍太原祁（今山西祁县），家居蒲州（今山西永济县），初唐著名田园山水派诗人，著名画家。唐玄宗开元九年（721年）进士及第，历任大乐丞、济州司仓参军、右拾遗、监察御史兼河西节度判官、左补阙、库部员外郎、吏部郎中、给事中等职。安史之乱长安失陷后，曾被迫出任伪职，长安光复之后被下狱，因弟王缙平叛有功替他赎罪，且任伪官期间写诗抒发思念唐朝之情而得以免罪，出任太子中允、中书舍人、给事中等职，官至尚书右丞，世称“王右丞”。有《王右丞集》。

王维是一个多才多艺的著名诗人。他精通音乐，擅长绘画，首创水墨山水画，为南宗山水派之祖，精于书法，善制盆景，具有多方面的艺术修养。王维的诗歌创作主要有田园山水诗、游侠边塞诗以及赠别酬唱等其他诗作。成就最高的是田园山水诗。王维作诗各体兼擅，尤以五言律诗、五言绝句和七言绝句成就最高。他的诗作艺术风格多样，最突出的是淡雅闲逸、空灵透脱的艺术风格。王维生前及后世均享有盛名，有“天下文宗”和“诗佛”美称，对后人影响很大。历代编著其作品的著述较多。中华书局《全唐诗》（1999 年版）录王维诗 4 卷，共 384 首。

一、王维经典田园山水诗赏析

（一）《渭川田家》赏析

渭川田家[1]

斜阳照墟落，穷巷牛羊归[2]。
野老念牧童，倚杖候荆扉[3]。
雉雊麦苗秀，蚕眠桑叶稀[4]。
田夫荷锄至，相见语依依[5]。
即此羡闲逸，怅然吟式微[6]。

注释

[1] 选自《全唐诗》（卷一二五），中华书局 1999 年版，第 1248 页。有的版本题为《渭水田家》。渭川田家，渭河边的农家。渭川，渭河，又称渭水，贯流陕西关中。田家，农家。

[2] 斜阳，有的版本为“斜光”。墟（xū）落，村落、村庄。穷巷，小浅的巷道。穷，小、浅，这里指一眼望尽。“穷巷牛羊归”取《诗经·君子于役》“鸡栖于埘，日之夕矣，羊牛下来”句意。

[3] 野老，农家老头。野，山野、田野，这里指农村。念，挂念、惦念。牧童，有的版本为“童仆”。候，等候。荆扉，用柳条等编制的柴门。

[4] 雉雊，野鸡叫。雉（zhì），俗称野鸡。雊（gòu），野鸡鸣叫。麦苗

秀，麦苗正在吐穗。秀，谷物抽穗开花。桑叶稀，指桑树的叶子被蚕食之后变得稀少。

［5］荷（hè），肩负、肩扛。荷锄至，有的版本为“荷锄立”。依依，恋恋不舍的样子。

［6］式微，化用《诗经·式微》“式微，式微，胡不归”句意。

这是一首描述田园风光的五言古诗。从内容来看，应当写于王维人生的后期。诗歌主要描写夕阳西下时牧童、农夫归来亲切欢乐的情景，从而抒发自己意欲归隐的心情。

“斜阳照墟落，穷巷牛羊归”描写夕阳斜照村落的景象。首句勾勒出一个乡村独有的宁静祥和意境，作为下句牧童、农夫归来的背景。接着第二句就将诗意落到“归”字上。“穷巷牛羊归”，以牛羊归村作为特写，描绘农家黄昏时分自然轻快闲适的情景。“归”在这首诗中是一个富有禅意的重要意象，是全诗的核心用意所在。

“野老念牧童，倚杖候荆扉”两句，从“穷巷牛羊归”引申而出。诗人目送着牛羊进入村落陋巷，不经意间又看到了一种更加动人的情景：老人正倚着柴门，拄着拐杖，在等候着放羊牧童回来。“野老”“牧童”，一老一少，用“念”字连接，将农家老叟迎接牧童的温情画面叙写得非常自然。老叟迎归的迫切心情与牧童归家的乐趣，在诗人寥寥数笔的白描之中得到生动体现。牧童晚归过程中一老一少之间散发着泥土味的朴素情感，是诗人由衷赞叹的世间至真之情。

“雉雊麦苗秀，蚕眠桑叶稀”两句，由牧童之归生发而来。诗人看到牧童归家时的欢乐情景，顿时感到这田野上的一切生命，在黄昏时节，似乎都在思归。野鸡鸣叫，呼侣唤伴，纷纷归巢。麦苗吐穗，即将长成，是禾苗成熟的归宿。蚕眠季节，桑树上的桑叶已被采摘得所剩无几，诗人从“桑叶稀”联想到了已安眠的春蚕，春蚕正在吐丝作茧，营就自己的安乐窝，寻找自己的归宿。

“田夫荷锄至，相见语依依”两句，写农夫从田中归来。田野上，农夫们三三两两，扛着锄头从农田里劳动归来，在田间小道上偶然相遇，无话不谈，冬麦夏豆、桑麻瓜果、家长里短、老人孩子、牛羊猪鸡等都是他们谈论的话题。农夫之间亲切交谈，笑声朗朗，依依难舍。“依依”二字用得好，农夫之间天天见面却有说不完的话，恋恋不舍而絮叨个不停，突出了农夫之间朴素真实的情感。封建官场，少言避祸是人们默守的潜规则。官员相见，几句寒暄过后，或无话可说，或忙顾左右而言他。相对于官员之间言不由衷的寒暄，农夫们田间地头共话桑麻，说长道短，完全是透明式的交谈。王维看到农夫晚归途中的交谈乐趣，心底暗自感慨，便将这个过程作为重要的细节进行描写。诗人将厌恶官场与羡慕田园生活的情感，巧妙地隐含在细节白描的笔触之中。

以上八句诗，写诗人在渭河之滨的农庄田园里的所见与所闻。诗人用白描手法，勾勒出一幅怡然自乐的田家晚归图。在这里，野老、牧童、牛羊、野雉、春蚕、农夫，都显得十分安详与和乐。目睹这一切，诗人不能不联想到自己的处境和身世。王维早年仕途得到了张九龄的提携。张九龄罢相并被排挤出朝廷以后，王维受到了冷遇。奸相李林甫把持朝政，朝政日益黑暗昏乱，官场如履薄冰，王维便开始以半官半隐的方式参禅悟道，以避免和李林甫发生矛盾冲突。在官场孤独落寞的王维，看到农家田园万物皆有所归，人人和乐幸福，自然便产生感慨羡慕之情。

最后两句，写诗人在田园所见所闻感召下的所思所悟。诗人在前面叙写所见所闻时，处处体现“归”意。万物皆有所归，诗人不禁深思自己的归途。“羡闲逸”是说羡慕农夫们的闲逸和乐。其实农夫们并不闲逸，王维或是不了解农民疾苦，或是有意避开农夫苦痛，因而在他的眼中，特别是与自己担惊受怕的官场生活相比，农夫们就安然得多，自在得多，因而有农夫闲逸之感。而这种闲逸正是诗人所羡慕和向往的。于是，王维借“吟式微”来抒发自己急欲归隐田园的心情。《式微》是《诗经》中表现役夫思归的一首诗。“式微”二字，不仅在意境上与开首一句“斜阳照墟落”相照应，而在内容上也落到了“归”字上，使写景与抒情很巧妙地融合在一起，画龙点睛般地揭示了主题。

这首诗通过对田园傍晚时牧童、农夫回家快乐安详景象的描绘，映衬了官场的险恶和自己混迹官场的孤单与苦闷，从而抒发了急欲归隐田园的心情。禅宗植入王维的生活，达到了水乳交融的境界。（胡果雄等，2012）“归”意是诗人从参禅悟道层面对田园生活的解读。全诗以夕阳斜照村落为背景，以“归”字为核心，进行写景抒情，前后照应，浑然一体。诗人运用白描手法写景，语言平淡自然，韵律和谐，集中体现出王维田园诗精微简远、澄澹闲雅的艺术风格。

附：《渭川田家》繁体字文本

渭川田家

斜陽照墟落，窮巷牛羊歸。
野老念牧童，倚杖候荊扉。
雉雊麥苗秀，蠶眠桑葉稀。
田夫荷鋤至，相見語依依。

即此羡閑逸，怅然吟式微。

（二）《山居秋暝》赏析

山居秋暝[1]

空山新雨后，天气晚来秋[2]。
明月松间照，清泉石上流[3]。
竹喧归浣女，莲动下渔舟[4]。
随意春芳歇，王孙自可留[5]。

注释

［1］选自《全唐诗》（卷一二六），中华书局 1999 年版，第 1276 页。山，应指作者隐居的终南山或辋（wǎng）川附近的山。暝（míng），天色昏暗，这里指夜晚。

［2］空山，空灵幽静的山。

［3］清泉，泉眼溢满之后流出的清澈溪水。

［4］喧，喧闹，这里指浣女说笑的声音。浣（huàn）女，洗衣物的女子。

［5］春意二句大意：春天的气息随着花落早已失去，这里秋天山水适于王公贵族隐逸。春意，指春天百花盛开的气息。芳，花。歇，终了、消失、到了尽头。

这是一首写山水风光的五言律诗。从诗题可以看出，这首诗描写诗人隐居之处秋天傍晚的景色，借之抒发隐逸之情。

首联点明了地点和时间。地点是刚下过一场秋雨的“空山”，时间是在初秋的傍晚。空山新雨，晚来秋风，描绘了深山夜晚幽静恬适之美。雨后初晴，涤荡了空气中的浮尘，也清洗了草木上的浮灰，加之在初秋傍晚，天高气爽，空气特别清新，景色十分美妙。“空”字突出了深山幽静清虚空灵的意境。

颔联写山中具体景色。夜色已晚，却有皓月当空；群芳已谢，却有青松如盖。清清的泉水在山石上淙淙流淌，犹如一条洁白的素练，在月光下泛着淡淡的闪闪波光。这是一种非常幽清明净的自然美景。从写景方面来说，看似随意挥洒，毫不着力，却有空中之景，有地面之景，有色彩，有声音，有静景，有动景，似乎在不经意间描绘出一幅优美的山水画，表现出一种幽静之美。从表意层面来看，诗人将高洁的情志寄托景境之中，月下的青松和石上的清泉，正是诗人所追求的理想境界，也是诗人高洁心志的象征。这两句写景，既自然清新，幽美动人，又能切合诗人的心境，在意象刻画和意境塑造上达到了炉火纯青的境界。

颈联叙写山中见闻。竹林里传来了一阵阵甜甜的欢声笑语，那是一群天真无邪的姑娘们洗完衣服之后走在回家的路上。亭亭玉立的荷叶淅淅索索轻轻地摇动，掀翻无数珍珠般晶莹的水珠，那是顺流而下的渔舟划破了这荷塘月色的宁静。晚归的浣女，夜归的渔舟，在青松明月之下，在翠竹青莲之中。人物的出现，使静谧的空山顿时充满灵性。同时，洗衣女子谈笑声和荷花叶间的渔舟移动，更反衬出环境的清幽静谧。诗人从听觉角度写浣女，从视觉角度写渔夫。听到浣女天真无邪的谈笑，诗人马上会想到宦海之中官员城府深沉的面目；看到荷叶轻轻摇动，莲花下渔夫缓缓荡舟，诗人便立刻联想起官场你来我往的纷争。山中所见所闻，与官场形成鲜明的对比，这纯洁美好的生活图景，正反映了诗人内心追求安静纯朴生活的理想，同时也从反面衬托出他对封建险恶官场的厌恶。

颔联和颈联，都是写景，但各有侧重。颔联侧重写物，为颈联写人作意境铺垫，颈联侧重写人，将情志寓于颔联塑造的意境之中。明月、松林、清泉、青石、溪流、竹林、荷花、浣女谈笑、渔夫轻舟，这些鲜明灵动的意象，共同构成明快秀丽、清幽雅洁、静谧恬淡的意境，寄托诗人高洁宁静、清虚淡泊的情志。

尾联直接抒情，表明了诗人留恋山林隐居生活的愿望。《楚辞·招隐士》："王孙游兮不归，春草生兮萋萋。""王孙兮归来，山中兮不可以久留。"王维在这里是反其意而用之，说春天早已过去了，但这里秋天也很好，山里宁静纯朴，王孙们自可以在秋天里继续滞留在山中。诗人表面是邀请王公贵族之胄与他一起滞留山中，实际上是表露出自己将在入秋之后继续在深山之中过半官半隐的生活，抒发了他坚守隐逸之情的心志。

这首诗通过对山居生活的景物描写，表现了诗人对远离世尘理想境界的追求，抒发了诗人期望避世绝尘的隐逸之情。北宋大文豪苏轼"诗中有画""画中有诗"（《东坡题跋》卷五）之说，是后世公认的王维诗歌与绘画艺术最鲜明的特色。这首诗在王维山水诗中最具代表性。诗人撷取典型意象，采用以动写静的手法，写物精细，状物传神，体现清幽意境与清虚心境完美融合。诗歌意境空灵透脱，构成了一幅完整而又优美恬静的艺术画面，集中体现了"诗中有画"的艺术境界。

附：《山居秋暝》繁体字文本

山居秋暝

空山新雨後，天氣晚來秋。
明月松間照，清泉石上流。
竹喧歸浣女，蓮動下漁舟。
隨意春芳歇，王孫自可留。

（三）《终南别业》赏析

终南别业[1]

中岁颇好道，晚家南山陲[2]。
兴来每独往，胜事空自知[3]。
行到水穷处，坐看云起时[4]。
偶然值林叟，谈笑无还期[5]。

注释

［1］选自《全唐诗》（卷一二六），中华书局1999年版，第1276页。有的版本题为《初至山中》或《入山寄城中故人》。终南别业，终南山的别墅。终南，指终南山。终南山，又名太乙山、中南山、周南山、地肺山，简称南山，在陕西秦岭中段。别业，即别墅，这里指王维在终南山附近辋川的别墅。

［2］终岁二句大意：中年偏好参禅悟道，晚年安家终南山脚。中岁，中年。好（hào），动词，意思是喜好、爱好、偏好（某人某事）。晚家，晚年安家。南山，指终南山。陲，边、边缘，这里指山脚下、山的边缘。

［3］兴来二句大意：兴致来了往往独来独往，自己明白一切美好事物皆为色空。每，往往、常常。胜事，胜意的事、美好的事。胜，形容词，意思是美好的。空，色空、一切皆空，佛学核心观点。空自知，有的版本为“只自知”。

［4］水穷处，水流的尽头。水，指小溪等河流。穷，尽、尽头。

［5］值，遇到、碰见。林叟，身处深林的老头。叟，古代对老年男子的称呼。值林叟，有的版本为“见林叟”或“值林叟”。无还期，指没有确定的回家时间。无还期，有的版本为“滞还期”。

这是一首寄情山水的五言律诗，表达了诗人在终南山别墅隐居的情趣。40岁左右，王维开始热衷于隐居生活，他在终南山附近购买了宋之问在辋川的别墅，在原基础上进行了营建，在此开始了半官半隐（杨径青，2001）的生活。这首诗，应当写于王维在辋川隐居时期。

首联写诗人在辋川安家。首句明确自己从中年开始特别偏好参禅悟道，说明诗人在辋川置业的原因。王维少年时也曾有过积极用世的精神。40岁之前，他写过不少反映社会现实、揭示贵族腐败、期望建功立业的诗歌。他的游侠诗、边塞诗、政史诗、忧愤诗、赠别诗、思亲诗中的诗句，或赞美豪侠之气，或抒写戍边豪情，或表达知遇之恩，或讥刺权贵腐朽，或抒发忧愤不平，或表达真挚情谊，或抒发悠长情思。他的诗句中，有过对英雄“一身转战三千里，一剑曾当百万师”（《老将行》）的激赏，有过“草枯鹰眼疾，雪尽马蹄轻”（《观猎》）的刚劲，有过“非但慷慨献良谋，意气兼将身命酬”（《夷门歌》）的激昂，也有过“卫青不败由天幸，李广无功缘数奇”（《老将行》）的感慨。40岁以后，王维受张九龄遭贬、李林甫专权等现实的打击，思想逐渐转为倾向佛道思想，热衷于参禅悟道。“中岁颇好道”是王维回顾前半生之后对人生情志的重新选择。“晚家南山陲”，写诗人在终南山脚下安家的结果。这两句诗，照应题目，前因后果，说明辋川别业的由来。

颔联写诗人辋川隐居时的情志。这两句诗，概括描写了诗人在终南别业隐居期间行为与心理的总体状态。“兴来每独往”，写诗人隐居辋川时由兴致主导行为的常态。乘兴而发，行为无明确目的，一切由兴致引发，这是一种体道自然的生活状态。“每”字表明这种状态常常发生。“胜事空自知”，写诗人在辋川参禅悟道的心理体验。在佛学看来，“色不异空，空不异色。”（《摩诃般若波罗密多心经》）王维参禅悟道，自然必须进行“五蕴皆空”“心无挂碍”（同上）的心理体验。“兴来每独往”是写行为，“胜事空自知”写心理，行为是心理的外现，心理是行为的结果，两句之间相互联系，互为依托。

颈联写诗人在辋川寄情山水的细节。诗人在此选取了终南别业隐居期间两个具有典型意义的体味山水之细节，表现他寄情山水的兴致。这两句诗回应了颔联的诗意。诗人写“兴来每独往”时并没有点明他的“兴”是何种兴致。前面的悬疑，在这两句诗可以找到答案。原来，诗人的一切兴致皆在于山水。诗人在此不是一般意义上的游山玩水，而是本着一种心无旁骛的心态将自己完全融入山水之中的体道行为。“行到水穷处，坐看云起时”是一种难以言状的“行云流水”禅境。诗人在山水之中参禅悟道，他不仅置身于山水，而且寄情于山水，更寄心于山水。可见，这两句诗不仅是“兴来每独往”句的照应，也是“胜事空自知”句的照应。

尾联写诗人在辋川的适意情怀。诗人选取了一个典型细节，采用白描手法，表现了在终南别业隐居时的快意心情。“偶然值林叟”，写诗人在寄身山水时，偶尔会遇到空山深林里隐居的老者。“偶”字说明二人经常见面，“值”字表现二人见面纯属偶然：不相邀，不相约，何时何地相遇，一切皆由机缘。“林叟”一词，可解读出很多信息。从二人经常偶尔相遇来推断，诗人确认老人住在山林，依据容颜和身体状况，诗人判定出对方大致年龄。王维当时是40出头中年人，与老人之间有年龄差距，所以称对方为“林叟”。这一称呼是诗人对老人唯一能够确定的身份。至于对方的职业、地位、身世、财富等等情况，王维不去了解也无意了解。林叟与诗人共同点是寄身山林，或许老人也是隐者。“谈笑无还期”，写诗人与林叟相遇谈笑极有机缘的情景。诗人没有点明二人谈论什么话题，只用“无还期”来表现二人相谈甚欢的状态。读者不知道二人谈笑什么，但可以从整个诗意中判定他们不谈什么。官场尔诈我虞、争名夺利的话题，二人肯定不谈。尘世间人情世故、理短情长的世俗话题，二人肯定也不谈。二人有很多共同话题，参禅悟道应是谈话最主要的内容。二人甚投机缘，兴致来时，谈笑风生，不论时分，不计长短，忘却了时间，一直谈到兴尽，二人才想起回家。“谈笑无还期”与前面的“兴来每独往”形成前后呼应。一“往”一“归”，乘兴而发，兴尽方止，不但构成严谨的结构，而且体现诗歌表意之精妙。

这首五言律诗，叙写诗人辋川隐居时的情景，表现出寄情山水、体道自然、清虚闲适的情怀。诗作以《终南别业》为题，诗句却无一处明写“终南别业”，但“好”“家”“往”“知”“行”“坐”“值”“还”等词，处处在暗写“终南别业”，构思之精，用心之妙，令人叹服。诗歌结构严谨，诗句之间前呼后应，环环相扣，一气呵成。诗歌意境体现出物我一体、物我两忘的禅意，语言精切，言淡意远，格调清虚超然，体现出王维山水诗善于描绘无言之境、精于托意于景、妙于形意相融、长于淡逸超然的艺术风格。

附：《终南别业》繁体字文本

終南別業

中歲頗好道，晚家南山陲。
興來每獨往，勝事空自知。
行到水窮處，坐看雲起時。
偶然值林叟，談笑無還期。

（四）《山居即事》赏析

山居即事[1]

寂寞掩柴扉，苍茫对落晖[2]。
鹤巢松树遍，人访荜门稀[3]。
绿竹含新粉，红莲落故衣[4]。
渡头烟火起，处处采菱归[5]。

注释

[1] 选自《全唐诗》（卷一二六），中华书局 1999 年版，第 1277 页。山居，在山林隐居。即事，眼前事物，这里指写眼前事物。

[2] 寂寞，这里指沉寂无声。柴扉，柴门，用木椽或柳条制作的门户。落晖，夕阳、落日余晖。苍茫对落晖，化用了庾信《拟咏怀二十七首》（其十七）“日晚荒城上，苍茫余落晖”句。

[3] 巢，动词，意思是栖息、落在（松树上）。荜（bì）门，用竹条或荆条编制的门。

[4] 绿竹，有的版本为“嫩竹”。新粉，指竹子刚生出新竹节周围呈现的白色茸粉。故衣，指早先脱落的花瓣。红莲落故衣，化用庾信《入彭城馆诗》“槐庭垂绿穗，莲浦落红衣”句。

[5] 渡头，渡口。烟火，有的版本为“灯火”，指渔船上的渔灯或人们打着灯笼火把。菱，一年生草本水生植物，果实为菱角，可食用、药用。

这是一首描写田园风光的五言律诗。首联写村落的寂静超然。“寂寞掩柴扉”写黄昏时分农家院落的静默清幽。“农月无闲人，倾家事南亩”（《新晴野望》）。农忙时节，农夫倾家出动，村庄里一片寂静，家家户户皆柴门虚掩。人到门前，偶尔只能听到数声犬吠。“苍茫对落晖”写诗人静对夕阳。村落里没有看到人，诗人在苍茫的暮色中静静地看着夕阳。眼光由近及远。诗人静默地看着就要沉下的太阳，所思所想并未表露。只有一个“对”字透露出诗人将夕阳作为心灵沟通的对象。诗人心绪如同他面对的“落晖”，让读者产生许多遐想。

颔联写村落的超然尘世与安适幽静。“鹤巢松树遍”突出村落超然之美。诗人将远眺的目光移到具体的景物上，描绘了一个落满白鹤的松树意象。落日熔金，余晖满山。千年古松，苍劲挺拔，老干虬枝，盘曲伸展。丹顶白鹤，悠然栖立，翩翩闲雅。苍松白鹤在金色夕阳的映照下，恍如仙境，置身其间，令人有迷离恍惚之感。“人访荜门稀”突出村落的安适幽静。村子里很少有人来，虚掩的柴门也很少为客人开启。诗人进入如此幽深静谧之境，仿佛置身世外。颔联对偶精工，“鹤巢”对“人访”，“松树”对“荜们”，“遍”对“稀”。上句写物，下句写人，树茂门陋，鹤多人稀，超然幽静。

颈联写村落自然恬淡。颈联中“绿竹”对“红莲”，“含”对“落”，“新粉”对“故衣”，精巧工整。诗人选取绿竹与红莲两个意象，通过绿竹竹节生长与红莲花瓣凋落的描绘，构建了一个充满禅宗的意境。新竹生长，红莲脱落，一切皆由自然，其中禅意，诗人自知。

尾联写渡口活泼悠然。“渡头烟火起”写渡口一片繁忙景象。渡口渔灯点点，村民相互交谈，大人们携幼扶老，孩童们呼爹唤娘，渡口一时热闹非凡。“起”字富有动感，突出地表现了田园忙碌活泼的气氛。“处处采菱归”写村民欢快归家。黄昏村落无人，夜幕降临之后村落仍然归人稀少。原来人们都去采菱角了。一个个分散在水面的采菱人，此时都聚集到渡口，伴着灯火，嬉笑而归。人们所归之处，正是那个人间罕见犹如仙境的村落。“归”字暗含禅意，蕴意深远。

诗人用简淡的笔法描绘了一幅幽深超然、静谧安适的村居图，表现出诗人对简古村落与农夫简淡生活的欣赏之情。善用色彩，善用线条组合勾勒出景象之美，是王维诗作艺术的独到之处。（陆平，2011）诗中既有古朴简约的“柴扉”，又有光芒四射的“落晖”；既有洁白闲雅的“鹤”，又有苍翠傲然的“松”；既有绽出新粉的“绿竹”，又有脱落花瓣的“红莲”；既有人头攒动的“渡头”，又有星星点点的“烟火”。线条勾勒传神，色彩对比鲜明，构成绮丽精工、浑然天成的优美画面。诗歌对偶工整，用词简约，状物传神，清幽中有逸趣，淡泊中见禅意，体现出古朴典雅、清幽淡远的艺术风格。

附：《山居即事》繁体字文本

山居即事

寂寞掩柴扉，蒼茫對落暉。
鶴巢松樹遍，人訪蓽門稀。
綠竹含新粉，紅蓮落故衣。
渡頭煙火起，處處采菱歸。

（五）《终南山》赏析

终南山[1]

太乙近天都，连山接海隅[2]。
白云回望合，青霭入看无[3]。
分野中峰变，阴晴众壑殊[4]。
欲投人处宿，隔水问樵夫[5]。

注释

［1］选自《全唐诗》（卷一二六），中华书局1999年版，第1277页。有的版本题为《终山行》。终南山，见《终南别业》注释［1］。

［2］太乙，太乙山，即终南山。天都，有观点认为是指玉帝的天都，也有观点认为是指唐代帝都长安。太乙近天都，意即太乙山接近天都。如果将天都理解为玉帝之都，那么此句为夸饰之语，是形容终南山极高；如果将天都理解为长安，那么此句意思是说终南山距离长安很近。联系下句“接海隅”意思，天都应当指上天玉帝之都。连天接海隅，山连着山一直到连到海边。此为夸饰之语，形容太乙山以及秦岭的区域非常阔远。连山接海隅，有的版本为“连天到海隅”。海隅，海边，临近海的区域。隅（yú），靠近边缘的地方。

［3］回望，回头望去、抽身望去。青霭（ǎi），云雾，这里指山间的雾气。

［4］分野二句大意：山峰不同的区域迥异不同，同一时间多个山壑阴晴不定。分野，指不同区域。古代用天上的星宿来确定地上相对应的不同区域，称为“分野”。壑（hè），沟，这里指山谷，即两山之间低谷或水沟。

［5］人处，有人之处、人家。水，指小溪或小河流。隔水，有的版本为“隔浦”。问，询问，这里的意思是借宿。樵（qiáo）夫，砍柴的人。

这是一首描写山水的五言律诗。从内容看，应当作于诗人隐居终南山时期。终南山是秦岭的著名山峰，自然风光秀丽，气候宜人，有“地肺山”“仙都”“天下第一福地”“洞天之冠”等诸多美誉，是中国道教和佛教名山，更是历代隐士向往的地方。在王维之前，传说历代先后有李耳（老子）、姜尚（姜子牙）、赵玄坛（赵公明）、张良、商山四皓（唐秉、崔广、吴实、周术）、钟离权（汉钟离）、孙思邈、钟馗、吕嵒（吕洞宾）、杜顺以及许多高僧曾在终南山隐居和修行。武周时期，卢藏用曾通过在终南山隐居引起武则天的注意，被召授左拾遗，后担任过吏部侍郎、昭文馆学士、工部侍郎、尚书右丞等职。司马承祯是唐代著名隐士，曾被多位皇帝召见并询问国策。唐玄宗李隆基请司马承祯校正《道德经》，并称他为“道兄”。司马承祯曾在长安遇到早已做官的卢藏用。两人说到终南山，卢藏用说终南山有无穷乐趣，司马承祯则回答到，何止有趣，简直就是做官的捷径。司马承祯讽刺卢藏用的这句话，就是成语“终南捷径”的由来。

关于王维在终南山隐居，学界历来有争论。较为普遍认可的观点是王维在开元二十九年（741 年）到天宝三载（744 年）间，王维第一次到终南山隐居。（张清华，1988）天宝九载（750 年），王维母亲辞世，他守孝到终南山隐居二年多。（陈铁民，1997）这样看来，王维隐居终南山并不是沽名钓誉，更不是寻求“终南捷径”。开元二十五年（737 年），张九龄被李林甫等人排挤出朝廷，被贬为荆州长史。王维曾因张九龄的提携才得任右拾遗，后任监察御史。张九龄罢相并被排挤出朝之后，对王维的打击很大。王维从李林甫得势中认识到唐朝政治已经开始深度腐败。他的政治热情骤减，加之早年受母亲奉佛的影响，开始转向奉佛参禅，寻找一条在官场中能避开政治斗争的途径。于是，王维选择半官半隐的途径来避免得罪李林甫等人。开元二十九年（741 年），王维开始在终南山过亦官亦隐的隐居生活。

首联写终南山的宏伟气势。诗人连续两次应用夸张手法，写终南山的高峻与宏大。山峰与高入云端的天都接近，极写终南山峰之高，这是仰视的感觉。山峦与海边连接，极写终南山所在的山脉空间之大，这是远眺的感觉。一高一远，不同视角，两个维度，勾勒出终南山峰高耸、山脉连绵的雄伟壮观气势。

颔联写终南山的神奇与飘渺。为了体现终南山的神秘感，诗人精心选择了“白云”与“青霭”两个意象。群山之中的云雾，不但给人带来美妙的景象，而且往往能激发人们的无限想象。因此，人们总是喜欢将云雾缭绕的秀丽山川比作人间仙境。终南山的云雾更为奇妙。终南山上空的白云悠悠飘荡，变化万千；终南山弥漫的青霭似有似无，奇妙无穷。诗人在山中仰望天空，天空飘荡的白云很低，一朵朵白云，形象各异，变幻莫测。刚才还是一个个生灵活现的形状，转眼间回头一望，它们已经合为一处，融为一体，汇成了一片云海……。从山峰外远远看去，终南山雾气缭绕，像披着一层层白色的薄纱，但当人们走进山里，却发现原来的云雾消失不见，自己却在云雾之中。崖谷岩石、青松苍柏、飞鸟花草，一切都在云雾中若隐若现。置身山中，云雾缥缈，恍恍惚惚，朦朦胧胧，充分体现出终南山的奇妙与神秘色彩。王维的田园山水诗，往往蕴含着禅宗旨意。“白云回望合，青霭入看无”就暗含一种变化无端、有无难定的禅宗境界。

颈联写终南山的独特与奇妙。颈联承接上联继续描绘终南山的景色。颔联是诗人远眺、攀登山峰过程以及身处山中看到的神奇景色，颈联则是诗人登顶之后看到的奇特景色。诗人登临峰顶之后，俯视终南山，看到不同方位的山峰，具有不同的视觉感受，并且景色不断转换，不断变化。本来是一座山，但由于山峰高峻与山岩陡峭，山南（阳面）山北（阴面）被一条山脊线明显分开，成为亮度和色彩不同的两个空间。杜甫《望岳》用“阴阳割昏晓”来形容泰山的雄伟，与此句有异曲同工之妙。这句诗不但形象地描绘了终南山的雄伟，而且呼应了首联“太乙近天都”句意。诗人用“变”来描写视觉感受，用语贴切传神，与杜诗句中的“割”难分伯仲。“阴晴众壑殊”，写终南山由于上空的云朵飘忽不定，导致众多山谷阴晴不断变化，景色变幻无穷。此句呼应了首联“连山接海隅”诗句，突出终南山雄伟壮阔。诗人用一“殊”字突出终南山千姿百态的奇特景色，彰显用词功力。

尾联写隐居终南山闲适淡泊。在前面诗句中，读者赏景的角度就是诗人观景的角度，诗人隐于诗句之中。到了尾联，诗人的身影出现了——“欲投人处宿，隔水问樵夫”。“自然”是道家的核心思想，也符合佛学的意趣，更是禅宗的一种境界。王维在终南山隐居时，随意而行，随意而歇，随意而食，随意而宿，一切行为自然而然，如行云流水，行于所当行，止于所当止。诗人在山中赏景，完全融入自然之中，近乎“忘我”境界。不知不觉中，天色暗了下来，看来当日又回不到自己的住所了。王维隐居终南山附近有自家别墅，但此时赶不回去，只能找个地方在外面住宿。深山之中，何处有可宿之处？正在思索之际，河对面传来了樵夫的歌声。于是诗人隔河向樵夫问宿。二人一问一答，声音在空山之中穿梭往来，久久回荡……。这两句诗，诗人在叙述中采用白描手法，寥寥几笔，勾勒出一个寄情山水、乐而忘归、体道自然的隐者形象，体现出诗人淡泊清虚、体道自然的情怀。

对于这首诗的结构，历来有不同的看法。有人认为尾联突兀，与前面诗句有割裂之感。清人王夫子和沈德潜都对此诗结构持肯定态度。王夫子认为：“‘欲投人处宿，隔水问樵夫’，则山之辽廓荒远可知，与上六句初无异致，且得宾主分明，非独头意识悬相描摹也。”（《姜斋诗话》卷二）沈德潜评此诗说：“‘近天都’言其高，‘到海隅’言其远，“分野”二句言其大，四十字中无所不包，手笔不在杜陵之下。或谓末二句似与通体不配。今玩其语意，见山远而人寡也，非寻常写景可比。”（《唐诗别裁集》卷九）二人共同的观点都认为尾联两句的韵外之意是终南山辽阔，导致王维整整一天没有看完，只得借宿。清人顾安的说法更为明确一些：“通首俱写终南山之大。全是白云、青霭，一中峰而分野已变，历众壑而阴晴复殊，游将竟日尚无宿处，其大何如?”（《唐律消夏录》卷一）其实，诗人的真正寓意是表现寄情山水、乐而忘归、体道自然的心态。前面的景物描写是为后面的情怀表露做铺垫，最后两句的情怀则蕴含在整个诗情画意之中。王维“欲投人处宿，隔水问樵夫”与孟浩然“再来迷处所，花下问渔舟”（《梅道士水亭》）诗境虽然不同，但表现清虚淡远体道自然的蕴意相似。由此可见，诗歌的结构非但没有问题，反而在蕴意上表现得更为严谨。

附：《终南山》繁体字文本

終南山

太乙近天都，連山接海隅。
白雲囬望合，青靄入看無。
分野中峯變，陰晴衆壑殊。
欲投人處宿，隔水問樵夫。

（六）《汉江临泛》赏析

汉江临泛[1]

楚塞三湘接，荆门九派通[2]。
江流天地外，山色有无中[3]。
郡邑浮前浦，波澜动远空[4]。
襄阳好风日，留醉与山翁[5]。

注释

［1］选自《全唐诗》（卷一二六），中华书局1999年版，第1278页。有的版本作《汉江临眺》。汉江，又称汉水，长江最长的支流，流经陕西、湖北两省，源于陕西秦岭，至汉中称汉水，流入湖北襄阳以下称襄江。临泛，在水中泛舟。临，动词，意思是置身其中。

［2］楚塞二句，指汉江水脉四通八达，连接三湘流域和荆门附近的长江流域。楚塞，楚地边塞，这里泛指汉江流域，先秦时曾属楚国，故称。三湘，湘水合漓（lí）水为漓湘，合蒸水为蒸湘，合潇水为潇湘，总称为三湘，这里泛指湘江流域。接，连接、接壤。荆门，指荆门山，在今湖北宜昌市，位于长江三峡的东口。九派，长江的多条支流，这里泛指荆门山附近的长江流域。

[3] 江流二句大意：远望汉江像在天地之外，眺望荆门山色若有若无。江，汉江。山，荆门山。

[4] 郡邑二句大意：远望郡邑像漂浮在前方浩大的水面上，波澜汹涌使人感到远处的天空摇荡。郡邑，指汉江岸边的城镇。郡，唐以前的行政单位，也指郡府所在的城市。唐代随着隋朝废郡，改为州。武则天时期曾改州为郡，不久又改郡为州。邑（yì），泛指小城镇。古代称大城市为“都”，小城镇为“邑”。如果从行政区划的角度，邑是古代县的别称，如柳宗元《封建论》“秦有天下，裂都会而为之郡邑。”前浦，前方的水面。浦（pǔ），这里指江、河、湖的水面。动远空，使远空摇动。动，使动用法。

[5] 襄阳二句大意：襄阳的风景天气真好，诗人自己愿留下来天天陪伴山翁醉酒。好风日，指襄阳风光和气候好。风日，有时指风光，有时指天气，这里兼有风光与天气的含义。好风日，有的版本为“风日好”。留醉，指滞留与醉酒。留、醉，皆为动词。与，动词，意思是交好、陪伴。山翁，山简，字季伦，西晋山涛（竹林七贤之一）之子，曾任刺史、将军、尚书左仆射、大将军等职。山简是晋代喜好饮酒的名士，任征南将军时镇守襄阳，常常一边游山玩水，一边饮酒，往往大醉而归。山翁，有的版本为“山公”。

这是一首赞美汉江两岸美好风光的五言律诗。从内容和诗风来看，应当是王维选择半官半隐之前的作品。写作具体时间有争议。一般认为写于唐玄宗开元二十八年（740 年）王维 39 岁时。这一年，王维任殿中侍御史。冬天，王维“知南选”（负责地方官员考核选拔）途径襄阳。诗当写于此时。但也有人提出异议，认为写于王维入蜀经过襄阳期间。（常法亮，2010）

首联写汉江流域深宏阔远的气象。诗人泛舟江中，极目远望，江水浩瀚，地域阔远。“楚塞三湘接，荆门九派通”，是一个工整的对偶句，构成汉江接三湘、通九派的浩瀚气势，描绘了一幅波澜壮阔、气势宏伟的江景图，为后面的景物描写铺垫出一个浩渺壮阔的背景。

颔联写汉江的水流与山色。“江流天地外”写汉水浩渺悠远之景。江水滔滔，奔流而去，远接天边，淡出天外。视线由近及远，景色由实化虚。“山色有无中”写汉江映衬下的远山清虚淡远的景象。透过汉江蒸腾的水气，远眺山峦，淡淡的山峰翠色若有若无，朦胧缥缈，犹如迷幻，令人神往。“江流天地外，山色有无中”也是一个工整的对偶句。诗人用淡雅的笔调描绘出一幅色调淡雅、景象缥缈、韵味玄远的山水画。

颈联写汉江岸边城邑与天空景色。“郡邑浮前浦”是汉江岸边城市风光掠影。诗人将视线从远处的山峦移到汉江岸边的城市和小镇。从舟中远望岸边的城镇，水波荡漾，所有建筑仿佛都浮在眼前的水面上，楼阁亭台、青砖灰瓦、白墙绿柳、灯笼酒旗……，映在水中的倒影在波澜中摇动，水中之影与水面之景融汇在一起，构成了一幅亦真亦幻的奇境。“波澜动远空”写江面远处天空的景色。诗人视线在城镇掠影之后，又将目光投向江水上空，透过江面汹涌波涛远望，天空看上去像是在不停地摇动。“郡邑浮前浦，波澜动远空”又是一个工整的对偶句。诗人采用虚实相交，动静结合的笔法，描绘了一幅水波荡漾、城郭倒映、远空飘摇、虚实交融的江边市井图。

尾联抒发诗人对襄阳风光的留恋。如果颔联和颈联所描绘的都是淡雅的水墨画，那么，“襄阳好风日”所描绘的则是景色明丽的水彩画。诗人将亦幻亦真的写意笔法转换为据实描绘的写真手法，直言称赞襄阳风光美好和气候宜人。这句诗在结构上具有承上启下的作用，承接前面写景，引发后面的抒情，使写景与抒情似在不经意之中自然转换，用心雕琢但不留斧凿之痕。“留醉与山翁”表达诗人对襄阳的留恋之情。东汉襄阳侯习郁在岘山的养鱼池园，人称习家池。担任征南将军的山简在镇守襄阳时，常常到此嬉游饮酒，每次都酩酊大醉而归，且将习家池改名为“高阳池”。当时有童谣传唱：“山公出何许，往至高阳池。日夕倒载归，酩酊无所知。”（唐人房玄龄等《晋书》卷四十三）作者写自己与山翁相伴，沉醉于山色美酒，既引用襄阳有关的典故，又委婉地表露了羡慕寄情山水、嗜酒买醉名士的心迹。

诗歌描绘了汉江及两岸美丽的风光，表达了对襄阳美景的留恋之情与向往放浪行迹于山色醉酒之意。诗歌三联皆用工整的对偶句，构思独特。景物描写布局大开大合，远近变换，虚实交融，疏密相间，色彩淡雅中不乏明丽，格调清虚中体现宏阔。元代诗歌评论家方回称赞此诗“中两联皆言景而前联尤壮，足敌孟、杜岳阳之作”①（《瀛奎律髓》）。特别是“郡邑浮前浦，波澜动远空”景色描写中，蕴含着雄浑壮阔的气势和胸襟，体现明显的盛唐气象，是王维山水诗中风格独特的一篇诗作。

附：《汉江临泛》繁体字文本

漢江臨泛

楚塞三湘接，荊門九派通。
江流天地外，山色有無中。
郡邑浮前浦，波瀾動遠空。
襄陽好風日，留醉與山翁。

---

① 指孟浩然《望洞庭湖赠张丞相》和杜甫《登岳阳楼》。

(七)《积雨辋川庄作》赏析

积雨辋川庄作[1]

积雨空林烟火迟，蒸藜炊黍饷东菑[2]。
漠漠水田飞白鹭，阴阴夏木啭黄鹂[3]。
山中习静观朝槿，松下清斋折露葵[4]。
野老与人争席罢，海鸥何事更相疑[5]。

注释

[1] 选自《全唐诗》(卷一二八)，中华书局 1999 年版，第 1299 页。有的版本题为《积雨辋川庄上作》或《秋归辋川庄作》。积雨，接连天阴下雨。辋川庄，指诗人在辋川居住的村庄。王维曾在辋川的别墅隐居。辋（wǎng）川，在今陕西蓝田县。

[2] 空林，空寂的山林。烟火迟，指柴火燃烧迟滞，炊烟缓慢上升。藜(lí)，也叫灰菜、灰藜、灰条菜等，一种草本植物，嫩叶可食。黍（shǔ)，由糜子碾成的米，俗称黄米，是中国古代的主粮之一。饷东菑，给东边农田干活的人送饭。饷，动词，给田里劳动的人送饭。东菑（zī)，东边的农田。菑，初开垦一年的农田，这里泛指农田。

[3] 漠漠，迷蒙的样子。飞白鹭，白鹭飞，主谓倒置词组。阴阴，幽暗的样子。夏木，高大的树木。夏，形容词，意思是高大。《尔雅 · 释诂上》："夏，大也。"啭黄鹂，指黄鹂婉转地叫，句式同"飞白鹭"。啭（zhuàn)，鸟婉转地鸣叫。

[4] 习静，练习静寂心性。观朝槿，看早晨的木槿花。槿（jǐn)，木槿，这里指木槿花。清斋，素食。折露葵，采摘带露珠的葵菜。折（zhé)，动词，意思是折断，这里的意思是采摘。

[5] 野老句的大意是指心性已经清虚无争，心机全无。《庄子 · 寓言》中说，杨朱去拜见老子，初到旅馆的时候，倨傲不恭，店家男主人亲自为他安排坐席，女主人亲自拿着面巾梳子侍候他盥洗，客舍住店的人见了他都得给他让座。烤火的人见了他也躲到一边给他让开位置。见到老子受到教育后，人们不再特殊对待他。等到他离开客舍的时候，客舍住店的人们已经和他争席而坐了。海鸥句的大意是（自己毫无心机）海鸥为何还有疑心呢？战国时期郑人列御寇《列子 · 黄帝》中记载，海边有个喜爱海鸥的人，每天到海上和海鸥

一起游玩，飞到他身边游玩的海鸥数以百计。他的父亲对他说，我听说海鸥都和你一起游玩，你把它们捉来，我要玩玩。第二天，他到海边准备给父亲逮几只海鸥带回去玩，却发现海鸥在空中飞舞却不肯落下来。何事，有的版本为“何处”。

这是一首叙写诗人在辋川寄情山水田园的七言律诗。王维40岁以后逐渐开始参禅悟道。辋川距离长安约为60公里，以当时交通条件，并不适合在朝为官者幽居。王维选择辋川，既有自然环境方面的考虑，又有该地佛教文化的考量，同时还有地形地貌符合他审美情趣等原因。（荣小措等，2016）因此，王维晚年选择在辋川居住，远离朝堂，潜身避祸，过亦官亦隐的生活。这首诗应写于王维晚年隐居辋川时。（赵玉桢，1991）

首联描写雨季农家生活片段。“积雨空林烟火迟”关合题目，聚焦农家雨天生火做饭的生活场景。天气连阴，雨水断断续续，空气沉闷，柴草潮湿，难以点燃。烟囱出烟缓慢，炊烟慢慢上升，在空寂的山林中缓慢散开。“烟火迟”一词让雨天农家生活情景形象生动地跃然纸上，“迟”不仅表现出炊烟上升缓慢、散开所用时长，而且显现了农家点燃柴火不易，灶头出烟不快，炊烟比晴天升起时间迟缓的细节。“蒸藜炊黍饷东菑”则聚焦农家备炊送饭田间的细节。干农活的男子天不亮就下地了，农妇想及早把饭送到地头，灰条菜蒸熟、黄米饭焖好之后，农妇携带着孩子一起将早饭送到了田间地头。诗人将农家雨季生活用两个细节描写生动形象地展现出来，表现辋川山庄田园生活随遇而安的恬然自适。

颔联描写阴雨中的田园风光。“漠漠水田飞白鹭”是诗人从视觉的角度写远眺景色。一片片水田在低垂的云雾之中迷迷蒙蒙，三三两两的白鹭盘旋飞翔，意境闲雅静谧、清虚淡远。“阴阴夏木啭黄鹂”是诗人从听觉的角度写近景意象。高大的树木枝叶繁茂，从婉转的叫声中，诗人确认树冠中有黄鹂鸟。颔联对偶非常工整。上句在一片水田迷蒙的背景中，用笔轻轻点出三三两两飞翔的白鹭，虚中见实，更显“漠漠水田”空濛清虚；下句在高大茂盛郁郁葱葱的树冠中，刻意藏匿数只鸣叫的黄鹂，实中隐声，更觉“阴阴夏木”葱郁茂盛。上句描绘了清虚阔远的场面，下句刻画了葱郁浓丽的具象，远近交替，虚实相间，点面结合，疏密有致、浓淡相宜。

颈联描写诗人辋川生活情趣。“山中习静观朝槿”写诗人修心悟道的精神追求。“山中习静”是王维在辋川静寂心性的精神状态。坐禅是佛家僧人最常用的修行方式，也是古代文人最常用的习静方法。王维常用坐禅方式修心养性。“焚香独坐，以禅诵为事”（五代十国时期后晋刘昫《旧唐书》卷一百九十下）是王维退朝之后辋川生活最主要的内容。王维在诗中也多次写到坐禅情景："夜坐空林寂，松风直似秋。"（《过感化寺昙兴上人山院》）"独坐悲双鬓，空堂欲二更。"（《秋夜独坐》）"观朝槿"表面上是写王维观看早晨的木槿，实际的含义是指诗人面对木槿花在参禅悟道。木槿春发夏长，花开花落，秋萎冬枯。一切自然而然，便是禅境。"松下清斋折露葵"写诗人清虚淡泊的物质生活。"松下"一词，诗人取松树坚毅孤寂寓意。"清斋"是王维清虚生活写照。王维后期"居常蔬食，不茹荤血，晚年长斋，不衣文彩。"在辋川隐居时，"斋中无所有，唯有茶铛、药臼、经案、绳床而已。"（《旧唐书》卷一百九十下）颈联两句对偶工整，上句写心性习修，下句写生活俭简，从精神和物质两个层面全方位展示诗人在辋川隐居时清虚淡泊的生活状态。

尾联抒发诗人清虚淡泊情怀。诗人用《庄子》和《列子》中的两个典故，表现出自己与世无争、了无心机的精神追求。颈联与尾联在结构上前后承接，在意义上互为因果：坐禅悟道，生活清虚，是前因；弃绝俗念，与人无碍，与世无争是结果。诗人在结尾处应用两个典故，自然贴切，毫无突兀嫁接之感。非但如此，两个寓言故事经过诗人妙笔点化之后，成为意象兼备、韵味深长的佳句，令后世千古传唱。

诗歌表现辋川田园山水风光，叙写诗人隐居辋川的情趣和清虚淡泊的精神追求。诗歌前四句写景状物，后四句叙事抒情。全诗紧紧围绕题目，处处写"积雨"之景，字字道辋川庄之事，结构浑然一体。语言自然精巧，写景状物，清脱无尘，淡妆浓抹，错落有致，非常精妙，集中展示了"诗中有画"的高妙艺术境界。

附：《积雨辋川庄作》繁体字文本

積雨輞川莊作

積雨空林煙火遲，蒸藜炊黍餉東菑。
漠漠水田飛白鷺，陰陰夏木囀黃鸝。
山中習靜觀朝槿，松下清齋折露葵。
野老與人爭席罷，海鷗何事更相疑。

（八）《鹿柴》赏析

鹿柴[1]

空山不见人，但闻人语响[2]。
返景入深林，复照青苔上[3]。

注释

［1］选自《全唐诗》（卷一二八），中华书局1999年版，第1300页。《鹿柴》是《辋川集》二十首诗中的第五首诗。鹿柴，辋川的一地名。柴（zhài），同“寨”，栅栏。

［2］但，只。

［3］返景（yǐng），夕阳回光返照的光，景，同“影”。唐人韩鄂《四时纂要》：“日西落，光返照于东，谓之返影。”

这首五言绝句描写夕阳照耀下空山深林的幽深静谧。欣赏此诗重在体味声色并用、以动写静的艺术手法，感受诗句体现出的幽深静谧之美。

“空山不见人，但闻人语响”，突出深山幽静。“空山”表现深山之境的空灵透脱，“不见人”更显出深山之“空”。“但闻”突出山林的寂静。在万籁俱寂中，“人语”轻轻“响”起，将空寂打破。人语声从不经意间响起，又不知从何而来，只听到它在山谷中回荡，久久传响。诗人以动写静，通过人声传响，反衬空山幽林的寂静。

“返景入深林，复照青苔上”，突出幽林静谧。语声消失后，山林又恢复了以往的宁静。此时，夕阳西下，落日熔金，西边的天空泛起绚丽的晚霞。一缕缕回光夕阳，斜射在幽暗宁静的深林丛中。阳光透过树林，划破幽暗，斑斑驳驳、稀稀落落地洒落在长满青苔的岩石上。被阳光照耀到的青苔，色如碧玉，苍翠欲滴。诗人用斜阳反衬深林的幽暗，通过一束束斜光，在幽暗的深林切割出一个个明暗相间、色彩斑驳的不同景色，给人以如梦如幻之美感。

诗人着力刻画空山之寂，深林之幽，使所描绘的空寂幽深意境富有禅意。与其说诗人在描写自然之景，不如说他在构建理想禅境。用禅境显禅意，折射出诗人远离世尘、寄情山林、托意禅境的精神追求。诗歌声色并用，境意兼融，语言淡雅，音韵舒朗，开卷读之令人神清气爽，掩卷沉思让人心旷神怡，不愧为百读不厌的精品，千古流传的绝响。

附：《鹿柴》繁体字文本

鹿柴

空山不見人，但聞人語響。
返景入深林，復照青苔上。

(九)《竹里馆》赏析

竹里馆[1]

独坐幽篁里，弹琴复长啸[2]。
深林人不知，明月来相照[3]。

注释

[1] 选自《全唐诗》(卷一二八)，中华书局1999年版，第1301页。《竹里馆》是《辋川集》二十首诗中的第十七首诗。竹里馆，輞川的一地名。

[2] 幽篁，深密的竹林。篁（huáng)，竹丛、竹林。长啸，撮口发出清越而悠长的声音。古人常以“长啸”述志。

[3] 深林，幽深的竹林，即前面所言“幽篁”。知，闻、听到。相照，照耀。相，在这里的意思是一方向另一方施为，即月光照人。

这是一首脍炙人口的五言绝句，抒发了诗人融情山水的情志。欣赏此诗重在体味物我相融、人境合一的韵味，感受空明澄澈、清幽恬静的意境之美。

前两句写人。诗人描写了主人公独作、弹琴、长啸一系列行为。诗人将自己的行为置于“幽篁”之中，刻画了一个孑然独处、超然绝俗的隐者形象。“弹琴”是古人常用以表现不容于世、清高脱俗的意象。阮籍“嗜酒能啸，善弹琴”(《晋书》卷四十九)，他曾在《咏怀诗》中写道：“夜中不能寐，起坐弹鸣琴。薄帷鉴明月，清风吹我襟。孤鸿号野外，翔鸟鸣北林。徘徊将何见，忧思独伤心。”王摩诘此处写的弹琴，与阮嗣宗所言弹琴的静夜、清风、明月、独坐、树林等之境多有相似，且摩诘在弹琴之时，还对空长啸。长啸，是古人用以抒发情志的意象。如果不读后两句诗，也不了解王维，仅就这两句诗的文字，我们很难判断出王维与阮籍弹琴的寓意到底有何区别。作为“竹林七贤”之一的阮籍，“傲然独得，任性不羁”(同上)，他纵酒谈玄，以青白眼对待不同人，对世俗之人，以白眼待之。常独自驾车，不择路而行，穷途之时，恸哭而返。从上面《咏怀诗》后半部分可知，阮籍弹琴出于忧愤，是为了排解抑郁不平的心情。那么，王维弹琴又长啸，因何而为呢？要准确把握诗意，后两句的解读尤为重要。

后两句写景。诗人用“深林”“明月”两个典型的意象，构建了一个深幽静谧、爽朗明澈、恬静淡然的意境，并通过与明月的心灵对话，将自身融情于禅境之中，表现了一个不以形所累，不以事所羁、不为名利所动、不为俗情所束、不为世尘所蒙的隐者形象，表现出诗人看空名利、简古脱俗、清高淡泊的悠然怡情。解读意境之后不难发现，王维弹琴与阮籍弹琴，表达的情志完全不同。摩诘之诗境，“色籁俱清，读之肺腑若洗”（清人黄叔灿《唐诗笺注》）。

附：《竹里馆》繁体字文本

竹里館

獨坐幽篁裏，彈琴復長嘯。
深林人不知，明月來相照。

（十）《辛夷坞》赏析

辛夷坞[1]

木末芙蓉花，山中发红萼[2]。
涧户寂无人，纷纷开且落[3]。

注释

［1］选自《全唐诗》（卷一二八），中华书局1999年版，第1301页。《辛夷坞》是《辋川集》二十首诗中的第十八首诗。辛夷坞，辋川的一地名。辛夷，一种落叶乔木，又名木笔树、望春玉兰、木兰、木莲等，春季开白花或紫花。坞（wù），四周高而中间低的地方。

［2］木末芙蓉花，树梢上的芙蓉花。木末，树梢、树枝。辛夷开花状如莲花，故称木末芙蓉。红萼，红色的花萼。

［3］涧户，山涧口，因山涧口相对，形状像门户，故称涧户。纷纷，连续不断的样子。且，又。

这是一首描写辛夷花的五言绝句，是王维借景表达禅意的代表诗作之一。诗歌前两句写辛夷花开的情景。“木木芙蓉花”写辛夷花在春风中绽放，如同荷花立在枝头，一尘不染。“山中发红萼”写辛夷花生机焕发。“发”字很传神，突出辛夷勃勃生机。前两句对辛夷花浓墨重彩的描写，为后两句描写进行了铺垫。

后两句描写辛夷花独开独落。山涧人迹罕至，辛夷花开无人赏，花落无人叹。辛夷花对此毫不计较，甚至毫无感知，春天到来之时欣然开放，春天过后静默凋落。年复一年，花开花落，毫无挂碍，自然而然。

王维的田园山水诗，所描写的景物往往蕴含着一种禅境。清人刘宏煦说："摩诘深于禅，此是心无挂碍境界。虽在世中，超然世外，令人动海上三山之想。"（《唐诗真趣编》）王维一生，受佛教影响颇深，他的名和字，都取自《维摩诘经》（又名《维摩诘所说经》）。母亲奉佛对王维的影响很大。王维30岁丧妻之后再无迎娶，终生无子嗣，孤居独处。40岁之后，王维逐渐看破官场险恶，对佛教愈发偏好。退朝之后，王维焚香独坐，参禅与诵读佛经。因此，王维有许多蕴含禅意的诗句，如"人闲桂花落，夜静春山空"（《鸟鸣涧》）"返景入深林，复照青苔上"（《鹿柴》）"深林人不知，明月来相照"（《竹里馆》）"跳波自相溅，白鹭惊复下"（《栾家濑》）"行到水穷处，坐看云起时"（《终南别业》）"江流天地外，山色有无中"（《汉江临泛》）等都是蕴含禅意的诗句。

附：《辛夷坞》繁体字文本

辛夷塢

木末芙蓉花，山中發紅萼。
澗戶寂無人，紛紛開且落。

（十一）《鸟鸣涧》赏析

鸟鸣涧[1]

人闲桂花落，夜静春山空[2]。
月出惊山鸟，时鸣春涧中[3]。

注释

［1］选自《全唐诗》（卷一二八），中华书局1999年版，第1301页。《鸟鸣涧》是《皇甫岳云溪杂题五首》中的第1首。

［2］人闲，有的版本为"人间"。

［3］涧，夹在山之间的沟谷。

这首五言绝句与前面介绍的《鹿柴》《竹里馆》等诗，读者或许从小就已经接触到了，不少人能倒背如流。少年不识诗滋味，读懂已非再少年。这首诗所极力塑造的净空之境，其实是诗人心灵深处理想的禅境，若缺乏一定的人生经历和佛学悟性，不易读透诗意。这首诗对今人而言，应重在欣赏其艺术境界，体味清幽静谧、空灵透脱的意境之美。

欣赏这首诗的意境，需要打破常规的思维，将之作为梦幻之境欣赏。读者读此诗，往往对诗中桂花的描写存疑。于是便有了对桂花的不同解释。今天大多数观点认为，这里的桂花，就是现实中的桂花。桂花有春天开花的春桂，有秋天开花的秋桂，也有四季开花的四季桂，诗中所写的是春天的桂花。也有观点认为，桂花指月华，即月光。传说月中有桂树，所以桂往往成为月的代称，如月魄称桂魄。花，同“华”①。其实，读这首诗，没有必要纠缠春天里桂花开不开或“桂花落”是不是指月光洒向大地。因为这两句诗所写的“桂花落”“春山空”，非一时之景，前一句写秋景，后一句写春景，实乃四节循环之景。此外，诗作所塑造的艺术境界，已经突破了现实的真实，是诗人内心向往的禅境。若用现实俗眼观之，夜晚山谷中的鸟被月光所惊而鸣叫，也值得可疑。

“味摩诘之诗，诗中有画；观摩诘之画，画中有诗。”（苏轼《东坡题跋》卷五）沈括曾说：“书画之妙，当以神会，难可以形器求也。”他引用彦远《画评》的话说：“王维画物，多不问四时，如画花往往以桃、杏、芙蓉、莲花同画一景。余家所藏摩诘画《袁安卧雪图》，有雪中芭蕉，此乃得心应手，意到便成，故其理入神，迥得天意，此难可与俗人论也。”（《梦溪笔谈》卷十七）王维这首诗，与他的不受季节限制的画一样，也是“意到便成”之作。因此，欣赏这首诗歌，重在“当以神会”，超脱现实，体味充满禅意的理想境界。

四句诗全部写景，采用声色并举、以动写静的手法，情景交融，寓意于境。语言淡雅，音韵幽深，富有神韵。

附：《鸟鸣涧》繁体字文本

鳥鳴澗

人閑桂花落，夜靜春山空。
月出驚山鳥，時鳴春澗中。

① 朱东润．中国历代文学作品选（中编第一册）．上海古籍出版社，2002：45.

（十二）《阙题二首》（其一）赏析

阙题二首（其一）[1]

荆溪白石出，天寒红叶稀[2]。
山路元无雨，空翠湿人衣[3]。

注释

［1］选自《全唐诗》（卷一二八），中华书局 1999 年版，第 1304 页。有的版本题为《山中》。

［2］荆溪，古代又称长水，今天叫荆峪沟河，在今陕西蓝天县内，是蓝田县浐河上游的一条支流。荆溪，有的版本为“溪清”。红叶，红色的叶子，枫树等树木的叶子在秋天呈红色，故称红叶。

［3］元，同“原”，意思是本来。空翠湿人衣，意思是空山中的草木将衣服打湿。陶渊明《归园田居》：“道狭草木长，夕露沾我衣。”空翠，指空山中草木。谢灵运《过白岸亭》：“空翠难强名，渔钓易为曲。”翠，绿色草木。

这首五言绝句写深秋山中的景色，展示了一幅清冷静谧、空灵透脱的深秋山水画。

前两句写深秋河水与红叶。“荆溪白石出”，描绘深秋溪水景象。秋天的荆溪水位降低，河流的石头大量裸露了出来。汩汩溪流，满川白石，诗人选取两个能突出表现深秋特色的意象，构建了一个清冷澄澈的意境。“天寒红叶稀”是深秋山中红叶的特色。深秋天气变凉，本是一片萧然，但诗人将视角聚焦到一片片红叶上，顿时消除了秋天萧索的感觉，给人以眼前一亮的美感。远远看去，片片红叶在蓝色天空的映衬下，非常耀眼。红叶在秋风中抖动，像一个个跳动的火苗，顿然消除秋天清冷之感。“红叶稀”的意象恰到好处。树梢上稀疏的红叶，既能消除凋零萧杀之感，又能突出深秋空山特色。写荆溪，是俯视，写红叶是仰视。清水、白石、蓝天、红叶，视觉变换，俯仰交替，意象描写，鲜明生动，勾勒出秋景图最亮眼的两个意境。

后两句写诗人身处深山的感觉。诗人走在山路上，山石地面全是湿的。深秋天高云淡，近日并无雨水。路面之水从何而来？诗人继续沿着山路行走，不久发现自己的衣服渐渐湿了。原来是山中湿气过多，草木之上全是露珠，人行走在山路上，帽子、衣衫、裤子和鞋子全被露水打湿了。“空翠”一词，形象地表现出深山的空灵苍翠。在萧索秋风中山间竟然有如此多的水气，突出山之幽深。虽然深秋，但松柏等树木并未凋敝，仍然使得山色一片苍翠。树木布满露珠，天高云淡、略显清寒的深秋，让人更觉得深山不但清幽静谧，而且具有空灵之气。

四句诗前两句是选取部分的“点”，景色聚焦于溪水白石和寒天红叶。后两句展示山中整体风貌的“面”，表现诗人在空灵苍翠深山之中的感受。点面结合，情境相融，体现出诗人对深山清幽空灵的喜爱，蕴含诗人在景境中参禅悟道的意味。诗歌用词精到，给人以疏清、淡雅、清丽、明净的色彩美感，集中体现王维山水诗空灵透脱的艺术风格。

附：《闕题二首》（其一）繁体字文本

闕題二首（其一）

荊溪白石出，天寒紅葉稀。
山路元無雨，空翠濕人衣。

二、王维其他经典诗作赏析

（一）《辋川闲居赠裴秀才迪》赏析

辋川闲居赠裴秀才迪[1]

寒山转苍翠，秋水日潺湲[2]。
倚杖柴门外，临风听暮蝉[3]。
渡头馀落日，墟里上孤烟[4]。
复值接舆醉，狂歌五柳前[5]。

注释

[1] 选自《全唐诗》（卷一二六），中华书局 1999 年版，第 1267 页。辋川，见《积雨辋川庄作》注释［1］。裴秀才迪，指裴迪秀才。裴迪（约 716 年—?），关中人（在今陕西），盛唐田园山水诗人，担任过尚书省郎、蜀州刺史等官职，与王维、杜甫等交往密切。秀才，古代对读书人的一种称呼。唐初设秀才科选拔人才，通过秀才科考者就是秀才。唐代秀才科，不久便废黜了。于是，秀才逐渐成为对读书人的称谓。

[2] 转，转换，有的版本为“积”。寒山转苍翠，化用谢朓《冬日晚郡事隙诗》“苍翠望寒山”句意。潺（chán）湲（yuán），河水漫漫流动的样子。

[3] 临风，迎风、对着风。暮蝉，指秋天的蝉，这里指秋天蝉鸣。

[4] 渡头，见《山居即事》注释［5］。墟里，村庄里，墟（xū），村落。孤烟，一股升空的炊烟。墟里上孤烟，化用陶渊明《归园田居》“暧暧远人村，依依墟里烟”句意。

[5] 复值，又恰好遇到。值，遇到、碰见。接舆，名陆通，春秋时楚国的著名隐士，佯狂不仕，人称“楚狂”。《论语·微子》：“楚狂接舆歌而过孔子曰：‘凤兮凤兮，何德之衰。往者不可谏，来者犹可追。已而，已而。今之从政者殆而。’孔子下，欲与之言。趋而辟之，不得与之言。”此处用接舆喻指裴迪。五柳，指陶渊明，陶渊明有《五柳先生传》，故人称陶渊明为“五柳先生”，这里喻指诗人自己，是王维以陶渊明自比。

这首五言律诗是一首表现归隐情志的咏怀诗。裴迪是王维的好朋友，早年居辋川，曾写《辋川集二十首》。裴迪与王维多有酬唱和答之作，诗风也与王维接近。王维说裴迪与他“携手本同心”（《赠裴迪》），可见二人关系甚密。裴迪比王维小十五六岁，二人应为忘年之交。王维诗中称裴迪为秀才，一来是年长于裴迪，二来可能裴迪当时在辋川属无官隐居。

首联写四周之景。“寒山”与“秋水”，点明时间为深秋季节。这两句诗所描绘的景色，不能以一日变化的角度解读，而应以四季交替无穷变换的角度去领悟。“寒山转苍翠”，意思是眼前山峦随四季变化。本句若用“苍翠转寒山”，则更容易理解。但由于律诗的平仄要求，所以语序调整为“寒山转苍翠”。寒山是秋冬的特征，苍翠是山峦春夏的风貌，随着季节变化，山色每年都在“寒山”和“苍翠”之间循环切换。“秋水日潺湲”，写秋天的溪水一天天的变得水流缓慢。上句以仰视角度写山，写远眺的四季群山；下句以俯视的角度写水，写近看的当下流水。写景由上到下，由远及近，动静结合，声色并用，所描绘的景色不仅空间淡远，而且时间延伸无限，为表现旷达清虚之情构建了一个冲淡玄远的意境。

颔联写诗人自己。“倚杖”表示年纪不轻，“柴门”寓意归隐田园，“临风”暗含姿态潇洒，“听暮蝉”表明气定神闲。这一细节描写，将诗人“晚年唯好静，万事不关心”（《酬张少府》）的状态写得活灵活现。寥寥几笔，勾勒出一个远离尘世、安逸潇洒的隐者形象。

颈联写眼中之景。“渡头馀落日，墟里上孤烟”是诗人柴门之外临风独立时所看到的景象。如果说首联之景有些冲淡清寂的话，颈联所写之景则富有人间烟火气。诗人看到远处的渡口在夕阳余晖和河水的映衬下，犹如蜃景浮现：

归帆点点靠岸，行人匆匆归家。此景不仅绝美，而且暗含禅意。远处的村落中一股股青烟从烟囱中冒出，慢慢升腾到空中。此景与“暧暧远人村，依依墟里烟”（陶渊明《归园田居》其一）表意相似，但不留任何化用的痕迹。化用陶诗巧妙地为接下来诗人自比陶渊明作了意境铺垫。

尾联写好友裴迪。在远处漠漠红尘之景的映衬下，裴迪登场了。“复值接舆醉”，写二人见面情景。诗人看到裴迪醉态，便笑道：楚狂接舆先生，你咋又喝醉了？“复”表示裴迪经常醉酒，“值”有恰好遇到之意。“复值”一词，既表明裴迪醉酒状态下二人经常见面，又体现出二人关系非同一般。诗人采取借喻手法，将裴迪直接称为“接舆”，蕴含丰富：一则写裴迪醉酒之后佯狂之态，二则表明裴迪隐居辋川遁世不仕，三则表示两人交往很深且相互理解。“狂歌五柳前”既是裴迪行为的描写，也是裴迪见到诗人后的行为回应。对诗人的问候，裴迪毫不理会，径直在他面前纵情狂歌狂舞起来。这两句诗，采用白描手法，寥寥数笔，塑造了一个行为佯狂，心情疏放，清虚遁世的隐者（裴迪）形象。

诗作在结构上独具特色，打破律诗惯常做法，在写景与叙述之间来回切换，将情志寓于景物描写和人物形象之中。诗歌用典精妙，语言简朴洗练，气韵高古淡远，音韵清幽舒缓，风格清逸超然。

附：《辋川闲居赠裴秀才迪》繁体字文本

輞川閑居贈裴秀才迪

寒山轉蒼翠，秋水日潺湲。
倚杖柴門外，臨風聽暮蟬。
渡頭餘落日，墟里上孤煙。
復值接輿醉，狂歌五柳前。

（二）《观猎》赏析

观猎[1]

风劲角弓鸣，将军猎渭城[2]。
草枯鹰眼疾，雪尽马蹄轻[3]。
忽过新丰市，还归细柳营[4]。
回看射雕处，千里暮云平[5]。

注释

［1］选自《全唐诗》（卷一二六），中华书局1999年版，第1278页。有的版本题为《猎骑》。

［2］风劲，烈风劲吹。风劲，有的版本为“风动”。角弓鸣，拉弓射箭时发出的响声。角弓，用兽角装饰的弓。渭城，秦故都咸阳（在今陕西咸阳市），汉时称渭城，诗歌沿用汉代称谓。

［3］鹰眼疾，指猎鹰的目光犀利。疾，敏捷、敏锐。雪尽，指积雪融化。马蹄轻，指马跑起来非常轻便，驰骋如飞。轻，灵巧、轻便、不费力。

［4］新丰市，新丰的街市。新丰，地名，在今西安市临潼区，为古代盛产美酒之地。市，街市。还归，回来到。还，打猎之后返回。归，回到。细柳营，指细柳营地。细柳，地名，在今西安市长安区，汉代名将周亚夫曾作为营地在此驻扎过军队。

［5］射雕，有的版本为“落雁”或“失雁”。暮云，傍晚时的云。

这首五言律诗是王维早年的诗作，写一次观察打猎的全过程，体现出王维早年积极用世、锐意进取的心态。

首联写将军出猎。“风劲角弓鸣”句，是构境奇笔。诗歌起句以声夺人，气势非凡。“风劲”一词用凛冽寒风描写环境，用意在于衬托打猎将军英气逼人。“角弓鸣”既回应“风劲”，又暗含打猎将军引弓臂力超人。清人沈德潜说诗歌“起首贵突兀”，他盛赞此句“直疑高山坠石，不知其来，令人惊绝。”（《说诗晬语》卷上）开篇用语峭拔，气势刚健，为开启下句写人之笔奠定了气骨雄奇的基调。“将军猎渭城”是落意妙笔。上句构境所有的用意，落在此句之中。若无上句所构奇境，此句便是平常叙述。有了“风劲角弓鸣”的环境烘托，主角一亮相便呈现出英豪之气。

颔联写打猎过程。在渭城野外，原野草枯，放眼望去，白草中的猎物清晰可辨。于是，猎者放鹰盘旋空中，搜索猎物时，鹰眼更为锐利，捕猎身影更为敏捷。围猎原野，地势平坦，积雪已化，地面硬实，猎马奔腾，更无障碍。于是，将军骑马驰骋原野，马蹄凌空而越，如乘风御气，疾奔如飞。诗人写将军打猎，但把焦点聚焦于猎鹰和骏马，用极为典型的两个细节描写，突出狩猎过程精准迅疾。下笔写物，意在写人，侧面描写，手法高妙。诗句对偶工整，用词精切，神气俱到。

颈联写猎罢归途。“忽过”一词，呼应“马蹄轻”，表现出将军打猎之后仍然兴致高昂，豪气冲天。“还归”一词，表示打猎之行终结。新丰当时盛产美酒，将军猎罢，跨马入市，意在沽酒豪饮。猎后畅饮，是古人狩猎活动不可或缺的重要环节。将军一行，打猎收获颇丰，兴致正高，意犹未尽，回到军营后，以猎物为佳肴，伴以新丰美酒，与随行之众畅饮，是料想之中的事。诗人选择“新丰市”作为打猎归途路上的一个点，颇有用意，蕴含对将军纵酒豪气的赞赏。“细柳营”曾是西汉丞相周亚夫作大将军时的军营。诗人用细柳营喻指狩猎将军的军营，暗含对将军才能的高度赞许。诗人在写打猎归途时，看似不经意地点出两个地名，实则皆有用意，“超以象外，得其环中”（司空图《诗品·雄浑》），若不用心体悟，极易忽略诗句意蕴。

尾联写猎场回顾。打猎已归，似无可写之处。但诗人在前三联写完整个打猎过程，将尾联留出来写打猎“余景”，一方面委婉体现打猎将军的威武之勇，另一方面巧妙展现诗人的阔远胸襟。“看”照应题目中“观”字。“射雕处”，暗含称颂打猎将军臂力神勇和箭法高超之意。大雕奋翮于高空，能射中大雕者，往往是臂力超人、射技超群的勇武之士。故人们历来用“射雕者”称赞武艺超群的英雄。西汉司马迁在《史记》（卷一百九）中用“匈奴射雕者”反衬李广箭术高超。唐代史学家李百药《北齐书》（卷十七）记载，斛律光曾与人一起打猎，见到云中飞出一只大鸟，斛律光拉弓射箭，射中大鸟脖颈。大鸟落地，原来是只大雕。于是人们便称斛律光为“落雕都督”。唐人魏征等主编的《隋书》（卷五十一）记载，隋朝名将长孙晟在北周宣帝（宇文赟）时期，曾护送远嫁东突厥首领沙钵略可汗（摄图）的千金公主（赵王宇文昭的女儿）到东突厥。摄图邀长孙晟一起打猎，看到空中有两只雕正在争抢一块肉，便递给长孙晟两支箭，说：“请射取之。”长孙晟弯弓射箭，恰遇两雕争肉到了一起，于是便发一箭射穿双雕。“一箭双雕”成语由此而来。这些故事都发生在唐以前。王维诗中的“射雕处”用意十分明确，就是含蓄委婉地赞颂诗中打猎的将军。“千里暮云平”句，意境阔远，既暗含将军今后在战场中平定风云的远大前程，又体现出诗人阔远的胸襟。古人早已说过，“诗篇结局为难”（清人沈德潜《说诗晬语》卷上）。此诗用打猎之外的“余景”结尾，既用意高远，又令之有余韵未尽之感。

诗歌结构严谨，首联起于气势，颔联承以猎场，颈联转意高妙，尾联合于远景。全诗以豪气贯之，不见一个“观”字，但所体现的景象和狩猎行为全都是“观”的内容，可谓神完气足。诗中“劲”“鸣”“猎”“枯”“疾”“尽”“轻”“过”“还”“平”等，用词考究，既表意贴切，又十分传神。诗歌对偶工整，音律和谐，声韵由激越转为沉浑，风格雄浑之中兼有气骨，是盛唐气象佳作中少有的精品。

附：《观猎》繁体字文本

觀獵

風勁角弓鳴，將軍獵渭城。
草枯鷹眼疾，雪盡馬蹄輕。
忽過新豐市，還歸細柳營。
囬看射鵰處，千里暮雲平。

（三）《使至塞上》赏析

使至塞上[1]

单车欲问边，属国过居延[2]。
征蓬出汉塞，归雁入胡天[3]。
大漠孤烟直，长河落日圆[4]。
萧关逢候吏，都护在燕然[5]。

注释

[1] 选自《全唐诗》（卷一二六），中华书局 1999 年版，第 1279 页。使至塞上，奉命出使塞外。使，出使。塞上，指边境地区，亦泛指北方长城沿线一带区域。

[2] 单车两句有的版本为“衔命辞天阙，单车欲问边”。单车，一辆车。问边，察访、看望和慰问戍边将士。属国，即典属国，秦汉时的官职名称，掌管与少数民族交往的事务。唐人有时用“典属国”代指出使边关的使臣，王维这里用“属国”代称自己。另说属国为地名，汉时凉州有居延属国（在今甘肃）。居延，古县名，在今内蒙古额济纳旗境内。从后面的“萧关”看，王维无需到内蒙，如此，属国句可解释为“属国辽远，过了居延之外”。

[3] 征蓬，随风到处飘荡的蓬草，这里喻指辞家远行的诗人自己。汉塞，指大唐边塞，唐人常以汉代唐。归雁，春季北归的大雁。古人有鸿雁传书之说，故归雁在此是表示思乡之情的意象。胡天，胡人的天空。胡，古代中原人对北方游牧民族的通称，有蔑称意味。

[4] 孤烟，高高升入空中的烽烟。烽烟，又称烽火，古人用以示警或传

递讯息的信号。据说用狼粪为燃料，故又名狼烟。《酉阳杂俎》："狼粪烟直上，烽火用之。"长河，长长的黄河。河，黄河。

［5］萧关，古代关隘，在今宁夏固原。候吏，负责侦查的低级军官。候，斥候，军中行侦查等职。候吏，有的版本为"候骑"。都护，官名，为都护府最高长官，负责戍边及其它事务，这里代指所要察访的边关将帅。燕然，即燕然山，在今内蒙境内。这里代指边关前线。《后汉书》（卷二十三）记载，大将窦宪击败北单于，在燕然山上刻石记功而还。故燕然一词，含有对唐军戍边勇立奇功、彻底平定边患的希冀。

这首五言律诗是王维边塞诗中的精品。玄宗开元二十五年（737 年），36 岁的王维以监察御史的身份，代表朝廷宣慰在与吐蕃之战中取胜的河西节度副大使崔希逸，（葛兆光，2018）并担任河西节度使幕中判官，负责察访军情。王维此次出行，其实是在张九龄罢相后，被人排挤出了京城。（杨松冀，2016）这首诗写于出塞期间。诗歌叙写出使塞外经历与路途见闻，将叙述与写景有机融合，并将情感寓于叙写之中，体现诗人出塞途中落寞孤寂的感受和雄浑慷慨之情。

首联写出使塞外的行踪，颔联和颈联写边塞所见之景，尾联写到达萧关。行程经过清晰，结构层次分明。诗句蕴含深远，"单车"既指作者出使边关轻车简从，又暗含行旅孤单；"征蓬"突出孤寂；"归雁"暗含思亲；结尾之处用"萧关""候吏"之语暗示戍边形势紧张；用"燕然"隐含平边的希望。颔颈两联对偶精工，语言精练。在音韵方面，首句便入韵，以"边""延""天""圆""然"为韵脚，平仄韵律和谐，声韵清悠淡远。

诗歌最引人入胜之处是景物描写。颈联用一工整的对偶句，在叙述的同时描写边关景色。"汉塞""胡天"体现西北边关大地苍凉阔远、天高云淡的独特景色。已是大雁北归的季节，这里仍然见不到绿色生机。但苍凉不等于无趣，阔远不代表乏味。大西北有其自身独特的奇景。"大漠孤烟直，长河落日圆"是诗人对西北边关风光最具典型的概括。景色奇美，自不用多言。令人称奇的是，诗人将西北最具特色的景象，用精工对偶写了出来。"大漠"对"长河"，"孤烟"对"落日"，"直"对"圆"，且平仄相对，音韵和谐，似这些词语皆为此奇景奇境而造，又似此奇景奇境专为这些词语而设。诗句本为诗人精雕细琢而成，但却看似天成之语、天成之境，王维诗歌语言锤炼达到如此炉火纯青的境界，堪为鬼斧神工。

附：《使至塞上》繁体字文本

使至塞上

單車欲問邊，屬國過居延。
征蓬出漢塞，歸雁入胡天。
大漠孤煙直，長河落日圓。
蕭關逢候吏，都護在燕然。

(四)《相思》赏析

相思[1]

红豆生南国，秋来发故枝[2]。
愿君多采撷，此物最相思[3]。

注释

[1] 选自《全唐诗》(卷一二八)，中华书局1999年版，第1304页。有的版本题为《相思子》或《江上赠李龟年》。

[2] 红豆，又名相思子，生长在热带或亚热带的藤本植物，结果期9~10月，果实上部三分之二为鲜红色，下部三分之一为黑色。果实有毒，可入药，也常用来做装饰，有相思寓意。秋来发故枝，指秋天在原树枝结出红豆。本句多数版本为“春来发几枝”。

[3] 愿君，有的版本为“赠君”。愿君多采撷，有的版本为“劝君休采撷”。采撷，采摘。撷（xié），摘取。

这首五言绝句是著名的相思诗，在当时梨园教坊广泛流传。诗歌大约写于天宝年间，又名《江上赠李龟年》，大多观点认为是写给唐代著名乐工李龟年的。唐人范摅《云溪友议》中说，安史之乱后，李龟年等艺人在江南到处演唱此诗，“坐中皆惨然”。

前两句写物。首句点出“红豆”。红豆寓意相思。相传在汉代，越国有一男子被强征戍边，他的妻子天天盼他回家。与男子同去戍边的人陆续回家，但这个男子却一直未归。妻子于是整天立于路口的树下，朝思暮盼，以泪洗面，后来痛断柔肠，泣血而死于树下。女子死后，树上忽然结出荚果，籽半红半黑，色彩晶莹鲜艳。人们认为，此果为女子血泪凝成，遂以“相思子”称之，又名“红豆”。于是红豆便有了男女相思的寓意。后来人们将红豆的相思寓意扩展到朋友之间，多用此物咏叹相思。“秋来发故枝”句，字面上看是诗人对友人所居之处红豆结果情况的揣测，实际上是以红豆托情思，表达对远方朋友的深切思念。这首诗与一般写物造景是为了烘托气氛不同，开篇以物明意，直接点题，用景物描写体现思情，可使诗歌在极为有限的字数内，最大限量地抒发相思之情，借物托情之法用到极致。

后两句抒情。诗人让友人多采摘红豆，因为他将所有的思情都寄托在“此物”。这两句继续采用以物托情之法。情到极处，便无法表达。相思之情过浓，往往让人不知从何说起，也不知如何诉说。诗人以红豆寄托相思之情，既恰如其分地借用了红豆的寓意，又解决了相思之情难诉的苦衷，同时还避免了儿女沾巾之嫌，可谓构思精深，写法高妙。

这首诗在内容上表达了对友人的真切思念之情。言浅情深是本诗独特的语言艺术，诗歌言辞浅切但思情深厚，明白如话但寓意深婉。诗歌采用首句平起不入韵格式，韵律和谐，声韵读起来有情感幽思延绵之感。诗歌传颂千古至今，成为几乎人人可诵的经典。

附：《相思》繁体字文本

相思

紅豆生南國，秋來發故枝。
願君多採擷，此物最相思。

（五）《书事》赏析

书事[1]

轻阴阁小雨，深院昼慵开[2]。
坐看苍苔色，欲上人衣来[3]。

注释

［1］选自《全唐诗》（卷一二八），中华书局 1999 年版，第 1304 页。原诗题后有“出《天厨禁脔》”注语，意为本诗出自北宋释惠洪的《天厨禁脔》。书事，指书写眼前事物。

［2］轻阴阁小雨，指天气由阴转为多云微阴，导致小雨停止。轻阴，天气微阴。阁，同“搁”，搁置、阻滞。慵开，懒得打开。慵（yōng），懒、困倦。

［3］苍苔，青色苔藓。苍，苍翠、青绿色，苔，苔藓，一种生长在阴暗潮湿的林地、沼泽地或土石表面结构简单的小型绿色生物。欲，将要。

这首五言绝句写诗人在院内独自静坐观看苍苔的情景，表现出物我相忘的禅思境界。诗歌用20个字，写一个小故事，故事的情节简单明了：浓云淡去，小雨新停。院门整日紧闭，诗人在白天懒得打开。院内台阶长满苔藓，诗人随地坐了下来，静静地观看眼前的苍苔。这一系列行为描写，表现了诗人远离世尘、从容淡泊、安闲悠然的生活情形。诗人将叙事与写景融为一体，所写景境，由天到院，由院到人，由人到苔，整个视角由上到下、由远及近、由大到小，最后全部聚焦到苍苔一点。

诗人聚焦全诗旨意寓寄于苍苔之上，故极力着色描绘苍苔。“坐看苍苔色”，突出诗人观苍苔之“静”。“世事浮云何足问”（《酌酒与裴迪》），早已淡远人事的王维，心静如水，目所触及，兼为空色。诗人静静地坐着，坐了多久他根本没有感觉，时间在他的意念里已凝固不动，此时凝望苍苔，几近“坐忘”。“欲上人衣来”进一步以动显静，突出物我两忘的境界。诗人静坐良久观看苍苔，眼前只有碧绿青翠颜色。苍苔生于幽静之地，长于幽暗之处，无繁华妖艳之景，显淡然青翠之色。苍苔青翠，非常纯净，观之令人心肺如洗。由于席地久坐，诗人感到台阶上的苍苔似乎要在他的衣襟上衍生了。因为诗人将自己神思与苍苔翠色融为一体，于是感觉到苍苔之色已经浸漫到自己的衣襟，要将整个衣服也布满苍苔之色。以“欲上人衣来”的微动，衬托出融人于境、人物共情、物我两忘的大静，体现出一种富有禅意的大静之美。

诗歌用语质朴，写眼前之景，含不尽之意，音律和谐，读之有清虚淡远的韵味。诗人善用拟人化写景手法，构建人境相融的境界，体现清虚幽静之美。

附：《书事》繁体字文本

書事

輕陰閣小雨，深院晝慵開。
坐看蒼苔色，欲上人衣來。

（六）《九月九日忆山东兄弟》赏析

九月九日忆山东兄弟[1]

独在异乡为异客，每逢佳节倍思亲[2]。
遥知兄弟登高处，遍插茱萸少一人[3]。

注释

［1］选自《全唐诗》（卷一二八），中华书局1999年版，第1305页。原诗题后有“时年十七”语。九月九日，指古历重阳节。忆，思念、想念。山东，华山以东，这里指王维在蒲州（今山西永济）的故乡。山，这里指陕西华山。

［2］佳节，美好的节日。

［3］遥知，远远料想。知，知觉、感悟，这里指料想、想象。茱（zhū）萸（yú），又名越椒、艾子，一种带有香气的植物。古人有重阳节登高插戴茱萸以避邪消灾的习俗。

这首七言绝句写于唐玄宗开元五年（717年）王维16岁时（古算法是17岁），属于一首进入仕途之前的羁旅行役之作，表达了作者对远方亲人的思念之情。

诗歌前两句写对亲人的深切思念。首句写客居他乡之状。“独”表明身孤，“异乡”表明势单，“异客”表示力薄。王维21岁才考中进士做了太乐臣。写这首诗的时候，王维正在长安、洛阳一带游走权贵之门以求仕进。王维在14岁的时候和弟弟王缙离开了家乡到长安和洛阳一带，拜谒权贵以求仕进。由于王维多才多艺，既工于写诗作画、又精通音乐，所以便受到上流社会的欢迎，能够经常出入于权贵之门。但终归每天过的是摧眉折腰的日子，内心的深切感受只有诗人自己清楚。因此，王维诗句所言之情，应是当时真实的感受，绝非“为赋新词强说愁”（辛弃疾《丑奴儿·书博山道中壁》）。诗人用一个“独”字，连用两个“异”字，充分体现出在长安孤寂无助的境遇，为下句思情作了铺垫。次句写深切思乡之情。客居他乡已长达两年，积累了太多对亲人的思念。特别是逢年过节之时，思情更为强烈。“每逢佳节倍思亲”一句，写出无数游子人人心中常有却又无法道出的心声。“每逢”表明思乡频次非常高，平日里无时无刻都在思念亲人，只不过一到“佳节”思情更甚罢了。因为“佳节”是亲人团聚的日子，所以更易触动游子思念亲人的神经。“倍”字突出表现了诗人思念亲人之情的浓烈程度。

后两句写远方亲人的感慨，侧面描写诗人浓烈的思乡之情。前两句诗将诗人对亲人的思念之情几乎推到极致，如果沿着“倍思亲”的思路继续下笔，则只能是多角度多层次的具体写思情。但绝句的篇幅限制，使得以赋入诗等写法根本不可能应用。于是，诗人笔锋一转，将视野宕开到千里之外，从山东兄弟的角度，侧面描写思情。“遥知兄弟登高处，遍插茱萸少一人”，诗人设想兄弟们登高的场面：在重阳节里，家乡的兄弟们头上插戴着茱萸，登上高山一起饮酒，看到王维不在其中，便纷纷感慨道：弟兄们都到了，唯有老十三①他没来呀……。从字面上看，表现的是未能与兄弟们一起登山，弟兄们的遗憾之情，实际上则是进一步表达对亲人的思念之情。这种设身处地写法是古诗词中常用的表达思情的手法。王维在此应用此法富有内涵：一则侧面表现诗人对亲人的思念之情；二则暗含弟兄们与王维手足之情深厚；三则写诸弟兄在家乡共聚，更反衬出自己“独在异乡”的孤寂无助；四则用“登高”“茱萸”意象回应题目，在结尾处巧妙点题。

以描写景物见长的王维，在这首诗歌中无一写景之句。四句全为叙事抒情。这样写，更能集中体现出诗人对亲人的朴素真情。诗歌感情质朴真切，设身处地写法高妙，语言平直但用意深远，采用首句仄（古音）起不入韵绝句格式，音律和谐，格调悠远深沉。

附：《九月九日忆山东兄弟》繁体字文本

九月九日憶山東兄弟

獨在異鄉為異客，每逢佳節倍思親。
遙知兄弟登高處，遍插茱萸少一人。

（七）《渭城曲》赏析

渭城曲[1]

渭城朝雨浥轻尘，客舍青青柳色新[2]。
劝君更尽一杯酒，西出阳关无故人[3]。

① 王维在家族弟兄中排行十三。储光羲有《答王十三维》诗。

注释

［1］选自《全唐诗》（卷一二八），中华书局1999年版，第1306页。渭城曲，乐府诗题。这首诗在唐代广泛传唱，因结尾句反复咏唱，又叫《阳关三叠》。有的版本题为《赠别》或《送元二使安西》。

［2］渭城，见《观猎》注释［2］。朝雨浥轻尘，早晨的雨使尘土变得潮湿。浥（yì），沾湿，这里用作使动词，意思是使轻尘湿。浥，有的版本为“裛”。青青，有的版本为“依依”。柳色新，原诗为“柳色春”，据别本改。

［3］君，指友人元二（名未详）。更，再。阳关，关隘名，为汉代所设置，在今甘肃敦煌西南，与玉门关同是古代出西域的必经之地。因在玉门关南，故名阳关。故人，老朋友、老熟人。

这首送别之作虽以乐府为题，其实是七言绝句。王维有一位姓元的、兄弟之中排行老二的朋友，受朝廷之命出使安西都护府，王维到渭城（在今咸阳）的馆驿为朋友送行。此诗便为送行朋友而作，许多版本题为《送元二使安西》。这首诗既无豪壮之语，也无哀伤之词，只是非常自然地表达出朋友分别之际最质朴的情感，具有表达送别之情的普遍意义。因此，这首诗在当时就非常流行，被编入乐府广为传唱。

前两句写景，描绘了一个适宜出行环境。“渭城”“客舍”为送行的地点，“朝”（清晨）为时间。天公作美，清晨刚下过一阵雨，将浮于黄土路上的灰尘洒湿了，路不起尘，非常适宜出行。王维此句颇有用意。古代的道路为土路，往往凸凹不平、尘土飞扬。据说皇帝和朝廷权臣出行，所经之地的官员要组织百姓清水泼街、黄土垫道，为的就是道路平整且不扬尘。“渭城朝雨浥轻尘”句，暗含元二出行受到上天眷顾，自然一路平顺。“客舍青青柳色新”一句，既描写春色美景，又暗含送别友人之际依依不舍之情。“昔我往矣，杨柳依依。”（《诗经·采薇》）“柳”“留”谐音，古人多以咏柳来表达送别留恋之情。这两句诗，虽然含有淡淡别情，但总体上通过景物描写，构建的是一个天气宜人、风清气爽、春光明媚的意境。环境氛围，非常适于后两句诗情的表达。

后两句叙事，描写了一个临别劝酒细节。诗人将饯别宴会中所有的情景高度浓缩，凝结为一句劝酒之语：“劝君更尽一杯酒，西出阳关无故人。”这样写，既给读者留下对宴会场景的无限想象空间，又非常自然地表达了送别好友时质朴、深沉、淳厚的感情。饯别筵席，别情浓浓，宾主畅饮，千杯不醉。但天下没有不散的筵席，好友早该踏上征程了。想到友人此行路途茫茫，将成为千里之外的孤客，诗人便再次举起酒杯，对元二一字一句地轻声说道：来，再喝了这一杯吧，一路西行出了阳关之后，就再也遇不到老熟人了。诗人将不舍、惦念、体贴、祝愿等多重复杂感触与深情，倾注于这杯浓郁的琼浆之中，看似一句轻声的劝酒，但所含真挚情感则可直抵人心。诗人用叙述手法，将别情寓于典型的细节描写之中，不仅生动形象，而且令人感到情真意切。如此寓抒情于叙事的表现手法，着实高妙。

纵观全诗，前两句写景为辞别情节构建了适当的环境氛围，后两句劝酒词情感拿捏得恰如其分，与前面的意境浑然一体，既体现送别之时的浓浓别情，又不失盛唐温柔敦厚的君子诗风。诗歌结构严谨，用语纯朴浅近，采用首句仄起入韵的绝句格式，声韵婉丽悠扬，风格清廓简远。

附：《渭城曲》繁体字文本

渭城曲

渭城朝雨浥輕塵，客舍青青柳色新。
勸君更盡一杯酒，西出陽關無故人。

第二节　孟浩然经典诗作赏析

孟浩然（689—740），字浩然，号孟山人，以字行，襄阳（今属湖北）人，世称“孟襄阳”。盛唐著名田园山水派诗人。早年过着隐居和漫游生活。39 岁到长安，应进士不第，漫游之后回到故乡，晚年过归隐生活。有《孟浩然集》。

早期的孟浩然具有进入仕途建功立业的思想，但后期遭受多次挫折后逐渐转为消极避世。孟浩然受儒家教育，同时也受佛、道二家的影响，他的思想体现着儒、道、佛思想的融合，晚年道、佛思想占了主要地位。孟浩然是唐代第一个倾心大力写作山水诗的诗人，与王维合称“王孟”，其诗艺术成就很高，诗风主要体现在山水诗中，自然高远，清疏简淡，有时略显冷清。诗多为五古和五律。中华书局《全唐诗》（1999 年版）录孟浩然诗 2 卷，共 267 首。

一、孟浩然经典田园山水诗赏析

（一）《万山潭作》赏析

万山潭作[1]

垂钓坐盘石，水清心亦闲[2]。
鱼行潭树下，猿挂岛藤间[3]。
游女昔解佩，传闻于此山[4]。
求之不可得，沿月棹歌还[5]。

注释

［1］选自《全唐诗》（卷一五九），中华书局1999年版，第1631页。有的版本题为《万山潭》。万山潭，湖北襄阳西北万山下的一个水潭。

［2］盘石，同“磐石”，厚而大且上端扁平的石头。盘石，有的版本为“磐石”。心亦闲，有的版本为“心益闲”。

［3］鱼行，有的版本为“鱼游”。潭树，指水潭中倒映的树。岛藤，小岛上的树藤。

［4］游女昔解佩，引刘向《列仙传》故事：有两个江妃女神，到汉江边游玩，碰到了一个叫郑交甫的人。郑交甫并不知道她们是神仙，被二女美貌打动，便向二女请求把衣带上的佩解下来给他。二位神女不愿给他，郑交甫坚持索要，二女便从衣带上解下玉佩递给他。郑交甫很高兴，把玉佩放在贴心的怀里，小步跑了几十步后看玉佩，发现怀中的玉佩不见了。回头看二女，也不见了踪影。传闻，指神女解佩的传说。

［5］求之不可得，化用《诗经·关雎》“求之不得，寤寐思服”诗句。沿月，随着月光、乘着月光。棹（zhào），动词，意思是划船。歌，动词，意思是唱歌。

这是一首寄情山水的五言律诗。万山，又叫汉皋山，在襄阳西北，汉江南岸，山水相依，清幽俊秀，风光宜人。孟浩然在隐居期间，常游此处，写这里风光的诗有多首，这首诗写的就是诗人游历万山的情景。

首联写诗人在万山潭垂钓时的闲情逸致。诗人安坐在磐石上，心情悠闲地独钓江边。钓者可有所得？答案自在“水清”二字。潭水清澈，钓者安能有可得之鱼，所钓的只不过是一份闲情逸致而已。“心亦闲”才正是钓者所求的结果。

颔联写诗人周围的清幽环境。“鱼行潭树下”照应前面的“水清”一词。潭水清澈，一眼见底。潭水岸边的树影倒映水中，让人感觉到游鱼似乎在树上行走，在树枝之间悠闲地嬉戏追逐。潭水里游鱼在钓者眼里一览无余，难道水中的游鱼看不到钓者和垂入水中的钓钩吗？答案是显而易见的。诗人写景似乎只是不经意的一笔，其实是照应前句水清，寓意在于进一步强调钓者根本无心钓鱼，而是体验独钓的乐趣。诗人钓的是一份闲雅、一份清幽、一份沉静、一种与游鱼相戏、物我两忘的境界。水中三三两两的鱼在潭水中安然戏游。不远处小岛树藤间的数只猿猴倒挂在藤条上荡着秋千，跳跃戏耍。刻画这样清幽静谧的意境，是为了衬托诗人安然独钓的状态。诗人坐在磐石上独钓，长时间一动不动，似乎已经达到了庄子所言的“坐忘”状态，静得犹如无人存在。于是才有水中自如游动相互追逐的游鱼，才有对面岛上藤条上跃来跃去的猿猴。由此可见，诗人表面上是写景，实际上是表露自己闲雅淡泊的心态。诗人在这里描写景物选择了两个意象：水中的游鱼和树藤上的猿猴。两个意向构图一潭一岛、一水一藤、一下一上、一低一高，加之水中游动的群鱼和荡于树藤的猿猴，使意境既有安宁静谧又不失层次感和灵动感，艺术构思非常精巧。

颈联写与万山有关的女神解佩的神话传说。诗人“坐忘”醒来之后，天色已经暗下来了。他不经意间想起了郑交甫在万山遇到女神索玉佩的神话故事。求仙悟道，也是古代隐逸之士热衷的话题。中国古代的隐士，易受道家修道成仙思想的影响。道士，高僧，隐士，在远离世尘的价值观上具有相容性。道士和高僧，往往是具有隐逸思想的文人称颂和向往对象。孟浩然这里忽然提到偶遇神仙的话题，是诗人瞬间心理的真实反映。当然，在客观上，诗歌中写神话故事，增添了万山潭的神秘色彩，但诗人的写作旨意并不是仅仅为了增添万山潭的神秘感，而主要在于表达内心访道求仙的意趣。

尾联叙写诗人乘月色划船归家的情景。因受万山潭环境的感应，诗人的脑海闪现了一下郑交甫偶遇女神的故事。但他马上以淡然的心态，消除了心中这一念头。古代绝大多数文人对鬼神之事并不否定，孟浩然自然亦如此。但他认为，求仙问道可遇而不可求，既然求之不得，便淡然处之。于是，诗人乘着月色，划着船，唱着歌，轻快地回归隐居的南园。

诗歌抒发了诗人在故乡隐居时寄情山水怡然宁静的情志。在艺术上，诗歌将叙述、写景、抒情有机地融合在一起，达到人境相容、物我两忘的艺术境界。李白用“高山安可仰”（《赠孟浩然》）的诗句称赞孟浩然，杜甫对孟浩然非常佩服，盛赞孟浩然“清诗句句尽堪传”（《解闷十二首》）。孟浩然能得到伟大的诗人李杜二人盛赞，他的诗歌在唐诗中的地位由此可见。

附：《万山潭作》繁体字文本

萬山潭作

垂釣坐盤石，水清心亦閑。
魚行潭樹下，猿掛島藤間。
遊女昔解佩，傳聞於此山。
求之不可得，沿月棹歌還。

（二）《夜归鹿门山歌》赏析

夜归鹿门山歌[1]

山寺钟鸣昼已昏，渔梁渡头争渡喧[2]。
人随沙路向江村，余亦乘舟归鹿门[3]。
鹿门月照开烟树，忽到庞公栖隐处[4]。
岩扉松径长寂寥，惟有幽人夜来去[5]。

注释

［1］选自《全唐诗》（卷一五九），中华书局1999年版，第1636页。有的版本题为《夜归鹿门歌》。鹿门山，在湖北襄阳，孟浩然早年和晚年都曾在此隐居。歌，歌行体，参见陈子昂《登幽州台歌》注释［1］。

［2］渔梁，指鱼梁洲，在湖北襄阳附近。郦道元《水经注·沔水》："沔（miǎn）水中有鱼梁洲，庞德公所居。"渔梁，有的版本为"渔阳"。渡头，见王维《山居即事》注释［5］。争渡喧，指渡口人们争着抢着上下船很吵闹。喧，吵闹。

［3］人，行人。随，顺着、沿着。沙路，有的版本为"沙岸"。余，古代第一人称，这里指诗人自己。

［4］开烟树，指笼罩在树林的烟雾，在月光照耀下似乎被驱散了，树的轮廓也清楚了。开，动词，意思是散开、打散。烟树，烟雾笼罩的树林。开烟树，有的版本为"烟中树"。忽到，有的版本为"忽辨"。庞公，庞德公，襄阳人（在今湖北，与孟浩然同乡），东汉时期的著名隐士，与诸葛亮、庞统、司马徽、徐庶等人交游甚厚，对诸葛亮和庞统等人有很大影响。《后汉书》

（卷八十三）记载，庞德公住在襄阳岘山之南沔水之中的鱼梁洲，以耕读为业，为人清正，颇有见识，善识大才，与妻子相敬如宾。荆州刺史刘表数次请庞德公做官，坚辞不受，后携妻子儿女隐居鹿门山，以采药为生，直到终老。栖隐处，隐居的地方。栖，栖身、寄身。隐，隐居。

［5］岩扉，山岩相对，形状像门一样，所以叫岩扉。岩，崖石。扉（fēi），门，门户。松径，长满松树的小路。松径，有的版本为“草径”。岩扉松径，有的版本为“樵径非遥”。寂寥，有的版本为“寂寞”。幽人，幽居或幽独之人，这里指像庞公和诗人一样的隐士。夜来去，有的版本为“自来去”。

这是一首七言古诗，体裁属于歌行体。诗中抒写了作者隐居鹿门山时晚归的所见、所闻、所念、所思。孟浩然早年就曾隐居鹿门山，后辞亲远游。唐玄宗开元十六年（728年），已近不惑之年的孟浩然举进士不第。之后，漫游江淮吴越等地。开元二十二年（734年）已经45岁的孟浩然前往长安求仕无果。三年后，48岁的孟浩然在当时担任荆州长史的张九龄府下做了一段时间的幕府。之后，辞别张九龄到襄阳鹿门山附近南园归隐。孟浩然仕途无望之后，心态逐渐趋向于清虚淡远。他归隐南园时，学习庞德公，经常到鹿门山居住。从诗歌的内容看，应当是写孟浩然晚年隐居襄阳鹿门山的经历。

开头两句，诗人描写晚归鹿门山时在鱼梁渡口的所见所闻。黄昏时分，远处传来山里寺庙的阵阵暮钟。在鱼梁渡口，行色匆匆的人们争着、抢着、喊着、叫着，上船下船，往来穿梭。随人们一起渡船的还有马匹以及其他牲畜和禽类。行人的喊叫声、骡马的嘶鸣声、牛羊鸡鸭等的鸣叫声，一片喧嚣。诗句中的“争”字用得非常好，表面含义是人们抢先下船争着赶路，实际上蕴含世人争利的意味。与世人相比，已经看破红尘的孟浩然，静静望着眼前的红尘喧嚣，在乎的却是远处山寺钟声，在悠扬的暮钟声中，诗人虽然也处在喧嚣的人群中，但却心如止水，气定神闲。诗句中渡口喧嚣与山寺暮钟两个意象，构成了一幅尘世与佛境交融的晚归图景，在一个意境之中含有两种截然不同的意象，这是诗人的巧妙构思，具有暗中对比，暗中衬托的意味。世尘喧嚣与山寺幽深相对比，为的是用渡头喧闹衬托山寺暮钟。这种方法与前面说过的王勃《春庄》开首两句诗的写法用意相同。

诗歌的三、四两句，叙写诗人乘舟归鹿门山。世人从船上下来，顺着江岸边的沙路，三五成群，行色匆匆，吵吵闹闹地向着人烟聚集的江边村落而去。诗人则乘舟渡江，独自一人，步履怡然，默默静静地朝鹿门山而去。诗歌将暮色中归途的人分为两类：世人寻找自己在世尘归宿，是归家。诗人则是寻找心灵的归宿，是归隐。这两句诗，将行人与自己的行走方向、行走状态、行走目标进行了鲜明的对比，突出自己远离世尘归隐山林的情志。诗句中的“向”

“归”两个动词，形象生动，含义幽深。

诗歌的五、六两句，写夜归途中的所见所思。诗人用连珠（顶针）诗句的修辞手法，承上启下，由行为叙写转为景物描写。夜色降临之后，月亮未升起之前，映入诗人眼帘的那片熟悉的树林，在烟尘雾气的笼罩下，与晦暗的天幕隐隐约约连在一起，让人感到一片朦朦胧胧。月亮升起来之后，在月光的照耀下，烟雾似乎被月光驱散了，诗人眼前的树林渐渐清晰了。“开”字很传神，赋予月光一种驱散烟雾的灵动感。月光下，诗人看到了庞德公隐居的地方。庞公栖隐之处正是诗人向往的地方。前句的“月照开烟树”，为诗人后面看到“庞公栖隐处”做铺垫。写庞公栖隐之处，其实是为了表达诗人对庞德公归隐高蹈的仰慕之情。

诗歌最后两句，写诗人远离世尘独居鹿门山。经过庞公栖隐遗迹之后，诗人迫近自己在鹿门山的隐居之所。诗人没有在诗中描写自己的隐居之地，只是写了隐居之地的周围环境：两排对开的像门一样的崖岩，一条穿过松林的小路。“岩扉”一词意象鲜明，含义幽远。两排崖岩相对，中间空开，状如一扇巨型的空门，意象非常鲜明。这扇由崖岩自然天成的空门，是一扇分割红尘与世外意念的巨门，含义深幽。与“岩扉”相连的是松林间一条曲折清幽的小路。由于尘世之人不愿迈入此空门，所以松林小路便行人罕至。穿行“松径”的只有庞德公与诗人这样的隐者。

这首歌行体古诗，构思精巧，舒卷自如，对比鲜明。诗歌将叙述、描写和抒情融合一体，用语精到，意象鲜明。诗歌采用两句一换韵，声韵富有变化，流畅自然。

附：《夜归鹿门山歌》繁体字文本

夜歸鹿門山歌

山寺鐘鳴晝已昏，漁梁渡頭爭渡喧。
人隨沙路向江村，余亦乘舟歸鹿門。
鹿門月照開煙樹，忽到龐公棲隱處。
巖扉松徑長寂寥，惟有幽人夜來去。

(三)《晚泊浔阳望庐山》赏析

晚泊浔阳望庐山[1]

挂席几千里，名山都未逢[2]。
泊舟浔阳郭，始见香炉峰[3]。
尝读远公传，永怀尘外踪[4]。
东林精舍近，日暮但闻钟[5]。

注释

[1] 选自《全唐诗》(卷一六〇)，中华书局1999年版，第1648页。有的版本题为《晚泊浔阳望香炉峰》。浔阳，唐时江州的州治所在地，今江西九江市，唐属江南道。

[2] 挂席，指杨帆。逢，相逢、遇到。

[3] 泊(bó)，船靠岸或船停在岸边。郭，城外。

[4] 尝读二句大意：曾经读过高僧慧远的传记，常常怀念远公处身世外的行踪。尝，曾经。远公传，指有关慧远的传记。南朝梁时僧人慧皎编撰《高僧传》(又名《梁高僧传》)，卷六有慧远传。远公，指晋代高僧慧远，著有《法性论》，世称远公，后世奉为莲宗初祖。永怀，常常怀念、时常想念。尘外踪，远离世尘的行为。尘外，指世尘之外。踪，踪迹、行踪，这里的意思是指慧远有过的行为。

[5] 东林精舍，指东林寺，在庐山。精舍，佛舍、僧人住所。但，只，有的版本为“空”。

这是一首叙写诗人游历庐山的五言律诗。诗人通过在庐山的所历、所见、所思、所闻，流露出对世尘之外归隐生活的向往。

首联写诗人对庐山的向往之情。行船数千里，表示诗人爱访名山、寄情山水的情志浓厚。未与名山相逢，则表示诗人未到庐山之前的一丝遗憾。人山相逢，采用拟人化手法，表露出诗人对香炉峰的强烈向往之情。“逢”字突出了诗人与名山的机缘。这句诗为下句看到庐山做了情感铺垫。

颔联写诗人看到庐山的欣喜之情。诗人在船泊于浔阳城外之后，才看到了香炉峰。泊船浔阳是为了相逢庐山，“泊舟”行为看似平铺直叙，但仔细体味却感觉到暗含着诗人访庐山的迫切心情。泊舟浔阳又为下句看到庐山的欣喜之情做了铺垫。“始见”一词形象地突出了诗人看到香炉峰的快慰欣然之情。

颈联点明喜爱香炉峰的原因，表达对隐逸生活的深切向往。诗人先写对香炉峰的向往，然后再写始见香炉峰的欣喜。但诗人看到香炉峰之后，不是写景色如何秀丽，而是写对高僧慧远的怀念。原来诗歌前面的叙述与描写都是层层铺垫。到此才点明诗人向往和喜爱香炉峰的真正原因。孟浩然向往香炉峰，是因为高僧慧远曾在此潜心修行。据《高僧传》记载，慧远见庐山清净，足以息心修道，便在龙泉精舍住了下来。后来，刺史桓伊为慧远修建了东林精舍。庐山秀色闻名天下，香炉峰则是庐山胜景中的胜景，文人骚客在诗作中多写庐山香炉峰的秀丽，大家最熟悉的应当是李白“日照香炉生紫烟”（《望庐山瀑布》）的诗句。可孟浩然看到向往已久的香炉峰后，并没有描写山峰的景色，而是笔锋一转写自己对慧远和尚的仰慕之情。原来，诗人的兴趣不在于山色之美，而在于对隐逸之情由来已久的倾羡。

尾联写诗人对高僧慧远的深切怀念，表露出对隐逸生活的向往。孟浩然是盛唐著名的隐逸诗人，早年就曾在家乡附近的鹿门山过隐居生活，应进士不第之后，曾在张九龄任荆州长史的时候做过幕僚，很快就辞别张九龄归隐故乡。他一生大部分时间是归隐和漫游。李白称赞孟浩然“红颜弃轩冕，白首卧松云”。（《赠孟浩然》）历来熟悉归隐生活的孟浩然，此时对高僧慧远的仰慕，是一种跨越时空的心灵对话。暮色降临，东林精舍近在眼前，而慧远高僧却永远见不到了，诗人的耳边只听到东林寺里响起的阵阵钟声。透过诗句，读者依稀看到，在暮色钟声中，孟浩然静静地站立在东林精舍面前，凭吊这位自己仰慕已久的高僧，久久不愿离去。

这首诗意象清幽淡雅，意境悠然深远，语言平淡自然，看似随笔，但蕴含悠远，体现出含蓄、空灵、清幽、淡远的艺术美感。

附：《晚泊浔阳望庐山》繁体字文本

晚泊潯陽望廬山

掛席幾千里，名山都未逢。
泊舟潯陽郭，始見香爐峯。
嘗讀遠公傳，永懷塵外蹤。
東林精舍近，日暮但聞鐘。

（四）《过故人庄》赏析

过故人庄[1]

故人具鸡黍，邀我至田家[2]。
绿树村边合，青山郭外斜[3]。
开筵面场圃，把酒话桑麻[4]。
待到重阳日，还来就菊花[5]。

注释

［1］选自《全唐诗》（卷一六〇），中华书局1999年版，第1654页。过，动词，意思是探望、前往拜访。故人，参见王维《渭城曲》注释［3］。庄，村庄、田庄。

［2］具，具备、备办、准备。鸡黍，鸡肉和黄米。黍，见王维《积雨辋川庄作》注释［2］。田家，农家、庄户人家。

［3］郭外，城外，这里指村外。斜，古音读“xiá”，参见张若虚《春江花月夜》注释［17］，意思是侧斜、倾斜。

［4］开筵，摆设宴席。筵（yán），宴席。开筵，有的版本为“开轩”。面，动词，意思是面对。场圃，指谷场和菜园。场，古代秋收之后，要将谷类收集在一起，农夫用连枷、石碾等器具将谷物从秸秆上脱粒出来，称为“打场”。打场的场地称为“场”。圃（pǔ），菜园。把酒，端着酒。把，动词，意思是拿着、端着。酒，这里指盛着酒的杯、碗等酒具。话桑麻，化用陶渊明《归园田居》“相见无杂言，但道桑麻长”而来。话，动词，意思是说、聊天、谈论。桑麻，桑树和麻子（生长在中国北方的一种籽可榨油、皮可纺线的植物），这里泛指各种农作物。

［5］重阳日，中国传统节日，在古历九月初九。就菊花，意思是赏菊花。就，动词，意思是接近、靠近。

这是一首五言律诗，在内容上是一首田园诗。孟浩然的田园诗并不多，《过故人庄》是其中很有代表性的一首。一看诗的题目，就可以知道，这是一首描写到乡村访友的诗。

首联写访问老朋友的原因。首句“故人”二字，关合题目，亮明诗人与农夫之间的老朋友关系。“具鸡黍”突出老朋友对诗人的一片盛情。古代一般农家，只有过春节时才杀猪、宰羊、杀鸡，除逢年过节外，平时很难吃到肉。农夫老朋友为了邀请孟浩然到家里做客，将正在产蛋期的鸡杀掉，准备了新碾黄米做成的米饭，倾其所能，置办了一桌看似简单却弥为珍贵的酒席。常年在农村隐居的孟浩然，自然深切了解农家日子的俭朴，他开篇就强调“具鸡黍”这一细节，赞颂农夫朋友这份朴质真切的情谊。“邀我至田家”写诗人受邀访友。“邀我”是访友直接原因。“田家”关合题目中的“庄”字，说明老朋友家的地点——山村。

颔联写赴约途中所见到的老朋友田庄的景色。这是一个风景优美的村庄。“绿树村边合”是它的近景。树木环绕，把小小的村庄围在了绿树葱笼之中。“合”字形象地写出了村庄为绿树环抱的情形。“青山郭外斜”是写它的远景，一抹青山斜横在这村郭之外。“斜”字用得很好，譬如绘画，如果纯用横线条，就容易给人以单调平板的感觉，用些斜线条，就能打破画面的板滞，使景物活脱，产生一种流动美。写景诗也是如此。同时，能有这青山依依相伴，画面也显得开阔，让村庄不显得孤独。这两句写“故人庄”的环境，景色十分幽美。

颈联写与故人饮宴交谈的情况。“开筵面场圃”，是写故人设酒席招待诗人的独特环境。“把酒话桑麻”是写饮宴之间谈话的内容。无拘无束地与老朋友一起，喝着农家自酿的酒，谈论着农家的话题，东头那片桑树坡，西头那块麻子地，老婆孩子、牛羊骡马、鸡毛蒜皮，无话不谈。可以扯开嗓子地喊，双手可以随意比划，可以毫无顾忌地放声大笑，醉了倒头就躺……。此时的孟浩然何等畅快，何等舒坦。这种感觉，在官场的交往中是得不到的，在与文人的交往中也是很难遇到的。

尾联写诗人与老朋友告别。在这里，诗人没有写他如何向热情好客的主人道谢，也没有写他们怎样依依不舍地挥手告别，而是以约好重阳节再来相会作结。这样写，一是表现了诗人对这次过访的满意心情，二是表现了朋友之间的真挚友谊，以致在刚分手的时候就盼望着下次再相见。重阳赏菊的风俗由来已久。菊花在唐代以前就形成了一种超然高洁的象征意义，他象征着君子的隐逸志趣和高洁情操。屈原《离骚》“朝饮木兰之坠露兮，夕餐秋菊之落英”、陶渊明《饮酒》“采菊东篱下，悠然见南山”等诗句，都取菊花隐逸高洁的象征意义。孟浩然“还来就菊花”一句，既写明了下次相访的内容，朋友重聚的愿望，又暗含着他与老朋友都具有高尚的志趣。最后一句诗中的“还来”照应开头“邀我”，“就菊花”照应前面“话桑麻”，形成前呼后应，使得诗歌结构浑然一体。

这首诗描绘了美丽的田园风光和平静愉悦的田园生活，表现了诗人对田园生活的热爱和对真挚友谊的赞美。全诗按时间顺序，完整地写出了从赴约到告别的全过程，层次分明，前后照应，结构完整。诗歌语淡味浓，浑然天成，写眼前景，用口头语，说家常话，可谓至为淡泊，但诗歌在平淡中却蕴含着深厚的韵味。清人沈德潜称孟诗“语淡而味终不薄”（《唐诗别裁集》卷一），闻一多先生说此诗“淡到看不见诗”（《孟浩然》），都是对孟浩然诗歌天然淡泊特色的肯定。

附：《过故人庄》繁体字文本

過故人莊

故人具雞黍，邀我至田家。
綠樹村邊合，青山郭外斜。
開筵面場圃，把酒話桑麻。
待到重陽日，還來就菊花。

二、孟浩然其他经典诗作赏析

（一）《宿建德江》赏析

宿建德江[1]

移舟泊烟渚，日暮客愁新[2]。
野旷天低树，江清月近人[3]。

注释

［1］选自《全唐诗》（卷一六〇），中华书局1999年版，第1670页。建德江，新安江下游，在今浙江省建德市。

［2］烟渚，烟雾朦胧的水中小洲。渚，四周环水的沙洲或陆地。烟渚，有的版本为“幽渚”。客，指诗人自己，因为在异乡，故称为客。

［3］野旷两句，从谢灵运《初去郡》“野旷沙岸净，天高秋月明”诗句中的意境点化而来。

这是一首表达羁旅行役之意的五言绝句，表现了作者旅途在舟中客宿他乡的思乡愁情。前两句叙写诗人旅途日暮泊舟江渚的情景。“泊烟渚”写旅途中船停靠的地点，对应标题中的“建德江”，“日暮”是时间，对应标题的

“宿”。被雾气和烟尘笼罩着的建德江中小洲朦朦胧胧，江水悠悠，暮色沉沉，四顾茫然。诗人构建一个迷茫朦胧的意境，为抒发愁情作出铺垫。江渚朦胧，暮色苍茫，日暮愁浓。“客愁新”表明愁情一直伴随着诗人，原来的旧愁还未消除，到建德江之后，愁情又增添了几分。

后两句写景，将羁旅愁情在景中淡化。旷野、天幕、树林、清江、明月等意象，构建了一个空阔寂寥而又清澈宁静的意境。暮色渐渐变成了夜色，极目眺望，旷野无涯，江边树林在迷雾中隐隐约约，树林的背景是夜色中低垂的天幕，天幕看上去似乎比江边的树还低。江水清澈，月亮升起之后几乎贴着江面。一轮明月倒映在清澈的江水中，在小船上的诗人仿佛伸手就能触碰到水中明月。人月相近不仅仅是指空间距离，而是蕴含着诗人情怀与月相近的寓意。明月在古代文人中具有永恒、高洁、清雅、宁静、美好、圆满（圆月）、缺憾（缺月）、空灵、孤寂、清冷、思乡、情思等等丰富而复杂的象征意义。古代关于月宫的传说，更能让人产生无限遐想。诗人此时与月相近，从构建的意境来看，应该取高洁、清雅、宁静等象征意义，同时也含有思乡之情。读到此，读者应该感觉到上文所说的愁情，似乎在这里淡了许多。这是诗人有意将愁情化入美景之中的艺术效果。

诗作将叙事、抒情、写景融为一体，先借景抒情，然后又化情入景。全诗只有一个“愁”字，但愁情却在整篇小诗中无处不在。这是美在“咸酸之外”① 的艺术境界。是追求韵外之致的诗人所推崇的一种“不著一字，尽得风流”（司空图《诗品》）的艺术境界，体现出“羚羊挂角，无迹可求”②（南宋严羽《沧浪诗话·诗辨》）的高超艺术。

附：《宿建德江》繁体字文本

宿建德江

移舟泊煙渚，日暮客愁新。
野曠天低樹，江清月近人。

---

① 美在“咸酸之外”是唐代诗人司空图所推崇的一种诗歌艺术。司空图认为，写文章难，写诗更难，把握诗“味”更是非常之难。他在《与李生论诗书》中指出：“若醋，非不酸也，止于酸而已；若盐，非不咸也，止于咸而已。”司空图认为，好诗美在“咸酸之外”，有“味外之旨”。

② 羚羊挂角，无迹可求，意思是上等的诗作，诗意和韵味都在文字之外，像羚羊夜间休息时把羊角挂在树上，地上不留痕迹一样。

（二）《夏日南亭怀辛大》赏析

夏日南亭怀辛大[1]

山光忽西落，池月渐东上[2]。
散发乘夕凉，开轩卧闲敞[3]。
荷风送香气，竹露滴清响[4]。
欲取鸣琴弹，恨无知音赏[5]。
感此怀故人，中宵劳梦想[6]。

注释

[1] 选自《全唐诗》（卷一五九），中华书局 1999 年版，第 1625 页。有的版本题为《夏夕南亭怀辛大》。南亭，诗人在襄阳的住所。辛大，孟浩然的好友，在孟浩然诗中多次出现。孟浩然有一首诗《西山寻辛谔》，所以人们猜测辛大名叫“辛谔”。

[2] 山光，指迫近山的太阳及其发散的光芒。西落，有的版本为“西发”。池月，映在水池中的月亮。

[3] 散发，将头发散开。古代男子平时束发戴帽，散发是一种不合礼数的行为。这里的散发，实际上是泛指衣着上诸多随意行为。作者为了散热，不受礼数约束而放任，表现出归隐生活的洒脱与自在。轩，窗户。闲敞，指悠闲随意。

[4] 清响，让人感到清幽的响声。清，清雅、清幽。响，指滴水的响声。

[5] 鸣琴，琴、古琴。恨，遗憾。恨无知音赏，取意钟子期与伯牙的典故。战国时期秦相吕不韦《吕氏春秋·孝行览·本味》和战国时期郑人列御寇《列子·汤问》都记载了伯牙与钟子期的故事。伯牙善于弹琴，钟子期善于听琴。伯牙弹琴意在泰山，钟子期便说，你弹琴弹得太好了，琴声像泰山巍巍。伯牙弹琴意在流水，钟子期说，你弹琴弹得太好了，琴声像浩浩荡荡的流水。钟子期死后，伯牙摔破琴并断琴弦，从此不再弹琴。这是“知音”一词的出处，也是“高山流水”一词的出处。

[6] 中宵，半夜。劳梦想，意思是梦到辛大并思念的这件事使人愁苦。劳，动词，意思是使忧愁、使愁苦。梦，指梦到。想，指（梦中醒来后）思念。

这是一首抒发思友之情的五言古诗。诗歌以时间和情感变化为两条线索，分为前后两部分，前面六句写夏夜闲适乘凉，后面四句写思念友人。

开首两句，写日落月出，交待了时间。不经意间西边的太阳落山了，山上被太阳映照的光也暗了下来，池塘边的月亮渐渐从东边升起。上句“忽”与下句的“渐”相对。这里的“忽”不能理解为太阳突然落山。夏天的太阳落山的过程是四季中最慢的，即使太阳落了，山上的光还能维持一段时间，不可能忽然就暗下来。这里的“忽”的含义是指诗人不在意的时候太阳落山了，当他看到西山暗了，月亮升起来了，才忽然意识到太阳早已经落下西山了。孟浩然在诗中叙写自己在不知不觉中日落西山，目的是为了表达他隐居生活闲适的状态。东升的月亮映在池水中，月光下的夏夜顿时让人感到明亮而清爽。诗人在这两句始终通过“暮光”“西山”“池水”“明月”意象，用形容词“忽”“渐”和动词“西落”“东上”，构建了一个明达淡远、幽静清凉的意境。

三、四两句，承接上句诗境的意趣，写夏夜乘凉的闲适心情。诗人采用白描手法，写夏夜纳凉时的闲适之情。“散发”一词，泛指当时乘凉装束随意的状态。为了夏夜纳凉，诗人除去头冠，解衣宽带，赤足开怀，打开窗户，躺在凉快的窗口，感觉十分悠闲自在。披头散发、衣冠不整是古代不合礼数的行为。因为诗人过的是隐居生活，自然不必拘束这些小节。“卧”字用意比“散发”更进一步。诗人披头散发，冼足畅怀，倒头而卧，感觉非常闲适随意。“散发乘夕凉，开轩卧闲敞”，看似一句轻描淡写的细节描写，实际上富有深远寓意：与封建官场交往中束发戴冠、正襟危坐相比，诗人这样描写是为了突出隐居生活的闲适自在。

五、六两句，描写环境的洁雅清幽，衬托诗人夏夜的闲适心情。微风阵阵将荷花的香气送来，竹叶上的露珠滴到石上和池水中响声清脆，反衬环境幽静。“荷风送香气”是以嗅觉的角度写荷花，“竹露滴清响”是用听觉的角度写翠竹。在中国文化中，荷花历来具有高洁、清白、纯真、典雅等寓意，竹子历来具有正直孤傲、坚韧挺拔、高风亮节、淡泊清虚、清丽俊逸等寓意。孟浩然在诗中选择荷花竹子作为描写对象，是为了构建典雅、清幽、淡泊、闲适的意境。

以上六句诗是诗歌的第一部分。主要是叙写诗人夏夜乘凉的闲适心情。接下来，诗人将笔触转向对老朋友辛大的思念。

七、八两句，写诗人想弹奏古琴但无知音欣赏的无奈与遗憾。“欲取鸣琴弹”一句，承上启下，非常自然。在闲适的夏夜，典雅清幽的环境激发诗人抚琴的兴趣。诗人想拿起琴来弹，但马上意识到：琴抚给谁听呢？谁作赏琴的知音呢？想到此，他开始思念老朋友辛大。于是诗人无奈且遗憾地叹道：“恨无知音赏”。诗人用伯牙与钟子期的典故，突出与辛大的友情。“恨”字是诗歌情感转变的关键节点。之前，诗人的心情悠闲自适，在“欲取鸣琴”之后，诗人的情绪转变为无奈和遗憾。表露出这一情感转变的关键词是“恨无”一词。读诗至此，方可明白前面六句的景物描写和行为叙述，全是后面思情表现的铺垫。

诗歌最后两句，抒发对友人辛大的思念之情。在这里，诗歌的感情又由遗憾转为愁苦。感叹无知音赏琴，便自然怀念起老朋友辛大。诗人在对辛大深切的思念之情中渐渐入睡，到了半夜梦到友人辛大，梦醒之后，思情更浓，再也无法入睡，心情不免愁苦悲伤。

诗歌表达了诗人对友人的思念之情。在艺术上有两个显著的特色：一是层次分明，结构完整。诗人以时间为经，从日落写到深夜，以感情变化为纬，从闲适到遗憾再到愁苦，两条线索交替，层层递进，形成浑然一体的情节结构。情感变化，层层递进，前面诗句为后面诗句做层层铺垫。先用闲适情感给遗憾情感的表达做铺垫，然后再用遗憾情感为愁苦情感的表达做铺垫。前乐而后忧，情感反差极大，是为了更好地表达对友人的思念之情。二是意象选择上独具匠心。诗人用“落日”“明月”“水池”等意象构成一个明达、清幽、宁静的意境，以承载夏夜纳凉的闲适心情。用荷花、清风、荷香、翠竹、清露、滴水清响等意象，构成典雅、清虚、淡泊、飘逸的意境，以突出表现自己隐逸人格。此外，诗歌用词质朴传神，音韵晴朗，表现出冲淡自然、清旷爽朗的艺术风格。

附：《夏日南亭怀辛大》繁体字文本

夏日南亭懷辛大

山光忽西落，池月漸東上。
散髮乘夕涼，開軒臥閑敞。
荷風送香氣，竹露滴清響。
欲取鳴琴彈，恨無知音賞。
感此懷故人，中宵勞夢想。

（三）《望洞庭湖赠张丞相》赏析

望洞庭湖赠张丞相[1]

八月湖水平，涵虚混太清[2]。
气蒸云梦泽，波撼岳阳城[3]。

欲济无舟楫，端居耻圣明[4]。
坐观垂钓者，徒有羡鱼情[5]。

注释

［1］选自《全唐诗》（卷一六〇），中华书局1999年版，第1638页。有的版本题为《临洞庭湖赠张丞相》《临洞庭上张丞相》或《临洞庭》。洞庭湖，在湖南岳阳市西南，属于中国第二大淡水湖。张丞相，指张九龄，唐玄宗时期的名相。

［2］八月，指古历8月，一般为现今阳历9月份。涵虚混太清，指湖水与天空融为一体。涵，沉浸、涵融，这里指天空映入水面，水天相融为一体。虚，虚空，指天空。太清，天空，古人称天空为太清。又，道教将天空分为“玉清、上清、太清”三部分，分别为元始天尊、灵宝天尊、道德天尊的境洞。

［3］云梦泽，古代对长江中游地跨今湖北、湖南两省的湖泊群和沼泽地的总称，分为云泽和梦泽两部分。洞庭湖在云梦泽范围内。波撼，波涛摇动。撼（hàn），摇撼、摇动。岳阳城在洞庭湖东北部的东岸，宋人范致明《岳阳风土记》：“孟浩然洞庭诗有‘波撼岳阳城’，盖城据湖东北，湖面百里，长多西南风，夏秋水涨，涛声喧如万鼓，昼夜不息，漱齿城岸，岁常倾颓。”波撼，有的版本为“波动”。

［4］济，渡、过河。舟楫，船与船桨。楫（jí），划船用的桨。端居，指平常闲居，即赋闲在家，暗指独处、隐居。耻圣明，指因身处圣明时代端居而感到羞耻。圣明，指圣贤明君及其治下的太平盛世。

［5］坐观，有的版本为“徒怜”。垂钓者，有的版本为“垂钓叟”。徒，徒然、白白地。羡鱼，羡慕钓鱼人的收获。西汉刘安《淮南子·说林训》：“临河而羡鱼，不如归家织网。”徒有，原诗为“空有”，据别本改。

这首五言律诗是一首干谒诗，写于唐玄宗开元二十一年（733年）。孟浩然在39岁（古算法40岁）时到长安参加进士选拔考试落榜，后失意离开长安，44岁时又到长安求仕，当时张九龄任中书侍郎，同中书门下平章事（宰相），孟浩然便写了这首诗投赠给张九龄，以期得到赏识和引荐。诗歌内容主要是表现诗人在仕途上希冀得到援引的迫切愿望，但在客观上表现出积极用世的人生态度和激昂开阔的胸襟。欣赏诗歌主要体味委婉含蓄的表达技巧，感受雄浑阔远的意境之美。

首联写洞庭湖烟波浩森的气象。“八月湖水平”，写洞庭湖水漫涨之态。古历八月正是秋天湖水上涨的季节，“平”字形象地表现出湖水溢满、湖面浩瀚的情景。“涵虚混太清”写湖面与天相接之景。清空倒映在湖面，远远望去，水天融为一体，浑浩无涯，好像整个天域都被洞庭湖水涵融。

颔联写洞庭湖波涛汹涌的气势。“气蒸云梦泽”，极写洞庭湖水势之远。“蒸”字非常传神地体现出洞庭湖水蒸腾，云气浩渺，将整个云梦泽的水气都笼罩其中的浩瀚景象。“波撼岳阳城”，极写洞庭湖水势之大。洞庭湖波澜壮阔，风云激荡，烟波扶摇，让人感到整个岳阳城都被湖水撼动。“憾”字特别具有动感，极具表现力。这两句写景诗，备受后人推崇。如北宋诗论家方回就对这两句诗与杜甫“吴楚东南坼，乾坤日夜浮”相提并论，极力赞赏。他认为，孟浩然此诗与杜甫《登岳阳楼》书于岳阳楼左右，后人就自然不敢到岳阳楼再题诗了。（见《瀛奎律髓》）当然，也有人认为，这两句写景，上句过壮，下句不称（见清人毛先舒《诗辩坻》卷三），今人也多有观点认为，这两句诗前壮后轻，体现出孟浩然的才情不足。其实不然，诗歌写景是为了表意服务。首联与颔联四句写景，前三句是“放”，第四句是“收”。因为下面表示“欲济”“羡鱼”之情，气度既不宜过宽，也不宜过窄。过宽有不羁之嫌，过窄又显胸襟狭小。波撼一城，气韵足矣。因此，诗句前壮后弱的用意，在于为颈联和尾联表达“济”“钓”之意提供一个恰当的环境氛围，这正是诗人手法高妙之处。

首联和颔联写洞庭湖胜景，一是为下面的抒情做环境烘托层面的铺垫，二是为了展现作者的才情气度，三是暗含对干谒对象的推崇，让其产生心灵感应。第一点是诗歌惯用手法，不必解释。这里有必要对第二和第三点用意作简要分析。写干谒诗，需要向对方充分展示作者的才情气度。通过景物描写的笔法展示才情，通过意象与意境展示胸襟与气度，既得体又委婉，是非常有效的表达方式。诗人在此极力描写洞庭湖壮阔与气势，用意在于向张九龄丞相展示才华与胸襟。同时，意象选择与意境构建，也是赢得对方心理认同的一个重要方式。张九龄是初唐与盛唐交替之时著名的诗人，自然深谙作诗之道。孟浩然用洞庭湖作为景物描写对象，暗含对张丞相胸襟气度的称颂之意。“宰相肚里能撑船”，诗人极力描绘洞庭湖宏阔与气势，令张九龄在读诗句之时心有灵犀，可收到事半功倍之效。通过景物描绘赞颂干谒对象，此法非常隐晦含蓄，对方能看破但不会点破，既能赢得好感，又能弱化干谒卑谦之意。

颈联抒发诗人的用世之情。“欲济无舟楫”，用想渡过洞庭湖而缺乏船与桨，委婉含蓄地表示：自己愿意出来为朝廷做事但苦于没有职位。“欲”和“无”的矛盾，突出了诗人的窘迫情形。“济”字一语双关，既含渡湖之意，又含济世之心，选词甚为精妙。“端居耻圣明”，从自我反思的角度，委婉表达为朝廷效力的迫切愿望。明君贤相，太平盛世，是封建文人的政治理想。“圣明”表面上是对唐玄宗的赞颂，实际上也暗含对张九龄的推崇。诗人以生逢盛世而“端居”为“耻”，表面是自责，用意在干谒。

尾联向张丞相表达求荐之意。“坐观垂钓者，徒有羡鱼情”，诗人巧妙化用《淮南子·说林训》“临河而羡鱼，不如归家织网”句意，委婉表达愿张丞相引荐自己的请求。“垂钓者”借喻张丞相等当朝掌权的人。“坐观”“徒有”一对词，既表现出自身无奈的尴尬情形，又体现了渴望出仕的迫切心态。“钓者”“羡鱼”等词语，极易令人联想到功利。孟浩然这两句诗没有刻意回避功利。孔子说：“天下有道则见，无道则隐。邦有道，贫且贱焉，耻也；邦无道，富且贵焉，耻也。”（《论语·泰伯》）诗人在前面已言“圣明”，这里表现求取功名之利便无可厚非。

干谒之诗，若不失体面，分寸拿捏异常重要。拿捏分寸首先须从谋篇构思做起。诗歌层次清晰，结构分明，首联和颔联对应题目“望洞庭湖”四字，颈联和尾联对应题目“赠张丞相”四字。前面写景为后面抒情做了极为恰当的铺垫，后面抒情则紧紧围绕洞庭湖水写“欲济”“羡鱼”之情，自然贴切，委婉含蓄，既体现请求引荐之心，又不露乞求之相；既表达了干谒之意，言辞又非常得体。诗歌表意含蓄委婉，精妙构思的作用非常明显。诗歌对偶工整，语言精切，采用首句仄（古音）起入韵的格式，格律谨严，声律和谐，气格雄浑，风格高远浑成且雍容隐微。

附：《望洞庭湖赠张丞相》繁体字文本

望洞庭湖贈張丞相

八月湖水平，涵虛混太清。
氣蒸雲夢澤，波撼岳陽城。
欲濟無舟楫，端居恥聖明，
坐觀垂釣者，徒有羨魚情。

（四）《岁暮归南山》赏析

岁暮归南山[1]

北阙休上书，南山归敝庐[2]。
不才明主弃，多病故人疏[3]。

白发催年老，青阳逼岁除[4]。
永怀愁不寐，松月夜窗虚[5]。

注释

[1] 选自《全唐诗》（卷一六〇），中华书局1999年版，第1654页。有的版本题为《归终南山》或《归故园作》。岁暮，年终。南山，应为孟浩然故乡襄阳城南的岘山。（萧晓阳等，2021）有人说指终南山。

[2] 北阙，代指朝廷。长安皇宫北面的门楼，是汉代朝臣等候皇帝召见、面奏皇帝或等待诏书的地方。后人多以此代指朝廷。休，勿、别、不要。上书，臣子向君主提出书面建议，这里泛指为朝廷出谋划策。敝庐，破败的屋子，多用于谦辞。

[3] 不才，无才能、没有才干，多用于谦辞。明主，圣明之主，指唐玄宗。多病，有的版本为"卧病"。疏，疏远、生疏。

[4] 催年老，有的版本为"催年去"。青阳，春天。《尔雅·释天》："春为青阳。"

[5] 永怀，长久的茕怀（孤独忧伤的心情）。永，久、长久。怀，感怀、萦怀、茕怀。不寐，有的版本为"不寝"。松月，松间月光。虚，冲虚、清虚。夜窗虚，有的版本为"夜堂虚"。

这首五言律诗是鸣不平之作。这首诗写于唐玄宗开元十六年（728年）孟浩然应进士不第之后。孟浩然在考进士前，已"苦学三十载"（《秦中苦雨思归赠袁左丞贺侍郎》），诗文已在文人圈内颇有名气，但年近40岁的他，在进士考试中竟然落第。这对孟浩然的打击颇大。孟浩然在京城待了一段时间后，年末回到了家乡。这首诗应写于诗人回到襄阳之后。诗歌抒发了诗人当时落寞惆怅的幽怨之情。

首联破题，写失意怨愤回到南山。"北阙休上书"，表面上是发誓自己再别给朝廷进言了，实际上是积极用世之情遭受打击之后一种愤怨。其实，孟浩然并没有给朝廷政治提过什么重要的建议，"上书"在这里具有象征意义，借指诗人欲为朝廷效力所作的努力。"敝庐"表面上是诗人对自己故乡住处的谦辞，实际上暗含诗人的失意心情。《战国策·秦策》记载，苏秦"说秦王书十上而说不行，黑貂之裘弊，黄金百斤尽，资用乏绝，去秦而归。羸縢履蹻，负书担橐，形容枯槁，面目黎黑，状有归（愧）色。"《战国策》以苏秦衣衫凋敝写其失意之态，孟浩然则以住所凋敝写失意之心，二者用意相同。首联开篇就愤然落笔，突显怨气，为进一步抒情奠定基础。

颔联回叙，道出失意幽怨的原因。“不才明主弃”，写仕途上受到极大挫折。“不才”与“明主”相对，突出二者反差，而“弃”字则将此反差赋予了言外之意、象外之旨。字面上看是因为自己无才能被圣明的玄宗抛弃了，实际上则表现诗人内心屈辱幽愤之情。据说孟浩然进士落第之后，王维曾私自将他带入官府，不料唐玄宗李隆基来见王维，孟浩然情急之中藏于床下。王维不敢隐瞒，向玄宗报告了实情。玄宗听了很高兴，说：“朕闻其人而未见也，何惧而匿?”于是诏令孟浩然出来见他。玄宗问孟浩然有什么新作，孟浩然便给玄宗吟诵了此诗。当吟到“不才明主弃”句时，玄宗说：“卿不求仕，而朕未尝弃卿，奈何诬我?”于是就让孟浩然回老家了。（见宋人宋祁、欧阳修等《新唐书》卷二百三）此说真实性多有质疑，但流传至今，人们一旦讲到此诗，便会说到这个故事。这个故事，侧面反映出“不才明主弃”诗句所含的怨气十分明显。“多病故人疏”则写人际交往遭遇麻烦。自己多病，无法四处走动，导致和老朋友们的关系渐渐疏远了。封建知识分子，成功步入仕途并获取理想的功名，有两个重要的途径：一是获得顶层统治者的认可，二是依靠广泛的人脉得到援引。诗人遭遇“明主弃”和“故人疏”，失去的正是这两个渠道，其愤怨之深由此可见。

颈联叹老，写人生苦短、岁月难再的焦虑。“白发催年老”，是诗人对自己年岁的感叹。求仕心切，但前景渺茫，眼看着两鬓白发越来越多，让人情急难堪。“青阳逼岁除”照应题目中的“岁暮”，道出对时光飞逝的无奈。年已不惑仍身为白丁，满腹经纶但难以为用，这让诗人心急如焚。“催”“逼”等词语，表现出诗人对功名未就、人生难再的深切焦虑。

尾联写景，将满腔忧愤化于清虚月色之中。“永怀愁不寐”，写诗人愁情萦绕导致难以入眠。清人高步瀛说此诗“结句意境深妙。”（《唐宋诗举要》），清人朱之荆言此诗“结句是寂寥之甚，然只写景，不说寂寥，含蓄有味。”（《增订唐诗摘钞》）此中只言“有味”，但未说何味。其中韵味，需要仔细体味“松月夜窗虚”句的蕴含。各种复杂情感，让诗人内心充满忧愁，难以成眠。但愁情何时能了，总不能永怀愁情吧。想到此，诗人便开始寻求自解之策。看到松树林斑驳的月光，诗人便随即找到解脱途径。明月遍照大地，但捧之不堪盈手，拥之无法入怀。人间功名不也正是如此吗，清虚月光点悟了诗人，他于是将所有的怨愤、不平、自责、焦虑等等愁情全部抛开，将情怀转移到明月，寄情于清虚月色之中。诗人能否尽抛愁苦之情，清虚月色能否化解愁怀，可留给读者细细体味。结尾手法巧妙，令诗歌余味无穷。

在感情方面，诗人拿捏得非常到位，虽然起句怨愤之情非常突出，但随着结构起承转合，诗人将总体情调控制在哀而不伤、悲而不戚、怨而不怒的儒家君子人格修养之内，因此诗作虽为鸣不平之作，但仍具有盛唐气象的风范。整个诗歌的情感，随起承转合结构变化，脉络非常清晰。首联起句怨情突兀，让人感到怨气满腹；颔联承接首联怨愤，将幽愤怨情推到极致；颈联将幽怨转为焦虑，怨情开始减退；尾联将所有情感凝结为愁情，并将之融化于清虚月色之中。诗歌语言自然浅显，语义蕴含丰富，采用首句仄起入韵的律诗格式，音韵和谐，呈现出沉郁深致、疏宕清丽的艺术风格。

附：《岁暮归南山》繁体字文本

歲暮歸南山

北闕休上書，南山歸敝廬。
不才明主棄，多病故人疏。
白髮催年老，青陽逼歲除。
永懷愁不寐，松月夜窗虛。

（五）《春晓》赏析

春晓[1]

春眠不觉晓，处处闻啼鸟[2]。
夜来风雨声，花落知多少[3]。

注释

[1] 选自《全唐诗》（卷一六〇），中华书局1999年版，第1670页。春晓，春天的早晨。

[2] 闻，听到。啼鸟，正常的语序应为“鸟啼”，此处为押韵而写为“啼鸟”。

[3] 夜来二句，有的版本为“欲知昨夜风，花落无多少”。

这首五言绝句是许多人自幼就耳熟能详的小诗。诗歌写晨起的一个生活片段，体现出诗人悯花伤春情绪和民胞物与情怀。

首句破题，写清晨睡醒。不知不觉中，天已破晓。“春眠”易导致清晨酣睡，“不觉晓”侧面描写诗人晨醒之前的浓睡状态。次句写醒后所闻。诗人在鸟鸣声中醒来。鸟雀呼晴，四处鸣叫，共同奏响了春天早晨大自然的交响乐。第三句回顾昨夜天气。夜里风雨交加，诗人在风雨声中难以入眠，直到风雨声渐渐消失，诗人才迷迷糊糊进入梦乡。这句侧面描写诗人夜里难眠情形，照应了描写清晨酣睡的“不觉晓”句。尾句交待难以入眠的原因。风雨声中，诗人想到了已盛开的鲜花，“知多少”表现出诗人对花朵被风雨摧残的挂怀。

幼儿时期就能背诵的古诗，都是直抵童心的千古佳作。但这并不意味着诗意简约。这首短诗，既适合于牙牙学语的幼儿诵读，也值得白发苍苍的老者吟咏。不过，随着年龄和阅历的增长，读诗的感觉会由轻快逐渐转为深沉。笔者现在读此诗，很难再有春意盎然的快感，更难有“如饮醇醪，不觉自醉”① 的感觉。读诗贵悟，这首诗表意的重点在后两句。花朵是美好事物的象征。美好事物总是短暂停留于世间，当其将要消失之时，自然会引发人们的伤悼之情。佛家认为，“一花一世界，一木一浮生。”（《大方广佛华严经》）孟浩然是一个深受佛家思想影响的隐逸诗人。他对落花的痛惜，不仅仅是伤春，而隐含着以佛家视角对人世的反思，这在客观上也体现出不少封建文人所具有的民胞物与的情怀。

诗歌虽然只有短短四句，但结构起承转合浑然一体，起于早晨睡醒，承于耳闻鸟鸣，转于回顾风声，合于悯花伤春。语言平易浅切，明白如话，但语浅意深，言直意曲，蕴含丰富。诗歌采用首句平起入韵的绝句格律，音韵清深婉约，风格清致悠远。

附：《春晓》繁体字文本

春曉

春眠不覺曉，處處聞啼鳥。
夜來風雨聲，花落知多少。

第三节　储光羲、常建与王湾经典诗作赏析

一、储光羲经典诗作赏析

储光羲（706？—763？），润州延陵（今江苏镇江丹阳南）人，祖籍兖州（今山东兖州），盛唐田园山水派诗人。唐玄宗开元十四年（726 年）进士，曾任县尉，后辞官归乡。天宝年间，出任监察御史等职。安史之乱时被叛军俘获受任伪职，后脱身逃归，平叛后下狱被贬，客死岭南。有《储光羲集》。

① 萧涤非等．唐诗鉴赏辞典．上海辞书出版社，1983：97.

诗作以田园诗著称，绝大多数为五言诗，其中五言古诗居多。中华书局《全唐诗》（1999 年版）录储光羲诗 4 卷，共 227 首。

（一）《钓鱼湾》赏析

钓鱼湾[1]

垂钓绿湾春，春深杏花乱[2]。
潭清疑水浅，荷动知鱼散[3]。
日暮待情人，维舟绿杨岸[4]。

注释

[1] 选自《全唐诗》（卷一三六），中华书局 1999 年版，第 1376 页。《钓鱼湾》为组诗《杂咏五首》中的第四首。

[2] 绿湾春，春天的绿水潭弯曲的地方。绿湾，因潭水深，浮游生物多，对太阳光谱中的绿光吸收较弱，所以在阳光的照射下呈碧绿色。湾，潭水凹入岸边的地方。春深，春意很浓、进入仲春。乱，纷繁、弥漫，这里指杏花纷繁盛开的样子。

[3] 疑，误认为。荷动知鱼散，化用谢朓《游东田》“鱼戏新荷动”句意。

[4] 情人，感情深厚的友人，一说恋人。

《杂咏五首》组诗包含《石子松》《架檐藤》《池边鹤》《钓鱼湾》《幽人居》五言古诗。前三首咏物，分别咏叹生长在磐石上的青松、檐下门前的绿藤、池边的白鹤，体现了清幽隐逸的情怀。后两首写人，分别叙写无意于鱼的钓者和隐居山林的高人，体现了清虚淡泊的心志。这首诗叙写了一个无心于鱼的钓者，表达了清虚淡远的情怀。

“垂钓绿湾春，春深杏花乱”两句总体描写钓者垂钓的环境。首句尾字和次句首字用“春”字作连珠，强调春意，使整个诗境充满着仲春的气息。一个钓者在水潭湾曲处垂钓，湾水碧绿澄净。岸边的杏花早已怒放，满树的杏花倒映在潭湾水面。春风徐徐吹来，一片片花瓣静静地掉落在钓者的身上，轻轻的飘落在潭水表面。岸边的杏花与水中的倒影相映成趣，树下水中皆落花飘动，令人眼花缭乱。碧绿的潭水映照雪白的杏花，色彩对比鲜明，语言活泼自然。诗人用岸边的钓者，碧绿的潭水、纷繁的杏花构成了一幅仲春钓图，构建了一个春意盎然、幽深静谧的意境，为表达钓者情怀进行了景物铺垫。

“潭清疑水浅，荷动知鱼散”两句具体描写钓者眼前景色。“潭清疑水浅”表明潭水清澈，水中之物一目了然。“疑”字表示水浅是假象。“荷动知鱼散”显示潭水沉静，水下之鱼异常敏感。刚刚露出水面的荷叶，突然间左右摇摆。诗人明白，那是水下的鱼群受惊逃散触碰了荷梗。这两句写景，笔法细腻，语言贴切，句意委婉。如此清澈澄境的潭水，并不适合钓鱼。钓者垂钓于此，其意并不在鱼。

“日暮待情人，维舟绿杨岸”两句，点明钓者本意在于待人。“情人”一词，可以有两种理解：一种是指恋人，一种是知心同道、感情深厚的友人。如果将“情人”理解为恋人，则钓者应是一个年轻男子，等待的是一个女子。如果将“情人”理解为同道友人，则钓者的身份是一个隐者。从《杂咏五首》组诗的整个情调来看，后者较为妥当。不少唐诗中，“情人”的含义并不是我们今天所理解的男女情侣。如李白《赠汉阳附录事二首》“汉口双鱼白锦鳞，令传尺素报情人”和韦应物《送汾城王主簿》“芳草归时遍，情人故郡多”中的“情人”都是指友人。这两句诗，卒章显意，表明钓者意在等待同道之人。

诗歌通过叙事的手法描绘景物，并将情感融入人物行动和景物描写之中，达到了叙述、描写和抒情的有机统一。结构层次分明，前四句侧重点在于景物描写，后两句侧重点在于人物行动。语言浅近自然，“乱”“疑”“动”“知”“散”“维”等动词富有表现力，简洁凝练，音韵上每句皆以仄声收尾，富有动感，风格明丽疏淡。

附：《钓鱼湾》繁体字文本

釣魚灣

垂釣綠灣春，春深杏花亂。
潭清疑水淺，荷動知魚散。
日暮待情人，維舟綠楊岸。

（二）《江南曲四首》（其三）赏析

《江南曲四首》（其三）[1]

日暮长江里，相邀归渡头[2]。
落花如有意，来去逐船流[3]。

注释

［1］选自《全唐诗》（卷一三九），中华书局 1999 年版，第 1417 页。有的版本题为《江南曲》。

［2］渡头，渡口。

［3］船流，有的版本为“轻舟”。

这是一首以乐府为题的五言绝句。《江南曲四首》是一组以描写江南水乡居民性情和男女爱情为主题的组诗。这首诗表现了江边男女约会的情趣。

前两句点明约会的时间和地点。首句描绘长江美景。“日暮”点明约会时间。黄昏时分，斜阳铺在江面，水面倒映着满天彩霞，江面舟船往来穿梭，风帆点点。诗人用一亮丽的暖色调，在男女约会前进行了环境烘托，为全诗奠定了一个热烈美好的气氛。次句写男女相约渡口。“相邀”表明男女之间已经有了一定的感情基础。“渡头”回应上句“长江”，表明二人皆是乘舟而来赴约。“归”字表明二人当时皆在江上，日暮回到了渡口。男子或许是打鱼郎，女子或许是采莲女。小舟既是他们生产工具，又是二人约会的交通工具。

“落花如有意，来去逐船流”两句，为男女相遇营造了一个情感含蓄朦胧的艺术境界。前两句写男女都回到渡口相遇。但之后两人的行为诗人并未提及，而是留出足够的虚白空间，引发读者想象。“有意”回应“相邀”一词，“如有意”表明，两人的情感尚处在相互吸引但未挑明关系的微妙阶段。见面之前，二人都想了好多要告诉对方的话，但见面后却一句话也说不出来。四目相觑，立即避开，面带羞涩，俯看江面。暮春的落花随风飘散，片片花瓣落在江面，随着水流追逐小船。这两句诗，赋予落花以人性化，表面写落花，实际写约会男女之间微妙的心理。这句话或许是当时男女的内心想法：落花若真有意，那就一直随着船走，不管来去，都步步紧随。或许这句话就是其中一人鼓足勇气脱口而出的第一句委婉的爱情表白。

诗歌最显著的艺术韵味在于结尾处淡化人物行为，将笔触聚焦于落花、流水、行舟，蕴意在于突出表现男女双方未确立关系之前的若藏若露、若隐若现、朦胧迷离、内心小鹿乱撞、相互拘谨无言等等微妙的心理感受。结构上采用前实后虚手法，跌宕有致。语言浅近风趣，具有民歌意味，音韵欢快和谐，风格婉曲精妍。

附：《江南曲四首》（其三）繁体字文本

《江南曲四首》（其三）

日暮長江裏，相邀歸渡頭。
落花如有意，來去逐船流。

二、常建《题破山寺后禅院》赏析

常建（生卒年未详），长安（今西安市）人，盛唐田园山水派诗人。唐玄宗开元十五年（727 年）进士，曾任盱眙（在今江苏）县尉。仕途不得志，一生大多处于隐逸或漫游生活。有《常建集》。

常建诗作在唐代已负盛名，其中以山水诗为佳，诗歌绝大多数为五言诗。中华书局《全唐诗》（1999 年版）录常建诗 1 卷，共 58 首。

题破山寺后禅院[1]

清晨入古寺，初日照高林[2]。
竹径通幽处，禅房花木深[3]。
山光悦鸟性，潭影空人心[4]。
万籁此都寂，但馀钟磬音[5]。

注释

[1] 选自《全唐诗》（卷一四四），中华书局 1999 年版，第 1464 页。有的版本题为《题破山寺后院》。破山寺，又名兴福寺，位于今江苏常熟市虞山北麓。禅院，寺内供佛教徒打坐习静修行的场所。

[2] 古寺，即破山寺。高林，高山上的树林。

[3] 竹径，有的版本为“曲径”或“一径”。通幽，有的版本为“遇幽”。禅房，供佛教徒打坐习静修行的房屋。

[4] 悦，使动词，使（鸟性）欣悦。空，使动词，使（人心）净空。

[5] 钟磬音，敲钟和击磬的声音。磬，佛寺一种法器，通过敲击发出类似金属的声音，用以警醒、清心、控制节奏、音乐转换或诵经停顿。

这首五言律诗是常建著名的代表作。诗歌通过对古刹环境的描写，表达了诗人清虚淡泊的心态，暗示对佛门净地的欣然领悟与向往之情。

首联概述进入破山寺所见到的总体环境。“清晨”点明时辰，“古寺”关合题目“破山寺”，既表明行为涉及的地点，又统领颔联、颈联与尾联的描写、叙述与抒情。“初日”照应“清晨”，显示明媚温煦的意象，“高林”展现古寺葱茏翠绿的清幽环境。“入”“照”两个动词，增强了景色的灵动之感。首联用一个对偶句式，选用“清晨”“古寺”“初日”“高林”等意象，构建了一个清幽古朴、绚丽清新的意境，寄寓了诗人心旷神怡的心情。

颔联具体描绘古寺后禅院景色。“竹径”意象表明清虚高雅，“通幽”蕴含栖幽隐逸，“禅房”关合题目“后禅院”，透出佛教神秘脱俗的情境。“花木深”具有远离世尘的深幽静谧的意蕴。颔联用一流水对句式，选取极具古寺特征的典型意象，所构建的意境曲径通幽，清雅静谧，超凡脱俗，折射出诗人身处佛门净地之时，已领悟到清虚淡泊的心理感受。宋人洪刍《洪驹父诗话》中记载，欧阳修喜欢此联，“欲效作数语，竟不能得。”欧公倾慕此联，并不仅仅是因为写景状物笔法独到，而应是景外之情深得醉翁赞同。

颈联从视觉角度描绘古寺周围景色。“山光悦鸟性”是仰视山光，“潭影空人心”是俯视湖色。“悦鸟性”暗指佛门圣地惠益万物，“空人心”蕴含古寺禅院空净心灵。“空”是佛家修行所追求的基本境界，“五蕴皆空”“色即是空”“诸法空相”（《摩诃般若波罗蜜多心经》），只有将世俗所有的杂念清空，才能体悟遁入空门的心理感受。颈联两句，诗人从观赏湖光山色的角度参禅悟道，体现对佛门教义的深刻领会，对偶精工，笔法洗练，是千古传唱的名句，为历代文人所称颂。

尾联从听觉角度描写古刹钟磬之音。“万籁此都寂”突出佛门清净。万籁都寂，不仅仅描写自然界各种声音消失，更主要的是显示诗人内心已入神佛境。“但馀钟磬音”显示诗人遁世绝俗的心灵感受。僧人每日作息，始于钟声，止于钟声。钟是寺院重要的法器，不仅用来为寺内僧人各种活动报时，发挥召集僧人上殿与诵经、提醒僧人作息等功用，而且具有对世人警喻和提醒功能。唐代《敕修百丈清规·法器章》中规定，寺庙大钟“晓击则破长夜，警睡眠；暮击则觉昏衢，疏冥昧。”诗人所描摹的钟声，当是晚钟。巨钟响起，声音远播，浑厚深沉，更增添寺院的清幽宁静，令人心灵震颤，有迷途知返之撼。磬也是佛教重要法器。寺院大殿晨暮时、住持知事时、僧侣行香时、众僧诵经与念唱时，维那（掌管击磬的僧人）敲击磬。据说，僧人打坐入定（进入休眠胎息状态）之后，需要旁边僧人敲击引磬才能出定。磬有铜、铁、玉等不同材质，磬的声音清澈，绵长悦耳，闻之可令人涤除杂念，忘却红尘烦扰。诗人耳边只有钟磬之声，暗示他已渐入禅境。诗歌以钟磬之音收尾，在艺术上收到了余味无穷特效。

常建作为王孟诗派的代表人物，往往在诗中表现寄情山水田园、追求遁世脱俗的意念。唐代诗人对寺院的赞美，大多寄托着向往清虚静谧生活的心理冲动。这其实折射出封建文人饱受官场和尘世人事消磨后的消极心态。李涉《题鹤林寺僧舍》曾用“终日昏昏醉梦间，忽闻春尽强登山。因过竹院逢僧话，又得[①]浮生半日闲”诗句反映身处封建官场的消沉情态。与李涉之诗相比，本诗无论格调还是意蕴都显然委婉含蓄了许多。

诗歌写景富有变化，从首联的晴朗明丽转变到颔联的幽深静谧，再到颈联空灵透脱，最后推出尾联的空寂绝尘。诗人巧妙地将情感寄寓描写之中，且情感随着景物描写不断发展变化，初入破山寺时，诗人神清气爽，悠然自得；走向后禅院时，诗人情感转为清幽宁静，意远思深；待到观看古刹湖光山色之时，隐含诗人清虚淡泊、肺腑空净之感；尾联在暮钟引磬之声中，蕴含情感则是诗人远离尘世、虚空绝俗的心灵洗礼感受。诗歌结构逻辑严密，笔法细腻，物我浑融，体现出古奥雄浑、清雅幽远的风格。

附：《题破山寺后禅院》繁体字文本

題破山寺後禪院

清晨入古寺，初日照高林。
竹徑通幽處，禪房花木深。
山光悅鳥性，潭影空人心。
萬籟此都寂，但餘鐘磬音。

三、王湾《次北固山下》赏析

王湾（生卒年未详），洛阳（今河南洛阳）人，盛唐时期诗人。唐玄宗先天元年（712 年）进士，历官荥阳主簿、洛阳尉等职。王湾的诗在当时就受到推崇，但流传下来的诗并不多。中华书局《全唐诗》（1999 年版）录王湾诗 10 首。

次北固山下[1]

客路青山外，行舟绿水前[2]。
潮平两岸阔，风正一帆悬[3]。

① 又得，有的版本为“偷得”。

海日生残夜，江春入旧年[4]。
乡书何处达，归雁洛阳边[5]。

注释

[1] 选自《全唐诗》（卷一一五），中华书局 1999 年版，第 1171 页。有的版本题为《次北固山下作》。次，旅途中停宿。北固山，在今江苏镇江市长江南岸边。《河岳英灵集》题为《江南意》，诗歌内容为“南国多新意，东行伺早天。潮平两岸失，风正数帆悬。海日生残夜，江春入旧年。从来观气象，惟向此中偏。”

[2] 客路，行客所走的路。青山，即北固山。青山外，有的版本为“青山下”。

[3] 潮平，指潮水上涨与两岸齐平。风正，指风顺着船行方向。

[4] 残夜，夜晚即尽。江春入旧年，意指还在旧年，江南已有了春天气息。

[5] 乡书何处达，捎寄出去的家信到了哪里。乡书，指寄给家的信。归雁洛阳边，托北归的鸿雁带信到洛阳家乡。

这首五言律诗是羁旅行役之作。诗歌在体现诗人阔远胸襟和雄浑气势的同时，也显示了岁月流逝、年华虚度的感慨，抒发了淡淡的思乡之情。

首联关合题目，写诗人乘舟到北固山下停宿。“客路”显示诗人漂泊他乡，蕴含羁旅之意。“青山外”关合题目中“北固山下”。“行舟绿水前”关合题目中“次”。诗人在北固山下停宿了一夜，清晨醒来，收拾行装，准备继续行路。“行舟”点明乘坐的交通工具。“绿水”对应“青山”，采用秀丽风光反衬乡愁，暗含“虽信美而非吾土兮，曾何足以少留”（王粲《登楼赋》）之蕴意。

颔联描写清晨江景，体现诗人阔远雄深的襟怀。“潮平两岸阔”句，挥毫泼墨，写出江水奔流的恢弘之势。繁星渐失，天空破晓，诗人启程，伫立船头，放眼眺望，所见长江两岸开阔，春潮上涌，江水浩渺，与岸齐平。用“阔”回应“潮平”，突出长江恢弘气势，折射出诗人无比开阔的胸怀。“风正一帆悬”句，细笔精工，刻画江上行舟的顺势之态。江南春早，清风骀荡，江上行舟，顺风悬帆。在拂晓朦胧的江面上，点点白帆分外耀眼。此时，诗人的行舟，也将顺风扬帆。“一帆悬”回应“风正”，蕴含诗人内心中正平和，寄托诗人对未来旅途平顺的希冀之情。颔联属对精工，笔力劲健，神完气足，风骨刚劲，体现出典型的盛唐气象，不愧为千古名句。

颈联刻画日出江景，感慨岁月流逝。“海日”是海上日出，唐时长江的入海口靠近镇江，北固山附近的江面开阔，已经开始融入大海，呈现汪洋恣肆状态。因此“海日”并不是虚指。“残夜”指拂晓天色并未大亮，天幕还呈现出迷蒙之状。诗人用“残夜”作为背景烘托“海日”，展示了一个色彩绚丽、光芒四射的艺术境界。“生”字体现了旭日蓬勃而出的动感画面。“江春”是诗人在江上舟中感觉到的春天气息，“旧年”是指时间尚处在未过春节的腊月。“入”字具有动感，既蕴含江上早春迫不及待之状，表现诗人对岁月飞逝的感慨，又开启尾联的思乡之情。殷璠《河岳英灵集》中记载，燕国公张说（曾在睿宗和玄宗时期两次拜相）题写此联悬挂于政事堂上展示，视为楷式。明代李攀龙、叶羲昂的《唐诗直解》中也有类似说法。颈联对偶精切，色彩对比巧妙，写景状物传神，蕴含情感深厚，可谓是“一句能令万古传”（晚唐诗人郑谷《卷末偶题三首》其一）。

尾联抒发思乡之情，体现诗人寄身官场的无奈。想到年关马上就要到了，诗人便发出“乡书何处达”的疑问。正当诗人在思虑寄往家乡的书信不知此刻到了何处之时，天空中飞过一群北归的大雁。于是诗人希望大雁将家书快速传递到家乡洛阳。诗人用鸿雁传书意象，委婉曲折地表达淡淡的怀乡之情。

诗歌与一般的羁旅行役之作不同，虽抒发思乡之情，但却展示壮丽景色，体现开阔胸襟，暗含沉浑气韵，极大地冲淡了怀乡思亲的悲凉意味，使诗歌总体上呈现神情具备、意气昂扬、吞吐浑厚的盛唐气象。诗歌在结构上按照时间顺序转换空间景色，首联写停宿北固山下，流露客居他乡之情；颔联写行舟江上，潮平江阔，风正悬帆；颈联写舟中所见海上日出，感到早春来临；尾联思念家乡，托鸿雁传书，回应首联“客路”之咏。全诗结构严谨，承启自然，首尾呼应，浑然无间。诗歌写景寓怀，意象传神，意境达意，情景交融。语言朴质自然，感情沉郁深厚，音韵和衷玄远，风格沉著雄浑。

附：《次北固山下》繁体字文本

次北固山下

客路青山外，行舟綠水前。
潮平兩岸闊，風正一帆懸。
海日生殘夜，江春入舊年。
鄉書何處達，歸雁洛陽邊。

第三章　盛唐边塞诗人经典诗作赏析

对战争与战乱及其影响的描述，历来是诗歌创作中的一大主题。中国诗歌奠基巨著《诗经》中就有不少反映战争与徭役主题的诗作。汉魏六朝以来的乐府民歌中有大量的反映战争与战乱引发民众惨痛生活的诗篇。初唐以来，边塞诗作之风逐渐兴起。边塞诗的产生，与古代人们的边塞观念（佘正松，2006）、统治集团之间政治、经济特别是军事冲突密切相关。盛唐时期，国力强盛，统治者为了开疆拓土和巩固国防，边境军事活动频发。由于唐代统治在政治人才的选拔上重武轻文，所以此时的不少文人投笔从戎，到边塞做唐军将帅的幕府，以求立功封赏或通过将帅赏识提携而博取功名。虽然相对于数量庞大的文人阶层，入边地幕府者数量并不多（戴伟华，1995），但文人从事边塞生活的机遇和经历，促进了盛唐时期以边塞军旅生活或战火影响为主题的诗歌创作的繁荣，形成了边塞诗派，将中国古代军旅诗作推向了高潮。据统计，安史之乱以前，盛唐有 71 位诗人今存边塞诗 440 首，其中出塞的文人 35 人，存有边塞诗 342 首，是边塞诗创作的主力。（陈铁民，2002）

边塞诗派最主要的代表作家是高适和岑参，所以又称“高岑”诗派。除了高适和岑参，边塞诗派的代表作家还有王昌龄、王之涣、李颀、王翰、崔颢等人。其中，高适、岑参、王昌龄、王之涣合称为盛唐“边塞四诗人”或“四大边塞诗人”。盛唐边塞诗在内容上主要是抒发戍边立功、请缨杀敌的豪情，反映文人军旅生活的体验和边塞战争生活的艰苦，表达战争给民众造成的苦难及边关将士与思妇的离愁别绪，描写边塞风光与异域风情。在艺术上，盛唐边塞体裁多为七言歌行体或七言绝句，诗风总体上体现出气势雄伟、激越悲怆、慷慨壮丽、雄浑豪迈的特色，但有的诗作神异奇丽，有的诗作深婉隽永，风格因诗人或作品内容的不同而各异。总体上说，盛唐边塞诗派的诗歌创作体现慷慨壮丽而富有风骨的时代精神，是盛唐诗坛中的一个重要流派。盛唐边塞诗派、田园山水诗派与李杜等大家一起，共同创造了充满盛唐气象的“盛唐之音”。盛唐边塞诗对中唐边塞诗具有直接影响。

第一节　高适经典诗作赏析

高适（约702—765），字达夫，一字仲武，郡望渤海蓨①（今河北景县）人。盛唐著名的边塞诗人。历任封丘尉、左拾遗、监察御史、谏议大夫、淮南节度使、彭州刺史、蜀州刺史、剑南西川节度使、刑部侍郎等职，官至左散骑常侍（世称“高常侍”），封为淮海县侯。《旧唐书》（卷一百一十一）称：“有唐以来，诗人之达者，唯适而已。”有《高常侍集》。

高适是盛唐时期著名的诗人。他与岑参号称“高岑”，与岑参、王昌龄、王之涣合称为“边塞四诗人”，与岑参、王维、孟浩然合称“高岑王孟”，与岑参、王维和李颀合称“高岑王李”。他的诗作，题材广泛，现实性很强。他兼擅长古体近体，尤其擅长歌行体，诗风以慷慨激昂、沉雄悲壮为主。中华书局《全唐诗》（1999年版）录高适诗4卷，共243首。

一、高适经典边塞诗赏析

（一）《燕歌行》赏析

燕歌行[1]

汉家烟尘在东北，汉将辞家破残贼[2]。
男儿本自重横行，天子非常赐颜色[3]。
摐金伐鼓下榆关，旌旆逶迤碣石间[4]。
校尉羽书飞瀚海，单于猎火照狼山[5]。
山川萧条极边土，胡骑凭陵杂风雨[6]。
战士军前半死生，美人帐下犹歌舞[7]。
大漠穷秋塞草腓，孤城落日斗兵稀[8]。
身当恩遇恒轻敌，力尽关山未解围[9]。
铁衣远戍辛勤久，玉箸应啼别离后[10]。
少妇城南欲断肠，征人蓟北空回首[11]。

---

① 蓨，同“蓚”，读tiáo。

边庭飘飖那可度，绝域苍茫更何有[12]。
杀气三时作阵云，寒声一夜传刁斗[13]。
相看白刃血纷纷，死节从来岂顾勋[14]。
君不见沙场征战苦，至今犹忆李将军[15]。

注释

［1］选自《全唐诗》（卷二一三），中华书局1999年版，第2217页。原诗题后有“并序”二字，题下有序言。燕歌行是乐府诗中的一种诗歌形式，属歌行体。

［2］汉，指唐，唐代诗人多用汉来代指唐。汉家，唐王朝。古代统治为家天下，故往往可以皇家代称国家。烟尘，烽烟与战场扬起的尘土，这里指异族敌军入侵边关所导致的战争。残贼，剩余的敌人，泛指滞留在唐边关的契丹等犯境者。从诗歌后面所反映出唐军遭到重击的情况看，这里的残，是剩余之意，与残兵败将中的“残”的含义不同。

［3］重横行，意指推崇纵横疆场的精神。重，推重、推崇。横行，这里指勇往直前视死如归地纵横疆场。天子，古代臣民对最高统治者的尊称。古代统治者认为帝王是承天命而统御万民，故称天子。这里的天子指唐玄宗。赐，赏赐。颜，颜面。色，悦色。赐颜色，字面意思是赏脸，实际上是指给予丰厚的奖赏。赐颜色，有的版本为“借颜色”。

［4］摐（chuāng），击打、撞击。金，铜，古代往往将铜称为金，这里指铜制的锣、钹等用于传达军事指令的响器。摐金，敲打军锣。伐，击打。伐鼓，敲击军鼓。榆关，山海关，即今河北秦皇岛市东北的山海关，又名临闾关、临渝关、临榆关。旌（jīng）旆（pèi），军队的各种旗帜。逶（wēi）迤（yí），连绵不断的样子。碣（jié）石，山名，在今河北昌黎县北，这里泛指当时东北边关战场。

［5］校尉，武将官职名称。唐代校尉是职位低于将军的军官，在战场上具有重要的直接指挥作用。羽书，插着羽毛以示军情紧急的文书，又称“羽檄”。飞瀚海，指军情文书像飞一样地在战场上来回传送。飞，指极速传递。瀚海，这里指因战火频繁而导致的稀有人烟、植被遭到破坏的边关广袤大漠。单（chán）于，匈奴部落首领和君王的称呼，这里是指契丹等北方民族部落首领。猎火，打猎时点燃的火光。古代游牧民族在发起战事之前，往往先举行具有演习和战前动员功用的大规模围猎活动。这里的猎火，意指战火。狼山，有注解说是狼居胥山，在今内蒙古自治区北部。其实中国北部多地有叫狼山的

地方，因此，这里的狼山泛指北部边境接战之地。诗歌此处用瀚海、狼山，皆泛指当时的战场。

［6］山川，指接战之地。萧条，指人烟罕至，生态恶劣。极，极端、尽头。边土，边疆的土地。极边土，意指北方边境战场一眼望去茫茫无际。边土，有的版本为“边士”。胡骑，泛指与唐军交战的北方游牧民族军队。胡，这里指古代中原汉族人对不友好的北方游牧民族的蔑称。骑（jì），见杨炯《从军行》注释［3］。北方游牧民族往往骑马参战，故称“胡骑”。凭陵，仗着有利的兵势进逼。凭，凭借、依仗。陵，动词，意为陵越、超越，这里指敌军逼近。杂，交错、混合。风雨，形容敌军攻势之猛犹如暴风骤雨一般。

［7］军前，军事阵地前。半死生，已有一半战死，一半残存，言唐军伤亡惨重。美人，指唐军高级将帅府中的随军歌姬。帐下，将帅的军帐之内。犹，还。歌舞，动词，唱歌跳舞。

［8］大漠，这里指广袤的交战之地。穷秋，指晚秋，意即秋天的尽头。穷，尽头。塞，边境线上用于隔离或防御的屏障，如古代长城，这里泛指当时的战场。腓（féi），病、枯萎。塞草腓，有的版本为“塞草衰”。孤城，边境专为军事用途而建的城池，因为四周渺无人烟，所以叫做“孤城”。斗兵稀，言少数残存的战士仍在打斗，拼死杀敌。

［9］身当句，意思是唐军将领在受到皇帝的恩宠之后经常产生骄纵之情而轻视与之交战的敌人。身，自身，指唐朝将帅。当，遇到、受到。恩遇，指皇帝的赏赐。恒轻敌，有的版本为“常轻敌”。恒，副词，经常、常常。轻敌，轻视敌人。力尽，拼尽全力。关山，关隘山岭，这里指交战之地。

［10］铁衣，古代将士作战时所穿的铠甲。远戍，在边远之地守卫边疆。玉箸句，意思是戍边将士的妻子在丈夫离家戍边之后一直流泪不止。玉箸，玉作的筷子，喻指思妇眼泪。箸，筷子。极品白玉呈透明状态，如水之色。古人多有用玉箸比喻眼泪，如“谁怜双玉箸，流面复流襟”（刘孝威《独不见》）“玉箸日夜流，双双落朱颜”（李白《闺情》）。

［11］少妇，泛指戍边将士的妻子，城南，指唐都长安（今西安）城南。欲断肠，形容思妇极度悲伤之状。欲，将要。断肠，肝肠寸断。征人，征战的将士。蓟北，蓟州、幽州一带，今河北省北部地区，这里泛指东北战场。空回首，毫无结果地向着家乡的方向回头看。空，没有结果、白白地、毫无意义。

［12］边庭句，指交战的边境就是死地，哪能越过（意即不可能活着回来）。边庭，指边境广袤的大地。庭，本意是院落，这里指大地。边庭，有的版本为“边风”。度，越过、走过，即从地域的一端走到另一端。那可度，有的版本为“那可越”。绝域，绝境，亦可理解为极为边远的荒凉之地。苍茫，旷远渺茫。苍茫，有的版本为“苍黄”。更，再，副词。何有，还有什么。更

何有，有的版本为“何所有”或“无所有”。

[13] 杀气，指战场上弥漫的双方拼死搏杀的气氛。三时，多时，表示战场搏杀经历的时间久。三在古代文学作品中往往不是确数，而是表示多的概数。三时，有的版本为“三日”。作，起，这里可以理解为升腾。阵云，形容战场杀气升腾与空中云气凝成战场上空所特有的云气，有的解释为战云。寒声，指战备森严令人心寒的声音。寒声，有的版本为“寒风”。传，声音传递。刁斗，古代军队用的一种铜制的行军锅，斗形有柄，一般白天野外煮饭用，夜间巡更时用以敲打传递信号。

[14] 白刃，指刀剑一类的兵器。血纷纷，搏杀导致刀剑上的鲜血四处飞溅。血纷纷，有的版本为“雪纷纷”或“徒纷纷”。死节，为军人的气节而死，意即为国为民献身。岂顾勋，哪里考虑自己的功勋。岂，哪里。顾，照看，这里意指顾及、考虑。勋，能够得到封赏官爵的战场功勋。

[15] 沙场，战场，古诗词多将战场称为沙场。李将军，汉代著名将领李广。李广善用兵，爱惜士卒，守右北平，匈奴畏之不敢南侵，称为飞将军。李广生平事迹见司马迁《史记》(卷一百九)。也有观点认为李将军是李牧。

高适是盛唐时期著名的边塞诗人。《燕歌行》是高适边塞诗作中最具代笔性的一首经典诗作，也是盛唐边塞诗中具有集中代表性意义的诗篇。《燕歌行》是乐府体裁，常用来抒发征战戍边之苦痛和思妇相思之悲情。这首《燕歌行》采用旧瓶装新酒的手法，对旧有的题材进行了有益的开拓。原诗序写到：“开元二十六年①，客有从御使大夫张公出塞而还者②，作《燕歌行》以示适，感征戍之事，因而和焉。”对于《燕歌行》的创作旨意，历来说法不一。有观点认为，诗作主要突出了士兵保卫边疆、奋不顾身的英雄气概，讥刺边地将领不得其人③。有的认为，诗的主旨是谴责唐军将帅在皇帝的鼓励下骄傲轻敌，荒淫失职，导致战争失败，使广大兵士受到极大的牺牲和痛苦④。有的认为，这首诗以揭露问题为主⑤，诗作揭露张守珪隐瞒战绩妄请战功的问题，谴责唐军将领骄横轻敌导致战场失利，使广大士兵和低级军官陷于危难之

① 开元是唐玄宗李隆基的年号，开元二十六年，即公元 738 年。有的版本为“开元十六年”。

② 张公，张守珪，时任辅国大将军兼御使大夫。据史书记载，张守珪部下在东北的潢水北部与敌交战，初胜后败。张守珪隐瞒实情，宣称唐军取胜。(见《旧唐书》卷一百三)后人多认为，高适的这首《燕歌行》就是针对此事而写的。

③ 朱东润．中国历代文学作品选（中编第一册）．上海古籍出版社，2002：61.

④ 萧涤非等．唐诗鉴赏辞典．上海辞书出版社，1983：383.

⑤ 周啸天．唐诗鉴赏辞典．商务印书馆国际有限公司，2021：534.

中而造成重大伤亡。其实，从文本解读可以看出，诗作的内容是多重的，是诗人根据自己在边塞的所见所闻，审视当时局势与军情，概括反映出当时戍边问题，是诗人对边塞战争的概括性认知。诗歌主要反映了下层军官与士兵为国捐躯的英勇无畏精神风貌，同时也揭露了将帅骄奢轻敌将低级军官与士兵推向绝境的现实，体现了征战生活的惨烈，并对战争给民众带来的苦难表现出深切的同情。全诗可分为四层。

从开头到“单于猎火照狼山”为第一层，概括了唐军将士出征过程与战前临敌。“汉家烟尘在东北”指明了战争的地理方位。“汉将辞家破残贼”表明了战争的性质是守土平边之战。“横行”为双关隐语，既指横行敌境，一往无前，也暗含骄横跋扈之意，为后面战场失利埋下伏笔。“摐金伐鼓下榆关，旌旆逶迤碣石间”二句，写唐军出征的军阵声势浩大。“下”字富有动感，颇有气势。“校尉羽书飞瀚海，单于猎火照狼山”二句，突出双方交战前的紧张气氛。“飞瀚海”传神地表明军情紧急，战局危险。“照狼山”突出战前敌军准备充分，意味着接下来是一场硬仗。八句诗用“东北”“家”“榆关”“碣石”“瀚海”“狼山”六个地理空间，体现出诗人能够从宏观上对总体战争形势做到清晰的掌握。从“辞家”一直到“狼山”，是渐进式的行军推进过程，随着区位的变化，气氛愈加紧张，为下面描写恶战做了铺垫。

从“山川萧条极边土”到“力尽关山未解围”为第二层，写战斗失利。“山川萧条极边土”，显示出在这个开阔而无险可凭的地带，透出一片肃杀气氛。“胡骑凭陵杂风雨”写敌人骑兵迅猛剽悍，如狂风暴雨，卷地而来，表明战场形势极其严峻。“杂风雨”与前面的“照狼山”形成前后呼应。“战士军前半死生，美人帐下犹歌舞”二句，将高级将领与下层军官和士兵在战争状态下截然不同的两种境遇进行了鲜明的对比，隐约地道出了战场失利的必然结果。一边是下层军官与士兵在前方战场上天昏地暗的厮杀场面，一边则是高级将领在后方军帐中灯火通明的享乐场面；一边是前方战场腥风血雨，战士短兵迎敌，一边是后方军帐酒池肉林，舞女长袖曼舞；一边是士兵伤亡惨重，死伤过半，一边是将军享受快活，荒乐不止；一边是士兵奋力杀敌，不计生死，一边是将军沉迷酒色，荒淫奢靡。“上下同欲者胜”（《孙子兵法·谋攻》），如此离心离德的军队，焉有不败之理。诗人用鲜明的对比，刻画了唐军高级将领沉湎女色、骄横奢靡、不顾下层军官与士兵死活的嘴脸，揭露了唐军高级将领与下层军官和士兵离心离德的社会现实。紧接着诗歌写战场失利。“大漠穷秋塞草腓”用烘托手法为下句诗做铺垫。寒秋大漠，尸体遍野，枯草离离，尽染鲜血，瑟瑟秋风中，一阵阵血腥味扑鼻而来。诗人用边关战场特有的凄惨意象，构建了一个凄然悲壮的意境。“孤城落日斗兵稀”突出战场惨败与士兵英勇杀敌的场景。诗人描绘了一幅惨烈的战场画面：在茫茫大漠中，有一座因战争需要而建的城池。远远望去，在残阳的映照下，城池孤立无依，异常刺目。城之“孤”，不仅仅写四周无建筑物与山峰地形可依，更暗示了当时的城池已没有多少军士把守，几乎是一座空城了。同时，“孤城”还隐含附近毫无援兵可盼之意。城池外的士兵绝大多数阵亡，偶尔还能看到几个分散的唐军下层军官和士兵的身影，仍在拼力地与敌人厮杀。孤城无依，残阳如血，稀疏的厮杀声、惨叫声从远处一阵阵传来……。诗歌写到此，诗人再也无法直面惨烈的战场，又一次将笔锋转向对唐军将帅的谴责：“身当恩遇恒轻敌，力尽关山未解围。”正是因为将帅骄横轻敌，才导致广大士兵和下层军官身陷绝境。“身当恩遇”与上文的“男儿本自重横行，天子非常赐颜色”形成呼应，将战场失败、伤亡惨重的原因引向更深层面。

“铁衣远戍辛勤久”到“寒声一夜传刁斗”是第三层，写战争带给下层军官、士兵以及民众的痛苦。这八句是身陷险境的士兵与下层军官心情的真实写照。“铁衣远戍辛勤久”写多年征战在外的士兵和下层军官难以与家人团聚的痛苦。“玉箸应啼别离后”是古诗词常用的设身处地的表现手法，描写征战疆场的士兵和下层军官，想象独守空闺妇人，在他离开家之后整天以泪洗面的情景。“少妇城南欲断肠，征人蓟北空回首”二句，写战争带给百姓妻离子散的悲剧。即使家人肝肠寸断，日夜盼望着他们能活着回去，但疆场上的士兵和下层军官只能远远望着自己家乡的方向一筹莫展。他们心里非常清楚自己的境遇是“边庭飘飖那可度，绝域苍茫更何有”。士兵和下层军官已经身陷绝境，生还基本没有可能。“杀气三时作阵云”写疆场杀气久久萦绕，笼罩在战士的周围。“寒声一夜传刁斗”写夜巡的刁斗声声声紧急，整夜不绝。寂静的寒夜中，警戒的金属打击声穿透力极强，一阵阵，一声声，简直敲碎了下层军官与士兵们思乡之心。八句诗全部用对偶句式，感情深挚，笔法洗练，意象鲜明，气韵悲怆。

“相看白刃血纷纷”到“至今犹忆李将军”是第四层，诗人抒发感慨，收束全篇。“相看白刃血纷纷，死节从来岂顾勋”二句，写战士们与下层军官浴血奋战，视死如归，并非为了讨得个人的功勋。这两句诗饱含着诗人对士兵与下层军官的礼赞，同时隐晦委婉地讽刺了冒进贪功、骄横轻敌的唐军将帅。末尾二句，诗人感慨“君不见沙场征战苦，至今犹忆李将军。”西汉飞将军李广为人清廉、处处爱护士卒的形象，和骄横奢靡、不顾士兵死活的唐军将帅形成鲜明对比。司马迁《史记》记载，李广很廉洁，得到赏赐后都分给了部下。军队遇到困境，李广总是先保证士兵给养。“士卒不尽饮，广不近水；士卒不尽食，广不尝食。宽缓不苛，士以此爱乐为用。”（《史记》卷一百九）在战场上，李广身先士卒。汉武帝元狩三年（前 120 年），李广率 4 千骑兵被匈奴 4 万骑兵所围。李广派儿子李敢率人首先冲击敌阵，以安军心。李广有勇有谋，匈奴听到李广任右北平太守时，称他为“汉之飞将军”，避而不敢骚扰右北平。反观唐军将领，骄横奢靡，不顾士兵死活，轻敌冒进，致士兵和下层军官于困境死地之中。诗人对李将军的赞誉，含蓄委婉地表达了对当时唐军将领的不满。从汉到唐，悠悠千载，边塞战争不计其数，但像李广那样即爱护士卒又能镇守边疆的将帅着实难求。以称颂李广终结全诗，意味深长。

这首诗雄浑悲怆，情感真挚，笔力矫健、韵律悲沉。具体的艺术特色表现在：一是诗歌的风格雄浑悲壮，笔力矫健顿挫，气势壮阔畅达，感情真挚深沉。高适的诗歌“多胸臆语”（《河岳英灵集》）。这首诗的主旨是写由于将帅的轻敌骄奢、不恤士卒，致使战争失败，士卒遭殃，所以悲愤与感慨之情笼罩着全诗，形成了诗歌的基本情调。整首诗都被作者涂上了极为浓重的悲壮色彩。二是结构层次严谨分明。诗歌第一层写出征，以矫健的笔力极力铺写唐军出征的雄壮气势，暗含讽刺君宠将骄的蕴意，为唐军被围兵败设下伏笔。第二层是战败被围的描写，写得极为悲凉。山川萧条、大漠穷秋、孤城落日的景物描写，淋漓尽致地渲染了悲凉的气氛，同时对将士分化严重现象表达了愤慨。第三层先是暂时宕开战事转向表达征夫思妇的相思，意在为悲情涂抹更浓的色彩，然后在“边庭飘飘”、“绝域苍茫”的荒凉背景下，描写战士白日苦斗和夜晚凄寒。最后的议论抒情强化了思想与主题的深刻性。三是诗歌的表现手法多样。有战争过程的叙述，有景物和场面的描写，也有直接的议论和抒情，或者是以叙代议，或者是叙述描写暗含着抒情。诗歌尤其善于摹写边塞的自然环境，善于渲染战争气氛与场面，并采用对比手法突出情感表现，在鲜明的形象之中注入了深厚的悲壮情感。四是体现了尚质主理的特点。“尚质主理”（明人胡震亨《唐音癸签》）是高适边塞诗的总体特征。这首代表作充分体现了高适边塞诗歌诗风质朴、重在明理的风格。高适诗歌的语言以质实深沉为主，用梗慨多气的胸臆语体现思想与主题的深刻性。此外，诗歌对比手法高妙，对偶工整，语言质朴，声韵变换灵活，韵律抑扬顿挫，风格雄浑悲怆。

附：《燕歌行》繁体字文本

燕歌行

漢家煙塵在東北，漢將辭家破殘賊。
男兒本自重橫行，天子非常賜顏色。
摐金伐鼓下榆關，旌旆逶迤碣石間。
校尉羽書飛瀚海，單于獵火照狼山。
山川蕭條極邊土，胡騎憑陵雜風雨。

戰士軍前半死生，美人帳下猶歌舞。
大漠窮秋塞草腓，孤城落日鬭兵稀。
身當恩遇恆輕敵，力盡關山未解圍。
鐵衣遠戍辛勤久，玉筯應啼別離後。
少婦城南欲斷腸，征人薊北空回首。
邊庭飄飖那可度，絕域蒼茫更何有。
殺氣三時作陣雲，寒聲一夜傳刁斗。
相看白刃血紛紛，死節從來豈顧勛。
君不見沙場征戰苦，至今猶憶李將軍。

（二）《使青夷军入居庸三首》（其一）赏析

使青夷军入居庸三首（其一）[1]

匹马行将久，征途去转难[2]。
不知边地别，只讶客衣单[3]。
溪冷泉声苦，山空木叶干[4]。
莫言关塞极，云雪尚漫漫[5]。

注释

［1］选自《全唐诗》（卷二一四），中华书局 1999 年版，第 2231 页。有的版本题为《使清夷军入居庸三首》或《使清夷军入居庸》。青夷军，唐朝驻军名称，驻扎在妫（guī）州（在今河北怀来县）。青夷军，当为“清夷军”，取名于清夷水（今妫水河），由范阳节度使统领。居庸，居庸关，在今北京昌平境内，是古代著名关隘，号称“天下第一雄关”。

［2］匹马，一匹马，后常指单身一人。转难，意思是回来的路上更加艰难。转，返回。

［3］不知，没有了解到。知，了解、晓得。边地别，意思是指边关地域气候与中原不同。边地，指边境或靠近边境的地区。别，区别、差别、不同。边地别，有的版本为“边地苦”。讶，惊讶、惊奇。客，指高适自己。

［4］溪冷二句大意：溪水寒冷泉声幽咽令人凄苦，山谷空寂树干树枝叶落光秃。泉声苦，指泉水结冰导致流水不畅，听上去似人在幽咽，令人凄苦。

空，这里指空洞寂寥。木叶干，指树木落叶之后只露出光秃秃的树干树枝。木叶，本意是树叶，这里借指树木。

［5］极，形容词，意思是偏远、荒远。

这是一首叙写边地之行的五言律诗。唐玄宗天宝九载（750年）秋，高适以封丘县尉的身份监送士兵前往驻扎在妫州（在今河北怀来县）的清夷军。诗人据途中所见、所闻、所思、所感写了《使青夷军入居庸三首》。这是其中的第一首。

首联概括写边地之行困难。诗人独自行走时间很久，漫长的征途中充满艰难。“匹马”一词，突出孤身一人的孤独感。诗人这次从河南封丘到河北怀来一带送士兵守边，一路北上，去的时候人多，返回来的时候是孤独一人。“转难”表现了从居庸关折回之后的征途越来越难。走的时候是秋天，返回的时候已经入冬了。天寒地冻，山路崎岖，征途中难免饥寒交迫，回归征途比去时行路更难。

颔联写边地苦寒。诗人用“不知边地别”概括北方边地与中原地区的诸多差距。其中寒冷最令人难耐。诗人并未明言边地寒冷，而是采用惊讶自己身上衣服单薄的典型细节，反衬边地寒冷。“讶”字的含义是：诗人客行边地穿的衣服并不少，但在极其寒冷之地，衣着竟然显得十分单薄。“讶”与“不知”前呼后应。“不知”是指未到边地之前，到了边地之后，便深知边地是真正的苦寒之地。

颈联写诗人路途所见，通过环境描写烘托行程之艰。“苦”字是用拟人化的手法形象地表现出冰封小溪，流水凝滞、泉水幽咽的情景。“空”“干”二字突出山谷的空寂苦寒。空寂的山谷中，树木光秃秃地裸露着枝干，干枯的树枝，在寒风中瑟瑟颤抖。这两句诗，构建了一个空寂凄寒的意境，用具体意象突出边地自然环境的苦寂奇寒。

尾联抒发对未来路途艰难的感慨。“莫言关塞极，云雪尚漫漫”两句，既含对前途艰难的预测之意，又含对自己的劝慰之情。诗人提醒自己，越过居庸关不代表历尽艰险，后面长路漫漫，可能会遇到更具挑战的困难。诗人用“云雪”代指对未来路途可能遇到的各种艰难，他提醒自己对未来的各种困境进行充分准备。

高适写作此诗时，尚未投笔从戎进入幕府。因此，这首诗可以看作是他在任封丘县尉时的一次涉边苦旅记录。诗人将感情寄寓在叙述和描写之中，用典型细节委婉道出自身对边地苦寒的感受。语言质朴深沉，对偶简约工整，音韵危苦悠远，体现出高适边塞诗风孤寒冷寂的一面。

附：《使青夷军入居庸三首》（其一）繁体字文本

使青夷軍入居庸三首（其一）

匹馬行將久，征途去轉難。
不知邊地別，衹訝客衣單。
溪冷泉聲苦，山空木葉乾。
莫言關塞極，雲雪尚漫漫。

（三）《营州歌》赏析

营州歌[1]

营州少年厌原野，狐裘蒙茸猎城下[2]。
虏酒千钟不醉人，胡儿十岁能骑马[3]。

注释

[1] 选自《全唐诗》（卷二一四），中华书局1999年版，第2241页。营州，唐代控制东北地区的重镇，治所在柳城（今辽宁朝阳），属河北道。歌，歌行体，参见陈子昂《登幽州台歌》注释[1]。

[2] 厌（yàn），这里的意思是熟练、熟悉。厌，有的版本为“满”“歇”或“爱”。狐裘（qiú），用狐狸皮缝制的大衣。狐裘，有的版本为“皮裘”。蒙茸（róng），指狐狸毛蓬松的样子。猎城下，在城下打猎。

[3] 虏酒，营州当地的酒。虏，古代对犯境或敌对的北方游牧民族的蔑称。虏酒，有的版本为“鲁酒”。千钟，意思是酒的数量多，千是夸饰之词。钟，古代一种酒具，一说指古代的一种容量单位。千钟，有的版本为“千杯”。胡儿，指胡人青少年男子。胡，古代对北方游牧民族的称呼。

这是一首描绘东北边关风情的七言绝句。开首两句，写营州少年的主要生活情趣。边关大草原，草木茂盛，丛林动物众多。边关少年，以牧猎为生，自幼在马背上长大，身体健壮，性情豪放，尚勇习武，精于骑射。他们熟悉原野的一切，身着狐皮大衣，经常驰骋原野，在城外打猎。结尾两句，写营州边关居民的生活习俗。他们生性好酒，豪爽好客，当地人喝当地酒，酒池肉林，开怀畅饮。“千钟不醉人”写大人们的生活，“十岁能骑马”则写孩子们从小热爱骑射，具有牧猎天赋，尚在儿童时期，便能娴熟地在马背上驰骋原野。

这首绝句，没有景物描写的铺垫或环境的烘托，而是直接叙述和描写营州风情民俗。诗人将营州边民的生活艺术地浓缩为城下打猎、席上饮酒、孩童骑马三个典型场面，并对之进行粗线条的勾勒，寥寥几笔，刻画了打猎少年、饮酒豪杰、骑马少儿等人物形象，艺术地表现了北方游牧民族的风土人情，颇具艺术感染力。

附：《营州歌》繁体字文本

營州歌

營州少年厭原野，狐裘蒙茸獵城下。
虜酒千鐘不醉人，胡兒十歲能騎馬。

（四）《和王七玉门关听吹笛》赏析

和王七玉门关听吹笛[1]

胡人吹笛戍楼间，楼上萧条海月闲[2]。
借问落梅凡几曲，从风一夜满关山[3]。

注释

［1］选自《全唐诗》（卷二一四），中华书局1999年版，第2242页。有的版本题为《塞上听吹笛》或《塞上闻笛》。王七，岑仲勉《唐人行第录》认为王七是指王之涣，此诗是和王之涣《凉州词》而作。玉门关，在今甘肃敦煌，是古代中原地区通往西域的重要关隘。

［2］这两句有的版本为“雪净胡天牧马还，月明羌笛戍楼间”。吹笛，有的版本为“羌笛”。楼，戍楼，边防驻军的瞭望楼。海月，指茫茫沙海上空的月亮。海月，有的版本为“明月”。

［3］这两句有的版本为“借问梅花何处落，风吹一夜满关山”。借问，询问、打听，古诗词中常见的设问语。落梅，即《梅花落》乐曲。梅花落，又名《梅花曲》，汉乐府横吹曲名，是古代著名的笛子曲。凡几曲，共有几首曲。凡，副词，意思是总共、所有。从风，随风。关山，指西北边塞关隘山峦。

这是一首描写西北边关风物、抒发将士怀乡之情的七言绝句。诗歌开篇用边关戍楼上的悠扬哀怨的笛声，将读者的思绪引入萧索苍茫的西北边关。诗人选择胡人、笛声、戍楼等西北边关特有的意象，展示了西北边境特殊的景物风情。第二句诗，进一步展示西北边关萧条旷远的景色，广袤的戈壁沙漠之上，天空中孤悬着一轮明月，四周寂然，只有哀怨的笛声，随着寒风飘荡于空寂旷远的戈壁滩上空。一、二两句诗，由点（戍楼）到面（海月），用“胡人”“吹笛”“戍楼”“沙海”“孤月”等意象，通过“萧条”“闲”等形容词的修饰，构建了一个西北边关特有的空寂萧索、广袤无垠的意境，为下句抒情进行了意境铺垫和氛围烘托。“借问落梅凡几曲”，用一设问句，表面是问笛子名曲的曲牌数量，而实际上则是表现笛声悠悠，哀怨无尽，引发戍边将士无限思情。将抒情隐于问句之中，手法着实高妙。最后一句，采用拟人化手法，化无形的笛声为有形，将笛声引发的将士思乡之情发散，使之弥漫于整个西北边关的山川关隘，渲染了戍边将士的无限怀乡之情。

诗作意象鲜明，构图简约，声色俱用（胡人、胡笛、戍楼、明月、沙漠等是视觉角度的意象，属用色写景；笛声、风声、戍边人的叹息声等，是听觉角度的意象，属用声构境），虚实相间（戍楼、月色、荒漠等描写为实景，笛声随风满山飘荡是虚景。笛声悠悠哀怨是实写，寓戍边人思乡之情于笛声中是虚写），诗句含情隽永，音韵醇厚悠远，结尾意蕴无穷，风格委婉深沉。

附：《和王七玉门关听吹笛》繁体字文本

和王七玉門關聽吹笛

胡人吹笛戍樓間，樓上蕭條海月閑。
借問落梅凡幾曲，從風一夜滿關山。

二、高适其他经典诗作赏析

（一）《封丘作》赏析

封丘作[1]

我本渔樵孟诸野，一生自是悠悠者[2]。
乍可狂歌草泽中，宁堪作吏风尘下[3]。
只言小邑无所为，公门百事皆有期[4]。

拜迎官长心欲碎，鞭挞黎庶令人悲[5]。
归来向家问妻子，举家尽笑今如此[6]。
生事应须南亩田，世情付与东流水[7]。
梦想旧山安在哉，为衔君命且迟回[8]。
乃知梅福徒为尔，转忆陶潜归去来[9]。

注释

[1] 选自《全唐诗》（卷二一三），中华书局 1999 年版，第 2220 页。有的版本题为《封丘县》。封丘，在今河南。

[2] 渔樵，打鱼砍柴。孟诸，即孟诸泽，在今河南商丘东北。高适出仕之前曾在此住过很长时间。悠悠者，不受拘束的人。悠悠，闲适的样子。

[3] 乍可，只可。草泽，代指乡野、乡间。宁堪，哪能忍受，意即不能忍受。作吏，出任小吏。吏，指古代官府中的胥吏或差役，也就是官府中各类办事人员和差役。风尘，世尘。

[4] 小邑，小县城。邑，县的别称。公门，官署、衙门，这里指封丘县衙门。期，期限。

[5] 碎，有的版本为“破”。鞭挞（tà），用鞭子和棍子打人，代指各种粗暴行为。黎庶，平民、百姓。

[6] 归来，有的版本为“悲来”。向家，意即走到家。向，去、前往。妻子，妻子儿女。妻，指妻子，子，指子女。举家，全家。举，全、都。

[7] 生事，生活之事，即生计。应须，应当、应该。南亩田，泛指田地，意思是种田。世情，指在官府时的用世之情。

[8] 旧山，原来家乡的山。且，有的版本为“日”。衔君命，奉君命，泛指执行上级的命令。衔，奉。迟回，迟迟没有回去。

[9] 梅福，西汉末期的隐士，曾为南昌尉，弃官归家，隐居耕读，王莽篡政后，弃家出走。徒为尔，仅仅为了这个缘故。徒，只、仅仅。尔，此、这样。归去来，指陶渊明的《归去来兮辞》。陶渊明做彭泽县令之时，郡督邮将要到彭泽县。陶渊明须要穿戴整齐拜见，陶渊明叹到，岂能为五斗米（当时陶渊明的俸禄）向乡里小儿折腰，于是辞官归家，作《归去来兮辞》诗表达心迹。

开元天宝之际，高适写县尉生活的诗最具体，形态特征也比较明显。（万伯江，2013）这首七言古诗作于高适任职封丘县尉之时。高适早年蹇步蹉跎，

"年过四十尚躬耕"（《留别郑三韦九兼洛下诸公》）。天宝八年（749 年），已年近半百的高适，经宋州刺史张九皋推荐，应有道科及第，做了封丘县尉。起初，他曾对"青袍裹身荷圣朝"（同上）有过一丝欣喜。但不久就发现"州县才难适，云山道欲穷"（《封丘作》）。县尉是县衙里受县令领导的执行具体事务的小吏，属唐代不入流的九品县衙佐吏，公务除了负责治安之外，还涉及其他杂务。这首诗叙写了作者在封丘县尉任上心情压抑、充满矛盾的苦痛心情，表现出弃职归隐的强烈愿望。同时，诗作还揭示了封建官府媚上欺下、压榨百姓的状况，折射出封建时代正直的基层政府小吏的心态。

诗歌第一到第四句，是诗人自我性情的展示。出身寒门，曾常年打鱼砍柴，混迹渔樵。山野空旷，自由自在，独来独往，长啸于高山之巅，狂歌于深林之谷，自幼亲近自然，养成了无拘无束、率性自然的性格。这样的性情，做县衙胥吏、根本无法忍受官场潜规和世风恶俗的束缚。寥寥数笔，用粗线条形象地勾勒出一个天性自然、生性耿直、崇尚质朴、不事巧进的下层文人形象。这四句描写，为下面四句表现矛盾心情做了人物性格上的铺垫。

从第五到第八句，写诗人任职县尉的公务特征与精神痛苦。在别人看来，小小县衙没有多少公务可做，县尉更应该是一个闲差。诗人在未到任之前，或许也是持这样的看法。孰知进入县衙之后，才发现公务繁多，人情网遍布，关系错综复杂，一件看似简单的公事，暗地里往往牵涉各方利益，导致执行起来到处掣肘，四处碰壁。"期"字表面上是期限，实际上还具有期望、期待、期许等含意。县尉操持的公务，不但要在期限内处理，而且结果还要满足各利益方的期望。除此之外，拜迎官长，甘当鹰犬，四处打点，左右逢迎是封建官场历来的潜规则。这些行为让生性耿直的诗人感到非常难堪和屈辱。"心欲碎"一词，形象地体现出诗人的内心痛苦。封建官场除了媚上，还必须欺下。处于封建社会底层的百姓，是各级官府层层盘剥的对象，社会所有的负担最终都落在他们身上。在苛捐杂税和繁重徭役的压榨下，百姓生活穷困不堪。在百姓无法满足官府层层盘剥之时，州府和县令则命县尉使用刑罚逼迫榨干百姓身上最后的血汗。早年曾事耕种的高适，对百姓具有一种天然的同情之心。但迫于官府和县令之命，为了完成公务，他又不得不对百姓施以暴行。当他令衙役"鞭挞黎庶"之时，内心极度不忍和不安。"令人悲"一词充分体现出诗人对百姓的深切同情。这四句所表现的诗人痛苦之情，为下面四句表现弃职归隐的愿望作了感情上的铺垫。

第九到十二句，写诗人对官职的失望之情。诗人的悲痛无处诉说，当他"归来向家问妻子"时，得到的回应竟然是一笑了之："今天这个世道，本来就是这样，您老人家悲愤郁闷个啥劲呀。"本想得到家人的理解和宽慰，没想到自己对官场的看法竟然成了家人的"笑料"。这更加让诗人感到痛苦。官场污浊和百姓凄惨本已令他痛苦不安，但包括家人在内的整个社会对此现象的认可和认同，则使他感到深切忧惧和失望。于是，诗人独自思忖“生事应须南亩田，世情付与东流水”。算了吧，如此世道，还是弃职归田、躬耕自食，将这个腐朽的地方官府和污浊的世情全部抛弃吧。这四句诗所描绘的对官场失望之情，为接下来的诗句表现归隐不得的矛盾心理作了情感基础的铺垫。

第十三到十六句，写弃职归隐而不得的矛盾心理和痛苦心情。既然对官场表现出如此痛苦和失望，为何不立刻弃官归隐呢。诗人给出了两个理由：其一，“梦想旧山安在哉”？令自己魂牵梦绕的熟悉的山峦在哪里呢？言下之意，自己弃官到哪里去过躬耕自食的隐居生活呢？诗人没有说出家乡难回的原因，他只是表明了立刻辞职尚无去处的现实。其二，“为衔君命且迟回”。手头上还有朝廷要求完成的公务，一时半刻难以交差，所以便将归田之事暂时耽搁了。“乃知梅福徒为尔，转忆陶潜归去来”两句，道出诗人弃官归田的强烈愿望。无法归隐，但整天满脑子全是弃官归隐的念头。他说自己眼下终于理解西汉梅福弃官归隐的行为了。梅福的影子还没有淡去，诗人脑海里又浮现出了陶渊明《归去来兮辞》。这一节，诗人虽然没有直接叙写痛苦之情，但字里行间透漏出度日如年的焦虑和不安，令人感到痛苦更深。

这首诗写出后的不久，高适便终因不忍“鞭挞黎庶”，不甘“拜迎官长”，愤而辞官了。他后来投奔了哥舒翰，并没有归隐田园、躬耕自食。封建文人，诗作中表现向往归隐都是嘴上说说而已，很少有人真正能和陶渊明一样“不为五斗米折腰”。高适不但没有和封建官场决裂，而且在安史之乱后步步青云，成为盛唐唯一封侯的著名诗人。

诗歌每四句构成一个层次，情感发展环环相扣、层层递进，上下一气呵成，结构浑然一体。语言质朴，语句中含叙述、描写、议论多种方法，灵活多变，疏宕有致。四句一韵，平仄相间，音韵起伏有致。诗歌情感真挚，高亢激越，毫无矫饰，体现出高适诗作“多胸臆语，兼有气骨”（《河岳英灵集》）的特色。

附：《封丘作》繁体字文本

封丘作

我本漁樵孟諸野，一生自是悠悠者。
乍可狂歌草澤中，寧堪作吏風塵下。
衹言小邑無所為，公門百事皆有期。
拜迎官長心欲碎，鞭撻黎庶令人悲。

歸來向家問妻子，舉家盡笑今如此。
生事應須南畝田，世情付與東流水。
夢想舊山安在哉，為銜君命且遲迴。
乃知梅福徒為爾，轉憶陶潛歸去來。

(二)《渔父歌》赏析

渔父歌[1]

曲岸深潭一山叟，驻眼看钩不移手[2]。
世人欲得知姓名，良久问他不开口[3]。
笋皮笠子荷叶衣，心无所营守钓矶[4]。
料得孤舟无定止，日暮持竿何处归[5]。

注释

[1] 选自《全唐诗》(卷二一三)，中华书局1999年版，第2224页。渔父，渔翁、捕鱼的老人。歌，歌行体，参见陈子昂《登幽州台歌》注释［1］。

[2] 驻眼，注视、凝视。不移手，不丢手。

[3] 良久，很长一段时间，这里含有反复多次的意思。

[4] 笋皮笠子，用笋子皮壳做成的斗笠。荷叶衣，用荷叶做成的衣服。屈原《离骚》："制芰荷以为衣兮，集芙蓉以为裳。"心无所营，指内心不谋求名利等。营，思虑、谋求。

[5] 定止，止息之处，这里指停泊之处。

这首七言古诗塑造了一个与世无争的渔翁形象，表达了诗人向往归隐的愿望。

开首两句，推出故事的主人公"山叟"——山间一渔翁。地点"曲岸深潭"，是远离人烟的幽僻之地。渔翁出场的第一个画面是双手持杆，注目钓钩，专心垂钓。"驻眼""看钩""不移手"，诗人一连用三个动作描写，突出"钓者"眼无旁物，神无旁骛，心无旁求。表面看是描写老翁一心务"钓"，其实是表现渔翁不为红尘所羁，不为名利所扰，不为世情所累的隐者形象。

三、四两句，描写渔翁深藏不露的隐者形象。看到一个特性独立的"钓者"，经营于官场、忙碌于尘世的人，往往感到奇异，于是便纷纷上前询问老者，想了解老者的身世。其实，询问者不仅仅是想“知姓名”，他们更想了解这位避世高人满腹经纶的学识、不同寻常的经历、令人神往的传奇……。然而，所有的“世人”都失望而归，渔翁从不开口，人们连他的身份都难以确定，更别说想知道他的身世和经历了。这两句诗不但刻画了这位渔翁遁世深隐的形象，而且渲染了人物形象的神秘色彩。

四、五两句，描写渔翁超世绝尘的隐者形象。诗人选取衣着和日常追求两个细节，来刻画“山叟”格调高洁、超然绝世的真隐士形象。首先，诗人采取香草美人的象征手法，用笋笠荷衣两个意象，来表现“山叟”身心高洁、品格超凡的形象。其次，诗人通过“山叟”每天心无旁骛专心务“钓”的行为，表现渔翁超然于世、孑然独行的真隐者形象。

结尾两句，抒发了诗人向往归隐之情。真隐者“山叟”引起了诗人对归隐山林生活的向往。“料得”一词，充分体现出诗人心系“山叟”的情形。“孤舟无定止”体现了隐者体道自然、随遇而安的行为特征。“日暮持竿何处归”句，乍看好像是诗人对“山叟”行踪的惦念，其实是诗人欲归隐山林的向往之情的表露。真隐者“山叟”的行为，已成为诗人眼中一种理想的人生状态。也许对诗人而言，他无法将心中所思付诸于行动，“虽不能至，然心向往之。”（《史记》卷四十七）对“山叟”行踪的关注，委婉表现出作者追求归隐山林的一种理想。

一首诗，一个形象，一个故事，一种理想。一、二两句“山叟”出现，孑然独钓，神情迥异，暗示会引发世人好奇，为三、四句故事情节的发展作了铺垫。三、四句写“山叟”沉默不语，突出神秘色彩，会引发持续关注，为四、五句诗情节发展形成铺垫。四、五句写“山叟”乃真隐者，为结尾抒归隐之情作了铺垫。结尾两句，卒章显意。整个故事情节发展环环相扣，表意层层深入，结构非常严谨。诗歌语言平淡质朴，音韵灵活沉静，风格幽深淡远，给人以清幽、宁静、淡泊、玄远的艺术美感。

附：《渔父歌》繁体字文本

漁父歌

曲岸深潭一山叟，駐眼看鉤不移手。
世人欲得知姓名，良久問他不開口。
筍皮笠子荷葉衣，心無所營守釣磯。
料得孤舟無定止，日暮持竿何處歸。

（三）《别董大二首》（其一）赏析

别董大二首（其一）[1]

十里黄云白日曛，北风吹雁雪纷纷[2]。
莫愁前路无知己，天下谁人不识君[3]。

注释

［1］选自《全唐诗》（卷二一四），中华书局 1999 年版，第 2242 页。有的版本题为《别董大》。董大，有人认为是唐朝当时著名的音乐艺人董庭兰。

［2］黄云，雪天之云。因下雪天的云，往往呈现黄色，故称黄云。曛（xūn），夕阳的余晖。

［3］前路，前方的路途，意指分别之后的经历。谁人，何人、哪个人。君，指董大。

这首七言绝句是一首经典的送别诗。高适是一位充满江湖侠气的诗人。（花志红，2011）这首送别诗作，透出高适开阔的胸襟与豪迈的气概，体现出豪壮慷慨的意蕴。

前两句写景，呈现悲愁之境。翻滚的黄云，暗淡的黄昏，呼啸的北风，哀鸣的孤雁，纷飞的大雪，诗人选用一组的典型的意象，从视觉与听觉两个角度，构建了一个黯淡悲凉、凄冷孤寂的意境。后两句抒情，抒发豪壮之情。“莫愁”一词，承接上句，既暗含日暮天寒之时董大的游子愁情，又开启下句，引出诗人送友的豪迈雄壮寄语。“莫愁前路无知己，天下谁人不识君”两句，情感充沛，气韵非凡，表现出豪爽的性情和豪壮的气势。高适道胸臆之语，抒气骨之情的诗歌特征在这首送别诗中同样得到体现。

诗作前后所体现的格调，具有极大的反差。前两句所构之境，充满凄凉哀伤气氛。后两句所抒之情，呈现高亢激昂情怀。悲凉之境是为了反衬豪迈之情，这种哀景写乐与乐景写哀之法有异曲同工之妙。诗歌欲扬先抑，应用境与情的反差，以黯淡之景反衬爽朗豪情，巧妙地表现出情景反差的艺术张力，是本诗最鲜明的艺术特色。诗歌构境用语非常精切。如用“十里”修饰限定“黄云”而不用“千里”或“万里”，将黯淡凄凉之境限定在一定的范围之内，消除了对后面“前路”“天下”等豪壮之语的空间限制，体现出诗人高超的艺术构思和语言驾驭能力。

附：《别董大二首》（其一）繁体字文本

别董大二首（其一）

十里黃雲白日曛，北風吹雁雪紛紛。
莫愁前路無知己，天下誰人不識君。

第二节　岑参经典诗作赏析

岑参（715—770），祖籍南阳棘阳（在今河南新野），梁时迁居江陵（今湖北江陵）。唐代著名边塞诗人。天宝三载（744 年）进士及第，历任右内率府兵曹参军、安西四镇节度使幕府书记、安西北庭节度使幕府判官、右补阙、虢州长史、太子中允、殿中侍御史、关西节度判官、考功员外郎、虞部郎中、库部郎中等职，官终嘉州刺史，世称“岑嘉州”。《岑参集》已佚，今有《岑嘉州集》行世。

岑参的诗题材很广泛，成就最高的诗当属边塞诗，与高适并称“高岑”。他的诗作，想象丰富，气势豪迈，感情激越，语言质朴，风格奇峭明快。中华书局《全唐诗》（1999 年版）录岑参诗 4 卷，共 401 首。

一、岑参经典边塞诗赏析

（一）《白雪歌送武判官归京》赏析

白雪歌送武判官归京[1]

北风卷地白草折，胡天八月即飞雪[2]。
忽如一夜春风来，千树万树梨花开[3]。
散入珠帘湿罗幕，狐裘不暖锦衾薄[4]。
将军角弓不得控，都护铁衣冷难著[5]。
瀚海阑干百丈冰，愁云黪淡万里凝[6]。
中军置酒饮归客，胡琴琵琶与羌笛[7]。
纷纷暮雪下辕门，风掣红旗冻不翻[8]。
轮台东门送君去，去时雪满天山路[9]。

山回路转不见君，雪上空留马行处[10]。

注释

[1] 选自《全唐诗》(卷一九九)，中华书局1999年版，第2056页。白雪歌，一是表明诗歌的体裁为歌行体古诗，二是表明诗歌以白雪为贯穿全篇送别之情的线索。武判官，名未详，应当是封常清幕府中的一位判官，与岑参为同僚。京，指京城长安(今西安)。

[2] 白草，一种生长于西北地区的牧草，秋天枯萎之后为白色。胡天，指胡人所居之地的天气。胡，见高适《燕歌行》注释[6]。八月，指古历8月，相对应现今阳历一般是9月份。

[3] 忽如，原诗为“忽然”，据别本改。梨花，喻指挂在树枝上的雪。

[4] 珠帘，用珍珠串成的帘子，这里代指各种帘子。罗幕，丝罗帐幕，这里泛指各种帷幕。狐裘，见高适《营州歌》注释[2]。锦衾，绸缎被子。

[5] 角弓，以兽角雕饰的弓，泛指各种弓。角弓，有的版本为“雕弓”。不得控，拉不开。控，引弓、拉弓。都护，负责都护府镇守边疆的官员。此处的“都护”和上文的“将军”都是泛指，指镇守安西都护府的全体唐军将士。铁衣，见高适《燕歌行》注释[10]。著，穿。冷难著，有的版本为“冷难着”。

[6] 瀚海，指西北边关广袤的沙漠或戈壁滩。阑干，纵横交错的样子。百，概数，丈，一种长度单位，十尺为一丈。百丈，意思指结冰的范围广。百丈，有的版本为“千尺”或“百尺”。黪淡，黯淡无光。黪淡，有的版本为“惨淡”。万，夸饰之词。里，长度单位，500米为一里。万里，意思是指范围非常广。凝，凝结、凝固。

[7] 中军，本指主帅亲自率领的军队，这里借指主帅所居的军帐。置酒，置办酒席。饮归客，使归客饮酒。饮，使动词。归客，将要回京的人，即武判官。胡琴琵琶与羌笛，泛指筵席上所奏的乐器。

[8] 辕门，指将帅军营的大门。风掣句，意思是被风吹开的旗帜夹杂着冰雪冻僵了而无法飘动。掣，牵引、拉拽。红旗，借指军营的各种旗帜。翻，翻动、飘动。

[9] 轮台，地名，隶属于当时的北庭都护府，在今新疆境内。当时封常清和岑参都在此驻守。天山，在今新疆，这里泛指安西都护府所辖的边地。

[10] 山回路转，指山峦回环、道路曲折盘旋。君，即武判官。空，指空旷无人。马行处，指马刚行走过在雪上留下的踪迹。

这是一首咏雪送别的七言古诗，写于岑参在安西北庭节度使封常清幕府任判官时期。唐玄宗天宝十三载（754 年），岑参第二次出塞西北，到北庭节度使的治所轮台（在今乌鲁木齐市）（吴宗海，2000）任幕府判官。岑参到达轮台之后，武判官回京。武判官应是岑参的前任。在轮台送别武判官归京之际，岑参挥笔写下了这首著名的边塞诗。“岑参兄弟皆好奇”（杜甫《渼陂行》）。岑参的边塞诗，想象丰富，激情奔放，夸饰大胆，比喻奇特，色彩瑰丽，不但具有奔腾跳跃的雄伟气势，而且富有奇情异彩的艺术魅力。欣赏这首诗，需要读者把握诗歌以雪为线索，采用以赋入诗手法，将送别之情寓于雪景描写之中的艺术特色，领略诗人呈现给我们的一幅幅如梦幻般的神奇雪景图。

“北風卷地白草折”，诗歌从西北的朔风写起，展示出深秋西北边关茫茫戈壁上所特有的景象：北风厉烈，呼啸着卷地而过，干枯的小草或被狂风折断，或纷纷趴在地上瑟瑟颤抖。第二句由风写到雪。伴随着狂风，八月飞雪旋即而来，西北边关广袤无垠的戈壁滩顷刻间变为白茫茫一片。接下来，神奇的景色出现了：“忽如一夜春风来，千树万树梨花开。”诗人以独有的浪漫情怀，将本是寒冷的冰天雪地，赋予了春花烂漫的情怀，将茫茫雪景构建成了一个趣味盎然、绮丽奔放、充满生机、蓬勃浓郁、春意无边的艺术境界。刚刚还是狂风肆虐，转眼间就将读者带入春风骀荡的境地，景色转换让人目不暇接。以花喻雪，将挂在树枝上的积雪，比作盛开的绚丽锦簇的梨花，给人以欣喜温暖的感受。如此妙笔，着实罕见。接下来的六句诗，诗人用写赋的手法写诗，从多角度多层次描写雪景：珠帘和层层罗幕，挡不住无处不入的雪花；风雪带来的凄寒，让狐皮大衣和厚实的绸缎被褥都失去了保暖的功能；雪天的严寒将弓冻得拉不开，冰冷的铁衣难以穿着；大漠变成了纵横交错的冰海，乌云黯淡万里天空犹如凝固一般。以上六句景物刻画中，雪花“散入珠帘”和“打湿罗幕”，雪中奇寒导致“狐裘不暖”“锦衾薄寒”“角弓不控”“铁衣难著”等是聚焦每一点的细致描写，“瀚海阑干”“冰封百丈”“愁云黪淡”“万里凝”等则是宏阔场景的粗线条勾勒。这样的画面布局，疏密相间，浓淡相宜，趣味横生。同时，直接描绘（如“瀚海阑干百丈冰”等句）与侧面描写（如“狐裘不暖锦衾薄”等句）相结合，并应用大胆夸饰（角弓不控、铁衣难著、百丈冰、万里凝等）的手法，构建了一组斑驳奇特的意境。这组意境连同前四句所刻画的奇异魔幻、蓬勃浪漫的意境，共同为军营辞别构造了一个雄奇奔放、慷慨浓烈的艺术氛围。

篇幅过半诗人才开始切入正题，送别场景的大幕至此才拉开。“中军置酒饮归客，胡琴琵琶与羌笛”两句，写诗人与武判官饯别的场景。饯别场景描写，寥寥数语，却将西北边关独有的奇特风情表现得淋漓尽致：主帅军帐置酒，主客举酒豪饮，西域歌乐相伴，将士在推杯换盏中道豪言壮语，宾主在觥筹交错中听琵琶羌笛。宴席虽显简约但不失隆重，乐舞虽属异域但不减豪情。

“纷纷暮雪下辕门，风掣红旗冻不翻”两句，是筵席散后众人走出帐外所见景色。筵席罢，人们走出帅帐，发现大雪仍在辕门外纷飞，被狂风牵曳而展开的红旗在风雪中早已凝固，悬在空中一动不动。这情景与帐中喧嚣热闹的场面构成了极大的反差。极大地反差还体现在：广阔无边的一片白雪皑皑之间，有一面鲜艳的红色旗帜静静地悬在空中，分外耀眼。诗人用大开大合的手笔，将极速跳跃的奇景，再次展示在读者眼前。离别总是一个沉重的话题。主客道别之际，气氛随着场景的转变也骤然变得低沉。“轮台东门送君去，去时雪满天山路”，既是送别场景的描述，又暗含对友人归京路途险阻的一丝淡淡的担忧。“山回路转不见君，雪上空留马行处”两句，将诗人对武判官分别的恋恋不舍之情，通过细节描写形象地表现出来。用心的读者，至此恍然大悟：前面诗人挥毫泼墨对大雪奇寒进行的多角度多层次的渲染，在此方显出其用意。一切景色描写与环境烘托的铺垫意义，在此才找到注脚：送友久伫不归，天气愈寒，友情愈真。在西北边关奇寒的风雪中，诗人目送友人渐渐离去，屡屡挥手，频频致意。朋友早已不见了身影，透过漫天飞舞的雪花，岑参久久伫立在雪地上，眺望着远处山峦武判官消失的路口。山峦相叠，山路曲折回环，诗人静静地凝视着雪地留下的武判官马蹄印，久久不肯离去……。结尾的细节描写暗含多重复杂的情感：对朋友留恋，朋友走后的惆怅，辞别朋友之后孤寂，对朋友路途的担忧，对自己归期未卜的郁闷……。悠悠不尽之情到底还有哪些？读者可发挥想象力，完成这一道诗人留给我们的多重情感词语的填空题。

通篇诗以雪为线索，串起整个送别场景。第一个“雪”字现于送别之前，第二个“雪”字现于饯别之时，第三个“雪”字现于送别之际，第四个“雪”字现于送别之后。诗作笔力矫健，用语灵活，纵横捭阖，迟缓有度，抑扬顿挫，刚柔相济，气势豪迈深沉，风格雄奇浪漫，换韵自如，转韵自然，给人以奇情飘逸、心脾旷然的美感。

附：《白雪歌送武判官归京》繁体字文本

白雪歌送武判官歸京

北風卷地白草折，胡天八月即飛雪。
忽如一夜春風來，千樹萬樹梨花開。
散入珠簾濕羅幕，狐裘不煖錦衾薄。
將軍角弓不得控，都護鐵衣冷難著。
瀚海闌干百丈冰，愁雲黲淡萬里凝。
中軍置酒飲歸客，胡琴琵琶與羌笛。

紛紛暮雪下轅門，風掣紅旗凍不翻。
輪臺東門送君去，去時雪滿天山路。
山迴路轉不見君，雪上空留馬行處。

（二）《热海行送崔侍御还京》赏析

热海行送崔侍御还京[1]

侧闻阴山胡儿语，西头热海水如煮[2]。
海上众鸟不敢飞，中有鲤鱼长且肥[3]。
岸傍青草常不歇，空中白雪遥旋灭[4]。
蒸沙烁石然虏云，沸浪炎波煎汉月[5]。
阴火潜烧天地炉，何事偏烘西一隅[6]。
势吞月窟侵太白，气连赤坂通单于[7]。
送君一醉天山郭，正见夕阳海边落[8]。
柏台霜威寒逼人，热海炎气为之薄[9]。

注释

[1] 选自《全唐诗》(卷一九九)，中华书局1999年版，第2057页。热海，指今天位于吉尔吉斯斯坦境内的伊塞克湖，唐时属于安西都护府辖地。行，歌行体。崔侍御，名未详。侍御，指监察御史，唐时负责官吏监督监察的官职。京，指唐都长安。

[2] 侧闻，从旁处听到、传闻。阴山，阴山山脉，在内蒙古中部，这里泛指西北边关的山脉。胡儿，指胡人，多有蔑称含义，参见高适《营州歌》注释［3］。西头，西边，指安西都护府的西边区域。水如煮，指热海的湖水像烧开的水一样。

[3] 众鸟，各种鸟或很多的鸟。中有鲤鱼长且肥，原诗句后有注：“海中有赤鲤”。

[4] 岸傍，靠近岸边。傍，有的版本为“旁”。常不歇，指一直生长不枯萎。歇，歇绝、衰谢，这里指草木枯萎，另如陈子昂《与东方左史虬修竹篇》：“春木有荣歇，此节无凋零。”常不歇，有的版本为“长不歇”。遥旋灭，

远远地很快消失。旋，副词，意思是立即、立刻。

[5] 蒸沙，蒸热沙子。烁石，熔化石头。烁（shuò），销熔。然，同“燃”。虏云，指西北边关上空的云。虏，这里泛指西北游牧民族。然虏云，有的版本为“燃虏云”。炎波，焚烧波浪。炎，动词，意思是焚烧。煎，熬、煮。汉月，指汉家的月亮。“汉月”与“虏云”相对。有观点认为“汉月”指汉代时候的月亮，亦通。

[6] 阴火，地火，地面之下的火。潜烧，指人看不见但火在燃烧。天地炉，指天地宇宙。语出《庄子·大宗师》：“以天地为大炉，以造化为大冶。”烘，烤。西一隅，西边一角。隅（yú），角落。

[7] 吞，容纳、涵盖。这里是指笼罩、弥漫的意思。月窟，传说中的月亮归宿处，也是极西之地。太白，金星。赤坂（bǎn），当时西域的地名，以酷热著称。单于，这里指大单于都护府，所辖区域在今内蒙古中部。

[8] 天山郭，天山脚下的城郭。郭，外城，泛指城市。海边，指热海边。

[9] 柏台，御史台的别称。霜威，指御史台执法如秋霜一般的威严。御史台负责弹劾官员，为风霜之任，故又称为霜台。为之薄，被它（柏台霜威）减弱。为，被。之，代词，指上句所说的“柏台霜威”。薄（bó），动词，意思是减轻、减少、减弱。为之薄，有的版本为“为君薄”。

这是一首描写西域边关酷热表达送别之情的七言古诗，写于岑参在北庭节度使幕府任判官期间（754—757年）。（戴伟华，1997）岑参的边塞诗中，无论是奇寒无比的描写，还是炙热无比的刻画，都体现出奇绝的艺术特色。

开首用“侧闻阴山胡儿语”一句，引领下面所有对西域沙漠夏季奇热景象的描写，使得诗歌既可大胆地表现奇情异景，又使得一些怪诞的现象有了合理的解释。因为，那些奇热现象都只是从胡儿那里道听途说获悉的信息而已。正因为有了“侧闻”一词的托底，诗人才将西域的奇热描绘成了一个童话般的世界：湖水如煮沸一般的滚烫；湖面上没有哪个鸟敢飞过，湖中却有又长又肥的红鲤鱼；湖边的青草郁郁葱葱，常年不枯；冬季天空落下的鹅毛大雪，在远离湖面的上空，立即就被融化并蒸发；酷热的气温将沙子蒸得滚烫，将石头烤得炙热；西域天空飘着的火烧云，那不是云，是已经被点燃的天火；湖面荡漾的波涛，那不是浪花，是被煮沸的湖水在沸腾。诗人采用以赋入诗的铺陈手法，构建了极富传奇色彩的一组意境。这一切奇异壮丽之景，除了岑参之笔，只能在童话世界和梦幻中才能见到。岑参之诗，果然务奇，神奇瑰丽，夸饰得当，奇而实确，奇而入理，不同凡响。

面对这奇热无比的梦幻境界，诗人发出慨叹和疑问。“阴火潜烧天地炉”诗句，巧妙地套用贾谊《鹏鸟赋》中“天地为炉”的说法，想象有一股巨大的烈火在西域的地下熊熊燃烧。“何事偏烘西一隅”诗句，则是诗人的疑问：既然天地为炉，地火应均匀地在地下燃烧，为何又偏偏在热海这一西域一角燃烧得如此之旺。接下来的两句诗，诗人在西域地火想象的基础上，将笔触由具体的意象描写转为浑阔意境的构建。地热不仅引发热海周围的奇热，而且还逐渐扩散，热浪吞噬到处于极西之地的月亮归宿地，波及到西边天空中的太白金星。整个西域边关都在热气的笼罩之下。诗人巧用神话传说，采用虚实结合的手法，构建了一个虚幻而广袤的意境，为后面的送别话题作出铺垫和环境渲染。

诗歌的最后四句，才触及送别话题。送友少不了饮酒，主客痛饮，不醉不散，一醉方休。酒酣之时，看到夕阳正从热海湖边徐徐落下。读者也许会产生疑问：如此酷热之地，主客如何能够安然痛饮？诗人在最后将戏剧性的谜底揭开：“柏台霜威寒逼人，热海炎气为之薄。”原来，崔侍御执法森严，冷面若霜，威严的寒气将西域的酷热迫退，热海的炎热早已变得温良恭顺。借送别吟咏之际，不经意间以玩笑口吻赞美崔侍御，既避免趋附之嫌，又显得气氛活泼。前面铺陈之用意，在崔侍御霜严中方得以显现，其构思巧妙，令人称奇。

附：《热海行送崔侍御还京》繁体字文本

熱海行送崔侍御還京

側聞陰山胡兒語，西頭熱海水如煮。
海上衆鳥不敢飛，中有鯉魚長且肥。
岸傍青草常不歇，空中白雪遙旋滅。
蒸沙爍石然虜雲，沸浪炎波煎漢月。
陰火潛燒天地爐，何事偏烘西一隅。
勢吞月窟侵太白，氣連赤坂通單于。
送君一醉天山郭，正見夕陽海邊落。
柏臺霜威寒逼人，熱海炎氣為之薄。

（三）《走马川行奉送出师西征》赏析

走马川行奉送出师西征[1]

君不见走马川行雪海边[2]，平沙莽莽黄入天[3]。
轮台九月风夜吼[4]，一川碎石大如斗[5]，

随风满地石乱走[6]。匈奴草黄马正肥[7]，
金山西见烟尘飞[8]，汉家大将西出师[9]。
将军金甲夜不脱[10]，半夜军行戈相拨[11]，
风头如刀面如割[12]。马毛带雪汗气蒸[13]，
五花连钱旋作冰[14]，幕中草檄砚水凝[15]。
虏骑闻之应胆慑[16]，料知短兵不敢接[17]，
车师西门伫献捷[18]。

注释

[1] 选自《全唐诗》(卷一九九)，中华书局 1999 年版，第 2059 页。有的版本题为《走马川行》或《走马川行奉送封大夫出师西征》。走马川，应是跑马的戈壁滩。(李昇萱，1995) 有人说是地名，具体位置不详，也有人说是车尔成河，又名左未河，在今新疆境内。行，是古代诗歌的一种体裁，属于歌行体一类。封大夫，指封常清，一作"封长清"。封常清（？—756 年）为唐朝将领，时以御史大夫身份任北庭都护、西伊节度、瀚海军史，故称封大夫。岑参当时在封常清手下作安西北庭节度判官。西征，指征播仙（即左末城，在今新疆境内）。

[2] 此句中的"行"，当为衍文，即抄写或刻板出错而多出来的文字。现在很多版本都将"行"字去掉了。雪海，指当时被大雪封盖的西北大漠。雪海，有的版本为"沧海"。此句有的版本为"君不见走马沧海边"。

[3] 平沙，广袤的沙漠。因为远处沙漠一眼望去茫茫无边，连接天际，如水一般平，故称平沙。莽莽，形容到处弥漫的样子。

[4] 轮台，见《白雪歌送武判官归京》注释 [9]。九月，指古历九月。

[5] 一川，漫川。一，在此表示全部。川，这里指干枯的河床，戈壁滩上行人往往以此为路。斗，古代一种用来度量粮食的量器。各地的斗，大小不一，一般的斗为立体等腰梯形，可装 10 斤左右的饱满粮食，体积约为 5000cm^3。

[6] 走，跑，古代的走，往往表示"跑"。这里的走，意指石头在风吹之下自行快速滚动。

[7] 匈奴，古代北方游牧民族，这里泛指犯境的游牧民族。草黄，秋天的草枯萎泛黄。

[8] 金山，阿尔泰山（在今新疆），这里泛指西北边境交战之地的山峦。

烟尘，参见高适《燕歌行》注释［2］。烟尘飞，指战端已开。

［9］汉家，指唐王朝，参见高适《燕歌行》注释［2］。大将，指封常清。

［10］金甲，铠甲。金，这里指铜铁一类的金属。一说金甲是带有金饰的铠甲。

［11］军行，有的版本为“行军”。戈，一种兵器，这里泛指兵器。拨，触碰、碰撞。戈相拨，兵士行军时所携带的兵器相互碰撞。

［12］风头，指扑面极速刮来的刺骨寒风。面，脸面。如割，像刀割一般（疼痛）。

［13］汗气，指马出汗之后身上冒出来的带着体温的热气。蒸，蒸腾。汗水蒸，描写军马体力耗费极大，导致马匹在寒风中出汗不止，使其身上出现热气升腾现象。

［14］五花连钱，五花马和连钱马，都是当时的名马。唐朝开元、天宝年间，社会上很讲究马的装饰，常把马的鬃毛剪成花瓣形状，剪成三瓣的叫三花马，剪成五瓣的叫五花马。连钱马，又称“连钱骢”，是一种毛色深浅不一，斑驳隐现的马。这里的五花和连钱都泛指良马。旋作冰，指马出汗产生的热气将覆盖在其身上的积雪融化之后，在凛冽寒风中随即凝结成冰块。旋，旋即、立刻。

［15］幕，军帐，泛指军营。草，起草、拟写。檄（xí），檄文，古代一种用于声讨敌人的文书，这里泛指各种作战文书。草檄，泛指拟写作战时所用的各种文书。砚水，指砚台里的墨汁。古人用毛笔写字时，预先需要将墨锭加水在砚台中研磨成墨汁。凝，凝结，这里指墨水凝结成冰。砚水凝，指砚台里的墨汁在奇寒天气中即刻凝结成冰。

［16］虏骑，泛指敌军。闻之应胆慑，听到封常清军队出兵状态就应感到胆怯。之，这里指诗中描写的唐军出征的整体状态，包括封常清备战与用兵之策以及出征部队士气等综合状况。慑（shè），害怕、恐惧。

［17］短兵不敢接，不敢短兵相接。短兵，指刀剑一类长度较短的兵器。短兵相接，指交战双方近身搏杀。

［18］车师，地域名（在今新疆），当时为安西都护府所在地。伫（zhù），因等待或思念而长时间的站立，这里意为等待。献捷，本意是指呈献捷报，这里指从前方传送来的战场捷报。

这首七言歌行体诗作写于唐玄宗天宝十三载（754 年）或天宝十四载（755 年），当时岑参在安西北亭节度使封常清的帐下，担任安西北庭节度使判官。这期间，封常清曾几次出兵作战。岑参对当时征战的艰苦、胜利的欢乐，都有比较深的体会，曾经写了不少诗歌来反映。这首诗便是岑参在封常清出兵西征时创作的送行诗，以环境恶劣与敌军强悍反衬唐军将士英勇斗志，委婉表达对封常清将军的赞颂之情。

开头到“随风满地石乱走”，写西北边关的恶劣环境。被大雪覆盖的戈壁滩，犹如一片白色的海洋，漫无边际。空中黄沙莽莽，在烈风中铺天盖地卷来。这是西北边关白天的奇异景色。深秋的夜晚，将军驻地，狂风怒吼，斗大碎石，在烈风中满地乱滚。“雪海”“平沙莽莽黄入天”“碎石大如斗”“满地石乱走”是从视觉角度写景；“风夜吼”是从听觉角度写景。“雪海”是平视角度写景；“黄入天”是仰视角度写景；“石乱走”是俯视角度写景。“入”“吼”“乱”等动词洗练传神，形象地描绘了西北边地狂风强劲的景象。诗人抓住西北边关特有的地理环境和气候条件，多角度极力刻画西北边地的严酷环境，为后面表现唐军英勇做出了反衬铺垫。

“匈奴草黄马正肥”三句，写封将军出征。“草黄马正肥”，体现敌军强悍。古代北方游牧民族，作战以骑兵为主。北方夏天是马食草长膘季节，春冬缺少鲜草，大部分马的精神不佳。秋天是马匹最壮实的季节，经过一个夏天食草，马匹精神饱满，故说“马正肥”。秋天又正好是中原居民获取各种收成的季节。因此，北方游牧民族往往选择秋天犯境，以便掠夺粮食和各种财物。“马正肥”是骑兵形成强势战力的有利条件。诗人写马而不写人，是以点带面的写法，表现出唐军所面临的敌人，战力决不可小觑。“金山西见烟尘飞”，体现了敌军已有充分准备。西北边关，烽烟四起。敌骑纵横，尘土飞扬。战场形势，非常严峻。在此情形之下，主人公登场亮相：“汉家大将西出师”。封将军闪亮登场之后，令人感到前面的战事紧张气氛骤然消解。诗人在前两句极力描写的敌军气势汹汹、战场烽烟滚滚、敌骑扬尘莽莽，都意在为封常清出场烘托紧张激烈的战争氛围。形势越严峻，气氛越紧张，越能衬托出封将军的英勇气势。

“将军金甲夜不脱”到“幕中草檄砚水凝”六句，写封将军率部行军。“将军金甲夜不脱”既显示战场形势紧急，又体现了封常清备战严谨。“半夜军行戈相拨”既显示唐军阵容强大，又体现封常清部队军纪整肃。“戈相拨”以动衬静，表示军纪严明。千军万马，衔枚疾走，毫无声息，偶尔间士兵的兵器轻轻相触，金属撞击发出的声音，在沉静的夜空中显得异常清晰。“风头如刀面如割”以夸张手法突出半夜行军途中寒风凛冽，反衬出封将军所率领的军队士气高昂。“马毛带血汗气蒸，五花连钱旋作冰”两句，用一个典型的细节描写，形象地再现严寒下奇景，同时也体现部队行军迅疾，道路多有阻困。部队快速推进，加之道路不平，又是雪地行军，战马早已大汗淋漓，马毛上的汗水，在奇寒中旋即变成了冰凌。战马在不断冒汗，泛着白色的汗气不断蒸腾，在雪地的寒夜中清晰可见，冰凌在热气中融化，随即又凝结成新的冰凌。

冰凌与汗气同时现于骏马一身，极为罕见，堪称奇景。“幕中草檄砚水凝”句，选择另一个典型细节，突出表现行军途中的奇寒。行军途中，需要立马草拟文书，但砚台的墨汁早已结冰。这三句诗，笔法细腻，词语凝练，意象生动，惟妙惟肖。诗人通过两个典型细节表现奇寒，反衬出封将军部队将士勇毅坚强的风貌。

最后三句，预祝封将军战场大捷。前面极写出征环境艰险，反衬出封将军谨慎备战，军纪严明，所率部队士气高昂，意志坚定。这样的军队，必然所向披靡。于是结尾处便水到渠成地得出预见性的祝贺之语：“虏骑闻之应胆慑，料知短兵不敢接。”敌人将在封将军到达前线后，闻风丧胆，临阵撤离，不敢与将军短兵相接，封将军将不战而胜。“料知”一词贴切精炼，表明所言情形并非实情，而是诗人的主观预判。“车师西门伫献捷”用一句高亢的祝捷语作结，既表现出唐军必胜的气势，又暗含称颂封常清英武、预祝他再立战功并可加官进爵之意。这三句诗，语言简约，气韵高扬，具有豹尾之效。

诗歌充分表现了唐边防军的高昂士气和不畏艰险的英雄精神。诗歌当中的黄沙漫天、风吹石走、风刀割面，马汗成冰，砚水冻凝等场景，是为了反衬唐军的气势，使这首诗洋溢着豪壮的激情。诗人抓住典型环境和细节着力刻画。雪海、黄沙、狂风怒吼、散石乱滚、草黄、马肥、风头如刀掠面如割、马毛带雪汗气蒸腾、砚水结冰等意象，突出西北异域的典型风物。狼烟四起、尘土飞扬、夜不卸甲、夜半行军、戈器相触、幕中草檄等意象，突出边关疆场的典型环境。诗人创建上述意象或挥毫泼墨，或精工细笔，构建了一个西北边关特有的奇情异景。诗人擅长用反衬和夸张手法。诗歌极力渲染环境的艰苦，天气的恶劣，从而反衬出将士不畏艰难和高昂的爱国热情，表现出对封常清将军的赞颂之情。诗歌节奏急促，韵律铿锵，从句式上来看，押奇韵，每三句一换韵，三句之中句句押韵，形成拗峭劲折的音节，音韵紧锣密鼓，紧张急促，犹如军中战歌，令人血脉偾张。

附：《走马川行奉送出师西征》繁体字文本

走馬川行奉送出師西征

君不見走馬川行雪海邊，平沙莽莽黃入天。
輪臺九月風夜吼，一川碎石大如斗，隨風滿地石亂走。
匈奴草黃馬正肥，金山西見煙塵飛，漢家大將西出師。
將軍金甲夜不脫，半夜軍行戈相撥，風頭如刀面如割。

馬毛帶雪汗氣蒸，五花連錢旋作冰，幕中草檄硯水凝。
虜騎聞之應膽懾，料知短兵不敢接，車師西門佇獻捷。

（四）《武威送刘判官赴碛西行军》赏析

武威送刘判官赴碛西行军[1]

火山五月行人少，看君马去疾如鸟[2]。
都护行营太白西，角声一动胡天晓[3]。

注释

［1］选自《全唐诗》（卷二〇一），中华书局1999年版，第2106页。武威，今甘肃武威。刘判官，指刘单，岐山（在今陕西）人，天宝二年（743年）状元及第，官至礼部侍郎。刘单与岑参和杜甫交好，除了本诗，岑参还写了《武威送刘单判官赴安西行营便呈高开府》为他送别。判官，官职名。刘单曾在安西行营节度使高仙芝的帐下做判官，帮助高仙芝理政。碛（qì）西，唐代对西域的称呼，唐朝设碛西节度使，下辖安西、北庭两个都护府。

［2］火山，即人们传说的火焰山，在今新疆吐鲁番。（李羿萱，1995）维吾尔语为“克孜勒塔格”，意思是“红山”。此山由赤红色的砂石、烁岩和泥岩组成，上无草木，阳光照耀下显现红色，故称“红山”。又因在夏天烈日之下炽热高温，红石上热流上升，犹如火焰，故称“火焰山”。五月，古历五月，一般是现在阳历的六月。君，指刘单判官。

［3］都护行营，指安西行营节度使高仙芝的行营。太白西，指太白金星由东向西运行。西，指太白星向西运行。角，又称“画角”，是古代一种乐器，声音高亢悠扬，古代军队用它来作为昏晓报时的工具。

这首七言古诗既是送别诗，也是边塞诗，写于岑参担任武威（在今甘肃）太守高仙芝的幕僚时期。天宝十年（751年），石国太子引大食（属古阿拉伯帝国）等部进犯大唐西北边境。当时武威太守、安西节度使高仙芝率兵抗击敌寇。岑参好友刘单作为高仙芝军营的判官，领命赴安西都护府前方。刘单临行辞别之时，岑参写此诗送他。欣赏本诗，重在体味诗歌极速跳跃的意象之美，领会诗人高超的艺术构思技巧和语言驾驭能力。

首句为环境描写，点出与刘判官分别的时间，并用“火山”“行人少”等意象，构建了一个西北边关盛夏特有的荒凉炙热之意境：火山炎炎，砂岩横截，黄沙莽莽，满目赤色，奇热无比，人烟绝断，鸟兽绝迹……。意境描写的目的是为刘单赴碛西的行为作环境烘托。环境如此恶劣，预示着刘单此行路途多艰。然而，诗人笔锋一转，表现出刘判官一往无前的勇毅和雷厉风行的行动力。首句环境烘托突出了刘单的人物形象。“看君马去疾如鸟”句，寥寥数语，勾勒出一个鲜明的极速动感画面：烈日当空，赤石遍地，四野茫茫，奔马如飞，旋即消失在视野之外，只有战马扬起的滚滚尘土，久久未能散去……。在此，可以领略到岑参这首边塞诗中所特有的极速动感画面的意象之美。当然，画面中最显眼的，当属那匹驰骋如飞的战马和马背上的主人。诗人通过环境烘托和快笔速写，使刘单勇毅过人、身手矫健的形象跃然纸上。

结尾两句，诗人表达了对刘单此行成果的祝愿和期望。“都护行营”是刘单此行建功立业的地方。“太白”，即金星。古人认为，太白星为西方之星，掌秋季，主“杀”。司马迁《史记》说，太白“自西至东，正西国吉；自东至西，正东国吉。”又言“其出西失行，外国败；其出东失行，中国败。”（《史记》卷二十七）意思是，太白星从西向东运行，是正西方国家的吉兆；从东向西运行，则是正东方国家的吉兆。太白星在西方运行失常，是外国军队失败的征兆；太白星在东边运行失常，则是中国（中原国家，即华夏民族的政权）军队失败的征兆。了解了这些，就容易读懂“都护行营太白西”的含义。“太白西”一词，暗含《史记》中的典故，整个诗句的含义是：刘判官赴任都护行营，正是太白星由东向西运行之时。刘单此行建立功业，既有都护行营的地利，又合太白西行的天时。有了“天时”、“地利”，建立功业自然少不了人和。最后的一句中便暗含“人和”因素。“角声一动胡天晓”含义：刘判官安西赴任之后，将充分展示政治和军事才能，唐军主帅在其辅佐之下，军队士气和综合素质将会快速大增，讨伐敌寇之时，进攻的号角一响，全军将士将同仇敌忾，奋勇杀敌，势如风卷残云，敌寇定会惨败。“角声一动”意味着一战而定乾坤，“动”字非常传神。“胡天晓”意味着西域上空将再无战乱阴霾，晴天破晓之后，重现朗朗乾坤。

全诗意象鲜明，意境奇特，形象突出，内涵丰富。诗歌不但盛赞了刘判官身手不凡、勇毅超群的军事素质和一往无前的英雄气概，而且还对此行提出了含义深远的期望和祝愿。特别是最后两句诗，暗用典故，隐含天时、地利、人和因素，委婉表达对刘单才能的肯定。在祝愿中，不仅含有对战争取胜之后好友获取功勋的期许，而且含有快速平定西北边患、边境获取长久安宁的愿望；不仅体现出对朋友的真诚，而且体现出诗人的爱国情怀。诗歌言简而意丰，送别之作达到如此高的艺术境界，充分体现诗人高超的艺术构思和语言驾驭能力。

附：《武威送刘判官赴碛西行军》繁体字文本

武威送劉判官赴磧西行軍

火山五月行人少，看君馬去疾如鳥。
都護行營太白西，角聲一動胡天曉。

（五）《赵将军歌》赏析

赵将军歌[1]

九月天山风似刀，城南猎马缩寒毛[2]。
将军纵博场场胜，赌得单于貂鼠袍[3]。

注释

［1］选自《全唐诗》（卷二〇一），中华书局1999年版，第2109页。赵将军，未详。闻一多认为是赵宗玼，赵继封常清之后任北庭节度使。此说多有异议。歌，这里是诗的意思，并不是指歌行体。

［2］九月，指古历九月，一般对应的是现在阳历的十月。风似刀，喻指寒风吹在肌肤上如刀割一样。城南，北庭都护府所在地的城市南郊。猎马，打猎或作战骑的马。

［3］将军，指赵将军。纵博，尽情豪赌。纵，放纵、尽情。博，赌博，古代军队里带有金钱刺激的如骑马、射箭、摔跤、搏击、投壶等一类活动。赌得，通过博弈赢得。单于，古代匈奴部落首领的称呼。这里泛指北方游牧民族部落首领。貂鼠袍，用貂皮缝制的大衣。

这首七言绝句是反映戍边军官特殊生活片段的边塞诗。在欣赏诗歌之前，有必要说说古代军营赌博的话题。孙子说：“反战者，以正合，以奇胜。”（《孙子兵法·势篇》）战场瞬息万变，预判形势的能力对于将领至关重要。在一定条件下，一些军事活动往往犹如赌局，具有很大的偶然性和挑战性。封建社会军人险中求功、生命易逝的境遇，也犹如赌局。李白曾以赌博比喻外甥从军：“六博争雄好彩来，金盘一掷万人开。丈夫赌命报天子，当斩胡头衣锦回。”（《送外甥郑灌从军三首》）封建军阀往往具有喜欢寻求刺激的生性，在无战事的寂寞时期需要找到释放情绪的渠道。于是，赌博便成了古代军营生活极为自然的一部分。古代军人赌博是一种常见的现象，历史上不乏嗜赌的军事将领，岑参笔下的这位赵将军，便是其中的一位。

诗歌的开首两句，交待了故事发生的时间和当时的环境。诗人用巍巍天山、刺骨寒风、大漠孤城、缩毛猎马等意象，构建了一个荒凉冷落、朔风萧索、清寂阔远的意境，突出了西北边关军营所处的艰苦而奇特的生活环境。这样的环境条件下，没有战事之时，除了必要的军事训练，就是单调无味的军营生活。这就自然而然地引出赵将军赌博的话题来。

“将军纵博场场胜”，写赵将军嗜赌，且喜欢尽情豪赌，或许赌运不错，或许赌技超人，或许还有其他原因，这位赵将军赌博，总能场场赌赢。古代军营里，带有金钱刺激的如骑马、射箭、摔跤、搏击、投壶等一类活动。这类活动既可以是游戏，也可以是赌博，决定其性质的是赌注的大小。从“纵博”一词可以想象到，赵将军参与的赌局，赌注不小。且这位赵将军，赌局未必局限于骑马、射箭等上述活动。对于这位嗜赌纵博的将军，岑参笔下却能生发出令人耳目一新的创意：将军场场豪赌都手气绝佳，在战场上也一定运气不差。他赞誉这位军营的“赌神”，定能“赌得单于貂鼠袍”，在战场上一定取得大胜，彻底平定边患，搏得万世功名。

诗歌抓住赵将军嗜赌纵博的特性，将之写成了将会取得大胜的将军，即委婉幽默地表达了对赵将军的赞美，又不失雅趣，使得整个诗歌显现出调笑活泼的气氛，体现出寓谐于庄的艺术风格。

附：《赵将军歌》繁体字文本

趙將軍歌

九月天山風似刀，城南獵馬縮寒毛。
將軍縱博場場勝，賭得單于貂鼠袍。

二、岑参其他经典诗作赏析

（一）《行军九日思长安故园》赏析

行军九日思长安故园[1]

强欲登高去，无人送酒来[2]。
遥怜故园菊，应傍战场开[3]。

注释

［1］选自《全唐诗》（卷二〇一），中华书局 1999 年版，第 2105 页。九日，指古历九月九日重阳节。长安故园，指诗人在长安（今西安）的家园。

［2］强，勉强。

［3］怜，怜惜。傍，靠近、临近。

这首五言绝句是一首表达思乡之情的小诗。原诗题目后有“时未收长安”之语。唐军平叛安史之乱收复长安的战争发生在唐肃宗至德二载（757 年）古历九月。可见，这首诗当写于唐军收复长安之前，即唐肃宗至德二载（757 年）古历九月九日重阳节。古人有重阳节登高吟咏、插佩茱萸、饮酒赏菊以祈福避祸的习俗。首句破题，写重阳节意欲登高。“强欲”表现出山河破碎中诗人悲沉的情绪。次句写未登高的原因。因为无酒可饮，使原本勉强的登山愿望便就此作罢。隋唐时期李大师和李延寿父子《南史・列传第六十五隐逸上》载，江州（今江西九江）刺史王弘有意结识陶渊明。陶渊明曾在过重阳节时无酒可饮，在屋子旁的菊花丛中坐了很长时间，恰好王弘派人给他送来了酒，他开坛即饮，醉酒而归。诗人在此暗自反用陶渊明典故，既使诗句富有艺术蕴藉，又不留任何斧凿之痕。第三句表达思家之情。“遥怜”回应题目的“思”，表现出诗人思念家园却无法探望的无奈。“故园菊”回应题目“九日”和“长安故园”，暗含诗人佳节之际思情更浓、悲情更剧的寓意。最后一句表达诗人对战火给家国造成深重灾难的深切伤悼之情。当时正值安史之乱，唐军即将发起收复长安的战役。战乱所造成的百姓流离失所、家破人亡的灾难，深深地刺痛诗人的内心。诗人巧妙地将战争所造成的创伤浓缩在“应傍战场开”句中，用菊花的不幸遭遇，指代战乱所带来的国家动荡、河山破碎、百姓死伤等深重灾难。

诗歌在内容上，抒发了诗人对家园牵挂、对京城战事忧虑、对战争创伤悲切的感伤之情。在艺术上，叙述、抒情和写景，紧紧围绕题目展开。“登高”“送酒”“菊”对应题目中的“九日”，“遥怜”对应“思”，“故园”对应“长安故园”，“战场”对应“行军”。同时，叙述、抒情和写景突出重阳节日气氛，特别是末尾两句，在表达思念与悲怆之情时，选择与重阳节密切关联的“菊花”意象，既合题意，又具有丰富内涵。诗歌语言质朴，音韵哀婉，格调悲怆，是思乡感伤悲怀的佳作。

附：《行军九日思长安故园》繁体字文本

行軍九日思長安故園

強欲登高去，無人送酒來。
遙憐故園菊，應傍戰場開。

（二）《逢入京使》赏析

逢入京使[1]

故园东望路漫漫，双袖龙钟泪不干[2]。
马上相逢无纸笔，凭君传语报平安[3]。

注释

［1］选自《全唐诗》（卷二〇一），中华书局 1999 年版，第 2109 页。入京使，进京（长安）的使者。

［2］故园，指诗人在长安的家。漫漫，路途遥远的样子。龙钟，沾湿的样子，这里指泪水沾湿衣袖。

［3］凭君，依靠您。凭，依靠，这里有拜托、烦劳之意。

这首七言绝句属羁旅行役之作，写于诗人天宝八载（749 年）离开长安到安西节度使高仙芝幕府做掌书记的西行途中。当时岑参已 34 岁，已过而立之年的他，建功立业之心急切，便选择了从军塞外的途径。诗中表达了对家乡的难以割舍之情和对亲人的深切惦念，客观上体现了盛唐文人从军之路所经历的艰辛与痛苦。

前两句写对家乡的难以割舍之情，表现出诗人西行途中所承受的内心痛苦。“东望”一词表现出诗人眷恋故土的拳拳之心。“路漫漫”一词，不仅表示离家遥远，而且暗含旅途所历不少辛酸。辞家之后，诗人频频回首，路途渐行渐远，离情越来越浓。征途漫漫，一路西行，诗人在马背上正思乡之际，迎面过来了一个老熟人。他乡遇故知，本来是高兴的事情。但诗人攀谈中得知，这位老朋友要进京办理公务。一听“进京”二字，家住长安的诗人，最脆弱的神经一下子被击中了。多天来，路途中所经历的艰辛和遭受的委屈，多日独行中所承受的孤寂，思念家人所引发的痛苦，对从军前景难料的担忧……，复杂情感所引发的悲切与感伤，在老熟人面前，再也绷不住了，泪水一下子脱框而出。男儿有泪不轻弹，而诗人双袖掩面拭泪，导致衣袖泪迹斑斑，足见他伤悲之深切。诗人用一个典型细节描写，十分传神地表现了对亲人的思念之情与路途中的复杂情感。

后两句叙写诗人托进京使者给家人带口信，在表达对家人惦念牵挂的同时，也委婉表现出诗人从军途中的复杂心情。诗人与进京使者是路途偶遇，二人都行色匆匆，在马上攀谈了片刻之后，立刻就要各奔东西了。分别之际，诗人想起给家人捎书带信，但时间紧迫，毫无准备，于是便只好“凭君传语报平安”了。诗人本有太多太多的话要给家里人说，但又不知从何说起。算了吧，就报个平安吧。说得多了，反而让家人更担忧。因为是诗歌语言，所以这里的“报平安”，相当于我们现在说“告诉我爸妈和老婆孩子，就说你在路上看到我很好，一切都非常好。”想到刚才还“双袖龙钟泪不干”的情形，转眼却说一切都好，这个“平安”显然是诗人托付熟人给家里人带去的善意谎言。这样，更突出了诗人矛盾心情和从军路上的复杂情感。

唐代重武轻文，有的文人弃笔从戎想通过建立军功、封侯拜相来实现人生价值。但走通这条路绝非易事，其中的心酸与泪水，亲身经历者自有深刻体验。文人从军所遭受的内心痛苦，此诗可窥一斑。至于诗中是否体现出“豪迈大度”与“开阔豪迈的胸襟”，读者可在仔细咀嚼诗句的过程中见仁见智。诗作情感真挚，叙事真切，不假雕饰，自然天成，语言淡泊，展现出平易诗风之美。

附：《逢入京使》繁体字文本

逢入京使

故園東望路漫漫，雙袖龍鐘淚不乾。
馬上相逢無紙筆，憑君傳語報平安。

第三节　王昌龄经典诗作赏析

王昌龄（698—757），字少伯，京兆（今西安）人。盛唐著名边塞诗人。开元十五年（727 年）进士及第，历任秘书省校书郎、汜水县尉、江宁县丞、龙标县尉等职。世称王江宁或王龙标。有《王昌龄集》。

王昌龄诗作内容较为丰富，其中最著名的是边塞诗和反映妇女情感生活的诗作。王昌龄有“七绝圣手”之称，诗作中七绝艺术成就最高，与李白七绝堪称双壁。他的七言绝句，构思精密，文笔细腻，含蓄蕴藉，深婉隽永，在唐时就负有盛名，被后人列为“神品”。中华书局《全唐诗》（1999 年版）录王昌龄诗 4 卷，共 183 首。

一、《塞下曲四首》（其一）赏析

塞下曲四首（其一）[1]

蝉鸣空桑林，八月萧关道[2]。
出塞入塞寒，处处黄芦草[3]。
从来幽并客，皆共尘沙老[4]。
莫学游侠儿，矜夸紫骝好[5]。

注释

［1］选自《全唐诗》（卷一四〇），中华书局 1999 年版，第 1420 页。有的版本题为《塞上曲》。塞下曲，唐新乐府题，源于汉代《出塞》《入塞》，多写边塞题材。

［2］空桑林，秋天桑树叶落，枝头空无叶，故言“空桑”。空桑林，有的版本为“桑树间”。萧关，指唐代古萧关，在今宁夏回族自治区固原市境内。

［3］出塞入塞寒，有的版本为“出塞复入塞”。黄芦草，枯黄的芦草。芦草，多年生草本，常生长在池塘、湖泊或潮湿的沙地、盐碱滩。

［4］幽并，指当时的幽州和并州，范围在今北京与天津一部分以及河北、山西与陕西北部一带。客，从事某种活动的人，如刀客、侠客等，这里指侠客，泛指豪杰、勇士。共尘沙，与尘沙一起。共尘沙，有的版本为“向沙场”或“共沙尘”。

［5］莫学，有的版本为“不学”。游侠儿，游侠，古代行走江湖、轻生重义、路见不平拔刀相助的武士。矜夸，含有炫耀之意的夸赞。矜，自夸、自恃。紫骝，紫红色的骏马。这里泛指骏马，骝（liú），身体红色且黑鬃、黑尾的骏马。

这首五言古诗是一首反映战乱悲情的边塞诗。诗作当写于诗人早年在河西和陇右（今宁夏南部和甘肃一带）、玉门关一带游历之时。开首两句点明战争悲剧发生的时间和地点。古历八月的箫关，秋蝉哀鸣，桑叶尽落，秋风萧索。

诗人用西北边关特有的一系列意象，构建了一个萧索悲凉的意境，为诗歌奠定了悲沉的基调。三、四两句，写路途所见的悲惨凄凉景象。诗人一路向西北，经过一个个关塞，随着天气转冷和纬度、海拔的增高，所经过的关塞越来越发寒冷。所到之处，人烟稀少，荒草遍野。四、五两句，写戍边将士的悲惨结局。“自古言勇侠者，皆推幽并。”（《隋书》志第二十五）古代幽州、并州，多出侠客勇士。诗人用幽并两州的壮士，泛指在边关参战的所有将士，他们竭尽全力英勇杀敌，但最终的结局无外乎战死疆场，抛尸荒野。以上四句诗，令人不禁想起“白骨露于野，千里无鸡鸣”（曹操《蒿里行》）的惨状。结尾两句，劝诫武勇。“莫学游侠儿，矜夸紫骝好”用调侃的口吻，表面上讽劝市井游侠，实际上在劝诫世间男儿，不要自恃武功争强好胜，否则都免不了露尸荒郊野外的结局。

诗歌体现作者的反战情绪。诗中反映封建战争带给百姓的灾难，是值得肯定的，但作者没有区别战争性质而一味否定战争，具有局限性。从诗句之中，看不出诗人反对的战争到底是戍边卫国还是穷兵黩武，没必要牵强附会地非要说诗歌在反对封建统治者穷兵黩武。作者结尾借讽劝游侠，对勇武之士为国捐躯的行为予以全盘否定，从维护国家利益和社会正义的角度，也是不可取的态度。在艺术方面，诗歌意象特征鲜明，意境萧索沧然，情感深沉危若，韵律哀怨悲凉，语言质朴浅近，风格苍凉悲怆。

附：《塞下曲四首》（其一）繁体字文本

塞下曲四首（其一）

蟬鳴空桑林，八月蕭關道。
出塞入塞寒，處處黃蘆草。
從來幽並客，皆共塵沙老。
莫學遊俠兒，矜誇紫騮好。

二、《从军行七首》（其一）赏析

从军行七首（其一）[1]

烽火城西百尺楼，黄昏独上海风秋[2]。
更吹羌笛关山月，无那金闺万里愁[3]。

注释

[1] 选自《全唐诗》(卷一四三)，中华书局1999年版，第1444页。下两首同。从军行，是旧乐府体裁，参见杨炯《从军行》注释[1]。本诗题目是用旧乐府体裁，但诗作属于七言绝句。

[2] 烽火城，边塞设有烽火台的城堡。烽火台，古时用以瞭望和传递战争警报的高台。一般白天靠烟、晚上用火来传递敌军来犯等紧急军情信息。百尺楼，指瞭望塔一类的用以侦查敌情的建筑物。百是概数，表示楼台高。海，这里指大湖泊。古人有时将大湖泊或大水池称为海。“独上”有的版本写为“独坐”。

[3] 羌笛，古代流行于塞外的一种管乐器，有似今天的笛子，因源于西部古代羌族，故称羌笛。羌笛，有的版本为“横笛”。关山月，是乐府曲名，往往用于表达边塞将士久戍不归的离别伤感之情。无那，无奈，有的版本为“谁解”。金闺，闺阁的美称，喻指女人华丽的闺房，这里泛指贵妇所住的地方。万里愁，指思念远方的亲人愁苦。万是夸饰之词，表示距离遥远。

这首七言绝句是一首反映戍边将士思乡之情的边塞诗。“烽火城西百尺楼，黄昏独上海风秋”两句，寓情于景，言思乡之愁。秋天的西北边关，天高云淡，孤城、烽火台、高耸的戍楼，都在黄昏残阳的映照下，一个孤独的身影在楼台上独坐，静静地凝视着远方，任凭从湖边吹来的萧索寒风掠过脸庞。写景由近及远，由小到大，由点到面，构建了一个寂寥阔远、萧索悲凉的意境。这两句诗无一处言情，但字字无不含情。那个黄昏独坐之人，瞭望的方向一定是他家乡的方位。“自古逢秋悲寂寥”(刘禹锡《秋思二首》)，秋天是极易引发思情的季节。“杜曲黄昏独自愁”(唐彦谦《长溪秋望》)，“独坐黄昏谁是伴”(白居易《紫薇花》)，黄昏是最容易引发思情的时分。大漠孤城，秋日黄昏，戍楼独坐，思乡之情，幽然而生，但偏偏“更吹羌笛关山月”，一阵阵悠悠哀怨的笛声传来，吹的又偏偏是表达戍边人离乡思情的《关山月》曲调，让久戍难归的将士思情难耐。一、二两句是从视觉的角度，渲染思乡之境，寓情于景。第三句是从听觉的角度，叠加环境烘托，寓情于声。“关山月”一词，一语双关，既指羌笛所吹奏的曲调，又暗指边关山峦上空的明月。黄昏思乡，此时又转为月下之愁，思乡之情更深一层。“无那金闺万里愁”一句是抒情，抒写万里之外的妻子因思念戍边夫君而引发的痛苦和悲愁。不说自己思念对方，而说对方思念自己，这是古诗词中委婉表达思情的设身处地手法。“己之愁从金闺之愁衬出，便为情深。”(《增订唐诗摘钞》)“金闺”一词表明，女子所处的家庭属于社会上流，独坐戍楼思乡者当为边防将领。表面上看，诗歌是在表现戍边将领一个人的思乡之情，但实际上表现的是所有戍边将士的思乡之情。因为独坐戍楼将领的思情，是所有戍边军人的共情，诗歌不过仅以此将领为典型而已。独坐戍楼将军思乡之情是诗歌明确表现出来的，是“明”情；广大戍边将士的思乡之情是暗含的用意，需要读者仔细体味，是“暗”情。前三句写思乡之情，将情隐于景色和笛声之中，是“隐情”，但情是一种真实的存在，属“实”情；最后一句是明确的抒情，是“显情”，但采用设身处地法让主人公借思妇之愁来侧面表现思情，此情是一种想象中的思情，当属想象中的“虚”情。这样，思乡之情有“明”有“暗”，有“隐”有“显”，有“实”有“虚”，艺术手法多变，诗句富有蕴含。

诗歌抒发将士思乡之情，主题明确，不枝不蔓。在艺术上，寓情于景，寓情于声，明暗结合，虚实相映，手法灵活，语言自然婉丽，音韵沉著深悠，风格深婉隽永。

附:《从军行七首》（其一）繁体字文本

從軍行七首（其一）

烽火城西百尺樓，黄昏獨上海風秋。
更吹羌笛關山月，無那金閨萬里愁。

三、《从军行七首》（其二）赏析

从军行七首（其二）

琵琶起舞换新声，总是关山旧别情[1]。
撩乱边愁听不尽，高高秋月照长城[2]。

注释

[1] 琵琶，中国传统的拨弦乐器。关山旧别情，指边关将士长久离别家乡与亲人的情感。关山，关隘山岭，这里泛指边关。旧别情，有的版本为“离别情”。

[2] 撩乱，纷扰、杂乱，这里指心绪烦乱。边愁，边防将士之愁。听不尽，有的版本为“弹不尽”。

这首七绝表现戍边将士的思乡之情，是上一首的姊妹篇，但内涵丰富，所蕴含的情感复杂，具有朦胧意味。

诗歌开篇将读者带入一片异域歌舞乐声之中。“琵琶”一词，实际上泛指西域常见的多种乐器，如胡琴、羌笛等。异域风情的交响乐中，曲子换了一首又一首，胡人舞女翩翩起舞，边关将领们觥筹交错，举酒销愁。这一西北边关将士极为熟悉的场面，对于中原地区的人来说，则是奇情异景。然而，有些愁情难以用酒来消除，“别情”就是其中之一。“总是关山旧别情”句，将读者从上句喧嚣热闹的乐舞声中，突然带入一种沉闷的情感，让人感到难以名状的压抑。前两句诗之间给人以巨大反差的氛围和情绪感受，正是诗歌所表现出的独特艺术效果。诗人采用乐景写哀手法，用极其热闹的乐舞场景，反衬边关将士极为深沉的思乡之情。响彻军营的歌舞，新曲迭起的乐声，总难以抵消戍边将士背井离乡、辞父别子、念母思妻、舍亲割情的悠悠别情，更何况此情太久，早已成了“旧别情”。一乐一哀，一“新”一“旧”，强烈对比之中，突出了戍边将士思乡之苦。

“撩乱别愁听不尽”句，抒情更深一层，将读者引入复杂情感体验之中。忍受着思乡之苦的将士，在喧嚣的歌舞乐声中，感到心情烦闷，但又想通过这些热闹的场景，淡化内心的愁苦。“边愁”一词，表明戍边将士多种复杂的感情，既有对家乡的思念，也有对亲人的牵挂，既有对边关防务的担心，还有对边患难平的忧虑，既有对自己仕途的盘算，又有对同僚境遇的关切，等等。各种心绪和复杂的情感交织在一起，在酒精的刺激下，心情更是急躁。于是，不断要求演奏者更换曲牌，然后一曲一曲听下去……。乐声“听不尽”其实是“边愁”不尽。最后一句，诗歌以景物描写结尾。“边愁”太多、思情过重，无法再说下去了，只好宕开不说，转而写景，将无限的边关情愁寄寓在高悬天空的明月和雄伟连绵的长城，情思微茫，给人以无限的遐想空间。

附：《从军行七首》（其二）繁体字文本

從軍行七首（其二）

琵琶起舞換新聲，總是關山舊別情。
撩亂邊愁聽不盡，高高秋月照長城。

四、《从军行七首》（其四）赏析

从军行七首（其四）

青海长云暗雪山，孤城遥望玉门关[1]。
黄沙百战穿金甲，不破楼兰终不还[2]。

注释

［1］青海，即青海湖，在今青海省。长云，指浮云弥漫，远远看去悠长且连绵不断。雪山，指祁连山，在今青海东北部与甘肃西部一带。玉门关，有的版本为“雁门关”。

［2］不破，有的版本为“不斩”。楼兰，汉代西域的一个割据政权名称，又叫“鄯善国”，在今新疆鄯善县东南一带。这里用楼兰泛指侵扰西北边境之敌。终不还，有的版本为“竟不还”。

这首七言绝句盛赞以身许国的边关将士，体现出气贯长虹的英雄气概和炽热浓厚的爱国情怀。

“青海长云暗雪山，孤城遥望玉门关”两句，描绘出一个地域辽阔、气势恢宏的西北边塞场景。青海湖、祁连山、玉门关，三个典型的地点，相距甚远，特别是青海湖与玉门关相距千里之外，诗人将如此广袤的区域收入视野，体现出无比广阔的西北边关。波澜壮阔的青海湖，绵延千里的乌云，白雪皑皑的雪山，孤耸在戈壁滩上的城堡、雄伟壮观的玉门关隘，西北边地特有的典型意象，共同构成一个壮阔而苍凉、雄浑而凄迷的意境，为下面的抒情作了极为贴切的环境烘托和景物铺垫。

“黄沙百战穿金甲，不破楼兰终不还”两句，体现出边关将士身经百战、以身许国、誓死平边的英雄气概。“黄沙百战穿金甲”高度概括地展现西北边患长久难平、边关战事非常频繁、犯境之敌异常凶悍、战斗场景十分惨烈的情形，形象地表现了唐军将士坚守疆土、前仆后继、不畏强敌、舍身为国的精神意志，同时，也体现出戍边将士身经百战、勇猛过人、武艺超群的军事素质。“不破楼兰终不还”句，形象地抒发了戍边将士斗志昂扬、视死如归、义薄云天、悲慨千古的万丈豪情。诗歌用豪壮句作结，犹如高亢的歌声戛然而止，气势恢宏、激情豪壮，铿锵有力，掷地有声。读者可以透过诗句，仿佛听到成千上万的戍边壮士排山倒海般地正在高呼着誓死保卫边疆的铮铮誓言。

诗歌意境雄浑阔远，情感怆然悲沉，语言精微简远，气韵激昂高亢，风格慷慨激越。

附：《从军行七首》（其四）繁体字文本

從軍行七首（其四）

青海長雲暗雪山，孤城遙望玉門關。
黄沙百戰穿金甲，不破樓蘭終不還。

五、《出塞二首》（其一）赏析

出塞二首（其一）[1]

秦时明月汉时关，万里长征人未还[2]。
但使龙城飞将在，不教胡马度阴山[3]。

注释

［1］选自《全唐诗》（卷一四三），中华书局 1999 年版，第 1444 页。有的版本题为《出塞》。出塞，旧乐府题。

［2］秦时明月汉时关，用互文手法表示明月与边关历史久远，自古就在。万里长征人未还，有的版本为"万里征夫尚未还"。人未还，指戍边征战之人未能回家。

［3］但使，只要，表示假设。龙城，有的版本为"卢城"，指汉代卢龙城，汉时右北平郡治所在地。右北平范围在今内蒙古东部、辽宁西部和河北北部一带。飞将，指汉代名将李广。李广富有胆识，作战英勇，爱惜士卒，威震匈奴。右北平郡是防御匈奴的北方重要边郡之一，李广曾任右北平郡太守。当时匈奴畏服李广，称李广为"汉之飞将军"，数年不敢进犯右北平。因此王昌龄诗中称李广为龙城飞将。胡马，胡人骑的马，这里泛指进犯边关的北方游牧民族武装。度阴山，越过阴山。度，越过、跨越。阴山，在今内蒙古中部，匈奴常从阴山南下进犯中原边关。

这首七绝是王昌龄边塞诗中的精品，明代李攀龙《唐诗选》认为此诗是整个唐诗七绝中的压卷之作。

开篇两句，纵横历史长河，突破千古时空，为下文表达诗意构建了一个无限阔远的时空环境。“秦时明月汉时关”句，从悠悠千古的明月和关隘入手，将诗歌所要探讨话题的时空尽量拓展。“秦时明月”和“汉时关”应用了互文手法，秦与汉、明月与关隘，在此具有象征意义，象征着华夏自古以来久远的历史和阔远的地域。“万里长征人未还”在上句环境烘托之下，自然而然地表现了对自古以来战死沙场的将士予以深切怀念，体现出沉痛心情。“古来征战几人回”（王翰《凉州词》），人类历史以来战乱不断，万里出征的将士，有几人能够从沙场上活着回到自己的家乡。每个将士的阵亡，背后都是家庭的破碎，战争带给百姓的苦难太过深重，让人不忍思量。这句诗，体现了旷古悲情，令人心情更加沉重。这种悲戚沉郁的情感表露，为下面表现诗作主旨提供了极为恰当的氛围。

结尾两句，卒章显意，在历史的深刻反思中，指出将帅缺德少能带给下级军官和士兵无限的伤害，委婉表达了对唐军将帅的不满。“但使龙城飞将在，不教胡马度阴山”两句，句法上与崔湜“但使将军能百战，不须天子筑长城”（《大漠行》）诗句的句法相似，但王昌龄诗句思虑更为深沉，气度更加阔远。诗人选用李广作为典型参照人物，反思唐王朝战争失败、将士无谓牺牲的原因。李广是西汉时期著名的将领，也是一个极为悲情的历史人物。《史记》记载：“广廉，得赏赐辄分其麾下，饮食与士共之。……广之将兵乏绝之处，见水，士卒不尽饮，广不近水；士卒不尽食，广不尝食。宽缓不苛，士以此爱为乐用。”（《史记》卷一百九）《史记》中还记载，汉武帝元狩三年（前 120 年），李广率领四千骑兵到右北平（今河北蓟县东部及辽宁省部分区域），遇到匈奴四万骑兵合围。李广首先派儿子李敢冲击敌阵，使得军心立刻安定下来。这次遭遇战，几个回合下来，李广所带领的骑兵伤亡过半，剩下的士兵都吓得失去正常脸色，但李广意气自如，更加严格整肃军队和排兵布阵。军中下级军官和士兵皆折服李广之勇。李广经常徒手与猛兽格斗，他一生与匈奴接战 70 多次，威震四方。李广担任右北平太守时，匈奴听到他的威名，称他为“汉之飞将军”，数年不敢进犯他的管辖之地。李广不但具有超人的胆识和过人的英勇，而且善于用兵，是历史上少有的前线军事指挥将领。司马迁在《史记》中说李广是《论语》中所言的“其身正，不令而行”般人物，并用“桃李不言，下自成蹊”（《史记》卷一百九）盛赞李广。王昌龄在诗中怀念这位德才兼备、智勇过人的李将军，意味着边患频发以及“征人未还”的原因，是缺乏李广这样军事将领，胡马能够轻易度过阴山，也是缺乏李广这样的将领。这两句诗在缅怀和赞扬李广的同时，委婉隐微地表达出对当朝将帅的不满，深切同情边关将士无谓牺牲的不幸遭际。

在中国封建社会，唐朝相对是一个思想解放的朝代。即使当时文人们言论相对自由，但这样的诗作会引起当朝众多将帅的不满。唐朝重武轻文，军事将领往往能够影响到核心政治。诗人如此表现对武将们的不满，是有风险的。正因为此，这首诗作的表意非常巧妙。诗人首先为抒情作了突破时空限制的环境描写，然后表达千古以来征战将士伤亡惨重的现实，为结尾两句点题作了巧妙的铺垫。这样就使得诗歌反思的现象与批评对象，难以明确特定的时空。

诗歌表现出高超的概况能力和巧妙的表意艺术，构思精巧，用词精切，音韵合律，蕴藉深远，风格典雅，不愧为被古人推崇的唐代七言绝句的压卷之作。

附：《出塞二首》（其一）繁体字文本

出塞二首（其一）

秦時明月漢時關，萬里長征人未還。
但使龍城飛將在，不教胡馬度陰山。

六、《出塞二首》（其二）赏析

出塞二首（其二）[1]

骝马新跨白玉鞍，战罢沙场月色寒。[2]
城头铁鼓声犹振，匣里金刀血未干。[3]

注释

[1] 选自《全唐诗》（卷一四三），中华书局1999年版，第1444页。《全唐诗》同时录入李白诗作，题为《军行》。

[2] 骝马，骏马的一种，参见王昌龄《塞下曲四首》（其一）注释［5］。白玉鞍，装饰着白玉的马鞍。沙场，战场，参见高适《燕歌行》注释［15］。

[3] 城头，城墙的顶楼、城楼，一说城墙。铁鼓，用铁加固鼓身的战鼓。振，有的版本为“震”。匣，指刀鞘。金刀，宝刀。

这首七言绝句塑造了一个战场上叱咤风云的英雄形象，赞颂唐军将领为国勇猛杀敌的无畏精神，体现出诗人激昂振奋的豪迈气概。

“骝马新跨白玉鞍”是战前气氛渲染。红色黑尾的骏马背上，备着一副镶嵌白玉的马鞍，光彩夺目，熠熠生辉。诗人将笔触聚焦于战马和马鞍，通过描写将军胯下的“骝马”和“白玉鞍”，烘托将军驰骋疆场的威武雄姿。“马者，甲兵之本，国之大用。”（《后汉书》卷二十四）马是冷兵器时代一种非常重要的军事装备，基因优良、体魄刚健、耐力强劲、疾奔如飞的战马，是骑乘者战场致胜的一个有利条件。马鞍是人与马融合的关键设备，质量上乘的马鞍可保障骑乘者实现人马合一，这对于战场厮杀至关重要。作为将军和骑兵，获取良马及其精品马鞍的途径，往往是获取战功得到晋升。“新跨”一词，暗示这位将军新近获取战功得以提升，也预示着将军又将面临一场恶战。

“战罢沙场月色寒”是战后环境描写。王昌龄提出作诗“物境”“情境”“意境”的理念，认为“物镜”构思的过程就是“境思”。（董学文等，2009）诗人将惨烈的战场隐含于物境构建之中，一场短兵相接的鏖战之后，尸横遍野，血流成河，苍穹静默，大地沉哀，神鬼感泣，冷月凄寒。透过月色下肃杀的寒气，读者彷佛隐隐约约地感觉到，两军在激战期间，刀林箭雨，血肉横飞，杀声震天，哀嚎遍地。诗人用莽莽沙场、死寂的夜晚、寒气逼人的霜月等意象，构建了一个肃杀惨绝的意境，为下句将军出场进行了巧妙的环境衬托。

“城头铁鼓声犹振”是将士战后感受。“城头”一词显示，进攻的战鼓在大唐的城墙上擂响，表明将军及属下刚刚经过的一场奋力搏杀是为了捍卫城池，战争的性质属于保家卫国、抵御入侵的正义之战。在刚刚结束的腥风血雨激战中，将军智勇双全，豪气冲天，身先士卒，冲锋陷阵，取得大捷。激战过后，四周一片沉寂，月色之下，将军率众凯旋。来到城下，将军及其属下感到城头令人热血沸腾的战鼓声仍在耳边震响。虽然刚刚经过的战斗从白天一直持续到夜晚，但极度兴奋的将士们，觉得战斗彷佛刹那间就已结束。“铁鼓声犹振”这一细节，侧面描写了唐军将士经过一场酣畅淋漓的搏杀之后仍然豪情不减，巧妙地突出将军及其属下在战场上始终保持着昂扬斗志，饱含诗人对唐军将士保家卫国激越血性的颂扬之情。

“匣里金刀血未干”是典型细节描写。将军身影闪现之后，诗人并未对将军战后的表现予以过多的笔墨描写，而是将笔触立刻聚焦于他手中的兵器。将军凯旋，提在手中的宝刀还悬挂着殷红的血滴。宝刀经将军略微擦拭，血迹未干就立刻被插入刀鞘。从滴血淋漓到带血入鞘，宝刀瞬间在主人干脆利落的举止中进入待战状态。这一细节描写，犹如特写镜头，具有强烈的震撼力与视觉冲击力，含有多重意蕴：一是宝刀染血暗示将军此战杀敌无数，用血染刀锋替代搏杀场景，在显示战果的同时又不过分张扬血腥搏杀画面；二是经过长久激烈厮杀，宝刀仍然锋利无比，显示将军手执的是一把稀世军刀，以此烘托持刀者英气逼人的形象；三是刀刃经历激战之后仍能完好无损，暗示将军善用兵器，武艺高超，勇猛过人；四是宝刀嗜血，激战完胜，暗示将军治军有方，筹谋周密，指挥得当，是一位难得的杰出将领；五是刀头血迹未干而入刀鞘，暗含宝刀主人久经沙场，身经百战，胆气过人，盛气凛然。诗歌结尾聚焦于一把带血的锋利宝刀，尽显刚烈果决之豪气。

短短四句诗，叙写了将军所经历的一场完整的激战，诗人将笔触重点放在战前与战后的景境描写，将鏖战场面隐去，大片留白于读者，繁简精当，结构完整。诗歌善用色彩，通过景物描写，暗示战场所历时间，将长时间的一场鏖战浓缩于两个不同的画面，“骝马”“白玉鞍”色彩亮丽，显示开战是在白天，“沙场月色”则表明战后已到夜晚。此外，色彩随着战场气氛变化，突出情感表现，融情于物，构思精巧。诗歌并没有刻意描写将军行为，而是通过刻画景物、构建物境来塑造人物形象。通过战前骏马嘶鸣、玉鞍夺目的景物描写，烘托将军激扬奋发的英勇气概，通过战后沙场死寂、月色凄寒的环境描写，突出将军沉着冷静、英勇善战的形象，通过城头铁鼓高悬、鼓声威震、余音犹存，表现将军战后仍然精神饱满的高昂斗志，通过刀头带血、宝刀未干入鞘的细节描写，展示将军勇毅过人、胆气超群、豪气凛然的英雄形象。通过一系列物境构建，一个充满激情、斗志昂扬、智勇过人、豪气冲天、英气逼人的将军形象耸立于读者面前，以景境构建来塑造人物形象，笔法甚是高妙。诗歌语言精切，感情激昂，音韵激越，气势雄浑，风格刚健，豪迈之气，不输李白。

附：《出塞二首》（其二）繁体字文本

出塞二首（其二）

騮馬新跨白玉鞍，戰罷沙場月色寒。
城頭鐵鼓聲猶振，匣裏金刀血未乾。

七、《芙蓉楼送辛渐二首》（其一）赏析

芙蓉楼送辛渐二首（其一）[1]

寒雨连天夜入湖，平明送客楚山孤[2]。
洛阳亲友如相问，一片冰心在玉壶[3]。

注释

[1] 选自《全唐诗》（卷一四三），中华书局1999年版，第1449页。有的版本题为《芙蓉楼送辛渐》。芙蓉楼，在润州（今镇江市）金山。现今芙蓉

楼为1992年在原址上重建。辛渐，王昌龄的一位友人，生平未详。

[2] 寒雨，秋冬季节令人寒冷的雨。连天，接连多天，不间断。寒雨连天夜入湖，有的版本为“寒雨连江夜入吴”。平明，天刚亮。客，指辛渐。楚山孤，指山孤零零地矗立。润州为昔时楚地，故称这里的山为楚山。

[3] 一片冰心在玉壶，鲍照《代白头吟》有“清如玉壶冰”句。唐朝贤相姚崇《冰壶诫》：“冰壶者，清洁之至也。君子对之，示不忘乎清也。夫洞澈无暇，澄空见底，当官明白者，有类是乎。故内怀冰清，外涵玉润，此君子冰壶之德也。”本句化用鲍照《代白头吟》诗句，取姚崇《冰壶诫》中语言之意。

这首七绝是送别诗。辛渐是王昌龄的好友，除了本诗，诗人还有《别辛渐》诗。唐玄宗开元二十八年（740年）王昌龄任江宁（今南京）丞。诗人在江宁时期，好友辛渐北上洛阳，从润州（今镇江）乘船，诗人到此为辛渐送行。《芙蓉楼送辛渐二首》分别写清晨送行与头天晚上芙蓉楼饯别的情景，这里选择其中的第一首。

首句写景，描绘了一个凄冷黯淡的意境。淅淅沥沥的深秋寒雨，接连多天下个不停。雨点滴入湖面，在寂静的夜晚中戚戚作响，令诗人彻夜难眠。次句写送别，勾勒出一个凄凉孤寂的送别场面。诗人与好友在江边，透过辽阔的江面，诗人看到远处孤零零矗立的山峰，人山相对，倍感孤寂。最后两句是临别好友之时，诗人托付辛渐带给洛阳亲友的话：与君别后，他日到洛阳，如果有亲友问我，请君转告他们，自己所为之事皆清廉明澈，冰心玉壶可鉴我心。“一片冰心在玉壶”句，寓意深远。诗人以冰壶自喻，是对自己人格操守的剖白。玄宗开元二十七年（739年）王昌龄曾因事被贬岭南，次年北归，随后离京到江宁赴任。贬谪之事，会引起各种议论。王昌龄为人不拘小节，会引发政敌的各种非议。《河岳英灵集》言他“不矜细行，谤议沸腾”。对于人们的各种非议，诗人用冰心置玉壶自比作为回应。“更置一片冰心，可为纤尘不染。”（俞陛云《诗境浅说续编》）此为第一层含义；姚崇《冰壶诫》在盛唐文人中影响极大，文人们纷纷以冰壶称赞、勉励别人或自励，如李白有“日觉冰壶清”（《赠范金卿二首》）“但勖冰壶心”（《赠韦侍御黄裳二首》）诗句，杜甫有“冰壶玉衡悬清秋”（《寄裴施州（裴冕坐李辅国贬施州刺史）》）诗句，王维有“抱明中不隐，含静外疑虚”（《清如玉壶冰》）诗句，王昌龄用“冰心在玉壶”表达对自己品性的坚守，此为第二层含义；君子之间需要相交如水，肝胆相照，相互了解，相互信任，王昌龄用“一片冰心”寄语亲友，表示对亲友之情的纯洁，此为第三层含义。

诗歌于送别之情中表达了对亲友的纯洁情谊，同时也体现了自我人格肯定与自我勉励。诗歌意境凄清幽远，语言含蓄蕴藉，韵律雍雅舒缓，风格清雅婉切，令人回味无穷。

附：《芙蓉楼送辛渐二首》（其一）繁体字文本

芙蓉樓送辛漸二首（其一）

寒雨連天夜入湖，平明送客楚山孤。
洛陽親友如相問，一片冰心在玉壺。

第四节　李颀、王翰、王之涣与崔颢经典诗作赏析

一、李颀《古从军行》赏析

李颀（690—751），赵郡（今河北赵县）人，一说东川（今四川三台）人，居颍阳（今河南登封），盛唐著名边塞诗人。玄宗开元二十三年（735）进士及第，曾作新乡县尉，久未升迁，辞官归隐。有《李颀集》。

李颀诗作以古体、七言歌行体见长，边塞诗成就最高。中华书局《全唐诗》（1999年版）录李颀诗3卷，共124首。

古从军行[1]

白日登山望烽火，黄昏饮马傍交河[2]。
行人刁斗风沙暗，公主琵琶幽怨多[3]。
野云万里无城郭，雨雪纷纷连大漠[4]。
胡雁哀鸣夜夜飞，胡儿眼泪双双落[5]。
闻道玉门犹被遮，应将性命逐轻车[6]。
年年战骨埋荒外，空见蒲桃入汉家[7]。

注释

［1］选自《全唐诗》（卷一三三），中华书局1999年版，第1348页。从军行，见杨炯《从军行》注释［1］。在“从军行”前加“古”字，一则突出拟古特色，二则避免在内容上触犯朝廷。

[2] 烽火，见杨炯《从军行》注释 [2]。傍，沿着、顺着。交河，古代交河城附近河流。东汉班固《汉书》（卷九十六下）载：“车师前国，王治交河城。河水分流绕城下，故号交河。”唐时，交河是西北重要的军事城堡，故址在今新疆吐鲁番市。

[3] 行人，指征战的将士。刁斗，见高适《燕歌行》注释 [13]。公主琵琶幽怨多，用历史典故。据史书记载，汉武帝将江都王刘建的女儿刘细君钦定为公主，为和亲嫁给乌孙国王（昆莫）猎骄靡。刘细君嫁给乌孙国王后，国王猎骄靡年老，加之语言不通，生活充满悲愁，她自作歌曰：“吾家嫁我兮天一方，远托异国兮乌孙王。穹庐为室兮旃（毡）为墙，以肉为食兮酪为浆。居常土思兮内心伤，愿为黄鹄兮归故乡。”（《汉书》卷九十六下）又，傅玄《琵琶赋》中说，乌孙公主远嫁昆弥（即昆莫），在路上让乐工“载琴筝筑箜篌之属为马上之乐”，其中就包括琵琶。另外，据石崇《王明君辞序》言：“昔公主嫁乌孙，令琵琶马上作乐，以慰其道路之思。……其造新曲，多哀怨之声。”

[4] 野云，指旷野上空飘荡的云彩。野，旷野。雨雪，下雪。雨（yù），动词，意思是降落、降下，如“雨雪霏霏”（《诗经·采薇》）。大漠，广阔无垠的沙漠或戈壁滩。

[5] 胡雁，胡地上空的大雁。胡，胡地，泛指西北边关。胡儿，见高适《营州歌》注释 [3]。

[6] 闻道句，用汉武帝令关闭玉门关断绝将士退路的历史典故。据《汉书》记载，汉武帝派贰师将军李广利攻打大宛（yuān）国以获取良马，出兵不利，士卒饥饿疲乏。李广利上书请求罢兵。汉武帝听说之后大怒，令使臣堵住玉门关，并言“军有敢入，斩之!”（《汉书》卷六十一）玉门，指玉门关，参见高适《和王七玉门关听吹笛》注释 [1]。应将句，意思是军士们只得豁出性命跟随将领与敌拼死一战。逐，跟随、随从。轻车，轻车将军的简称，泛指将领。汉代把将军分为两类，一类是重号将军，包括大将军、骠骑将军、车骑将军、卫将军等。重号将军之外的将军为杂号将军（又称列将军），轻车将军属于杂号将军。

[7] 战骨，士兵战死后抛尸野外的枯骨。荒外，八荒之外，指未开化的边远地区。空，副词，意思是徒然、白白地、没有意义地。蒲桃，即葡萄，源于西域，汉时传入中原。汉家，指汉统治者。

这首七言古诗叙写了长期民族纷争带给百姓苦难和创伤，表现出诗人反对为满足统治者欲望而穷兵黩武的反战意识。

前四句为第一层，由边关军营艰苦生活联想到民族纷争带给民众的苦难，是诗作的破题部分。前三句，叙述边关军营活动片段。用白日登上高山瞭望烽火台、黄昏在河边饮马、夜晚军营巡逻三个典型细节，粗线条勾勒出一个紧张而单调的军营画面。白昼、黄昏、夜晚，山峦、河流，烽火台、军营，寒风、沙尘、黑暗，行人、战马、刁斗，诗人选择几组具有代表性的典型意象，形成了一个萧索苍凉、冷落孤寂、凄凉黯然的意境。第四句诗，诗人由上句寒夜风声和刁斗声联想到幽怨的琵琶声，用汉代乌孙公主的典故（见注释），委婉表现出民族纷争带给民众苦难的现实。“公主琵琶幽怨多”表明，连上层社会都深受民族纷争之苦，普通民众所受的灾难更不用说。三、四两句由军营艰苦写到社会苦难，将诗歌内容切入主题，起承转接之间，过渡非常自然，毫无突兀之感。

接下来的四句为第二层，写民族纷争带给游牧民族民众的苦难。“野云万里无城郭，雨雪纷纷连大漠”两句，通过环境描写，突出了边境地区长年战乱所造成的凄凉悲惨景象。连年战乱，使得双方边境地区生产荒废，人烟稀少，生态恶化，呈现在人们眼前的，是上有野云，下无城郭，大雪纷飞，静落大漠的景象。民族对立，武力相交，烽火连天，刀光剑影，泣血戈壁，抛尸荒漠，这种人为的灾祸，令天地同悲，人禽共泣，于是就有了“胡雁哀鸣夜夜飞，胡儿眼泪双双落”的悲戚情景。

最后四句是第三层，写中原大汉民族在民族纷争中所付出的惨重代价。“闻道玉门犹被遮，应将性命逐轻车”两句，诗人用汉武帝令关闭玉门关断绝将士退路的历史典故（见注释），揭示了统治者为一己私利争强好胜，毫不怜惜将士生命的现实。面对统治者好战喜功、穷兵黩武、薄情寡义、滥用民力、视民命为草芥的不义之举，诗人忍住不地直接进行谴责：“年年战骨埋荒外，空见蒲桃入汉家。”葡萄原产西域，后来传入中原。“葡萄”具有象征意义，诗人用它代指中原汉民族统治者通过武力征战所获取的利益。中原统治者如今所享用的美味葡萄，是无数士兵前仆后继殒命疆场换来的。累累白骨埋于边关荒野，串串葡萄进贡汉室朝堂，二者对比形成极为巨大的反差，令人心绪久久难以平静。

诗歌通过展示民族纷争与激烈冲突所造成的民间各种悲惨情景，对民族之间战争进行了谴责，并对汉武帝好战喜功、薄情寡义的行为进行了无情地揭露。咏古是为了讽今，诗歌隐晦委婉地劝诫当朝统治者不要步汉武帝后尘而穷兵黩武、滥用战争手段解决民族纷争，更不要为了私欲置千万将士性命而不顾。

诗歌从边兵之艰、民众之苦、边地之凄、边民之悲、边战之惨多角度、多层次反映战争苦难。这种以赋入诗写法，是本诗最突出的艺术特色。此外，诗歌通过“刁斗”“琵琶”“幽怨”“野云”“蒲桃”等双声词和“纷纷”“夜夜”“双双”“年年”等叠字的应用，增强音韵美感，也是本诗的显著特色。

附：《古从军行》繁体字文本

古從軍行

白日登山望烽火，黃昏飲馬傍交河。
行人刁斗風沙暗，公主琵琶幽怨多。
野雲萬里無城郭，雨雪紛紛連大漠。
胡雁哀鳴夜夜飛，胡兒眼淚雙雙落。
聞道玉門猶被遮，應將性命逐輕車。
年年戰骨埋荒外，空見蒲桃入漢家。

二、王翰《凉州词二首》（其一）赏析

王翰（生卒年未详），也名王澣，字子羽，并州晋阳（今山西太原）人，盛唐边塞诗人。睿宗景云元年（710 年）进士及第，历任秘书正字、通事舍人、驾部员外郎、汝州长史、仙州别驾、道州司马等职。有《王翰集》。

王翰为人豪荡任侠，恃才不羁，嗜酒纵饮，行为狂放。诗作以边塞诗为尚，工于乐府。中华书局《全唐诗》（1999 年版）录王翰诗 1 卷，共 14 首。

凉州词二首（其一）[1]

葡萄美酒夜光杯，欲饮琵琶马上催[2]。
醉卧沙场君莫笑，古来征战几人回[3]。

注释

［1］选自《全唐诗》（卷一五六），中华书局 1999 年版，第 1609 页。有的版本题为《凉州词》。凉州词，乐府名。凉州，今甘肃武威。

［2］葡萄美酒，葡萄酿制的质量上乘的酒，泛指美酒。夜光杯，白玉制成的酒杯，在月光下用此杯斟满酒，透亮反光。这里用夜光杯泛指酒杯。琵琶马上催，指琵琶弹奏征行之乐催人出征。

［3］沙场，战场，见高适《燕歌行》注释［15］。君，指嘲笑战前贪杯的人，是诗人虚设的对话者。古来，自古以来。

这首七绝是王翰边塞诗中最有名的代表作。“葡萄美酒夜光杯”句，用美酒玉杯极显战前酒宴之豪设。一场恶战的临阵之前，边关将士倾其所有，在军营摆设了一场酒席与好友共醉，做相互之间的战前辞行。诗人选用“葡萄美酒”和“夜光杯”两个具有象征意义的意象，是为了突出筵席“规格”之高。琳琅满目，菜肴丰盛、酒肉横陈的“豪宴”，场景不但气派，而且人声喧嚣，“热闹”非凡。诗人用这样的场景作为环境烘托，是明显的乐景写哀之法。参加筵席的人心里都清楚，也许这是此生与战友共饮的最后一场酒宴。这场表明上看起来无比“丰盛”的筵席，暗含着人们相互不愿道破的一种悲沉。

“欲饮琵琶马上催”句，写气氛骤然紧张。“欲饮”，是还想再饮，战前的最后“狂欢”之宴，相互都愿博得一醉。酒未酣，声已催。琵琶弹奏起了出征的乐曲，军帐之外的战马嘶鸣，出征的命令即将发出。将士们意识到，酒席即将结束，马上就要去战场进行你死我活的厮杀。

“醉卧沙场君莫笑，古来征战几人回”两句诗意味深长，表现将士战前的复杂心态，反映战前将士复杂的心理：有早已看破生死的战前悲壮，有对战场生还不抱希望的哀伤，也有对自古以来战争摧残生命的反思，但更主要的情感是对待战争的消极态度。因为，通过“醉卧”“古来”等词中，只能体味到颓废、无奈等情绪，难以找出任何激越的情愫。民族纷争，穷兵黩武，生灵涂炭，白骨累累，孤寡日增，民不聊生。如此情景之下，将士对战争产生的厌倦情绪，对战事的消极态度，是一种自然的情感流露。诗人借酒后吐真言的将士之口，说出自己对接连不断的民族冲突的反思，体现出一种深刻冷峻看待战争的文人情怀。

对此诗内容，历来观点不同。有人认为是“沉痛语”（《增订唐诗摘钞》）但也有人反对作悲伤解读。现今也有观点认为，这两句诗中体现了酒席之上将士已将生死度外，表现出视死如归的勇气，并言此句表现出豪放、开朗、兴奋的情感。对此，读者可见仁见智。

艺术上，这首诗采用乐景写哀手法，选词精切，语言质朴，音韵低徊，风格悲沉，是盛唐边塞诗作中的精品。

附：《凉州词二首》（其一）繁体字文本

涼州詞二首（其一）

葡萄美酒夜光杯，欲飲琵琶馬上催。
醉臥沙場君莫笑，古來征戰幾人囘。

三、王之涣经典诗作赏析

王之涣（688—742），字季陵（一说季凌），晋阳（今山西太原）人，后移居绛郡（今山西绛县），盛唐边塞诗人。开元年间，以门荫任冀州衡水主簿，遭人诬陷后，辞官而去，寄情山水。晚年出任过文安县尉。王之涣性情豪放，常击剑悲歌，诗作以描写边塞风光闻名。中华书局《全唐诗》（1999 年版）录王之涣诗共 6 首。

（一）《凉州词二首》（其一）赏析

凉州词二首（其一）[1]

黄河远上白云间，一片孤城万仞山[2]。
羌笛何须怨杨柳，春风不度玉门关[3]。

注释

[1] 选自《全唐诗》（卷二五三），中华书局 1999 年版，第 2841 页。有的版本题为《凉州词》。

[2] 黄河二句，有的版本为“一片孤城万仞山，黄沙直上白云间”。万仞，形容山极高。万是夸饰之词。仞，量词，古代八尺为一仞，一说七尺为一仞。

[3] 羌笛，见王昌龄《从军行七首》（其一）注释［3］。杨柳，指笛子吹奏的乐府中《折杨柳歌辞》。春风，原诗为“春光”，据别本改。

这首七言绝句是一首千古传唱的名作，是唐诗七绝中的珍品。诗歌描绘了西北边关长河雄关的壮丽景色，抒发了边关征人的离思与边愁。

开首两句写景，描绘了边关壮观雄浑之景。溯流而上，远眺黄河，滚滚奔流，融入天际，没入云端；广袤的大漠中，有一座孤城矗立，十分醒目，孤城之外，一片片群山巍峨，千里绵延。这两句诗，展示西北边关宏阔壮观的景色，烘托出一个气象阔远、雄浑苍然的意境，体现出气吞河山的非凡气势，颇显盛唐气象。“孤城”一词，对于诗意理解十分重要。坐落在戈壁滩上的塞上孤城用于戍边，是一座军事用途的城堡。城堡中的人，除了戍边将士，就是与戍边活动有关的劳役或杂役等服役者。这些人是诗歌所抒情感的引发者和承载者。因此，“孤城”一词的应用，使诗歌非常自然地由写景过渡到抒情。

末尾两句抒情，表达了征人离愁幽怨之情。远处传来羌笛的幽怨之声，所吹奏的曲调为《折杨柳》。乐府《折杨柳歌辞》道："上马不捉鞭，反折杨柳枝。蹀座吹长笛，愁杀行客儿。""杨柳"一词，一语双关，既指羌笛所奏之曲，又指杨柳树枝。"柳"和"留"谐音，古人有折柳赠别的习俗。"杨柳东风树，青青夹御河。近来攀折苦，应为别离多。"（《送别》）因此"杨柳"又暗含不舍亲人的离别之情。诗人用双关的手法，通过一个"怨"字，巧妙地将笛声与杨柳联系起来。"怨"字十分传神，从字面意思看是羌笛在吹奏幽怨的《折杨柳》，实际上是含蓄委婉地表达了身处边关的将士和服役者远离中原、背井离乡、难以归家的悲苦之情。设想此地送别，本想折一杨柳枝条赠给亲友，以表达留恋之情。但此地杨柳，在春天早已来临之时，枝条仍迟迟没有绿叶生出，如此境地，让离人情思无处安放。接下来，诗人自然引出"春风不度玉门关"句，对上句的"怨"字做出回应。"春风"一词，蕴含丰富，既指春天的风，又有恩惠、好处等多种象征性寓意。因此，这句诗表面是对羌笛幽怨杨柳的应答，实际上委婉隐晦地对造成边关离愁的原因进行剖析。"春风不度"，具有深远的象征意义和深刻的内涵。封建统治集团，总喜欢用"皇恩浩荡"来自我标榜明君贤臣治理效果，但边患造成的千千万万个家庭亲人离散、骨肉分离，处朝堂之上者没有多少人关心。戍边将士与边关征人的悠悠哀怨与思情，及其家人切切忧心与泪水，居庙堂之高者没有多少人体恤。

诗歌意境宏阔，情感幽怨，语淡味浓，音韵悠远，将幽怨之情寄寓于雄浑壮阔的景色之中，哀而不伤，悲而不戚，怨而不怒，不愧为千古传唱的盛唐名篇。

附：《凉州词二首》（其一）繁体字文本

涼州詞二首（其一）

黄河遠上白雲間，一片孤城萬仞山。
羌笛何須怨楊柳，春風不度玉門關。

（二）《登鹳雀楼》赏析

登鹳雀楼[1]

白日依山尽，黄河入海流[2]。
欲穷千里目，更上一层楼[3]。

注释

[1] 选自《全唐诗》(卷二五三),中华书局1999年版,第2841页。有的版本题为《登鹳鹊楼》《鹳鹊楼》或《登楼》。一说是朱斌所作。鹳雀楼,在唐代蒲州(属河中府,治所在今山西永济县)西南城上。因常有鹳雀栖于楼上,故名鹳雀楼。

[2] 山,指中条山(在今山西)。沈括《梦溪笔谈》中说:"河中府鹳雀楼有三层,前瞻中条,下瞰黄河。"

[3] 穷,尽,意思是使视野达到尽头。千里目,指能看到千里之远的眼睛。千里,概数,意思是距离辽远。

这首五言绝句是王之涣"传于乐章,布在人口"(唐人靳能《王之涣墓志铭》)、名动一时、千古传颂的名篇。很多读者应该在幼儿时期就接触到了这首诗。精品千读不厌。诗作气象恢弘,意境高阔,情思高远,胸襟开阔,诗意富有哲理。

前两句写景,采用工整对偶句式,描绘了黄河之滨的黄昏美景。首句从仰视的角度写景,描绘出白日渐渐迫近西山,山峦在暮色中苍茫起伏的画面;次句从俯视的角度写景,展示了黄河滚滚、河流奔腾东流、一泻千里的美景。这两句诗下笔有千钧之力,收笔有万里之势,构建了一个苍茫壮阔、雄浑开阔的意境,体现出意驰万里、吞吐天地的磅礴气势。

后两句表意,采用流水对句式,表现出登高临远的豪情和不断探求的愿望。这两句诗,前后衔接天衣无缝,语言逻辑十分严谨。"欲穷千里目"是"更上一层楼"的行为动机,而"更上一层楼"是"欲穷千里目"的行动结果。同时,"上一层楼"是"穷千里目"的条件,"穷千里目"则是"上一层楼"的结果。这一流水对偶,互为依存,相得益彰,意理相融,既表现出诗人积极探索的精神和非凡的胸襟,又蕴含着朴素而又深刻的人生哲理。

这首短诗,通篇对偶,体现出精美的艺术构思。语言凝练,用词精切,自然天成,富有表现力。音韵和谐,韵律悠长,不愧为千古绝响。

附:《登鹳雀楼》繁体字文本

登鸛雀樓

白日依山盡,黄河入海流。
欲窮千里目,更上一層樓。

四、崔颢经典诗作赏析

崔颢（？—754），汴州（今河南开封）人，盛唐边塞诗人。玄宗开元十一年（723 年）进士及第。历任太仆寺卿、司勋员外郎等职。有《崔颢集》。

崔颢“有俊才，无士行”（《旧唐书》卷一百九十下），嗜酒好色，早年作诗浮艳，晚年所作边塞诗有刚健之风，诗作以边塞诗为尚。中华书局《全唐诗》（1999 年版）录崔颢诗 1 卷，共 42 首。

（一）《雁门胡人歌》赏析

雁门胡人歌[1]

高山代郡东接燕，雁门胡人家近边[2]。
解放胡鹰逐塞鸟，能将代马猎秋田[3]。
山头野火寒多烧，雨里孤峰湿作烟[4]。
闻道辽西无斗战，时时醉向酒家眠[5]。

注释

［1］选自《全唐诗》（卷一三〇），中华书局 1999 年版，第 1326 页。雁门，雁门郡，即代郡。歌，指歌行体，参见陈子昂《登幽州台歌》注释［1］。此诗作虽以“歌”命题，但实际上是七言律诗。

［2］代郡，古代郡名，战国时属赵地（郡所在今河北省蔚县代王城）。汉时为雁门郡，唐时为代州（今山西代县一带），天宝年间改为雁门郡，后又复为代州，属河东道。燕，指古燕国，区域大致在今河北北部、北京以及辽宁西部一带。近边，接近边关。

［3］解放，解开束缚而放飞。胡鹰，胡人饲养的鹰。塞鸟，边塞的鸟。将，驾御。代马，代州地区的良马，这里泛指东北边塞的战马。猎，狩猎、打猎。秋田，秋天里的田野。

［4］寒多烧，指野火在寒冷天气中多次点燃取暖。雨里，有的版本为“雾里”。湿作烟，指野火在雨天里难以燃烧，变为浓烟。

［5］辽西，古州郡名，地域大致在今辽宁义县一带。唐时未设郡，属河北道，这里泛指代州一带。辽西，有的版本为“关西”。酒家，酒肆、酒店。

这首七律当作于崔颢在代州都督府任幕僚期间（733—736 年），（李炳海，

1999）是崔颢边塞诗的代表作，也是盛唐边塞诗中少有的反映边境安定与边民安居的诗作。

首联交待故事发生的地点和故事的主人公（胡人）们。颔联写“胡人”在边境安定之时的牧猎生活。由于东北边关的安宁，民族之间相对能够和睦相处，靠近边境的居民便开始正常的生产生活。诗中的主人公解除了战时牢牢束缚猎鹰的绳索，放飞猎鹰，任其飞翔。猎鹰在空中捕捉鸟雀，自由穿梭飞翔于边境两侧的上空。边境安宁之后，刀枪入库，马放南山。秋天猎物正肥，是打猎的黄金季节。在秋高气爽的天空之下，“胡人”们骑上战时的军马，尽情驰骋原野之上。诗人通过北方牧猎民族两个典型的生活场景，描绘出一幅极富民族生活气息的秋猎图。

颈联进一步刻画边境安宁祥和景象。狩猎之余，“胡人”们在山野上燃起一堆堆篝火取暖，炙烤着刚刚猎获的猎物，然后便围坐在一起享用美味，喝酒，唱歌，跳舞。一阵蒙蒙细雨来临，点燃的篝火被雨水淋湿，一个个火堆上顷刻间冒起一股股白色的浓烟，浓烟升空后与雾气融为一体，弥漫在山野之上，透过缭绕的云烟，远处耸立的孤峰犹如蜃景。望着缕缕青烟，人们仿佛又回想起狼烟四起的情景。当下狼烟散去，篝火升起，饱受战争之苦的边民，酒酣兴浓之时，个个荡漾着开怀的笑脸。

尾联用一个“胡兵”醉卧酒家的情节，体现边民尽情享受边境安宁、民族和睦的美好生活。这位醉卧酒家的“胡兵”，或许曾是在疆场上做过拼死搏杀的将士。久无战事，日煦风清，他饱食终日，再也无需担惊受怕，于是便可身心放松地在酒肆饮酒，喝醉之后，便倒头睡到酒肆的卧榻之上。诗歌在醉卧酒家的胡兵鼾声中收尾，尽显活泼趣味，独具匠心，别开生面。

诗歌采用多个生动活泼的生活场景，形象地描述了边境安宁、民族和睦的美好景象，将反对民族纷争的情感，寄寓在描写塞外游牧民族粗犷豪迈安乐生活的片段之中，寄予了诗人渴望民族和睦相处、边患永不发生的理想。诗作将描写和叙述有机融合，格律严谨，不用典故，语言质朴，笔法生动活泼，格调自然清新，在盛唐边塞诗中，无论是内容，还是艺术手法，都属别具一格的佳作。

附：《雁门胡人歌》繁体字文本

雁門胡人歌

高山代郡東接燕，雁門胡人家近邊。
解放胡鷹逐塞鳥，能將代馬獵秋田。
山頭野火寒多燒，雨裏孤峰濕作煙。

闻道遼西無鬬戰，時時醉向酒家眠。

（二）《黄鹤楼》赏析

黄鹤楼[1]

昔人已乘白云去，此地空馀黄鹤楼[2]。
黄鹤一去不复返，白云千载空悠悠[3]。
晴川历历汉阳树，春草萋萋鹦鹉洲[4]。
日暮乡关何处是，烟波江上使人愁[5]。

注释

［1］选自《全唐诗》（卷一三〇），中华书局1999年版，第1329页。黄鹤楼，故址在武汉市武昌蛇山（又名黄鹄山）上。《舆地纪胜》引《南齐志》说仙人王子安驾鹤经此地，故名；唐人阎伯瑾《黄鹤楼记》引《图经》说费文伟驾鹤登仙曾在此休憩，故名。南朝（梁）任昉《述异记》说荀瓌见仙人驾鹤从云中降到此地，又驾鹤而去，故名。经考证，认为因建于黄鹄山，故名。古音“鹄”与“鹤”同音。现今黄鹤楼，是20世纪80年代在故址上重建而成，并修建了黄鹤楼公园。黄鹤楼与岳阳楼、滕王阁，并称为“江南三大名楼”，三楼与鹳雀楼合称中国古代四大名楼，为历代文人赋诗作文之地。

［2］昔人，指传说中的仙人。白云，有的版本为“黄鹤”。此，有的版本为“兹”。空馀，有的版本为“空留”。

［3］悠悠，指飘动的样子。

［4］晴川，指晴空下的平野。历历，清楚、清晰、分明。汉阳，汉水北边的区域，即今武汉市的汉阳。阳，古人称山之南、水之北的地方为“阳”。汉阳树，有的版本为“汉阳戍”。春草，有的版本为“芳草”。萋萋，茂密繁盛的样子。萋萋，有的版本为“青青”。鹦鹉洲，原长江中的一个沙洲，传说因祢衡在此写过《鹦鹉赋》，后被黄祖杀害葬于此地而得名。诗中所写的鹦鹉洲在明末之后渐被江水淹没，今天的鹦鹉洲为后来新淤而成，已与汉阳连成一片。

［5］乡关，故乡、家乡。何处是，有的版本为“何处在”。烟波，指朦胧雾气中的水波。

这首七言律诗在内容上属感怀思乡之作，表达了诗人深沉悠远的深切怀乡之情。

首联破题，用传说渲染黄鹤楼的神秘色彩。诗人从神话传说落笔，用寥寥数语勾勒出一个神秘莫测、飘渺虚幻的神话境界。“已乘”显示追思仙人之心，“空馀”流露感怀楼空之意。“已乘”与“空馀”相互对应，构成前因后果，增强了诗句之间的有机联系。

颔联感怀，发出仙去楼空悠悠千载的感慨。颔联由首联的幻境生发，是首联抒情的深化。仙去楼空，古人难见，世事茫茫，空余白云浮荡，千载悠悠。“一去”是空间的移位感觉，“不复返”强化与固化了空间变换的事实。“千载”是对时间漫长的感慨，叠词“悠悠”的应用，使沧桑之感更浓。诗人情感由景入情，极为自然。

颈联状景，描写登楼眺望所看到的明丽美景。诗人宕开笔墨，由虚入实，精细地描绘出一个风和日丽、碧空万里、平野茫茫、渚清沙白、树木繁茂、春草萋萋的明丽画面。与首颔两联写景采用写意手法不同，颈联写景用非常精细的工笔手法，使得晴川碧树历历在目，沙洲芳草清晰可见。“历历”“萋萋”叠词应用自然，既形象地刻画景物，又强化诗歌音韵效果。

尾联抒情，抒发游子阔别故乡的悠悠思情。在颈联所描绘的景与境烘托下，怀土之情油然而生。诗人将游子思情寄寓在江流烟波之上，形象地表现出游子隐隐弥漫、悠悠不绝的深切思乡之情。

曹丕说：“文以气为主，气之清浊有体，不可力强而致。”（《典论·论文》）中国古代文人极看重“文气”。盛唐浑厚气蕴在这首佳作中得到了淋漓尽致的体现。首联暗含仙道灵气，颔联包含慨然之气，颈联隐含沉静之气，尾联蕴含怆然之气。这首诗被清代孙洙（蘅塘退士）的《唐诗三百首》选为七言律诗的第一首。南宋著名诗论家严羽认为：“唐人七言律诗，当以崔颢《黄鹤楼》为第一。”（《沧浪诗话·诗评》）传说李白到黄鹤楼，曾叹赞道：“眼前有景道不得，崔颢题诗在上头。”便没有作诗而离开。（见《唐才子传》卷一）野史传说虽未可信，但从李白《登金陵凤凰台》和《鹦鹉洲》模仿与套用本诗诗句的事实，可以看出崔颢此诗在李白心目中的分量。

全诗构思缜密，首联和颔联是幻境遐想，颈联和尾联是现景真情，虚实结合，体现出极为精妙的构思艺术。写景构境，手法多变，四联景境各不相同：首联意象神奇缥缈，意境清幽玄远；颔联意象空灵玄虚，意境清虚悠远；颈联意象清澈明丽，意境明达淡远；尾联意象凄迷苍茫，意境苍凉辽远。诗歌虚实承转，贯气而成，情景交融，浑然一体，语言毫无滞碍，遣词用字如神来之笔，不愧为千古称颂的名篇。

附：《黄鹤楼》繁体字文本

黃鶴樓

昔人已乘白雲去，此地空餘黃鶴樓。
黃鶴一去不復返，白雲千載空悠悠。
晴川歷歷漢陽樹，春草萋萋鸚鵡洲。
日暮鄉關何處是，煙波江上使人愁。

第四章 李白经典诗作赏析

李白（701—762），字太白，号青莲居士，人称“李谪仙”，祖籍陇西成纪（今甘肃天水），生于碎叶城（在今吉尔吉斯斯坦境内），后迁居绵州隆昌县（今四川江油县）青莲乡，盛唐伟大诗人，也是中国乃至世界的伟大诗人。天宝元年（742 年），任唐玄宗的供奉翰林（世称“李翰林”），天宝三载（744 年）被赐金放还。安史之乱后，又做过永王李璘的幕府，受牵连流放夜郎（今贵州），途中遇朝廷大赦获释。晚年依靠当涂（在今安徽马鞍山）做县令的族叔李阳冰生活，卒于当涂。有《李太白集》。

李白一生，大多过着四处漂泊、依人生活的日子。他以儒家思想为主，兼有道家、纵横家以及游侠等思想，曾立志建立一番功业后名成身退，隐居山野，但没有把握好机会。各种思想杂糅于一身的李白，一生都处在矛盾之中：既想建功立业，又不受拘束，狂放不羁；既热心功名，又傲视权贵，蔑视等级。李白天资过人，相貌清逸，仙风道骨，潇洒出尘，他爱好剑术，仗剑行侠，游历四方，乐于交际，嗜酒疏财。唐文宗李昂曾下诏，称李白诗歌、裴旻舞剑和张旭草书为大唐“三绝”。以封建时代建功立业的角度看，李白的一生是悲剧人生。但就名垂千古而言，他的一生是成功的一生。他号称“诗仙”，是中国文学史上十分罕见的天才诗人，诗歌创作题材广泛，内容包罗万象，总体风格呈现“飘逸奔放”的特色，诗歌艺术达到唐诗的最高成就，对中国盛唐以后的诗歌创作具有极其深远的影响。李白自称作诗万首，今存仅 1 千多首。中华书局《全唐诗》（1999 年版）录李白诗 25 卷，共 1002 首。

第一节　李白经典古体诗赏析

一、《古风》（其十九）赏析

古风（其十九）[1]

西岳莲花山，迢迢见明星[2]。
素手把芙蓉，虚步蹑太清[3]。
霓裳曳广带，飘拂升天行[4]。
邀我登云台，高揖卫叔卿[5]。
恍恍与之去，驾鸿凌紫冥[6]。
俯视洛阳川，茫茫走胡兵[7]。
流血涂野草，豺狼尽冠缨[8]。

注释

[1] 选自《全唐诗》（卷一六一），中华书局 1999 年版，第 1676 页。古风，古体诗，拟古代诗风之意。《古风》组诗共五十九首。

[2] 西岳，有的版本为“西上”。西岳，即华山。莲花山，又名莲花峰，西岳华山的最高峰。据《太平广记》等传说，山顶有池，生千叶莲花。故名莲花峰或莲花生。迢迢（tiáo），遥远的样子。明星，指华山仙子。《太平广记》中记载，有明星玉女“居华山，服玉浆，白日升天”。

[3] 素手，洁白细腻纤细的手，多指女性，如《古诗十九首》“纤纤擢素手”。把，动词，意思是拿、握、捧。芙蓉，荷花的别称。虚步，天空中的步伐。虚，虚空、天空。蹑（niè），动词，意思是登、踩踏。太清，道家三清境界之一，这里泛指仙界，参见孟浩然《望洞庭湖赠张丞相》注释［2］。

[4] 霓（ní）裳（cháng），神仙的衣裳，传说神仙以云霓为衣裳，故称霓裳。曳（yè），拖着、穿着、披着。广带，宽阔的衣带或飘带。飘拂（fú），轻轻飘动。

[5]“登云台”有的版本为“至云台”。云台，指华山上的云台峰。高揖

(yī)，古代一种礼节，双手抱拳高举过头顶作揖。卫叔卿，传说中的仙人，是汉武帝时期的中山人，传说吃了云母成仙。

[6] 恍恍，意思是恍恍惚惚。之，他，指卫叔卿。驾鸿，驾着鸿雁，意思是乘坐鸿雁。凌，凌空。紫冥（míng），天空。

[7] 洛阳川，泛指中原一带。洛阳，今河南洛阳，唐代与长安并为都城，为东都。川，这里指平川、原野。走，跑、奔跑。胡兵，北方游牧民族的士兵，这里指安禄山的叛军。胡，见高适《燕歌行》注释 [6]。

[8] 豺狼尽冠缨，意思是那些像豺狼一样的人全部都戴着官帽，被加官进爵。豺狼，喻指安禄山叛军和投靠叛军的唐朝官吏。冠缨，官帽与缨，这里代指做官或升官。冠，帽子。缨，系帽的带子。

有观点认为，李白古风五十九首，大多应作于供奉翰林前后。（钱志熙，2010）这首五言古诗是一首游仙诗，从内容上看，当写于安史之乱时期。诗歌在内容上寄托了诗人渴望超然于乱世红尘的理想，同时体现出对时局的担忧。

整个诗歌都是想象中的幻境描写，前十句为第一部分，写仙境奇遇。后四句为第二部分，写俯视人间。

“西岳莲花山，迢迢见明星”两句，写登上华山莲花峰，远远看到华山仙子明星玉女的情景。诗人根据《太平广记》的传说，展现了华山仙女风采。“明星”一词，既指华山的明星玉女，又暗含仙女如同明亮星星一般光芒四射。“素手把芙蓉”到“飘拂升天行”四句，写华山仙女的具体形态。华山的明星玉女纤纤素手捧着出水芙蓉，迈着轻盈飘洒的步伐缓缓步入仙境。她身着霓裳披着宽阔的衣带，轻盈地飘动在空中升天而行。“邀我登云台”到“驾鸿凌紫冥”四句，写明星玉女带诗人去见卫叔卿。“邀”字体现仙女对诗人的热情态度。“云台”一词，既指华山的云台峰，又暗指仙界祥云缭绕的楼阁台榭。“高揖”一词，表达诗人对见到仙人卫叔卿的兴奋之情。东晋葛洪《神仙传》中说，汉武帝闲居殿上时，卫叔卿乘着白车、驾着白鹿从天而降，来到汉武帝的殿前。汉武帝要以君臣之礼与卫叔卿谈话。卫叔卿本来认为汉武帝好神仙之道，会隆重接待他，没想到汉武帝竟然要将他作为臣子，从而感到非常失望，就啥也没说，转身离去。汉武帝见卫叔卿转眼而逝，非常悔恨，派人到中山寻找卫叔卿，使者后来在卫叔卿儿子度世的帮助下，终于在华山高台上找到了正与仙人们一起下棋的卫叔卿。卫叔卿对儿子说，上次是受太上老君的派遣，想告诫汉武帝，他的国家有大灾难，并给他传授破解之法，以延续国运。没想到他强横自贵，不识真道，反而想让我作他的臣子。这种人不值得与他说话。现在自己已经和中黄、太乙等神仙共定了天元，绝不会再去见他。诗人在此巧妙地应用神话故事，含蓄委婉地夸饰自己与仙界超凡的交际能力。同时，诗人将卫叔卿愤辞汉武帝与自己离开唐玄宗的人生遭际含蓄巧妙地关联在一起，体现出自己超然绝世的高洁情志。拜见卫叔卿之后，诗人恍恍惚惚间与卫叔卿一同前往仙境，乘坐鸿雁飞入天空。“恍恍”一词，既形象地表现出诗人进入仙界恍恍惚惚、眼花缭乱、心旷神怡的感觉，又暗含云雾缭绕、变幻莫测、瑰丽神奇的仙境景色。

以上为第一部分，描绘了一个令人神往的梦幻世界，为后面的诗句表意作出巧妙的铺垫。

“俯视洛阳川”到“豺狼尽冠缨”四句为第二部分，写仙境回望人间的悲惨景象。“茫茫”一词，即体现仙境俯瞰凡间时景象辽阔渺远，更表现出叛军众多、敌势之盛，预示百姓灾难深重。紧接着诗人就用“流血涂野草”惨状来揭示“茫茫走胡兵”结果，对百姓惨遭战乱苦难表示出深切的同情。“豺狼尽冠缨”句，不仅指叛将获得朝政，封侯拜相，而且也指唐朝旧部变节投敌，获得封赏。安禄山攻破中原后，建立了伪政权，大封官职。同时广泛搜罗唐朝旧部官吏，威逼诱惑，加官进爵。唐朝官吏，不少人做了伪官，就连王维、储光羲都任了安禄山政权的伪职。因此，诗人不仅对逆臣贼子篡夺朝政表达了无比愤慨，而且对唐朝官员投靠叛军的行为进行了厉声斥责。

游仙诗表现诗人对长生久视意识的信仰及神仙世界的向往，游仙诗的实质，在于表现诗人对生命存在形式及活动方式的超现实幻想。李白对神仙之事，其内心的情感是复杂的。（钱志熙，2022）诗歌前半部分写虚，后半部分写实。虚实结合反映出诗人的矛盾心理：他的精神一方面想超然世外，遗世独立；另一方面又难以割舍现实，表现出对时局的密切关照。诗歌内容的重点落在后半部分，前面写仙境的美好是为了反衬出人间的灾难，反映了李白深切的忧国忧民之情。诗歌结合神话传说，借助丰富的想象，采用富有蕴含的词语，构建了一个瑰奇美妙的仙境，体现出超人的艺术想象力和非凡的语言表现力。

附：《古风》（其十九）繁体字文本

古風（其十九）

西嶽蓮花山，迢迢見明星。
素手把芙蓉，虛步躡太清。
霓裳曳廣帶，飄拂升天行。
邀我登雲臺，高揖衛叔卿。
恍恍與之去，駕鴻淩紫冥。
俯視洛陽川，茫茫走胡兵。
流血塗野草，豺狼盡冠纓。

二、《蜀道难》赏析

蜀道难[1]

噫吁嚱危乎高哉[2]，蜀道之难难于上青天[3]。
蚕丛及鱼凫，开国何茫然[4]。
尔来四万八千岁，不与秦塞通人烟[5]。
西当太白有鸟道，可以横绝峨眉巅[6]。
地崩山摧壮士死，然后天梯石栈相钩连[7]。
上有六龙回日之高标，下有冲波逆折之回川[8]。
黄鹤之飞尚不得过，猿猱欲度愁攀援[9]。
青泥何盘盘，百步九折萦岩峦[10]。
扪参历井仰胁息，以手抚膺坐长叹[11]。
问君西游何时还，畏途巉岩不可攀[12]。
但见悲鸟号古木，雄飞雌从绕林间[13]。
又闻子规啼夜月，愁空山[14]。
蜀道之难难于上青天，使人听此凋朱颜[15]。
连峰去天不盈尺，枯松倒挂倚绝壁[16]。
飞湍瀑流争喧豗，砯崖转石万壑雷[17]。
其险也如此，嗟尔远道之人胡为乎来哉[18]。
剑阁峥嵘而崔嵬，一夫当关，万夫莫开[19]。
所守或匪亲，化为狼与豺[20]。
朝避猛虎，夕避长蛇[21]。
磨牙吮血，杀人如麻[22]。
锦城虽云乐，不如早还家[23]。
蜀道之难难于上青天，侧身西望长咨嗟[24]。

注释

［1］选自《全唐诗》（卷一六二），中华书局1999年版，第1683页。《蜀道难》是乐府《相和歌辞·瑟调曲》的旧体。

［2］噫（yī）吁（xū）嚱（xī），是当时蜀地居民表示惊讶的感叹词。嚱，今音读“xī”，有的读作“hū”。噫吁嚱，原诗为“噫吁戏”，据别本改。危，高，与后面的“高”呼应。

［3］之，语助词，连接主语和谓语，无实际意义。难于上青天，比上青天还难。于，介词，引出比较对象，意思相当于“比”。

［4］蚕丛、鱼凫（fú），传说中古蜀国两位国王的名字。宋人刘逵注左思《蜀都赋》引西汉扬雄的《蜀王本纪》写道：蜀王的祖先，名字叫蚕丛、柏濩、鱼凫、蒲泽、开明……从开明一直到蚕丛，共计三万四千年。蚕丛、鱼凫等人的传说由此而来。茫然，无边无际，这里意指蜀开国历史久远模糊，难以确知。

［5］尔来，自从……以来，这里指自从蚕丛和鱼凫等人开国以来。四万八千岁，表示年代久远之意，不是确数。不与，有的版本写为“乃与”。秦塞，秦地（今陕西关中一带）。塞，边塞，山川险阻之处。通人烟，相互来往。

［6］西当二句大意：西面对着太白山有狭窄的鸟道，鸟可以凭借鸟道才能横越峨眉山顶，从秦地到达蜀地。西当，西面对着。当，对着。太白，太白山，秦岭最高峰。鸟道，鸟能飞越的道路。连绵高山间的低缺之处，只有鸟能飞过，人迹难至，故称“鸟道”。可以，可以用来。可，可以。以，用来、凭借，“以”后面的宾语承前省略，指太白山鸟道。横绝，横跨过。绝，跨越。峨眉巅，峨眉山顶。峨眉，指峨眉山，位于四川盆地西南边缘。巅，山顶。

［7］地崩句，用典故来叙说蜀道开通条件的由来。据东晋史学家常璩《华阳国志·蜀志》载：“惠王知蜀王好色，许嫁五女于蜀。蜀遣五丁迎之。还到梓潼，见一大蛇入穴中，一人揽其尾，掣之不禁，至五人相助，大呼拽蛇。山崩时压杀五人及秦五女并将从，而山分为五岭。”崩，崩塌。摧，倒塌。然后句，承接上句，叙说入秦蜀道开通之艰难。天梯，指高入云端的山路台阶，又称云梯。石栈（zhàn），在山崖上凿开石头架设木料而成的通道。相钩连，相互连接，这里指打通蜀地与秦地的通道。相钩连，有的版本为“方钩连”。

［8］上有句大意：蜀山太高，连羲和驾驭的六龙载日车都得回避绕行。唐代徐坚《初学记》引《淮南子》原文：“日乘车，驾以六龙。羲和御之。日至此面而薄于虞渊，羲和至此而回。”高标，指蜀山中可作标识的最高峰。上

有六龙回日之高标，有的版本为“上有横河断海之浮云”。冲波逆折，极速的水流因受到阻击、遇到阻挡而曲折回旋奔流。冲，冲击、阻击。波，水流、水波。逆，阻逆、阻挡。折，水流曲折回旋奔流。回川，指回旋曲折的河流。回，回旋、曲折回环。川，河流。

[9] 黄鹤（hú），即黄鹄，一种善飞的大鸟。过，越过。猿猱（náo），蜀山中一种善攀援陡峭山崖和树木的猴类。度，度过、穿过、翻越。愁攀援，以攀援为愁，古汉语意动用法，意思是猿猱为攀爬蜀道而犯难。攀援，有的版本为“攀缘”。

[10] 青泥，青泥岭，在今陕西略阳县西北，是古代秦蜀两地的交通要道。何，表示程度的副词，意思是多么。盘盘，曲折回旋的样子。百步句，承接上句，描写青泥岭道路曲折险峻，极短的路程内就有很多盘旋弯道。百步，表示并不长远的一段距离。“百”是概数。步，常人自然迈步所具有的长度。九折，多处曲折弯道。九是概数，表示多。萦，回环、萦绕、盘旋。岩峦，险峻的山峰。

[11] 扪参句大意：蜀道高险，此处伸手就能摸到星星，令人紧张得不敢呼吸。扪参历井，手摸参星、经过井星。参（shēn）、井，都是星宿名，参星为蜀之分野，井星为秦之分野。扪，用手摸。历，经过。仰，抬头。胁息，屏气而停止呼吸。抚膺，抚摸胸口。膺（yīng），胸口。

[12] 君，泛指入蜀的人。问君，有的版本为“征人”。西游，进入蜀地(今四川大部分地区)，蜀地在秦（陕西关中）的西南，在中原地区西部，所以将进入四川称为“西游”。还，返回，这里指返回长安或中原其他地区。何时还，有的版本为“何当还”。巉（chán）岩，陡峭的山崖或岩石。

[13] 但见，只看到。但，只、仅仅。悲鸟，叫声听起来凄凉悲悯的鸟。号（háo），动词，拖着长音大声哭，这里指悲鸟哀鸣。古木，树龄很老的树木。古木，有的版本为“枯木”。雄飞雌从，雌鸟跟着雄鸟飞。雄，雄鸟；雌，雌鸟。雄飞雌从，有的版本为“雄呼雌从”或“雄飞从雌”。绕，环绕，这里指鸟在林间盘旋。

[14] 子规，杜鹃，一种叫声让人感到哀婉的鸟，传说是蜀古代望帝杜宇死后的化身，叫声听上去像人言“不如归去”。古代诗词多用杜鹃鸟作为思乡意象。愁空山，古汉语使动用法，意思是人迹罕至的山谷使人惆怅。空山，令人感到空落落的山谷，即人迹罕至的山谷。

[15] 凋朱颜，古汉语使动用法，意即使红润的容颜变得衰萎憔悴。凋，动词，使凋敝、使衰萎。朱颜，红润的脸庞。朱，红，这里指面色红润。颜，容颜。

[16] 连峰句大意：连绵的山峰距离上天不到一尺远，形容蜀山极高。连

峰，连绵的山峰。去，相去，表示距离。盈，充满，这里表示距离达到或足够一定数据。去天不盈尺，有的版本为“入烟几千尺”。枯松倒挂，指在崖壁上枯松树的枝干向下，像倒挂在壁石上一样。倚，靠着，这里指枯松紧贴着山壁。绝壁，极其险峻的山壁。绝，极其危险而无出路。

［17］飞湍句大意：飞速而下的瀑布与激流争相发出巨大的声响。飞湍，飞速激流的水。湍（tuān），急流的水。瀑流，瀑布洪流。流，水流、洪流。喧豗（huī），喧闹、轰响的声音。砯崖句大意：水流撞击并在石崖上翻滚，多处沟壑发出雷鸣般的声响。砯（pīng），水激荡岩石的声音。转石，指水随崖石流转。

［18］如此，有的版本为“若此”。嗟，叹词。尔，古代随意称呼对方的第二人称用词，相当于现代汉语的你、你们。远道之人，泛指经蜀道入蜀地的人。胡为乎，为了什么。

［19］剑阁，又称剑门、剑门关，在今四川剑阁县，是古代著名的天险关隘。峥嵘，山峰高峻的样子。崔嵬，山峰高险崎岖的样子。一夫当关，万夫莫开，一个人把守关隘，万人都难以攻破，意即剑门关依据天险，易守难攻。当，站立在路中间。万夫，有的版本为“万人”。开，动词，意思是打开、攻克、攻破。

［20］所守二句大意：把守关隘者若非亲信，则会成为豺狼一般的叛逆者。有观点把“狼与豺”解释为残害百姓的叛乱者，也能说得通。匪，同“非”。匪亲，有的版本为“非人”。

［21］朝避二句大意：始终都得提防各种侵害者。猛虎、长蛇，泛指各种残害者。有人认为是和上文“狼与豺”一样的残害百姓的人，也能说得通。

［22］磨牙二句，字面意思是蛇虫虎豹等伤人众多，暗指包括歹人在内的各种侵害者。磨牙，指猛兽吃人之前锋利的上下牙齿摩擦碰撞的样子。吮血，吸血。吮（shǔn），吮吸。杀人如麻，杀害的人像麻一样多，形容杀害的人数多得数不清。麻，麻类植物的茎皮纤维，可供纺织，用于制作衣服、袋子和绳子之类的材料。

［23］锦城，又名锦官城，成都市的别称。

［24］咨嗟，叹息。长咨嗟，有的版本为“令人嗟”。

对《蜀道难》的写作背景，自古至今有多种说法。至于对该诗的写作年代，历来众说不一。有人认为是写在安史之乱前，有人认为此诗约作于玄宗天宝初年，是李白第一次到长安时所作。具体确切时间待考。诗歌内容上描写蜀道的艰难、形势的险要和环境的险恶。有人认为诗有寄托，暗示天宝年间国家埋伏危机，有人说借指存在的安史之乱危机。这些说法值得商榷。

全诗分三层。第一层从开头至“然后天梯石栈相钩连”，借用神话传说写蜀道开辟的艰难。

“噫吁嚱”，开篇就用一个极富感染力的感叹句，如当空长啸，慨叹蜀道之难。然后用“难于上青天”将蜀道艰险推向极致。接下来，诗人用“蚕丛”“鱼凫”的传说，回顾蜀国开创历史久远，并言自蚕丛鱼凫开国以来极为久远，蜀国与秦地一直因蜀道阻隔不相互往来。秦地特别是关中，在唐以前是中原地区的政治、经济、文化中心。蜀地与秦地隔绝，其实是与中华民族文明中心隔绝。“西当”两句，写蜀道未打通之前的状态：西边的太白山上有鸟才能飞过去的小道，只有鸟雀才可在山峰的低缺之处越过峨眉山巅。“地崩”两句，借神话故事，写蜀道开创之艰难（参见注释）。

从“上有六龙回日之高标”至“嗟尔远道之人胡为乎来哉”为第二层，从山高、路险、奇景、悲愁多角度写入蜀道路的艰险。

“上有”两句，引用神话传说，以载日龙车回绕高峰直接描写蜀山之高，用水势激浪跌宕侧面描写山势之险。“黄鹤”两句，极力描写蜀道之难翻越。展翅高翔的黄鹄尚且难以翻过蜀道，善于攀援山崖峭壁的猿猱都对翻越蜀道感到发愁，何况人乎。“青泥”两句，采用夸张手法，直接描写蜀道曲折多险。“扪参历井”用大胆的想象和夸饰，突出山道之高危。“以手抚膺坐长叹”则通过攀越者的一个细节描写，表现翻越蜀道令人惊惧的神态。接下来，通过入蜀者的语言描写，表现行人对蜀道的忧惧。从“畏途”到“愁空山”五句，是入蜀者针对“问君西游何时还”问句的答话内容。山间的古木有的树干半枯，有的古树嶙峋，有的形状怪异。猫头鹰、乌鸦等叫声凄惨的鸟，在枯树间盘绕、号叫，老鹰、猫头鹰等凶鸟围绕行人盘旋，以期行人毙命之后食尸。行走在阴森空寂的山岭之上，月色寒寂，耳边到处都是子规啼鸣，“不如归去”声声催泪，令人愁绪万端。听了入蜀者的一番述说与慨叹，诗人便以旁白的口吻回应道：“蜀道之难难于上青天，使人听此凋朱颜。”“凋朱颜”一词，用夸饰手法，体现出蜀道之难给翻越者形成身心上的巨大压力。“连峰”以下四句，诗人写蜀道周围环境之险。诗人从视觉角度，以超人的想象和夸张，用“去天不盈尺”直接描写山峰之高。用“枯松倒挂”贴着“绝壁”而生侧面描写山壁之峭。然后再从听觉角度，写瀑布与山洪交错，万壑水流飞湍直下，巨声如雷，用侧面烘托之法，突出山势险峻。至此，诗人已经将所能应用的尽悉用遍，仍觉得意犹未尽，便直接用一个反问句作结：蜀道如此艰险，入蜀者为何大老远跑来经过这里呢？

诗人在此用以赋入诗之法，从神话传说到现实，从鸟、猿到人，从直接描写到侧面烘托，从神态描写、细节描写、语言描写到心理描写，从视觉画面到听觉声音，多角度描写蜀道之难。应用记叙、描写、抒情、议论等多种方法，表现蜀道之难。期间运用的修辞手法有对偶、夸张、设问、反问等。这些充分体现李白诗歌纵横恣肆、绚丽多姿的风格。

从“剑阁峥嵘”至最后为第三层，写剑阁地形险要和环境的险恶，并寄寓诗人对现实的忧虑。

地理环境的险要，如果被人利用，就会引起险恶用心者或邪恶势力对社会的危害。诗人多角度写蜀道之险、难以跨越之后，视角又聚焦在剑阁关。“剑门天下壮”（杜甫《剑门》）。剑阁又称剑门，是蜀道要塞，此处群峰耸立，两旁断崖峭壁，直插云霄，犹如倚天之剑，是自然天成的天下著名险要关隘，为入蜀咽喉，历来是兵家必争之地。蜀汉时期，诸葛亮曾在此修建关楼，垒石为关，成为著名的军事要塞。这里易守难攻，正所谓“一夫当关，万夫莫开”。如果把守关隘的人心怀叵测，则极可能引发危机甚至战乱。一旦狼子野心的人“磨牙吮血”，踞关作乱，就会导致“杀人如麻”的人间惨剧。于是，诗人发出“锦城虽云乐，不如早还家”的感慨。在此，诗人从蜀道易导致人祸发生的角度，写蜀道之险。最后，诗歌用感叹语作结。诗人反复咏诵“蜀道之难，难于上青天”，既在内容上起到突出诗意的强调作用，又在结构上起到前后呼应的衔接作用。“侧身西望”与“长咨嗟”两个细节，再次从侧面体现蜀道令人望而却步的艰险。

李白的诗，是人生的诗、性格的诗、充满强烈主体精神自我的诗。（赵昌平，1999）即使是山水诗，也具有李白个性的深刻烙印。这首诗集中体现了李白“飘逸奔放”的诗风。首先，诗歌最突出的艺术特点是善于运用奇妙的想象、浪漫的夸张和虚无缥缈的神话传说，来创造一个神奇瑰丽的艺术世界，产生出令人魂悸魄动的艺术效果。其次，诗歌采用以赋入诗之法描写景物，围绕“蜀道难”，多角度多层次，挪景移情，层层渲染，声色情态表现得奇绝而瑰玮。第三，采用叙述、抒情和议论多种方法，并采用反复咏叹的手法来强化主题。第四，诗歌句式自由灵活，参差错落，长短相间，语言激越奔放，错落有致。李白杂言诗充分展示了汉语语音形式在情感表现上的无限潜能。（刘方喜，2004）本诗应用大量散文化诗句，字数从三言、四言、五言、七言，直到十一言，参差错落，长短不齐，形成极为奔放的语言风格。第五，用韵方面，诗歌突破了一韵到底的程式，变化灵活，多次换韵。综上所述，诗歌形象绚丽多姿，想象丰富而奇诡，以赋入诗，句式灵活，音韵多变，语言传神，意象鲜明，意境充满奇险神异色彩，体现了激情奔放的风格。

唐人殷璠赞叹此诗“奇之又奇，自骚人以还，鲜有此体调。”（《河岳英灵集》这首诗，充分体现了李白诗歌“兴酣落笔摇五岳，诗成笑傲凌沧洲”（李白《江上吟》）的气势。韩愈有著名的“气盛宜言”说，他认为：“气盛则言之短长与声之高下者皆宜”（《答李翊书》）。李白是一个天才诗人，才气豪情，天下无双，诗情万丈，喷薄而发，一泻千里，汪洋恣肆，收放自如。这首诗所蕴含的奇诡飘逸、雄奇奔放、纵横恣肆、淋漓酣畅等艺术，正是李白旷世才情与超然气度的体现。

附：《蜀道难》繁体字文本

蜀道難

噫吁嚱危乎高哉，蜀道之難難於上青天。
蠶叢及魚鳧，開國何茫然。
爾來四萬八千歲，不與秦塞通人煙。
西當太白有鳥道，可以橫絕峨眉巔。
地崩山摧壯士死，然後天梯石棧相鉤連。
上有六龍回日之高標，下有衝波逆折之回川。
黃鶴之飛尚不得過，猿猱欲度愁攀援。
青泥何盤盤，百步九折縈巖巒。
捫參曆井仰脅息，以手撫膺坐長歎。
問君西遊何時還，畏途巉巖不可攀。
但見悲鳥號古木，雄飛雌從繞林間。
又聞子規啼夜月，愁空山。
蜀道之難難於上青天，使人聽此凋朱顏。
連峯去天不盈尺，枯松倒掛倚絕壁。
飛湍瀑流爭喧豗，砯崖轉石萬壑雷。
其險也如此，嗟爾遠道之人胡為乎來哉。
劍閣崢嶸而崔嵬，一夫當關，萬夫莫開。
所守或匪親，化為狼與豺。
朝避猛虎，夕避長蛇。
磨牙吮血，殺人如麻。
錦城雖云樂，不如早還家。
蜀道之難難於上青天，側身西望長咨嗟。

三、《将进酒》赏析

将进酒[1]

君不见黄河之水天上来，奔流到海不复回[2]。
君不见高堂明镜悲白发，朝如青丝暮成雪[3]。
人生得意须尽欢，莫使金樽空对月[4]。
天生我材必有用，千金散尽还复来[5]。
烹羊宰牛且为乐，会须一饮三百杯[6]。
岑夫子，丹丘生，将进酒，君莫停[7]。
与君歌一曲，请君为我侧耳听[8]。
钟鼓馔玉不足贵，但愿长醉不愿醒[9]。
古来圣贤皆寂寞，惟有饮者留其名[10]。
陈王昔时宴平乐，斗酒十千恣欢谑[11]。
主人何为言少钱，径须沽取对君酌[12]。
五花马，千金裘，呼儿将出换美酒[13]，与尔同销万古愁[14]。

注释

[1] 选自《全唐诗》（卷一六二），中华书局1999年版，第1684页。有的版本题为《惜空酒樽》或《惜罇空》。将进酒，原是汉乐府短箫铙歌的曲调，题目意绎即"劝酒歌"，属于乐府的一种诗歌体裁，内容大多表示饮酒燕宴时的情感。将（qiāng），动词，请、愿。

[2] 君，指当时与李白参加宴会的诸位友人。黄河之水天上来，黄河源于青藏高原，海拔高，为突出其气势，故夸张地说"天上来"。

[3] 高堂明镜悲白发，在高堂之上看到明镜中的白发而生悲。高堂，古代指房屋正室的厅堂，有时候也用来形容高大宽敞的厅堂。高堂，有的版本为"床头"。明镜，指表面光洁明亮的镜子，古代镜子用铜制作，故有明镜之说。悲白发，古汉语意动用法，以白发为悲。朝如句大意：早晨还是满头黑发到晚上就全白了，形容岁月苦短与人生易老。青丝，喻指黑发。青，古代称黑色为

“青”。雪，指像雪一样的白发。

[4] 人生二句大意：人生在兴致高昂的时候须应尽情欢乐，要不停的喝酒，不要让酒杯空空地对着月光。得意，原义是称心如意，这里指兴致高之时。须，须要、须应。尽欢，尽情欢乐。金樽，金酒樽，酒樽的美称，这里泛指酒樽、酒杯等一类酒器。樽，古代一种盛酒的器具。空，白白地，意即无意义。

[5] 我材，自己的才能。材，指人的悟性、能力等资质。天生我材必有用，有的版本为“天生吾徒有俊才”。千金，泛指大量钱财，千是概数，表示多的意思。

[6] 且为乐，姑且饮酒作乐，意思是将那些烦心的事暂且抛开。且，姑且、暂且。乐，这里指饮酒作乐。为，作、作为。会须，应该、应当。一饮，意思是整个饮酒过程酣畅淋漓。一，这里的意思是某个动作的整个过程。三百，有夸饰之意，表示数量多。

[7] 岑夫子、丹丘生，是与李白一起饮酒的两位友人。岑夫子，名岑勋，南阳（今河南南阳）人。子，是古代对男子的敬称。丹丘生，名元丹丘，生平不详，是与李白多年交往的朋友，李白诗中多次提到元丹丘。生，古代对有才学男子的尊称，也是对儒生或读书人的统称。君莫停，有的版本为“杯莫停”。有的版本无“岑夫子，丹丘生”句。

[8] 与君歌一曲，为您吟唱一首（诗）。与君，为您（你们）、给您（你们）。歌，动词，这里指咏唱诗歌。古代诗能唱，故称诗歌。古人作诗，往往一边构思一边咏唱，所以又叫吟诗。因此，“歌一曲”意思是作诗一首。为我，给我。为（wèi），表示动作行为的指向。侧耳，侧着脸使一只耳朵尽量靠近声源。“侧耳听”有的版本为“倾耳听”。“请君为我侧耳听”，有的版本为“请君为我听”或“请君为我倾”。

[9] 钟鼓馔玉，意即富贵生活。富贵人家吃饭时鸣钟列鼎，食物精美如玉，故言钟鼓馔玉。馔（zhuàn），指食物、食品。馔玉，像玉一样珍贵精美的食品。贵，动词，看重、崇尚的意思，“贵”在此是意动词，指以钟鼓馔玉为贵。钟鼓馔玉不足贵，有的版本为“钟鼓玉帛岂足贵”或“钟鼎玉帛岂足贵”。但，只。不愿醒，有的版本为“不复醒”或“不用醒”。

[10] 古来，自古以来。圣贤，圣人和贤哲的合称。圣，圣人、道德超凡的人；贤，贤哲、智慧超凡的人。这里的圣贤，泛指历史上德才超群的人。寂寞，沉寂，指默默无声。皆寂寞，有的版本为“皆尽死”。饮者，善于饮酒的人。留其名，指名声留世，与上句“皆寂寞”相对应。

[11] 陈王两句，化用曹植《名都篇》诗中有“归来宴平乐，美酒斗十千”诗句。陈王，指曹植。曹植死后谥“思”，世称陈王或陈思王。宴平乐，

在平乐观里宴请宾客。宴，用作动词，意思是设宴、宴请宾客。平乐（lè），宫观名称。平乐观为东汉时汉明帝所建，在洛阳西门外。魏王朝时，在平乐观建有平乐馆，是富豪显贵的馆驿和娱乐场所。斗酒十千，一斗酒价值十千钱，喻酒价极高。斗（dǒu）酒，一斗酒。斗是量词。十千，十千钱，即一万个铜钱。这里的十千，是夸饰之词，表示酒非常值钱。恣欢谑，尽情欢快戏谑。恣，尽情、任情、恣意。欢谑，指饮酒时欢乐戏谑。

[12] 主人，指宴请宾客的人，也就是这场宴会的付钱者。何为，为何，古汉语中宾语前置的倒装句。少钱，意思是缺钱、没钱。少，动词，意思是缺少、短缺。径须，只管、尽管、毫不犹豫。沽取，买取。沽，买酒。

[13] 五花马，唐时一种名贵的马。参见岑参《走马川行奉送出师西征》注释 [14]。千金裘，价格极高的珍贵皮衣。呼儿句大意：让童仆拿（五花马和千金裘）出去换成美酒回来。儿，指童仆一类的仆从。将，介词，拿……，用……。

[14] 尔，参见《蜀道难》注释 [18]。同，共同、一起。销，消除、解除。万古，表示积累之多和程度之甚，万既有夸饰之意，表示数量多，同时又兼有副词意义。

诗酒风流，是盛唐的一种风气。（杨义，2005）“李白一斗诗百篇，长安市上酒家眠。天子呼来不上船，自称臣是酒中仙。”（杜甫《饮中八仙歌》）李白嗜酒，天下闻名。李白咏酒的诗篇，极能表现他的个性。《将进酒》便是李白咏酒诗的代表作。这首诗的写作时间，众说不一，大多认为写于李白作供奉翰林离京之后漫游梁、宋（在今河南开封、商丘一带）时期。诗中表现了李白借酒浇愁时的旷放豪情。

从首句到“会须一饮三百杯”为第一部分，诗人鼓励朋友尽情欢饮，推助酒宴气氛快速升温。

诗歌开篇就是一组排比长句，如驭气挟风扑面而来。“君不见黄河之水天上来”写大河西来，源远流长，落差极大，如天而降，势不可挡；“奔流到海不复回”写大河东去，一泻千里，直奔大海，势不可回。诗人从空间维度，以大胆的想象与夸张，写出黄河气势，借黄河起兴，以黄河浩荡与永恒，反衬人生渺小与短暂。“君不见高堂明镜悲白发，朝如青丝暮成雪”二句，则从时间维度，悲叹人生易老与生命短促。诗人巧用夸饰，将人生从青春年少到暮年衰老的整个过程，用“朝”“暮”二字概括，突出人生短暂。气势磅礴但情绪悲观的开篇，一则为酒宴畅饮作先抑后扬的铺垫，二则为纵酒狂欢提供无可辩驳的理由。

既然人生苦短，则当“人生得意须尽欢”。诗人认为，人生难得有兴致高昂的时候，与好友畅饮便是“人生得意”之时。因此，应该尽情享受难得的时刻。“人生得意须尽欢”，不是简单的及时行乐，暗含诗人在政治上受到打击之后的失望与不满。李白入京作供奉翰林之时，玄宗皇帝降辇步迎，并“以七宝床赐食，御手调羹以饭之。”（李阳冰《草堂集序》）唐玄宗起初很赞赏李白才气，令他供奉翰林，草拟文告，陪侍左右。玄宗每有宴请或郊游，必命李白侍从，赋诗纪实。然而李白狂放的性格很难与权贵相容，不久就被皇帝疏远，落得个“赐金放还”的下场。这次经历对李白的打击很大。这里将与朋友饮酒作为人生得意之事，正好隐微地折射出李白仕途失意的心情。“莫使金樽空对月”句破题，写到饮酒。但诗人不直接写酒，而用“金樽”“对月”代指杯中之物。这样写，不仅语言生动形象，而且将饮酒行为诗意化。不直接写要狂欢痛饮，而以“莫使”“空”的否定句式代替平铺直叙，语言委婉但语气坚定。这两句诗，将开首悲沉低落的情绪，瞬间转为轻松快乐。

“天生我材必有用”，诗人用乐观好强的口吻肯定自己人生，对“人生得意须尽欢”作出回应。“尽欢”需要手中细软作后盾，这一点诗人自然明白。仕途遭到挫折，对于封建社会中下层文人墨客而言，手头拮据是现实问题。这些也是在场朋友都明白但不愿说破的话题。为了提振筵席气氛，李白用这句“天生我材必有用”千古自信的豪言壮语戳破了窗户纸。他告诉与宴者，大家都是杰出才俊，必定会有大显身手、飞黄腾达之时。别计较有钱没钱，喝个酒破点费算啥，千金散尽，还会复来。“天生我材必有用，千金散尽还复来”两句诗，烘托了欢快的气氛，以利于气氛继续上扬。随即，诗人用“烹羊宰牛且为乐，会须一饮三百杯”将宴会气氛推向新的高峰。吃肉是“烹羊宰牛”，喝酒是“三百杯”起底，显示出酣畅淋漓的狂放豪情，筵席气氛逐渐趋于热潮。

从“岑夫子”到“斗酒十千恣欢谑”为第二部分，诗人豪情满怀给朋友作敬酒词，将酒宴气氛推向炽热。

为了继续推助筵席的热烈气氛，诗人开始豪情劝酒：“岑夫了，丹丘生，将进酒，君莫停。”这几个短句，脱口而出，几近俚语，不但使诗歌节奏富于变化，而且有助于渲染酒席欢快气氛，同时表现出诗人与朋友之间亲密无间的关系。

接下来，从“与君歌一曲”到“斗酒十千恣欢谑”，是诗人对酒友们唱的歌，也是这首诗的诗中之诗。“钟鼓馔玉”代指富贵生活，可诗人以为它们“不足贵”，并放言“但愿长醉不愿醒”，情感由豪放转为慨然。“古来圣贤皆寂寞”是酒席间的戏谑之语。对“圣贤”人生状态全部予以否定，唯有酒后的李白才可有此豪气。李白才气无双，狂放不羁，加之“放还”不久，内心失意，因而酒后“狂言”，应在情理之中。如果不是李白，换做别人，断无如此“狂傲”的底气。即使是李白，如果不是酒后之语，也不可如此毫无忌惮。正因为是“诗仙”与“酒仙”融于一身的李白，也正是才气、傲气、仙气、逸气凝于一体的李白，在此情此境中酒气大发，口出如此“狂言”，才不会让人感到不适。非但如此，在酒宴狂欢气氛的烘托下，李白的“狂傲”反而让人觉得这个性情中人的率真。当人们读到“惟有饮者留其名”时，便会顿时明白，原来这两句诗，前句是铺垫，表意在后句。这样一来，回头再看单纯对“古来圣贤皆寂寞”一句诗进行解读时的内心嘀咕，似乎全是多余的。可见，李白这两句诗，跌宕有致，耐人寻味。“陈王昔时宴平乐，斗酒十千恣欢谑”两句，既是对前两句诗的注解，又显出筵席的排场，同时还暗含对自我才情与豪气的表露。诗人以曹植为例，表现对“饮者”的肯定。他将自己的宴会与陈思王“归来宴平乐，美酒斗十千”（曹植《名都篇》）类比，表现出对眼前这场酒宴的盛赞之情。同时，才高八斗的“陈王”曹植，备受曹丕、曹叡两代帝王的猜忌，有志难展，有才难用。这与自认为旷世奇才的诗人被统治者抛弃的际遇，有一定的相似之处。诗人暗以曹植自比，虽有遭际之叹，但豪气慨然。

从“主人何为言少钱”到“与尔同销万古愁”是诗歌的结尾部分，要求朋友继续沽酒豪饮，将酒宴气氛推向高潮。

当诗人说到“斗酒十千恣欢谑”时，让这场宴席的主人（买单者）有点不安了，或许当时有人就笑着对李白说：陈王斗酒十千，人家有的是钱，咱哪来的那么多银子？于是诗人言道：“主人何为言少钱，径须沽取对君酌。五花马、千金裘，呼儿将出换美酒”。这几句诗回应“千金散尽还复来”，表现出诗人重情疏财的气度和情怀。“言少钱”使高扬的情绪顿挫下沉，但随即一句“径须沽取对君酌”则迅速又将气氛扭转，并为旷古豪情的抒发作出铺垫。宁可将随身的宝物典当，也要图个与朋友一醉方休，表现出诗人注重交谊、嗜酒疏财的豪气。“呼儿”“与尔”等语，虽为酒后之语，但仍能表现出诗人性情狂放、不拘形迹的豪迈。当然，诗人这里所表现的仅仅是一种豪情而已，李白虽然“放还”之际得到过玄宗的“赐金”，但此处是否真的典裘卖马，或者诗人到底有无裘马可当卖，读者不必细究，只应将之作为艺术语言欣赏则可。最后，诗人用一句“与尔同销万古愁”，将筵席的气氛推向高潮之后，戛然收尾。

饮酒会友，对酒当歌，在嗜酒的李白眼里，是人生的快意之事。这个酒宴恰巧在李白“放还”的失意之时，于是诗人借酒述怀，将满腹愁情转化为激越的狂放豪情，唱出了一曲千古称颂的祝酒歌。诗人情感与文思交织，如江河入海，一泻千里，淋漓尽致地抛洒了自己的豪情。诗篇首句如空而降，收尾疾如流星，谋篇大开大合，情节大起大落，气势跌宕奔放，逸气横生，激情豪纵，气韵非凡。情感随情节逐步发展，由悲愁到快乐、到狂放、到激昂、最终到达旷古豪情，以“销万古愁”对应篇首愁情，用情如大河奔流，纵横捭阖，飘逸奔放，用语如鬼斧神工，足以惊天地、泣鬼神，通篇以七言为主，兼用三言、五言、十言，节奏多变，错落有致，用韵灵活，是诗仙李白饮酒诗的巅峰之作。

附：《将进酒》繁体字文本

將進酒

君不見黃河之水天上來，奔流到海不復回。
君不見高堂明鏡悲白髮，朝如青絲暮成雪。
人生得意須盡歡，莫使金樽空對月。
天生我材必有用，千金散盡還複來。
烹羊宰牛且為樂，會須一飲三百杯。
岑夫子，丹丘生，將進酒，君莫停。
與君歌一曲，請君為我側耳聽。
鐘鼓饌玉不足貴，但願長醉不願醒。
古來聖賢皆寂寞，惟有飲者留其名。
陳王昔時宴平樂，斗酒十千恣歡謔。
主人何為言少錢，徑須沽取對君酌。
五花馬，千金裘，呼兒將出換美酒，與爾同銷萬古愁。

四、《行路难三首》（其一）赏析

行路难三首（其一）[1]

金樽清酒斗十千，玉盘珍羞直万钱[2]。
停杯投箸不能食，拔剑四顾心茫然[3]。
欲渡黄河冰塞川，将登太行雪满山[4]。
闲来垂钓碧溪上，忽复乘舟梦日边[5]。
行路难，行路难，多歧路，今安在[6]。
长风破浪会有时，直挂云帆济沧海[7]。

注释

[1] 选自《全唐诗》（卷一六二），中华书局1999年版，第1686页。下首同。有的版本题为《行路难》。《行路难》是乐府《杂曲歌辞》旧题。

[2] 金樽，金制的酒樽。清酒，指美酒佳酿，古代手工酿制酒，以酒清为上品。斗十千，指酒的价格高，参见《将进酒》注释［11］。玉盘，玉做的盘子。珍羞，指珍美的菜肴。羞，同“馐”。直万钱，指佳肴很贵。直，同“值”。万钱，一万个铜钱，表示价格十分昂贵。

[3] 停杯投箸，停下酒杯，扔下筷子。箸，筷子。拔剑四顾，有的版本为“拔剑击柱”。停杯两句，化用鲍照《拟行路难》“对案不能食，拔剑击柱长叹息”句意，同时化用《古诗十九首》“四顾何茫茫”句。

[4] 雪满山，有的版本为“雪暗天”。

[5] 垂钓，用姜太公典故，《史记》（卷三十二）记载，姜尚穷困未出山之前，曾在渭水钓鱼，以期周文王邀请。后周文王打猎，在渭河北岸见到姜尚，“载与俱归，立为师”。碧溪上，有的版本为“坐溪上”。梦日边，用伊尹的典故。传说伊尹在见到商王汤之前，梦到乘舟经过日月旁边。

[6] 歧路，岔路。安在，何在、在哪里。

[7] 长风破浪，用宗悫典故。南朝（梁）文学家、史学家沈约《宋书·宗悫传》记载，南北朝时期刘宋王朝名将宗悫小时候，叔父曾问他的志向，宗悫回答：“愿乘长风破万里浪。”云帆，喻指高大的帆，这里代指大船。济沧海，渡过大海。济，参见《望洞庭湖赠张丞相》注释［4］。

这首七言古诗写于唐玄宗天宝三载（744年）李白从供奉翰林“放还”之后。诗歌在表现诗人失意之际矛盾痛苦心情的同时，体现他遭受挫折时仍满怀自信的激情与开阔胸襟。

开篇四句叙写酒宴上失意行为，为诗作奠定了悲沉苦闷的情感基调。诗歌前两句描写佳肴美酒，是为了反衬后两句所言的情绪低落。自幼狂放、性情直率、生性嗜酒的李白，面对珍馐美食和珍贵美酒，竟然“停杯投箸”，这确实是李白诗作中不多见的情景。面对美酒佳肴，诗人推开酒杯，扔下筷子，拔出宝剑，茫然四顾，缘于内心忧愁。“停”“投”“拔”“顾”，一连四个动词，形象有力地展示了诗人极其苦闷的心态。诗歌一开始，通过几个传神的细节描写，塑造了一个极度失意、悲沉、苦闷、抑郁的主人公（诗人自己）形象。

中间四句写诗人身处困境但渴望命运反转，体现出失意与希望交替闪现的矛盾心理。“欲渡黄河冰塞川，将登太行雪满山”二句，诗人用一个对偶句，正面写“行路难”。诗人用一“河”一“山”，代指地理上的所有途径，象征自己的人生出路；用一“冰”一“雪”，代指水路陆路都难行进，象征自己前途渺茫。身处人生低谷、蹶蹐连蹇的李白，心情失望到了极点。但诗人旋即开始寻求希望，用一个流水对句式，巧妙地连用两个著名历史人物的典故，将触底的失落情绪立刻反弹为对前途充满信心的希望。姜太公钓鱼和伊尹梦到乘舟经过日月，是两位历史人物由窘迫困顿走向建功立业的转折点。诗人希望自己也能像姜尚和伊尹一样，等到建功立业的机会。诗人在此用典非常灵活，几乎不留痕迹。这四句诗，既反映出诗人身处困顿之时失意与幻想交错的痛苦心情，也暗含诗人对玄宗皇帝寄寓希望的用意。诗人希冀（或幻想）这篇诗作，能够被最高统治者看到或听到，让其知晓自己的失意心情，了解自己仍念念不忘为朝廷效力的一片忠心。

结尾四句表达诗人在迷茫之中憧憬未来，体现出自信乐观的积极人生态度。李白在被“赐金放还”之后，情绪低落，感情起伏不定，处于极为痛苦之中，于是便产生了理想幻灭与幻想萌生之间相互交错的矛盾心理。刚刚还在梦想着自己能有同姜尚、伊尹类似的人生机遇，对人生充满希冀，但转眼间又失落长叹行路难。连续两个“行路难”，表达诗人极度失落的心情。失意彷徨中，诗人开始迷茫，他不断的问自己：“多歧路，今安在。”“歧路”表现出诗人在人生道路选择上的苦闷心情。对于封建知识分子而言，人生歧路，无非就是入世与出世，即建功立业或退居山林。“功成拂衣去，摇曳沧洲傍。”（《玉真公主别馆苦雨赠卫尉张卿二首》）李白的人生理想是安社稷济苍生之后功成身退。他的理想与现实社会出现了极大地反差，因此他总在矛盾的痛苦之中。“今安在”之问，突出了诗人当时失望与迷茫。总体上说，对功业渴望是李白主要的思想。在临终之前，他还在发出“大鹏飞兮振八裔，中天摧兮力不济”（《临路歌》）的感慨。因此，处于失落与迷茫低谷的李白，再次触底反弹，将人生的自信重新拾取，他用宗悫故事勉励自己，高扬生命风帆，航行到辉煌的彼岸。结尾两句，诗人用“长风”“破浪”“云帆”“沧海”等意象，构建了一个清丽明朗、雄浑阔远的意境，表现出诗人在人生低谷之时仍充满自信的慨然豪情与博大胸怀。

诗歌以七言为主，但在结束前，突然变换为连用四个三言句式，用急促的节奏，表现内心的动荡与不安。笔法灵活，收放自如，起落自然，据意换韵，读之令人心潮起伏。全篇既有对现实的实景描写，更有通过想象和夸张构建理想的幻境之景，赋予诗歌浓烈的梦幻艺术色彩。

附：《行路难三首》（其一）繁体字文本

行路難三首（其一）

金樽清酒斗十千，玉盤珍羞直萬錢。
停杯投筯不能食，拔劍四顧心茫然。
欲渡黄河冰塞川，將登太行雪滿山。
閑來垂釣碧溪上，忽復乘舟夢日邊。
行路難，行路難，多歧路，今安在。
長風破浪會有時，直掛雲帆濟滄海。

五、《行路难三首》（其二）赏析

行路难三首（其二）

大道如青天，我独不得出[1]。
羞逐长安社中儿，赤鸡白狗赌梨栗[2]。
弹剑作歌奏苦声，曳裾王门不称情[3]。
淮阴市井笑韩信，汉朝公卿忌贾生[4]。
君不见昔时燕家重郭隗，拥篲折节无嫌猜[5]。
剧辛乐毅感恩分，输肝剖胆效英才[6]。
昭王白骨萦烂草，谁人更扫黄金台[7]。
行路难，归去来[8]。

注释

［1］不得出，无出路。出，指出路。

［2］逐，追逐，跟随。社中儿，市井小儿。社，古代基层行政单位，旧制25家为一社。赤鸡句，指用斗鸡走狗等赌博赢取利益。梨栗，泛指赌博获取的蝇头小利。白狗，有的版本为“白雉”。

［3］弹剑句，化用冯谖“弹铗作歌”的故事。冯谖到孟尝君府上做门客，孟尝君问他有何特长，他回答无特长。手下便将冯谖安排为下等门客，于是冯

谖弹着他的剑唱到："长铗，归来乎，食无鱼。"手下告诉孟尝君之后，被安排到中等门客的行列。不久，冯谖再次弹着他的剑唱到："长铗，归来乎，出无车。"左右的人都笑他，告诉孟尝君之后，被安排到上等门客的行列。不久，冯谖又弹着他的剑唱到："长铗，归来乎，无以为家。"左右的人都讨厌他，告诉孟尝君后，冯谖的老母亲得到生活资助。于是，冯谖再也没有弹铗作歌。冯谖后来为提升和巩固孟尝君在齐国的地位发挥极为重要的作用。冯谖弹铗作歌的故事在《战国策·齐策》和《史记》（卷七十五）中都有记载。曳裾句，化用《汉书》（卷五十一）"饰固陋之心，则何王之门不可曳长裾乎"句。曳裾，提起衣服的前襟，卑躬屈人。后人以"曳裾王门"指屈居权贵门下作幕僚或食客。称情，不符合性情。

［4］淮阴句，用韩信胯下之辱典故。韩信是淮阴（今江苏淮阴）人。有个市井屠户的少年，侮辱韩信说，你虽然长得高大，好带刀剑，但你内心则是胆怯之人。他当众侮辱韩信说，你若能慷慨赴死，你把我杀了，不能的话，从我的胯下爬过去。韩信看了看他，便从他的胯下爬了过去。全市人都笑韩信，认为他胆小怕事。韩信受胯下之辱的故事见《史记》（卷九十二）。汉朝句，用贾谊遭嫉妒典故。贾谊年少才高，汉文帝想重用他，但遭到周勃、灌婴等人的嫉妒，他们向文帝进言，说贾谊年少初学，还欲独断擅权，扰乱朝政事务。于是，汉文帝便疏远了贾谊，让贾谊做了长沙王的太傅。事见《史记》（卷八十四）。贾生，贾谊（前200—前168），洛阳（今河南洛阳）人，西汉初期著名政论家、文学家，世称贾生、贾长沙、贾太傅。

［5］燕家，指燕昭王，诗句中所说的郭隗、剧辛和乐毅，都受到燕昭王的礼遇，君臣共建功业。郭隗（wěi），战国时期人，燕昭王客卿。拥篲，拿着扫帚，邹衍投靠燕国时，燕昭王拿着扫帚跑在前面为他清扫道路。篲（huì），同"彗"，扫帚。折节，屈服于人，这里指燕昭王谦恭待人，礼贤下士。折节，有的版本为"折腰"。嫌猜，嫌疑猜忌。

［6］剧辛，战国时期燕国将领。乐（yuè）毅，战国时燕国将领，军事家。恩分，恩情、情分，这里指燕昭王的知遇之恩。输肝剖胆，献出肝胆，喻指对人极为忠诚。效英才，用英杰之才效力。效，效力。英才，为名词后置做状语。

［7］白骨萦烂草，白骨缠绕着腐烂的草。萦，萦绕、缠绕。烂草，有的版本为"蔓草"。谁人句，意即在没有人像燕昭王那样礼贤下士了。黄金台，指燕昭王置金招贤的场所。相传燕昭王筑台，置金其上，广纳天下贤士。

［8］归去来，回去。来，语助词，无意义，相当于现代汉语"了""吧"等词。

这首诗歌与上一首诗作是姊妹篇，表达了李白积极用世之志和对现实的失望之情。

从首句到“汉朝公卿忌贾生”为第一部分，抒写大道如天、我独难出的不平与失望之情。开篇就用一个凌厉激越的独白：“大道如青天，我独不得出。”诗人直抒胸臆，将内心憋屈与不平浓缩为一句真率质朴的语言，喷发而出，形成古质朴拙、真切简练的艺术效应。

接下来，从“羞逐长安社中儿”到“汉朝公卿忌贾生”，是“我独不得出”的困境体现，表达出诗人极度失望的心情。“羞逐”两句，明确表示自己与市井之徒的决裂态度。唐代长安，上流社会腐化堕落，社会流行斗鸡走狗等各种赌博游戏。一些斗鸡走狗之徒，凭借赌博技艺可以游走上流社会，结交纨绔子弟或上层统治者，获得利益甚至步入仕途。陈鸿祖（陈鸿）的唐传奇《东城父老传》记载了唐玄宗时期长安斗鸡的奢靡之风，文中说：“上之好之，民风尤甚。诸王世家，外戚家，贵主家，侯家，倾帑破产市鸡，以偿鸡直。都中男女，以弄鸡为事。”有个叫贾昌的人，凭借斗鸡技能，得到唐玄宗李隆基的赏识，被召进鸡坊（唐玄宗专门设立的官方斗鸡场），让他担任从禁军中选出的500名训鸡少年的头领，专门负责训鸡以及其他斗鸡事务，号称“神鸡童”。唐玄宗经常赏赐贾昌金帛之类的财物，赏赐每天都送到贾昌家里。唐玄宗还亲自为贾昌娶妻，贾昌父亲死后，当地县官替贾昌备办丧葬用品和丧车，并派遣差夫护送出殡，送葬队伍浩浩荡荡从洛阳大道走过。贾昌凭借斗鸡富甲一方，令当时市井之徒羡艳。当时有民谣《神鸡童谣》传唱：“生儿不用识文字，斗鸡走马胜读书。贾家小儿年十三，富贵荣华代不如。能令金距期胜负，白罗绣衫随软舆。父死长安千里外，差夫治道挽丧车。”诗人明确表示羞于和斗鸡走狗之徒为伍，不屑于追求“梨栗”般的蝇头小利，一则表示自己志向高远、高洁傲岸的节操，二则对权贵腐朽生活与奢靡社会风气表现出强烈不满。

“弹剑作歌奏苦声”句，反其意而用冯谖“弹铗作歌”的故事（见注释），表明得到权贵承认非常不易。“曳裾王门不称情”，化用邹阳之语（见注释），表明自己不愿向权贵折节曲身。“不称情”一词，既明确表示自己不愿趋附于权贵的性情，又暗含对唐代贵族倨傲态度的不满。李白未能参加科举，他进入仕途并获取功名的途径，一是被顶层统治者赏识，二是当朝权贵引荐。被唐玄宗“放还”后，进入仕途的道路，只剩被权贵赏识这条途径还存有一线希望。但诗人明确表示，既不愿用机巧手法游走豪门，又不愿卑躬屈膝讨好权贵。那么，融入上流社会已不可能，被人举荐之路也毫无希望。“行路难”之意不言自明。

“淮阴市井笑韩信”，用韩信受胯下之辱的故事（见注释），表明自己怀有鸿鹄之志，难以与市井社会融合。“汉朝公卿忌贾生”，用贾谊遭到权贵忌恨的故事（见注释），表明自己的才气遭到妒忌，得不到上流社会的认可。李白对同僚嫉妒的感受最深，他在作供奉翰林时期，就是因为遭到同僚嫉恨，最后被玄宗疏远，落得个“赐金放还”结果。市井社会不理解，上流社会不待见，诗人遭到整个社会误解和忌恨，“行路”如何能不“难”。

从“君不见”到结尾，是诗歌的第二部分，表达积极用世之人生理想难以实现的绝望之情。

明知“行路难”，但仍具有强烈的功名意识。他赞颂礼贤下士、知人善用的燕昭王，羡慕郭隗、剧辛、乐毅、邹衍等历史人物，向往君臣无猜、肝胆相照的清明朝政。诗人设想，如果自己也能遇到“拥篲折节”的君主，定会“输肝剖胆”，将所有的才干和毕生的精力奉献给朝廷，君臣同心共建奇业。诗人表面上盛赞燕昭王，实际上在含蓄隐微地讽刺唐玄宗李隆基的傲慢、昏庸、腐败与虚伪。“昭王白骨萦烂草，谁人更扫黄金台”二句，在表达对燕昭王深切怀念的同时，暗含对唐玄宗的失望之情。

诗歌开始写不愿与市井小儿为伍，然后写不愿屈尊讨好权贵，再写不被下层社会理解，接下来再写遭到上流社会嫉妒，最后写不被最高统治者认可，诗人从社会市井到社会上流，从市民大众到政治精英，从当朝权贵到至尊皇帝，将自己在整个社会所处的境遇进行了全面剖析，回答了“大道如青天，我独不得出”的原因，情绪从失望到痛苦、愤慨、悲沉，最后到绝望。至此，诗人将抒情推向了极致，似再无语言表述自己极度悲沉与激愤的心情。于是，诗人仰天喟然长叹，轻轻地用了一句“行路难，归去来”结束全诗。既然无任何出路，那就回去吧，至于回去是过孤云野鹤、寄情山水的隐居生活，还是再度过仗剑天涯、笑傲江湖的漫游生涯，诗人未言，留给读者足够的想象空间。

诗歌结构严谨，层次分明。起句如凌空长啸，呼喊出“大道如青天，我独不得出”的心声，然后从市井、社会、权贵、皇帝多层面来具体抒写社会形态与“我独不得出”的深层社会原因，情节与情感相互推动，情节推动诗人情感变化，而情感变化又反过来推动情节发展，最后到诗人绝望之时，诗歌止于不得不止，于是用“行路难，归去来”卒章点题，回应首句。整个诗歌结构一气呵成，浑然一体。诗人大量化用典故，使诗歌语言质朴但不失典雅，句式以七言为主，夹杂三言、五言、十言，灵活多变，节奏韵律随着情感发展而转换，读起来令人产生激越悲慨之情。

附：《行路难三首》（其二）繁体字文本

行路難三首（其二）

大道如青天，我獨不得出。
羞逐長安社中兒，赤雞白狗賭梨栗。
彈劍作歌奏苦聲，曳裾王門不稱情。
淮陰市井笑韓信，漢朝公卿忌賈生。
君不見昔時燕家重郭隗，擁篲折節無嫌猜。
劇辛樂毅感恩分，輸肝剖膽效英才。
昭王白骨縈爛草，誰人更掃黃金臺。
行路難，歸去來。

六、《长干行二首》（其一）赏析

长干行二首（其一）[1]

妾发初覆额，折花门前剧[2]。
郎骑竹马来，绕床弄青梅[3]。
同居长干里，两小无嫌猜[4]。
十四为君妇，羞颜未尝开[5]。
低头向暗壁，千唤不一回[6]。
十五始展眉，愿同尘与灰[7]。
常存抱柱信，岂上望夫台[8]。
十六君远行，瞿塘滟滪堆[9]。
五月不可触，猿声天上哀[10]。
门前迟行迹，一一生绿苔[11]。
苔深不能扫，落叶秋风早[12]。
八月蝴蝶来，双飞西园草[13]。
感此伤妾心，坐愁红颜老[14]。

早晚下三巴，预将书报家[15]。
相迎不道远，直至长风沙[16]。

注释

[1] 选自《全唐诗》(卷一六三)，中华书局1999年版，第1697页。长干，地名，在今南京市秦淮区。乐府中的“长干曲”来源于长干当地的民歌。本诗是用乐府旧题写商人之妇情感。

[2] 妾，古代女子在丈夫面前的谦称。初覆额，头发刚刚覆盖住额角，即年幼尚未束发之时。剧，玩游戏、戏耍。

[3] 郎，古代女子对丈夫或心上人的称呼，含昵称之意。骑竹马，小孩玩游戏时以竹竿当马骑。床，庭院水井的围栏。弄青梅，指采摘投掷青梅玩耍。弄，玩耍、游戏。西晋张华《博物志》中说，小儿七岁曰竹马之戏。

[4] 长干里，古代基层行政区划，长官叫“里正”，杜甫《兵车行》“去时里正与裹头，归来头白还戍边”。里是以家庭为基数构成的基层行政组织，相当于现在的村或村组，数量不一。《周礼》中记载，五家为邻，五邻为里。春秋时，《尚书》则说72家为一里。《管子》中说50家或100家为一里。无嫌猜，没有任何猜忌，意思是从小相互之间无所不知。

[5] 十四，指虚岁14岁，相当于现在13岁。古人计岁，无论出生在何月何日，都从出生年起开始计算岁数。所以，比现在的岁数往往多一岁。羞颜未尝开，意思是羞得我脸都没有舒展开来。开，打开、舒放。未尝开，有的版本为“尚不开”。

[6] 低头二句，意思是初婚时女子非常害羞。暗壁，墙壁的昏暗处。千唤，指多次呼唤。千表示数量多，不是确数。回，转身回应。

[7] 展眉，眉头舒展，意思是没有了羞怯，露出天然的笑容。尘与灰，指关系如同尘土与灰尘一样融合在一起不分彼此。

[8] 抱柱信，引用《庄子》尾生抱柱的典故。《庄子·盗跖》中写道，尾生与一个女子相约在桥下相见，女子未到时河水开始猛涨，尾生抱着桥梁的柱子不肯离开，最后被水淹没而死。《庄子·盗跖》原意是说尾生重名节而轻生命，被信义所害。后人则将尾生抱柱作为男女坚守信约的典范。李白此诗，正是取坚守信约之义。岂上，有的版本为“耻上”。望夫台，即望夫石，传说中女子因思念丈夫每天上山眺望，企盼丈夫回家，后来变成了一块石头。中国多地有望夫石，流传此故事。李白这里用女子上望夫台来表现女子遭受丈夫离家的思情之苦。

［9］瞿塘句，指女子丈夫经商入蜀路途危险。瞿塘，瞿塘峡，在今重庆市奉节县，长江三峡之一，也是三峡中最短的一个峡谷，谷狭水急，两岸如削，岩壁高耸（以夔门为最），号称三峡之魁。滟（yàn）滪（yù）堆，又称犹豫石，俗称燕窝石，是位于瞿塘峡口的石滩。古时，滟滪堆冬天水位降后露出水面，夏秋江水丰沛则藏于水下，加之瞿塘峡水流湍急，因此滟滪堆所在航段是古代长江行船极其危险的航段。古有民谣说："滟滪大如襆（fú），瞿塘不可触；滟滪大如马，瞿塘不可下；滟滪大如鳖，瞿塘舟行绝；滟滪大如龟，瞿塘不可窥。"中华人民共和国成立后，为免除航船危险，滟滪堆被炸除。

［10］五月，指古历五月，其时长江水已上涨，滟滪堆隐藏于水下，此时行船危险剧增。"猿声"有的版本为"猿鸣"。古代三峡，两岸山高崖险，多有猿住。郦道元《水经注·江水》中说："每至晴初霜旦，林寒涧肃，常有高猿长啸，属引凄异，空谷传响，哀转久绝。故渔者歌曰：'巴东三峡巫峡长，猿鸣三声泪沾裳。'"

［11］迟行迹，指女子丈夫原先缓步走过的足迹。迟，缓。"迟行迹"有的版本为"旧行迹"。绿苔，有的版本为"苍台"。

［12］苔深句，意思是绿苔长得太厚了我未能清扫。苔深，绿苔长得很厚。

［13］蝴蝶来，有的版本为"蝴蝶黄"。

［14］坐愁句，意思是因相思过甚导致容颜憔悴。坐愁，指坐愁行叹，意思是愁情不断。鲍照《拟行路难》："人生亦有命，安能行叹复坐愁。"

［15］早晚，不管早晚，意思是无论啥时候。三巴，巴郡、巴东、巴西的总称，泛指蜀地东部。因四川到南京沿长江顺流而下，故称"下三巴"。书，信，这里指托人相传的口信。

［16］不道，不说，意思是不管、不顾、不考虑。长风沙，地名，又名长风夹，在今安徽省安庆市迎江区长风乡长风村的长江边，唐时在此设有渡口街市。

这首以古乐府为题的五言古诗，既是一首爱情诗，又是一首闺怨诗。诗歌以一个商人少妇的口吻，抒写了底层社会女子与男子的爱情经历，表达了女子对男子的爱恋与深切思念之情。

从开篇到"瞿塘滟滪堆"，为诗歌第一部分，是商人少妇回忆，回顾了两人爱情经历。

前四句写女子与男子自幼熟悉，青梅竹马。二人的爱情从童年就已经暗生萌芽。在女孩头发刚刚覆盖住额角的时候，男孩就折花给她，二人一起在门下玩"过家家"的游戏。男子 7 岁时候"骑竹马""弄青梅"的情景从小给女子留下了非常深刻的印象，后来每每想起此情景，仍历历在目。二人的情感在童年就已经扎下了根。这充分显示出男女主人公之间感情纯真。青梅竹马，两小无猜，直至今天，仍是令人渴望和羡慕的爱情。

“同居长干里”四句，写男女成婚的情景。古代早婚，女子 13 岁（古算法为 14 岁）成婚的现象很普遍。“羞颜未尝开”表现出懵懂少女的害羞情态。“低头向暗壁”四句，写女子由不懂到开始了解爱情的过程。“低头向暗壁，千唤不一回”是女子头脑中婚礼当天一个深刻的记忆。诗人通过传神的细节描写，刻画了羞颜过重、纯情可爱、不懂男女之情的“少女新娘”形象，生动传神地表现了女子天真淳朴的品质。经过与男子一年多的日夜相处和耳鬓厮磨，女子逐渐开始对爱情有所了解。“始”字表现出女子理解爱情的过程，“展眉”一词体现出女子体悟爱情之后的欢娱情态。女子一旦对爱情有了理解，随即就树立起坚贞的爱情信念。“愿同尘与灰”，用极具人格化的语言，形象地表现出女子与相爱之人生死不离不弃的决心。“常存抱柱信”四句，写女子回忆丈夫离家之初的内心感受。婚后两年，丈夫就出门经商了，日夜厮守的快乐被天各一方的痛苦替代。女子回顾道：我内心一直有尾生抱柱般的信念，怎么肯登上望夫台等候你回还。她原来坚信会与丈夫长相厮守，没想到后来却要忍受离别之苦。她不但遭受离情的折磨，还整日为丈夫提心吊胆。因为丈夫远行要经过令人听之色变的“瞿塘滟滪堆”。其实，滟滪堆仅仅是一个具有代表性的危险。古代商人在外经商，不仅要面对自然环境的危险，而且要面对各种复杂人际关系的威胁，甚至要面对匪盗杀人越货的灾难。一个 16 岁（现算法 15 岁）的“少妇”，竟然要承受思念与担忧的双重压力，令现今的同龄人根本无法想象。

以上写女子短暂的 16 岁人生回忆，有少年时天真无邪的快乐，有新婚时懵懵懂懂的羞态，有初尝爱情之果的欢娱，有二人誓言不分离的信念，有婚后别离的痛苦，更有千里之外的牵挂。特别是短短婚后两年的感情变化，使女主人公由懵懂单纯少女快速成长为一个知晓离情的少妇。为诗歌后半部分抒发思念之情作出铺垫。

从“五月不可触”到结尾是诗歌的第二部分，写女子对离家行商丈夫的深切思念。

“五月不可触，猿声天上哀”二句，写女子将思绪从回顾过去拉回到牵挂眼前。少妇此时的心，早已飞到长江的瞿塘峡。她经常设想丈夫商船远行中的艰险处境。古历五月是长江涨水之时，暗礁增多，风急浪高，在此行船，风险极大。加之两岸猿声哀鸣，更令人凄怆倍生。“门前迟行迹”以下六句，诗人采用铺陈手法描写环境，衬托少妇孤寂落寞、日夜煎熬的痛苦之情。诗人用门前绿苔、落叶秋风、蝴蝶双飞、西园衰草等意象，构建了一个萧索凄凉、空寂悲怆的意境，并用“迟行迹”“不能扫”等细节，将女主人公置身于环境之中，通过人境相融，突出悲凉凄苦的思情。“感此伤妾心，坐愁红颜老”两句，在环境描写的基础上，直接抒情，表现了女主人公在刻骨思情的煎熬下身心备受摧残的情形。“伤”字不仅指女子思情之伤，还有对丈夫的担忧之伤，更有生离死别的恐惧之伤。丈夫远在千里之外，随时随地都可能发生意外。音信不畅，生死未卜，女子每时每刻都处在思念、牵挂、担心、忧惧等各种情绪交错的伤感状态之中，本是花样年华的少妇，如今容颜已显憔悴，红颜暗老。

“早晚下三巴”四句，是女子给丈夫的口信。少妇托人给丈夫带话：不管啥时候你从蜀地返回时，早早预先托人报信给家里。在你回来时，我去接你，我不嫌路途遥远，到长风沙渡口等着你。长风沙距离古金陵路途有 350 多公里。诗人以夸饰之词结束诗篇，突出表现女子渴望早日见到男子的急切心情。

李白的一生，除了短暂的长安供奉翰林时期，人生的大多岁月是在帝都之外的广袤天地间行旅。李白长期在地方府县中游走，获得了认知社会的契机。（王树森，2019）这使得李白对社会下层具有较为深广的了解。这首诗歌，对社会下层百姓淳朴的爱情予以高度赞美，对百姓生活苦楚予以深切同情。长干（今南京市秦淮区）是当时一个下层百姓集中居住的地方，居民多从事跑船行商活动。诗人将市井百姓的爱情生活写得如此形象生动，一方面表明李白具有广泛的交际和丰富的社会阅历，另一方面也说明诗人愿意了解百姓，有理解下层百姓苦难的同情心。

诗歌结构严谨，构思谋篇具有严密的逻辑关系。第一部分重在表现爱情，写女子对丈夫爱之切；后一部分重在体现离情，写丈夫离家之后的思之苦。爱之愈切，思之愈苦，前因后果，层次分明。诗歌大量应用人物个性化语言，如“门前”“竹马”“青梅”“低头”“尘与灰”“早晚”“不道远”等等词语，都是非常符合女子身份的口中俗语。这样的语言，不但自然朴实，而且生动传神。诗歌共五个韵角，四次灵活换韵，音韵富于变化。后两处换韵之时，换韵起句的首字，与前句尾字韵母相同，如“一一生绿苔”与“苔深不能扫”，直接用顶针手法，“坐愁红颜老”与“早晚下三巴”，“老”“早”押韵，这样使人读起来朗朗上口，富有韵味。

附：《长干行二首》（其一）繁体字文本

長干行二首（其一）

妾髮初覆額，折花門前劇。
郎騎竹馬來，繞牀弄青梅。
同居長干里，兩小無嫌猜。

十四為君婦，羞顏未嘗開。
低頭向暗壁，千喚不一囬。
十五始展眉，願同塵與灰。
常存抱柱信，豈上望夫臺。
十六君遠行，瞿塘灩澦堆。
五月不可觸，猿聲天上哀。
門前遲行跡，一一生綠苔。
苔深不能掃，落葉秋風早。
八月蝴蝶來，雙飛西園草。
感此傷妾心，坐愁紅顏老。
早晚下三巴，預將書報家。
相迎不道遠，直至長風沙。

七、《丁督护歌》赏析

丁督护歌[1]

云阳上征去，两岸饶商贾[2]。
吴牛喘月时，拖船一何苦[3]。
水浊不可饮，壶浆半成土[4]。
一唱督护歌，心摧泪如雨[5]。
万人凿盘石，无由达江浒[6]。
君看石芒砀，掩泪悲千古[7]。

注释

［1］选自《全唐诗》（卷一六五），中华书局1999年版，第1709页。有的版本题为《丁都护歌》。《丁督护歌》是《清商曲辞·吴声歌曲》旧题，声调哀怨凄苦，多用于表达哀怨劳苦之情。

［2］云阳，地名，今江苏丹阳市。战国时为云阳邑，秦统一后改名为云阳县，后又改名为阿曲县，东汉时改名为云阳，晋时复名为阿曲。唐天宝元年

(742 年) 时改润州为丹阳郡，改阿曲为丹阳县。李白这里沿用旧名。上征，指沿大运河逆流而上远行。两岸，指大运河两岸。饶，多、丰富。商贾(gǔ)，古代指商人。商是流动的做买卖的人，贾是在固定场所做买卖的人，所以叫“行商坐贾”，简称商贾。

［3］吴牛喘月时，指天气闷热的时候。吴牛喘月，源于南朝（宋）刘义庆《世说新语·言语》，书中说，吴牛是生长在江淮一带水牛，江淮一带暑期闷热，而吴牛畏惧暑热，看到月亮还以为是太阳，所以见月就大声喘气。拖船，指纤夫拉船。

［4］壶浆半成土，意思是壶中的水一半都是泥土。壶浆，壶中浑浊的水。浆，粘稠的液体，因水浑浊如浆，故称为浆。

［5］一唱，指一开口唱。一，副词，意思是初、开始。督护，有的版本为“都护”。摧，悲伤、哀伤。

［6］凿，凿取、挖采。凿，有的版本为“系”。盘石，同“磐石”，指厚而大的石头。盘石，有的版本为“磐石”。无由，没有办法。达江浒，运到江边。达，到达，这里指运到。江浒，江边。浒（hǔ)，水边。

［7］石芒砀，指多且大的石头。芒砀（dàng)，叠韵连绵词，形容大且多的样子。掩泪，掩面流泪。

这是一首反映民生疾苦的诗歌，写作年代说法不一。诗歌叙写了纤夫在酷热中拖船的艰辛与痛苦，表达了诗人对下层百姓苦难的深切同情。

“云阳上征去，两岸饶商贾”两句，写古云阳富饶繁盛。从古云阳乘舟沿运河北上，两岸到处都是富商。诗人开篇就聚焦于云阳两岸富饶商贾，是为了与后面纤夫苦难生活形成强烈的对比。这两句描写一方面起环境的反衬作用，另一方面表明诗人对社会财富集中所造成贫富不均现象的关注。

“吴牛喘月时，拖船一何苦”两句，概写纤夫拖船痛苦生活。在富饶繁华、商贾云集的背景下，主人公登场：一群赤身露体的汉子，在闷热无比的夏天里，两腿弯曲，双手着地，躬身曲背，拖船爬行……。这是比《伏尔加河上的纤夫》更令人震撼的画面。中国古代长江纤夫，在夏天里大多是裸体拉纤，一来因为纤夫经常在泥水里走动，加之汗流浃背，衣服顷刻间就会湿透，这样的衣服裹在身上，行动非常不便；二来湿热环境下，长时间穿着湿衣服，极易患皮肤病；此外，纤夫所行走的环境，大多人迹罕至，往往岩石陡峭，草木密布，纤夫裸体而行，可以避免衣服被岩石和草木划破。了解这些情况，更有助于加深对纤夫“一何苦”的理解。“吴牛喘月”，妙用典故（见注释)，巧用夸饰，寥寥五字，形象生动地描写了天气炙热的环境。“一何苦”是对纤夫拖船行为的叹息之语，表现出诗人看到纤夫拖船苦难遭遇时无比沉重的心情。

“水浊不可饮，壶浆半成土”两句，具体叙写纤夫凄苦生活。诗人用一个细节描写，具体表现纤夫拖船的悲惨境遇。天气炎热，逆水拖船，汗流不止，纤夫身体需要随时补给水分，然而水浊无法饮用，壶里装的几乎是泥浆。纤夫们是否饮用如此浑浊之水，诗人将此留给读者去深思。但不难想象，纤夫不得不饮用此水。“不可饮”是对一般人而言的，对于纤夫来说这样的水，就是他们日常饮用之水。否则，把这样的水装在水壶里干什么？纤夫口渴难耐之时，不喝此水，又能如何？一壶水，半壶泥，他们只能澄着慢慢喝掉上面浑浊的水，留下下面的泥浆倒出，然后再将浑浊江水灌入壶中……。诗人选取纤夫日常生活中很细小但又十分重要的一个“浊水壶浆”情节，采用白描手法，寥寥数笔，将纤夫苦难生存的悲情表现得淋漓尽致，具有四两拨千斤的艺术效果。

“一唱督护歌，心摧泪如雨”两句，具体写纤夫悲伤心情。诗人通过拉船唱号子的细节，表现纤夫内心悲怆。本来，纤夫高唱拖船号子，是为了通过歌声转移注意力，减轻疲劳以及纤绳陷入皮肉之痛。然而，当《丁督护歌》哀怨凄苦歌声响起时，久已抑制的痛苦又被触动，内心悲催，眼泪顷刻间夺眶而出。一直挥汗如雨的纤夫们，此时又泪如雨下，双目泣涕，满脸纵横，不能仰视。这两句细节描写，刻画了纤夫内心凄苦的心理，表现出诗人与纤夫同悲之情。“督护歌”一词，具有双重寓意，既有催发悲伤情感之用，又回应题目，起破题功用。

以上八句，叙写纤夫苦难。结尾四句，通过对采石场的描写，含蓄表现纤夫拖船苦难深重的无限悲情。“万人凿盘石”，诗人将视野转向纤夫拖船的上游产业，描绘了一个万人凿石的宏大场面。这些石料，将被官府和富豪们用以修建大厦豪宅和亭台楼榭。从采石场的块块巨石，到建成的豪奢楼堂馆所，这中间需要无数百姓流出血汗，纤夫们则是无数凄苦百姓中的一份子。“无由达江浒”句，突出了纤夫的作用，也含蓄地揭露了纤夫苦难永无到头之日的现实。没有纤夫流血流汗，万人凿出的一块块磐石没法运到长江沿岸城市的江边，只要上流社会穷奢极欲永不停歇，纤夫们的血汗和泪水就要永远流下去。这两句诗，不仅暗含对上流社会奢靡之风的不满，也蕴含着诗人对社会极为贫富不均现象的忧思。当然，诗人对此毫无办法，他所能做的，只有对社会底层百姓的苦难予以深切同情。于是，诗人慨然长叹：“君看石芒砀，掩泪悲千古。”诗人看着采石场上满地巨石，忍不住为纤夫深重苦难掩泪长叹。“悲千古”一词，不仅表达对纤夫苦痛的深切同情，而且暗含着纤夫苦难将永久持续之意，落笔沉重，含意深远。

纵观整个诗歌结构，起句的反衬用意深远，纤夫亮相之后，点明关键词“一何苦”，下文通过浊水壶浆和唱歌催泪两个典型细节描写，具体回应“一何苦”，然后宕开笔触，聚焦采石场，表现纤夫苦难深重，最后定格在“掩泪悲千古”的画面上，结束全诗。结构层层深入，环环相扣，句法灵活，逻辑严密，体现出李白诗歌语散而意凝的独特风格。诗歌语言平易质朴，选用“苦”“古”字韵，一韵到底，语调悲沉凄苦，令人诵读之时衷肠发热，掩卷之后心情悲沉。

附:《丁督护歌》繁体字文本

丁督護歌

雲陽上征去，兩岸饒商賈。
吳牛喘月時，拖船一何苦。
水濁不可飲，壺漿半成土。
一唱督護歌，心摧淚如雨。
萬人鑿盤石，無由達江滸。
君看石芒碭，掩淚悲千古。

八、《秋歌》赏析

秋歌[1]

长安一片月，万户捣衣声[2]。
秋风吹不尽，总是玉关情[3]。
何日平胡虏，良人罢远征[4]。

注释

［1］选自《全唐诗》（卷一六五），中华书局 1999 年版，第 1713 页。《秋歌》为组诗《子夜吴歌》中的第三首，《子夜吴歌》有的版本题为《子夜四时歌》《子夜四时歌四首》或《子夜吴歌四首》。六朝乐府《清商曲辞 · 吴声歌曲》中有《子夜歌》《子夜四时歌》等曲，多写思妇哀怨之情。

［2］捣衣，农耕时代的人们在缝制衣服前，将布料放在石头砧子上捶捣，使衣料缩水并柔软，以便缝制衣服。除了缝制衣服前捶捣布料外，农耕时代人们在旧衣服翻新或洗衣服时，往往在捣衣砧上捶打湿衣服以去除污垢。

［3］玉关情，指对远戍边关亲人的思念之情。玉关，即玉门关，这里泛指北方边关。

［4］平胡虏，平定北方边患。胡虏，古代对北方犯边游牧民族的称呼。这里用胡虏代指边患，有蔑称之意。良人，古代女子对丈夫的称呼。

这首以乐府为题的五言古诗，是一首思妇诗，表达了长安留守妇女对戍边丈夫的无限思情。

首句写景。月是人类情感的载体，见月思人。明月意象在古诗文中往往用来表达思念之情。诗人以月光起兴，用整个长安城被一片明月笼罩的意象，构建了一个深幽寂静、清丽阔远的意境，从视觉角度，为诗意表达进行环境烘托。紧接着，一句“万户捣衣声”将长安寂静的夜空打破。从单一个体的角度看，捣衣是行动描写。月光洒在河边，河水波光粼粼。浣女在河边洗衣，捣衣的声音接连不断地在幽静的夜空飘荡。月光照在捣衣砧上，挥之不去，拂之仍在，似悠悠思情，浩浩渺渺，令内心充满思情的浣女好不懊恼。如果从长安万户捣衣的整体角度看，此句则同上句一样，仍是环境描写。万户捣衣，声声入耳，整个长安城的捣衣声与阵阵秋风合为一起，便构成了一个天人共情、令人酸楚的交响乐，从听觉角度，形成了一个苦涩凄寒、悲凉悠远的意境。

“秋风吹不尽，总是玉关情”两句，点明愁思原因与所思之人。皓月当空，引起思情。万户捣衣，声声惊心。秋风阵阵，令人伤悲。思念、牵挂、忧伤、痛苦，思妇所有的悲情伤痛都聚焦到远在千里之外的边关。长安城捣衣声中蕴含的所有愁思，皆因戍边人远离家乡而起。“玉关情”一词，含蓄委婉地表现出民族纷争、边关不宁给百姓带来的痛苦。“总是”一词蕴含丰富，既揭示了边患是造成思妇痛苦的唯一原因，又暗含思妇用情专一，表现出对戍边丈夫的一片忠贞。

结尾两句，写思妇的愿望。“何日平胡虏”是自从丈夫辞家戍边之后，一直萦绕于思妇心中的问题，也是她最大的愿望。时间过去一天又一天、一月又一月、一年又一年，而这个问题则永远没有答案。她在思念中痛苦，在痛苦中等待，在等待中煎熬，所盼望的就是“平胡虏”这天的到来。因为只有边患解除之后，“良人”才能“罢远征”，才能解除她内心的痛苦。

历来有人认为这首诗的前四句写得好，结尾两句诗似冗余之句。如果仅仅从表现闺情角度看，似乎没有最后两句，思妇情感更为悠深，未尽之韵更浓。但从诗歌风格与内容深度的角度看，结尾两句意义绝不可忽视。就诗歌风格而言，“平胡虏”对应“玉关情”，提出平边希冀，淡化了诗歌凄然之情，“哀而不伤”（《论语·八佾》），更符合儒家敦厚诗风。就诗歌内容而言，思妇的愿望是长安城千万个浣衣女的意愿，也是普天下因边患而与丈夫生离死别的所有思妇的意愿。诗人通过一思妇之口，道出天下人渴望边境安宁、民族和睦相处的愿景，升华了思妇诗的情感，深化了诗歌的思想内容。

赏析此诗，解读诗歌的角度非常重要。诗中思妇是一人，还是千万浣衣女，需要仔细体悟。笔者认为，以单一思妇的角度去解读诗作，将捣衣浣女作为思妇的环境和背景，思情更幽，意蕴更浓。诗歌寓情于景，月色、捣衣音、秋风，物物关情，语言平易淡雅，音律悠深。

附：《秋歌》繁体字文本

秋歌

長安一片月，萬戶搗衣聲。
秋風吹不盡，總是玉關情。
何日平胡虜，良人罷遠征。

九、《江上吟》赏析

江上吟[1]

木兰之枻沙棠舟，玉箫金管坐两头[2]。
美酒尊中置千斛，载妓随波任去留[3]。
仙人有待乘黄鹤，海客无心随白鸥[4]。
屈平辞赋悬日月，楚王台榭空山丘[5]。
兴酣落笔摇五岳，诗成笑傲凌沧洲[6]。
功名富贵若长在，汉水亦应西北流[7]。

注释

［1］选自《全唐诗》（卷一六六），中华书局 1999 年版，第 1718 页。有的版本题为《江上游》。江上吟，歌行体，据说由李白自创。江，指汉江。

［2］木兰，一种落叶乔木。古诗文中是寓意美好的树木。《述异记》："七里洲中有鲁班刻木兰为舟，舟至今在洲中。诗家云木兰舟，出于此。"枻（yì），船桨。沙棠，古诗文中一种美好寓意的树木名，木材可造船。玉箫金管，玉制的箫和金制的笛子等管乐器，泛指精美的乐器，这里用乐器代指吹奏

乐器的乐妓。

[3] 尊，同“樽”，有的版本为“樽”，古代一种酒器，参见《将进酒》注释［4］。斛（hú），古容量词，十斗为一斛。千斛，夸饰之词，千，是概数，指数量多。妓，歌妓。

[4] 乘黄鹤，参见崔颢《黄鹤楼》注释［1］。海客句，参见王维《积雨辋川庄作》注释［5］。

[5] 屈平句，指屈原的楚辞与日月同辉。屈平，屈原。屈原名平字原。《史记》：“屈平正道直行，竭忠尽智以事其君，谗人间之，可谓穷矣。信而见疑，忠而被谤，能无怨乎？屈平之作《离骚》，盖自怨生也。《国风》好色而不淫，《小雅》诽谤而不乱，若《离骚》者，可谓兼之矣。上称帝喾，下道齐桓，中述汤武，以刺世事。明道德之广崇，治乱之条贯，靡不毕见。其文约，其辞微，其志洁，其行廉，其称文小而其指极大，举类迩而见意远。其志洁，故其称物芳；其行廉，故死而不容。自疏濯淖污泥之中，蝉蜕于污秽，以浮游世尘之外，不获世之滋垢，皭然泥而不滓者也。推其志也，虽与日月争光可也。”（《史记》卷八十四）楚王句，指楚王华美的台榭早已不在，如今只留下空空的山丘。楚王台榭，楚灵王有章华台和阳云台，楚庄王有钓台，皆以奢豪闻名。

[6] 五岳，指东岳泰山、西岳华山、南岳衡山、北岳恒山、中岳嵩山。沧洲，滨水之地，古代常用来称隐居之所。

[7] 汉水，汉江，又名汉水，长江最大的支流，源于秦岭，流经陕西与湖北。

这首七言古诗是一首述怀诗。对于此诗的写作年代，众说不一。一说是李白在唐玄宗开元二十二年（734 年）游江夏（在今武汉）时所做。一说唐肃宗乾元二年（759 年）李白流放夜郎（在今贵州）遇赦返回途中经过江夏时所做，郭沫若则认为是唐肃宗上元元年（760 年）遇赦归途到江夏一带所做。从诗歌内容和风格来看，应为李白晚年作品，流放夜郎归途所做的说法较为可信。

前四句是对理想生活的向往。古代诗文历来有用香草嘉木象征君子美好人格的手法。木兰为桨，沙棠作舟，一则描写所乘坐之船极为精美，二则体现船上之人的品格高洁。诗人用“玉箫金管”指代歌妓，既表现出汉江之游奢华，又体现出优雅。“美酒尊中置千斛”句，化用三国时期吴国才俊郑泉嗜酒的典故，郑泉博学有奇志，生性嗜酒，他闲居时常对人说：愿得到装满五百斛美酒的船，将四季的美味食物放在船的两头，随时饮酒和享用美食，酒一旦下去就立刻填满，这难道不是人生快乐吗？（见《三国志·吴书》裴松之注引《吴书》）诗人以郑泉自比，不但显示自己的嗜酒雅兴，而且暗指自己博学有志。“载妓随波任去留”句，化用东晋名士谢安携歌妓纵情山水的典故。《晋书》（卷七十九）记载，谢安早年不愿做官，隐居会稽郡东山（在今浙江绍兴），与王羲之等人交游，纵情山水，每次出游，必定要携带歌姬随从。诗人巧用典故，以谢安自比，抒发托志山水之情。

以上四句诗，极写汉江之游奢华，显美酒声色之娱，属于诗人超现实描写。反映出作为封建文人的李白，在仕途上失望之后，追求理想隐居生活的心理。从诗句中所描的情景可知，诗人所追求的理想隐居生活是：既不受物质限制可以酣畅恣肆游历山川，又能精神充分自由可以托志江海体现名士风采。对于缺乏巨大财力支撑的中下层文人，这种理想状态不过是海市蜃楼，诗人如此描写汉江之游，只是为了得到精神超脱的臆想满足而已。欣赏这几句诗，不必拘泥于字面意思，作出过分的解读。

中间四句是对人生意义的探讨。“仙人有待乘黄鹤，海客无心随白鸥”两句，用一工整的对偶句式，以黄鹤楼仙人乘黄鹤的传说和《列子·黄帝》中“海鸥相疑”的典故，表达对求仙问道的态度。“有待”“无心”等词表明，求仙之事，虚无缥缈，只可有待，不可强求。相对于求仙问道，立言著述则更为实际。所以诗人说：“屈平辞赋悬日月，楚王台榭空山丘。”诗人以“屈平”代表文人，以“楚王”代表帝王，“辞赋”代表诗文著述，“台榭”代表权力享受。诗人认为，作为流放大臣的屈原，品格高洁，爱国忧民，在遭受迫害之后写出了表达思想与情志的优美楚辞，他和他的辞赋将与日月同辉，永垂不朽。作为君主的楚灵王和楚庄王，昏庸误国，荒淫无度，他们利用手中权力劳民伤财，大兴土木，以满足自己的穷奢极欲，他和他的豪奢台榭早已消失于山丘之中，令人不齿。通过对比，高下立判，人生追求的意义不言而喻。李白将臣子与君王进行平等对比，反映出他注重人格与成就，看轻封建等级的观念。对封建文人而言，这种理念难能可贵。

结尾四句是对自我价值的肯定。既然屈原辞赋可与日月同辉，那么自己就该如同屈原一样，让诗文名垂千古。诗人反思了自己的诗文成就之后，得出了大胆的自我评价，认为自己诗文成就达到了“兴酣落笔摇五岳，诗成笑傲凌沧洲”的文学自由王国境界。这两句是本诗的诗眼，表现出诗人对自己文学成就极为坚定的自信。李白作诗，特别善于应用夸张手法。“摇五岳”“凌沧洲”便是明显的夸饰。对自己诗作成就做评价，竟然用如此高调的夸张之语，除了李白，还有谁人如此敢为？杜甫用“笔落惊风雨，诗成泣鬼神”（《寄李十二白二十韵》）赞颂李白诗歌，韩愈用“李杜文章在，光焰万丈长”（《调张籍》）赞颂李白和杜甫的诗歌成就。直到今天，李白卓然不群，仍傲立在中国乃至世界诗坛的最顶峰。千百年来，无人对这两句诗有过质疑，非但如此，人们还觉得诗人这样对自己诗歌的评价非常贴切，后人还经常引用此句评论或称赞李白的诗歌。由此可见，诗人这两句超然绝伦的夸张，竟然成为了他诗歌成就最贴切的评价。“功名富贵若长在，汉水亦应西北流”两句，用冲虚平淡的语调，表达了对世俗功名富贵的否定。用汉水倒流作比，言世俗功名富贵难久，即生动形象，又回应标题，并做到首尾相应。

诗中的情感由江游怡乐、梦想寄情山水，到无心刻意求仙访道，再到对人生价值进行思索，然后对个人成就进行自我肯定，最后到看淡世俗功利，得到精神解脱。诗作中所涉及的游历山水、求仙问道、追求功名、诗文著述，都是李白人生经历过的。这首诗应是诗人对自己人生的一次深刻反思。受唐代当时社会风气影响，文人的思想往往很复杂，李白在这方面最为典型。（李芳民，2021）如果排除“心画心声总失真”（金人元好问《论诗三十首》）的现象，诗人写诗往往都是当时心绪的反映。李白是一个性情中人，诗作纵横恣肆，激情澎湃，酣畅淋漓，摇曳多姿，变幻莫测，豪迈飘逸，大气磅礴，给人以强烈的震撼力与感染力。这首诗所反映出李白看破功名，属于他政治上接连遭受打击之后的鸣不平之作。李白供奉翰林被“放还”之后，写诗发过不少牢骚，表示要退隐山林，寄情山水。但当遇到永王李璘后，功名之心立刻显现。不谙政治的李白根本没有看透唐玄宗奔蜀、肃宗登基之后，诸王异心的政治风险，他贸然投奔李璘（肃宗李亨的异母弟），后来导致锒铛入狱。在妻子宗氏四处奔走以及郭子仪、宋若思等人的营救之下，李白才保住性命，被判流放夜郎（在今贵州）。肃宗乾元二年（759 年），因关中（今陕西关中）大旱，朝廷大赦天下，宣布死者改为流放，流放以下的罪犯全部赦免。李白遇赦后由夜郎返归行至江夏（在今武汉）时写了此诗。仕途接二连三地受到挫折和打击，又刚获得自由的李白，看淡功名是自然而然的事。但李白至死都未泯功名之心，此诗反映的看破功名利禄的情志，仅是他当时心情的折射而已。当然，一生处在矛盾中的李白，追求精神自由、不愿受到约束、鄙视庸俗世情的性情是他最本质的性情。因此，诗中渴望精神自由、鄙视世俗功利等内容是李白永恒的情志。

诗歌中所写景物、人物，引用的典故等多与江游以及汉江流域（楚地）有关，叙述、写景、抒情、议论围绕汉江而作，文题相应，首尾相顾，收放自如。诗歌语言浅近典雅，风格俊逸豪放。

附：《江上吟》繁体字文本

江上吟

木蘭之枻沙棠舟，玉簫金管坐兩頭。
美酒尊中置千斛，載妓隨波任去留。

仙人有待乘黄鹤，海客無心隨白鷗。
屈平辭賦懸日月，楚王臺榭空山丘。
興酣落筆搖五嶽，詩成笑傲淩滄洲。
功名富貴若長在，漢水亦應西北流。

十、《庐山谣寄卢侍御虚舟》赏析

庐山谣寄卢侍御虚舟[1]

我本楚狂人，凤歌笑孔丘[2]。
手持绿玉杖，朝别黄鹤楼[3]。
五岳寻仙不辞远，一生好入名山游[4]。
庐山秀出南斗傍，屏风九叠云锦张，
影落明湖青黛光[5]。
金阙前开二峰长，银河倒挂三石梁[6]。
香炉瀑布遥相望，回崖沓嶂凌苍苍[7]。
翠影红霞映朝日，鸟飞不到吴天长[8]。
登高壮观天地间，大江茫茫去不还[9]。
黄云万里动风色，白波九道流雪山[10]。
好为庐山谣，兴因庐山发[11]。
闲窥石镜清我心，谢公行处苍苔没[12]。
早服还丹无世情，琴心三叠道初成[13]。
遥见仙人彩云里，手把芙蓉朝玉京[14]。
先期汗漫九垓上，愿接卢敖游太清[15]。

注释

[1] 选自《全唐诗》（卷一七三），中华书局1999年版，第1778页。有的版本题为《庐山谣》。谣，一种诗体，不合乐。寄，寄言，常用于寄赠诗词

题目。卢侍御虚舟，指卢虚舟，字幼真，范阳（在今北京大兴一带）人，肃宗时任殿中侍御史，曾与李白一同游历庐山。

[2] 楚狂人笑孔丘事，参见王维《辋川闲居赠裴秀才迪》注释［5］。

[3] 绿玉杖，绿玉装饰的手杖。黄鹤楼，见崔颢《黄鹤楼》注释［1］。

[4] 五岳，见《江上吟》注释［6］。好（hào），动词，喜好、爱好。

[5] 南斗傍，南斗的旁边。南斗，星宿名，对应浔阳（今江西九江）分野。屏风九叠，指庐山五老峰东北的九叠屏，因山叠折如屏，故称九叠屏，又名屏风叠。云锦张，如云锦般的铺开。云锦，一种色泽光鲜灿烂的丝织品，因美如天空云霞而得名。影落明湖，指山峰倒映在明澈的鄱阳湖中。影，山峰的倒影。湖，指鄱阳湖。青黛光，指山的倒影呈现青黑色的光彩。青黛（dài），青黑色。

[6] 金阙（què），道家传说的天帝或仙人居住的黄金阙，后指帝王的宫阙。这里喻指庐山的石门。庐山西南有铁船峰和天池山，两山对峙形状如门，称为石门，其谷为石门涧。二峰长，指石门两边的山峰高。长，这里指高。银河，指三叠泉瀑布。三石梁，有多种解释：一说指承接三叠泉瀑布水流如桥梁般的三层山石；一说银河不是三叠泉，故三石梁是三道如桥梁般的山石；一说三石梁在五老峰之西。目前，大多从清人王琦《李太白诗集注》的说法，认为三叠泉在九叠屏的旁边，水势三折而下，如银河之挂石梁，并不是真有三石梁。

[7] 香炉，指香炉峰。瀑布，指香炉峰附近的黄岩瀑布。回崖，曲折层叠的山崖。沓嶂，指山峰重峦叠嶂。凌，升、登上，这里指山峰高耸。苍苍，指天空。回崖沓嶂凌苍苍，化用杨炯《巫峡》“叠嶂凌苍苍”句。

[8] 翠影，指苍翠的山色。吴天，指庐山上空的天。浔阳（今江西九江）在春秋时期属吴国，三国时期属吴地，故称庐山附近的天为吴天。长，指天空广阔、辽阔。

[9] 大江，长江。去不还，指江水东流一去不复返。

[10] 黄云，指在霞光辉映之下黄色的云。动风色，指云随风变动着颜色。白波，白色的江流波涛。九道，古代传说长江流到浔阳分为九条支流，这里泛指长江及其周围的小支流。雪山，喻指长江波浪，因长江波涛怒卷，色如白雪，状如山峰，故称“雪山”。

[11] 好，名词，指喜欢、乐意等情趣。谣，歌唱，这里指赋诗。兴，兴致，这里指诗兴。发，生发、抒发。

[12] 闲窥石镜，闲适之时观看石镜。化用谢灵运《入彭蠡湖口》“攀崖照石镜”句。石镜，指传说中的庐山石镜。传说石镜在东山悬崖之上，形状是圆的，人们走进石镜便可照见行影。（见宋人乐史《太平寰宇记》）谢公，

谢灵运，南朝刘宋时期的著名山水诗人，曾游历庐山。苍苔没，被苍苔掩盖。没（mò），沉埋、掩埋、掩覆。

[13] 服，服用、吃（药）。还丹，道教的仙丹。道教炼丹，将丹砂炼成水银，时间久了又还原为丹，故称还丹。传说，还丹呈现神光五色，服用一刀圭（古代量取药末的器具名，量极少），便可白日成仙升天。（见东晋葛洪《抱朴子·金丹》）世情，世俗之情。琴心句，指精气神和修道初成。琴心三叠是道教专用语。琴心，意思内心如琴音和谐。三叠，指三丹田之气和，合二为一。三丹田，道家认为精、气、神的所存之处为三丹田。道初成，指修道初有成效。

[14] 玉京，道教所说的元始天尊所居之处。

[15] 先期，早先约定。期，约定。汗漫，无边无际、不知崖畔。九垓，九天。卢敖，战国时期燕国人。秦始皇统一天下后，让他去求神仙，一去不回。传说卢敖游北海时，见到一位仙人迎风而舞，便请求与他做朋友。仙人笑着对他说："吾与汗漫期于九垓之外，吾不可以久驻。"随即没于云海之中。（见《淮南子·道应训》）这里诗人用卢敖喻指卢虚舟。太清，道家三清境界之一，这里泛指仙界，参见孟浩然《望洞庭湖赠张丞相》注释 [2]。

这首杂言古诗写于唐肃宗上元元年（760 年）李白流放遇赦北归途经浔阳（今江西九江）重游庐山时。这首诗既是述游之作，也是述怀之作。诗中描绘了庐山美景，抒发了寄情山水和求仙访道的愿望。

从开头到"一生好入名山游"六句，写诗人隐逸山林、寻仙访道、寄情山水的豪情。"我本楚狂人，凤歌笑孔丘"，诗歌开篇化用接舆狂歌笑孔子的典故直抒胸臆，剖白无意追求功名、大胆突破礼教束缚、意愿隐居山林的情志。"手持绿玉杖，朝别黄鹤楼"，写诗人游庐山之前的行踪。"绿玉杖"体现此游高贵典雅，"黄鹤楼"具有神秘的传说，暗含求仙访道意味，为后面的诗句埋下了伏笔。"五岳寻仙不辞远"，点明此游目的在于求仙访道。"一生好入名山游"表现寄情山水的情志。

从"庐山秀出南斗傍"到"白波九道流雪山"十三句，描写庐山美景。"庐山秀出南斗傍，屏风九叠云锦张，影落明湖青黛光"三句，是对庐山景色的总体描绘。诗人从临高望远的俯视角度，用艺术化的语言描写了庐山的地理位置，用浓墨重彩之笔描绘了庐山屏风叠的绮丽山景，以挥毫泼墨气势勾勒出庐山与鄱阳湖构成湖光山色相互辉映的壮观景象。"金阙前开二峰长，银河倒挂三石梁。香炉瀑布遥相望，回崖沓嶂凌苍苍"四句，为具体景色描写。诗人选取庐山的铁船峰和天池山对峙形成的石门、三叠泉瀑布、香炉峰、黄岩瀑布等典型景点，从仰视的角度，描绘山峰高耸、直入云霄，瀑布倒挂、山水相望，崖石层叠、重峦叠嶂的秀丽景色。“翠影红霞映朝日”到“白波九道流雪山”六句，再次转为总体景色描写。“翠影红霞映朝日”，将山峰翠绿色与霞光橙色同时置于一个画面，形成强烈的色彩对比，展现翠峰与朝阳霞光交相辉映的绚丽景色。“鸟飞不到吴天长”，写飞鸟都难以越过庐山到达浔阳的上空，采用夸张的手法，突出展示庐山的高大巍峨与险峻。“登高壮观天地间，大江茫茫去不还”，写登高远眺长江的情景。诗人登高临远，吞吐天地于胸中，俯瞰远处的长江，只见江水苍茫，浩浩荡荡，滚滚东流，一去不回。“黄云万里动风色，白波九道流雪山”，渲染庐山周围壮观景象。置身庐山，仰望苍穹，霞光辉映下的黄色云朵，荡漾在蔚蓝的天空。平视远空，万里浮云，随风翻滚，不断变幻色彩。俯视大地，茫茫九派，江河汇流，波涛如峰，浪花如雪。“翠影红霞映朝日”以下六句诗，用语大气磅礴，意境雄浑阔远，体现出诗人博大胸襟与万丈豪情。

“好为庐山谣”到结尾十句，抒发求仙访道愿望。“好为庐山谣，兴因庐山发”两句，回应标题，承上启下。“庐山谣”一词直接对应标题内容，诗人表示乐意写诗歌颂庐山，承接上面写景部分内容，承上极为自然。写自己的兴致被庐山激发，承接以下抒发情志的诗句，“兴”不但指游山与作诗的雅兴，而且暗含求仙访道的兴致，启下颇为巧妙。“闲窥石镜清我心，谢公行处苍苔没”两句，具有巧妙过渡诗意的作用，将情感由庐山之“兴”转入清心遁世。石镜清心，显示诗人脱离世尘的意愿。诗人说谢灵运的踪迹已被苍苔隐没，寓意无法效仿谢灵运游山玩水。接下来，诗人明确表示“早服还丹无世情，琴心三叠道初成”，抒发了求仙访道的愿望。“遥见仙人彩云里，手把芙蓉朝玉京”，用虚幻的镜像，表达对访道成仙的憧憬。“先期汗漫九垓上，愿接卢敖游太清”两句，既回应了标题“寄卢侍御虚舟”，又体现了对卢虚舟的赞美。诗人将自己幻化为仙人，将卢虚舟比作卢敖，用卢敖求仙的典故，告诉卢虚舟：我已经约好神仙在九天之外会面，愿意邀请你一同遨游仙境。结尾两句，用幻化的细节描写，将读者思绪带入清虚缥缈的幻境之中，给人以无穷的遐想。

流放夜郎，对李白的打击非常大。获得自由之后北归途中，李白游历了一路上的美景。在自然美景感召下，历来不愿受束缚的李白，此时的政治热情应降到人生的最低点，于是便产生强烈的隐居江湖、托情山水、寻仙访道的愿望。诗歌竟出现“狂歌笑孔丘”的傲气，其实是李白遭受打击之后对仕途近乎绝望的心理反映。

明人桂天祥《批点唐诗正声》称颂此诗：“方外玄语，不拘流例。全篇开阖佚荡，冠绝古今。”诗歌最突出的艺术成就是写景方法高妙和词彩富有变化。诗人描写庐山美景，如同一个技法精湛的摄影大师，采用灵活多变的角度，艺术地展示了庐山美景。首先，诗人采用远景镜头，以鄱阳湖为背景，摄取以九叠屏为主的庐山全景，突出表现湖光山色的美景；接下来，诗人将镜头拉近，聚焦最能体现庐山美景的几个景点，推出一系列特写镜头，展示壮丽庐山的魅力；最后，诗人再次调为远景镜头，在仰视、平视和俯视角度之间切换，给出一组庐山远景风貌的长镜头。写景既体现出开阖逸荡的高超笔法，又蕴含天马行空的豪迈气度，是描写庐山美景的绝世佳作。

诗歌结构层次分明，第一部分开宗明义表达隐逸求仙之意愿，以“一生好入名山游”承上启下，引入第二部分写景内容。写景由远及近、由面到点，然后再由近及远，为第三部分抒情作出极为恰当的意境铺垫。第三部分是诗歌表意的主要内容，表达了诗人脱离世尘、求仙访道、实现精神超脱、获取绝对自由的愿望。

诗歌语言典雅，词采绚丽且多变，写景色彩随着感情变化，在“好入名山游”的感情基调下，诗人采用“秀出南斗”“屏风九叠”“云锦张”“影落明湖”“青黛光”等词语，以明丽的色调写远看庐山的美景。在“好为庐山谣”的感情基础上，诗人用“金阙”“银河”“苍苍”“翠影”“红霞”“朝日”等词语，以绚丽色调写庐山之中的胜景。当诗句开始为第三部分抒情做铺垫时，诗人用“天长”“壮观”“茫茫”“黄云”“万里”“白波”“雪山”等词语，以清淡的色调写庐山周围的远景。当抒发求仙访道之情时，诗人用“石镜”“苍苔”等词语，以清幽的色彩烘托远离世尘的情怀；用“彩云”“芙蓉”等词语，以亮丽色彩表达对仙界的向往之情；用“汗漫”“太清”等词语，以清虚色彩表达意欲成仙的梦想。

诗歌以七言为主，兼用五言，用“丘”“张”“还”“发”“成”五个韵，四次灵活换韵，句式与音韵灵活多变，音节嘹亮，读之令人趣味盎然，胸襟舒旷。

附：《庐山谣寄卢侍御虚舟》繁体字文本

廬山謠寄盧侍御虛舟

我本楚狂人，鳳歌笑孔丘。
手持綠玉杖，朝別黃鶴樓。
五嶽尋仙不辭遠，一生好入名山遊。
廬山秀出南斗傍，屏風九疊雲錦張，
影落明湖青黛光。
金闕前開二峯長，銀河倒掛三石梁。
香爐瀑布遙相望，迴崖沓嶂淩蒼蒼。

翠影紅霞映朝日，鳥飛不到吳天長。
登高壯觀天地間，大江茫茫去不還。
黃雲萬里動風色，白波九道流雪山。
好為廬山謠，興因廬山發。
閑窺石鏡清我心，謝公行處蒼苔沒。
早服還丹無世情，琴心三疊道初成。
遙見仙人彩雲裏，手把芙蓉朝玉京。
先期汗漫九垓上，願接盧敖遊太清。

十一、《梦游天姥吟留别》赏析

梦游天姥吟留别[1]

海客谈瀛洲，烟涛微茫信难求[2]。
越人语天姥，云霓明灭或可睹[3]。
天姥连天向天横，势拔五岳掩赤城[4]。
天台四万八千丈，对此欲倒东南倾[5]。
我欲因之梦吴越，一夜飞度镜湖月[6]。
湖月照我影，送我至剡溪[7]。
谢公宿处今尚在，渌水荡漾清猿啼[8]。
脚著谢公屐，身登青云梯[9]。
半壁见海日，空中闻天鸡[10]。
千岩万转路不定，迷花倚石忽已暝[11]。
熊咆龙吟殷岩泉，栗深林兮惊层巅[12]。
云青青兮欲雨，水澹澹兮生烟[13]。
列缺霹雳，丘峦崩摧[14]。
洞天石扉，訇然中开[15]。
青冥浩荡不见底，日月照耀金银台[16]。
霓为衣兮风为马，云之君兮纷纷而来下[17]。

虎鼓瑟兮鸾回车，仙之人兮列如麻[18]。
忽魂悸以魄动，恍惊起而长嗟[19]。
惟觉时之枕席，失向来之烟霞[20]。
世间行乐亦如此，古来万事东流水[21]。
别君去兮何时还，且放白鹿青崖间，
须行即骑访名山[22]。
安能摧眉折腰事权贵，使我不得开心颜[23]。

注释

［1］选自《全唐诗》（卷一七四），中华书局 1999 年版，第 1785 页。有的版本题为《梦游天姥山别东鲁诸公》或《别东鲁诸公》。天姥（mǔ），天姥山，在今浙江省绍兴市新昌境内，为道教名山。据《太平寰宇记》记载，在此山可以听到仙人天姥的歌声，故名为天姥山。吟，歌行体的一种。

［2］海客，来自海上的客人、海外来客。瀛洲，传说中的三大仙山之一。《史记》（卷二十八）记载，齐威王、齐宣王、燕昭王都曾使人入海求蓬莱、方丈、瀛洲，这三座神山，传说在渤海之中。汉代志怪小说《海内十洲记》中说："瀛洲在东海中，地方四千里。"烟涛微茫，指仙境云雾缭绕隐微渺远。信难求，确实难以寻求到。信，副词，意思是确实、果真、的确。

［3］越，春秋战国时期越国属地，范围大致在今江苏东部和浙江大部。越人，这里主要指浙江一带的与李白同时期的古人。语，动词，意思是述说、谈论。云霓明灭，指云雾霞光或明或暗、或隐或现，意思是指天姥山景色多变，暗指有仙人出没。或可睹，有时候可以看到。或，有时、也许。睹，看到、看见。

［4］连天，连接着天空。向天横，直入天空。横，横断，这里指山直插天空。势拔五岳，指山势高峻超过五岳（东岳泰山、南岳衡山、西岳华山、北岳恒山、中岳嵩山）。拔，突出、突起、超出、超越。掩赤城，遮掩了赤城山。掩，掩盖、遮掩。赤城山，在今浙江省天台县东北，属天台山。

［5］天台，天台山，位于今浙江省中东部。四万八千丈，夸饰山峰之高，不是确数。丈，长度单位，一丈约为 3.33 米。对此，面对着天姥山，此，指天姥山。欲倒东南倾，好像要向东南方向倾倒。欲，好像、仿佛。东南，方位名词做状语，是古代汉语名词做状语的一种用法。

［6］欲，期望、想要。之，代词，指越人谈论天姥山。度，越过、渡过。

镜湖月，指月光照耀下的镜湖。镜湖，又叫鉴湖，在浙江绍兴，参见贺知章《回乡偶书二首》注释［5］。

［7］剡（shàn）溪，今浙江省绍兴市嵊（shèng）州境内的主要河流。

［8］谢公宿处，指谢灵运游天姥山在剡溪的投宿处。谢公，谢灵运，参见《庐山谣寄卢侍御虚舟》注释［12］。谢灵运《登临海峤初发疆中作与从弟惠连可见羊何共和之》有“暝投剡中宿，明登天姥岑”诗句。渌水，清水。渌（lù），清澈。清猿，猿，因猿啼声凄清，故称为清猿。

［9］谢公屐，传言谢灵运自行设计的一种登山鞋，鞋底装有活动的锯齿，上山则去掉前齿，下山则去掉后齿。屐（jī），一种笨重的木底鞋。青云梯，传说中连接地面与天空的阶梯，即登天的阶梯，登之可以上天成仙。身登青云梯，化用谢灵运《登石门最高顶》“共登青云梯”诗句。

［10］半壁，指在天梯的半道上。因天梯高耸入云，非常陡峭，故称为“壁”。天鸡，传说中上天的鸡。《述异记》载：会稽“东南有桃都山，上有大树名曰桃都，枝相去三千里，上有天鸡。日初出照此木，天鸡则鸣，天下鸡皆随之鸣。”

［11］千岩句，意指上天的道路曲折盘旋，难以确定方向。迷花倚石，被花径所迷，靠在石头上。倚（yǐ），靠，一般指斜靠在某物或人身上。忽已暝，突然间天色变暗。暝（míng），天色昏暗。

［12］殷岩泉，指水流湍急震动泉水发出巨大响声。殷（yǐn），动词，意思是震动。栗，战栗。惊，惊恐。“栗”和“惊”皆为古代汉语的意动词，意思是以深林为栗，以层叠为惊。

［13］青青，黑沉沉的样子。青，这里指黑色。欲，将要。雨，动词，意思是下雨。澹澹，水波缓慢摇动的样子。烟，指水气、雾气。

［14］列缺，闪电。霹雳，极速且高烈度的打雷现象，发生迅疾，声音巨大，具有摧毁力。山峦崩摧，意思是山峦在霹雳之下好像要顷刻间崩塌倾倒。崩，崩塌。摧，倒塌、崩裂，见《蜀道难》注释［7］。

［15］洞天，指仙境、仙界。道教将神仙居住的地方称为洞天。石扉，石门。石扉，原诗为“石扇”，据别本改。訇然，形容声音非常大。中开，指石门从中间向两边打开。

［16］青冥，天空。浩荡，广大旷远。不见底，看不到边。底，尽头，这里指天边。金银台，指神仙所居的用金银构建的楼台亭榭。《史记》（卷二十八）中说，蓬莱、方丈、瀛洲三座仙山，各位仙人以及不死之药都在那里，仙人以“黄金银为宫阙”。郭璞《游仙诗·杂县寓鲁门》：“神仙排云出，但见金银台。”

［17］霓为衣，用云霓作为衣裳，风为马，将风作为马乘。云之君，云

神，这里泛指腾云驾雾的神仙。来下，指神仙向着诗人所在的地方降落。

[18] 鼓瑟，弹奏琴瑟。回车，拉车。列，排列，意思是各位神仙有秩序地站立。如麻，形容神仙像麻一样多。麻，见《蜀道难》注释 [22]。

[19] 悸（jì），心跳。恍，神情恍惚不定，有的版本为“怳”。长嗟，长叹。嗟（jiē），叹息、感叹。

[20] 觉（jiào），睡醒、醒来。向来，刚才、方才，指梦境时分。

[21] 行乐，寻求快乐。万事，表示事多，“万”不是确数。

[22] 君，指题目“吟留别”的对象，即“东鲁诸公”。去兮，原诗为“去时”，据别本改。白鹿，传说中神仙的坐骑。青崖，青山。须行，要远行。

[23] 安能，岂能。摧眉，指强壮笑脸，强装笑脸时将眉毛堆在一起，故曰摧眉。折腰，弯腰。事，伺候、侍奉。权贵，指当朝身居要职的贵族人物。开心颜，开心时候的面容，意思是开心的笑脸。颜，面容、容颜。

这首杂言古诗是一首记梦诗，也是一首游仙诗，更是一首述怀诗。李白供奉翰林“放还”之后，离开长安回到东鲁（在今山东省东南部），然后又到吴越（今江苏浙江一带）等地。这首诗就写于李白即将离开东鲁游历吴越与东鲁故人告别之时。

首句到“对此欲倒东南倾”，写传说中的天姥山总体景象。“海客谈瀛洲，烟涛微茫信难求。”海外来客谈起瀛洲，云雾隐微渺茫确实难以寻求。诗歌以“海客”“瀛洲”起兴，奠定了全诗神秘莫测的梦幻基调。“越人语天姥，云霓明灭或可睹。”越地的人说起天姥山，云霞忽隐忽现有时可以看见。由虚到实，开始切入题目，对应题目中“天姥”二字。“烟涛微茫”“云霓明灭”等词，暗含“梦”字。接下来，诗人用粗线条勾勒出天姥山高峻之概貌：天姥山峰连着上天直插云间，山势高于五岳遮掩了赤城山。天台山有四万八千丈高，而面对天姥山好像要向东南倾倒。其实，天姥山平均高度 700 多米，最高处大尖（芭蕉山）海拔不到 900 米。除了高过赤城山（海拔 338.8 米）之外，天姥山根本无法和五岳相比。东岳泰山主峰玉皇顶（天柱峰，也是最高峰）的海拔为 1532.7 米，西岳华山主峰南峰（最高峰）的海拔为 2154.9 米，南岳衡山主峰祝融峰（最高峰）的海拔 1300.2 米，北岳恒山最高峰馒头山海拔 2426 米（主峰天峰岭海拔 2016.8 米），嵩山最高峰连天峰海拔 1512.4 米（主峰峻极峰海拔 1492 米）。天姥山甚至无法与天台山（主峰华顶山海拔 1098 米）比拟。诗人在此则用大胆的夸张手法，无视客观事实将天姥山描写成耸立云霄、巍峨无比、天下独绝的奇山，让人既领略天姥山高峻巍峨的气势，又不觉有过分夸饰之嫌。原来，诗人巧妙地用“越人语天姥”一句，为此处描写早已做了铺垫。

“我欲因之梦吴越”到“仙之人兮列如麻”，写梦中天姥山景象。“我欲因之梦吴越”，言诗人因越人谈论天姥山而梦到了吴越胜景，极为自然地承接前面诗句，顺利地开启了梦游天姥山的游仙之旅。“一夜飞度镜湖月”已进入梦幻状态，实现了现实与梦境的自然切换。“湖月照我影，送我至剡溪”，月色清辉，湖光粼粼，人月相映，镜湖的月光一直伴随着诗人到达剡溪。这是诗人初入梦境所见到的明净、清澈、虚空的梦幻境界。“谢公宿处今尚在，渌水荡漾清猿啼”，梦中的谢灵运曾经住过的地方，清晰可辨，剡溪的清澈无比，碧波荡漾。在此境中，凄清的猿声也变为清幽之音。“脚著谢公屐，身登青云梯”，穿着谢灵运设计的登山鞋，攀登陡峭的山路，台阶没入云霄，仿佛在攀爬天梯。诗人连续提及谢灵运，一则折射出对谢公游历山水生活的仰慕，二则暗将自己与谢公类比以体现名士风采。“半壁见海日，空中闻天鸡”，写仙境中的视听美感。视觉的美感是红日出海，听觉的享受是天鸡长鸣，此时梦境已幻化为仙境。“千岩万转路不定，迷花倚石忽已暝”两句，写仙境迷幻之感。山路弯曲，石径盘旋，千回百折，方向难辨。诗人随意而行，忽见山花烂漫，奇花异草，色彩艳丽，令人流连忘返。美景无数，难以尽览，步伐越来越慢，行动愈发迟缓，忽见眼前磐石，立即倚石休憩，不觉迷迷糊糊，睁眼一看，暮色降临，四周昏暗。刚才还是海日喷薄而出，朝霞万道，转眼间便天色幽暗，四周朦胧。晨昏变化之快，明暗切换之疾，悠忽不定，风物多变，令人目不暇接。诗人通过夸张的笔法，使时空与色彩瞬间变幻，强化了梦幻仙境的神秘感。“熊咆龙吟殷岩泉，栗深林兮惊层巅”两句，写仙境震撼之感。巨熊咆哮，飞龙长吟，深林震动，岩石惊颤，诗人瞬间又经历了一个震撼惊异的幻境。然而，略一转身，别有洞天：“云青青兮欲雨，水澹澹兮生烟。”浓云低沉，风雨将至，水波荡漾，雾气升腾。转瞬之间，又一个神秘世界：“列缺霹雳，丘峦崩摧。洞天石扉，訇然中开。”闪电通明，听到惊雷阵阵，感到山峦似乎崩塌倾倒。紧接着，仙境的石门在巨响的同时从中间打开。仙境洞天，令人目眩，眼前又是一个壮丽阔远、光彩熠熠、金碧辉煌的仙界：“青冥浩荡不见底，日月照耀金银台。”诗人还没来得及仔细欣赏仙境美景，梦境中与众仙的风云际会便来到眼前：“霓为衣兮风为马，云之君兮纷纷而来下。虎鼓瑟兮鸾回车，仙之人兮列如麻。”仙人们以霓为衣，以风为马，从云中纷纷降下，来到诗人面前。诗人再定睛一看：老虎们弹奏着琴瑟，鸾鸟们驾着华车，仙人一排一排，密密如麻，前来会见诗人。此时，诗人已作为一个梦中仙人的身份，参加一场规模盛大的群仙聚会。这几句诗，将梦游天姥山的气氛推向高潮。以上内容，回应题目“梦游天姥”。

“忽魂悸以魄动”到结尾，写梦醒之后的感想。“忽魂悸以魄动，恍惊起而长嗟”两句，承上启下。上句以“魂悸”“魄动”承接群仙盛会，下句以

“惊起”“长嗟”开启情怀抒发。“忽”“恍”两词，形象地描写出由梦到醒的神态。“惟觉时之枕席，失向来之烟霞”是梦醒之后的最初感受：梦境中回到现实，只见枕席如故，梦中的一切美景瞬间烟消云散。“惟”“失”二字，显示出诗人梦境回到现实之际淡淡的失望情绪。梦醒之后，诗人陷入沉思，由梦中之幻联想到现实之幻，发出了“世间行乐亦如此，古来万事东流水”的感叹。在茫茫尘世中，寻求快乐，犹如梦幻，飘忽不定，奇迷难料。自古以来，风云际会，英雄辈出，无数惊天动地之举、千万扭转乾坤大事，都如流水，一去不返，荡然无存。“别君去兮何时还，且放白鹿青崖间，须行即骑访名山”三句，关合题目中的“吟留别”。既然人生如梦，变幻不定，那么此去行程也很难说准。与朋友作别之时，诗人难以确定何时才能再次回来。他的设想是：暂且将白鹿安置在风景秀美的青山之中，待到要出发的时候，即刻骑着白鹿，来一场说走就走的仙游，遍访各地名山秀水。“安能摧眉折腰事权贵，使我不得开心颜”两句，以惊世骇人的豪言壮语收束全诗。这一千古名句，吐尽李白在权贵面前所有的不平和愤懑，道出无数知识分子屈居人下、饱受凌辱、忍声吞气的心声，成为历代传唱的李白之标志性名言。

诗歌想象奇特瑰丽，从道听途说入笔，嫁接梦境，采用梦幻表现手法，由仙入梦，通过丰富的想象和大胆的夸张，描绘了天姥山秀丽景色和梦中奇幻的仙境，表达了对仙境的向往，体现出寄情山水的愿望，抒发了鄙视尘俗、蔑视权贵、崇尚自由的情志。诗人采用虚实结合的叙事手法，情节一波三折，曲尽其妙。首先从听闻闲谈起笔，引出天姥山话题，然后过渡到梦境，尽显梦中奇幻，最后再由梦境回到现实，引出千古慨然之叹。由醒到梦，入梦自然，梦中描写，奇曲多变。由梦到醒，出梦巧妙，境为情造，情因境发，相映成趣，意味无穷。写景采取以赋入诗手法，笔法飘逸，景境变幻莫测。湖光山色，绿水清波；海上红日，桃都天鸡；千岩叠嶂，山路盘旋；繁花似锦，磐石如床；熊咆龙吟，深林惊颤；浓云密布，水波荡漾；天崩地裂，洞天中开；清空浩荡，亭台辉煌；披霓御风，仙人显现；猛虎鼓瑟，仙鹤驾车；仙人云集，列队如麻。诗人挥毫泼墨，大笔濡染，一口气写了数十个艺术场景，各景境间频繁切换，笔法极为自然。画面色彩多变，有空明沉静，也有色彩斑斓，有清虚幽深，也有流光溢彩，表现出诗人超人想象力与无穷表现力。语言飘逸流畅，由四言、五言、六言、七言到九言，杂言相间，摇曳多姿，纵横恣肆，淋漓酣恣，大气磅礴。诗歌多韵转换，节奏富有变化，风格豪迈飘逸且雄奇浪漫。

附：《梦游天姥吟留别》繁体字文本

夢遊天姥吟留别

海客談瀛洲，煙濤微茫信難求。
越人語天姥，雲霓明滅或可睹。
天姥連天向天橫，勢拔五嶽掩赤城。
天台四萬八千丈，對此欲倒東南傾。
我欲因之夢吳越，一夜飛度鏡湖月。
湖月照我影，送我至剡溪。
謝公宿處今尚在，淥水蕩漾清猿啼。
腳著謝公屐，身登青雲梯。
半壁見海日，空中聞天雞。
千巖萬轉路不定，迷花倚石忽已暝。
熊咆龍吟殷巖泉，慄深林兮驚層巔。
雲青青兮欲雨，水澹澹兮生煙。
列缺霹靂，丘巒崩摧。
洞天石扉，訇然中開。
青冥浩蕩不見底，日月照耀金銀臺。
霓為衣兮風為馬，雲之君兮紛紛而來下。
虎鼓瑟兮鸞囬車，仙之人兮列如麻。
忽魂悸以魄動，恍驚起而長嗟。
惟覺時之枕席，失向來之煙霞。
世間行樂亦如此，古來萬事東流水。
別君去兮何時還，且放白鹿青崖間，須行即騎訪名山。
安能摧眉折腰事權貴，使我不得開心顏。

十二、《南陵别儿童入京》赏析

南陵别儿童入京[1]

白酒新熟山中归，黄鸡啄黍秋正肥[2]。
呼童烹鸡酌白酒，儿女嬉笑牵人衣[3]。
高歌取醉欲自慰，起舞落日争光辉[4]。
游说万乘苦不早，著鞭跨马涉远道[5]。
会稽愚妇轻买臣，余亦辞家西入秦[6]。
仰天大笑出门去，我辈岂是蓬蒿人[7]。

注释

［1］选自《全唐诗》（卷一七四），中华书局 1999 年版，第 1792 页。有的版本题为《古意》。南陵，一说指东鲁（今山东曲阜一带）南陵村。在入京作供奉翰林前，李白曾将家安置在东鲁。一说安徽南陵（今安徽南陵县），李白在妻子许氏辞世后，经人撮合与刘氏合为夫妻，定居于安徽南陵。儿童，指李白的子女。

［2］白酒，上等好酒。古代将好酒分为清酒与白酒。《礼记·内则》："酒：清、白。"新熟，指酒刚酿出来。山中归，从山中回到家。黍，参见王维《积雨辋川庄作》注释［2］。

［3］嬉笑，欢笑。

［4］取醉，为了醉而饮酒。起舞句，意为醉后起舞，兴致与落日争辉。

［5］游说（shuì），劝说皇帝听从自己的见解，以获取功名。战国时期盛游说之风，如苏秦、张仪都是著名的游说之士。这里游说代指向皇帝敬献治国方略。万乘，这里代指唐玄宗。周礼规定天子地方千里，车万乘，后来以万乘代指帝王。乘（shèng），古代计算车辆的量词。苦不早，恨不能早点（见到皇帝）。著（zhuó）鞭，用鞭子抽打。

［6］会稽句，用汉代朱买臣典故。买臣，指朱买臣。朱买臣（？—前 115 年），字翁子，会稽郡吴县（在今苏州）人，西汉大臣，曾出任会稽太守，位列九卿。朱买臣发迹之前，妻子离他而去。后来朱买臣做了会稽郡太守，妻子见他之后，不久羞愧而死。余，古代用于第一人称，我。西入秦，指西行到长安。秦，指唐都长安（今西安）。长安在春秋战国时期属于秦地。后人以秦代

称关中一带地区。

[7] 蓬蒿人，山野之人，意即没有官职栖身山林野草之地的人。

这首七言古诗，既是一首咏别诗，也是一首述怀诗。李白一生，渴求功名。他14岁开始就四处奔波，拜谒权贵，投赠诗作。开元八年（720年），谒见过益州（在今四川一带，治所在成都）长史苏颋。之后，拜见过了受三代皇帝（高宗、中宗和玄宗）崇敬的道士司马祯。开元二十二年（734年），谒见过荆州长史兼襄州刺史韩朝宗。开元二十三年（735年），玄宗一次狩猎，李白乘机向唐玄宗呈献《大猎赋》。之后，在长安结识了卫尉张卿，并通过他向玉真公主（字玄玄，号持盈，唐睿宗李旦之女，玄宗胞妹）献了诗，并在这一时期结识了贺知章。由于玉真公主和贺知章的交口称赞，玄宗看了李白的诗赋，对其表示赞赏。唐玄宗天宝元年（742年），41岁（古算法42岁）的李白，接到了唐玄宗召他入京做官的诏书，他异常兴奋，认为仕途从此便可青云直上。他回到南陵家中，与子女告别，难掩喜悦之情，奋笔疾书，写下了这首激情洋溢的诗作。

开首两句，写诗人回到家中所看到的欢乐景象。“山中归”对应题目中的“南陵”。诗人用秋天的山野、刚酿成的美味白酒、啄食着黄米的肥硕黄鸡等意象，描绘了一个丰收、祥和、恬静、快乐的意境，烘托出诗人欢快愉悦的心情，为整个诗歌奠定了温情欢娱的气氛。

“呼童烹鸡酌白酒，儿女嬉笑牵人衣”两句，是具体细节描写。儿女们听到父亲入京做官的消息，欢呼雀跃。全家为了庆祝李白奉诏进京的喜事，开始尽全力备办简朴的酒宴。李白平时描写酒席，写餐具往往用“金樽”“玉盘”“玉碗”“玉壶”“玉瓶”“金罍”等词，写酒多用“绿酒”“清酒”“美酒”等词，写筵席多用“珍馐”“瑶池宴”“瑶席”“玳瑁宴”等词。但在这里，诗人仅用“烹鸡酌白酒”一词，道出质朴温馨的家宴特色。儿女嬉笑与牵衣等细节，侧面烘托出诗人喜悦心情。

“高歌取醉欲自慰，起舞落日争光辉”两句，是更进一步的细节描写。诗人开怀痛饮，引吭高歌，乘兴舞剑，剑光映日，与霞光熠熠同辉。这些细节描写，生动形象地刻画了诗人当时兴高采烈的情形。诗人的这些行为，是内心世界的折射。这两句细节描写，实际上是心理反应的描写，比前两句更深一层。

“游说万乘苦不早，著鞭跨马涉远道”两句，表现李白急切进京的炽热心情。诗人没有表达对儿女的依恋，而是迫不及待地表现出愿早日见到皇帝献上治国谋略的急切心情。“苦不早”“著鞭跨马”等词语，反映了诗人当时满怀政治热情、着急建功立业的迫切心情，对应题目中“入京”。

“会稽愚妇轻买臣，余亦辞家西入秦”两句，用朱买臣之妇的典故，对刘氏进行了谴责。西汉朱买臣年少时家贫，嗜好读书。四十岁仍是落魄儒生，夫妻二人常常上山砍柴换粮来维持生计。朱买臣在挑柴途中背诵诗文，被人耻笑为书痴。妻子崔氏觉得难堪而劝朱买臣，他诵诗文声音反而更响。妻子感到羞愧，要离他而去。朱买臣说："我年五十当富贵，今已四十余矣。女苦日久，待我富贵报女功。"妻子怒怼："如公等，终饿死沟中耳，何能富贵！"朱买臣无法挽留她，只好写了休书，任妻子离他而去。后来朱买臣做了会稽郡太守，见到崔氏和他的丈夫在修路。"买臣驻车，呼令后车载其夫妻，到太守舍，置园中，给食之。居一月，妻自经死，买臣乞其夫钱，令葬。"（《汉书》卷六十四上）。李白在夫人许氏去世后，与一位刘姓女人合为夫妻。刘氏不满李白生活态度与行为，不久离开了李白。这两句诗，既委婉地表达了诗人对刘氏离走行为的不满，又将自己与朱买臣类比，表达了功业立就、慷慨激越的自信。"辞家西入秦"对应题目中"别儿童入京"。

结尾两句表达了对仕途的极度自信。"仰天大笑出门去"对应题目中"别儿童"。"我辈岂是蓬蒿人"暗含题目"入京"之意。这两句诗，使李白供奉翰林之前踌躇满志的狂傲神态跃然纸上，将李白入京之前得意自信情态表现得淋漓尽致。

这首诗是认知李白狂放性格和狂热追求功名心志的代表作之一。诗歌以叙述为主，夹叙夹议，抒发了与儿女共乐的欢娱之情，表达了急切求用的心态和踌躇满志的豪迈情志。与唐代其他诗人相比，李白不但狂傲略无涯畔，而且在仕途取进中表现得更为幼稚，甚至是天真。李白接到进京诏书之时，已过不惑之年。如果是稍微具有政治城府的文人，虽然内心喜极，却不至于得意忘形。但李白是一个性情中人，喜怒皆现于色，乐悲不藏于心，加之他对官场并无深刻认知，所以见到皇帝诏书，认为自己梦寐以求的建功立业机会到来了。也许当时李白认为，见到唐玄宗之后，凭借自己胸怀天下的志向和阔远的胸襟、超人的才情和满腹经纶的学识，加之口若悬河、纵横捭阖的口才（李白曾随从赵蕤学纵横术）、一流的剑术、飘逸的气质、潇洒的外貌等等优势因素，在见到唐玄宗之后，通过一番如同刘备与诸葛亮的策对之举，封侯拜相易如探囊取物。如此心境之下，性情狂放的李白，在这首诗中一系列极其喜悦、甚至扬扬得意的举动，便是意料之中的情态。客观冷峻地看，李白此时的狂放，与清人吴敬梓《儒林外史》中的"范进中举"疯狂行为，本质上是没有多少区别的。但千古以来，人们对李白诗中的狂傲举动并不反感，甚至极少有对李白进行嘲讽，反而觉得他直率之态可掬，究其原因，是因为李白心性纯真，他把最真的情感毫无掩饰地展示于世人。

诗歌寓抒情于叙事之中，手法高妙。此诗其实是一个小故事，写诗人从"山中归"到"出门去"期间的几个生活片段，叙述直陈其事，夹叙夹议，将情感蕴含于典型的细节描写之中。诗歌结构完整，有直接描写，也有侧面烘托，有行为描写，也有心理刻画，有直抒胸臆，也有委婉用典。感情发展由快乐、到喜悦、到激越、到急切、最后到旷放，在感情到达峰顶之时戛然而止。语言古质朴拙，依据情感遣词用字，平易不失精微。在音韵方面，随感情变化而灵活转韵，在感情激烈变化之时，竟然两句一韵就即刻转韵，舒卷自如，流畅自然，体现出古质率真、粗犷豪放、凌厉激越的艺术风格。

附：《南陵别儿童入京》繁体字文本

南陵別兒童入京

白酒新熟山中歸，黃雞啄黍秋正肥。
呼童烹雞酌白酒，兒女嬉笑牽人衣。
高歌取醉欲自慰，起舞落日爭光輝。
遊說萬乘苦不早，著鞭跨馬涉遠道。
會稽愚婦輕買臣，余亦辭家西入秦。
仰天大笑出門去，我輩豈是蓬蒿人。

十三、《宣州谢朓楼饯别校书叔云》赏析

宣州谢朓楼饯别校书叔云[1]

弃我去者昨日之日不可留[2]，
乱我心者今日之日多烦忧[3]。
长风万里送秋雁，对此可以酣高楼[4]。
蓬莱文章建安骨，中间小谢又清发[5]。
俱怀逸兴壮思飞，欲上青天览明月[6]。
抽刀断水水更流，举杯销愁愁更愁[7]。
人生在世不称意，明朝散发弄扁舟[8]。

注释

［1］选自《全唐诗》（卷一七七），中华书局 1999 年版，第 1814 页。有

的版本题为《陪侍御叔华登楼歌》或《宣州谢楼饮别校书叔云》。宣州，今安徽宣城一带。谢朓（tiǎo）楼，又名北楼、谢公楼，南朝齐诗人谢朓在任宣州太守时所建，起名曰“高斋”。唐时重建此楼，因其在宣州郡署之北，故称北楼或北望楼。独孤霖任宣州刺史的时候改建此楼，更名为“叠嶂楼”。该建筑现位于安徽宣城市宣州区陵阳路，人们惯称为谢朓楼或谢公楼。自谢公楼建成后，历代文人多有登临赋诗者。李白曾在天宝年间多次登临谢公楼。除了本诗，他还写过多首有关谢公楼的诗篇。饯（jiàn）别，设宴送别。校书叔云，指李白的叔叔李云。校（jiào）书，古代官职名，李云时任秘书省校书郎，故李白称他为校书叔。

［2］弃我去者，离我而去的。弃，离开。者，助词，的。

［3］乱我心者，扰乱我内心的。乱，动词，意思是扰乱、打乱、使……乱。

［4］酣高楼，在高楼上尽情畅饮。酣（hān），饮酒尽兴。高楼，名词置于动词之后做状语，意思是在高楼上、于高楼上。

［5］蓬莱，传说中的仙山，汉代学者将朝廷贮藏图书的机构东观称作蓬莱，以形容东观所藏经典之多。李白在此用蓬莱喻指秘书省，故称李云的文章为“蓬莱文章”。建安骨，建安风骨，是后代人对建安时期诗文风格的称颂用语。小谢，指谢朓。谢灵运和谢朓（二人同族，谢朓为晚辈）在中国山水诗创作中都做出了重要贡献。后人称谢灵运称为“大榭”，谢朓称为“小谢”。清发，指谢朓诗作清新秀丽的风格。

［6］俱，副词，意思是都、全、一起。逸（yì）兴（xìng），超逸的意兴。壮思，豪壮的情思。览，同“揽”，有的版本为“揽”，意为采摘。“览明月”原诗为“览日月”，据别本改。

［7］销愁，消除忧愁。销愁，有的版本为“消愁”。愁更愁，有的版本为“愁复愁”。

［8］人生在世，有的版本为“男儿在世”。散发弄扁舟，意思是避世作隐士。《史记》（卷一百二十九）载：范蠡功成名就后“乘扁舟浮于江湖”。此诗句暗用其意。散发，指脱去冠缨，不受礼数约束。扁（piān）舟，小船。散发弄扁舟，有的版本为“举棹还沧洲”。

这首古诗是李白在与其叔父李云饯别时的作品。李云为官刚直，清正廉洁，李白对这个叔父很敬重，二人交情深厚。除了此诗，李白还写过《饯校书叔云》。李云是唐代古文家，任秘书省校书郎，专门负责整理校勘图书典籍。玄宗天宝十一载（752年）李云调任监察御史。次年李云到宣州（今安徽宣城）与客居宣州的李白相遇，二人同登谢朓楼饮酒，李白为之饯行而作此诗。诗歌抒发了诗人怀才不遇的满腔愤懑，表达对现实的极度不满，表现隐居山林与尘世隔绝的愿望。

开篇两句直言郁闷烦恼之情。“弃我去者昨日之日不可留”抒写对昔日的无奈。时光飞逝，年过半百，功业未建，滞碍连蹇，生活困顿，这些都让诗人唏嘘不已，于是他发出了无奈的慨叹：一切都弃我而去了，昨天已无法挽留。“乱我心者今日之日多烦忧”抒发对今日的不满。“东隅已逝，桑榆非晚”（王勃《滕王阁序》），既然昨天已经无法挽留，那就应该抓住今天，努力成就功业。可现实却不容许李白如此。天宝以来，唐玄宗李隆基不但懈怠朝政，贪图享乐，纵情声色，荒淫无度，而且弃贤用佞，日渐昏庸，导致李林甫、杨国忠等人相继把持朝政，结党营私，排除异己，整个王朝乱局叠出，政治腐败，军阀割据，边患不断，民不聊生。在这种政局之下，像李白这样性情狂放、傲睨权贵的人，不可能得到重用，甚至连得到启用也不可能。李白将功业未就的原因归纳为统治者远贤亲佞的昏庸和整个朝政的腐败，他内心充满对社会不公的愤慨。但这种强烈的忧愤又不能毫无顾忌地喷发而出，只能表现为烦忧的情绪。诗人将感情控制在“怨而不怒”的儒家诗风的规范之内，用“不可留”“多烦忧”表现了强烈的忧愤与不满。

三、四两句承上启下，由直接抒情转为景色描写，然后再过渡到抒情议论。“长风万里送秋雁”句，表面上看了并没有承上的作用，但实际上是承接上句而来的写景。诗人将满腔愤懑咽下去，深深地吸了一口气，仰起头来，将眼睛投向远方：秋高气爽，天高云淡，大雁一字排行，叫着向南飞去。情到极处，顿然打住，转而言他，这是情感极为悲沉的表现。这种顿挫的笔法，在李白诗中并不多见。前两句诗还在直接抒发情感，第三句却突然转向写景，诗境和诗情颇有“欲说还休，欲说还休，却道天凉好个秋”（辛弃疾《丑奴儿·书博山道中壁》）的意味。“对此可以酣高楼”句，由前句写景引发出抒情，“酣高楼”回应题目“饯别”，引发下句豪情。

五、六两句对宾主文才进行评论。“蓬莱文章建安骨”，是对叔父李云文才的赞美。诗人说：蓬莱（见注释）叔啊，您的文章深得建安风骨。刘勰《文心雕龙·时序》在论及建安时期的文学时写道：“观其诗文，雅好慷慨。良由世积乱离，风衰俗怨，并志深而笔长，故梗概而多气也。”后人遂用“建安风骨”称赞三曹（曹操、曹丕、曹植）、七子（孔融、陈琳、王粲、徐干、阮瑀、应玚、刘桢）为代表的魏晋时期作家的诗文所体现的深沉刚劲、慷慨悲凉的艺术风格。用“建安骨”称颂李云诗文，体现诗人对这位叔叔文采的赞赏之情。“中间小谢又清发”，对自己文才的肯定。诗人以谢朓自比，自豪地对李云说：侄子我的诗作嘛，犹如小谢明丽清疏。“蓬莱”关合题目中的“校书叔云”。“小谢”回应题目中的“宣州谢朓楼”。

七、八两句抒发二人才思与豪情。“俱怀逸兴”显示叔侄二人皆性情俊逸，诗兴勃发。“壮思飞”表露二人豪壮情思凌空，飘然飞升，直上云霄。“欲上青天览明月”是逸兴遄飞之后的具体行为。“上青天”“览明月”等心理活动描写，一方面表现出诗人心性高远，品性高洁，另一方面表达了诗人想摆脱现实，超然尘外的愿望。这两句诗是“酣高楼”的具体行为体现。诗人酒酣之际，仰望苍穹，才思涌动，情致遄飞，豪情高扬，心骛八极，神游万仞，长空舒啸，手揽明月，内心的激扬情绪达到高潮。

“抽刀断水水更流，举杯销愁愁更愁”两句，表现出烦忧无法用酒排遣的愁苦心情。酒酣之际的梦幻理想，难敌现实无情的打击。豪情万丈的李白，一旦想到沉闷的现实，心情便立刻急转直下。刚才还是豪情万丈，情绪达到极为兴奋的顶点，转瞬间情绪一落千丈，心情跌入抑郁苦闷的谷底。这两句诗让人感到突兀，但仔细思量，又觉如此抒情，手法独特。起伏不定的情绪表达，正好折射出李白内心极度痛苦的心情。这就是李白的诗，大开大合，大升大降，大起大落，大喜大悲，纵横捭阖，奔腾回旋，参差错落，淋漓尽致，令人在震惊的同时由衷地发出赞叹。

结尾两句，表达了诀别世尘、隐居江湖的愿望。“人生在世不称意”是诗人对现实的认知。“明朝散发弄扁舟”是超脱现实的途径。封建文人，表达对统治者失望的行为往往是隐居山林，逃避现实。这一来表现自己具有高洁人格，二来宣誓与肮脏世尘的决裂。“散发弄扁舟”化用范蠡功成身退的典故，一来暗以范蠡自比，二来表达不平之意。功成身退是李白的人生理想。范蠡退隐是建立奇功之后的全身之策，而诗人归隐则是功名无望的无奈之举。相比之下，诗人内心充满苦闷。

这本是一首饯别诗作，但内容并无别情，而是大书特书怀才不遇的愤懑之情。其原因有三：一则二人交情深厚，无需刻意表现离情别绪；二则两人际遇相似，怀才不遇是共同心声；三则李白才情，天下无双，不拘格套，随心所欲。作为封建文人，李白有极其强烈的功名之心，但他的性格很难融入主流社会。李白傲睨权贵，蔑视财富，桀骜不驯，狂放不羁，他的性情与封建社会政治体制和整个社会系统具有不可调和的矛盾。“我本不弃世，世人自弃我。”（《送蔡山人》）李白“在世不称意”似乎是情理之中的事。李白将这一切全部归咎于官府黑暗与社会不公正。从理想社会的角度看，李白的认知值得肯定。归隐山林，与世尘决裂，在今天一些观点看来，是逃避现实的消极情绪。但对于封建文人，表达对现实的不满往往只能选择退隐之路，他们不可能有推翻制度、打破体制的思想意识，即使有也不可能凭借一个书生的能力去做。所以，今人在读古诗词时，不可动辄就用消极、逃避之语苛责古人。

在艺术上，这首诗紧紧围绕题目展开抒情议论，尤其是充分利用谢朓楼景境，借着“酣高楼”酒力，展示内心不平，抒发满腔忧愤，抒啸激越豪情，表明归隐愿望。结构大开大合，情感大起大落，悲喜切换如同瀑流直下，情绪起伏犹如波涛汹涌。诗歌语言朴质旷放，遣词用句脱口而出，议论抒情毫无滞碍。诗歌以仄起入韵，根据情感抒发需要灵活换韵，在表达激越情感时换为“发”“月”韵。然后随着情感跌落，立即用“愁”字作句末，切回原韵。整个诗歌感情跌宕起伏，既有千古忧愤，又有万丈豪情，气势豪壮，笔力雄健，空无傍依，神韵天然。

附：《宣州谢朓楼饯别校书叔云》繁体字文本

宣州謝朓樓餞別校書叔雲

棄我去者昨日之日不可留，
亂我心者今日之日多煩憂。
長風萬里送秋雁，對此可以酣高樓。
蓬萊文章建安骨，中間小謝又清發。
俱懷逸興壯思飛，欲上青天覽明月。
抽刀斷水水更流，舉杯銷愁愁更愁。
人生在世不稱意，明朝散髮弄扁舟。

十四、《下终南山过斛斯山人宿置酒》赏析

下终南山过斛斯山人宿置酒[1]

暮从碧山下，山月随人归[2]。
却顾所来径，苍苍横翠微[3]。
相携及田家，童稚开荆扉[4]。
绿竹入幽径，青萝拂行衣[5]。
欢言得所憩，美酒聊共挥[6]。
长歌吟松风，曲尽河星稀[7]。
我醉君复乐，陶然共忘机[8]。

注释

[1] 选自《全唐诗》(卷一七九)，中华书局1999年版，第1830页。终南山，参见王维《终南别业》注释[1]。斛斯山人，姓斛斯的隐士。斛斯，复姓。山人，古代对隐士高人或与世无争的高人、道士等的称呼，也用于谦称，意思是山野之人或山里之人。此外，卜卦、算命等江湖术士有时也称“山人”。

[2] 暮，傍晚。碧山，指终南山。下，走下来。

[3] 顾，回头看。苍苍，深青色。翠微，指青翠掩映的山腰幽深处。

[4] 荆扉，参见王维《渭川田家》注释[3]。陶渊明《归去来兮辞》:“乃瞻衡宇，载欣载奔。童仆欢迎，稚子候门。”“童稚开荆扉”句，暗含化用此诗意。

[5] 青萝，一种攀附在树干、石崖或墙上的藤蔓。行衣，行人的衣服，即诗人的衣服。

[6] 欢，快乐、欢快。言，语助词，无意义。得所憩，得到休息之所。憩，休憩、休息。聊，姑且、暂且。挥，指将酒饮尽。

[7] 松风，即《风入松曲》，古乐府曲。河星，银河里的星星。河，指银河。河星，有的版本为“星河”。

[8] 复乐，乐上加乐，即非常快乐。陶然，快乐的样子。忘机，天然纯朴的状态。机，机心、机巧奸诈之心。《庄子·天地》:“有机事者必有机心。机心存于胸中，则纯白不备。”

这首五言古诗既是一首山水田园诗，也是一首饮酒诗。对于诗歌的写作年代，有多种说法，一说写于开元十八年（730年）李白第一次入长安时，一说写于玄宗天宝元年（742年）到天宝三载（744年）李白在长安作供奉翰林时期；一说作于唐玄宗天宝十一载（752年）李白隐居终南山时。根据诗作内容以及多种资料显示，此诗当做于李白在长安作供奉翰林时期。

前四句写到达斛斯山人的山村。黄昏时分，暮色苍茫，碧山环抱，明月相随，诗人从弯弯曲曲的山路下来之后，斛斯山人的住处便呈现在眼前。暮色茫茫，青翠深掩，回望来时的山路，弯弯曲曲地缠绕在苍翠山腰之中，时隐时现。暮色、碧山、明月、山路、深林、行人等意象，构成了一个幽静淡雅的山村暮色投宿图。“暮从碧山下”关合题目的“下终南山”。“山月随人”增添了诗人之行的雅趣，“顾所来径”，显示出诗人对苍苍碧山的迷恋。

中间六句写诗人同斛斯山人宾主相见甚欢与开怀畅饮的情景。“相携及田家”，暗示诗人与斛斯山人会面地点是院外，斛斯山人早已在路口等候多时。“相携”一词，形象地表现出二人交情深厚，主人待客热情。“童稚开荆扉”，不但显示出斛斯山人全家真诚待人，而且使整个迎客画面生动活泼，充满趣味。诗人暗用陶渊明《归去来兮辞》“童仆欢迎，稚子候门”之意，蕴涵自己与斛斯山人一家亲密的友情，同时也暗含对斛斯山人远离尘世、幽居深山行为的赞许之情。“绿竹入幽径，青萝拂行衣”两句，是诗人进入斛斯山人院落之后的情景。绿竹高雅，小径清幽，青萝低垂，轻拂衣衫，分明是一个雅致、幽静、恬适的世外桃源，让诗人内心由衷地羡慕与称赞。“欢言得所憩，美酒聊共挥”两句，是宾主笑谈与畅饮的情景。“欢言”表现出诗人轻松欢快的心情。山人幽居，无拘无束，全然没有官场逢迎的虚伪，没有官阶宗法的规束，更没有尔诈我虞的奸邪。在这里，诗人可以充分享受狂放不羁的精神自由，体验幽居山林恬淡闲适的生活乐趣。“得所憩”关合题目中的“过斛斯山人宿”。“美酒聊共挥”关合题目中“置酒”。李白生性嗜酒，恰逢来到心仪的山居，遇到热情的友人，得到醇香的佳酿，自然会一醉方休。“聊”表现了诗人暂且忘却官场纠葛与一切烦恼，“共挥”是宾主举杯一饮而尽，形象地再现了诗人与友人满杯高举、畅怀豪饮的情形。

结尾四句写宿山居与斛斯山人一夜共欢的情形。“长歌吟松风，曲尽河星稀”写宾主兴致高扬，通宵吟诗酬和。酒酣之际，情致高昂，吟诗长歌，松风相和。宾主彼此唱和，诗兴浓厚，不觉银河西沉，夜阑星稀。诗人和斛斯山人吟诗高歌至深夜，足现雅兴之高。“我醉君复乐，陶然共忘机”写宾主酒醉之后赤诚相欢。二人酩酊大醉，看着李白酒后豪迈飘逸的举止，斛斯山人十分欢快。宾主二人忘却人间所有烦恼，抛却尘世所有牵挂，用童心看待世界，用赤诚对待彼此，心境达到了毫无机心的天然状态，人格跃升到消泯物我之际的浑然境界。

这首诗是李白少有的山水田园诗作。清人沈德潜说：“太白山水诗亦带仙气。”（《唐诗别裁集》卷二）李白的田园诗与王孟不同，透出一种飘逸清丽的潇洒气韵。诗歌叙述了在斛斯山人家里饮酒过宿的情景，表达对山人生活的激赏之情，抒发宾主之间的纯真友情，崇尚纯然无机人际关系。

情绪表现要受到诗人旨意的约束。李白酒酣吟咏诗歌，往往狂放不羁，豪情万丈。但这首诗写酒酣，则用“长歌吟松风，曲尽河星稀”来表现高雅举止。原因在于这首诗的主题在于表现田园雅趣，诗人的行为举止以及情感表露必须服务于这一主旨。这样一来，李白在本诗酒酣之举自然掩抑收敛了许多。但李白就是李白，他无论如何也不可能如同王维和孟浩然内敛。“共挥”“长歌”“曲尽”“我醉”“陶然”等词语，仍然能够感觉到李白飘逸洒脱的身影。

在艺术上，诗歌以叙述为主，在叙述中兼有描写，并将抒情寓于叙述之中。故事清雅，情节完整，语言平淡爽直。诗歌一韵到底，音韵清幽淡远。

附：《下终南山过斛斯山人宿置酒》繁体字文本

下終南山過斛斯山人宿置酒

暮從碧山下，山月隨人歸。
卻顧所來徑，蒼蒼橫翠微。
相攜及田家，童稚開荊扉。
綠竹入幽徑，青蘿拂行衣。
歡言得所憩，美酒聊共揮。
長歌吟松風，曲盡河星稀。
我醉君復樂，陶然共忘機。

十五、《月下独酌四首》（其一）赏析

月下独酌四首（其一）[1]

花间一壶酒，独酌无相亲[2]。
举杯邀明月，对影成三人[3]。
月既不解饮，影徒随我身[4]。
暂伴月将影，行乐须及春[5]。
我歌月裴回，我舞影零乱[6]。
醒时同交欢，醉后各分散[7]。
永结无情游，相期邈云汉[8]。

注释

[1] 选自《全唐诗》（卷一八二），中华书局1999年版，第1859页。有的版本题为《月下独酌》。独酌，独自一人饮酒。

[2] 花间，有的版本为“花下”或“花前”。无相亲，没有亲近之人，指没有陪自己喝酒的人。

[3] 对影成三人，对着自己的影子，成了三人。三人，指月亮、诗人和

自己的影子。

[4] 不解饮，不懂、不晓得饮酒。解，了解、明白。徒，参见孟浩然《望洞庭湖赠张丞相》注释 [5]。

[5] 将，和、与。及春，乘着春光。及，乘着、趁着。

[6] 裴回，徘徊，有的版本为“徘徊”。零乱，有的版本为“凌乱”。

[7] 交欢，彼此欢悦、相互欢乐。

[8] 无情游，指“醒时同交欢，醉后各分散”的那种交游。相期邈云汉，相约在银河相见。期，见《庐山谣寄卢侍御虚舟》注释 [15]。邈，杳远、遥远。云汉，指银河。邈云汉，有的版本为“碧岩畔”。

这首五言古诗是一首借酒咏怀的诗篇。诗歌作于玄宗天宝三载（744 年）春李白任供奉翰林时期。诗歌叙写了月下独酌的孤独之感，抒发了诗人在酒酣自我派遣时清虚高雅的情怀。

前面四句回应题目“月下独酌”。独自一人，形影相吊，花间饮酒，举杯浇愁。为了不使自己感到孤独，邀请明月与己共饮，连同自己身影，暂且凑够三人。三人为众，勉强一桌酒局，孤寂冷清的场面顿时“热闹”有趣起来。“无相亲”“邀明月”，突出显示诗人孤独无助情景。花间月下饮酒，邀明月同饮但不邀花，不但取意高洁，而且立意高远。若邀花草，趣味和格调则截然不同。这四句诗，在孤独中寻求慰藉，情感由悲苦渐渐转为暂时平静。

中间四句明意，写即时行乐。虽然连月带影勉强凑了“一桌”，但明月并不知晓饮酒的意义，影子更不知饮酒之趣，徒然地跟随自己。自己仍然孤独一人。情绪立刻又由平静转为孤寂。无奈之际，诗人突然由笔锋一转，开始自我安慰：还是暂且让明月和影子相伴吧，乘着春天月光明媚的良宵，好好独自快乐一把。感情又拉回到快乐区域。这四句诗，欲扬先抑，点明诗意：“行乐须及春”。李白在此表示人生须要即时行乐。此处的“即时行乐”并不是及时荒乐，而是借助酒意、乘春风月色即时忘却烦恼，排遣内心苦闷，实现精神超脱，是诗人孤寂中借酒销愁状态下自我排遣的一种无奈选择。

最后六句写与月同欢。感情基调确定为即时行乐之后，诗人便立刻旷放起来。“我歌月裴回，我舞影零乱”表现出人月交欢、身影共舞、剑月同辉的场景。诗人连用两个“我”，暗含孤独之意。通过“歌”“舞”两个细节，叙写独酌酒酣之际吟咏诗歌、挥舞宝剑的自我排遣寂寞之态。“月裴回”“影零乱”蕴含诗人酒后率真旷放的性情。“醒时同交欢，醉后各分散”写诗人与明月神交的君子之风。酒酣之时，明月陪伴，咏诗舞剑，共享欢娱，沉醉之后，挥手辞月，天各一方。诗人与明月交往是君子之交，清淡如水。“永结无情游，相期邈云汉”，愿与明月永远保持无利益牵扯、无情感纠葛、清淡如水的君子之交，相约以后在银河上相见。诗人以相约明月结尾，格调高雅，清虚玄远。

五代时期文人王定保在《唐摭言》中写道："李白着宫锦袍，游采石江中，傲然自得，旁若无人。因醉入水中捉月而死。"（《唐才子传》亦持此说）这一说法，给诗仙李白传奇人生在辞世方式上又增添一笔神秘浪漫的色彩。野史传奇的记载虽是市井传言，但折射出李白一生与酒、月关系。酒、月、山、水是李白诗歌中常见的四种意象。其中，酒意象大多表现李白的狂肆不羁，而月意象最为灵妙。明月意象是李白诗中最富诗情的超级意象。（杨义，1998）据统计，李白诗歌有 341 首提到月。（龙新辉，2014）若如此，涉月诗歌应占李白诗作的 34.03%。也就是说，李白每写三首诗，就有一首提到月。作为自然现象的日月，李白诗歌明显偏重于月。而且，李白诗歌中月的时间含义明显弱于日，月的意象含义更为明显。月在李白诗中，成为蕴含非常丰富的情感载体，怀才不遇、游子天涯、孤独寂寞、隐逸闲情、清虚高远、宁静淡然、飘逸潇洒、依恋相思、离情别恨、边关乡思、兴亡浮沉等等情感，在李白诗中皆以明月意象承载。李白将明月作为精神寄托的意念家园，他洞彻心扉与明月神往，达到人月相得、神情契合的境界。本诗托酒借月探幽，谋求精神超脱，所表现的情感，从孤独无奈到行乐超然。前者写酒与月是铺垫，后者抒情表意是重心。因此，诗歌所表现的主题是通过物我相忘，达到精神超脱。

在艺术上，结构充满变化，情感一波三折。以孤身独饮出场，情绪低开高走，在邀月与影共饮之后的趋于平静。然而瞬间又对月与影抱怨，转而下行到悲沉。紧接着，在情感最低点触底反弹，一路上扬到即时行乐，并继续攀升至物我相忘，超然世尘，实现精神超脱，最终以清虚阔远结束全诗。清人沈德潜称赞此诗为"脱口而出，纯乎天籁。"（《唐诗别裁集》卷二）诗情波澜起伏，但又不见斧凿之痕，让人觉得是情感的自然流露，近乎天然。语言清新纯朴，音韵清虚玄远，风格超逸冲淡。

附：《月下独酌四首》（其一）繁体字文本

月下獨酌四首（其一）

花間一壺酒，獨酌無相親。
舉杯邀明月，對影成三人。
月既不解飲，影徒隨我身。
暫伴月將影，行樂須及春。
我歌月裴迴，我舞影零亂。
醒時同交歡，醉後各分散。
永結無情遊，相期邈雲漢。

第二节　李白经典近体诗赏析

一、《巴陵赠贾舍人》赏析

巴陵赠贾舍人[1]

贾生西望忆京华，湘浦南迁莫怨嗟[2]。
圣主恩深汉文帝，怜君不遣到长沙[3]。

注释

［1］选自《全唐诗》（卷一七〇），中华书局1999年版，第1761页。巴陵，古地名，又名岳州，即今天的岳阳市。贾舍人，贾至（718—772），字幼邻，洛阳（今河南洛阳）人，盛唐诗人，历官中书舍人、岳州司马、尚书左丞、礼部侍郎、京兆尹、御史大夫等职。当时贾至已贬为岳州司马，但李白仍以旧职称他，故曰“贾舍人”。赠，古代文人交往时赠给亲友诗作，往往题为“赠……”。

［2］贾生，贾谊，见《行路难三首》（其二）注释［4］。京华，对京城长安的美称。湘浦，湘江边。浦（pǔ），水边、河岸。南迁，指被贬谪到南方。怨嗟，埋怨嗟叹。

［3］圣主，圣明的君主，指唐肃宗李亨。汉文帝，刘恒（前203—前157），汉高祖刘邦之子，西汉第三位皇帝。君，指贾舍人。

这首七言绝句是李白写给友人贾至的酬赠之作，写于李白流放被赦之后。肃宗乾元二年（759年）李白游历巴陵（又称岳州，今湖南岳阳）。乾元元年（758年），贾至由中书舍人调任汝州刺史，次年贬为岳州司马。当时李白正在巴陵，二人相遇之后，李白便写了这首诗赠他。

前两句以贾谊被贬之事阐发诗人不平之气。贾谊是西汉时期著名的才子，为人正直，学富五车，才情高俊，21岁便为博士（汉代掌管书籍文典、通晓史事，为皇帝咨询服务的官职），不久又被提升为太中大夫（汉代掌管朝廷启奏议论的官职），他的不少政治主张被汉文帝采纳，对西汉王朝的长治久安起到重要作用。但他年少有为的才干以及汉文帝对他的赏识，遭到元老派权贵们的妒忌，最终落得个贬出京城的结果。贬谪之后的贾谊，虽然处江湖之远，但仍心系庙堂之高，总盼望着重新回到汉文帝身边，辅佐明主，创建一番伟业，实现人生理想。诗人以贾生暗指贾至，一则二人同姓，都可称为贾生；二则两人皆为洛阳人；三则将贾至比作贾谊，表达了诗人对贾至人品和才干的肯定。“湘浦南迁莫怨嗟”，表面上说贾谊，实际上劝慰贾至，更是自我劝解。被贬出京都与南迁，是贾谊脱离政治核心的人生转折点，同样也是贾至人生经历的一个难忘节点，更是李白一生遭受最大、受伤害最深的打击。“万里南迁夜郎国，三年归及长风沙。”（《江上赠窦长史》）诗人南迁是流放，是仕途彻底绝望的人生关键节点。即使如此，他还在劝慰贾至“莫怨嗟”，也是暗自劝自己别再纠结。其实，“莫怨嗟”一词，暗含不平之意。

后两句是宽慰贾舍人之语，委婉表现了诗人内心的不平。诗人顺着贾谊被贬的话题，自然而然想到汉文帝。“圣主恩深汉文帝，怜君不遣到长沙”，是诗人通过劝慰友人，表达对自己和贾至人生际遇的自解和自嘲。将唐肃宗与汉文帝类比，表面上是称颂肃宗宽厚仁慈，实际上委婉表达了不满。从诗句表面看，唐肃宗将贾至贬到岳州，汉文帝将贾谊贬到长沙，岳州比长沙距离长安近一点，故唐肃宗有怜惜贾至之深恩。其实，贾至被贬岳州和贾谊被贬长沙，本质上没有多少区别。贾至被贬的深层原因是，他曾是唐玄宗的近臣（中书舍人），必然要遭到排挤；贾谊被贬的原因是遭到元老派权贵的忌恨，成为政治斗争的牺牲品。二人遭贬原因虽然不同，但本质是相同的，都是君主昏庸无道、委屈朝廷才俊的体现。至于诗人在仕途上的两次打击，一次是“赐金放还”，一次是下大狱流放夜郎，比贬谪伤害更为深重。诗人内心充满愤懑，通过劝慰贾至委婉地表达内心不平。

诗歌在内容上表达李白对统治者昏庸无道导致才俊受到无端打击的社会现实的不满。赐金放还被迫离开长安，是留在李白内心一道深深的伤疤。遇到被贬出京在岳州作司马的贾至，李白内心的伤疤再次被揭开，加之想到自己遭遇过的牢狱之苦，诗人强忍满腔愤懑赠诗给贾至。因此，诗歌字里行间，在流露自嘲自解的同时，也隐含李白内心深切的不平之气。在艺术上，诗歌通过人物经历类比，采用反语修辞手法，使诗歌充满强烈的情感色彩。结构严谨，语近意远，音韵清婉深微，风格凄婉含蓄，体现出李白诗风的多样化。

附：《巴陵赠贾舍人》繁体字文本

巴陵贈賈舍人

賈生西望憶京華，湘浦南遷莫怨嗟。
聖主恩深漢文帝，憐君不遣到長沙。

二、《渡荆门送别》赏析

渡荆门送别[1]

渡远荆门外，来从楚国游[2]。
山随平野尽，江入大荒流[3]。
月下飞天镜，云生结海楼[4]。
仍连故乡水，万里送行舟[5]。

注释

[1] 选自《全唐诗》（卷一七四），中华书局1999年版，第1791页。荆门，山名，在今湖北宜昌市境内，位于长江南岸，与北岸虎牙山相对，形如荆州门户，地势险要，被认为是楚蜀咽喉之地。

[2] 渡远荆门外，指渡江来自遥远的荆门之外。远，远自。来从，来到。从，往、到。楚国，在今湖北、湖南一带，春秋时期属楚地。

[3] 平野，平坦的原野。江，长江。大荒，指广阔无边的莽原。

[4] 海楼，海市蜃楼。

[5] 仍连，有的版本为“仍怜”。故乡水，湖北的长江水从四川流来，故说江水为故乡水。

这首五言律诗是一首特殊的咏别诗。玄宗开元十二年（724年），李白出蜀，“仗剑去国，辞亲远游”（《上安州裴长史书》。诗歌作于李白辞家进入楚地（今湖北、湖南一带）游历时。

首联写从荆门进入楚地。“渡远荆门外”关合题目“渡荆门”。“渡远”表现李白首次辞亲远游的心境。“远”不仅指空间距离，还暗指心理距离。“荆门外”指荆门以西的区域。这句诗交待了诗人由蜀入楚的途径。“来从楚国游”表明此行目的。游，指漫游。李白抱着济天下的雄心，仗剑远游，目的是游历河山，开阔眼界，拜谒权贵，结交才俊，以便进入仕途大展宏图。因此，“远游”是具有增长见识、提升才情、结交人脉等综合功能的一种人生经历，不能简单地理解为游览。

颔联写楚地山水壮阔景象。“山随平野尽”是由近到远眺望山景，起伏的山峦在视野的尽头与辽阔原野汇合一处，消失在茫茫的视平线之外。“江入大荒流”是由近及远俯瞰江流，浩浩荡荡的长江，从西向东滚滚奔流。长江经过三峡时，江水汹涌，水急滩险，进入江汉平原之后，水流变缓，水面拓宽，浩浩汤汤。熟悉川江、刚从三峡经过的李白，眼前江流浩荡之景，让他心潮澎湃，诗情汹涌。诗人顺着水流远望，江流与两岸广阔无边的莽原界线逐渐模糊，最终融为一体，犹如茫茫大江消失于无限阔远的莽原之中。诗人用一联工整的对偶句，用移动的视角，挥毫泼墨，描绘山水的动感，构建了一个雄浑阔远的意境，给人以无限辽阔的空间感受，体现出诗人旷达阔远的胸襟和蓬勃豪迈的气度。

颈联写长江美景。“月下飞天镜”，写夜色长江近景。明月引入江面，犹如月沉江心，天空繁星映入水面，澄江犹如从天而降的天镜。诗人从俯视的角度，静态刻画千里澄江夜景，构建了一个空明幽静、冲淡阔远的意境。“云生结海楼”，写白日长江远景。万里长空，云从江生，浮云飘荡，随风赋形，状态万千，幻化无穷，日光映照之下，霞光色彩艳丽，犹如海市辰楼，令人目不暇接。诗人从仰视角度，动态刻画白天长江上空风云变幻的美景，构建了一个气象浑阔、幻化无穷的意境。这两句诗是流水对，以水中映月写江水平静，以长空浮云状江岸辽阔，一静一动，一水一天，精工细描地刻画了长江的近景与远景，体现了诗人沉著飘逸的气质。

尾联抒别乡之情。“仍连故乡水”，由长江溯流而上，想到家乡的河流。家乡的河流与长江同一水系，楚地长江，有从家乡流出的河水。诗人从江水入手，抒发思乡之情。“万里送行舟”，采用拟人化的手法，饱含深情地感谢家乡之水不远万里一路伴随自己。诗人不写自己辞别家乡之后的思情，而是写家乡之水不辞万里送别自己，将无限的别乡思情寄寓于江水之中。这两句诗关合题目中“送别”二字。清人沈德潜说此“诗中无送别意，题中二字可删。”（《唐诗别裁集》卷九）至今仍有人从此说。若本诗“送别”并非指人，而是指江水不辞万里送别自己，诗人以此告别家乡，那么这种说法就值得商榷了。

诗歌描写远游所见景象，抒发了远别家乡的思情，体现出诗人开阔的胸襟与豪迈的气度。诗歌首句关合题目“渡荆门”叙写远游，结尾回应题目“送别”以思情作结，尾联“万里”回应首联“渡远”，首尾相顾，中间两联以时空转换写景状物，层次分明，结构严谨，浑然一体。语言流畅，笔力雄健，意象鲜明爽朗，意境阔远非凡，音韵明达悠远，风格清俊疏朗。

附：《渡荆门送别》繁体字文本

渡荊門送別

渡遠荊門外，來從楚國遊。
山隨平野盡，江入大荒流。
月下飛天鏡，雲生結海樓。
仍連故鄉水，萬里送行舟。

三、《送贺宾客归越》赏析

送贺宾客归越[1]

镜湖流水漾清波，狂客归舟逸兴多[2]。
山阴道士如相见，应写黄庭换白鹅[3]。

注释

[1] 选自《全唐诗》（卷一七六），中华书局1999年版，第1802页。有的版本题为《阴盘驿送贺监归越》。贺宾客，贺知章，越州永兴（今浙江萧山）人，曾任太子宾客之职。归越，指贺知章告老回到越州。

[2] 镜湖，见贺知章《回乡偶书二首》注释［5］。狂客，指贺知章，贺知章晚年自号“四明狂客”。

[3] 山阴二句，化用王羲之典故赞美贺知章书法造诣。《晋书》（卷八十）记载，王羲之生性喜欢鹅。山阴有一道士养一群好鹅，王羲之看到后非常喜欢，恳求道士把鹅卖给他。道士说，只要王羲之给他写《道德经》，整个一群鹅都给他。王羲之欣然为道士写了《道德经》，把整个鹅群带了回去。（另见宋人李昉等《太平御览》卷七百四十七）黄庭，《黄庭经》，又名《老子黄庭经》，是道教养生休闲的一本著作，为晋代女道士魏华存撰写（一说是高人所授）。传说王羲之曾有小楷书法黄素绢本《黄庭经》。道士，对道教职业人士的称呼。

这首七绝是一首赠别诗，写于李白任供奉翰林时期。玄宗天宝三载（744年），贺知章告老还乡，受到京城官府的盛情欢送（参见贺知章《回乡偶书二首》赏析文字）。当时，李白写了这首诗敬赠贺知章。据史书记载，贺知章非常赞赏李白的诗才，对李白的气质大加赞赏，称李白为“谪仙人”。贺知章与李白年龄相差40多岁。李白见到贺知章的时候，贺知章已是耄耋老人。但贺知章对李白喜爱有加，他请李白喝酒，有“金龟换酒”的美谈。贺知章对李白有知遇之恩，曾在玄宗面前极力推荐李白。李白任供奉翰林，与贺知章的推荐有很大的关系。贺知章告老还乡不久，李白也被“赐金放还”。李白对贺知章很敬重，除了此诗，他还在贺知章辞世之后写《对酒忆贺监二首》《重忆一首》表达对贺知章的深切怀念。

首句写镜湖景色。镜湖，又名鉴湖，在今浙江绍兴。诗人以镜湖开篇，盛赞镜湖美景，蕴含丰富：一则贺知章故居在镜湖旁边，贺知章对镜湖非常喜欢和依恋，诗中多次提到镜湖；二则镜湖是越州的名胜，王羲之、谢安、孙绰等名人都曾游历镜湖；三则贺知章还乡时，玄宗皇帝“有诏赐镜湖剡川一曲”（《新唐书》卷一百九十六），作为大臣，“敕赐镜湖水”（《对酒忆贺监二首》）是无比的荣耀。

“狂客归舟逸兴多”句，关合题目，称颂贺知章的人品和才情。贺知章以性情狂放豪爽闻名于世，晚年自号“四明狂客”。李白不称他的官职（宾客）而直呼其号，一则表达对贺知章性情的激赏之情；二则“狂客”在唐诗中多是赞美之词，杜甫《寄李十二白二十韵》称赞“昔年有狂客，号尔謫仙人”；三则李白以狂放闻名，他说自己“一州笑我为狂客，少年往往来相讥”（《醉后答丁十八》）；四则暗含二人情谊深厚。贺李二人，年龄相差甚大，堪比爷孙。中国有爷孙调笑的文化习俗，年龄相差过大的爷孙辈之间，往往可突破一些礼教束缚，彼此之间互相调笑是常有的事。贺李二人虽同朝为臣，但这首诗是私交酬赠之作，诗人在此称贺知章为“狂客”，不但消除了“官气”，而且还巧妙地称颂贺知章旷放性情，使诗歌充满轻松快乐的情调。“逸兴多”一词，突出贺知章信奉道教、博学多才、诗文卓著、书法精湛、清谈风韵、生性好酒等多重人物特性。贺知章晚年热衷道教，以道士身份告老还乡。他少时就以诗文知名，在武则天证圣元年（695年）中乙未科状元，担任过四门博士、太常博士等职，是“吴中四士”之一。贺知章为唐代著名书法家，草书成就最高。据《唐才子传》（卷三）记载，贺知章“善谈论笑谑”，陆象先在中书省时，与贺知章关系最好，他称赞贺知章“清谈风韵”，并说，一日不见贺知章，就会产生浅鄙吝啬的念头。当时社会显达，都非常倾慕贺知章。贺知章为人旷达不羁，喜欢饮酒，他与李白都是“饮中八仙”，杜甫《饮中八仙歌》说“知章骑马似乘船，眼花落井水底眠”，道出贺知章醉酒沉睡的憨态。李白不谈贺知章的官场成就，而用“逸兴多”称赞他，意在突出贺知章淡泊功名、为人旷达、才情出众的品格，同时，暗含诗人对贺知章非常理解，二人交情深厚。

“山阴道士如相见，应写黄庭换白鹅”两句，关合题目，表达了对贺知章还乡生活的祝愿与憧憬。据史料记载：贺知章“善草书，好事者具笔研从之，意有所惬，不复拒，然纸才十数字，世传以为宝。”（《新唐书》卷一百九十六）诗人用王羲之以《道德经》书法换白鹅的典故，糅合王羲之曾写过《黄庭经》书法一事，设想贺知章还乡之后写书法这一典型细节，对贺知章还乡之后清虚淡然、充满闲情逸致的生活表达诚挚的祝愿，同时也暗含对贺知章书法的赞美。“山阴道士”既关合题目“归越”，又一语双关，回应贺知章以道士身份告老还乡之举。历来有观点认为，李白把《道德经》误写成“黄庭”，还有人说本来是《道德经》，后来讹传为《黄庭经》，李白以讹传讹。这是对诗歌的误读。《黄庭经》是一部有名的道教著作，故“黄庭”含有对贺知章归乡修道与颐养天年的祝愿之意。“应写黄庭换白鹅”回应“狂客归舟逸兴多”，诗人在对贺知章归乡生活表达祝愿的同时，也暗含对功成身退人生的憧憬。

诗歌在咏别时，表达了对贺知章人格才情的赞颂。在艺术上，诗人选取一景（镜湖）一事（书法换白鹅）为重点，紧扣题目，用极具概括力的语言，表达对贺知章的激赏之情。诗歌用典信手拈来，极为自然，写景抒情如清泉流水，自然泻出，毫无滞碍。诗歌音韵和衷流畅，风格清新俊逸。

附：《送贺宾客归越》繁体字文本

送賀賓客歸越

鏡湖流水漾清波，狂客歸舟逸興多。
山陰道士如相見，應寫黄庭换白鵝。

四、《送友人》赏析

送友人[1]

青山横北郭，白水绕东城[2]。
此地一为别，孤蓬万里征[3]。
浮云游子意，落日故人情[4]。
挥手自兹去，萧萧班马鸣[5]。

注释

［1］选自《全唐诗》（卷一七七），中华书局1999年版，第1809页。友人，姓名未详。

［2］郭，外城。古代在城的外围加筑一道城墙，称为“郭”。白水，在光线映射下表面呈现银白色的清澈河水。东城，城的东边。

［3］一，助词，加强语气。别，分别、告别。孤蓬，随风飘荡的蓬草。蓬，泛指飞蓬、沙蓬一类的蓬草。万里征，指征途遥远。征，远征、远行。

［4］游子，指出门在外或远离故土客居他乡的人。故人，参见王维《渭城曲》注释［3］。

［5］自兹，从此。去，离开、远去。萧萧，马嘶鸣的声音。《诗经·车攻》：“萧萧马鸣，悠悠旆旌。”班马，离群的马，这里指分别时朋友骑的马。此处化用《左传·襄公十八年》“有班马之声”句。

这首五言律诗是一首送别诗，有观点认为此诗作于玄宗开元二十六年（738年）南阳（今河南南阳）①。诗中表现了对友人的依恋之情和浓厚的离愁别绪。

首联写送别场景。用青山、城郭、白水等意象，动静结合，构建了一个寂寥阔远的意境，为送别之举烘托出了一个冷落孤寂的环境气氛。律诗一般要求颔联和颈联对偶，诗人首联就用对偶，“青山”对“白水”，“横”对“绕”，“北郭”对“东城”，极为工整，属于律诗增彩之笔。

颔联写道别之情。“此地一为别”，在诗意中具有承上启下的作用。“此地”承接上句写景，“别”开启后面伤别之情。颔联采用流水对句式，用孤篷比喻孤旅，突出友人漂泊孤独之感。

颈联写辞别之情。“浮云”是古诗词中常用来表达游子怀乡思情的意象。《古诗十九首》：“浮云蔽白日，游子不顾反。”诗人直接将“浮云”和“游子”并列，意象更为鲜明。“日之夕矣，羊牛下来。君子于役，如之何勿思。”（《诗经·君子于役》）“落日”是思归时分，在古诗词中常用以表达思归的意象。诗人用“落日”意象，突出“故人”辞别之情。颈联为工整的对偶句式，用词自然天成，音韵和谐幽深。这两句诗意象鲜明，含义悠远，令人感到二人辞别之际，一个欲行又停，一个欲言又止，依依之情隐于意象，不舍之意寓于言外。

---

① 安琪．李白全集编年笺注．中华书局，2015：302.

尾联写惜别之情。尾联关合题目，将送别友人的惜别之情蕴含于“挥手”和“马鸣”两个细节描写之中。送君千里，终有一别。但别时滋味，让人难以忍受。“自兹去”表面看行者潇洒，送者干脆，实际上则含无限别情。至此，诗人宕开笔触，不说人的情感如何，而写马的行动。班马萧萧，似通人情，连马都如此悲切，何况人乎。诗人用典非常自然，堪称鬼斧神工。诗歌在阵阵马嘶声中结尾，离情别绪余味无穷。

诗歌先从场景描写入手，然后将感情徐徐展开，由道别，然后到辞别，最后到惜别，叙事抒情环环相扣，情感层层深入，结尾回应题目，结构浑然一体。“清水出芙蓉，天然去雕饰。”（《经乱离后天恩流夜郎忆旧游书怀赠江夏韦太守良宰》）人们常用李白这一诗句赞美他诗歌语言。这首送别诗的语言如行云流水，不思而得，自然流出，出语平淡，深切感人。意象疏宕清丽，意境凄清玄远，音韵清幽深沉，风格清婉悠远。

附：《送友人》繁体字文本

送友人

青山橫北郭，白水繞東城。
此地一為別，孤蓬萬里征。
浮雲遊子意，落日故人情。
揮手自茲去，蕭蕭班馬鳴。

五、《山中问答》赏析

山中问答[1]

问余何意栖碧山，笑而不答心自闲[2]。
桃花流水窅然去，别有天地非人间[3]。

注释

[1] 选自《全唐诗》（卷一七八），中华书局 1999 年版，第 1818 页。有的版本题为《山中答俗人》或《答俗人问》。

[2] 余，古诗文第一人称，我。何意，有的版本为“何事”。栖，停留或居住，这里指隐居。碧山，又名“白兆山”，在今湖北省安陆市，李白曾在此

居住。一说碧山指山色的青翠苍绿。不答，有的版本为“不语”。自闲，悠闲自适。闲，闲适、悠闲。

［3］窅然，幽深的样子，有的版本为“宛然”。非人间，指超然世尘之外的隐居生活。

这首七言绝句是一首隐逸诗。玄宗开元十五年（727 年），李白与许氏完婚，在安陆（今湖北省安陆）定居。他当时与许氏住在离许家较近的白兆山的桃花岩下。诗歌写于诗人在桃花岩闲居时期。

开篇两句破题，问而不答，表现诗人悠闲自适的心态。诗人巧设俗人之问，引出人们对闲居碧山的疑惑。李白 26 岁与许氏完婚。这个年龄，应当积极跻身仕途，而不应闲居深山。“何意”表达了人们对诗人闲居生活状态的不理解。“笑而不答”使得疑惑变为悬念，更诱发人们兴趣。“心自闲”是诗人对闲居山林的深刻体验，这种悠然自得的心态，是“笑而不答”的底气所在。提问者直接“问余何意”，问得突兀，回答者“笑而不答”，对得悠然。一促一缓，妙趣横生。

结尾两句明意，不答又答，表现诗人倾心隐居的情志。“桃花”一词是双关隐语，有多重含义：一是指诗人所居之地白兆山桃花岩，桃花盛开，景色幽美；二是具有生活安逸的寓意。“桃之夭夭，灼灼其华。”（《诗经·桃夭》）桃花意象，具有爱情美好、生活愉悦的寓意。李白的妻子许氏，是唐高宗时期宰相许圉师的孙女，知书达理，李白在安陆居住期间，两人度过一段美满的婚姻生活。事实上，安陆入赘是李白一生最安逸的日子；三是暗用陶渊明《桃花源记》中的世外桃源。“流水窅然去”，突出所居之地的清雅深幽。诗人选用“桃花”“流水”意象，构建了一个美好安逸、远离世尘的意境。“别有天地非人间”句，表现诗人闲居安陆的隐逸心情。“别有天地”是诗人内心向往远离世尘的心理折射。“非人间”是诗人倾心隐逸生活的美好愿望。这两句诗从意义上回应了“笑而不答”。

全诗体制短小，情韵悠远，表现了李白闲居生活的安逸，抒发了诗人倾心隐居的情志。诗歌起句发问，接句却不答，后两句又不答而答，结构富于变化。短短四句，景物描写、行动描写、心理刻画、叙述、议论兼备，并寓抒情于意象和言行之中，闲雅淡远，格调清丽。语言质朴自然，音韵古拗舒缓，风格明丽冲淡。

附：《山中问答》繁体字文本

山中問答

問余何意棲碧山，笑而不答心自閑。
桃花流水窅然去，別有天地非人間。

六、《东鲁门泛舟二首》（其一）赏析

东鲁门泛舟二首（其一）[1]

日落沙明天倒开，波摇石动水萦回[2]。
轻舟泛月寻溪转，疑是山阴雪后来[3]。

注释

［1］选自《全唐诗》（卷一七九），中华书局 1999 年版，第 1828 页。有的版本题为《东鲁门泛舟》或《鲁东门泛舟二首》。东鲁门，在兖州（今山东兖州）城东。泛舟，乘船游玩。

［2］沙，指沙洲，水旁的沙地。天倒开，指天空倒映水中。石动，指水中石头的倒映随波摇动。萦回，萦绕回旋。

［3］泛月，指月下泛舟。寻，沿着、随着、顺着。山阴雪，用王徽之兴尽而返的典故。《世说新语·任诞》记载，东晋名士王徽之在山阴（今浙江绍兴）居住时，有天晚上天下大雪，一觉醒来后，看到四周一片洁白，便想起在剡溪（今浙江嵊州市）的戴逵，便乘船去造访。船行一宿到戴逵的门口，王徽之不入戴逵家，折舟而返。别人问他原因，他说："吾本乘兴而行，兴尽而返，何必见戴。"

这首七言绝句是一首山水诗，作于李白在寓居东鲁（在今山东省东南部）时期。诗中描写了游历东鲁所见的优美景色，反映了诗人兴致勃然的情态。

前两句写景。首句总体写泛舟情景。"日落"是仰视所见景色，傍晚时分，落日熔金，霞光映照，景色亮丽。"沙明"是平视所见景色，远处的沙洲在落日的映照下，分外显眼，白色沙子与碧绿的水面相映成趣。"天倒开"是俯视所见景色，太阳西沉，云霞收敛，碧水清澈，水面明净，湛蓝的天空倒映

在水中，广阔无垠，让人感到天倒着打开了。诗人用落日、沙洲、碧水、蓝天，构建了一个明净阔远的意境，为泛舟烘托出明快的气氛。次句具体写泛舟水景。黄昏时分，天色渐渐暗了下来。随着船行，平静的水面以小船为中心泛起层层波澜，倒映在水中的两岸崖石在轻轻摇动，水流弯曲回旋，四周一篇空明澄静。这两句诗是一个高妙的对偶句式。不但上联和下联形成对偶，而且句内的“日落”和“沙明”、“波摇”和“石动”构成词语之前的对偶，精巧工整，笔法高妙。

后两句抒情。“轻舟泛月寻溪转”句，用叙述手法，将情感寓于细节描写之中。星转斗移，明月高起，月下轻舟漂浮，诗人游兴正浓。“轻舟泛月”关合题目。“轻舟”一词是双关隐语，既指船轻快前行，又暗含诗人轻松愉悦的心情。“泛月”体现诗人泛舟的雅趣。明月在古代诗词中是一个蕴涵非常丰富的意象。此处明月，具有美好、高洁、柔和、清幽、典雅、纯净、空灵、静谧等等涵义。明月之下泛舟，诗人心情飘然欲仙。“寻溪转”，是心情欢快的具体行为描写。明月相照，轻舟飘荡，令人陶然心醉，不觉引发更浓的游兴，沿着水流快速行舟，以便能游览到更多更美的风景。“疑是山阴雪后来”句，巧用王徽之夜访戴逵典故（见注释），表达诗人泛舟尽兴的情怀。皓月千里，逸兴遄飞，诗歌在情感高潮之时戛然收笔，有兴尽而止的意蕴。

诗歌以时间为经，以空间为纬，由傍晚、到黄昏，再到月夜，在水面、崖石、河流等空间转换，将情感寓于景色变化和行动之中，由清心入境，心情欢快，到轻松愉悦、再到兴致盎然，然后顿然束笔。情节发展脉络清晰，结构完整。语言淡雅，对偶工整，用典灵活，音韵轻快悠然，风格清丽工致。

附：《东鲁门泛舟二首》（其一）繁体字文本

東魯門泛舟二首（其一）

日落沙明天倒開，波搖石動水縈迴。
輕舟泛月尋溪轉，疑是山陰雪後來。

七、《陪族叔刑部侍郎晔及中书贾舍人至游洞庭五首》（其二）赏析

陪族叔刑部侍郎晔及中书贾舍人至游洞庭五首（其二）[1]

南湖秋水夜无烟，耐可乘流直上天[2]。
且就洞庭赊月色，将船买酒白云边[3]。

注释

［1］选自《全唐诗》（卷一七九），中华书局1999年版，第1835页。有的版本题为《陪族叔刑部侍郎晔及中书贾舍人至游洞庭》。族叔刑部侍郎晔，即李晔，李白叔父，曾任刑部侍郎。中书贾舍人，贾至，见《巴陵赠贾舍人》注释［1］。

［2］南湖，即洞庭湖，因在岳州西南，故称“南湖”。烟，指水气、雾气。耐可，哪可、安得、如何能够。

［3］且，暂且、姑且。且就，有的版本为“且问”。赊，不支付现钱购买。就，凭借。将船，划船、驾舟。将，这里用作动词，意思是划、驾。

这首七言绝句是一首记游诗，作于唐肃宗乾元二年（759年）秋天。这一年李白在流放途中遇赦，转道北还。到岳州（今湖南岳阳）时，恰遇刑部侍郎李晔被贬岭南经过此地。当时贾至正谪居岳州作司马。三人同游洞庭湖，李白写了一组五首七言绝句记游，这首诗是其中的第二首。

前两句描写洞庭湖胜景。“南湖”点明地点，“秋水”点明季节，“夜”点明时分。秋高气爽，洞庭湖水正处于高位，浑浩无涯。“无烟”突出了湖面明净，四周空灵。诗人用一组意象，不但构建了一个空明澄澈的意境，而且顺便交待了游历的空间与时间，烘托出一个清丽空明环境氛围，令人表里清澈，心旷神怡。夜色空灵透脱，湖面浩荡无边，远处天水相接，让“谪仙”诗人幻化出进入三清仙界念头，于是诗人大胆地发问：能不能乘着水流泛舟，直接进入天空？这两句诗，由湖水写到上天，由实向虚幻化，为后面白云边买酒的细节作了意念铺设。

后两句写赊月买酒豪情。“且”字进一步脱实向虚，“就西湖赊月色”则进入了半实半虚、似真似幻的境界。诗人以整个洞庭湖作抵押，向广寒宫的主人赊买环宇月色，想象奇特，逸气与豪气冲天。“赊”字暗含与嫦娥吴刚等一

番娓娓对话的讨买过程，完成了情节上的脱实向虚，给诗歌的想象空间留出足够的虚白，令人畅想无限。赊买月色之后，诗人的意念便开启了驾舟在白云边的天街买酒、到广寒宫豪饮的神游旅程。此诗，诗歌呼应“乘流直上天”的意念，意境全然幻化为虚空仙界。诗人将茫茫洞庭湖留在人间，将幻化成仙的虚空寓于象外，言已尽而意无穷。

诗歌描绘了洞庭湖空明澄净的景色，表达了即境性情飘逸的兴致。从表面看诗歌是记游，而实际上则是一次精神的超脱。在空灵的洞庭夜景感召之下，诗人实现了一次心骛八极，神游万仞的自由精神之旅。李晔、贾至二人，皆为贬黜之臣。李白刚遇赦获得自由，在仕途上基本处于无望状态。三人内心的痛苦需要找到超脱路径。寄情山水、借酒销愁、向往仙境是李白一生最常用的精神超脱的途径。诗人借记游，将山水、饮酒、成仙的意念巧妙地融合在一起，一则劝慰自己，二则宽慰亲友。诗歌看似平淡，其实托意深远。

诗歌开篇身游洞庭，受情境“夜无烟”感悟，转而有了“直上天”的意念。随后，笔锋随即一转又聚焦洞庭，有了“赊月色”的想法，最后再次将意念转向“白云边”神游天街，结构上一波三折，曲尽其妙。诗歌想象奇特，语言流畅自然，言近意远，引人逸思，音韵冲虚高远，风格空灵闲逸。

附：《陪族叔刑部侍郎晔及中书贾舍人至游洞庭五首》（其二）繁体字文本

陪族叔刑部侍郎曄及中書賈舍人至遊洞庭五首（其二）

南湖秋水夜無煙，耐可乘流直上天。
且就洞庭賒月色，將船買酒白雲邊。

八、《登金陵凤凰台》赏析

登金陵凤凰台[1]

凤凰台上凤凰游，凤去台空江自流[2]。
吴宫花草埋幽径，晋代衣冠成古丘[3]。
三山半落青天外，二水中分白鹭洲[4]。
总为浮云能蔽日，长安不见使人愁[5]。

注释

[1] 选自《全唐诗》(卷一八〇),中华书局1999年版,第1843页。金陵,今南京。凤凰台,故址在今南京凤凰山。

[2] 江,长江。

[3] 吴宫,指三国时期东吴的宫殿。晋代衣冠,代指东晋的权贵、门阀望族等上流社会。衣冠,衣服和帽子。古丘,古坟墓。丘,指坟墓。

[4] 三山,山名。清人王琦引《舆地志》(南朝梁陈时期地理学家顾野王撰)说,此山在长江之滨,有三峰排列,南北相连,故叫做“三山”。后来朱元璋筑城时毁此山填于燕雀湖内。传说三山毁后,在此修了一条街道,取名叫三山街。半落青天外,指三山很遥远,若隐若现在青天之外。二水,王琦引南宋史正志《二水亭记》说,秦淮河流经南京到长江,被横截其间的白鹭洲分为二支。白鹭洲,在大江中,洲上有很多白鹭,故名白鹭洲。目前已与陆地相连,有白鹭洲公园。

[5] 总为句,化用《古诗十九首》“浮云蔽白日,游子不顾反”句。

这首七言律诗既是一首咏史诗,也是一首咏怀诗。写作年代众说不一,从内容看应当是赐金放还之后所做。诗歌感物怀古,通过对东吴与东晋两个割据政权废替的慨叹,抒发了对王朝兴废、人世沉浮、富贵难永等历史沧桑巨变的深思与叹惋。同时,诗歌怀古讽今,表现出对唐王朝时局的忧虑和对自己遭际的愤懑不平。

首联破题,写凤凰台传说。凤凰在古代是被认为祥瑞神鸟。相传南朝刘宋永嘉年间,有凤凰集于金陵,人们便筑台庆贺,并将凤凰所集之山命名为“凤凰山”。这两句诗有似崔颢《黄鹤楼》“昔人已乘白云去,此地空馀黄鹤楼”诗句。据此,有观点认为此诗是李白游览黄鹤楼之后,为了与崔颢斗笔争胜而作。但对比二句,崔诗工丽,李诗活泼;崔诗意薄,加上颔联才尽意,李诗意丰,只用一联便见意。律诗一般避免出现重复字词,但李白此联,有意重复,“凤凰”一词,在一句诗内就出现两次,“凤”字在两句诗内出现三次。同时在平仄上打破律诗束缚。这样,不但让人没有复沓迭堆和违拗之感,反而觉得语快意明,读起来也朗朗上口。首联关合题目,利用凤去台空的传说,表达了诗人内心悠悠遗憾,为诗歌奠定了人世沧桑的基调。

颔联怀古,慨叹王朝废替。诗人承接首联物是人非的感慨,咏叹曾在金陵的两个割据政权。“吴宫花草埋幽径”,是对三国时期东吴割据政权衰亡的慨叹。孙坚、孙策与孙权父子两代人,与一大批将领齐心协力,舍生忘死,依靠江南物产丰阜、百姓勤劳勇敢，凭借长江天堑，临江拒守，创建了割据基业。孙权主政时，联刘抗曹，赤壁一战，奠定了三分天下的基础。211年，孙权将治所迁到秣陵，改名为建业（即诗中的金陵，今南京），修筑城防，巩固壮大割据政权。孙权注重体恤民力，多次降低赋税，兴修水利，扩大屯田，亲自耕田以激励士农。东吴造船等手工业发达，经济和军事日益强盛。222年，孙权自立年号，229年称帝，初建都武昌（今湖北鄂州），后迁到建业。割据政权在鼎盛时期，疆土范围东临东海，南至今越南中部，西至今广西东部，北至今江苏中部，并在夷州（今台湾）建立了地方政权。东吴鼎盛期在籍人口200多万，实际人口达500万以上。但由于孙权的几个皇子争夺太子之位，导致宫廷争斗剧烈，割据政权开始衰落。孙权死后，宫廷斗争加剧，群臣离心，政治腐败，统治残暴，百姓遭难，国力衰弱。东吴割据政权终于在280年被西晋所灭。李白登上金陵凤凰台，回顾东吴历史，通过“花草埋幽径”艺术化的景物描写，慨叹其政权兴盛废替。“晋代衣冠成古丘”，是对东晋王朝衰亡的感慨。李白登临古迹之作多出现古丘意象，尤其是他在金陵写的作品更为集中。（詹福瑞，2020）东晋是317年由西晋皇族司马睿在建康（即诗中的金陵，今南京）建立的偏安政权，多次试图北伐，但由于朝政分歧、门阀互斗，未能如愿。东晋门阀制度，腐朽奢靡，百姓苦不堪言。在统治集团内部分裂和民众起义反抗之下，东晋在420年被刘裕建立的刘宋所替代。东晋有许多名士，诗人用“衣冠”借代那些东晋史上风流人物，用“成古丘”讽刺满朝权贵和门阀望族们早已被一座座荒草从生的坟墓所替代，泯灭于历史的长河之中。颔联对偶工整，用词洗练，咏叹历史，情调低沉，具有深厚的历史沧桑感。

颈联写景，描绘金陵山水。金陵古都，王朝废替，登台凭吊，话题过于沉重。诗人只好宕开笔触，将视野转向金陵山水。诗人用一个工整的对偶句式，选择两个极具典型代表意义的一山（三山）二水（秦淮河与长江），着力刻画。“半落青天外”，将三山若隐若现、朦朦胧胧与天相接的景色非常传神地表现出来。“中分白鹭洲”，显示秦淮河环抱沙洲流入长江，沙洲上白鹭盘旋嬉戏，江水东流，远远望去，江水与天相接，茫茫无涯。这两句诗，着色清淡，意境玄远，境界宏阔，在结构上具有承上启下的意义。承上体现的是诗人将对金陵历史的咏叹的复杂情感寄寓于山水描写之中，启下体现在诗人构建精微悠远的意境为尾联述怀作出铺垫。

尾联抒怀，表达对现实担忧。颈联写景，是诗人在沉重的历史反思中有意地将笔触移到山水，但金陵的山水，又让诗人不禁想起长安。诗人在凤凰台上向着西北望去，只见天空浮云笼罩，日色无光，天地悠悠。兴废交替的历史教训，引发诗人对当时唐王朝时局的担忧。于是诗人慨然长叹：“总为浮云能蔽日，长安不见使人愁”。太阳是李白诗中出现频率仅次于月亮的天体意象。据统计，李白诗歌中太阳意象超过 180 次（张炳蔚，2001）太阳意象在李白笔下，被赋予君主、国势、前景、时光流逝、壮志难酬、怀乡思归等多重涵义。这里的太阳意象，具有君主、国势、朝政、个人前景等多重意蕴。“浮云能蔽日”有深远的蕴涵：奸邪弄权，蒙蔽皇帝，朝政昏暗，政治腐败，大唐国势不昌，个人前途渺茫等等。“总”字突出了诗人对时局的无奈之情。诗人心系朝堂，他用“长安”代指朝廷和朝政，“不见使人愁”表达了奸佞当道，自己被排挤出京城，报国无门的忧愤之情。这两句诗表现出对时局的深切担忧和被迫远离政治中心的不平，体现了诗人忧国伤时的情怀。

李白七言律诗在他的诗歌中比例并不高，这首诗是诗人七律的一首著名代表作。李白诗歌以最本真、自然的生命与世事人生、社会历史、宇宙自然展开对话并进行追询。（冷成金，2019）诗歌由叙述写景起兴，然后触景生情，感慨王朝废替，继而转为写景，再由写景转为述怀，在历史与现实中切换，使怀古之情寓于讽今之意，诗情曲折多变，结构浑然一体。诗歌对偶工整，出语自然，不事雕饰，疏宕清丽，气势恢宏，情蕴深远，音韵古拗凝重，风格浑厚悲沉。

附：《登金陵凤凰台》繁体字文本

登金陵鳳凰臺

鳳凰臺上鳳凰遊，鳳去臺空江自流。
吳宮花草埋幽徑，晉代衣冠成古丘。
三山半落青天外，二水中分白鷺洲。
總為浮雲能蔽日，長安不見使人愁。

九、《与夏十二登岳阳楼》赏析

与夏十二登岳阳楼[1]

楼观岳阳尽，川迥洞庭开[2]。
雁引愁心去，山衔好月来[3]。
云间连下榻，天上接行杯[4]。
醉后凉风起，吹人舞袖回[5]。

注释

［1］选自《全唐诗》（卷一八〇），中华书局1999年版，第1845页。夏十二，李白的一个朋友，排行十二。名未详。岳阳楼，位于岳州（今湖南岳阳市）的洞庭湖边，始建于东汉时期，历代屡次重修。与黄鹤楼、滕王阁、鹳雀楼合称中国古代四大名楼，历代文人在此多留有诗文。

［2］岳阳，即岳州，因在天岳山之南，故称“岳阳”。川迥，江水遥远。川，指长江。迥，远。川迥，有的版本为“川向”。洞庭开，指洞庭湖水面开阔。

［3］雁引愁心去，有的版本为“雁别秋江去”。衔（xián），嵌、夹，指月亮从山谷升起，犹如嵌于山阙。

［4］连下榻，放下床榻留宿宾客。范晔《后汉书》（卷六十六）记载，陈蕃在青州时，当地名人周璆不愿见官员，只与陈蕃来往，陈蕃专为他设一榻，周璆走后，就把床榻悬起来。另据《后汉书》（卷五十三）记载，陈蕃任豫章（今江西南昌及其附近一带）太守时，为徐稚（本名稺，字孺子）设专榻，徐稚走后，即悬挂起来。连下榻，有的版本为“逢下榻”。行杯，移动的酒杯。

［5］舞袖，舞动着的长袖。回，古音读huái，旋转、扭动。

这首五言律诗既是一首山水诗，又是一首饮酒诗，也是一首咏怀诗。诗歌当于唐肃宗乾元二年（759年）秋李白流放遇赦途中游历岳州（今湖南岳阳市）所做。诗歌描写了登岳阳楼所看到的宏阔景象，表达了诗人登楼遣愁、乐景忘忧、酒后逸兴的情怀，展示了李白雄浑阔远、清虚旷达、超然物外的胸襟。

首联关合题目，写登楼所见远景，烘托登楼沉郁气氛。“楼观岳阳尽”是整个岳阳景色的总体描写。诗人登上岳阳楼，远眺岳阳，一览无余，四周景色尽收眼底。“尽”字折射出诗人登高临远的气势与胸襟。“川迥洞庭开”是长江和洞庭湖景色的具体描写。长江远望，江水东流，浩浩荡荡，一片苍茫。洞庭湖水面开阔，浩渺无垠，湖光映天，茫无涯际。“迥”字突出了长江渺远气势，“开”字集中概况了洞庭湖浩荡宏阔境界，体现出诗人阔远的胸怀。首联用一流水对句式，总体描写了诗人登上岳阳楼所观景色，构建了一个浩渺无际、雄浑阔远的意境，展现出诗人吞吐天地的阔远胸襟和雄浑豪放的气势。

颔联叙写诗人托雁去愁，悦情赏月。诗人用一个工整的对偶句式，具体描绘了秋雁和山月。“雁引愁心去”，采用拟人化手法，将写景和叙述有机融合，表现诗人心情开始发生关键性的转变。登楼是古诗词中常用以派遣愁情的一个意象。诗人在首联将所有烦闷与愁情暗暗地寄寓于阔远浑沉的景物描写之中。颔联诗人明确将“愁”点出之时，愁情已被天空南飞的秋雁带走，心境已无愁意，登楼目的至此已经实现。“引”字形象地表达了诗人托意秋雁带去愁情的心理变化。“山衔好月来”句，写诗人愁闷已经转为轻快心情。天色已晚，彩霞已逝，诗人从岳阳楼向东望去，只见山谷中间一轮明月正在涌出，山阙好像一张嘴，正在含着月亮慢慢吐出。“衔”字非常生动形象地描绘了明月从山阙升起瞬间的美景。“好月”不仅表示朗月美好，而且暗含诗人的心情轻松愉快。诗人用长空、大雁、山峦、明月，构建了一个阔清辽远、空明澄净的意境，表现出悠雅淡泊、轻松愉悦的心境。颔联对偶工整，用词精切，语淡意浓，精美传神，堪称诗眼。

颈联叙写在岳阳楼上露宿与痛饮。诗人用一流水对句式，叙写了在岳阳楼上下榻，与友人一起举杯共饮的情景。“云间连下榻”，用陈蕃为周璆、徐稚设榻的典故（见注释），叙写露宿岳阳楼的逸兴豪情。“天上接行杯”叙写在岳阳楼上与友人开怀畅饮的雅兴。“天上”一词，用夸饰手法，侧面描写岳阳楼高耸入云。“接行杯”一词，侧面叙写诗人与友人推杯换盏欢快饮酒的情景。下榻高楼，饮酒月下，性情愉悦，不言而喻，诗人洒脱情怀和超逸性情寓于形中，得之象外。

尾联叙写诗人饮酒超脱的情形，抒发了诗人酒后满怀豪情逸兴。“醉后凉风起，吹人舞袖回”是一个极具动感的形象画面。诗人用“醉后”一词，轻轻地将整个饮酒过程一笔带过，用疏朗的笔调，留下了一处巨大的虚白，诗人与夏十二酒酣之际的高谈阔论、月下舞剑、陶然忘机等等情节，任由读者去想象。“凉风起”不仅回应了“雁引愁心去”意象，而且暗含诗人酒后超然心情。“吹人舞袖回”，气韵传神，似仙人之举，托意清虚，超然物外。如此结尾，清虚玄远，逸兴遄飞。

诗歌首联、颔联、颈联三联皆用对偶句式，工整雅致，颇显深厚笔力。在描写登楼所见和叙写登楼行动中表现情怀，结构因情而设，感情随情节发展而变化，由沉郁的情绪转为轻快心情，通过高楼畅饮达到了性情愉悦，再到醉后超然飘逸。诗歌语言精微简远，意象淡雅鲜明，音韵清越冲淡，风格清雅飘逸。

附：《与夏十二登岳阳楼》繁体字文本

與夏十二登岳陽樓

樓觀岳陽盡，川迥洞庭開。
雁引愁心去，山銜好月來。
雲間連下榻，天上接行杯。
醉後涼風起，吹人舞袖迴。

十、《秋登宣城谢朓北楼》赏析

秋登宣城谢朓北楼[1]

江城如画里，山晓望晴空[2]。
两水夹明镜，双桥落彩虹[3]。
人烟寒橘柚，秋色老梧桐[4]。
谁念北楼上，临风怀谢公[5]。

注释

[1] 本诗选自《全唐诗》(卷一八〇)，中华书局1999年版，第1845页。宣城，宣州，天宝元年（742年）改名为宣城郡。谢朓北楼，即谢朓楼，见《宣州谢朓楼饯别校书叔云》注释[1]。

[2] 江城，即宣城，因宣城在水阳江的岸边，故称“江城”。山晓，有的版本为“山晚”。

[3] 两水，指宛溪、句溪。明镜，喻指澄静的水面。双桥，指横跨宛溪上的凤凰桥与济川桥。彩虹，指倒映水中的桥影。

[4] 人烟，炊烟。寒，使动词，使橘柚寒。橘柚，橘树和柚树。老，使动词，使梧桐老。梧桐，一种落叶乔木，叶子很大，树皮泛白，木质适于作琴。

[5] 怀谢公，怀念谢公。谢公，谢朓（464—499），字玄晖，陈郡阳夏（今河南太康）人，南北朝时期齐朝的著名诗人，曾任宣城太守，世称“谢宣城”。公，对男子的尊称。

这首五言律诗是一首山水诗兼咏怀诗。写于诗人“赐金放还”之后到宣城（今安徽宣城）游览时，具体写作时间或在天宝十二载（753年）秋季，或在天宝十三载（754年）秋季之间。因诗人在上述两个时间段两度到宣城。诗中描绘了宣城美景，抒发了对谢朓的怀念之情，表达了诗人在“放还”之后苦闷彷徨之情。

首联总体描述宣城美景。“江城”关合题目“宣城”。“如画里”是诗人对宣城景色的总体描述。“山晓望晴空”既是行动描写，又是景色描写，表现出诗人对宣城景色的喜爱之情。

颔联具体描绘两水与两桥景色。“两水”指句溪和宛溪。河水是城市流动的韵律。诗人选取宣城两条重要的河流进行着力刻画。“明境”一词，用比喻手法，突出宣城之水清澈，水面澄静。“双桥”指横跨宛溪上的凤凰桥与济川桥。朝霞满天，水中桥影与霞光倒影相映，像两道美丽的彩虹。“夹”“落”两个动词的妙用，突出了画面的灵动感。颔联对仗工整，景物一静一动，色彩一淡一浓，动静结合，浓淡相映，饶有趣味。

颈联突显黄昏深秋景色。宣城美景，从晓到晚，处处迷人。“人烟寒橘柚”，是远景描摹。诗人再次将视野推向远方：袅袅炊烟在寒空升起，橘树林和柚树林在黄昏笼罩之下，苍色朦朦。写景笔调清疏，景色迷离朦胧，构成了一个凄迷萧疏的意境。“秋色老梧桐”，属近景刻画。“秋色”关合题目之“秋”。萧索秋风，老树梧桐，黄叶零落，满目苍凉。诗人此处构建了一个萧索苍凉的意境，为尾联抒情铺垫了适当的环境氛围。颈联对仗工整，角度一远一近，色彩一暗一明，上联属写意图，下联是工笔画，取景灵活，色彩对比明显，象由意选，境随情定，在结构上具有承前写景、启后抒情的意义。

尾联鸣内心不平之情。“谁念北楼上”关合题目“登”与“谢朓北楼”。“谁念”二字，突出诗人情怀无人理解的孤独之感。“临风怀谢公”句，卒章显意，抒发了诗人内心的不平与苦闷。李白被迫离开长安之后，实际上已陷入仕途迷茫的境地。“临风怀谢公”不仅仅是登临谢朓楼吟诗的应景之语，而是在追忆谢公的同时，表达对自身际遇的叹惋。谢朓是南北朝时期齐朝的著名诗人，年少时便有文采，诗文清丽，为人高傲，深得李白赞许，诗作中对谢朓多有称颂。谢朓曾任宣城太守、中书郎、尚书吏部郎，世称“谢宣城”或“谢吏部”。因卷入朝廷政治斗争的漩涡之中，35 岁（古算法 36 岁）便遭人构陷，死于狱中。诗人不仅对谢朓的诗文才情表示赞赏，而且对其人生遭际也深感痛惜。在萧索秋风中，苦闷彷徨的李白怀念谢朓，折射出李白对被迫离京人生遭际的极度不满。

诗歌采用先总体写景、再具体描写、最后抒怀的结构模式，景随情变，境为情设，构思精巧。写景笔法多变，语言精切洗练，音韵疏朗深沉，风格孤寂沉著。

附：《秋登宣城谢朓北楼》繁体字文本

秋登宣城謝朓北樓

江城如畫裏，山曉望晴空。
兩水夾明鏡，雙橋落彩虹。
人煙寒橘柚，秋色老梧桐。
誰念北樓上，臨風懷謝公。

十一、《山中与幽人对酌》赏析

山中与幽人对酌[1]

两人对酌山花开，一杯一杯复一杯[2]。
我醉欲眠卿且去，明朝有意抱琴来[3]。

注释

［1］选自《全唐诗》（卷一八二），中华书局1999年版，第1862页。幽人，隐逸的高人。对酌，对饮。

［2］复，又。

［3］我醉二句，化用陶渊明典故。《宋书·陶潜传》记载，陶渊明有一张无弦琴，每次酒酣之时，就抚琴以寄其意。无论来访者贵贱与否，只要饮酒，就把他摆出来。如果陶渊明先醉了，就会对客人说："我醉欲眠，卿可去。"其真率如此。

这首七言绝句是一首隐逸诗，当写于李白早年在安陆闲居之时。诗歌叙写了与山中隐居高人饮酒之事，表达了李白闲居山林时的闲适旷达之情。

前两句写二人对饮。"两人对酌"关合题目"与幽人对酌"，"山花"对应题目的"山中"。诗人采用白描手法，通过行为和景物的描写，勾勒出一幅山野对饮图。春光明媚，山花烂漫，四周清幽，酒香四溢。两个闲居山林的隐逸之人，身着褐衣，斜领交裾，跣足脱冠，谈笑风生，把酒对饮。两人遗世独立，谈玄论道，逸兴遄飞，笑声朗朗，空谷传响，良久乃绝。这分明就是人间罕见的世外奇境，令人顿生向往之情。"一杯一杯复一杯"，诗人用反复手法，连用三个"一杯"，快意俗语，脱口而出，突破格律束缚，活泼自然，不但非常应景，而且十分贴切。诗人不写畅饮行为，而频点喝酒杯数，得意于言外，手法高妙，深得韵外之致。

后两句抒发酒后逸情。"我醉欲眠卿且去，明朝有意抱琴来"貌似脱口而出的酒后真情流露，其实是化用了陶渊明饮酒弹无弦琴的典故（见注释），用典自然，毫无斧凿痕迹。第二句写两人对酌畅饮，第三句笔锋一转，忽道"我醉欲眠"，情节顿宕，将酒酣与醉酒之间的情节虚白留给读者，任由想象。"卿且去"既表现出诗人率真的性格，又体现了与"幽人"纯朴的友情，用语浅切，言简意丰。紧接着，诗人对“幽人”发出“明朝有意抱琴来”的直率邀请。情节再次起伏，结尾之处回荡起令人回味的余韵。

绝句虽短，但情节曲折有致，画面引人入胜，真情极切，但又非一览无余，余韵令人玩味。语言极具口语化，浅近活泼，自然成趣，音韵清朗欢快，风格闲逸率然。

附：《山中与幽人对酌》繁体字文本

山中與幽人對酌

兩人對酌山花開，一杯一杯復一杯。
我醉欲眠卿且去，明朝有意抱琴來。

十二、《独坐敬亭山》赏析

独坐敬亭山[1]

众鸟高飞尽，孤云独去闲[2]。
相看两不厌，只有敬亭山[3]。

注释

[1] 选自《全唐诗》（卷一八二），中华书局 1999 年版，第 1864 页。敬亭山，在今安徽宣城北，最高处海拔 320 多米。山虽不高，但拔地而起，林壑幽深，满目青翠，风景秀丽，为历代文人所咏诵。

[2] 尽，指没于视线之外。

[3] 厌，满足。

这首五言绝句是一首兼记游与述怀于一体的山水诗。目前，较为普遍的观点认为，这首诗作于天宝十二载（753 年）秋游宣城之时，也有观点认为作于唐肃宗宝应元年（762 年）李白辞世不久前。（童庆炳，2013）对于这首诗的内容历来有多种说法：清人沈德潜、近代俞陛云等认为，诗作表现李白遗世独立的个性；《唐诗鉴赏辞典》（上海辞书出版社 1983 年版）认为，诗作表现李白孤独寂寞之情；甚至坊间毫无根据地流传，诗作表现李白对玉真公主的深切怀念之情。其实，沈、俞等人的说法值得肯定，诗作流露出诗人物我两忘与超凡脱俗的精神境界。

前两句写诗人敬亭山上所见。诗人用一个流水对句式，叙写身处敬亭山的寥落寂静，关合题目中的“独坐”。天空中各种鸟全部飞走了，诗人眼看着它们一个个飞到了视野之外。天空中漂浮的几块孤零零的白云，也悠闲地飘荡到远方，仰望天空，只看到寥落长空。诗人用“鸟高飞”“云独去”两个极为典型的意象，清空了天际，构建了一个阔远寂寥的意境，为随后与敬亭山对话作出环境铺垫。

后两句写诗人独坐敬亭山的心灵感受。“相看两不厌。只有敬亭山”关合题目。诗人采用拟人化手法，叙写与敬亭山的思想与情感交流。“两不厌”突出了诗人对敬亭山的相知与依恋。长空寂寥，空山幽静，诗人将自身融入天地之中，赋予敬亭山情感与思维，使他与敬亭山成为一对知己，物我两忘，相互欣赏，相互守护，相互理解、相互依恋，在游历之中完全实现了心灵超脱。诗人独而不孤，独而不寂，独而不忧，与敬亭山进行了一场心灵对话。这是一种遗世独立、了空一切、超凡脱俗的精神境界。

这首诗是诗人的独白。独白是文人的孤独情怀和自我情感描述的体验。（戴伟华，2003）封建文人的孤独感往往自身难以承受，需要理解和支撑。但在现实中，古代文人总是不被理解，往往感叹缺少知音。因为李白是一个充满逸气、仙气于一身的狂傲文人，因此他的独白与一般文人不同，往往表现出高情千古的格调。独而不孤是这首诗的感情基调。这首诗的核心内容是表达对敬亭山的激赏之情，反映了诗人超凡脱俗的精神自由追求。李白写这首诗的时候，已经过了知天命之年。理想每每遭到现实的无情打击，狂放的性情只有在酒精的刺激下或许才能聊发一番。年过半百依然是一个布衣之身，此时的李白，对人间冷暖、世态炎凉都有了深刻的体验。李白往往在游历山水中实现精神超脱的体验，他的山水诗，往往将情感寄寓在景物和行动描写之中，最终实现精神超脱，这种超脱的情感要么是豪情释放，要么是逸兴遄飞，要么是得道成仙，要么是隐啸山林。此次李白独自一人登临敬亭山，面对寂寥天空，清幽山谷，他再也无法得到逸兴遄飞、豪情满怀、啸傲山林、访道成仙等体验。于是，他开始静静地与敬亭山进行了一场灵魂对话，最终得到了物我两忘的精神超脱。如果认为李白与敬亭山“相看两不厌”反映了他的孤独寂寞，那是低看了“谪仙”诗人。李白笔下，即使写愁，也得体现出或阔远浑沉或飘逸豪情，很少在清幽寂寞中作结。

这首诗表现手法达到了极高的艺术境界，堪为诗作千古典范。诗歌虽然只有20字，但关合题目、意境铺垫、结构精巧、叙述描写、抒情议论等等，处处精到。语言平易精切，深得言外之意、韵外之致。韵律和谐淡远，风格高旷清逸，读之令人心旷神怡。

附：《独坐敬亭山》繁体字文本

獨坐敬亭山

衆鳥高飛盡，孤雲獨去閑。
相看兩不厭，衹有敬亭山。

十三、《访戴天山道士不遇》赏析

访戴天山道士不遇[1]

犬吠水声中，桃花带雨浓[2]。
树深时见鹿，溪午不闻钟[3]。
野竹分青霭，飞泉挂碧峰[4]。
无人知所去，愁倚两三松[5]。

注释

[1] 选自《全唐诗》（卷一八二），中华书局1999年版，第1864页。戴天山，又名大匡山、大康山，在四川江油市西北，有大明寺，李白青年时曾在此读书。道士，参见《送贺宾客归越》注释［3］。不遇，未能遇到。

[2] 带雨浓，有的版本为“带露浓”。

[3] 树深，树林深处。溪午，正午时分的溪谷。不闻钟，没有听到钟声，意即道士未归。

[4] 青霭，见王维《终南山》注释［3］。飞泉，从峭壁上喷出的泉水。碧峰，碧绿的山峰。

[5] 倚，靠。

这首五言律诗是一首叙写访友的山水诗。写于李白青年时在大匡山（即诗中戴天山）大明寺读书期间。诗歌描写戴天山美景，表现了诗人亲近自然、向往山林、羡慕闲隐的情趣。

首联描写深山清幽之境。“犬吠水声中”句，从听觉角度，写环境的清幽宁静。在泉水叮咚声中，远远传来阵阵犬吠之声，以躁显静，侧面烘托出深山之中的清幽静谧。“犬吠”表示诗人已到道士的居处附近，同时暗含此处人迹罕至。因为人烟稀少，看门犬警觉度特别高，一有风吹草动，就会远远吠叫。诗人将犬吠声与泉水声融合在一起，一是显示犬吠声很远，若隐若现，朦朦胧胧，二是意味着犬吠之声非但无不适之感，反而令人产生将要到达目的地的欣然之情。“桃花带雨浓”，从视觉的角度写环境优美。“人间四月芳菲尽，山寺桃花始盛开。”（白居易《大林寺桃花》）深山桃花往往晚开，诗人在这里看到带着水珠的桃花，浓艳无比，心底顿生怡然之情。“桃花”暗含世外桃源寓意，突出了道士所居之地远离世尘，超凡脱俗，清虚幽静。“带雨浓”显示桃花瓣上宿雨未干，太阳尚未高高升起。诗句在描摹景物的同时，暗含诗人清晨时分已到达道士住处附近，足显李白拜访道士之用心真诚。

颔联用流水对句式，叙写沿路风景。顺着犬吠的方向继续行进，一路上所经历的美景令人目不暇给，诗人选取了两个具有典型意义的画面进行精雕细琢。“树深时见鹿”，从视觉角度，突出山林的幽深静谧。深林小径，弯弯曲曲，诗人在路上，不时看到在深林中食草的幽鹿。古人认为鹿是具有灵感的动物，具有吉祥美好等多重象征意义。深林幽鹿，颇具灵性，遇机心者，匿而不见。诗句中写不时地看到悠闲食草的幽鹿，一则表明山林幽深，人迹罕至，二则暗含道士与诗人皆是毫无机心之人。“溪午不闻钟”，从听觉角度，描写溪谷清幽宁静。正午时分，随着光线的变化，深林溪谷景色又别是一番韵味。诗人没有听到午时道观里本该响起的钟声，四周唯有哗哗溪水声、幽鹿沙沙食草声，风吹树叶刷刷声，以及诗人欻欻脚步声。

颈联用工整对偶句式，描写远处山水风景。颔联中的“不闻钟”暗示道观无人。此时无法见到所要拜访的道士，于是诗人放慢了脚步，细细欣赏深山的美丽景色。“野竹分青霭”写山之青翠朦胧。青山上挺拔的翠竹，在雾霭朦朦中郁郁葱葱，时隐时现，翠竹碧绿，雾气朦朦，色彩对比分明，但彼此界线模糊，眼前之景，变幻迷离，令人仿佛置身仙境。“飞泉挂碧峰”写泉水秀美灵动。泉水从崖石中流出，汇成涓涓瀑布，好像悬挂在崖壁之上，飞逝而下。“野竹分青霭”，“分”而难分，“飞泉挂碧峰”，“挂”而非挂。青山飞泉，相映成趣。

尾联表达不见道士的遗憾之情。“无人知所去”，写道士云游不定。句意关合题目。“愁倚两三松”，表现出专访道士而不见的一丝悠悠遗憾。诗人从早晨来到深山，一直等到午后，日头偏西，时分不早，仍然不见道士踪影。诗人靠在松树上，轻轻地舒一口气，继续等待。结尾意犹未尽。未见道士而“愁”，暗含对隐逸山林道士的追慕之情。

诗歌以时间为经，以空间为纬，根据时间空间的变化安排情节结构。语言自然流畅，写景角度多变，色彩对比明显。音韵和谐，格律严谨，风格清丽工致。

附：《访戴天山道士不遇》繁体字文本

訪戴天山道士不遇

犬吠水聲中，桃花帶雨濃。
樹深時見鹿，溪午不聞鐘。
野竹分青靄，飛泉掛碧峯。
無人知所去，愁倚兩三松。

十四、《听蜀僧濬弹琴》赏析

听蜀僧濬弹琴[1]

蜀僧抱绿绮，西下峨眉峰[2]。
为我一挥手，如听万壑松[3]。
客心洗流水，馀响入霜钟[4]。
不觉碧山暮，秋云暗几重[5]。

注释

[1] 选自《全唐诗》(卷一八三)，中华书局1999年版，第1874页。有的版本题为《听蜀僧浚弹琴》。蜀僧濬，蜀地一个名字叫濬(jùn)的僧人。生平未详。

[2] 绿绮(qǐ)，一种名贵的琴。晋代傅玄《琴赋》序："司马相如有琴曰绿绮，蔡邕有琴曰焦尾，皆名器也。"这里代指琴。峨眉峰，峨眉山，位于四川盆地西南边缘，中国佛教与道教名山。

[3] 一，见《送友人》注释[3]。挥手，指弹琴。万壑松，万壑松涛之声。琴曲有《风入松》曲，这里以琴声比喻万壑松涛声。

[4] 客心洗流水，喻指心里被琴声像流水洗涤过。客，诗人自称，相对弹琴人而言。霜钟，指钟声。《山海经·中山经》载，丰山"有九钟焉，是知霜鸣。"古人有霜降鸣钟的做法。

[5] 暗几重，指夜色更加昏暗。

这首五言律诗叙写听琴感受。较为普遍的观点认为，这首诗作于天宝十二载（753年）秋天诗人在宣城（今安徽宣城）游历期间。诗歌叙写了听琴过程，对蜀僧高超琴技予以极力褒扬，同时表现了诗人欣赏琴声的高雅逸兴。

首联介绍蜀僧来历，突出一人一琴一山。“蜀僧抱绿绮”，写“蜀僧”和他怀抱的“绿绮”。“绕梁”“绿绮”“焦尾”皆为名琴，诗人为何选绿绮代指琴，是因为绿绮是司马相如的名琴。司马相如是蜀人，用“绿绮”更切合蜀僧，可见诗人炼字其功之深厚。“西下峨眉峰”，写蜀僧与由来之地“峨眉峰”。“下”字显示出蜀僧清逸飘洒之状。峨眉山既是李白家乡的名山，也是著名的佛教名山。蜀僧飘然从峨眉山下来，令这位高僧琴师具有了一定的神秘与清逸色彩。

颔联写蜀僧弹琴，诗人用一个流水对句式，突出其琴声一出惊人。出句“为我一挥手”写蜀僧弹琴的洒脱举动。对句“如听万壑松”突出表现琴声的震撼力。蜀僧琴声一发，如万壑松涛，声音清越浑厚，令人肃然起敬。

颈联写欣赏琴声，侧面表现出蜀僧琴技高超的同时，也表现出诗人“知音”般的欣赏能力。出句“客心洗流水”写诗人听琴之后的心灵感受。李白听了蜀僧美妙的琴声，心肺立刻像被流水清洗了一样顿时感到无比清澈，心旷神怡。流水暗用伯牙与钟子期“知音”典故。《吕氏春秋》记载，伯牙鼓琴，琴声寓意志在高山，钟子期就说：“善哉乎鼓琴，巍巍乎若太山。”琴声寓意志在流水，钟子期就说：“善哉乎鼓琴，汤汤乎若流水。”后来钟子期去世，伯牙认为再无知音，便将琴弦弄断，从此不再弹琴。诗人暗用这一典故，意为蜀僧有伯牙般的高超琴技，自己有钟子期般的琴声鉴赏能力，二人堪称知音。对句“馀响入霜钟”写琴声余韵与暮钟共鸣，高古幽深。此句连用两个典故。“馀响”化用《列子·汤问》“既去而余音绕梁，三日不绝”句，“霜钟”语出《山海经》（见注释），用典寓意在于突出表现蜀僧琴声的穿透力和琴声钟声和韵的高雅情趣。

尾联写听琴之后的感受。“不觉碧山暮”写诗人沉浸在琴声之后情态。琴声余韵伴着暮钟，久久回荡在耳边，诗人完全陶醉，不知不觉中天色已暗了下来，四周碧绿的青山渐渐变得青翠苍然。“不觉”一词突出了诗人沉浸于琴声的神态。“秋云暗几重”写天空云层低垂，夜色凝重，烘托诗人听琴之后入神沉静。

诗歌结构以弹琴与听琴的顺序为主线，首联写蜀僧亮相，颔联写蜀僧弹琴，颈联写诗人听琴，尾联写听后感受，结构如行云流水，一气呵成。诗歌用典自然，语言清疏典雅，音韵和衷流畅，风格明快清雅。

附：《听蜀僧濬弹琴》繁体字文本

聽蜀僧濬彈琴

蜀僧抱綠綺，西下峨眉峯。
為我一揮手，如聽萬壑松。
客心洗流水，餘響入霜鐘。
不覺碧山暮，秋雲暗幾重。

十五、《从军行》赏析

从军行[1]

百战沙场碎铁衣，城南已合数重围。[2]
突营射杀呼延将，独领残兵千骑归。[3]

注释

［1］选自《全唐诗》(卷一八四)，中华书局 1999 年版，第 1882 页。

［2］碎铁衣，夸饰之语，意指身穿的盔甲历经过多次战场创伤。

［3］呼延，一位姓呼延的将领。残兵，突围之后剩余的士兵。

这首七言绝句是一首边塞诗，通过一个久经沙场将领突出重围的细节描写，赞扬唐军将领勇武刚毅的英豪风貌，展现诗人沉雄慷慨的豪情。

首句写将军戎马生涯。诗人将笔触聚焦于将军的铠甲，通过铁衣上清晰可见的累累刀箭痕迹，暗示铠甲的主人是一位久经沙场、身经百战的英雄豪杰。“碎”字非常传神，具有强烈的视觉冲击力，虽为夸饰之词，却令人感到自然贴切。首句通过一件历经无数战火的铠甲，侧面描写将军战场上曾屡遭挫折，暗示将军历经无数腥风血雨，身上布满伤疤，为下面描写将军突围作出极为恰当的铺垫。

次句写将军陷入重围。诗人将战场上两军搏杀的场面留白，且并未交待唐军因何遭到围困，而是直接着笔写将军遇到重围，为塑造人物形象设置了一个险峻的复杂环境。“城南”暗含将军选择的率众突围方向，“已合数重围”则确切表明唐军退路已经被敌军层层围堵。“合”表示唐军被围密度之高，“数重围”突出敌方围兵数量之众。军队遭到重兵围攻，退路已被敌军完全封死，身经百战的将军不得不再次面临一场生死存亡的考验。严峻的战场局势，将诗歌推进到一个极具悬疑的情节，有利于突出将军的人物形象，同时又极度刺激读者的阅读欲望，令人悬心吊胆。

第三句写将军射敌稳局。面对数倍于己的敌人包围，破局的关键在于将帅临危不惧，尽快稳定军心，瓦解敌军战力，鼓舞属下斗志，树立与固化全军顽强拼搏、敢于取胜的坚强信念。这位久经沙场的将军，面对险境，沉着冷静，仔细观察战场，即时掌握全局，他立即选中一位姓呼延的主将作为击溃敌军意志的目标，策马向前，引弓射箭，敌军主将应弦落马。敌军见呼延主将阵亡，立刻军心大乱，而唐军则在主将于万军之中射杀敌将举动的鼓舞下，信心倍增。将军乘敌慌乱之际，率军冲击敌阵，展开突围行动。第三句诗在情节发展和人物形象塑造方面具有核心作用。“突营”细节，形象地展示出将军身先士卒力破敌阵的英雄壮举。“射杀呼延将”作为典型细节描写，具有多重蕴涵：一是表明射杀主将是将军此次率众突围的关键环节。唐军突围是将士通力合作的群体行为，不乏许多惊心动魄的画面，但诗人只选择唐将于万军之中取敌主将性命的细节进行着力描绘，表明这一细节是整个突围过程中决定成败的关键，突显将军的核心作用，突出将军智勇形象；二是表明将军十分熟悉敌情，能够从千军万马中立刻找出想要击毙的敌军将领。率兵打仗能够做到知己知彼，即使陷入极端困境，往往仍不至于使全军覆没。这样使得读者在为唐军将士命运担忧的同时，又不会产生绝望，有利于诗歌情感在起伏的同时保持基本平衡；三是表现出将军作战经验十分丰富，能够沉着应对战场危机。应对战场危难局面，主将必须在信息极难获取、敌情瞬息万变的复杂战场情形即刻作出有效决策，这需要将帅不仅具有极为丰富的战争与战场经验，而且具有冷静的头脑和敏锐的决断能力。从突围结果看，将军瞬间选择“射杀呼延将”是当时的满意决策①。寥寥五字描写，一个身经百战、大智大勇的将军形象立刻跃然纸上；四是突出目标射杀对敌冲击的效果。“呼延”早先称“呼衍”，据《史记》记载：“呼衍氏，兰氏，其后有须卜氏，此三姓其贵种也。”（《史记》卷一百十）古代社会尤其是游牧民族，特别注重门第与等级观念，选择贵族身份的主将作为击杀目标，能够有效引发敌军慌乱的局面，为唐军提供有利的突围条件。这一细节描写，突出将军在极其不利的条件下善于扭转战局的能力；五是凸显将军大智大勇。倍受唐代诗人称颂的西汉“飞将军”李广，一次率领百人追击三名匈奴射雕者，偶遇数千匈奴骑兵包围，李广不但没有下令

① 有限理性决策理论认为，由于受信息获取、时间限制以及决策者能力与素质等因素影响，不存在最优决策，决策的原则是满意性原则。

撤退，反而让属下纵马解鞍，就地而卧。匈奴见状，以为是诱兵之计，不敢轻举妄动。匈奴军中有一位骑白马的将领率兵出阵，想试探李广底细，“李广上马与十余骑奔射杀胡白马将”（《史记》卷一百九），化解危机，最终匈奴夜间撤退，李广率领属下全然回到军营。唐军将领“射杀呼延将”，与李广“射杀胡白马将”有异曲同工之妙，诗人暗将李广与将军进行类比，突出唐将大智大勇形象。

尾句写将军率众突围。“独领”暗含被围唐军将领为数不少，在被重兵围困的众多将领中，只有此人率众突出重围，突显将军出众的指挥与作战才能。“残兵”在诗中并非贬义，而是具有褒扬意味。跟随将军能从强敌重重包围中杀出一条血路，最后成功突围的将士，个个心理素质过硬，人人身怀高超武艺，皆为唐军难得的精英。“千骑”点明在将军率领下本次突出重围的将士人数。虽然诗人未提及唐军本次被围人数，但能从水泄不通的敌军重重包围圈中突围出上千将士，绝非易事。“归”既是将军及其属下本场惨战的终点，又是下一场硬战的起点。随从将军突围的上千名将士，是未来唐军补充与提升战力的核心力量，是军队败而不馁的军魂。透过“归”字，人们可以感觉到唐军将士敢于直面失败的凛然豪气。

李白的边塞诗并不多，这首诗是他边塞诗的典型代表作。诗歌构思精妙，写法独特，通过一场败仗塑造一位身经百战、经验丰富、沉着应战、武艺超群、智勇双全、身先士卒、勇于面对失败的将军形象，以败中突围将军的凛然气概，颂扬唐军将士威武雄壮的精神风貌，折射出诗人慷慨激昂的胸襟与气度，集中体现充满自信、风骨刚劲、词豪气壮的盛唐气象。

附：《从军行》繁体字文本

從軍行

百戰沙場碎鐵衣，城南已合數重圍。
突營射殺呼延將，獨領殘兵千騎歸。

第五章　杜甫经典诗作赏析

杜甫（712—770），字子美，自号少陵野老，人称杜少陵，世称“杜拾遗”“杜工部”，盛唐伟大诗人，也是中国乃至世界的伟大诗人。祖籍襄阳（今湖北襄阳），生于巩县（今河南巩县），长于京兆（今西安）杜陵。早年游历各地，天宝六年（747 年），在长安应试落第，开始“朝扣富儿门，暮随肥马尘”（《奉赠韦左丞丈二十二韵》）的屈辱困苦生活，寓居长安十年，向皇帝和权贵们投赠诗赋，以求仕进，最终只做了右卫率府胄曹参军的八品小吏。安史之乱爆发后，独自去投肃宗，中途为叛军俘获，后得以潜逃，在凤翔（今陕西凤翔）见到唐肃宗，做了左拾遗。因忠言直谏，被贬华州司功参军，不久弃官。后入蜀，友人严武推荐他做剑南节度府参谋，加检校工部员外郎。晚年在四川、湖北、湖南等地漂泊，贫困交加。最终在归乡途中的一条小船上去世。有《杜工部集》。

杜甫的思想主要受儒家思想的影响。儒家的仁政和民本思想、忧患意识和伦理道德，深深地根植于杜甫的思想观念之中，成为他坚实的思想基础。杜甫的社会政治理想和社会批判精神及价值标准，都建立在儒家思想基础之上。杜甫一生忧国忧民、积极用世，始终关心国家的命运与民生的疾苦。他的政治理想、忧国爱民的精神同忠君意识始终联系在一起。

杜甫有“诗圣”之称，他和李白齐名，世称“李杜”，二人诗作代表了盛唐诗歌创作的最高成就。杜甫始终是盛唐气象的典型体现者和实践者。（梁桂芳，2005）他的诗歌内容丰富，或忧国忧民，或反映社会矛盾，或揭示社会腐朽黑暗，或指责穷兵黩武，或咏史述怀，或写景咏物，或思亲怀友，堪称历史的真实记录。在艺术上，杜诗总体风格是“沉郁顿挫”，具有高度的写实精神，篇章结构富于变化，手法多种多样，语言精工凝练而又丰富多彩。其诗兼备众体，除五古、七古、五律、七律外，还写了不少排律，拗体，创作了不少“即事名篇，无复依傍”的新题乐府。白居易认为，杜诗在“贯串古今，覼缕格律，尽工尽善”（《与元九书》）方面的成就超过李白诗作。杜甫是唐诗的集大成者，他的诗作特别是律诗，思想与艺术达到了高度统一，代表了唐代诗作的最高成就，对后世影响极为深远。特别是他的七律，成为后来文人写作律诗的典范。中华书局《全唐诗》（1999 年版）录杜甫诗 19 卷，共 1458 首。

第一节　杜甫经典古体诗赏析

一、《望岳》赏析

望岳[1]

岱宗夫如何，齐鲁青未了[2]。
造化钟神秀，阴阳割昏晓[3]。
荡胸生曾云，决眦入归鸟[4]。
会当凌绝顶，一览众山小[5]。

注释

[1] 选自《全唐诗》（卷二一六），中华书局 1999 年版，第 2253 页。岳，指泰山。

[2] 岱宗，泰山，位于今山东省泰安市，是中华文化名山，又称岱山、岱岳、东岳、泰岳，因处五岳之首，故尊称为“岱宗”。夫，语气词，无实际意义。齐鲁句，意指泰山雄伟壮阔，峰峦苍翠在齐鲁之外仍清晰可见。泰山是先秦时期齐鲁两国的分界线，山北为齐国，山南为鲁国，后来人们用齐鲁代指山东。青，青苍、苍翠的山色。未了，没有尽头。

[3] 造化钟神秀，意思是大自然把天地灵气都给了泰山，泰山集中了天地之间的神奇秀美。造化，大自然。钟，聚集、汇集。神秀，神奇秀美的天地灵气。阴阳割昏晓，意思是泰山高峻，把太阳光线分割为南北两部分，南明北暗，明暗迥异，犹如晨昏。阴，指泰山北面。阳，指泰山南面。割，分割、划分。

[4] 荡胸，使胸中激荡。荡，使动词。曾，同“层”。决眦，绷开眼框，意思是极力睁大眼睛看。决，决裂、裂开。眦（zì），眼眶。入，指归鸟没入视线之外。

[5] 会当，终当、定要。凌绝顶，登上最高山峰。凌，登上、登临。绝顶，山的至高点。一览众山小，化用《孟子·尽心上》“孔子登东山而小鲁，登泰山而小天下”句意。

这首五言古诗是一首记游诗，也是一首述怀诗。玄宗开元二十三年（735年），杜甫到洛阳参加进士科考落第，之后到齐、赵（今山东、河南以及河北一带）游历。这首诗就是诗人游泰山时所做。

开篇两句写泰山雄伟气势。“岱宗夫如何”是诗人以设问的句式表达对泰山的敬仰。“岱宗”含义为五岳之首，表达杜甫对泰山的敬意。“夫如何”采用虚（夫是虚词）实相间的设问语气，强化了诗人见到泰山惊异、赞叹、仰慕的神情。“齐鲁青未了”是对设问句的回答。诗人从泰山的空间纵深角度，展示了泰山雄伟壮阔的总体概况。泰山横亘于齐鲁大地，人们身处齐鲁之外，犹能看到泰山青翠苍然的身影。诗人采用侧面描写手法，挥毫泼墨，粗线条勾勒出泰山巍峨高耸的磅礴气势。

三、四两句写泰山神秀与高峻。“造化钟神秀”写泰山的神奇与秀美。诗人看来，泰山灵动、神韵、秀丽、雄艳，集神奇秀丽于一身，让人不由地惊叹大自然（造化）的奇妙。“阴阳割昏晓”，以夸饰手法，突出泰山巍峨高峻。一座山竟然将山南山北的日光分割为晨昏两个境地，这是何等高大巍峨。这两句诗所描绘的景色，有似诗人身处泰山之外，临空俯瞰，精细临摹所致，表现出无比宏阔的气势。

五、六两句写诗人登山仰望天空。登山之际，诗人昂首眺望，目之所及之物，虽时时处处可见，但感觉迥然不同。诗人采用一个流水对句式，选取“云”和“鸟”最常见的两个目标，抒写身处泰山之上不同感受。出句“荡胸生曾云”写诗人在泰山感到天空浮动的层云，像是在自己的胸中飘荡，令人激情澎湃，浩气荡然；对句“决眦入归鸟”写诗人在泰山张目远望急切归巢的飞鸟，瞬目之间，过翼已逝，令人顿觉高空无极，视野无涯。“生”“入”二字，使景物与情感融合，展示出诗人荡然胸襟与阔远境界。

结尾两句展现诗人博大胸怀。在泰山巍峨气势和所见景物的感召之下，诗人激情满怀，化用孔子登泰山的典故（见注释）发出“会当凌绝顶，一览众山小”的豪情壮语，展现他远大的抱负与非凡的气度。古今咏泰山的诗词不计其数，但气度如此之壮难出杜甫此诗之右。正因为此，此诗在泰山多处刻石展现，登临者无不口诵这两句经典名句。

全诗紧扣“望岳”二字，采用远景勾勒和近景刻画相结合的手法，表现了泰山巍峨挺拔的气势和神奇秀美的景色，表达出诗人对泰山的仰慕、激赏、赞叹与感慨之情。诗人的情感发展由隐到显，情感强度由低到高，最后激情澎湃，长啸登临之情。情节变化有致，结构浑然一体。语言精练，韵律舒放，风格刚劲雄健，堪为咏泰山诗作的千古绝唱。

附:《望岳》繁体字文本

望嶽

岱宗夫如何，齊魯青未了。
造化鐘神秀，陰陽割昏曉。
盪胸生曾雲，決眥入歸鳥。
會當淩絕頂，一覽衆山小。

二、《赠卫八处士》赏析

赠卫八处士[1]

人生不相见，动如参与商[2]。
今夕复何夕，共此灯烛光[3]。
少壮能几时，鬓发各已苍[4]。
访旧半为鬼，惊呼热中肠[5]。
焉知二十载，重上君子堂[6]。
昔别君未婚，儿女忽成行[7]。
怡然敬父执，问我来何方[8]。
问答乃未已，儿女罗酒浆[9]。
夜雨翦春韭，新炊间黄粱[10]。
主称会面难，一举累十觞[11]。
十觞亦不醉，感子故意长[12]。
明日隔山岳，世事两茫茫[13]。

注释

[1] 选自《全唐诗》(卷二一六)，中华书局1999年版，第2258页。赠，赠诗给……，参见王维《辋川闲居赠裴秀才迪》注释［1］。卫八处士，一位姓卫、排行第八的隐居之士，名未详。处士，古代对有德才而隐居不愿做官的

人的称呼，也泛指未做过官的读书人。

［2］动，动辄。参与商，两个星宿的名称。参（shēn），参星，居于西方酉位。商，商星，居于东方卯位，二星一西一东，一出一没，永不相遇。

［3］今夕，有的版本为“今此”。复，又。今夕复何夕，化用《诗经·绸缪》“今夕何夕，见此良人”句。共此灯烛光，有的版本为“共宿此灯光”。

［4］苍，灰白色。

［5］访旧半为鬼，指打听故交，竟有一半人已经不在人世了。访旧，有的版本为“访问”。惊呼热中肠，老朋友卫八见到诗人，大声惊呼，诗人肠子热热地感到激动。惊呼，有的版本为“呜呼”。另一种解释是，指听到故人不在世的消息，诗人脱口而惊呼，感到肠子都痛苦得发热。

［6］二十载，指二人阔别20多年。君子，指卫八处士。堂，厅堂，这里代指住所。

［7］忽，一下子。成行（háng），排成行，意即儿女多。

［8］怡然，喜悦的样子。敬父执，敬迎父亲的老朋友。父执，父亲的挚友。语出《礼记·曲礼》“见父之执”。

［9］乃未已，有的版本为“未及已”。儿女，有的版本为“驱儿”。罗酒浆，准备酒席。罗，罗列，意即操办、准备。酒浆，代指酒席。

［10］翦，“剪”的异体字。春韭，春天的韭菜。新炊，有的版本为“晨炊”。间黄粱，掺杂着黄米。间（jiàn），掺杂、掺和。黄粱，黄米，糜子碾成的米，是中国古代北方重要的主粮。间黄粱，有的版本为“闻黄粱”。

［11］累十觞，指接连饮酒十杯。累，累加、接连。觞（shāng），古代称酒杯。累十觞，有的版本为“蒙十觞”。

［12］十觞，有的版本为“百觞”。不醉，有的版本为“不辞”。故意，老朋友的情谊。

［13］隔山岳，被山阻隔，指分手。山岳，华山，这里代指各种山岭。

这首五言古诗是一首会友诗，当写于唐肃宗乾元二年（759年）春天。乾元元年（758年），担任右拾遗的杜甫，因上疏为宰相房琯说情，触怒肃宗，被贬华州司功参军。杜甫告假到洛阳探亲。次年春天，杜甫从洛阳经潼关回华州时经过奉先（今陕西蒲城），探访了老朋友卫八处士。

前四句写与卫八处士相见。在写二人见面之前，诗人先感叹人生见面之难。“人生不相见，动如参与商”二句，用自然天象作比，感慨人生别离。参、商两个星宿，相隔西东，此出彼落，永难见面。诗人认为，人生亦是如此，或许离别之后，就如同参商二星，再也难以相会。当时杜甫已经历安史之乱三年多了，局势动荡，百姓流离失所，人生朝不保夕。杜甫发出这样的慨叹，一来感时伤世，二来为二人见面作反衬。在如此乱世，能与老朋友相见，太不容易了。因此，诗人叹道："今夕复何夕，共此灯烛光。""今夕何夕"化用《诗经》诗句（见注释），一则表示见面之喜悦，二则表示对卫八处士的赞赏。

从"少壮能几时"到"儿女忽成行"八句，写二人见面情景。青年时见过面，转眼间都是两鬓苍苍的人了。"少壮能几时"是诗人回忆老朋友青年英姿勃发之时对时光易逝、青春难驻的慨叹，"鬓发各已苍"则是对两人当下容颜变化巨大的感伤。"访旧半为鬼"是诗人这次探亲所经历的伤痛。见到故交，打听过去曾经熟知的亲友，竟然有一半人已经不在人世了。杜甫当时47岁（古算法48岁），竟然亲朋故友过半死亡，着实令诗人唏嘘不已。这句诗回应了开首两句诗意，反衬二人见面十分难得。"惊呼热中肠"，是见到老朋友的欣慰与感动。两人见面，都非常惊喜，脱口呼叫对方。战乱时代，诗人听到老朋友的一句呼唤，多么让人感动，整个肠子都觉得热乎乎的。"热中肠"本是夸饰之词，但这里却让人有写实的感觉。两句诗上句表达伤感，下句表明欣喜，情感变化犹如过山车，极速起伏跌宕，充分显示杜甫诗歌跌宕顿挫的特色。"焉知二十载，重上君子堂"两句，点明二人见面之久。"焉知"二字，突出乱世重逢之不易。"昔别君未婚，儿女忽成行"两句，是对卫八处士当下生活的称赞。古人以人丁兴旺作为家庭生活的重要衡量标志。诗人抓住最关键的因素，轻轻地用一句"儿女成行"，表明对处于乱世的老朋友生活的赞赏，遣词用句颇有四两拨千斤的功效。

从"怡然敬父执"到"感子故意长"十句，写主人对诗人热情款待。"怡然"一词有多重含义，既表现出老朋友卫八处士的子女们热情接待自己，也显示出孩子们落落大方、富有教养、怡然自得的情态。"敬父执"一词化用《礼记》典故，既表达老朋友的孩子们敬迎自己，又暗含对其品格修养的赞许。《礼记·曲礼》："见父之执，不谓之进，不敢进；不谓之退，不敢退；不问，不敢对，此孝子之行也。"孩子们见了杜甫，关切地问长问短，表达出一篇真诚。"问答乃未已"句，一则表示主人要急切款待诗人，二则表明对话内容之多。由于篇幅所限，诗人未能将所有的问话写出来，仅选"问我来何方"一句，通过"问答乃未已"句补充，两句诗相得益彰，词完意达。杜甫正在和主人的孩子们问话对答，卫八处士便催促孩子们赶快做饭。于是，儿女们立刻都忙乎了起来。接下来三句诗，写孩子们备餐的行动。"罗酒浆"表示饭菜丰盛。"夜雨翦春韭，新炊间黄粱"是一个工整的对偶句，语言自然清新，生动形象，充满乡土生活趣味，生动地体现出老朋友的热忱。短短三句诗，可以深切感到孩子们招待诗人非常热情。这样的描写，侧面烘托出卫八处士对诗人的一片热忱。同时，诗人通过叙写孩子们忙碌的举动，表达了对卫八处士一家人和谐美满的高度赞许之情。"主称会面难"句，照应开篇两句和"访旧半为鬼”诗句，一则从卫八处士的角度表达二人见面不易，二则表现出主人真诚的待客之心。“一举累十觞”句，既表达主人热情，又表现出二人情谊深厚。酒逢知己千杯少，难得一见，主客必定开怀畅饮，于是诗人说到：“十觞亦不醉，感子故意长”。

结尾两句，是诗人的道别之语。杜甫看望老朋友，匆匆一见，举杯共饮，促膝长谈。席间少不了回顾过去珍贵友情的片段，讲述当下各种悲喜遭遇，互问今后各自人生的打算。当然，也免不了吟咏古今，感时伤世。但诗人惜墨如金，只字未提，将想象的巨大虚白空间流给读者，只轻轻的一声叹息：“明日隔山岳，世事两茫茫。”构思精巧，此地无声却胜有声。

全诗通过访友一事，表现了诗人与老友之间的真挚情谊。诗人将个人的感受与社会离乱密切融合，表现出身处乱世时见到老友的复杂心理感受。在生离死别常态化的特殊时代，诗人饱经离乱之苦。因此这首会友诗中，既有对离乱时期人们聚少离多、生命易逝的悲叹，也含有见到老朋友的欣喜，同时也含有对与友人短短一宿见面的珍视，更蕴含着对时事变化无常的茫然与担忧。

诗歌按照时间顺序，叙写主客见面情景，犹如一位老人对老朋友述说一场难得的会面，用家常话，说家常情，娓娓道来，韵味深长。诗歌语言精切深致，感情复杂多变，音韵悠深沧桑，风格深沉浑朴。

附：《赠卫八处士》繁体字文本

贈衛八處士

人生不相見，動如參與商。
今夕復何夕，共此燈燭光。
少壯能幾時，鬢髮各已蒼。
訪舊半為鬼，驚呼熱中腸。
焉知二十載，重上君子堂。
昔別君未婚，兒女忽成行。
怡然敬父執，問我來何方。
問答乃未已，兒女羅酒漿。
夜雨翦春韭，新炊間黃粱。
主稱會面難，一舉累十觴。
十觴亦不醉，感子故意長。
明日隔山嶽，世事兩茫茫。

三、《丽人行》赏析

丽人行[1]

三月三日天气新，长安水边多丽人[2]。
态浓意远淑且真，肌理细腻骨肉匀[3]。
绣罗衣裳照暮春，蹙金孔雀银麒麟[4]。
头上何所有，翠微㔩叶垂鬓唇[5]。
背后何所见，珠压腰衱稳称身[6]。
就中云幕椒房亲，赐名大国虢与秦[7]。
紫驼之峰出翠釜，水精之盘行素鳞[8]。
犀箸厌饫久未下，鸾刀缕切空纷纶[9]。
黄门飞鞚不动尘，御厨络绎送八珍[10]。
箫鼓哀吟感鬼神，宾从杂遝实要津[11]。
后来鞍马何逡巡，当轩下马入锦茵[12]。
杨花雪落覆白蘋，青鸟飞去衔红巾[13]。
炙手可热势绝伦，慎莫近前丞相嗔[14]。

注释

[1] 选自《全唐诗》（卷二一六），中华书局1999年版，第2261页。有的版本题为《杂曲歌辞·丽人行》。行，歌行体，古代诗歌的一种体裁。

[2] 三月三日，指古历三月三日，是古代的上巳节。这一天，人们到水边举行洗濯（zhuó）去垢、消除不祥的仪式，名曰“修禊（xì）”，又称“祓（fú）禊”。后来演变为在水边春游宴集、饮酒赋诗等活动。水边，指长安（今西安）曲江边。丽人，美人。

[3] 态浓，姿态浓丽。意远，神情高远。意，意态、神情。淑且真，优美且不忸怩作态。淑，本义是女人品德好，这里指美好、美丽。真，指行为本真，不忸怩作态。

[4] 绣罗，刺绣的绫罗绸缎。绣罗，有的版本为“画罗”。衣裳，指衣衫

和裙子。古代称上身衣衫为“衣”，下身的裙子为“裳”。照，映照，意即相映成辉。暮春，晚春。蹙（cù）金，用金线刺绣的一种工艺。孔雀银麒麟，指金线刺绣的图案。

［5］翠微，薄玉片。翠微，有的版本为“翠为”。匐（è）叶，匐彩花叶，一种插在发髻上的首饰。匐叶，有的版本为“匎匐”。鬓唇，鬓边。

［6］背后，有的版本为“身后”。珠压，用宝珠嵌在衣服某个部位令其合身。腰衱（jié），裙带，有的版本为“腰襻（pàn）”或“腰肢”。稳称身，指衣服贴身。

［7］就中，其中。云幕，指宫殿中的层层如云状的帷幕。椒房亲，指皇室外戚。椒房，汉代皇后居室，以花椒和泥涂壁，故称“椒房”，取温暖芬芳之义。后以椒房代指皇后或妃子所住的宫殿，也做皇后或妃子的代称。赐名大国虢（guó）与秦，指玄宗赏赐杨贵妃姐妹事。天宝七载（748 年），唐玄宗赐封杨贵妃的大姐为韩国夫人，三姐为虢国夫人，八姐为秦国夫人。“国夫人”是中国封建时代皇帝赐给女人的名号，也是唐代对皇官之外女人的最高封号。

［8］紫驼之峰，驼峰中的一种。驼峰是珍贵的食物，列八珍之一。紫驼之峰，有的版本为“紫驼之珍”。翠釜，外观翠色的锅。釜，锅。有观点认为，翠釜是翠玉制作的炊具。水精，即水晶。行，传、送（菜）。素鳞，白色或浅色鱼鳞的鱼。

［9］犀（xī）箸，犀牛角制成的筷子。厌饫，指吃饱、吃腻。厌，同“餍”，吃饱满足。饫（yù），饱。銮刀，有的版本为“鸾刀”，一种带鸾铃的餐刀。缕切，切成细丝。空纷纶，白忙乱了一番。空，白白的。纷纶，忙乱的样子。空纷纶，有的版本为“坐纷纶”。

［10］黄门，指宦官。东汉黄门令、中黄门诸官，皆为宦者充任，故称宦官为“黄门”。飞鞚，骑马飞驰。鞚（kòng），带嚼子的马笼头，这里代指马。不动尘，指用清水洒路致使灰尘不能扬起。络绎，有的版本为“丝络”。八珍，泛指各种珍美佳肴。

［11］箫鼓，有的版本为“箫管”。哀吟，指乐声婉转动人。宾从，宾客随从。杂遝（tà），指众多杂乱的样子。杂遝，有的版本为“合遝”。实要津，指趋附杨家的人塞满了交通要道。实，充满。要津，重要渡口或水陆交通要道，这里指曲江边追随杨家的侍从和趋炎附势者行走的道路。

［12］后来鞍马，指前呼后拥中的一个骑马的人，暗指杨国忠。何逡巡，何等迟慢，喻指踌躇满志、态度傲慢。逡（qūn）巡，欲行不行之状。当轩，指车前。轩，车。当轩，有的版本为“当道”。入锦茵，走入锦制的地毯。入锦茵，有的版本为“立锦茵”。

［13］杨花句，杨花像雪一样的落下来覆盖在白蘋之上，隐指杨国忠兄妹

暧昧关系。据《旧唐书》（卷七十六）记载，“虢国素与国忠乱，颇为人知，不耻也。每入谒，并驱道中，从监、侍姆百馀骑，炬蜜如尽，靓妆盈里，不施帏障，时人谓为‘雄狐’。”青鸟句，指信使在男女之间传递消息。青鸟，神话中鸟名，西王母使者。相传西王母见汉武帝时，先有青鸟飞集殿前。后人常用青鸟代指男女之间的信使。衔红巾，指暗中传递消息。

[14] 势绝伦，有的版本为“世绝伦”。近前，有的版本为“向前”。丞相，指杨国忠。嗔（chēn），怒，有的版本为“瞋”。

这首古诗属于讽喻诗，当作于天宝十二载（753年）春。诗歌对杨氏家族的穷奢极欲予以辛辣的讥刺，对杨氏兄妹荒淫无耻予以无情的揭露，对唐玄宗政治失准予以深刻的劝讽。

首句到“珠压腰衱稳称身”十句，描写丽人之“丽”。开篇两句破题，以春和日丽的美好天气起兴，然后“丽人”登场亮相。接下来八句，采用以赋入诗的手法，从多层面和多角度具体描写“丽人”的姿态与华丽的装扮。诗人用细腻的笔法，描绘了“丽人”意态优雅、体态优美、姿色过人、装束华丽的形象，重在显示“丽人”们的高贵身份。

“就中云幕椒房亲”到“宾从杂遝实要津”十句，写杨氏姊妹显赫身份以及曲江宴饮的奢华场景。“就中云幕椒房亲”委婉地揭开了“丽人”的外戚身份。“赐名大国虢与秦”则直言她们至尊的名号（见注释）。至此，诗人揭开“丽人”们的神秘面纱。接下来八句，诗人同样采用以赋入诗的手法，从饮食角度，铺排描写杨氏姊妹穷奢极欲和绝伦声势。诗人选用“翠釜”“水精之盘”“犀箸”“銮刀”“紫驼之峰”“素鳞”“八珍”等物象，突出表现杨氏姊妹极度奢靡之气。选用“厌饫”“缕切”“空纷纶”等细节，突出表现杨氏姊妹极度骄奢之态。选用“黄门飞鞚”“御厨络绎”“箫鼓哀吟”“宾从杂遝”四个情节，辅以“不动尘”“送八珍”“感鬼神”“实要津”行动或情态描写，突出表现了杨氏姊妹极度显赫之势。这段描写，笔触细腻，笔法精工，气宏辞丽，意象鲜明，神态毕现，意韵深远，对统治者昏庸无度、穷奢极欲的揭露和讽刺，“超以象外，得其环中”（《诗品》）。

“后来鞍马何逡巡”到结尾六句，描写杨国忠骄横气势，揭露其荒淫无耻。前面“宾从杂遝实要津”句，具有承上启下的作用。承上总结杨氏姊妹的骄奢无度，启下引出杨氏实权人物杨国忠。“后来鞍马”用烘托手法，暗将杨国忠前呼后拥、附者云集的显赫之势委婉曲折地展现了出来。“何逡巡”“当轩下马”则用白描写实手法，勾勒出杨国忠傲慢骄横的情态。“入锦茵”则用曲径通幽之笔，委婉隐微描述杨国忠与韩国、虢国、秦国三夫人一起欢会。“杨花雪落覆白蘋，青鸟飞去衔红巾”是寓意非常深幽的一句诗。这是一个流水对句，出句从字面看，写杨花翻飞的美景，实则影射杨氏兄妹帷薄不修的家丑。南北朝时期北魏胡太后写了一首《杨白花》。史传胡太后逼迫杨白花与她私通，事后杨白花惧罪潜逃，更名为杨华，太后作诗表达思情，诗中写到："春风一夜入闺闼①，杨花飘荡落南家②，含情出户脚无力，拾得杨花泪沾臆。秋去春还双燕子，愿衔杨花入窠里。"杜甫以"杨花"暗用胡太后诗意，隐指男女私情。古人认为浮萍为杨花落水而成，大浮萍称为"蘋"。杨花和白蘋同为一物，二者相覆，则影射杨氏兄妹关系暧昧。据史书记载，杨国忠与虢国夫人杨玉瑶（杨玉环三姐）苟且乱伦，当时已在天下传得沸沸扬扬（见注释）。对句化用汉武帝与西王母的传说典故（见注释），同样影射男女私情。诗人暗用典故，含蓄委婉地揭露杨氏兄妹荒淫无耻，既婉约雅丽，又体现出温柔敦厚的儒家君子人格的审美特色。"炙手可热势绝伦，慎莫近前丞相嗔"两句，颇有韵味。前句感发议论，后句细节描写。两句之间留有足够的虚白空间给读者，人们可以想象：杨氏姊妹在曲江边燕宴游乐，场面无比奢华，气势绝伦，随从侍奉者，曲尽逢迎之道，塞满街巷；趋炎附势者，个个争先恐后，前呼后拥；观看热闹者，欲睹"丽人"风姿，趋前窥探；追慕羡艳者，想看"豪门"气派，门外围观。然而，当杨国忠一出现，场景立刻巨变。众人看到杨国忠走入三姐妹燕宴之处，人人徘徊不前，个个逡巡不进。原来，人们害怕丞相发怒，祸及自身。"慎莫近前丞相嗔"句，从侧面表现了杨氏家族骄横跋扈的恶劣行径。诗歌在杨国忠嗔怒目光中戛然而止，令人郁结，发人深思。

诗歌用大量笔墨叙写作为皇家外戚的杨氏姊妹穷奢极欲，揭露杨氏门庭显赫与跋扈骄横，暗含对唐王朝李隆基政治失度昏庸腐败的辛辣讽刺。杜甫开创了以七古和"行"诗反映时事的范例，使原来没有叙述和议论传统的七古扩大了表现功能。（葛晓音，2017）诗歌先从写景入手，由丽人引出杨氏姊妹，然后从服饰、燕宴两个角度表现杨氏姊妹的豪奢骄纵，最后描写杨国忠据权骄横的面目，层次分明，结构完整。诗人采用以赋入诗手法，场面宏阔，笔触细腻，工细密致，辞藻艳丽，意象鲜明，蕴藉深远，无一句嘲讽之语，但笔端之外尽显讥刺之韵。唐人皎然认为，诗人应"力劲而不露，气足而不怒张"，上乘诗作"但见性情，不睹文字。"（《诗式》）写实诗作如此含蓄蕴藉，深得象外之旨，不愧为诗圣名作。

---

① 闺闼，女人住所。闼（tà），门，小门。

② 南家，指杨白花潜逃到南方梁朝。

附：《丽人行》繁体字文本

麗人行

三月三日天氣新，長安水邊多麗人。
態濃意遠淑且真，肌理細膩骨肉勻。
繡羅衣裳照暮春，蹙金孔雀銀麒麟。
頭上何所有，翠微㔩葉垂鬢脣。
背後何所見，珠壓腰衱穩稱身。
就中雲幕椒房親，賜名大國虢與秦。
紫駝之峯出翠釜，水精之盤行素鱗。
犀筯厭飫久未下，鑾刀縷切空紛綸。
黃門飛鞚不動塵，御廚絡繹送八珍。
簫鼓哀吟感鬼神，賓從雜遝實要津。
後來鞍馬何逡巡，當軒下馬入錦茵。
楊花雪落覆白蘋，青鳥飛去銜紅巾。
炙手可熱勢絕倫，慎莫近前丞相嗔。

四、《自京赴奉先县咏怀五百字》赏析

自京赴奉先县咏怀五百字[1]

杜陵有布衣，老大意转拙[2]。
许身一何愚，窃比稷与契[3]。
居然成濩落，白首甘契阔[4]。
盖棺事则已，此志常觊豁[5]。
穷年忧黎元，叹息肠内热[6]。
取笑同学翁，浩歌弥激烈[7]。
非无江海志，萧洒送日月[8]。
生逢尧舜君，不忍便永诀[9]。
当今廊庙具，构厦岂云缺[10]。

葵藿倾太阳，物性固莫夺[11]。
顾惟蝼蚁辈，但自求其穴[12]。
胡为慕大鲸，辄拟偃溟渤[13]。
以兹悟生理，独耻事干谒[14]。
兀兀遂至今，忍为尘埃没[15]。
终愧巢与由，未能易其节[16]。
沉饮聊自适，放歌破愁绝[17]。

岁暮百草零，疾风高冈裂[18]。
天衢阴峥嵘，客子中夜发[19]。
霜严衣带断，指直不得结[20]。
凌晨过骊山，御榻在嵽嵲[21]。
蚩尤塞寒空，蹴蹋崖谷滑[22]。
瑶池气郁律，羽林相摩戛[23]。
君臣留欢娱，乐动殷樛嶱[24]。
赐浴皆长缨，与宴非短褐[25]。
彤庭所分帛，本自寒女出[26]。
鞭挞其夫家，聚敛贡城阙[27]。
圣人筐篚恩，实欲邦国活[28]。
臣如忽至理，君岂弃此物[29]。
多士盈朝廷，仁者宜战栗[30]。
况闻内金盘，尽在卫霍室[31]。
中堂舞神仙，烟雾散玉质[32]。
暖客貂鼠裘，悲管逐清瑟[33]。
劝客驼蹄羹，霜橙压香橘[34]。
朱门酒肉臭，路有冻死骨[35]。
荣枯咫尺异，惆怅难再述[36]。

北辕就泾渭，官渡又改辙[37]。
群冰从西下，极目高崒兀[38]。
疑是崆峒来，恐触天柱折[39]。
河梁幸未坼，枝撑声窸窣[40]。
行旅相攀援，川广不可越[41]。
老妻寄异县，十口隔风雪[42]。
谁能久不顾，庶往共饥渴[43]。
入门闻号咷，幼子饥已卒[44]。
吾宁舍一哀，里巷亦呜咽[45]。
所愧为人父，无食致夭折[46]。
岂知秋禾登，贫窭有仓卒[47]。
生常免租税，名不隶征伐[48]。
抚迹犹酸辛，平人固骚屑[49]。
默思失业徒，因念远戍卒[50]。
忧端齐终南，澒洞不可掇[51]。

注释

［1］选自《全唐诗》（卷二一六），中华书局1999年版，第2266页。有的版本题为《自京赴奉先咏怀五百字》或《自京赴奉先县咏怀》。京，指唐代京城长安（今西安）。奉先县，今陕西蒲城县。

［2］杜陵两句大意：杜陵有个平头百姓，年纪大了意志则更拙朴。杜陵，地名，在长安（今西安）东南，因汉宣帝（刘询）陵墓在此地，故称杜陵。杜甫的祖先是杜陵人，他也曾在杜陵以北、少陵以西居住，因此自称“杜陵布衣”“杜陵野客”“少陵野老”。布衣，古代指无官职的平民。古代的布，是指由百姓自己纺织的麻葛一类粗制廉价纺织品，这些劣质纺织品再由百姓自己缝制成衣服，便是布衣。身着布衣的百姓与身着绫罗绸缎和丝绵制品的人，相比之下形成了明显的对立阶层，于是“布衣”就成为了社会地位低下与生活困顿人群的代名词。后来，一些没有做官的读书人，也称为“布衣”。如诸葛亮在《出师表》中说自己“臣本布衣，躬耕于南阳。苟全性命于乱世，不求闻达于诸侯。”于是，布衣便成为无官职的人的统称。杜甫困守长安十年，最

后得到了一个“右卫率府兵曹参军”，是看管兵器库的一个八品小吏。杜甫认为此等官职不足挂齿，于是称自己为“布衣”。老大，指年纪越来越长。意，意志，意指人生追求。拙：朴质、执着，与巧进、奸诈相对。

［3］许身两句大意：自我期许多么愚敦，暗自与稷、契相类比。许身，自我期许，指对人生的自我期望。一何，何其、多么。愚，愚钝、愚敦，与智巧、智术相对。一何愚，有的版本为“一何过”。窃，暗自、私下。比，类比、并列，意即将自己与稷、契看作同一类人。稷（jì），号后稷，别姓姬氏，相传是周的祖先，舜时做农官，传说他教百姓播种五谷。契（xiè），相传是商的祖先，舜时做司徒，相传契曾教化百姓。稷、契二人都是有名的贤臣。

［4］居然两句大意：期许与志向竟然成空，到老仍甘愿劳苦。居然，竟然。濩（huò）落，即廓落，大而无当、大而无用的意思，这里指自我期许与志向落空。白首，白头，意思是年老。甘，甘愿、情愿。甘，有的版本为“苦”。契（qiè）阔，辛苦、勤劳。契阔，有的版本为“挈阔”。

［5］盖棺两句大意：直到死了才肯放弃自身期许，人生志向一直希望实现。盖棺，人死后在下葬前要将棺盖封死，即盖棺。因此，古人用“盖棺”来代指人死亡。事，指上句所说的“窃比稷与契”。已，罢了、算了，表示放弃。此志，指自比稷、契，积极用世、作一贤臣的人生志向。觊（jì），希望。豁，舍弃、牺牲，意指肯付出某种代价（实现目标）。

［6］穷年两句大意：终年担忧百姓，感叹（百姓疾苦）时内心焦急如焚。穷，终、尽。穷年，终年。忧，担忧、操心。黎元，又称黎民、庶民，指普通老百姓。叹息，失望、失落的感叹，这里指对百姓疾苦的感叹。肠内热，肠内如焚，形容非常焦急。肠内热，有的版本为“腹内热”。

［7］取笑两句大意：自己被老同学们取笑，但更加激昂慷慨地咏唱（志向）。同学，这里指同侪等辈的人，与今天说的“同学”含义不同。翁，这里指对人的尊称，杜甫称呼同辈为翁，有表面尊重实际鄙视之意。浩歌，浩然开怀地放声咏唱诗歌。弥，越发。激烈，激昂慷慨。

［8］非无两句大意：自己并不是没有隐居的志趣，洒脱地度日子。江海志，指隐居的想法。江海，泛指山林江河等避世隐居之地，与“朝堂”“朝廷”等官场相对。志，心志、志趣、意愿。萧洒，同“潇洒”，有的版本为“潇洒”，这里的意思是洒脱，指无拘无束，超逸绝俗，悠闲自在。送，有的版本为“迭”。

［9］生逢两句大意：此生遇到尧舜一样贤明的君主，不忍心与唐玄宗诀别而归隐。尧舜君，尧舜一样的君主，这里指唐玄宗李隆基。李隆基执政前期励精图治，开创了开元盛世，因此杜甫称赞他为“尧舜君”。尧舜君，有的版本为“尧为君”。永诀，永别、诀别，表示彻底断绝关系，这里的意思是避世

归隐江湖，与朝政诀别。

[10] 当今两句字面意思：当今建朝堂的各种材料都已经备齐了，构建大厦哪里还能说缺少材料呢？实际意思：朝廷栋梁之才都已就位，治理天下已不再缺少任何人才了。含反讽意味。廊庙，本意是朝廷大殿的下屋和太庙，引申义为朝廷。具，具备、齐具，指材料备齐，这里喻指朝廷治国已有各种人才。构厦，建大厦，喻指治理国家。岂，表示反问的语气词，一般用在句首，对后面的词或者句子的意义表示否定。云，说。缺，表面是指缺少材料，实际喻指缺少人才。

[11] 葵藿两句字面意思：葵藿倾向太阳，本性历来不可丧失；实际上喻指自己忠诚玄宗皇帝，忠心与生俱来，始终不渝。葵，冬葵。藿，豆类作物的叶子。葵藿，实际上就指冬葵，这里为了作诗取复词偏义，后面的“藿”起辅助作用，实义在“葵”。倾，倾向、向着。物性，事物的本性。固，副词，意思是本来、历来。夺，动词，意思是丧失、失去。莫，副词，意思是不可、不能。故莫夺，有的版本为“故难夺”。

[12] 顾惟两句字面意思：看看那些蝼蚁之辈，只谋求自己的小窝（利益）；实际意思：看看那些朝廷小人们，只顾营求自己的利禄。顾，看。惟，语助词，无意义，在句中起调节音韵作用。蝼蚁，这里喻指朝野投机取巧、营求利禄、干谒权贵的小人们。但，只。求，营求、追求、谋求。

[13] 胡为两句字面意思：为何仰慕大鲸鱼，总是打算卧在大海之中；实际意思：为何仰慕目光远大志向高远的人物，时常策划作宏大的事情。胡为，何为、为什么、为何。慕，仰慕、钦佩。大鲸，喻指立志高远、做事高调的大人物。辄（zhé），动辄、总是。拟，打算、计划。偃（yǎn），卧，仰卧。溟（míng），海。波，海浪。溟波，这里指大海。

[14] 以兹两句大意：用上述蝼蚁与大鲸之事来感悟生活道理，独自以从事干谒权贵为耻。以，介词，用……，拿……。兹，代词，意为这、这个，这里代指蝼蚁和大鲸不同志向。悟，动词，意为感悟、理解、想明白。生理，生活的道理。悟生理，有的版本为“误生理”。独，副词，意为独自。耻，古代汉语意动词，以……为耻。事，动词，意为从事、奉行。干谒，这里作名词，指为谋求利禄拜谒权贵的行为。

[15] 兀兀两句大意：苦哈哈地竟然一直到今天，不忍像尘埃一样沉沦埋没。兀兀，形容劳苦不止的样子。遂，副词，意思是竟然、终于、完全。忍，岂忍，意即不忍心。为，介词，引出行为的发出者。没（mò），动词，意思是消失、沉沦、埋没。

[16] 终愧两句大意：最终惭愧没有像巢父许由一样隐居，没有能够改变做稷、契般良臣的志向。愧，动词，意思是惭愧、愧对。巢父、许由，传说中

尧时两位著名隐士。易，动词，意思是改变、更改。其，代词，指代上文说过的“窃比稷与契”。节，名词，意思是节操、志节、志向。

［17］沉饮两句大意：纵情饮酒以暂且自我排遣苦闷，放声咏唱诗歌以破除极端的忧愁。沉饮，痛饮，不节制地纵情喝酒。沉，副词，表示程度很深，意为不节制、纵情。聊，副词，意思是聊且、姑且、暂且。自适，自我宽慰，有的版本为“自遣”。放歌，高声咏唱诗歌。破，动词，意思是破除、解除、消除。破，原诗为“颇”，据别本改。愁绝，极端忧愁、绝世之愁。

［18］岁暮两句大意：年末之时百草凋零，猛烈的大风之下高高的山梁都要裂开了。岁暮，年末，杜甫从长安到奉先县是在唐玄宗天宝十四年（755年）古历十一月，所以诗中说“岁暮”。百草，泛指各种植物。百是概数，表示数量多。零，动词，意思是凋零、凋落。疾风，强劲猛烈的大风。高冈，高高的山梁。冈，山脊、山梁。裂，动词，意思是撕裂、裂开。“高冈裂”是描绘天气恶劣的夸饰之词。

［19］天衢两句大意：天空中阴云密布寒气逼人，自己半夜从长安出发。天衢，天空。衢（qú），本义是指四通八达的道路，因天空广阔无阻，故称为“天衢”。阴，这里指寒冷、寒气。峥（zhēng）嵘（róng），这里指天空阴暗、阴沉。客子，指杜甫自己，因客居长安，故称客子。中夜，半夜。发，动词，意思是出发、启程。

［20］霜严两句大意：寒霜厉烈使得衣带断裂，手指冻僵了难以给断了的衣带打结。霜严，寒霜严酷。严，形容词，意思是严酷、厉烈。指，手指。直，指手指冻僵。不得结，指将断了的衣带打结重新连接起来。结，名词作动词，意思是打结。不得结，有的版本为“不能结”。

［21］凌晨两句大意：天色将亮的时候经过骊山，皇帝的华清宫坐落在高峻的山岭上。凌晨，指天色将要亮的时分。骊山，在今陕西临潼，山有温泉，秦汉隋唐一直作为皇家园林，建有离宫别馆，多有皇帝游历。御榻，古代皇帝坐卧的器具，这里代指唐玄宗李隆基在骊山的离宫华清宫。唐初在骊山建立温泉宫，玄宗时大兴土木扩建，取名“华清宫”。嵽（dié）嵲（niè），形容山高，此指骊山高峻的样子。

［22］蚩尤两句大意：大雾弥漫在寒冷的天空中，翻山越岭时踩踏岩石脚下很滑。蚩（chī）尤，传说中上古时期的九黎部落首领。传说黄帝与蚩尤作战，蚩尤作大雾以迷惑对方，故这里用“蚩尤”代指大雾。也有观点认为，蚩尤是一种赤（红色）气，又叫兵气，蚩尤出现意味着兵荒马乱。塞，动词，意思是填塞、充满。蹴（cù），踩、蹋。蹴踏，同义复合词，踩踏的意思。崖谷，山崖和山谷。

［23］瑶池两句大意：华清池的温泉热气腾腾，御林军的兵器相互碰撞戛

戛作响。瑶池，神话传说中西王母与周穆王宴会的地方，这里喻指骊山华清池温泉。气郁律，热气蒸腾的样子。气，指温泉的热气。郁律，烟雾蒸腾的样子。羽林，羽林军，皇帝的禁卫军，又称御林军。相摩戛，指兵器相互触碰发出的声音。戛（jiá），象声词。

［24］君臣两句大意：李隆基和杨玉环以及近臣们一起纵情寻欢作乐，音乐声响彻云霄。君，指唐玄宗李隆基。李隆基执政后期纵情声色导致朝政腐败，最终酿成内乱战火，杜甫写此诗一个月后安史之乱爆发。臣，这里指除李隆基之外的参加宴会的人，具体包括杨玉环以及李隆基所亲近的臣子。君臣，有的版本为“圣君”。留，动词，意思是滞留、留宿，这里指李隆基和杨玉环以及近臣们沉湎久留于华清宫。李隆基扩建华清宫之后，每年古历十月就到此尽情欢宴作乐，一直到年底才回到长安。欢娱，本意是欢快娱乐，这里指纵情于酒宴，沉湎声色。欢娱，有的版本为“惧娱”。乐动，音乐声响动。殷，充满。樛嶱（jiū kě），深远广大的样子，这里指乐声传递得很远。樛嶱，有的版本为“胶葛”“蟉蝎”等。

［25］赐浴两句大意：与唐玄宗李隆基一起寻欢作乐的都是朝中尊贵，参加盛宴的人没有一个平民。赐浴，字面意思是（被）赏赐洗华清池温泉，实际上是用“赐浴”代指受到皇帝的多种恩宠。据原诗注释，华清宫内供奉两汤，外更有汤十六所，安禄山及将士、杨国忠兄弟姊妹，并赐浴、赐食、赐钱。缨（yīng），帽带，戴帽时系在脖子上以防帽子脱落。长缨，本意是长帽带，这里用权贵的官帽长缨代指达官显贵。与，动词，意思是参加、参与。宴，宴会，这里指唐玄宗赏赐近臣的盛宴。与宴，有的版本为“与谋”。非，动词，意思是无、没有。短褐（hè），粗布缝制的短衣服，是一般贫苦百姓的着装，因此这里用“短褐”借代平民百姓或无官职的读书人。

［26］彤庭两句大意：朝廷所分赏给近臣们的绫罗绸缎，原本出自寒女之手。彤庭，朱红色大庭，由于朝堂大庭梁柱门窗等用朱红色粉饰，所以用“彤庭”代指朝廷，实际上指的是皇帝李隆基。帛（bó），丝织品的总称，这里指各种绫罗绸缎。本，副词，意思是原本、本来。自，介词，意思是从、出自、来自。寒女，贫寒人家的女子。寒，在此不仅指贫寒，还具有女子纺织时饥寒交迫的含义。出，动词，意思是产出、生产，这里指将蚕丝纺织成为绫罗绸缎。

［27］鞭挞两句大意：鞭挞寒女丈夫的家人，搜刮财物供给朝廷。鞭挞（tà），用鞭子或棍子等打人。鞭挞，有的版本为“鞭棰（chuí）”。其，代词，指上文说的“寒女”们。夫家，丈夫的家、婆家，这里指丈夫家里的家人，主要是家里的男丁，即丈夫及其父子。聚敛，指搜刮财货。贡，动词，意思是将物品呈献给朝廷。城阙，宫阙、京城、都城，这里代指朝廷。

［28］圣人两句大意：天子给群臣赏赐财物的皇恩，其实是想让他们辅佐自己把国家治理得兴旺发达。圣人，指天子，即皇帝。古代往往将皇帝称为圣人。筐篚恩，指皇帝赏给大臣金帛等的恩赐。筐篚（fěi），本义是用竹条或藤条编制的盛物器皿，这里代指帝王赏给大臣们的金帛等财物。恩，恩惠，这里指赏赐财物的皇恩。实，副词，意思是其实、本来。实欲，有的版本为“实愿”。邦国活，国家兴旺。活，形容词，意思兴旺、富有生气。

［29］臣如两句大意：臣子如果忽视这种本质性的道理，皇帝岂不是白白扔掉这些赏赐了吗？忽，动词，意思是忽视、忽略、不重视。至理，本质性、根本性的道理。弃，动词，意思是丢弃、抛弃、扔掉，这里指毫无意义地扔掉。

［30］多士两句大意：满朝文武充满朝廷，仁者应该感到震惊。多士，这里指多个朝廷官员。盈，动词，意思是充盈、充满，这里指文武官员充斥着朝堂和朝廷各个府衙。宜，副词，意思是应当。战栗，因惊慌、恐惧或寒冷等引起身体发抖或哆嗦，这里指惊恐、惊异、震惊等心理反应。

［31］况闻两句大意：何况听说皇室的财宝，都在杨家人的府上。况，连词，意思是况且、何况。闻，动词，意思是听说、听到、获悉。内金盘，皇帝内室御用的金盘，这里代指宫中的贵重财宝。卫、霍，指汉代大将卫青、霍去病，都是汉武帝的内亲，这里用“卫霍”来暗指权臣杨国忠及杨玉环诸姊妹。

［32］中堂两句大意：厅堂有神仙般美女在翩翩起舞，舞女们冰清玉洁的肌肤在烟雾的笼罩下若隐若现。中堂，应指华清宫的厅堂。有观点认为“中堂”是杨家的厅堂。舞神仙，让神仙一样的美女跳舞。舞，使动用法，使……跳舞。舞神仙，有的版本为“有神仙”。烟雾，指香料燃烧产生的烟和热气升腾所产生的雾气。散（sàn），敞开，指无衣带约束而裸露出身体。玉质，指美女洁白如玉的肌肤。散玉质，有的版本为“蒙玉质”。

［33］暖客两句大意：貂皮大衣使与宴客人们温暖，悠长的管乐伴着轻扬的弦乐。暖，形容词用作动词，使动用法，使……温暖。客，宾客，这里指除了李隆基和杨玉环等皇室成员之外参加宴会的人。貂鼠裘，貂皮大衣。貂鼠，貂。裘（qiú），用毛皮制作的衣服。悲，清越悠长的曲调。管，这里指笛子、箫、笙、唢呐等管乐器。逐，动词，意思是追逐、追随、伴随。清，清逸绵延的曲调。瑟，这里指古琴、二胡等琴弦一类的弦乐器。

［34］劝客两句大意：鼓励客人吃精美的食品。劝，动词，意思是劝勉、鼓励。客，参加宴会的人。驼蹄羹，用骆驼蹄部肉烹调的肉羹，是唐代长安流行的珍贵肉羹，这里泛指各种珍贵精美的食品。霜橙，经霜之后外观光鲜口感甘甜的橙子。宋代韩彦直《橘录》：橙子“经霜早黄，肤泽可爱。”压，动词，意思是堆砌、叠放。香橘，橙子的一种。长安在秦岭之北，由于古代受交通和

保鲜条件的限制，南方出产的水果很难保鲜运到北方，所以橙橘一类水果就成为长安名贵的水果。特别是寒冬，这类新鲜水果更难得。因此，诗中用“霜橙”“香橘”泛指名贵水果。

［35］朱门两句大意：红色的大门内阵阵散发出酒肉的香气，道路上则时时有饥饿致死人的尸体。这两句诗反映社会贫富反差极为强烈。朱门，红色的大门，古代红色大门为皇室和极少数权贵专有，皇宫大门为朱红色。因此，朱门应是皇宫的大门，这里代指皇室，也可以理解为泛指权贵之门。酒肉臭，指皇宫内酒肉散发出诱人的味道。臭（xiù），本义气味的总称，这里指皇宫散发出的酒味和肉味。路有冻死骨，意思是道路上随处可见冻死饿死者的尸骨。有，存在，这里含有普遍存在的意思。冻死，因冻馁而死，泛指缺乏食物和衣物导致失去生命。骨，尸骨。

［36］荣枯两句大意：贫富反差极为明显，失望伤感地令人难以再述说。荣，本义指草木茂盛，引申为富贵、荣耀，这里指权贵们生活富贵显达。枯，本义是草木枯萎，引申为贫困、憔悴，这里指穷苦百姓生存贫寒困苦。咫尺，都是古代表示长度距离量词。咫，周制八寸（相当于现在市尺6寸2分2厘）为一咫。尺，指市尺一尺。咫尺，形容距离很近。异，差异、不同。惆怅，指失望、伤感、懊恼等情绪。

［37］北辕两句大意：向北而行接近泾河渭河的合流之处，在官家渡口上又改换了行走的道路。北辕，车辕朝北，指向北而行。就，动词，意思是靠近、接近、走进。泾渭，地名，在今西安市高陵区，是泾河和渭河的合流处，故称泾渭。官渡，官府设立的渡口，指在泾渭合流处的渡口。改辙，改换道路。辙，本义是车轮在道路上碾压出的痕迹，即车印，引申义为道路。

［38］群冰两句大意：大量的河流结成冰溜从西边的山崖垂下，远远望去高耸险峻。群冰，指瀑布凝结为大量的冰溜。群冰，有的版本为“群水”。极目，远眺、放眼望去。崒（zú）兀（wù），高耸险峻的样子。

［39］疑是两句大意：（冰川）估计来自崆峒山，令人担心是不是天柱已折断。疑，动词，意思是猜度、估计。崆峒，山名，在今甘肃平凉市。恐，动词，意思是担心、惧怕。触，动词，意思是触碰、碰撞。天柱折，化用神话传说共工氏怒触不周山的故事。《列子·汤问》：“共工氏与颛顼争为帝，怒而触不周之山，折天柱，绝地维。”同样的故事在《淮南子·天文训》中也有记载。不周山，神话中的山名，神话传说是擎天柱之一，具体位置众说不一。今甘肃天水市境内有天柱山。

［40］河梁两句大意：河上的桥梁幸亏未断，人走在上面桥梁柱子发出窸窸窣窣的声音。幸，副词，意思是幸亏、所幸、幸得。坼（chè），动词，意思是裂开、断裂。枝撑，名词，指桥柱交木（起加固桥梁与柱子连结作用）。窸

窣，象声词，这里指行人踩踏危桥所发出的吱吱呀呀、窸窸窣窣的声响。

［41］行旅两句大意：行人相互搀扶提携，河流宽阔难以渡过。行旅，指行人，有的版本为“行李”。攀援，本义是抓住或依附他人（物）移动，这里的意思是指牵引、拉拽、提携、搀扶等行为。川，河流。越，动词，意思是越过、渡过。不可越，有的版本为“且可越”。

［42］老妻两句大意：老婆寄居在故乡之外的奉先县，风雪把一家人阻隔在两地。老妻，指杜甫妻子杨氏。杜甫客居长安时期，曾一度拖家带口，后因生活难以维持，便把妻儿送到奉先县寄居。当时奉先县令姓杨，据说与杜甫妻子同族，杜甫将妻子儿女寄居在奉先县，依靠妻家帮助度日。异县，是相对于家乡县而言的外县，这里指奉先县。寄异县，有的版本为“既异县”。十口，代指杜甫整个家庭成员。隔风雪，被风雪阻隔。风雪，代指各种困阻。

［43］谁能两句大意：谁能让家人分隔两地而长时间地不管不顾呢？希望能回到家人身边患难与共。顾，动词，意思是照顾、照料。联系下句诗意，这里的“顾”有相互照顾的含义。庶，庶几，表示希望的语气词。往，动词，意思是去、到，这里指到妻子儿女等家人身边。共饥渴，一起承担生活的艰难困苦。共，一起。饥渴，泛指生活中的各种艰难困苦。

［44］入门两句大意：一进门就听到家人嚎啕大哭，原来小儿子已经活活饿死了。号咷，同“嚎啕”，不控制情感地放声大哭。卒，死。饥已卒，有的版本为“饿已卒”。

［45］吾宁两句大意：自己即使能够割舍个人的骨肉之情忍住哀痛，可邻居们也在那里哭泣。宁，副词，意思是岂、岂能，这里具有即使能够的含义。舍，动词，意思是舍弃、割舍。一哀，一个人的哀痛，即杜甫个人失去亲生骨肉的哀痛。里巷，指邻居。里，古代五家为邻，五邻为里（又称“闾”）。巷，古代称门外为“巷”，有时“闾巷”互用。亦呜咽，也在哭啼。亦呜咽，有的版本为“犹呜咽”。呜咽，低声哭泣、抽泣、啜泣。

［46］所愧两句大意：惭愧作为孩子的父亲，没有东西吃导致幼子夭折。所，表示结构的助词，一般用在动词前面。愧，动词，意思是惭愧、愧对。夭折，指孩子未到 12 岁而死，泛指小孩早亡。

［47］岂知两句大意：哪里料到在丰收之年，贫穷人家竟然有饿死人的意外。岂知，哪里料到。知，动词，意思是知道、料到。秋禾登，意思是秋粮丰收。登，（谷物）成熟丰收。秋禾登，原诗为“秋未登”，据别本改。贫窭，贫穷的人，这里泛指贫穷人家。仓卒（cù），同“仓猝”“仓促”，本义是急迫，引申义为突然变故，这里的含义是意外不幸。

［48］生常两句大意：（自己）终生豁免租税，也不在服兵役徭役之列。生常，生活恒久，这里指一生、终生。生常，有的版本为“生当”。免租税，

按照唐律，官僚家庭享有免除租税、兵役和徭役的特权。杜甫出身官僚家庭，所以享受免租税的特权。名不隶征伐，指名字不在服兵役的名册里。隶，动词，意思是隶属、在……之列。

［49］抚迹两句大意：思量自己这些遭遇竟然如此惨戚，平民百姓必然更加愁苦不安了。抚迹，回顾往事，这里意思是反复思量。犹酸辛，有的版本为“独酸辛”。平人，平民，唐代诗人为避唐太宗李世民之讳，往往用“人”代“民”。固，副词，意思是必定、一定。騷屑，本义为风声，引申为凄清愁苦或动荡不安。

［50］默思两句大意：默默地想那些失去土地的农民，因而惦念那些远离家乡戍边的士兵。失业徒，本义是指失去维持生活产业的人，这里指失去土地的农民。业，这里指土地、房屋等家业。因，连词，意思是因而。远戍卒，远离家乡去戍边的士兵。按照当时唐律，服兵役戍边的期限不超过4年，但由于边患不断，士兵戍边期限无限延长。

［51］忧端两句大意：忧愁像终南山那么高，无边无际难以止息。忧端，忧愁、愁绪。齐终南，与终南山一般齐，意思是和终南山一样高。终南，终南山，见王维《终南别业》注释［1］。齐终南，有的版本为“际终南”。澒（hòng）洞，广阔无边的样子。掇，本义是收拾，引申为止息。

这首五言古诗作于天宝十四载（755年）冬，在安史之乱爆发前期。当时，杜甫结束了十年困守长安的岁月，由长安出发到奉先（今陕西蒲城一带）探望寄居在那里的妻儿。饥寒交迫的诗人，在路过骊山时，看到御林军林立，得知唐玄宗与杨贵妃及近臣们正在临潼华清池欢娱作乐。回到家后，始知小儿子已经饿死。激愤难忍的杜甫，结合当时的社会现实，将自己十年长安生活进行了总结，写出了这首令人愁肠百结的经典诗篇。初唐时期的统治者，亲历了民众推翻隋王朝统治的斗争，对于人心向背的重大意义具有较为清醒的认知。贞观君臣在对前代政治经验教训总结和隋朝覆灭的反思中，形成了以尧、舜为君王楷模的意识。贞观之治的成功，使得后来的几代君王也追慕远古。“致君尧舜”也成为唐代士人政治上的努力方向。（李芳民，2022）唐玄宗前期励精图治，在前代政治成果的基础上创立了开元盛世。这极大地鼓舞了杜甫的政治热情，树立了“致君尧舜上，再使风俗淳”（《奉赠韦左丞丈二十二韵》）的人生理想。但十年困守长安，所见所闻令杜甫对自己一心向往的“尧舜君”产生了质疑，特别是骊山君臣欢娱穷奢极欲和丰年百姓饿死的尖锐社会矛盾使得杜甫头脑开始清醒。这首诗既是诗人对自己前半生的反思，也是对统治集团新的审视，更是对整个社会认知的进一步深化，是杜甫诗歌思想深刻性的重要转折点。全诗共五百字，根据诗意，可分为三个部分。

开头至“放歌破愁绝”为第一部分，叙述往日情怀。诗歌开篇先进行了自我介绍，然后说自己的人生期许和愿望，表示被人耻笑仍矢志不渝。接下来诗人解释了不愿退隐江湖的原因，表达了忠君守正的本性，对“但自求其穴”的肖小之辈予以鄙视，对自己困守长安时期干谒经历表示懊悔，最后写寓居长安十年无果，时常用酒精麻痹自己、调适情绪。第一部分以叙述和议论为主，可以作为诗人对困守长安十年的人生经历总结。

“岁暮百草零”至“惆怅难再述”为第二部分，写途中所见所闻。这部分开头以写景起兴，描述诗人半夜出发时天气恶劣，寒气逼人。在经过骊山时，得知唐玄宗与杨贵妃以及朝堂近臣们在华清宫欢宴娱乐。诗人将自己衣带冻裂、手指冻僵、崖谷打滑、手脚并行等窘态，与佞臣们陪玄宗和杨贵妃尽情欢娱、赐浴温泉、佳肴陈列、歌舞相伴、获取赏赐等奢靡行径进行了明显的对比，揭示了“穷年忧黎元”的自己穷困潦倒而“但自求其穴”的佞臣们则飞黄腾达的社会现实，对“尧舜君”李隆基浮靡奢华、沉湎酒色、谬赏滥赐的行为表示失望。同时，诗人对朝廷聚敛无度、压榨百姓行为进行了斥责，对“朱门酒肉臭，路有冻死骨”的社会现象进行了大胆的揭露。这部分夹叙夹议，气韵沉郁，感情激越，笔法洗练，叙事简约，撷取精要，议论警策，直击要害。

“北辕就泾渭”至末尾为第三部分，表达对时局的忧虑。诗人在第二部分写到唐玄宗与杨贵妃以及近臣在骊山荒乐，以“惆怅难再述”作结。充分表明诗人情感悲愤到了“无语”的地步。于是在第三部分，诗人从沉闷的话题宕开，将笔触再次折回到归途。交待了行走路线之后，诗人叙述归途艰辛。“疑是崆峒来，恐触天柱折”句是双关隐语，既表现诗人归途艰险，又暗含时局严峻。当时安史之乱即将爆发，诗人从骊山的歌舞声与一路的所见所闻已经感到所谓的盛唐已危机四伏。在回家的路上，诗人还表达了与家人团聚“共饥渴”的愿望，熟料踏进家门最先听到的是妻子及以及全家人的嚎啕大哭，得到的第一个消息是小儿子活活饿死的噩耗。诗人强忍悲痛，了解到左邻右舍也发生了类似的情况。“所愧为人父，无食致夭折。”让孩子活活饿死，自己还算个什么父亲，杜甫陷入深深地自责与痛苦之中。然而，令人难以理解的是当年并未发生灾荒，且是个丰收之年。丰收之年却到处发生饿死人的事情，原因何在？回顾第二部分“鞭挞其夫家，聚敛贡城阙”“况闻内金盘，尽在卫霍室”“劝客驼蹄羹，霜橙压香橘”“朱门酒肉臭，路有冻死骨”等诗句，答案不言自明。

全诗以“穷年忧黎元”为中心，抒发了诗人“自比稷契”的理想，抨击了统治阶级的腐败，揭露了尖锐的社会矛盾，表达了对时局的无限忧虑。杜甫诗歌思想性可贵之处在于诗人总能以己推人，将自身的苦难与百姓的苦难以及整个国家命运联系起来，阐发忧国忧民情怀。诗歌在结尾处，表达了对百姓苦难的深切同情。诗人说自己终生豁免租税，也不在服兵役徭役之列，但却有如此悲惨的遭遇。可想而知，那些需要缴纳赋税、服兵役和徭役的百姓更是无法生活。于是诗人默默地想起那些失去土地的农民和离家戍边的士兵，深切同情他们正挣扎在生死线上的处境。具有深厚民本思想的杜甫，自然明白百姓如此境遇对国家意味着什么。他隐隐约约地预感到，盛唐这个所谓的盛世大厦处在随时可能倾覆的边缘。于是他叹息道“忧端齐终南，澒洞不可掇”。

在艺术上，该诗充分表现出杜诗的“沉郁顿挫”的特色。具体而言，主要有以下成就：

一是真挚深沉悲慨的感情基调。杜甫是一位心系国家安危和民生疾苦的诗人，他的诗蕴含着一种厚积薄发的感情力量。他本想一吐心中块垒，但每当喷薄欲出时，他的深厚的儒家修养和仁者之心以及个人的深沉性格，使他能够把这些本该一泻千里的愁情，变得缓慢、深沉，低回起伏，有时则刚刚开始抒写悲慨，却又打住，或荡开此情移说他处。诗中第一段先抒写自己抱负落空，仕途蹇阻，兀兀至今，不忍在尘埃中消没，发出“沉饮聊自遣，放歌破愁绝”的悲慨。但到此时，正当郁郁不平之情喷发的时候，他强忍住愤懑，转而写半夜从长安出发与路途艰辛，并叙写在骊山的所见所闻。写到皇宗贵族的奢靡生活，愤慨之时，采用直接议论手法，表达强烈不满，忍不住大声疾呼“朱门酒肉臭，路有冻死骨”，但在情感达到极度愤懑之时，却又强咽下心中怒火，发出“荣枯咫尺亦，惆怅难再述”的深沉叹息，然后宕开笔触，叙写归途经历，任胸中块垒难消，愁肠百结。这种写法，更能引发读者的无限深思，给人留下无穷的韵味。

二是全诗的结构从过去、现在、未来的时间顺序安排，将抒情、叙事和说理（议论）三者有机结合起来，并且做到在内容上前呼后应。第一部回顾人生时曾称唐玄宗为“尧舜君”，并言“当今廊庙具，构厦岂云缺”，但第二部分写华清宫君臣欢娱时，则细数李隆基奢靡无度、谬赏滥赐的行为，并斥责其近臣为“多士盈朝廷，仁者宜战栗”。前后呼应，彰显反讽意味。

三是对比手法大量妙用。诗人将自己“穷年忧黎元”与他人“但自求其穴”的行为进行对比，将自己在路途中“霜严衣带断”“蹴蹋崖谷滑”与华清宫内“瑶池气郁律”“煖客貂鼠裘”的情形进行对比，将他“不忍便永诀”的唐玄宗“君臣留欢娱”行为与自己一家人“十口隔风雪”情景进行对比，将华清宫内“劝客驼蹄羹，霜橙压香橘”的奢靡生活与普通百姓“幼子饿已卒”“无食致夭折”极贫境况进行对比，并直接用“朱门酒肉臭，路有冻死骨”的鲜明对比概括贫富悬殊的现实，斥责社会极度不公，突出反映尖锐的社会矛盾。此外，“杜陵布衣”与“同学翁”，“蝼蚁”与“大鲸”，“长缨”与“短褐”，“彤庭”与“寒女”，“荣”与“枯”等皆构成微妙的比较或对比，彰显诗意，增强语言表现力。

四是精切而力透纸背的语言艺术。杜甫说过：“为人性僻耽佳句，语不惊人死不休。”（《江上值水如海势聊短述》）他长于炼字炼句，刻画细微，精美传神。本诗语言字字沉痛，句句深切，感时忧国，剖露心怀，曲折回环，笔触顿挫，波折起伏。这主要得益于杜甫精切而有力的语言艺术。特别是“穷年忧黎元，叹息肠内热”“朱门酒肉臭，路有冻死骨”等诗句，选词精到，炼字精切，神完意足，具有力透纸背的张力，达到了高超的艺术概括能力，令后人千古称颂。

附：《自京赴奉先县咏怀五百字》繁体字文本

自京赴奉先縣詠懷五百字

杜陵有布衣，老大意轉拙。
許身一何愚，竊比稷與契。
居然成濩落，白首甘契闊。
蓋棺事則已，此志常覬豁。
窮年憂黎元，歎息腸內熱。
取笑同學翁，浩歌彌激烈。
非無江海志，蕭灑送日月。
生逢堯舜君，不忍便永訣。
當今廊廟具，構廈豈云缺。
葵藿傾太陽，物性固莫奪。
顧惟螻蟻輩，但自求其穴。
胡為慕大鯨，輒擬偃溟渤。
以茲悟生理，獨恥事干謁。
兀兀遂至今，忍為塵埃沒。
終愧巢與由，未能易其節。
沉飲聊自適，放歌破愁絕。
歲暮百草零，疾風高岡裂。
天衢陰崢嶸，客子中夜發。
霜嚴衣帶斷，指直不得結。
凌晨過驪山，御榻在嵽嵲。

蚩尤塞寒空，蹴踏崖谷滑。
瑤池氣鬱律，羽林相摩戛。
君臣留歡娛，樂動殷樛嶱。
賜浴皆長纓，與宴非短褐。
彤庭所分帛，本自寒女出。
鞭撻其夫家，聚斂貢城闕。
聖人筐篚恩，實欲邦國活。
臣如忽至理，君豈棄此物。
多士盈朝廷，仁者宜戰慄。
況聞內金盤，盡在衛霍室。
中堂舞神仙，煙霧散玉質。
煖客貂鼠裘，悲管逐清瑟。
勸客駝蹄羹，霜橙壓香橘。
朱門酒肉臭，路有凍死骨。
榮枯咫尺異，惆悵難再述。
北轅就涇渭，官渡又改轍。
羣冰從西下，極目高崒兀。
疑是崆峒來，恐觸天柱折。
河梁幸未坼，枝撐聲窸窣。
行旅相攀援，川廣不可越。
老妻寄異縣，十口隔風雪。
誰能久不顧，庶往共飢渴。
入門聞號咷，幼子飢已卒。
吾寧捨一哀，里巷亦嗚咽。
所愧為人父，無食致夭折。
豈知秋禾登，貧窶有倉卒。
生常免租稅，名不隸征伐。
撫跡猶酸辛，平人固騷屑。
默思失業徒，因念遠戍卒。
憂端齊終南，澒洞不可掇。

五、《哀江头》赏析

哀江头[1]

少陵野老吞声哭，春日潜行曲江曲[2]。
江头宫殿锁千门，细柳新蒲为谁绿[3]。
忆昔霓旌下南苑，苑中万物生颜色[4]。
昭阳殿里第一人，同辇随君侍君侧[5]。
辇前才人带弓箭，白马嚼啮黄金勒[6]。
翻身向天仰射云，一箭正坠双飞翼[7]。
明眸皓齿今何在，血污游魂归不得[8]。
清渭东流剑阁深，去住彼此无消息[9]。
人生有情泪沾臆，江水江花岂终极[10]。
黄昏胡骑尘满城，欲往城南忘南北[11]。

注释

[1] 选自《全唐诗》（卷二一六），中华书局1999年版，第2269页。江头，江边、江岸。江，指曲江。曲江，在长安（今西安）东南，是唐代著名的皇家园林，有曲江池。现今的曲江公园，在曲江池等遗址上新建。

[2] 少陵野老，杜甫自称。参见《自京赴奉先县咏怀五百字》注释［2］。吞声苦，指痛哭的时候强压住哭声。潜行，偷偷地走到。曲江曲，曲江偏僻的角落。

[3] 江头句，意为曲江边的宫殿门紧锁，人迹罕至。据史料记载，曲江池四边皆有行宫台殿，百司官署。千门，宫门。汉武帝建造建章宫，规模宏大，有“千门万户”之称，后世遂称宫门为千门。

[4] 霓旌，彩旗，皇帝的仪仗队的旗帜，这里用霓旌代指唐玄宗。南苑，曲江南边的芙蓉苑。生颜色，增添光彩。

[5] 昭阳殿里第一人，本指赵飞燕，喻指杨玉环。昭阳殿，汉成帝赵飞燕作皇后，妹妹为昭仪，居住此殿。第一人，指后宫里最得宠的人。同辇，同乘帝王的车。辇，帝王的车驾。同辇，暗用汉成帝与班婕妤的典故。据《汉

书》（卷九十七下）记载，汉成帝（刘骜）着迷于班婕妤的美貌和才气，专门让人制作了一辆大辇车，欲与班婕妤同乘。班婕妤对汉成帝说，圣贤之君，都有名臣在侧。夏、商、周三代的末主夏桀、商纣、周幽王与妃子同乘车都亡了国。今天想让我和你同辇，那就与他们很相似了。汉成帝认为她说得好，打消了与班婕妤同辇的念头。杜甫这里反其意而用典，突出杨贵妃打破君臣之礼，受到过分宠爱。

［6］才人，宫中女官。才人，有的版本为“词人”。嚼啮，有的版本为“噍（jiào）啮”。黄金勒，以黄金打造的马嚼子。勒，马嚼子，连着缰绳套在马嘴里的金属链，用以控制马匹。

［7］向天，有的版本为“向空”。仰射云，指手持弓箭仰首射向云中的飞鸟。一箭，有的版本为“一笑”或“一发”。正坠，有的版本为“正堕”。坠，指射落。双飞翼，比翼双飞的鸟。

［8］明眸皓齿，代指杨玉环。血污游魂，指杨贵妃在马嵬驿被缢死之事。

［9］清渭，清澈的渭水。杨贵妃死后，最先被随意葬于马嵬坡，距离渭河不远。剑阁，指剑阁城，唐玄宗逃往蜀地曾经过剑阁。去住，指一人离开，一人留驻。去，指李隆基去了剑阁深处，住，指杨玉环埋葬在马嵬坡。

［10］泪沾臆，即泪洒前胸。臆，胸。江水，有的版本为“江草”。岂终极，哪里有尽头。意思是情与泪好比江水和浪花一样，没有终了。

［11］胡骑，指安禄山叛军的骑兵。忘南北，有的版本为“望城北”。

这首七言古诗当写于肃宗至德二年（757 年）春天。756 年 7 月，李亨在郭子仪、李光弼等将领的拥戴下，在灵武（今宁夏灵武市）即位，为唐肃宗。改年号为至德。杜甫得知肃宗即位后，只身北上，途中被叛军所获，押送到长安（今西安）。由于杜甫原来官职低微，叛军并未将他囚禁，他可以在长安城内自由走动。这首诗就写于杜甫被叛军困在长安期间。

前四句写诗人对长安陷落之后曲江景象的慨叹。“吞声哭”一词，生动形象地反映出杜甫极度悲怆但又不敢明显抒发情感的神态。往日繁华的曲江边，如今只有一个限制自由的强压哭声的“野老”偷偷地在角落里逡巡哭泣。“潜行”表明诗人不敢自由行走的情形。“曲江曲”侧面反映出诗人行为受到叛军限制后愁肠百结的情态。这一切，都反映出当时长安在叛军治下一片恐怖的状态。“江头宫殿锁千门，细柳新蒲为谁绿”两句，描写战乱之际曲江破败之景。“江头”关合题目。诗人目之所及，门庭紧闭，窗户蒙尘，黯然失色，寂然无声。只有河边的柳条照常抽出绿芽，蒲草重新长出嫩条。诗人不禁暗问“细柳新蒲”：山河破碎，国都沦陷，贼寇横行，黎民遭难，你们在为谁展示美丽的绿色呢？“细柳新蒲”反衬哀伤，再经诗人一问，更觉凄伤无限。“为谁绿”一词，融情于物，感慨万千。

“忆昔霓旌下南苑”到“一箭正坠双飞翼”八句，回忆昔日曲江繁盛景象。“忆昔”一词，承上启下，诗人笔锋一转，思绪回到开元盛世时期唐玄宗与杨贵妃游历曲江的奢华喧闹场景。玄宗游历芙蓉苑，仪仗彩旗翻飞，千树生机勃勃，万花争奇斗艳，唐玄宗与杨贵妃及其随从所穿戴的绫罗绸缎，所佩带的金石玉器，流光溢彩，竞相辉映。杨贵妃得宠无比，光彩照人，与李隆基同乘一辇，游玩曲江。诗人用“昭阳殿里第一人”委婉含蓄地让杨玉环粉墨登场，用“同辇随君侍君侧”讽刺唐玄宗李隆基朝纲失度、昏庸无道。拥在御辇前后左右的是一色戎装的宫中女官，她们是玄宗和杨贵妃的护卫，携弓带剑，不但姿色出众，而且武艺过人。女官们所骑乘的是清一色的白马，个个辔头饰以黄金，英姿威武。女官们为了给玄宗和贵妃助兴，展示出矫健的身手，一箭双雕射下比翼双飞的两只鸟。女官卫士，尚且如此英姿飒爽，射技高超。禁军男儿，无须再言。如今山河破碎，长安陷落，他们又在何处？诗人如此描写女官卫士，一则揭示唐玄宗纵情声色、昏庸无道，二则暗指导致眼下狼烟四起、国都沦陷、帝王出逃、民不聊生、生灵涂炭局势的并不是唐军战力问题，而是政治失度、乱出朝堂、祸起宫内。诗句不露声色，表面叙写曲江昔日盛景，实际上处处暗含讥讽。

“明眸皓齿今何在”到结尾八句，写诗人对眼下时局的感慨与担忧。上句在一箭双雕的喝彩声中结束了回忆。“正坠双飞翼”具有谶语涵义，隐微含蓄地为李杨悲剧埋下伏笔。乐极生悲，逸乐极处诗人遽然回笔，将视角转回到现实。“明眸皓齿今何在，血污游魂归不得”两句，写安史之乱爆发，玄宗从长安奔蜀，路经马嵬驿，禁卫军逼迫玄宗缢杀杨贵妃之事。据史书记载，“及潼关失守，从幸至马嵬，禁军大将陈玄礼密启太子，诛国忠父子。既而四军不散，玄宗遣力士宣问，对曰：‘贼本尚在。’盖指贵妃也。力士复奏，帝不获已，与妃诀，遂缢死于佛室。时年三十八，瘗[①]于驿西道侧。”（《旧唐书》卷五十一）“今何在”对应前面“为谁绿”，突出了李杨二人以及整个唐王朝政治的悲剧性。杨贵妃死后，玄宗继续奔蜀，二人阴阳两隔，渐行渐远。诗人用“清渭东流剑阁深，去住彼此无消息”两句诗，概括了国难之下唐玄宗与杨贵妃生离死别的无奈情景。“清渭东流”暗指杨玉环草草埋葬于马嵬坡，孤魂游荡于渭水之滨，犹如滚滚东流的渭水，飘荡无依。“剑阁深”明确李隆基寄身剑阁深处，思念杨玉环却无可奈何。渭水剑阁，山高水长，一死一生，阴阳两隔，李杨二人自然毫无彼此的讯息。

诗人眼前的曲江之水，滔滔不绝，浪花翻滚，永不停息。国难当头，身陷

① 瘗（yì），掩埋、埋葬。

叛贼之手，诗人抚今追昔，早已在不知不觉中涕泗滂沱，泪满衣襟。他深切感叹道“人生有情泪沾臆，江水江花岂终极”。黄昏时分，残阳如血，有一队叛军骑兵，横冲直撞，顿时尘土飞扬，笼罩了整个长安城。“黄昏胡骑尘满城”与前面“野老吞声哭”“潜行曲江曲”形成强烈对比，突出表现了安禄山叛军骄纵凶狠，反映出失陷之后的长安城到处血腥恐怖，灾难深重。“欲往城南忘南北”句，反映了诗人在凶残的叛军面前，在国家深处灾难的严峻时局之下，所产生的惊恐、哀痛、忧愤、迷茫等复杂心理感受。诗歌在惊恐慌乱中戛然收尾，形象地显示了诗人的巨大伤感与悲情。

这首诗将安史之乱前后的曲江进行明显的对比，突出了长安陷落后曲江的萧条衰败，表达了诗人对大唐山河破碎的沉痛哀悼之情，同时对唐王朝统治者昏庸误国进行了辛辣的讽刺。诗歌所流露的情感深沉且复杂，既表达对国家社稷遭难的哀痛，又表露出对其昏庸无度行为的不满。

诗歌以“哀”为中心，从抚今到追昔，再由追昔到抚今，将战乱前后的曲江景象进行明显对比，突出哀痛情感，层次清晰，首尾照应，曲折跌宕，纡徐有致，构思缜密，结构严谨。语言精练苍劲，意象鲜明生动，音韵哀转深沉，风格沉郁凝重。

附：《哀江头》繁体字文本

哀江頭

少陵野老吞聲哭，春日潛行曲江曲。
江頭宮殿鎖千門，細柳新蒲為誰綠。
憶昔霓旌下南苑，苑中萬物生顏色。
昭陽殿裏第一人，同輦隨君侍君側。
輦前才人帶弓箭，白馬嚼嚙黃金勒。
翻身向天仰射雲，一箭正墜雙飛翼。
明眸皓齒今何在，血污遊魂歸不得。
清渭東流劍閣深，去住彼此無消息。
人生有情淚沾臆，江水江花豈終極。
黃昏胡騎塵滿城，慾往城南忘南北。

六、《述怀一首》赏析

述怀一首[1]

去年潼关破，妻子隔绝久[2]。
今夏草木长，脱身得西走[3]。
麻鞋见天子，衣袖露两肘[4]。
朝廷愍生还，亲故伤老丑[5]。
涕泪授拾遗，流离主恩厚[6]。
柴门虽得去，未忍即开口[7]。
寄书问三川，不知家在否[8]。
比闻同罹祸，杀戮到鸡狗[9]。
山中漏茅屋，谁复依户牖[10]。
摧颓苍松根，地冷骨未朽[11]。
几人全性命，尽室岂相偶[12]。
嵚岑猛虎场，郁结回我首[13]。
自寄一封书，今已十月后[14]。
反畏消息来，寸心亦何有[15]。
汉运初中兴，生平老耽酒[16]。
沉思欢会处，恐作穷独叟[17]。

注释

[1] 选自《全唐诗》（卷二一七），中华书局1999年版，第2274页。有的版本题为《述怀》。

[2] 去年，指玄宗天宝十五载（756年）。这年六月，安禄山叛军攻破潼关。

[3] 脱身得西走，指从安禄山叛军控制下逃脱，向西奔跑。当时唐肃宗在凤翔，杜甫从长安脱逃后，去凤翔投奔唐肃宗，凤翔在西安西，故说“西走”。

[4] 麻鞋，用麻拧成绳子编制的鞋，形同草鞋。

[5] 愍生还，指怜悯自己得以生还。亲故，亲戚和故交。伤老丑，感伤自己又老又丑。

[6] 拾遗，即左拾遗。流离主恩厚，指在颠沛流离中更觉君主恩情深厚。

[7] 柴门，代指杜甫自己的家。得去，应该回去。未忍即开口，指刚上任不忍心立即向皇帝开口请假回家。

[8] 问三川，打问三川的情况。三川，三川县（今陕西富县三川驿），唐时属鄜州（今陕西富县）。

[9] 比闻，近日接连听说。比，近日、连日。同罹祸，指家乡一同遭到祸乱。罹（lí），遭遇、遭受。

[10] 漏茅屋，指茅屋破漏。依户牖，靠在门户上，意指留守在屋子里。户牖（yǒu），门窗、门户。

[11] 摧颓（tuí），摧折、衰败。骨未朽，指死去的人尸骨还没有腐化掉。

[12] 几人二句，意即有几个人能保全性命，哪有全家人得以团圆的。偶，相遇、遇合。

[13] 嵚（qīn）岑（cén），山势险峻的样子，这里指高山。嵚岑，有的版本为“嵚崟”。猛虎场，指猛虎经常出没的地方。猛虎，喻指贼寇。郁结，内心纠结伤感。回我首，自己回想。回首，指回想。

[14] 书，书信，指寄给家里的书信。

[15] 寸心亦何有，指除了担心家人，再没有其他想法。

[16] 汉运初中兴，指唐朝的国运刚要中兴。汉，代指唐。老耽酒，总是嗜酒。老，总是、一直如此。

[17] 沉思欢会处，指想到日后和家人欢会之时。处，时、时刻。穷独叟，贫穷孤独的老头。穷独叟，有的版本为“穷途叟”。

这首五言古诗写于唐肃宗至德二年（757年）。原诗自注：“此已下自贼中窜归凤翔作。”至德元年（756年）杜甫北上投奔肃宗，途中被叛军俘获，押送到长安（今西安）。至德二年（757年）古历四月，在僧人的帮助下，杜甫得以脱逃。古历五月，杜甫在凤翔郡（今陕西凤翔一带）见到唐肃宗，被委任左拾遗官职。这首诗就写于官拜左拾遗后不久。诗歌表达了对家人生死未卜的牵挂，客观上反映了安史之乱给百姓造成的巨大残害和心理创伤。

从开头到“流离主恩厚”十句，叙写拜见天子与官拜左拾遗。诗人从潼关被安禄山叛军攻破写起，用“妻子隔绝久”将自己为叛军所俘之事轻轻一笔带过。“今夏草木长”以写景起兴，为托身西走做铺垫，意为草木繁盛高大，便于藏身脱逃。“麻鞋见天子，衣袖露两肘”两句，选取典型细节，用白描手法，寥寥数笔，生动形象地再现杜甫死里逃生、颠簸流离、贫困交加、衣不遮体的窘态，用词质朴，写实真切，笔法细腻，意象生动，细节传神。“朝廷愍生还，亲故伤老丑”是一流水对句式，出句感恩朝廷，对句致谢亲友。在刚刚经历死里逃生的危难之后，杜甫得以拜见君主，且被授予查漏补缺、劝谏皇帝、推荐人才的重要职责，因此情感更易起伏，更易感动。“涕泪授拾遗，流离主恩厚”便是诗人当时感激涕零的真实写照。

“柴门虽得去”到“寸心亦何有”十八句，写对家人的挂念。杜甫从叛军那里死里逃生，并没有回家，而是首先投奔肃宗，充分表现出封建士子对君主和朝廷的一片赤诚，同时也折射出杜甫具有极为浓厚的政治热情。官拜左拾遗之后，诗人更加思念妻子女儿，陷入贼兵之手被困长安之后，他已经和家人孤绝很久了。“柴门虽得去”回应前面“妻子隔绝久”诗意，“未忍即开口”表明杜甫先公后私的君子情怀，也反映出诗人忠君忧民与挂念家人之间的内心矛盾。因为不忍心在刚上任不久就告假探亲，杜甫只得写信给家里。但因为与家里很久失去联系，家里的情况如何他一概不知，所以他只能“寄书问三川”，首先写信向三川县打听情况，确认一下家里人是否还在三川。“不知家在否”是诗人最担心的事。因为“比闻同罹祸，杀戮到鸡狗。”各种坏消息近日不断传来，叛军所到之处，烧杀抢掠，无所不为，他们连鸡狗都不放过，何况人乎。家人一旦遇到叛军，便会凶多吉少。如此情形，想想都让人感到彻骨心寒，但诗人又不得不担忧家人，作出各种疑问：“山中漏茅屋，谁复依户牖”。家里那个破败不堪、透风漏雨的茅草屋里，还有谁在靠着门户等待他回去呢？言下之意：家里还有人活着吗？接下来四句，是诗人对叛乱爆发以来整个社会情况的写实。“摧颓苍松根”句，表明叛军所到之处巨大的毁坏程度。连松树根都被摧毁折断，房屋财产更无法保全。“地冷骨未朽”句，写叛军到处滥杀无辜。诗人曾在前一年冬天亲眼所见，被叛军所残杀的人抛尸荒野，天寒地冻，尸骨难以腐朽。如此惨状，令人目不忍视。“几人全性命，尽室岂相偶”两句，诗人用一个反问句式，反映了一个残酷的现实：战乱之中，百姓难以保全性命，很少有家庭不失去亲人。想到此处，诗人痛心疾首，中肠发热。“嵚岑猛虎场，郁结回我首。”杜甫认为，战乱期间，人间就是高冈上猛虎食人之地。每每想到这些，诗人焦急郁闷，愁肠百结，便不由得再次回想自己的遭遇，担忧家人安危。于是，诗人又将笔触转向思念家人。“自寄一封书，今已十月后”两句，表现出诗人对家人的无比担忧。给家里写过一封信，至今已经是十个月多天了，仍毫无半点音讯。难道家里人真的出事了？难道已经……？想到此，诗人反而觉得没有讯息就是最好的消息了。“反畏消息来”句，流露出诗人既盼望家里来信又担心信中传来噩耗的忐忑不安心理，反映了战乱带给人们的极大伤害。“寸心亦何有”表明诗人思念家人，想到家里探望的目的非常单纯，就是想知道家里人都是否活着。古代书生往往有荣归故里的观念，杜甫官拜左拾遗，官职虽然不高（从八品），但也算属于能够接近皇帝的显要职位。官拜之后回乡或给当地官府写信，或许会引发多种看法。“亦何有”一词表明，诗人写信给三川县衙，仅仅想知道家人是否都还在人间，并无其他意思。

结尾四句，设想难以与家人见面的情形。“汉运初中兴”，是诗人从唐军开始收复失地的趋势中所做的政治判断，也是他内心的真诚愿望。诗人认为，国势会恢复，中兴已见端倪，但自己小家的前景仍在迷雾之中。为了消除内心悲苦，诗人只得借酒浇愁。“生平老耽酒”是诗人内心总处于愁苦之中的真实写照。“举杯销愁愁更愁”（李白《宣州谢朓楼饯别校书叔云》），诗人不由得再次陷入沉思，他设想着：将来唐军收复所有失地，国泰民安，万家团聚之时，自己是不是还能与家人团圆。恐怕到那时，全家只剩下诗人这个穷困潦倒的老叟要孤独终老了。“沉思欢会处，恐作穷独叟”两句诗，突出地表现了杜甫对家人安危的担忧与个人遭际的伤感。

诗歌围绕“怀”字，采用虚实结合叙事方法，在亲身经历和耳闻目睹的现实基础上，设想家人生死，并在现实和设想之间来回切换，结构跌宕起伏，情感复杂悲沉，体现出沉郁顿挫的特征。诗歌寓情于叙述和描写之中，叙事简约，笔法细腻，意象传神，语言朴质，选词贴切。全诗一韵到底，音韵哀伤凄婉，风格质朴悲沉。

附：《述怀一首》繁体字文本

述懷一首

去年潼關破，妻子隔絕久。
今夏草木長，脫身得西走。
麻鞋見天子，衣袖露兩肘。
朝廷愍生還，親故傷老醜。
涕淚授拾遺，流離主恩厚。
柴門雖得去，未忍即開口。
寄書問山川，不知家在否。
比聞同罹禍，殺戮到雞狗。
山中漏茅屋，誰復依戶牖。
摧頹蒼松根，地冷骨未朽。
幾人全性命，盡室豈相偶。
嶔岑猛虎場，鬱結囬我首。

自寄一封書，今已十月後。
反畏消息來，寸心亦何有。
漢運初中興，生平老耽酒。
沉思歡會處，恐作窮獨叟。

七、《羌村》赏析

羌村[1]

峥嵘赤云西，日脚下平地[2]。
柴门鸟雀噪，归客千里至[3]。
妻孥怪我在，惊定还拭泪[4]。
世乱遭飘荡，生还偶然遂[5]。
邻人满墙头，感叹亦歔欷[6]。
夜阑更秉烛，相对如梦寐[7]。

晚岁迫偷生，还家少欢趣[8]。
娇儿不离膝，畏我复却去[9]。
忆昔好追凉，故绕池边树[10]。
萧萧北风劲，抚事煎百虑[11]。
赖知禾黍收，已觉糟床注[12]。
如今足斟酌，且用慰迟暮[13]。

群鸡正乱叫，客至鸡斗争[14]。
驱鸡上树木，始闻叩柴荆[15]。
父老四五人，问我久远行[16]。
手中各有携，倾榼浊复清[17]。
苦辞酒味薄，黍地无人耕[18]。
兵革既未息，儿童尽东征[19]。

请为父老歌，艰难愧深情[20]。
歌罢仰天叹，四座泪纵横[21]。

注释

[1] 选自《全唐诗》（卷二一七），中华书局1999年版，第2279页。有的版本题为《羌村三首》。羌村，杜甫当时居家所在地，在鄜州（今陕西富县）城外。

[2] 峥嵘，山高峻的样子，这里喻指天空中耸立的层云。赤云，被夕阳映红的云朵。日脚下平地，指太阳落下地平线。古人认为太阳从东到西走动，故有“日脚”之说。

[3] 归客，指诗人自己，因长期客居在外，故自称“归客”。归客，有的版本为“客子”。

[4] 妻孥，妻子和儿女。怪，惊奇、惊异。惊定，有的版本为“惊走”。

[5] 遂，如意、如愿。

[6] 歔（xū）欷（xī），抽泣、哽咽、叹息。

[7] 夜阑，夜深。更，再次。秉烛，手执蜡烛或油灯。

[8] 晚岁，指年老、晚年。迫偷生，被迫苟且偷生。

[9] 畏，担心。复却去，再次离家远去。复，又、再。却去，退去、离开。

[10] 好（hào），喜欢、热衷。追凉，纳凉、到凉快的地方。

[11] 抚事，思量时事。煎百虑，指忧虑多让人煎熬。

[12] 赖知，幸而得知。赖，副词，幸而、幸亏。禾黍，代指各种秋粮。禾黍，有的版本为“黍秫（shú）”或“黍稌（tú）”。糟床，酿酒的器具。注，指酿酒过滤出酒时流出的酒。

[13] 且用，姑且用来。慰迟暮，慰藉老年的自己。慰，慰藉。迟暮，衰老之年、暮年。

[14] 正乱叫，有的版本为“忽乱叫”。鸡斗争，有的版本为“鸡正生”。斗争，争斗、打架。

[15] 柴荆，用柳条编制的院门。

[16] 父老，指村子里的年长者。问，慰问，这里指送行。

[17] 榼（kē），盛酒或贮水的器具。浊复清，有清酒又有浊酒。浊清，指酒的颜色，不涉及酒的质量。

[18] 苦辞酒味薄，因酒味淡薄而一再表示歉意。苦辞，不断地解释、一再说明。苦辞，有的版本为“莫辞”。黍地，泛指庄稼地。

［19］兵革，代指战乱。兵，指兵器，革，指用皮革制作的甲胄。儿童，即老人们口中的“孩儿们”，指青壮年。儿童，有的版本为“儿郎”。

［20］艰难愧深情，意思是酒得来不易，虽然口味淡薄但情义深厚，这让自己感到惭愧。愧深情，有的版本为“愧馀情”。

［21］四座，指在座的所有人。

这组五言古诗由三首诗构成，写于唐肃宗至德二年（757 年）秋天。天宝十五载（756 年）潼关失守后，杜甫携全家老小从白水逃到鄜州（今陕西富县），将家人安顿在鄜州三川县（治所在今陕西富县西南三川驿）的羌村。（师海军，2010）得知唐肃宗在灵武登基的消息后，杜甫随即只身北上，但不久便为叛军所俘。至德二年（757 年）杜甫得以逃脱，在凤翔郡（今陕西凤翔一带）见到了唐肃宗，拜官左拾遗。杜甫上任不久，就发生了宰相房琯因兵败咸阳被罢相的事件。房琯与杜甫交情深厚，加之杜甫认为给皇帝提出不同意见是自己职责范围的事，因此杜甫上书肃宗皇帝，为房琯辩解，惹怒了肃宗，遭到严格审查。在新任宰相张镐等人的营救之下，杜甫得以免罪复职。此后，杜甫被朝廷疏远。闰八月，杜甫被放还到鄜州探亲。这组诗歌就作于诗人鄜州探亲时期。

第一首诗写回到家里与妻子女儿相见之后的情景。前面四句，写诗人回到家。“峥嵘赤云西，日脚下平地”两句，既是景物描写，也是时间描写。残阳斜射，晚霞映照，暮云赤红，日落西山。在这个时分，杜甫回到了家里。“柴门鸟雀噪，归客千里至”两句，写杜甫回到家欣慰的心情。虽然杜甫在归家之前就得到家人的消息，但他还是无法彻底放心。诗人走到柴门面前，听到满院子的鸟雀在鸣叫，看到家里有人，且无异常状况，诗人一年多悬着的心终于放了下来。简陋的“柴门”，在诗人眼里格外亲近。聒噪的鸟雀，诗人听起来特别悦耳。“鸟雀噪”增添了诗人回家的热切气氛。“千里至”暗含诗人虽然道途艰辛但终究与家人团聚的喜悦。“白头拾遗徒步归”（《徒步归行》），凤翔到富县，并无千里之远，但杜甫是徒步出发，走到邠州（今陕西彬州市）向李特进（李嗣业）将军借了一匹官马①，才得以顺利归家。

后面八句，写与家人见面后的情景。“妻孥怪我在，惊定还拭泪”，是一个典型的行为细节描写，也是一个细腻的心理描写，形象地表现出家人见到诗人之后的复杂心情。“怪”“惊”“定”“拭泪”等词语，精切传神，将家人相见由惊异到惊喜，再到喜极而泣、然后再到埋怨、心酸、感伤等一系列复杂情感逼真地展示了出来。“世乱遭飘荡，生还偶然遂”是诗人忍不住发出的议论

① 也有观点认为，杜甫向李嗣业未能借得马。根据《徒步归行》诗的内容，参考多种资料，这里取借马成功的说法。

和感慨。生逢乱世，在外漂泊，丧生荒野，极有可能，能生还者，实属不易。今天能与家人团聚，感到非常幸运，苍天有眼，事随人愿。“邻人满墙头，感叹亦歔欷”两句，采用白描手法，通过一个典型细节的描写，形象逼真地反映了当时邻里对战乱之中人们聚散离合的感慨。杜甫一家人抱头痛哭之际，惊动了左邻右舍，乡亲们急忙走来，关切地来看看发生了什么事。当他们得知杜甫一家团聚时，便趴在矮矮墙头上，分享他们的喜悦，也与他们共同伤感。杜甫一家团聚的情景，勾起他们中有些人失去亲人的内心伤痛，于是乡亲们便纷纷叹息、哽咽、抽泣。“夜阑更秉烛，相对如梦寐”两句，细节描写犹如一个特写镜头，表现亲人相聚之后的复杂心理。邻居们都早已散去了，孩子们也纷纷入睡了，夜已经很深了，杜甫与妻子还在油灯下，述说分别之后的各种苦难经历。乱世仍能得以保全，一家人还能够团圆，在二人的意识中，简直不可想象。安史之乱后，杜甫于肃宗至德元年（756 年）古历七月离开家人投奔肃宗，到此次探亲，时间已过约一年两个月。夫妻分别以来，相互毫无音讯，两人都做过无数次最坏的打算，都无数次设想过对方可能已经不在人世了。400 多个日日夜夜，两人在相互牵挂、相互猜测中煎熬度过，如今团聚，感慨万千。在昏暗的油灯下，二人相对而坐，看着对方，感到恍如隔世，犹在梦中。

第二首诗写回家之后忧虑时局的烦闷心情。前四句写诗人忧闷之中的复杂心理。“晚岁迫偷生，还家少欢趣”两句，写内心闷闷不乐及其原因。与家人团聚是令人快乐的时光。然而，国家正处危难之际，朝政危困，战事胶着，民不聊生，自己却在家里闲居，因而诗人内心有苟且偷生的感觉。杜甫上书为房琯辩解之后，唐肃宗对他颇为反感，若非张镐等人出手相救，可能面临牢狱之灾。此次探亲，实际上是唐肃宗变相让他离开朝廷。多种原因之下，他总觉得呆在家里有一些烦闷，少一些乐趣。“少欢趣”一词既表达了诗人伤世忧时的心情，又表现出与家人团聚的日子总体上是充实且有快乐的。“娇儿不离膝，畏我复却去”，又是一个传神的细节描写。幼小的孩子总不离杜甫左右，他们担心父亲哪天一转眼又走了。“不离膝”生动逼真地表现出孩子对父亲的依恋。“畏”字将孩子幼小心灵的复杂心理表现得惟妙惟肖。小孩子既依恋父亲，担心父亲离去，又见父亲有时闷闷不乐，故而手足无措，只得小心翼翼地默默跟着父亲，寸步不离。杜甫明白孩子对自己的依恋，也完全理解小孩子的复杂心情。诗人看在眼里，痛在心中，心情更加复杂沉重。

中间四句写抚今追昔的感慨。“忆昔好追凉，故绕池边树”两句，是对前一年居家片段的回顾。那时杜甫在家，得到唐肃宗在灵武即位的消息，便下决心只身一人北上到肃宗身边，以期报效国家。当时，杜甫内心充满着建功立业的希望，因而在家里待着感觉颇有乐趣，到池边的大树下乘凉，随着树影的移动，诗人不时挪动位置追逐阴凉，怡然之情现于笔端。“萧萧北风劲，抚事煎百虑”两句，写回顾过去之后的感慨。仅仅一年多时间，诗人经历了由追随肃宗时充满希望、到官拜左拾遗时充满感激、再到因言获罪遭到调查后失望与失落的整个过程。抚今追昔，时过境迁，惆怅忧愁，百感交集，情感复杂，内心如煎。“萧萧北风劲”一句写景置于追昔与抚今诗句之间，既为抚今悲郁作出铺垫，又为乐忧情感迅速转换设置了一个过渡带，不至于情感陡然跌宕，顿挫有致，悲郁深沉。

最后四句写以酒销愁自我慰藉的愿望。悲沉的格调过于压抑，诗人宕开痛苦，将视角转向秋收和酿酒，使诗歌的情感由悲沉转向淡淡的欣慰。“赖知禾黍收，已觉糟床注”两句，显示杜甫对秋收的一丝欣喜，以及对新收秋粮酿酒的期待。得知当地在兵荒马乱的日子里，秋天还有不错有收获，杜甫的心情一下子轻快了起来。杜甫“生平老耽酒”（《述怀一首》），他“每日江头尽醉归”“酒债寻常行处有”（《曲江二首》），并以“对酒满壶频”（《漫成二首》）为乐事。想到酿酒糟床里即将流出的头酒，诗人仿佛已经闻到了酒香，迫不及待地想尝尝新酿。“如今足斟酌，且用慰迟暮”两句，憧憬酌饮新酿。杜甫多年颠沛流离，无钱买酒，难以足饮。这次杜甫回家，家人用新收的秋粮，酿制了足够诗人这段时间饮用的酒。诗人总算不再发愁缺酒喝了，可以暂且用这些酒来慰藉一下嗜酒但又总是缺酒的自己了。“慰迟暮”委婉曲折地表达了诗人内心的苦闷，“慰”表面上是慰藉，其实是借酒浇愁。杜甫当时45岁（古算法46岁），用“迟暮”来形容自己，委婉表现了诗人此时的极度失落心情。

第三首诗写离家之前父老相送的情景。前面四句，写父老来访。“群鸡正乱叫，客至鸡斗争”两句，叙事起兴。诗人在群鸡的一片鸣叫喧闹声中拉开了第三首诗的序幕。第一首诗中，诗人回到家最先听到的是树上的群鸟鸣噪之声，声音入耳，亲切暖心。此时又要离家而行，听到群鸡乱叫，看到群鸡争斗打闹，心情有些烦躁。“驱鸡上树木，始闻叩柴荆”两句，写父老前来相别。杜甫将鸡群驱赶到树上之后，群鸡停止了打斗。等鸡群消停了，诗人才听到有人在敲打柴门，原来早有人在外敲门了。这四句诗，平铺直叙，自然逼真，颇具乡野生活趣味。

“父老”四句，写父老携酒送行。打开荆扉，诗人看到门外来了四五个村中的老者，为他送行。“父老四五人”暗含战乱之中村庄已无年轻人，为后面诗句设下伏笔。来送行的父老，手里都提着礼物，提的酒有清有浊，皆为自家酿制。“各有携”“倾榼”等细节描写，表现出庄户人家民风淳朴。在物质匮乏的战乱时期，父老手中的“礼物”都是他们从自己嘴里抠出来的。这四句诗，明白如村夫俗语，但情真意切，朴质感人。

“苦辞”四句，写父老解释酒味淡泊的原因，反映战乱对农耕经济的危害。“苦辞酒味薄”，用词朴质，笔端传神，尽显乡村父老淳朴美德。父老们一再向杜甫表达歉意：拾遗大人啊，今年的酒不怎么好，酒味淡薄，你可别嫌弃啊。接下来三句是父老们解释今年酒味淡薄的原因。“黍地无人耕”表明战争给农业生产带来的直接危害。老人们告诉杜甫：这几年兵荒马乱，死的死了，跑的跑了，粮食都没人耕种了。“兵革既未息，儿童尽东征”两句，照应“父老四五人”句意，表明战乱带给百姓的灾难和痛苦。老人们他一言，你一句，继续陈述眼下战争造成的伤害。他们说：眼下战事还在继续，也不知道这日子啥时候是个尽头啊。村子里即使留下来的，日子也不好过呀。年轻点的男娃们都被拉走，去外边打仗去了。种地的都是些老人和妇女，庄稼长得不好，收成也不好，酿出来的酒自然就差些味道了。这几句诗，诗人借酒席间闲淡话题，取用老农口吻，朴质无华，真切浅近，深刻反映了战乱给社会生产造成的巨大损害，给老百姓带来的深重灾难。

最后四句，写诗人咏诗感谢村中父老。村子里的长老手中各有所携来送杜甫，已经让他非常感动。老人们因“酒味薄”一再向杜甫表达歉意，更让诗人内心不安。“请为父老歌，艰难愧深情”句，回应第二首诗“晚岁迫偷生”句意，表达诗人对父老一片真情的惭愧之心。诗人向几个老人连连致谢：在如此艰难的日子里，您老几位携酒为我送行，我真不知道说啥好。我给几位老人家咏一首诗吧。“歌罢仰天叹，四座泪纵横。”诗人咏诗，情真意切，句句直抵人心，听着听着，不觉泪洒衣襟。一曲诗歌咏罢，诗人仰天长叹，在座的所有人早已老泪纵横。诗歌在一片恸哭声中结束。令读者掩卷长思，心情久难平静。

三首诗内容各异，又相互联系，分别从家庭、个人、社会层面，选择家人团聚、居家烦忧、父老相送三个生活片段，客观真实地反映了安史之乱导致黎民百姓流离失所、生产遭到严重破坏、社会处于深重灾难、百姓惨遭巨大伤痛的社会现实。同时也表现了杜甫忧国忧民、感时伤世、积极用世等儒家君子人格的情怀。

在艺术上，这组诗选材真实感人，诗人选取羌村探亲之行亲身经历的片段，用真实记录的手法，反映现实，抒发感慨，表现情怀。在结构上，每首诗的具体结构依据情感设定，各有不同，第一首诗总体上表达回家欣喜之情，诗句以时间为线索，依次连贯，一气呵成。第二首诗总体上情感忧闷，诗句沉郁顿挫，跌宕起伏。第三首诗情感总体上悲沉，结构环环相扣，层层深入，意尽而终。总体上看，每首诗独立成篇，但又相互照应，三首诗形成有机联系。写法上采取以叙述为主，兼有描写和议论，寓情于事，寓情于境。特别是叙述中选取典型细节，或写意白描，或精雕细刻，笔法多变，形象逼真，意象传神，诗意深远。语言平易凝练，极富表现力。音韵哀婉深长，风格质朴深沉。

附：《羌村》繁体字文本

羌村

崢嶸赤雲西，日脚下平地。
柴門鳥雀噪，歸客千里至。
妻孥怪我在，驚定還拭淚。
世亂遭飄蕩，生還偶然遂。
鄰人滿牆頭，感嘆亦歔欷。
夜闌更秉燭，相對如夢寐。
晚歲迫偷生，還家少歡趣。
嬌兒不離膝，畏我復卻去。
憶昔好追涼，故繞池邊樹。
蕭蕭北風勁，撫事煎百慮。
賴知禾黍收，已覺糟牀注。
如今足斟酌，且用慰遲暮。
羣雞正亂叫，客至雞鬭爭。
驅雞上樹木，始聞叩柴荊。
父老四五人，問我久遠行。
手中各有攜，傾榼濁復清。
苦辭酒味薄，黍地無人耕。
兵革既未息，兒童盡東征。
請為父老歌，艱難愧深情。
歌罷仰天嘆，四座淚縱橫。

八、《前出塞九首》（其六）赏析

前出塞九首（其六）[1]

挽弓当挽强，用箭当用长[2]。
射人先射马，擒贼先擒王[3]。
杀人亦有限，列国自有疆[4]。
苟能制侵陵，岂在多杀伤[5]。

注释

[1] 选自《全唐诗》（卷二一八），中华书局 1999 年版，第 2295 页。有的版本题为《前出塞》。“出塞”为乐府体裁，属横吹曲辞。杜甫以“出塞”为题写过两组诗 14 首，分别为《前出塞九首》和《后出塞五首》。

[2] 挽，拉、引。当，应当。

[3] 擒贼，有的版本为“擒寇”。

[4] 亦，毕竟、实在。列国，各国，有的版本为“立国”。自有疆，自当有个疆界。自，自当、应当。

[5] 侵陵，侵犯、霸凌。

《前出塞九首》是杜甫的一组五言古诗，也是一组边塞诗，作于安史之乱前杜甫在长安寓居时期。按照原诗题注，这组诗为征秦陇（今陕西、甘肃一带）之兵赴交河（唐时西北重要的军事城堡，故址在今新疆吐鲁番市）而作。诗歌以一个从军十多年老兵的口吻，叙写天宝年间唐玄宗不断在西北用兵开边之事。这里仅选析其中的第六首。

前四句写战场取胜的关键因素。“挽弓当挽强，用箭当用长”两句，体现作战兵器的重要性。诗人连用两个“当”字，强调兵器在战场上的制胜作用。“射人先射马，擒贼先擒王”两句写临阵作战取胜两个关键点。诗人连用两个“先”，强调作战要选准关键对象才能更易取胜。这四句诗，用一个老兵介绍经验的口吻选取武器和作战对象两个维度，说明战场取胜的关键要素。诗人连用两个流水对句式，通俗易懂，说理透彻，词完意胜，妙语叠出，语调活泼，韵味有似童谣，更像军中士卒口口相传的作战口诀。

后四句写战争取胜的关键因素。“杀人亦有限，列国自有疆”两句，表明解决争端不在于一味地杀人，而在于强军固边。“杀人亦有限”回应“射马”“擒王”句意。“苟能制侵陵，岂在多杀伤”两句，表明解决争端要发挥唐王朝的制衡作用，不能过度依赖杀伐暴力。杜甫认为，杀人毕竟是有限的，单靠杀人无法根本解决民族矛盾纠纷。各民族政治集团，应该有一个明确固定的疆界，双方相互制衡。作为唐王朝，应该实边强兵，戍守边关，保持民族关系稳定则可，不必要过度杀伐，更不能穷兵黩武。这四句诗同样是两个流水对句式，句意前后相承，语言富有气势，说理铿锵有力。

本诗意在讽劝唐王朝调整穷兵黩武的战略，主张通过强兵实边制止游牧民族的进犯，表明诗人敦厚理性解决武力争端的战略思路，反映出杜甫遵从儒家德政思想的政治理念。这种理念适合民族融合、国家安定、社会进步、百姓安居的需求，符合中华民族不扩张、不好战的文化基因。诗歌立意高远，富有哲理（如“射人先射马，擒贼先擒王”两句，不仅适于作战，而且适用于解决任何矛盾），神完气足，内容深刻，诗意上乘，堪称佳作。

在艺术上，诗歌以议论取胜，通篇采用议论手法表明观点，是杜甫诗歌以议论为诗的典型代表作。在结构上，前四句是后四句铺垫，后四句是前四句的升华，前后呼应，浑然一体。通篇采用四个流水对（宽对）的对偶句式，表现出诗人高超的语言表现力。语言朴质，警策洗练，具有极强的概括力。全诗一韵到底，音韵急促有力，风格雄浑沉著。

附：《前出塞九首》（其六）繁体字文本

前出塞九首（其六）

挽弓當挽強，用箭當用長。
射人先射馬，擒賊先擒王。
殺人亦有限，列國自有疆。
苟能制侵陵，豈在多殺傷。

九、《百忧集行》赏析

百忧集行[1]

忆年十五心尚孩，健如黄犊走复来[2]。
庭前八月梨枣熟，一日上树能千回[3]。
即今倏忽已五十，坐卧只多少行立[4]。

强将笑语供主人，悲见生涯百忧集[5]。
入门依旧四壁空，老妻睹我颜色同[6]。
痴儿未知父子礼，叫怒索饭啼门东[7]。

注释

[1] 选自《全唐诗》(卷二一九)，中华书局 1999 年版，第 2311 页。百忧集，意思是各种忧愁聚集。行，歌行体，参见《丽人行》注释 [1]。

[2] 忆年，有的版本为“忆昔”。心尚孩，心智还是孩子，指单纯天真得像个孩子。健如黄犊，体格如小黄牛一般的健壮。犊，小牛。走复来，跑来跑去。走，跑。

[3] 梨枣，泛指北方各种水果。

[4] 即今倏忽已五十，有的版本为“即今年才五六十”。倏忽，很快、转眼间。倏 (shū)，极快、很快，与“忽”构成同义复词。少行立，走和站立都很少，意思是体格衰弱，四肢无力。

[5] 强 (qiǎng)，勉强、强迫。将，以、用。主人，泛指诗人依靠的所有人。

[6] 颜色，脸色、表情。

[7] 索饭，索要饭吃。门东，指厨房，古代庖厨在正屋的东边，故称厨房为门东。

这首七言古诗写于唐肃宗上元二年 (761 年)。至德二载 (757 年) 九月，唐军收复长安，杜甫回鄜州 (今陕西富县) 探亲到长安，仍担任左拾遗，但已被朝廷疏远。第二年被贬为华州 (今陕西渭南市华州区一带) 司功参军，掌管当地考课、选举、学校、祭祀、礼乐、表疏、道佛、医筮、丧葬等事务。唐肃宗乾元二年 (759 年) 秋天，杜甫不满官场腐败，放弃了华州司功参军职务，西去秦州 (今甘肃天水一带)。这年冬天，杜甫携家由陇东一路辗转来到成都，投奔剑南节度使严武将军。在严武等人的帮助下，杜甫在成都西郊的浣花溪畔建造茅草屋以暂住。肃宗上元元年 (760 年) 茅屋初步落成，上元二年 (761 年) 茅屋全部建成，杜甫称之为“成都草堂”。杜甫先后在成都草堂居住了将近 4 年多 (期间有一段时间随严武到奉节)。严武多次劝杜甫做官，杜甫婉言谢绝，后来只做了严武幕府中的检校工部员外郎。这首诗写于杜甫在成都草堂栖居时期，反映诗人在草堂时生活窘迫的情景。

前四句回顾年少快乐时光。诗歌从年少时无忧无虑生活的回忆开始。杜甫出身于官僚家庭，祖上世代为官。他是晋代名将杜预的后代。曾祖父杜依艺，曾任监察御史、巩县（今河南巩县）县令等职。祖父杜审言是初唐著名诗人，官至修文馆直学士，武则天当政时期任著作佐郎、膳部员外郎等职。父亲杜闲曾任奉天（今陕西乾县）县令、朝议大夫、兖州司马等职。杜甫母亲为崔氏，是清河（在今河北）的名门望族。杜甫聪颖好学，自幼研读古籍，7 岁便开始作诗（《壮游》有“七龄思即壮，开口咏凤凰”句）。因家庭境况优裕，成长于唐代盛世，杜甫年少时期无忧无虑。“忆”字总领四句诗的内容。“年十五心尚孩”，是从心理角度概括青少年时期的健康状况。虽年已 15 岁（今算法 14 岁），但心智则如孩童一般，天真淳朴，这是无忧无虑的生活环境所给予的健康心理状态。“健如黄犊走复来”从生理角度概括青少年时期的健康状态。诗人用小黄牛来作比，表示自己年少时体格健壮。“走复来”表现出诗人年少时精力充沛，生龙活虎。“庭前八月梨枣熟，一日上树能千回”两句，通过一个细节，采用白描手法，勾勒出诗人年少时期生性好动、调皮淘气的形象。诗人欲抑先扬，对青少年时期的美好回忆，是为后面的愁苦困顿作出反衬的铺垫。

中间四句写眼下身体状况。“即今倏忽已五十，坐卧只多少行立”两句，从生理角度，描述眼下体弱无力的健康状况。岁月如梭，转眼间，已经到了知命之年。现在身体衰弱，每天大多时间都只能躺着或坐着，不能长时间的站立和行走。这两句诗，与年少时期生龙活虎的状态构成明显的对比，突出了诗人身体虚弱的状态。“强将笑语供主人，悲见生涯百忧集”两句，从心理角度，描写眼下依人生存、忧愁满怀的痛苦心情。一向以求人为耻的杜甫，到了后半生却不得不俯首摧眉，强欢作笑，逢迎别人，以期得到生活资助。对于一个有自尊心的文人，这是非常悲催的事情。“强”“供”等词，语淡意浓，突出地表现了诗人内心的苦痛与无奈。“悲见”一词，概况了诗人不幸的人生遭际。“百忧集”虽为夸饰之词，但此情此景却更像写实之语，诗人悲催与愁苦，即使选用“千忧”“万忧”喻之，亦不为过。“百忧集”一词关合题目，概括了眼下生活的所有心酸，也为接下来写具体的生活惨状作了铺垫，在结构上具有承前启后作用。

最后四句写具体生活困顿状况。“入门依旧四壁空”句，写杜甫回到家里看到的赤贫状态。“依旧”，表明诗人此前就度日如年，曾到处求人施舍。“四壁空”表明他所有祈求别人获取生活必要品的行动所获无几，本次求人更是一无所获。诗人省略去了四处求人的描写，将巨大的虚白空间留给读者。可以想象，杜甫为了妻子儿女能够有一口饭吃，出去到处求人借钱借粮的窘态。他小心翼翼地叩门求见，仰人鼻息，摧眉折腰，或欲言又止，或求人无果。总之，转了一大圈，把该求的人都求遍了，毫无所获，只得空手而归。诗人拖着饥饿虚弱的身体，疲惫不堪地推开家门，看到家徒四壁，情何以堪！“老妻睹我颜色同”，写妻子对诗人的理解。杜甫刚进门，妻子从他的脸上就看出了端倪，立刻明白丈夫又是空手而归。妻子非常理解地看了看丈夫，低下头一句话也没说，她强忍泪水，挤出一丝笑容，以此安慰丈夫。在诗人看来，妻子的强笑比眼泪更令人痛心。妻子的表情被诗人一眼看破，她沉默不语。二人互相看着对方，无言以对，满面愁容。“颜色同”反映出杜甫与杨氏相互理解、彼此默契。“痴儿未知父子礼，叫怒索饭啼门东”两句，通过一个典型细节，采用白描手法，再现幼子饥饿难耐在厨门哭闹的情景。妻子能够理解丈夫，但小孩子年幼无知，未晓父子礼仪，饥饿难耐之下，在厨门之外哭闹。“叫”“怒”“索”“啼”等词，形象地反映出饥饿之下小孩子激烈的求食行为。回想自己年少时期的无忧无虑，看着孩子瘦弱的身躯，听着他撕心裂肺的哭闹，想到曾经饿死的幼子，“所愧为人父”（《自京赴奉先县咏怀五百字》）的自责痛彻心扉，此情此景，为人父母，心内滴血，欲哭无泪。

诗歌叙写了诗人在栖居成都草堂时期依人生存、穷困潦倒的悲苦生活境遇，表现他忧愁满怀、愧对妻儿的悲戚心情，客观上揭示了当时政治昏庸，贤才难用，人情淡薄，民不聊生的社会现实。

在艺术上，本诗最显著的特色是对比手法的妙用。诗人不但将自己15岁和50多岁人生状态形成鲜明对比，而且暗暗地将自己年少无忧无虑与当下“痴儿”饥寒交迫形成强烈对比，有效地增强了诗歌的悲情效果。诗人年少时心无忧愁，拥有强壮的身体，眼下身无健康，但心有“百忧”。“有”“无”之间的对比，反衬效果特别明显，委婉含蓄地揭露了唐代盛世转为乱世之后带给百姓的深重苦难。此外，“强将笑语”“老妻睹我”“怒索”“啼门东”等白描手法应用娴熟，意象鲜明，寓意传神，亦为本诗艺术的显著特征。在结构上，前四句是反衬作用的铺垫，中间四句是眼下状况的概况，结尾四句是具体状况的描写，逻辑严谨，层次分明。语言精微简约，笔力深厚，气韵深沉。音韵方面，随情感变化灵活换韵，体现出悲沉深挚的风格。

附：《百忧集行》繁体字文本

百憂集行

憶年十五心尚孩，健如黃犢走復來。
庭前八月梨棗熟，一日上樹能千回。
即今倏忽已五十，坐臥衹多少行立。
強將笑語供主人，悲見生涯百憂集。

入門依舊四壁空，老妻睹我顏色同。
癡兒未知父子禮，叫怒索飯啼門東。

第二节　杜甫经典近体诗赏析

一、《月夜》赏析

月夜[1]

今夜鄜州月，闺中只独看[2]。
遥怜小儿女，未解忆长安[3]。
香雾云鬟湿，清辉玉臂寒[4]。
何时倚虚幌，双照泪痕干[5]。

注释

[1] 选自《全唐诗》（卷二二四），中华书局1999年版，第2407页。

[2] 鄜州，今陕西富县。

[3] 未解忆长安，指儿女们不理解母亲思念困在长安父亲的心情。解，明白、理解。忆，思念。长安，代指诗人自己。

[4] 雾，指水气。云鬟，由浓密如云乌黑发亮的头发盘成的环形发髻。鬟（huán），妇女梳的环形的发髻。清辉，皎洁的月光。

[5] 何时，有的版本为“何当”。虚幌（huǎng），轻薄的帐幔。虚，纱质的帷帐呈半透明状，隐隐约约，故曰“虚”。幌，帷幔。双照，指月光同时照映相聚在一起的两个人。

这首五言律诗作于肃宗至德元年（756年）秋天。这年古历六月，叛军攻破潼关，杜甫携着家人逃到鄜州（今陕西富县）的羌村寄居。八月，在得知肃宗在灵武（今宁夏灵武）即位的消息后，杜甫辞别家人，只身北上追随肃宗，但不幸在半途被叛军所俘获，押到长安。这首诗就作于杜甫被叛军俘获送到长安之后。诗中表达了对妻子的无限思念之情。杜甫妻子杨氏，是司农少卿杨怡的女儿，出身名门望族，年龄小于杜甫不少，知书达理，相夫教子。杜甫与妻子感情很深，杜甫一生漂泊，穷困潦倒，妻子儿女跟着他吃尽了苦头，但妻子始终不离不弃，与杜甫相濡以沫。杜甫诗歌多处写到妻子，为妻子跟随他吃苦感到愧疚和自责。在颠沛流离的路上他愧叹“妻孥复随我，回首共悲叹。”（《逃难》）成都骚乱期间，他离开成都草堂，到梓州（今四川三台县）避难，深切感叹“偶携老妻去，惨澹凌风烟。”（《寄题江外草堂》）。这首五言律诗，表现杜甫对妻子的深切思念与一片真情。

首联设想妻子独自望月。“今夜鄜州月”，以写月起兴。明月在此是思情意象，被诗人赋予了承载情思、沟通情感的功用。“鄜州月”点明诗人思念之地。“闺中只独看”是设想妻子独自在闺房中望月的情景。“只”“独”等词，突出了妻子杨氏形单影只的孤寂之情。

颔联设想妻子思念自己。“遥怜小儿女，未解忆长安”两句，未用对偶句式，以意取胜。诗人设想到，小孩子们见母亲一直看着月亮，神情凝重，目光呆滞，不知道她在想啥，更不理解她思念父亲的一片真挚情感。“怜”字极其传神，形象地表现出孩子幼小、不谙别情痛苦的情态，同时委婉地表现出，杜甫此时既思念孩子，更思念妻子。正逢乱世，民不聊生，此处的“忆”字蕴含丰富，不仅指杨氏思念诗人，更含有牵挂、担忧、惧怕丈夫遇到不测等等多重感情。如此复杂情感，涉世未深的“小儿女”，自然“未解”。

颈联思念妻子的美貌。诗人用工整的对偶句，精工细刻，描写妻子美丽动人。“香雾云鬟湿”以头发作为描写对象表现妻子美貌。诗人设想着，妻子独立于屋外，看着月光久久不肯离去。乌黑亮丽的发髻散发着淡淡的香味，使围绕发髻的雾气都变得清香。“云鬟湿”委婉地表现出妻子在院中站立太久，曲折地体现了妻子对诗人的一片赤诚。“清辉玉臂寒”，以手臂为描写对象赞誉妻子美丽。诗人设想，杨氏亭亭玉立于明月之下，她双臂辉映月光如白玉一般，细腻洁白，光彩熠熠。“玉臂寒”表明，在外站立太久，杨氏的手臂寒凉。这两句诗，属对精工，语丽情凄，生动地表现出妻子独自望月的美丽形象。杜甫诗中如此美化妻子，反映出他对妻子杨氏的挚爱。

尾联企盼能与妻子团圆。“何时倚虚幌”句，表现诗人当时迫切渴望团圆的心情。杜甫写此诗的时候，正值身陷叛军之手，吉凶未卜，前途渺茫，心情异常低落。遭难之际，杜甫更加思念妻子和家人。他此时最大的愿望，就是回到妻子儿女身边。他设想妻子杨氏久久伫立在月光下，早已泪流满面。在想象妻子独自流泪之时，诗人的泪水早已浸湿了衣襟。“双照泪痕干”既是将来见到妻子的憧憬，又暗指夫妻二人此时俱以泪洗面。

诗歌在内容上表现了对妻子的无限思念。由于是在安史之乱期间诗人身陷长安时抒发的思情，因此，诗歌在客观上反映出安史之乱造成百姓妻离子散的惨痛现实，揭示战乱带给人们的心灵创伤。

杜诗中五言律诗所占数量最多。杜甫的五律气象恢宏，错综变化，其所造之境的象外之意和所写事物的内在之理包含在无字之处。（葛晓音，2015）在艺术上，本诗最大的特色是将情感寄寓人物行为描写之中。诗人采用设身处地写法，通过想象妻子的思情行为，表达对妻子的思念。全诗所有的诗句全是诗人的设想，但这种设想令人感到十分真实感人。这是因为诗人描写精切，笔法细腻，形象逼真，意象深致，表现出诗人高超的构思艺术和语言表述能力。诗歌结构层层深入，感情层层递进，语言简淡精美，颈联对仗精切工整。颔联未用对偶句式，体现杜甫作诗以意取词、以意为尚的理念和灵活多变的特点。诗歌意象清丽疏淡，意境凄清悠远，音韵清越深婉，风格清幽寂远。

附：《月夜》繁体字文本

月夜

今夜鄜州月，閨中隻獨看。
遙憐小兒女，未解憶長安。
香霧雲鬟濕，清輝玉臂寒。
何時倚虛幌，雙照淚痕乾。

二、《天末怀李白》赏析

天末怀李白[1]

凉风起天末，君子意如何[2]。
鸿雁几时到，江湖秋水多[3]。
文章憎命达，魑魅喜人过[4]。
应共冤魂语，投诗赠汨罗[5]。

注释

［1］选自《全唐诗》（卷二二五），中华书局1999年版，第2426页。天末，指秦州（今甘肃天水）。当时杜甫在秦州，地处西北边远塞外，感觉如在天之尽头，故称“天末”。

［2］君子，指李白。意，指心情、情绪。

［3］鸿雁，代指音信，古诗词中多有鸿雁传书意象。江湖，代指李白行经的路途。

［4］命达，命运通达。魑（chī）魅（mèi），古指害人的山泽精怪，似人形，面目狰狞。这里用魑魅泛指鬼怪，喻指坏人或邪恶势力。

［5］应共冤魂语，应该和屈原一起说说话。冤魂，代指屈原。汨罗，汨罗河，源于江西修水，流经湖南平江、汨罗等地，注入洞庭湖。屈原投江汨罗河，故称“投诗赠汨罗”。

这首五言律诗是一首思念李白的怀友诗。李白与杜甫，年龄相差 11 岁，但互相倾慕，交游深厚。二人曾“醉眠秋共被，携手日同行。”（《与李十二白同寻范十隐居》）杜甫对李白的人品与才情极为赞赏，现存诗歌中有 15 首诗称颂李白。他称赞李白“天子呼来不上船，自称臣是酒中仙”（《饮中八仙歌》）的傲岸，欣赏李白“所历厌机巧”（《赠李白》）的质朴，肯定李白“千秋万岁名”（《梦李白二首》）的人生。杜甫特别赞赏李白的才情，他认为“白也诗无敌，飘然思不群。”（《春日忆李白》）称颂李白诗歌“笔落惊风雨，诗成泣鬼神。”（《寄李十二白二十韵》）为李白的遭际发出“冠盖满京华，斯人独憔悴”（《梦李白二首》）的慨叹。唐肃宗乾元二年（759 年）秋，杜甫放弃华州司功参军职务，西去秦州（今甘肃天水）。李白于肃宗乾元元年（758 年）因永王李璘之事受到牵连，被流放夜郎（今贵州），杜甫得知此事之后，对李白的处境感到非常担忧。杜甫到秦州之后，李白已经遇赦折返，但杜甫当时消息闭塞，不知此事，他写了《梦李白二首》对李白的遭遇表达出深切的同情，并对李白处境表示担忧。得知李白遇赦折返后，杜甫感到稍稍放心，但仍然牵挂李白路途安危，于是他写了这首诗表达对李白的深切共情与思念之情。

首联破题，写自己思念李白。“凉风起天末”，以描写大西北的秋风起兴，为诗歌奠定了萧索悲凉的环境气氛。“君子意如何”，诗人对景抒发思情，表达了对李白的思念与牵挂。以“君子”代指李白，表明杜甫坚信李白的人品。李白当时是朝廷被判流放的罪人，遇赦是因为关中大旱朝廷特赦天下罪犯，并不意味着对他平反昭雪。所以，对于李白，“世人皆欲杀”（《不见》），当时朝廷和大多数人的看法还是认为李白具有人生污点的（762 年，唐代宗李豫即位后为永王李璘平反，李白被授任左拾遗，人生“污点”才得以在唐王朝官府层面被消除。但诏书发出传到江湖之后，李白已死，他生前并未等到平反的消息）。但杜甫相信李白为人，所以诗人用“君子”称呼李白，具有特定意蕴。“意如何”一词，脱口而出，言浅意切，表达了诗人对李白的深切忧思。

颔联写盼望得到李白详尽确切的消息。虽然诗人已经得到李白遇赦北还的消息，但他仍然为这位性情纯真的天才诗人的处境感到焦急与担忧。“鸿雁几时到”，表达了杜甫企盼得到李白最新消息的急切心情。古代有大量的鸿雁传书说法，“鸿雁”在古代诗词中是信使的意象，往往具有书信、讯息等蕴涵。诗人为李白的处境与安全表示了极大的关切，盼望着早点能得到李白的确切消息，因为“江湖秋水多”，路途随时可能出现意外。“江湖秋水多”回应“意如何”句意，为双关隐语，表面上指江流湖泊到了秋天普遍涨水，增添了行人不安全因素与旅途困难，实际上则暗含朝政黑暗，社会复杂，匪盗出没，人心险恶，会造成李白境遇恶化，甚至威胁到人生安全。颔联未用对仗，注重表意而不刻求形式，语言委婉曲折，诗句蕴含丰富。

颈联对李白遭遇表示深切共情。诗人以议论为诗，采用精切工整的对偶句式，既表达对李白才情的充分肯定，又表现出对其人生遭际的无比同情。“文章憎命达”句，既是对李白的劝慰，又慨叹他命运多舛，同时也暗含杜甫对李白悲剧人生的感同身受。李白“文彩承殊渥，流传必绝伦。”（《寄李十二白二十韵》）但偏偏命与仇谋，人生滞碍连蹇，跋前踬后，动辄得咎。不仅李白如此，诗人自己以及古代杰出文人志士，无不如此。杜甫以惊人的概括力，一针见血地道破了千百年来封建文人悲剧人生的真相。“魑魅喜人过”句，深刻揭示了邪恶小人对君子阻滞与打击陷害的现实。朝政黑暗、奸佞当道，社会复杂、奸邪得势，江湖险恶、人心叵测。这是诗人对封建唐王朝社会环境的深刻认知。在如此社会大环境下，性情孤傲、狂放不羁、相对思想单纯的李白，人生充满悲剧便是意料之中的事。这两句诗不仅表达了对李白人生际遇的深切同情，而且也是诗人自身命运的生动写照。“文章憎命达，魑魅喜人过”之所以是千古传颂的名句，是因为在人性自私（自利）假设①的社会，这种现象具有普遍性意义。这两句诗不仅对偶工整，而且议论精警，用语精切，一语道破“天机”，表现出杜甫极为高超的思维能力和语言概括能力。

尾联肯定李白品格与才情。李白流放夜郎和遇赦北归，都经过湘楚大地。洞庭流域的汨罗河是屈原流放与投江之地。诗人将李白与屈原的遭遇进行类比，委婉曲折地表达了对李白人格与才情的肯定。“应共冤魂语”句，照应“君子”寓意，表达了诗人对李白的敬仰之情。“共”不仅突出了李白与屈原二人品格高洁、才情绝世的共同点，而且表现出李白和屈原同遭流放的人生相似性。诗人认为，屈原流放投江被万世景仰，李白流放夜郎也最终被人理解，在历史上会得到人们的尊敬。诗人将李白人格才情与屈原同比，委婉含蓄地表现出对李白人格才情的敬佩之情。“冤魂”明确表现出李白戴罪流放与屈原放

---

① 目前对人性的假设，主要有三类：经济人假设、社会人假设和复杂人假设。经济人的人性假设，认为人追求利益最大化，是自私自利的。

逐一样，都是冤假错案，明确表达了杜甫对李白流放之罪打抱不平的观点。“投诗赠汨罗”承接上句，既感慨李白的悲剧人生，又表现出他对李白遭遇感同身受地理解。赠诗屈原，投诗汨罗，蕴含丰富，寓意深刻：一则上句说让李白与屈原共语，下句立刻补充说投诗汨罗，这样不仅消除了不必要的“歧义”，而且还表现出诗句曲折有致的情调；二则只有相同或相似经历的人，才可能有更为深刻、感同身受的共同语言。李白的满腹愁情和牢骚，谁人能懂，谁人愿听？何况在官府和社会人眼里，李白仍是有人生“污点”的人，更无共语之人。若此时杜甫在李白身边，二人定有无数共同语言，举酒销愁，共抒愁肠，同啸天地。可偏偏二人此时相隔千里之外，一个在遇赦返途的楚地，一个在飘泊寄身的西北，无法共话南北，只能赋诗相思；三则李白流放夜郎经过屈原放逐之地，可以在洞庭湖附近的楚地怀念屈原，抒啸自己胸抱与豪情；四则李白与屈原遭遇流放地相似，诗人希望李白投诗汨罗，将所有的愤懑和不平写成诗作，赠予名垂千古的“三吕大夫”；五则通过投诗汨罗，暗指李白遭到冤屈之后，孤独寂寞，幽怨难申。

全诗以“怀”为主线，表达了对李白的深切思念与担忧之情。同时，对李白的遭遇予以深切的理解与同情。此外，通过对李白人生的反思，诗人得出“文章憎命达，魑魅喜人过”的深刻认知，发出了对千古以来文人不公正遭遇的鸣不平之声。

诗歌在结构上，前四句重在表现思情，后四句重在鸣不平。感情真挚，抒情婉转，议论警策，思想深刻。语言精微深远，极具概括力，音韵圆润清阔，风格沉郁深微。

附：《天末怀李白》繁体字文本

天末懷李白

涼風起天末，君子意如何。
鴻雁幾時到，江湖秋水多。
文章憎命達，魑魅喜人過。
應共冤魂語，投詩贈汨羅。

三、《蜀相》赏析

蜀相[1]

丞相祠堂何处寻，锦官城外柏森森[2]。
映阶碧草自春色，隔叶黄鹂空好音[3]。
三顾频烦天下计，两朝开济老臣心[4]。
出师未捷身先死，长使英雄泪满襟[5]。

注释

[1] 选自《全唐诗》(卷二二六)，中华书局1999年版，第2433页。蜀相，指三国时期蜀汉的丞相诸葛亮。不以诸葛亮祠堂之名为题，而以《蜀相》为题，表明旨意重在咏叹诸葛孔明。

[2] 丞相祠堂，诸葛亮的祠堂，即今武侯祠，在今成都市武侯区。锦官城，即今成都。柏森森，松柏繁盛挺立的样子。柏，柏树，这里代指松柏。森森，繁密森严的样子。

[3] 空好音，有的版本为“多好音”。

[4] 频烦，有的版本为“频繁”。两朝，指刘备和刘禅两代皇帝。两朝开济，正确的语序是“开济两朝”，因格律需要，语序倒装。开济，开创帝业和辅佐君主。开，开创、开辟，指开创帝业。济，帮助、扶助，指辅佐君主。

[5] 未捷，没有获得胜利。未捷，有的版本为“未用”。

这首七言律诗是一首咏史诗，当作于杜甫在成都草堂寄居时期的某个春天。在成都草堂栖居时期，杜甫经常去诸葛亮的祠堂凭吊这位著名的历史名臣。这首七律就是凭吊诸葛亮时所吟咏的诗作。

首联破题，描述诸葛亮祠堂区位和外部环境。“丞相祠堂何处寻”句，关合题目，将“丞相”一词置首，采用设问开篇，突出所咏人物，引发关注。古代政治以帝王为核心，“丞相”是政治集团的关键人物，也是儒家君子在仕途上的最高理想目标，更是无数封建官员和热衷功名的文人们梦寐以求的终极目标。以“丞相”为首起句，并言“何处寻”，无疑而问，增强了诗作引人入胜的效果。“锦官城外柏森森”以自答形式，点明武侯祠的方位与四周环境。锦官城外，有一祠堂，周围松柏茂盛，郁郁葱葱，气蕴非凡，威严肃穆。孔子曾赞美松柏说："岁寒，然后知松柏之后雕也。"（《论语·子罕》）松柏不畏严寒，四季常青，正直朴素、挺拔坚贞，伟岸高大，堪为栋梁之材。松柏意象，在古诗词中往往是高风亮节、坚贞不屈、守志不阿、堪以大任的君子人格的象征。"森森"一词，既表现出武侯祠周围松柏茂盛、清雅幽静的美好环境，又暗含此地气蕴森严，庄重肃穆。以"柏森森"描绘诸葛亮祠堂的外围环境，既表现武侯祠庄重肃穆的情景，又暗含对诸葛亮君子人格的尊崇。起语萧森悲凉，为全诗奠定了深沉凝重的感情基调。

颔联写景，描绘诸葛亮祠堂幽雅静谧的景色。诗人用一个工整精美的对偶句式，描摹出武侯祠内部和美景色。出句"映阶碧草自春色"，从视觉角度写武侯祠绿草青青，辉映台阶，春和景明的优美景色。"映阶碧草"，暗指祠内人迹罕至，自有春色，蕴含诗人如临春风。对句"隔叶黄鹂空好音"从听觉角度写祠内树木繁茂，鸟语呢喃，幽深静谧的清雅环境。未见黄鹂只闻其声，突出祠内草木幽深，用黄鹂之声浏亮，反衬祠内一片幽静。诗人描绘祠内景色与祠外环境的格调明显不同。祠外景色是远景掠影，重在表现诸葛亮作为丞相的肃穆威重；祠内景色是近景特写，重在体现诸葛亮作为君子的敦厚和穆。一张一弛，文武之道，宽严相济，君子之风，正是诸葛亮人格的象征。

颈联怀古，用一流水对句式，集中概括诸葛亮杰出才能与一生功勋。"三顾频烦天下计"句，含义有二：其一，诸葛亮具有雄才大略，导致刘备三顾茅庐；其二，诸葛亮有幸得遇明主。这句诗，与其说是赞美诸葛之才，不如说是羡慕诸葛之幸。士为知己者死，古代知识分子理想的人生价值是作"贤相"，能遇明主是无数封建士子的梦想。杜甫在此假借赞美诸葛亮英才一生得到刘备重用，同时也暗自抒发怀才不遇的感慨。"两朝开济老臣心"句，概括了诸葛亮一生的功业。诸葛亮辅佐刘备开创蜀汉帝业，刘备兵败东吴，白帝城托孤，情势非常严峻，他辅佐刘禅继承皇位，其难度堪比再此开辟帝业。因此杜甫用"开"两朝，赞颂诸葛亮作为贤相开创帝业的丰功伟绩。刘备起兵初期，基业单薄，兵马不多，四处逃窜，难以立身。在诸葛亮精心辅佐之下，依靠君臣共同努力，刘备才能竖起复汉大旗，最终鼎立西蜀，登基称帝。刘禅昏庸无能，胸无大志，依靠诸葛亮辅佐，才能继承帝位。所以杜甫用"济"两朝，赞颂诸葛亮作为忠臣鞠躬尽瘁辅佐君主的高风亮节。忠臣贤相是儒家理想的君子人格。杜甫用极为精炼的语言，高度概括了诸葛亮作为忠臣贤相的一生功绩，表达了对这位历史名相的无比崇敬之情。

尾联述怀，表达了对诸葛亮功业未就的感慨。"出师未捷身先死"，表达了诗人对诸葛亮未能完成统一大业的深切遗憾。诸葛亮以复兴汉业、统一中原为己任，他继承先主刘备"汉、贼不两立，王业不偏安"（诸葛亮《后出师表》）的遗志，倾其国力，数出祁山，多次北伐，最终积劳成疾，在最后的一次北伐中于五丈原辞世，实践了“鞠躬尽瘁，死而后已”（同上）的誓言。“未捷”“先死”词意相对，表现出对诸葛亮赍志而没的深切叹惋之情。“长使英雄泪满襟”句，将诸葛亮的个人遗憾升华为整个民族的仁人志士的群体情绪，对英雄壮志未酬的缺憾表达跨越时空的慨叹。此句为整个诗歌怀古之情的浓缩，体现出诗人以天下英豪胸襟度诸葛亮之憾的千古豪情。

杜甫一生写过20多首涉及诸葛亮的诗作，早年多表达对诸葛亮得遇明主、风云际会、创立伟业的人生追慕。但进入成都之后，杜甫咏叹诸葛诗的视角发生了转变，开始注重诸葛亮壮志未酬身先陨落的人生悲剧性。（徐建芳等，2006）这首诗表达了对历史人物诸葛亮的崇敬和追慕之情。诗人高度概括了作为封建忠臣贤相的典型代表人物诸葛亮的一生功绩，对其壮志未酬、赍志而没的遗憾表达出深切叹惋之情。诗人惋惜诸葛亮的诗句，成为千古英雄抱憾而终的感情共鸣，成为民族文化的深刻记忆。

诗歌前四句写景，后四句议论和抒情，结构清晰，层次分明，起承转合，顿挫有致。诗歌感情深挚，蕴藉深厚，兴寄悠远，思深气雄，具有极强的艺术感染力。诗歌属对精工，语言精练，具有极强的概括力，音韵浑厚悲沉，风格沉郁顿挫、悲壮雄浑。

附：《蜀相》繁体字文本

蜀相

丞相祠堂何處尋，錦官城外柏森森。
映階碧草自春色，隔葉黃鸝空好音。
三顧頻煩天下計，兩朝開濟老臣心。
出師未捷身先死，長使英雄淚滿襟。

四、《江村》赏析

江村[1]

清江一曲抱村流，长夏江村事事幽[2]。
自去自来堂上燕，相亲相近水中鸥[3]。
老妻画纸为棋局，稚子敲针作钓钩[4]。
多病所须唯药物，微躯此外更何求[5]。

注释

[1] 选自《全唐诗》（卷二二六），中华书局 1999 年版，第 2436 页。江村，江边的村庄。江，锦江，在杜甫草堂附近叫浣花溪。

[2] 清江，清澈的锦江水。一，语助词，加强语气。抱，环绕。长（zhǎng）夏，古历六月。幽，清幽安逸。

[3] 自来，有的版本为“自归”。堂上燕，有的版本为“梁上燕”。相亲句，传说鸥鸟可识别有机心的人，如果人不怀好意，难以接近鸥鸟，参见王维《积雨辋川庄作》注释［5］。

[4] 为棋局，有的版本为“成棋局”。稚子，幼儿、小孩子。

[5] 多病所须唯药物，有的版本为“但有故人供禄米”或“但有故人分禄米”。微躯，卑微的身躯，为自谦之语。更何求，有的版本为“更无求”。

这首七言律诗作于杜甫在成都草堂寄居时期，普遍的观点认为是作于肃宗上元元年（760 年）夏天。诗歌叙写了杜甫在成都草堂寄居时期的生活片段。

首联破题，写江村的优美环境。“清江一曲抱村流”，描绘江村美丽的自然风光。整个村庄被一条弯弯曲曲的浣花溪（锦江）环绕，江水清澈，鱼翔浅底，村落远离世尘，清幽静谧。“抱村流”一词，采用拟人手法，表达了诗人对浣花溪的喜爱之情。“长夏江村事事幽”，说明江村闲逸的生活环境。“事事幽”显示民风淳朴，关系和谐，生活安逸，诸事顺心。杜甫战乱以来，颠沛流离，背井离乡，辗转漂泊，好不容易在成都郊区定居下来，在严武等友人资助下于浣花溪畔建起了草堂，总算有了安身之处。加之与这里的百姓能够和谐相处，心情有时不免感到惬意。一联之中“江”“村”出现两次，但由于布局精妙，毫无复沓之感。“事事”叠词，活泼灵动，强化轻快闲逸之感。首联总写江村环境，为全诗奠定了安闲怡乐的情感基调。

颔联写景，表现自然成趣的景色。颔联对偶工整，出句“自去自来堂上燕”从仰视角度写燕子自由自在穿梭于草堂，是天然淳朴的意象，暗中关合题目的“村”。“自去自来”显示燕子与草堂主人亲密相处。对句“相亲相近水中鸥”从俯视的角度写鸥鸟成群结伴相戏于锦江，是悠然忘机的意象，暗中关合题目的“江”。“相亲相近”表现出可识机心的鸥鸟（见注释）对村民毫无戒心。诗人选取具有典型意义的燕子和鸥鸟意象，构建了一个自然和谐、天然淳朴、怡然忘机的意境，侧面反映出江村民风淳朴、人心高古的理想境界。

颈联叙事，描写逸居草堂的乐趣。“老妻画纸为棋局”，写妻子怡然自乐的情趣。妻子杨氏要与诗人下棋，但找不到棋盘，她随手拿出一张纸，几笔画就一个棋盘，老夫老妻立刻对弈起来。“棋局”暗中回应“长夏”。“稚子敲针作钓钩”，写孩子生性爱玩的调皮。看到浣花溪岸边的钓者，孩子们也想去钓鱼，但苦于没有鱼钩。他们便向母亲要了根缝衣针，自己动手做起鱼钩。“钓钩”暗中回应“清江”。诗人选取两个朴实逼真的生活画面，采用白描手法，勾勒出一幅生动活泼的江畔草堂颐居图。

尾联议论，阐发安适生活的感慨。诗人将情感寓于议论之中，以议论抒情。“多病所须唯药物”句，很多版本为“但有故人供禄米”或“但有故人分禄米”，因为不少选录者认为，“禄米”与诗歌总体格调比“药物”更为融洽一些。其实，“多病”是杜甫晚年的真实状况。“药物”一词，表面上指治病的中成药，实际上暗含环境与生活氛围对身体调养的重要作用。诗人认为，晚年多病，有药可服，生活安闲，就相对不错了。所以他说“微躯此外更何求”。其实，诗人在江村的快乐，是短暂的，也是碎片化的，无法从根本上改变客居他乡、依人生活的内心凄愁。这两句议论，表面上说杜甫满足于草堂相对安逸的生活，但实际上却暗含诗人淡淡的、若隐若现的无奈与酸楚。“唯药物”“更何求”等词语，隐微含蓄地蕴涵着一丝淡淡的寄人篱下依人生活的复杂心态。从这个意义上看，“多病”句似乎更富有蕴涵。

诗歌对江村恬静幽美、天然淳朴的环境予以赞赏，表现出杜甫崇尚淳朴自然的情志。同时，诗人对寄居草堂的相对安逸生活表现出短暂的欣然之情，折射出杜甫看破官场黑暗、身处乱世之后无奈且略有酸楚的心情。理解本诗的内容，需要了解杜甫的经历。杜甫从 35 岁开始，生活陷入困境，他四处漂泊，大多时间处于穷困潦倒境地。他曾十年困守长安，“朝扣富儿门，暮随肥马尘。残杯与冷炙，到处潜悲辛。”（《奉赠韦左丞丈二十二韵》）受尽屈辱悲辛，失望之后回到家中，却“入门闻号咷，幼子饥已卒。”（《自京赴奉先县咏怀五百字》）安史之乱后曾被叛军俘获，后有幸脱逃。官拜左拾遗不久，因上疏为房琯辩解，触怒肃宗遭贬。由于不满官场腐败，恰逢关中大旱，一家人无法生活，他放弃了职小位卑的华州司功参军职务，携家人西去秦州（今甘肃天水一带），后移居同谷（今甘肃成县），投亲靠友，依人接济度日保命。“不爨井晨冻，无衣床夜寒。囊空恐羞涩，留得一钱看。”（《空囊》）“岁拾橡栗随狙公，天寒日暮山谷里。”（《乾元中寓居同谷县作歌七首》）是杜甫当时生活的真实写照。得知严武镇蜀之后，杜甫携带家人又一路颠簸到成都。在严武等人的资助下，杜甫总算建了个茅草屋安顿下来，得以过一段较为安定的生活。杜甫与家人共饥渴，在此享受到了平生难有的天伦之乐。虽然草堂生活并不顺利，但相对于四处颠沛流离，诗人对这段生活总体还是比较满意的。特别是在严武幕府担任检校工部员外郎之时，有一定的俸禄养家糊口，生活安定，妻子儿女不再过多承受漂泊失所的悲苦，杜甫内心比较欣慰。虽然生活情趣在杜甫晚年生活中很少，但总归还是有一点的。杜甫这首诗就表现了草堂生活片段的情趣。当然，杜甫在成都江村草堂的生活大体上苦多乐少。史籍传言杜甫酒后与严武有过“睚眦”冲突之说，以严武强悍凶狠的脾性。有观点认为，杜甫与严武发生过严重冲突是完全有可能的。（丁启阵，2002）依靠严武生活的杜甫，与严武都难以一直和顺相处，成都草堂生活之艰难可见一斑。正因为此，尾联在抒发自适心态的同时也隐微地透出一丝淡淡的无奈悲苦。

诗歌前四句写景，后四句叙述和议论（寓含抒情），层次分明。写景先远后近，先面后点，色彩淡雅，情趣盎然，为后面叙事和议论抒情营造了适当的艺术氛围。诗歌无抒情之句，但处处含情。诗人将情感寓于写景、叙事与议论之中，使情感得之象外，隐于言中，委婉曲致，潇洒流逸。结尾之处在别无他求中隐含无奈，显示杜诗沉郁之风。诗歌用语质朴精妙，声韵欢快清幽，总体风格冲淡自然。

附：《江村》繁体字文本

江村

清江一曲抱村流，長夏江村事事幽。
自去自來堂上燕，相親相近水中鷗。
老妻畫紙為棋局，稚子敲針作釣鉤。
多病所須唯藥物，微軀此外更何求。

五、《客至》赏析

客至[1]

舍南舍北皆春水，但见群鸥日日来[2]。
花径不曾缘客扫，蓬门今始为君开[3]。
盘餐市远无兼味，樽酒家贫只旧醅[4]。
肯与邻翁相对饮，隔篱呼取尽馀杯[5]。

注释

［1］选自《全唐诗》（卷二二六），中华书局1999年版，第2440页。原诗有注“喜崔明府相过”。客，指姓崔的县令。明府，是唐代对县令的美称。相过，往来、探望、拜访。

［2］舍，屋舍、家。春水，春天的溪水。但见，只见，有的版本为“但有”。群鸥日日来，蕴意参见王维《积雨辋川庄作》注释［5］。

［3］缘客扫，因为客来而清扫。缘，由于。蓬门，用蓬草编制而成的门，为自谦之语，喻指住所简陋。

［4］盘餐，盘中食物。市远，指家距离市场远。兼味，多种美味佳肴。旧醅，老酒、陈酒。古人以新酒为尚，故言陈酒不佳。

［5］肯，肯准、可否。邻翁，隔壁的老头。呼取，呼喊着邀请。余杯，剩下的酒。

这首七言律诗写于杜甫在成都时期。杜甫母亲崔氏是清河（在今河北）的名门望族。这个姓崔的县令，应当是杜甫的表亲。从杜甫用“相过”一词看，崔县令可能是杜甫的表弟或晚辈。

首联描写草堂周围环境，描绘了一个小村流水，清溪环绕，春水荡漾，群鸥翻飞的村居图，构建了一个清虚阔远、淳朴天然的意境。鸥鸟意象，具有隐逸或仙隐的象征意义，蕴涵草堂生活的隐逸色彩。首联写景为诗人迎客作了巧妙铺垫。

颔联关合题目，叙写庭院热情迎客。“花径不曾缘客扫”写诗人没有刻意为迎接崔县令而清扫道路。院内春暖花开，小径长满花草，花瓣散落在地，淡淡花香扑鼻。“不曾缘客扫”既体现出小径落英缤纷的诗情画意，又暗含主客关系亲近，无需刻意逢迎。“蓬门今始为君开”写主人开门热情迎客。“蓬门”既是自谦之语，又显示出草堂高古朴质意蕴。“今始为君开”一则表明草堂平时访客稀少，崔县令来访令杜甫非常高兴，二则意味着诗人平时院门紧闭，甘愿远离尘世，显示出杜甫闲居草堂的闲逸之情。此联对偶工整精切，语言质朴，色彩明丽，蕴意简远。

颈联叙写粗茶淡饭招待客人。“盘餐市远无兼味”，是主人针对“餐盘”简约向客人所表示的歉意。表面看，“市远”与“无兼味”存在因果关系，但实际上，杜甫囊中羞涩是菜肴简淡的根本原因，只是主人难以说破，客人完全理解而已。席间客随主便，气氛融洽。于是，针对陈年老酒，诗人便实话实说了：“樽酒家贫只旧醅。”此联采用一个流水对句式，既委婉表现了主人竭尽所能招待来客，又据实描写了寄居草堂的生活现实。出语自然，情感真切，气氛融洽，顺利引发尾联诗意。

尾联叙写邀请邻翁共饮。“肯与邻翁相对饮”，写主人提议并征求客人看法。清淡菜肴，隔年浊酒，毫不影响主客尽情对饮。主客二人，兴趣相投，天高海阔，相谈甚欢。这位崔家亲戚，性格爽朗，杜甫甚是喜爱。酒酣之际，主人忽然提议：崔明府啊，邻居老头喜欢喝酒，让他过来也和你这个县令喝两杯，如何？“隔篱呼取尽余杯”，写诗人邀请邻翁喝酒的情景。对主人提出的建议，客人自然连连说好。于是，杜甫隔着院子的篱笆墙，高声呼喊：老哥哎，喝酒了，酒樽里还有酒呢，你过来咱一起把它干了吧。诗人选取邀请邻翁共饮的细节，采用白描手法，将招待客人的宴席气氛推向高潮。这种写法，出奇制胜，不但活泼逼真，而且充满戏剧性，充分体现诗圣手笔之高妙。

诗歌通过客人来访、热情待客以及呼唤邻翁共饮等细节描写，反映了诗人淳朴恬淡、好客喜饮的情怀。同时在招待县令的家宴上邀请农家老翁共饮，表现出杜甫与下层百姓亲密交往的理念与行为习惯。在封建社会等级森严的现实生活中，拥有如此境界非常难得，体现出杜甫与民同乐的高尚情怀。

最富表现力词语是动词，最能反映情感的是一举一动的行为细节。这首诗歌最显著的特色是通过细节描写塑造人物形象，反映思想情感。诗人选取典型细节，采用白描手法，寥寥数笔，刻画了三个艺术形象：清虚淡泊、豪爽好客的主人；彬彬有礼、性情爽朗的崔明府；喜欢饮酒、性格淳朴的邻居老翁。令人称奇的是，除了诗人自己，崔明府和邻翁并未露面，诗人通过虚笔描写来塑造形象，在刻画人物中实现了“超以象外”（《诗品》）的神妙艺术。诗人写眼前景，记琐碎事，说家常话，体现出浓郁的生活气息和人情味，反映的是最朴实无华的情感。诗歌结构以时间为序，一气呵成，浑然一体。语言朴实无华，自然贴切，音韵清丽欢快，风格天然朴质。

附：《客至》繁体字文本

客至

舍南舍北皆春水，但見群鷗日日來。
花徑不曾緣客掃，蓬門今始為君開。
盤餐市遠無兼味，樽酒家貧祇舊醅。
肯與鄰翁相對飲，隔籬呼取盡餘杯。

六、《绝句漫兴九首》（其三）赏析

绝句漫兴九首（其三）[1]

熟知茅斋绝低小，江上燕子故来频[2]。
衔泥点污琴书内，更接飞虫打著人[3]。

注释

[1] 选自《全唐诗》（卷二二七），中华书局1999年版，第2452页。有的版本题为《绝句漫兴》。漫兴，指兴意所至，率意作诗。

[2] 熟知，有的版本为“耐知”或“孰如”。茅斋，指诗人自己在成都的草堂。频，频繁。

[3] 接飞虫，捕捉飞虫。打著人，冲撞到人。著，同“着”，有的版本为“着”。

这首七言绝句作于杜甫在成都草堂寄居时期。诗中叙写了燕子飞入草堂打扰诗人的情景。首句以燕子作为描写对象，侧面描写草堂低矮狭小。“熟知”的主语是江上燕子，承后省略。写燕子对“茅斋”的感知，使诗句显得活泼有趣。第二句写燕子进入草堂自由频繁。表面上看“燕子故来频”是“茅斋绝低小”的结果，二者是严格对应的因果关系，但实际上，另一个主要原因，诗人没有点破，暗含于后两句草堂主人对燕子行为的态度之中。三、四两句，写燕子扰人情景。诗人选择了两个细节，采用白描手法，叙写燕子在草堂“恣意”而为的情形。燕子不但将筑巢的泥掉在诗人的古琴和书籍上，而且还常常在草堂内捉虫子冲撞到看书写诗的主人。对此，主人毫不气恼，反而觉得甚为有趣。人燕相容，其乐融融。细细品味后两句，便会悟出诗人暗隐燕子喜欢到草堂的真正原因。原来草堂主人对燕子“百依百顺”，任由燕子“恣意妄为”。燕子有灵性，能感觉到主人的无机善心。

杜甫并不以七绝见长，但他的七绝讲方法、尚作用、重推敲，以古体长诗、排律及律诗的方法来写绝句。（李翰，2009）这使得杜甫七绝以意趣取胜，富有神韵。本诗叙写燕子频繁进入草堂并自由自在行动，表现了人与燕子相融于草堂的情趣，体现出诗人淳朴无机、隐逸草堂的乐趣。短短四句诗，所有行为发出者皆为燕子，诗人行为则隐而不显。燕子虽是主角，但诗意重在写人。主人虽未出面，却所咏之意尽显，构思精巧，笔法高妙。语言自然，言辞

精微，“知”“来”“衔”“污”“接”“打”等动词，精切传神，富有韵味，耐人咀嚼。诗歌意象鲜明，音韵轻松欢快，风格疏淡自然。

附：《绝句漫兴九首》（其三）繁体字文本

絕句漫興九首（其三）

熟知茅齋絕低小，江上燕子故來頻。
銜泥點汚琴書内，更接飛蟲打著人。

七、《水槛遣心二首》（其一）赏析

水槛遣心二首（其一）[1]

去郭轩楹敞，无村眺望赊[2]。
澄江平少岸，幽树晚多花[3]。
细雨鱼儿出，微风燕子斜[4]。
城中十万户，此地两三家[5]。

注释

[1] 选自《全唐诗》（卷二二七），中华书局1999年版，第2456页。有的版本题为《水槛遣兴二首》或《水槛遣兴》。水槛（jiàn），临水的栏杆，用以凭槛眺望。遣心，解闷散心。

[2] 去郭，远离城郭，意指远离市区。轩楹，堂前的廊柱，轩，指有窗子的长廊，亦指堂前屋檐下的平台。楹（yíng），厅堂前的柱子。轩楹，这里泛指草堂的建筑物。无村眺望赊，指草堂附近无村庄遮蔽，可以望得很远。村，有的版本为“材”。赊（shē），距离远。

[3] 澄江，澄静而清澈的江水。平少岸，意思是江水高涨与岸基本齐平，因而似乎看不到江岸。幽树，幽静隐蔽的地方生长的树木。

[4] 斜，古音读“xiá”，参见张若虚《春江花月夜》注释［17］

[5] 城中，指成都市区。此地，指草堂所在地。

这首五言律诗写于成都草堂落成之后。成都草堂初步落成于唐肃宗上元元年（760年）。入住草堂之后，杜甫又进一步完善院内设备，平整菜园，栽树种花，还建造了简约的亭子、水槛等。上元二年（761 年），草堂完全建成，这首诗当写于此时。

首联用宽对句，描写草堂视野开阔。出句表示草堂远离闹市，清幽静谧，开阔宽敞。对句描写草堂附近无村落阻挡视野，可以极目眺望很远。所构意境，冲淡阔远。

颔联对仗工整，描写草堂周围景境。出句写草堂远处江景：江水澄澈平静，水面潋滟，春水上涨，与岸齐平。出句所构意境，宏阔悠远。对句写草堂周围草木环境：黄昏时分，天色渐暗，草木幽深，喜阴的花朵竞相开放，争奇斗艳，五彩缤纷。对句所构意境，清幽明丽。

颈联对偶精切，描写凭槛所见美景。出句以俯视角度写水中鱼：细雨朦朦，天气凉爽，鱼儿跳跃，相互嬉戏。对句以仰视角度写空中燕：微风煦煦，空气清新，燕子捕虫，侧斜低飞。“出”字突出小鱼浅戏水面，“斜”字显示燕子身轻矫健，遣词措意，精微细致，形象鲜明，惟妙惟肖，意象精微，托意传神。诗人选一水（浣花溪之水）一空（草堂院天空），写一鱼一燕，置一雨一风，状一出一斜，构建了一个自然和谐、清幽恬淡的意境。

尾联用宽对句，描写草堂清虚幽远。“城中十万户”，写成都规模宏大，红尘滚滚。锦官城内，市民聚集，车水马龙，人声鼎沸，喧嚣尘上；益州市中，商贾云集，熙熙攘攘，争名竞利，东奔西忙；成都府外，官员过街，前呼后拥，鸣锣吆喝，轿马相接。出句虽有五字，但所构意境，尘嚣喧闹。“此地两三家”，写草堂清幽静谧，闲情浓浓。草堂四周，房屋稀少，清江环绕，草木清幽。草堂主人，独立凭栏，仰看飞燕，俯观游鱼。春夏秋冬，诗书相伴，粗茶淡饭，老妻相依。对句淡淡一笔，所构意境，清幽超逸。诗人将草堂有意与城市对比，用意在于突出草堂主人清虚淡远情怀。

诗歌描写诗人凭槛所观美景，表现草堂清幽静谧的闲雅情调，反映诗人远离尘世，寄身自然，清虚闲逸的情怀。诗歌全部采用对偶句式，首联和尾联对偶属宽对，颔联和颈联为工对。四联全部写景，首联和尾联，诗人挥毫泼墨，粗笔勾勒，颔联与颈联，诗人工于用墨，精雕细刻。写景由远及近，由面到点，再由点到面，由近及远，最后收笔于周围村落清幽之境。取景切换灵活，造境手法高妙。尾联对应首联诗意，首尾呼应，结构完整。语言卓然精工，音韵悠闲典雅，风格清逸悠远。

附：《水檻遣心二首》（其一）繁体字文本

水檻遣心二首（其一）

去郭軒楹敞，無村眺望賒。
澄江平少岸，幽樹晚多花。
細雨魚兒出，微風燕子斜。
城中十萬戶，此地兩三家。

八、《登高》赏析

登高[1]

风急天高猿啸哀，渚清沙白鸟飞回[2]。
无边落木萧萧下，不尽长江滚滚来[3]。
万里悲秋常作客，百年多病独登台[4]。
艰难苦恨繁霜鬓，潦倒新停浊酒杯[5]。

注释

[1] 选自《全唐诗》（卷二二七），中华书局1999年版，第2468页。

[2] 猿啸哀，猿在凄惨地叫，参见陈子昂《晚次乐乡县》注释[5]。啸，鸣、叫。哀，哀婉、凄厉。渚，见孟浩然《宿建德江》注释[2]。回，曲折环绕、回旋、回环，这里指鸟来回飞旋。

[3] 落木，落叶。木，这里指树叶。萧萧，形容落叶衰败凄清的样子。萧，萧条、衰败。不尽，没有尽头。滚滚来，原诗为“衮衮来”，据别本改。

[4] 万里，意指距离家乡很远。万是夸饰之词，表示距离远。悲秋，秋天里的悲愁情绪。常作客，常年漂泊客居他乡。杜甫一生大多漂泊在外，故说“常作客”。百年，指一生，这里意思是暮年。

[5] 苦恨，极度遗憾。苦，表示程度的副词，意思是极、极为。恨，遗憾。繁霜鬓，形容满头白发。繁，多。霜鬓，像霜一样白的鬓角。潦倒，本义是颓废、失意的样子，这里指杜甫因病导致体衰气虚的样子。浊酒，劣等酒，古代主要以清浊来做酒的质量标志，古人在酒酿成之后滤酒时，质量上乘的为

清酒，清酒滤后留下较为浑浊的是浊酒。

这首七言律诗写于唐代宗大历二年（767 年）秋杜甫寄居夔州时。诗歌描写登高所见的秋江景色，抒发了诗人晚年漂泊、老病孤独、窘迫穷愁等复杂情感。

首联总写登高所见之景。“风急天高猿啸哀”从仰视与听觉角度描写秋天萧索凄凉的景色。秋风凄紧，天高云淡，清猿哀啼，气氛萧瑟寂寥。“风急天高”是泼墨挥毫，大处着笔。“猿啸哀”以动衬静，突出秋天的萧索寂寥。“渚清沙白鸟飞回”从俯视与平视角度描写江州景色。秋高气清，沙洲尽现，白沙映眼，凄清醒目，鸥鸟盘旋，起起落落，景色精美清阔。诗人用刚劲的秋风、寥廓的天空、清凄的猿声、醒目的沙洲、盘旋的飞鸟等意象，构建了一个廓清寂寥、凄美悠远的意境，为整首诗奠定了寂寥凄清的情感基调。

颔联具体描写眼前景物。“无边落木萧萧下”以仰视角度写树木落叶。“无边”表示树林广袤无垠，一眼难收。“落木”对应“风急”，突出秋天的萧杀气氛，“萧萧下”应用叠字，既形象地描绘了落叶情景，又增强了悲秋效果。“不尽长江滚滚来”以俯视角度写长江流水。“不尽”表示江水源源不断，江流永恒。“长江”回应“渚清”，暗含登高的地理位置。“滚滚来”巧用叠字，既生动地描写江流气势，又暗含诗人悲愁情怀。诗人用无边落木和汹涌江流两个典型意象，构建了一个萧瑟肃杀、怆然悲凉的意境，与首联一起为后面的抒情做了环境氛围的坚实铺垫。

颈联抒发飘零孤寂之感。“万里悲秋常作客”，倾诉四处飘零之苦。“万里”是双关隐语，既指“悲秋”范围之广，又暗含漂泊路途之远。“悲秋”回应颔联“落木”。悲秋是古代诗词中的常见意象，是文人墨客面对秋天萧索气氛所发出的人生感慨。此处的“悲秋”，因有“常作客”后缀，蕴藉更为深远，不仅抒发因秋而悲的人生感慨，而且还包含着诗人对家国不幸、人生蹶踧、命运多舛等多种复杂情感。“常作客”突出体现了诗人后半生到处飘零、客居他乡、依人生活的凄楚与伤感。“百年多病独登台”，诉说晚年多病之痛。“百年”也是双关隐语，既指暮年，又暗含一生。“多病”是直言陈述，杜甫后半生的身体一直不佳，晚年多病缠身，有糖尿病、肺病、腿疾等多种疾病。（李芳民，2022）“独登台”表明孤独愁苦。登高（登台）是古诗词中表达思乡或愁情的一个典型意象。诗人用登台意象，委婉曲折地抒发了孤独愁苦之情。

尾联抒发愁苦幽愤之情。“艰难苦恨繁霜鬓”是感慨一生的痛苦和遗憾。“繁霜鬓”表示人生暮年。“艰难苦恨”回应颈联“百年多病”，是诗人对自己人生的概括总结。杜甫人生充满困窘，到老不但做官无成，功业未建，而且落下一身疾病。诗人拄着拐杖站立于高台之上，回顾自而立之年以来，生活之艰，仕途之难，疾病之苦，人生遗憾，用“艰难苦恨”四字为一生作结。“艰难苦恨”四字中，诗人将重点落在“恨”上。“恨”在古诗文中往往是遗憾的意思。杜甫志向高远，崇儒守正，满腹经纶，勤勤恳恳，但在政治上毫无作为，这是他人生最大的遗憾。“潦倒新停浊酒杯”写眼下人生困顿与愁情难耐。“潦倒”回应颈联“常作客”，直言晚年生活窘迫。“新停浊酒杯”委婉表示愁苦难堪。诗人晚年因疾病原因不得不戒酒。借酒浇愁是古代诗文常用的表现手法，诗人在这里反其意而用之，意思是说连酒都不能饮了，那么腹中忧愁更无途径排解。诗人登高本意是为了排遣愁情，没想到在萧瑟秋意的感染之下，更增添了无限悲苦愁情。此处结尾，寓意幽深，令人回味久远。

杜甫是将近体诗艺术发展到圆满境地的诗人。（钱志熙，2001）本诗被明人胡应麟称为“古今七律第一”（《诗薮·内编》）。诗歌采用惯常的律诗表现手法，前四句写景，后四句抒情，前后呼应，结构严谨。诗歌最突出的艺术是全篇通用对偶句式，不但诗句之间对偶精切工整，而且首联“风急”与“天高”、“渚清”与“沙白”形成句中对偶，显示了杜甫晚年律诗达到了炉火纯青的境界。诗歌语言精工凝练，蕴涵深刻，首联短短的两句容纳了高天、秋风，白沙、江渚，猿啸、鸟飞六种物象，并从不同角度描绘，可谓字字精切，颔联采用“萧萧”“滚滚”叠词，既强化了写景的形象性，又增加了音节的韵律感，“万里悲秋常作客，百年多病独登台”一联，被宋人罗大经称赞“十四字之间含有八意，而对偶又极精确。”他说：“万里，地之远也。悲秋，时之惨凄也。做客，羁旅也。常作客，久旅也。百年，暮齿也。多病，衰疾也。台，高迥处也。独登台，无亲朋也。”（《鹤林玉露》）诗歌感情诚挚，句意连贯，一气呵成，势如行云流水，精美自然。诗歌采用首句平起入韵、八句五韵格式，音韵和融高远，风格高迥沉郁，是杜甫七律诗精品中的精品。

附：《登高》繁体字文本

登高

風急天高猿嘯哀，渚清沙白鳥飛迴。
無邊落木蕭蕭下，不盡長江滾滾來。
萬里悲秋常作客，百年多病獨登臺。
艱難苦恨繁霜鬢，潦倒新停濁酒杯。

九、《旅夜书怀》赏析

旅夜书怀[1]

细草微风岸，危樯独夜舟[2]。
星垂平野阔，月涌大江流[3]。
名岂文章著，官因老病休[4]。
飘飘何所似，天地一沙鸥[5]。

注释

[1] 选自《全唐诗》（卷二二九），中华书局1999年版，第2490页。旅夜，旅途的夜晚。书怀，书写感怀。

[2] 岸，指江岸。危樯，高耸的桅（wéi）杆。危，高。樯（qiáng），船上挂帆的桅杆。

[3] 星垂，有的版本为“星随”。大江，长江。

[4] 名岂文章著，意思是名声岂是因诗文而著称，属正话反说。因，有的版本为“应”。

[5] 飘飘，四处飘零，有的版本为“飘零”。天地，有的版本为“天外”。沙鸥，指栖息在沙洲上的鸥鸟。

这首五言律诗的写作年代众说不一，有观点认为作于唐代宗永泰元年（765年），有观点认为写于唐代宗大历三年（768年）。前一种说法较为普遍。永泰元年（765年）正月，杜甫离开严武幕府。四月，严武辞世，杜甫失去依靠。五月，杜甫携家人离开成都，再次开始漂泊。一家人乘船东下，经嘉州（今四川乐山）、戎州（今四川宜宾）、渝州（今重庆市）、忠州（今重庆忠县），到云安（今重庆云阳）。这首诗当写于作者渝州或忠州赴云阳途中。

首联叙写夜里泊舟。“细草微风岸”以写景起兴。夜幕笼罩，微风吹拂，岸边柔弱的小草顺风而倒。“危樯独夜舟”写独夜行舟。大江中有一叶孤零零的小舟，舟中竖着高高的桅杆，独自驶向岸边。首联用一对偶句，表现诗人夜幕降临时分行舟靠岸的情景。岸边细草，江中孤舟，凄孤无依，遥相对应。意象孤寂，意境凄然。

颔联对偶精微工整，描写江岸远景。出句以仰视与平视角度写繁星低垂，原野广阔，对句以平视与俯视角度写月随波涌，江水横流。“星垂平野”，精切地表现天幕与地平线相接的情景，呈现四周一片静谧。“月涌大江”，形象地显现圆月在波涛汹涌的江面上升起，极具长江浩荡气势动感。“阔”字突出原野茫茫无涯，“流”字突出江水滚滚向前。颔联意象雄浑，意境阔远，炼字精微，神完气足，为千古写景名句，表现出诗人阔远胸襟与雄浑气势。

颈联用一流水对句式，归纳一生得失。诗人用极富概括力的语言，总结了自己的一生成败。出句用一个反语，正话反说，表面言自己并非因诗作名扬天下，实际上表现出诗人对诗歌创作取得卓著成就的感慨。对句则用平铺直叙句式，反话正说，表面言自己因为身体有病止步仕途，实际上表现出诗人对一生怀才不遇、功业未建的深切遗憾。一反一正的表现手法，含蓄委婉地反映出杜甫内心的缺憾。虽然具有“读书破万卷，下笔如有神”（《奉赠韦左丞丈二十二韵》）“群书万卷常暗诵”（《可叹》）的学养积淀，并以“语不惊人死不休”（《江上值水如海势聊短述》）的态度对待诗歌创作，但杜甫内心深处的志向是“致君尧舜上，再使风俗淳”（《奉赠韦左丞丈二十二韵》），他的理想与大多数封建士子一样，是作贤相，建立千秋伟业。因此，诗人对自己人生的一得一失，总体上是缺憾的心态。“官因老病休”的“自嘲”，饱含仕途滞碍连蹇、至老抱憾终身的苦涩与无奈。

尾联抒发飘零之感。诗人以沙鸥自喻，表现自己年老力衰仍漂泊无依的境遇。天际低垂，江水奔流，明月悬空，孤帆远影。白鸥落单，栖身沙洲，老翁飘零，孤舟长江。形影相吊，人鸥相望，漂泊无依，身无所托。尾联回应首联句意，为自己漂泊生活勾勒了一幅萧索孤寂的苦旅图，表现了杜甫晚年孤寂冷落的心情。

诗歌叙写孤舟漂泊的情景，感伤老年多病，慨叹漂泊无依，反映了杜甫晚年漂泊的凄苦心情。杜甫是一个伟大的诗人，一心想建功立业，但无法立足于社会。一个满怀政治理想、富有见识、才识超人，创造了大量中华民族文化魁宝的伟大诗人，竟然生活无依，四处飘零，这是对当时社会的极大讽刺。

暮夜诗是杜甫诗歌中重要的一类诗作，艺术水准极高。（莫砺锋，2009）诗歌前四句写景，关合题目“旅夜”，后四句抒情，关合题目“抒怀”，结构层次分明，逻辑严谨。尾联回应首联句意，首尾呼应，浑然一体。语言洗练，言辞精到，韵律深沉，格调雄浑。

附：《旅夜书怀》繁体字文本

旅夜書懷

細草微風岸，危檣獨夜舟。
星垂平野闊，月湧大江流。
名豈文章著，官因老病休。
飄飄何所似，天地一沙鷗。

十、《八阵图》赏析

八阵图[1]

功盖三分国，名高八阵图[2]。
江流石不转，遗恨失吞吴[3]。

注释

［1］选自《全唐诗》（卷二二九），中华书局1999年版，第2503页。传说诸葛亮八阵图有三地：一在夔州，一在成都弥牟镇，一在棋盘市。诗中所写的八阵图是夔州永安宫前的八阵图。

［2］功盖，功高盖世。名高，有的版本为“名成”。

［3］失吞吴，吞吴失策，指刘备执意伐吴，导致联吴抗曹战略无法继续实施。

这首五言绝句是一首怀古诗，当作于诗人寄居夔州时。唐代宗大历元年（766年）春，杜甫携家人从云阳（今重庆云阳）到夔州（今重庆奉节），在这里寄居两年。夔州有武侯庙，城西南的江滩上，有传说中诸葛亮设的八阵图。杜甫在夔州时期，凭吊诸葛亮遗迹，抒发咏古情怀。这首诗便是其中之一。

前两句概括诸葛亮的历史功绩与才能。“功盖三分国”，高度概括诸葛亮历史功绩。诗人认为，魏蜀吴三国鼎立的局面形成过程中，诸葛亮的战略和战术应用发挥了极为重要的作用，功勋当最为卓著。“功盖”二字突出了诸葛亮的政治才能与丰功伟绩。“名高八阵图”，关合题目，具体赞颂诸葛亮的军事才能。八阵图是诸葛亮推演创设的冷兵器时代作战八种阵法。西晋陈寿《三国志》和唐代房玄龄等人《晋书》中都有记载。据说，八阵图分为天、地、风、云、龙、虎、鸟、蛇八种阵形。八阵图已佚，但有关传说则流传深远，广为后人称颂。八阵图是体现诸葛亮军事才能最为典型的事例，诗人用八阵图概况诸葛亮的军事谋略，既是即景议论，又显现高度集中，十分恰当。“名高”二字强调八阵图在显示诸葛亮军事才能中的重要作用。

后两句表达对诸葛亮的敬仰与慨叹。“江流石不转”，写八阵图遗迹的长久存在。据说，八阵图在唐代时期，仍保留基本形态。设阵的石头屹立不倒，刘禹锡曾说：“万物皆失故态，诸葛小石之堆，标聚行列依然。如是者近六百年，迨今不动。”（唐人韦绚《刘宾客嘉话录》）诗人面对依然可见的八阵图遗迹，看着江水滚滚东流，从内心里发出感慨，既表达对诸葛亮才能的赞叹，又暗含对历史伟人之物是人非的叹惋。此句顺接上句“八阵图”，同时又开启下句“遗恨”之论，在结构上具有承前启后的作用。“遗恨失吞吴”，表达对诸葛亮伟业未成的遗憾。联吴抗曹是诸葛亮在初次见到刘备时就明确提出的战略，刘备采纳了这一建议，使之成为蜀汉集团政治与军事的重要战略决策。刘备与孙权联盟，取得了赤壁之战的重大胜利，奠定了蜀汉集团的基础，形成了三足鼎立局势。刘备势力扩大与蜀汉建立，证实了联吴抗曹战略的重大作用与意义。然而，随着荆州重镇失守和关羽兵败被杀，以及后来张飞被害，这一战略开始动摇。刘备不听诸葛亮劝阻，执意先伐吴后灭魏。蜀汉章武元年（221年）古历七月，已是蜀汉皇帝的刘备亲自率部讨伐东吴。次年古历七月，蜀汉军队在夷陵之战中惨败，刘备被迫与东吴讲和。伐吴失败，对刘备打击极大，他一病不起，于章武三年（223年）古历四月，在白帝城（在今重庆奉节县）辞世。荆州丧失与关羽被杀动摇了联吴抗曹战略，刘备伐吴失败丧失了这一战略的基础，成为蜀汉一个重要的历史转折点。这对诸葛亮的既定战略构成极大的冲击，严重影响了蜀汉统一天下的进程，最终导致诸葛亮“出师未捷身先死”（《蜀相》）的结局。杜甫这一诗句，从历史宏观角度，对诸葛亮失去蜀吴联盟表达了深切的遗憾。

诗歌赞颂了诸葛亮的历史功绩、战略眼光、政治谋略与军事才能，对诸葛亮的联吴抗曹战略遭到破坏，最终未能成就千古伟业表达了深切的惋惜之情。

杜甫诗中的议论是一种抒情手段，具有韵味深长的特征和结构功能。（篮旭，2006）绝句四句诗全为议论，前两句着眼于诸葛亮的历史功绩与才能的客观陈述与议论，后两句则侧重于表达对诸葛亮崇敬、叹惜伟业未就的主观情感。以议构句，以论谋篇，层次分明，结构谨严。语言精练，用语警策，音韵和谐，格调高古，是杜甫以议论为诗典型的代表佳作。

附：《八阵图》繁体字文本

八陣圖

功蓋三分國，名高八陣圖。
江流石不轉，遺恨失吞吳。

十一、《秋兴八首》① 赏析

秋兴八首

一

玉露凋伤枫树林，巫山巫峡气萧森[1]。
江间波浪兼天涌，塞上风云接地阴[2]。
丛菊两开他日泪，孤舟一系故园心[3]。
寒衣处处催刀尺，白帝城高急暮砧[4]。

注释

［1］玉露，秋天霜露。因色泽似玉，故称“玉露”。凋伤，使动词，使枫树凋敝衰落。巫山，位于四川盆地东部重庆、湖北、湖南交界地的“东北—西南”走向的连绵群峰，主峰在重庆奉节境内。这里的巫山，指巫峡两岸的群峰，著名的是巫山十二峰。由于神女传说和历代文人吟咏，巫峡两岸的巫山颇具神秘意味和文化蕴含。巫峡，长江三峡之一，位于今重庆巫山县与湖北巴东县两地境内，全长46公里，两岸群峰耸立，以幽深隽秀著称。萧森，萧索且寒气森森。

［2］江，长江。兼天涌，指波浪滔天。兼天，冲天、滔天。塞上，指夔

① 《秋兴八首》选自《全唐诗》（卷二三〇），中华书局1999年版，第2509~2510页。有的版本题为《秋兴》。这组七言律诗是唐代宗大历元年（766）秋杜甫在夔州时所作。秋兴，感秋遣兴。杜甫亲历了唐王朝由盛世转为动乱的整个过程，晚年四处漂泊，老病孤舟，身无定所，心无所托。他看到战乱频发，政治腐败，百姓遭难，面对萧索秋风，触情生情，便挥笔写下这组著名的七律组诗。这组诗在诗意和结构上都构成了一个整体，无论是思想性还是艺术性，都堪称杜甫诗歌的登峰造极之作。

州。接地阴，与地相接。地阴，地，古人以天为阳，地为阴，故称“地阴”。

[3] 丛菊两开，指菊花在前一年的秋天和这年秋天两度开放。两开，有的版本为“重开”。故园，指长安杜陵。

[4] 寒衣，秋冬御寒的衣服。催刀尺，催促尽快裁剪缝制。刀，剪刀。尺，量衣服的尺子。这里用刀尺，代指裁剪缝制衣服。白帝城，位于瞿塘峡口长江北岸，在今重庆奉节境内。急暮砧，指黄昏时分急促捣衣。砧，捣衣石，这里代指捣衣行为。

首联总写巫峡秋景，为整个组诗奠定环境氛围。“玉露”点明时间为秋季，“巫山巫峡”点明地点。“凋伤枫树林”表现秋天的总体特征，“气萧森”突出巫峡深幽阴暗，萧瑟阴森。巫峡以巫山得名，峡长谷深，两岸奇峰突兀，是三峡中最连贯、最整齐的峡谷。郦道元《水经注·江水》描写巫峡为“两岸连山，略无阙处。重岩叠嶂，隐天蔽日，自非亭午夜分，不见曦月。”首联用秋天的霜露、凋敝的树林、耸立的高峰、深幽阴森的峡谷等意象，构建了一个萧瑟凄冷、幽峭森寒的意境，成为整个组诗抒情基调。

颔联描写江天景色，为颈联述抒情作出铺垫。“江间波浪兼天涌”从俯视的角度写长江之景。诗人登高向远俯瞰长江，波浪汹涌，击石排空，江水浩荡，滔滔东流，远接苍穹，气势磅礴。“塞上风云接地阴”从仰视的角度写天空之景。杜甫仰望天空，层云密布，风卷乌云，云脚低垂，与地相接，阔远浑成。颔联对偶工整，构思精切。江流浪涛向上与天相连，天空乌云低垂与地相接，上下涌动，气势雄浑，体现诗人深沉的气度与阔远的胸襟。

颈联抒发思乡之情，将思乡之情巧妙融入景色描绘之中。诗人选用“丛菊”“孤舟”两个典型意象，采用工整的对偶句式，表现思乡之情。“两开”置于“丛菊”和“他日泪”之间，既指菊花在前一个秋天和当下秋天两次开放，也指诗人的泪水两次涌出，导致眼眶两次为泪水而开。“一系”措于“孤舟”和“故园心”之间，既指孤舟系于江岸漂泊无依，又指诗人内心一直心系故乡长安。诗人将个人情感直接赋予意象描写，使景色描写更加浓郁地饱含诗人思乡之情。

尾联叙写白帝城百姓赶制寒衣，反映了时局动荡、民生艰难的社会现实。颈联抒发思乡情感，似有无限情思正待抒发，但接下来的尾联却宕开不言思乡，将视角转移到白帝城家家户户为戍边将士赶制寒衣的场景。因为思乡感情太沉，若再深入抒发，则令人痛苦不堪，所以诗人一口气咽下，顿然停住，欲说还休，转言他事，给人更为深切的悲苦感受，尽显杜诗沉郁顿挫特色。结尾转为叙写民众赶制寒衣，与李白“长安一片月，万户捣衣声”（《秋歌》）有异曲同工之妙，不但突出时局动荡、百姓痛苦的现实，而且表现了诗人忧国忧民的情怀，深化了诗歌内容，提升了诗意格调。

二

夔府孤城落日斜，每依南斗望京华[1]。
听猿实下三声泪，奉使虚随八月槎[2]。
画省香炉违伏枕，山楼粉堞隐悲笳[3]。
请看石上藤萝月，已映洲前芦荻花[4]。

注释

［1］夔府，指奉节（今重庆奉节）。唐夔州的州治在奉节，故称“夔府”。依，靠，这里指背对。南斗，有的版本为“北斗”。京华，对京城的美称，指京城长安。

［2］听猿句，参见陈子昂《晚次乐乡县》注释［5］。奉使句，用“天河浮槎”神话典故。《博物志》记载，天河与海相通。有海边居民，看见每年八月，海上有浮槎来去，来去时间准确，从不失期。此人便备足干粮乘槎而去。浮槎行走很久，起初十几天还能看到日月星辰，之后便周围茫茫忽忽，不分昼夜。走了十多天，终于到达一处，有一城郭，房屋齐整排列。遥望宫中有女织布，又看到一个男子牵着牛在河边饮水。牵牛人惊问他从何而来，此人照实回答，并询问此地为何处。饮牛人回答他说，你到蜀郡拜访严君平就会知道这里是何地。此人一直没有上岸，随槎如期返回。此人后来去蜀郡询问严君平。严君平告诉他说，某年某月某日，有客星犯牵牛星。算算日子，正是此人到天河的时间。另有传说，张骞奉汉武帝之命，寻找黄河源头。于是，张骞乘槎经过一个月，到达一处，看到了织布女与牵牛人。故事梗概如同前者。（见南宋胡仔《苕溪渔隐丛话》引《荆楚岁时记》）杜甫化用上述典故，意指追随严武没有结果。奉使，指严武任川西节度使，严武曾先后两次镇蜀。随槎，喻指入严武幕府，杜甫曾任严武幕府的节度参谋，本意追随严武最终入朝做官，但想法落空，故曰“虚随八月槎”。槎（chá），原诗为“查”，据别本改。

［3］画省句，指未能到京赴任工部员外郎之职。画省，指尚书省。工部隶属尚书省。尚书省用胡粉涂壁，画古贤人烈士像，故称“画省”。香炉，意指入职尚书工部员外郎。据东汉应劭《汉官仪》载，尚书郎入官值班供职，有两名长相端庄的女侍史执香炉焚香从入。违伏枕，指因病未能赴任因而违背朝廷之命。违，指违背朝廷之命。伏枕，指卧病在床。杜甫在严武幕府中任节

度参谋，严武表奏朝廷，加检校工部员外郎的官职，杜甫一直未到任，实际上徒有虚职。山楼，山城，指夔州，一说白帝城。粉堞，涂着浅颜色的矮城墙。粉堞，有的版本为“纷堞”。隐悲笳，隐隐约约听到悲伤的胡笳声。笳，胡笳，中国古代北方民族的一种吹奏乐器，似笛。

[4] 藤萝月，映照在藤萝上的月光。芦荻，芦与荻。芦，芦苇，生长于江河湖泽、池塘沟渠沿岸和低湿地的一种多年生草本植物，夏秋开花。荻，一种似芦苇的多年生草本植物，生在水边，叶子长形，秋天开紫花。

首联写诗人心系长安。此联意承上首尾联，由白帝城百姓赶制寒衣，想到眼下时局，于是便想到长安。“夔府孤城落日斜”由写景起兴。夔府孤城在夕阳的映照下显得格外耀眼，诗人静静地看着落日坠入西山，听到阵阵捣衣声，内心难平，思绪万千。不知不觉中，夜幕降临，星斗满天。“每依南斗望京华”，写诗人在夜色中独立面北遥望长安。长安在夔州之北，所以诗人背依南斗北望长安。北望长安，既表示诗人对长安杜陵家园的思念，更暗含对朝政的担忧。纵观组诗八首，皆着意“长安”。因此“京华”不但是本首诗的核心词语，而且是整个组诗的关键词语。

颔联叙写政治希望落空。此联属对精工，出句“听猿实下三声泪”，叙写诗人在猿声中潸然泪下的情景。猿声，不仅是古诗词中经常用以构建凄婉意境的典型意象，而且是巫峡所特有的地域声响。“巴东三峡巫峡长，猿鸣三声泪沾裳”是古代广为传唱的民歌。猿声凄厉，哀转久绝，诗人闻之，老泪纵横。此句使用白描手法，通过细节描写，寓情于行动描写之中，抒发了诗人孤寂、痛苦、忧思、悲慨等交叠复杂的情感。对句“奉使虚随八月槎”，巧妙化用典故（见注释），委婉表达了追随严武却未能进入朝廷做官的惋惜之情。

颈联写未能入京赴职的原因与缺憾。出句“画省香炉违伏枕”写诗人因病未能到长安履职。其实诗人十分清楚自己未能实现政治目标的真正原因是朝政腐败导致他怀才不遇。上联的“虚随八月槎”已隐含了所谓的检校工部员外郎本就是带衔之名而已。但诗人此处并不说破，委婉地用自己的病情隐去了“朝廷记忆疏”（《酬韦韶州见寄》）的真实原因。对句“山楼粉堞隐悲笳”，通过写景表现无限愁情。此联对偶工整精切，出句叙从前事，对句写眼前景，两句之间句意跌宕顿挫，情致委婉，感情悲沉。

尾联描写秋月荻花。石上藤萝缠绕，当空皓月，映照藤萝，芦花怒放，荻花盛开，藤萝芦荻，互相辉映。诗人用石上藤萝、水中芦荻、空中明月等意象，构建了一个寂寥明净、清虚淡远的意境，尽力将满腹愁情销没于其中。诗人颔联用笔，对句已将情感宕开，视野移到城头矮墙。此处用笔，更是将情感全然宕开，力图淡化情绪，专情于景物描写。表面上看诗人用清虚寂寥意境淡化了愁情和苦闷，实际上则更加深了诗人情感的悲沉意蕴。委婉曲折，跌宕起伏，妙手得来，沉郁顿挫，怆然悲沉，尽含笔端。

三

千家山郭静朝晖，一日江楼坐翠微[1]。
信宿渔人还泛泛，清秋燕子故飞飞[2]。
匡衡抗疏功名薄，刘向传经心事违[3]。
同学少年多不贱，五陵衣马自轻肥[4]。

注释

[1] 千家山郭，拥有千户人家规模的山城。千家是概数。静朝晖，指静静地在朝阳的映照之下。一日，整天，有的版本为“日日”或“百处”。江楼坐翠微，江边的城楼坐落于水光山色青翠缥缈之中。江楼，耸立在江边的城楼。坐，坐落、置放。翠微，指水光山色青翠渺茫。

[2] 信宿渔人，每天都来的打鱼人。信宿，再宿，意即天天如此。宿（xiǔ），住宿一晚上。《左传·庄公三年》：“凡师一宿为舍，再宿为信，过信为次。”泛泛，指渔船漂浮于水面的样子。飞飞，指燕子在空中飞来飞去的样子。

[3] 匡衡，生卒年未详，东海郡承县（今山东省枣庄）人，西汉时期的经学家，“凿壁借光”故事的主人公，历任重要官职，最终拜相封侯。据《汉书》（卷八十一）记载，匡衡在汉元帝初即位时，为郎中，升为博士、给诗中。因上疏得到汉元帝的重用，升为光禄勋、御史大夫，后又担任宰相，被封为乐安侯。抗疏，上疏直陈其事。功名薄，指诗人在任左拾遗时因上疏救房琯导致贬谪，再未得到过朝廷重用。匡衡句的意思是，诗人以匡衡自比，但匡衡上疏得以升迁，官至宰相，自己上疏却遭到贬斥，一弃不用。刘向（前77—前6年），原名刘更生，字子政，沛郡丰邑（今江苏徐州）人，西汉经学大师，文学家。汉成帝时，出任光禄大夫，改名为刘向，官至中垒校尉。刘向历经汉宣帝、元帝、成帝三朝，多次上书言事，但未被重用。宣帝时，任谏大夫、给事中，宣帝曾召刘向传授《谷梁春秋》（《春秋谷梁传》），讲论“五经”。成帝时，被任命为领校内府五经秘书。刘向句的意思是，刘向虽然数次上疏不被重用，但还能任谏大夫、给事中，接近皇帝，并领校“五经”，自己却到老还是个白头幕府，实为愧疚，故说“心事违”。

[4] 同学，指同侪等辈之人，与现今的同学含义不同。五陵，指西汉五位皇帝的陵墓，即高祖长陵、惠帝安陵、景帝阳陵、武帝茂陵、昭帝平陵。五陵位于长安北部。汉时高官富豪须迁居陵墓附近，故为权贵富豪聚集之地。后来诗文常以五陵代指上流社会繁华富贵之地。衣马自轻肥，语出《论语·雍也》：“赤之适齐也，乘肥马，衣轻裘。”

首联总写山城夔州景色。“千家山郭静朝晖”总写山城沐浴在晨光之中。旭日东升，朝霞映天，拥有千户人家规模的山城在朝阳的映照下，似乎还未醒来，整个城市静静地矗立在长江岸边。“一日江楼坐翠微”具体描写江楼。诗人将笔触由整个山城转为聚焦于江边的城楼上。火红的朝阳，斜照当楼。江楼的背景是巫山巫峡，苍翠的青山中不时飘过片片云雾，若隐若现，缥缈辽远。首联用一个宽泛的对偶句式，描绘了山城夔州早晨美丽的风景，构建了一个色彩绚丽、清幽静谧的意境，为后面抒情作了乐景写愁式的铺垫。

颔联具体描写晨中风景。日上三竿，山城似乎渐渐地从沉睡中苏醒，人间的烟火气顿时浓烈了起来。诗人选取了渔人泛舟和燕子展翅两个典型的画面，表现山城日复一日的景色。“信宿”一词，写打鱼人为了谋生总是每天如期驾舟到江上撒网。“泛泛”一词，形象地表现了一条条渔船在江面上飘来荡去的情景。“清秋”表示燕子即将要离开此地了，但为了生计仍然还必须振翅捕虫。“飞飞”形象地显示了燕子在空中飞来飞去的身姿。诗人用渔船、渔夫、江面、清秋、燕子等意象，构建了一个自然恬适、清高阔远的意境。在这一联精切的对偶句中，打鱼人、燕子都是为了谋生而忙。诗人静静地看着司空见惯的场景，想到客居此地，漂泊无依，渐渐泛起愁情。“还”“故”二字，委婉地表现了诗人淡淡的愁绪。

颈联抒发人生感慨。诗歌至此，情感急转直下，愁情在对历史人物的咏叹中纷至沓来。“匡衡抗疏功名薄”以匡衡自比（见注释），反思自己功业未就的原因。杜甫因上疏为房琯辩解而触怒唐肃宗，从此便永远失去了靠近政治核心圈层的机会。匡衡因多次上疏言事屡屡升迁，而“窃比稷与契”（《自京赴奉先县咏怀五百字》）的杜甫却因一次上疏就远离朝政，导致“功名薄”。臣之过？还是君之过？诗人幽愤，自有千古评论。“刘向传经心事违”用刘向之事（见注释），反衬自己人生悲剧。刘向虽然一生多次上疏未被重用，但毕竟还能留在皇帝身边作个近臣，自己冒着生命危险，弃老妻幼子而不顾，“麻鞋见天子，衣袖露两肘”（《述怀一首》），却落得个事与愿违的结果。如此恨憾，终生难平。颈联属对精工，巧用典故，抒情委婉，笔法顿挫，情感沉郁。

尾联遥想长安故人。颈联忧愤，无以复加。于是诗人将情感深深地强压在胸中，直起上扬，用诙谐调笑的语调，描摹远在长安的故人现状。“同学少年多不贱”句，是对熟知的同辈人良好境遇的总体概括。那些少年时期就熟悉的同辈人，一个个现在都非富即贵。“五陵衣马自轻肥”句，用衣马作为典型意象，形象地描绘了长安贵族们优裕的生活状态。“但自求其穴”（《自京赴奉先县咏怀五百字》）的肖小之辈们，“多不贱”“衣马自轻肥”，而“穷年忧黎元”（同上）的杜甫，却落得个“功名薄”“心事违”的结果。尾联对偶句，虽语言戏谑，但实际上在明显对比之下，愁绪更为浓烈。

四联全部为对偶句式，写景色彩明丽，意象鲜明，意境深远。乐景写愁，委婉曲折，感情跌宕起伏，用笔沉郁顿挫，词精意切，神完气足，悲戚淋漓，动人心魄。

四

闻到长安似弈棋，百年世事不胜悲[1]。
王侯第宅皆新主，文武衣冠异昔时[2]。
直北关山金鼓振，征西车马羽书迟[3]。
鱼龙寂寞秋江冷，故国平居有所思[4]。

注释

[1] 闻到，听说。似弈棋，像下棋一样反复无常，没有定数。百年世事，指自己一生所经历的局势。百年，代指人的一生。不胜，有的版本为“不堪”。

[2] 王侯，泛指朝廷权贵。第宅，府第、住宅。文武，泛指朝廷官员。异昔时，与旧日不同。

[3] 直北，指长安的正北方。关山，泛指关塞与山隘。金鼓振，指战事频繁。安史之乱后，北方各游牧民族纷纷骚动，频发战事。金鼓，泛指战场指挥器具。古代鸣金收兵，击鼓进军，故用金鼓振代指战争纷起。振，有的版本为“震”。征西，指唐军征伐西域吐蕃的战事。车马，代指装备与后勤等军事力量。车马，有的版本为“车骑”。羽书迟，指战争进程缓慢。羽书，参见高适《燕歌行》注释［5］。迟，有的版本为“驰”。

[4] 鱼龙，泛指水下各种鱼类。故国平居，长安往日平素所居之地。故国，指长安。

首联指出长安政局动荡。“闻到长安似弈棋”以道听途说的口吻写唐王朝政局极不稳定。“闻到”表明诗人远离京城却心系朝堂。“似弈棋”用形象的比喻，指出长安政局变化无常的状态。“百年世事不胜悲”从自身亲历角度写唐王朝政治失当。“不胜悲”突出表现了诗人对唐王朝政治的失望与叹惋之情。杜甫一生亲历了唐王朝由强盛走向衰败的整个过程。唐玄宗本来在贞观之治的基础上，开创了“开元盛世”，但从天宝年间开始，李隆基弃贤用佞，骄奢淫逸，沉迷美色，滥赏无度，导致政治腐败，引发安史之乱。战乱造成社会动荡，军阀横行，百姓遭难，民不聊生。战乱之中，诗人不但亲眼所见人民所遭受的苦难，而且自身也颠沛流离，四处漂泊。回想这一切，诗人深深地叹了一口气，将内心所有痛苦和忧愤压缩为“不胜悲”一词，一字一顿道出。

颔联感慨唐王朝的内忧。“王侯第宅皆新主”从朝政核心层面表现权力迭变，废替频现。“文武衣冠异昔时”从朝堂百官的层面表现纲纪紊乱，人事易变。封建时期围绕权益之争的政治异常残酷，唐朝斗争尤为突出。在杜甫之前，唐王室发生过玄武门之变、武周革命、神龙政变、景龙政变、唐隆政变、先天之变等重大政变。杜甫亲历的唐朝重大政变有马嵬坡之变和宝应政变。每次政变的结果都是取胜者集团对政敌集团一次血腥的大清洗。权力更替，此起彼伏，世事沧桑，屡见不鲜。唐初李靖，战功显赫，威震天下，位列凌渊阁二十四功臣，被封为卫国公。然而李靖在长安的府第，到了天宝年间，主人却换成了依仗杨贵妃起势的杨家。据说连李靖的家庙，竟然成了杨家的马厩①。名相房玄龄和杜如晦的后代，也都在政治斗争中遭到了清洗。这两句诗用一个工整的对偶句，反映出诗人以冷峻客观的视角分析唐王朝权力争夺和利益博弈过程，对权力易失、财富难永、荣辱无常的现象发出意味深长的慨叹，对大唐因权力争斗形成的政局不稳表达深切的担忧。

颈联叙写唐王朝的外患。“直北关山金鼓振”，写长安北部游牧民族对大唐边境侵扰的形势。“金鼓振”突出表现了民族边境纠纷战争形势严峻。“征西车马羽书迟”，写唐军应对西部边境战事不力的情形。“羽书迟”形象地显示出唐王朝面对西北战事难以快速反应的被动局面。安史之乱后，北部和西部的回纥、吐蕃、党项羌、吐谷浑、奴剌等游牧民族纷纷侵扰唐朝边境，频繁引发边地战争冲突。诗人选择一北一西两个方位，用一个工整的对偶句，反映出当时唐王朝外患不断的现实，表达了对边患频发的深切忧虑。

尾联表达对长安的思念。“鱼龙寂寞秋江冷”句，由叙事转为写景，用“鱼龙”“秋江”等意象，构建了一个孤寂凄冷的意境。诗歌开篇就将情感定格在忧虑基调，颔联和颈联的情感进入低谷，于是诗人在尾联开始有意宕开悲

---

① 《旧唐书》（卷一百五十二）记载名将马璘，谈及马璘家资富有，财产无法计算，在长安的府第“尤为宏侈”时，议论道：“天宝中，贵戚勋家，已务奢靡，而垣屋犹存制度。然卫公李靖家庙，已为嬖臣杨氏马厩矣。”

忧格调，通过写景体现沉郁顿挫的情感。“故国平居有所思”表达了诗人对长安的思念之情，这句诗具有承前启后的重要作用，“故国平居”承接前四首心念长安的情意，“有所思”开启后四首诗关于蓬莱宫、曲江、昆明池、渼陂的描写。

五

蓬莱宫阙对南山，承露金茎霄汉间[1]。
西望瑶池降王母，东来紫气满函关[2]。
云移雉尾开宫扇，日绕龙鳞识圣颜[3]。
一卧沧江惊岁晚，几回青琐照朝班[4]。

注释

［1］蓬莱宫阙，指长安大明宫。蓬莱原为汉代宫殿。唐高宗龙朔二年（662年）重修大明宫，改名为蓬莱宫。南山，即终南山。承露句，指承接露水的铜柱和仙人掌高耸入云。汉武帝好神仙之道，曾在建章宫之西铸建铜柱，顶端为仙人手掌，以承接仙露。承露，指仙人手掌承接仙露。金茎，指仙人手掌下端的铜柱。霄汉间，为夸饰之语，指铜柱和承露手掌高高升入天空。霄汉，天河，意即天空，喻指高远。东汉班固《西都赋》：“抗仙掌以承露，擢双立之金茎。”西晋潘岳《西征赋》：“擢仙掌以承露，干云汉而上至。”

［2］西望句，以周穆王见西王母的传说，隐射唐玄宗纳杨贵妃之事。瑶池，神话传说中西王母居住的地方。古代有周穆王登昆仑山与西王母一起在瑶池宴会（《列子》与《穆天子传》都有相关记载）。王母，即西王母。东来句，用老子过函谷关的传说，隐射唐王朝尊道教之事。据西汉刘向《列仙传》记载，老子乘青牛西游至函谷关，关尹（守关的官员）惊喜望见有紫气浮关，便知有真人经过。

［3］云移两句，写玄宗上朝仪式宏伟壮丽。唐玄宗时规定朝仪，皇帝每月朔（古历初一）望（古历十五）两日，在宣政殿上朝。皇帝上下座前，宫女持雉尾扇遮挡在前，俯仰升降，不让朝臣看到，待皇帝坐定之后，才令人移开雉尾扇。云移雉尾，指雉尾扇光彩夺目，打开之时犹如彩云移动。雉尾，指雉尾扇，古代帝王仪仗所用的一种障扇。日绕龙鳞，指皇帝衮服（又称龙袍）上所绣龙鳞纹光彩耀目，犹如日光缭绕。识圣颜，看到天子的容颜。圣颜，指皇帝的容貌。

［4］一卧二句，指自己卧病在夔州，虚有朝官之衔，未能列于百官之中参加朝政。一卧沧江，指自己卧病隐逸，处江湖之远。沧江，江流、江水。因江水呈现沧色，故称。这里用沧江代指远离朝堂的隐逸之地。青琐，代指宫门。汉代建章宫的宫门上镂刻着连环的花纹，涂以青色，故称“青琐”。照朝班，指诗人远远向着朝廷遥望，设想百官依次入朝情景。朝班，指百官在朝拜皇帝时，依据官品分班排列位次。照朝班，有的版本为“点朝班”。

首联写蓬莱宫风貌。“蓬莱宫阙对南山”总写蓬莱宫气势。蓬莱宫与终南山遥遥相对，在天气晴朗的时候，终南山清晰可见。唐高宗龙朔二年（662年），唐王朝大兴土木，开始在原大明宫的基础上修建蓬莱宫。工程十分浩大，仅伐木就动用近万人，用不到一年时间新宫落成，可谓是一项举全国之力的大型土木工程。蓬莱宫建成后，唐高宗在紫宸殿听政，大唐皇室从太极宫迁到蓬莱宫，蓬莱宫成为大唐新的政治中心。从唐高宗开始，共有17位皇帝在此理政（唐玄宗时期，听政兴庆宫，修建夹城复道，由蓬莱宫直抵兴庆宫），历时长达200多年。蓬莱宫（即大明宫）是大唐最宏伟壮丽的宫殿建筑群，也是当时世界上最宏伟的建筑群，更是唐王朝政权的象征。“承露金茎霄汉间”写汉武帝时期的铜柱与仙人掌（承露盘）。蓬莱原是汉代宫阙，诗人在写大唐蓬莱宫之时，自然联想到汉代蓬莱，又联想到汉武帝的铜柱与承露盘。汉武帝喜好神仙之道，妄想长生不老，铸建高度近70米的承露铜盘（仙人掌）是为了承接天地之间的甘露精华。他将玉屑泡在承接的甘露中饮用，以期延年益寿。杜甫从唐蓬莱宫联想到汉蓬莱，然后写铜柱承露盘，影射唐玄宗晚年沉迷道术，热衷得道成仙和长生不老。首联意象鲜明，意境阔远，言辞简约，气韵宏阔，表面上通过描写蓬莱宫和承露盘显示长安壮丽辉煌，实际上暗讽唐王朝大兴土木、皇帝妄想成仙与长生不老的弊政，这是唐王朝统治者滥用民力和穷奢极欲的集中体现。

颔联写玄宗沉迷女色与尊崇道教。“西望瑶池降王母”用周穆王会西王母的传说，影射唐太宗与杨玉环之事。杨贵妃名玉环，据宋人李昉等人的《太平广记》载，西王母曾“遣使授舜白玉环”，又因杨玉环曾为女道士，故唐人多将她比为西王母。王昌龄《宿灞上寄侍御玙弟》中有“甚悦我皇心，得与王母对”，将杨玉环比作西王母。李白《清平调词三首》中有“若非群玉山头见，会向瑶台月下逢”，亦将杨玉环比作西王母。杨玉环本是玄宗之子寿王李瑁的妃子，是玄宗的儿媳妇。得知杨玉环姿色绝代，玄宗便将她召入宫中。为了掩人耳目，玄宗让杨玉环出家当女道士（道号“太真”），然后再还俗回到玄宗身边。诗人不愿说破唐王室的家丑，又要揭露玄宗沉湎美色，便采用委婉含蓄的影射手法，用西王母瑶台会周穆王之事，暗指李隆基宠爱杨贵妃荒淫误国。“东来紫气满函关”用老子乘青牛过函谷关的传说，影射唐玄宗尊崇道家之事。唐王室姓李，尊老子李耳为祖，崇尚道家思想和道教。唐王室成员中有不少人沉湎道教。唐高宗时，追尊老子为太上玄元皇帝。唐玄宗天宝年间，有人上书给玄宗，说见过老子降临永昌街，并言有宝灵符出现在见过老子的函谷关尹的故居旁边。唐玄宗信以为真，令人寻找。颔联表面上围绕蓬莱宫回顾唐王朝鼎盛时期的繁盛景象，实际上则是诗人对唐王朝从鼎盛走向动乱衰落的深刻反思。沉湎女色，荒淫误国，导致失政；崇尚道教，弱化儒道，导致失道。从政治和文化的角度看，这是导致唐王朝衰落的两大重要原因。颔联选材精当，构思精微，对偶精工，笔调含蓄，言辞婉曲，托意深远。

颈联回顾朝见皇帝情景。“云移雉尾开宫扇”句，通过御用障扇仪式写大殿临朝盛景。“日绕龙鳞识圣颜”从帝王衮服角度写皇帝尊容威严。这两句描写，折射出杜甫热衷朝政的心情。杜甫曾向唐玄宗呈献过《朝献太清宫赋》《朝享太庙赋》《有事于南郊赋》（合称三大礼赋），但是否得以拜见玄宗，众说纷纭。但杜甫在长安朝见唐肃宗，则无异议。他第一次见肃宗是在凤翔（在今陕西），衣衫褴褛，脚著麻鞋。至德二载（757 年）九月，唐军收复长安，杜甫尚担任左拾遗，虽被疏远，但仍可列于百官之中上朝拜见肃宗。在《宣政殿退朝晚出左掖》诗中，杜甫叙写了从大明宫（蓬莱宫）宣政殿朝拜肃宗之后退朝的情形。诗人还在《奉和贾至舍人早朝大明宫》诗中叙写了朝臣拜见天子的情景。因此，诗歌所写的群臣朝拜情景应是艺术化的写实。颈联对偶工整，词彩艳丽，意象生辉，追昔之景繁盛，为尾联抚今叹惋作出反衬铺垫。

尾联写对朝堂向往之情。“一卧沧江惊岁晚”写因病远离朝政，人生遭际令人惊憾。“几回青琐照朝班”设想群臣入朝情景，表达对朝政的向往之情。杜甫离开朝廷，原因在于上疏解救房琯而触怒肃宗。后来没有得以到朝廷任职，也是因为得不到统治者应有的重用。诗人官拜左拾遗，虽非要职，但作为近臣，本想施展政治才能，熟料不久便遭贬斥。写这组诗的当时，杜甫寄居夔州，漂泊江湖，生活无依，疾病缠身，再入朝堂，绝无可能。“惊岁晚”一词隐语双关，表面上惊叹秋深岁晚，实际上暗含对自身年老迟暮的惊憾之情。“侍臣缓步归青琐，退食从容出每迟”（《宣政殿退朝晚出左掖》），“青琐”是映在诗人脑海中非常深刻的意象，诗人用“青琐”借代宫门，表达了对朝政的向往。“几回”一词，言杜甫在夔州多次想起大明宫朝拜天子的情形，表达了诗人对过去朝堂履职生涯的依恋之情。尾联用一流水对句式，表露诗人身在江湖，心系庙堂的政治热忱，情感诚挚，言词恳切，语近意远，格调凄恻委婉。

六

瞿唐峡口曲江头，万里风烟接素秋[1]。
花萼夹城通御气，芙蓉小苑入边愁[2]。
朱帘绣柱围黄鹤，锦缆牙樯起白鸥[3]。
回首可怜歌舞地，秦中自古帝王州[4]。

注释

[1] 瞿唐二句，言身在夔州却心念长安曲江，两地虽相隔万里但秋天风烟相接。瞿唐，指瞿塘峡，瞿唐，同“瞿塘”，代指诗人所在的夔州。曲江，参见《哀江头》注释 [2]。风烟，指风与烟雾。素秋，秋天。秋季在五行中属金，色尚白，故称素秋。

[2] 花萼句，言花萼楼经过夹城复道与天子之气相通。据史书记载，长安城从大明宫筑夹城复道，经通化门至兴庆宫，到曲江芙蓉园，作为宫廷游曲江的专用通道。(唐人韦述《西京新记》和后晋刘昫《旧唐书》皆有相关记载）花萼，指花萼相辉楼，简称花萼楼，在兴庆宫西南。夹城，两边筑有高墙的通道。通御气，与天子之气相通。御气，天子之气、帝王之气。芙蓉句，意指安禄山起兵惊破了长安歌舞迷情。芙蓉小苑，指芙蓉园，在曲江西南，园内有芙蓉池，唐人称南苑。唐玄宗常住兴庆宫，与杨贵妃等在芙蓉园游玩。入边愁，按清人钱谦益的说法，安史之乱消息传入宫内，唐玄宗准备迁徙他处，曾在兴庆宫花萼楼置酒，四顾凄怆。

[3] 朱帘句，写昔日的繁华宫殿今日黄鹤在其内翔集，意指昔盛今衰。朱帘绣柱，泛指华丽的宫殿装饰。朱帘，有的版本为“珠帘”。黄鹤，有的版本为“黄鹄（hú）”。锦缆句，写昔日华丽的游船今日白鸥在上面起落，意同上句。锦缆牙樯，泛指华丽的游船。锦缆（lǎn)，彩绸做的船索。牙樯，船上用象牙装饰的桅杆。

[4] 歌舞地，曲江池苑，代指长安。秦中，关中，从秦到唐为京畿之地。帝王州，帝王建都之地。

首联写身处夔州心系长安。“瞿唐峡口曲江头”以瞿塘开篇，引出夔州长安两地。瞿塘峡为三峡西端门户，西入口便是夔门，夔门之西便是夔州。诗人在此用瞿塘峡代指夔州。曲江在长安（今西安）东南，是唐王朝著名的皇家园林。诗人在此用曲江代指长安。“万里风烟接素秋”用秋天的万里风烟将夔州和长安连接，表现诗人寄居夔州但仍思念着长安的一片赤诚。开篇意象清峻舒朗，意境清疏悠远。

颔联回顾长安皇宫盛衰。“花萼夹城通御气”以花萼楼为切入点，写昌盛时期的长安繁华。花萼相辉楼矗立长安皇宫内，是唐玄宗为标榜天下兄弟情义而建，取名源于《诗经·常棣》“常棣之华，鄂不韡韡，凡今之人，莫如兄弟”句。当时享誉“天下第一名楼”的花萼楼，是唐玄宗兴庆宫内的宴会娱乐场所，也是王室成员的娱乐文化中心。皇室成员欢聚、朝廷大型宴会、接待外国使臣以及许多庆祝活动都在此举行。盛宴之上，锦衣满座，佳肴列陈，歌舞百戏，竞相献艺，整日歌舞燕宴，丝竹不绝于耳。花萼楼位于兴庆宫西南角，墙外紧邻市民巷街，每到大型节日，玄宗登楼观景，以示与民同乐，百姓围聚楼下，呼声雷动。唐玄宗为了游玩便利，用夹城复道将花萼楼与曲江相连。玄宗携贵妃以及皇亲国戚，在曲江游玩嬉戏，尽显盛世场景。“通御气”，形象地显示了在唐王朝繁盛时期唐玄宗佚乐游宴，骄奢淫逸，盛气外溢，朝政失度。“芙蓉小苑入边愁”以芙蓉园为聚焦点，写安史之乱引发长安局势严峻。芙蓉园是隋唐两朝的皇家御用园囿。唐玄宗曾对此进行了大规模的扩建，新建了不少楼台殿堂、亭谢假山，还修建了夹城复道。扩建后的芙蓉园宫殿连绵，楼亭起伏，更适于唐玄宗与其后宫嫔妃们游玩宴乐。然而，唐玄宗纵情声色、荒淫无度导致政治腐败，引发了安禄山叛乱。潼关失守之后，长安危在旦夕。唐玄宗面对突变局势，惊慌失措，选择弃城逃跑。诗人设想，出逃前的李隆基，面对严峻的形势，登楼眺望，对范阳起兵造成的局势恶化表现出深切忧愁。颈联对仗工整，出句与对句气氛截然不同。此联写景辞彩华丽，反衬悲愁更浓。出句将唐王朝的繁盛推向高潮，对句气氛则直线跌入无限边愁，繁盛衰败，顷刻之间转换，情感跌宕，笔法顿挫。

颈联描绘长安衰败之景。“朱帘绣柱围黄鹤”从仰视的角度，写楼台亭榭荒凉冷落。昔日华丽无比的宫殿里人声鼎沸，如今空无一人，只有黄鹤聚集宫内，朱帘破损，绣柱黯然。“锦缆牙樯起白鸥”从俯视的角度，写曲江游船破败衰残。横七竖八的游船，空荡荡地漂浮在曲江上，彩绸做成的缆绳和镶嵌着象牙的桅杆上，到处都是盘旋翻飞的白鸥。颈联用一个工整的对偶句，形象地再现了长安陷落之后的衰败景象，词彩艳丽，暗指昔日繁盛，情感深沉，明显今日愁情。

尾联惜叹长安昔盛今衰。“回首可怜歌舞地”写长安失去往日繁华，令人不堪回首。“秦中自古帝王州”感慨长安自古帝王都城，不该如此衰败。诗人采用互文手法，上句惜叹“歌舞地”，下句慨叹“帝王州”。如此构思，不仅增强诗句艺术效果，而且引入深思。千百年来，“歌舞地”与“帝王州”功能往往统一于京城。在封建社会，“歌舞地”的功能过于突出，则帝王淫逸，官员腐败，政治颓废，民俗佚乐，人心巧伪，世风日下，易引发危机，甚至导致天下烽烟四起，“帝王州”残垣断壁。相对而言，“帝王州”的功能发挥又往往靠“歌舞地”功能来体现。如果帝王州内毫无生气，民不聊生，“歌舞地”黯然失色，则表明“帝王州”的功能发挥失常，社会处于凋敝阶段。封建政治的良好维系，需要统治者在“歌舞地”与“帝王州”两个功能之间维持一种平衡。尾联两句诗，给千百年封建统治者摆出一道难以解答却又绕不开的必答题。

七

昆明池水汉时功，武帝旌旗在眼中[1]。
织女机丝虚月夜，石鲸鳞甲动秋风[2]。
波漂菰米沉云黑，露冷莲房坠粉红[3]。
关塞极天唯鸟道，江湖满地一渔翁[4]。

注释

[1] 昆明句，意思是想起孔明池就想起汉武帝盛况。昆明池，在长安西南。据《汉书》（卷六）载：元狩三年（前120年），“发谪吏穿昆明池。”西晋学者臣瓒注解说，西汉使者去身毒国（西汉时期的一个古国，在今印度河流域），被昆明国（西汉时期的一个小国，在今云南一带）禁绝。汉武帝便准备讨伐昆明国，命人在长安仿建昆明湖，用以军队练习水战。武帝句，意即想到昆明池，仿佛看到汉武帝当时练兵的旌旗。司马迁《史记》（卷三十）记载：“是时越欲与汉用船战。乃大修昆明池，列观环之，治楼船高十余丈，旗帜加其上，甚壮。”唐曾多次疏浚水道，引水如湖，保持了汉时原貌。唐代后期，由于失去维护，昆明池干涸。现今的西安昆明池为新建。

[2] 织女句，写织女机杼上的丝线在月夜中隐约可见。机丝，织机上丝线。月夜，有的版本为“夜月”。班固《西都赋》中说，昆明池有二石人，左为牵牛，右为织女，以象天河。石鲸句，意为石刻鲸鱼鳞甲逼真，在秋风中摆动。汉代刘歆《西京杂记》中说，西汉昆明池有玉石雕刻的鲸鱼，每到雷雨天气，常常鸣叫，鱼鳍和鱼尾都在动。

[3] 波漂句，意为菰米飘在水波上面，菰影沉入水中，远远望去像一片乌云。菰，一种草本植物，生长在浅水中，叶子像蒲苇，秋天结果实，果状如米，故称“菰米”，又叫“雕胡米”。沉，有的版本为“沈”。露冷句，指莲蓬

粉红色花瓣在寒露中坠落。莲房，莲蓬，莲蓬成熟时，莲花的花瓣坠落。

［4］关塞句，意思是夔州与长安被高耸入云的关塞阻隔，只有鸟道可通。极天，达到天上，喻极高。唯，有的版本为“惟”。江湖句，写飘零之感。渔翁，喻指诗人自己。

首联回顾汉时池苑盛景。昆明池位于长安西南。诗人提到昆明池，便联想起汉武帝在昆明湖水上练兵备战（参见注释）的情形。怀古的目的是讽今，唐人习惯于用汉比唐、以汉言唐。同是孔明池，汉武帝用来习兵备战，而唐王朝则用来泛舟游玩。汉武帝弘扬国威，平边讨逆，唐玄宗则叛臣起兵，战事频发。诗人虽明言汉武帝，不提唐玄宗，但实际上则暗含对唐王朝失政导致安史之乱、引发国势衰退的谏讽之意。首联即景怀古，托意高远，吐辞委婉，含思精深。

颔联描绘昆明池苑石雕。“织女机丝虚月夜”采用虚笔描绘昆明池牛郎织女石雕。诗人以牛郎和织女石雕为实景（见注释），以想象中天空织女织布为虚景。“纤纤擢素手，札札弄机杼”（《古诗十九首》），织女思念牛郎，机杼上的布匹“终日不成章”（同上），丝絮在月光下若隐若现。“虚”字既表现织机上的丝线在月光下隐隐约约、若有若无，又委婉表现出“机丝”为想象虚景，同时还暗含池苑空虚，月下石雕美景无人欣赏的情形，诗句隐语双关，用笔精微，虚实相间，意象幽远。“石鲸鳞甲动秋风”，以秋风为背景描绘鲸鱼石雕。昆明池鲸鱼石雕，经笔记小说传奇的描写（见注释）具有神秘色彩。诗人将鲸鱼雕像置于秋风中描绘，既渲染了萧索气氛，又脱实就虚，赋予雕像栩栩如生的错觉。“动”字既表现秋风劲吹下草木摇动，又着意虚化鱼雕实景，仿佛在秋风掠过之际石雕鲸鱼鳞甲在微微颤动。颔联两句，诗人聚焦石雕，精工细笔描绘昆明池美景，构建了一个空明清虚、萧索孤寂的意境，表达了对昆明池苑的感伤之情。写景状物，若得神笔，语言精微，意象迷离，似实似虚，虚实相间，脱实就虚，似真似幻，充分体现了超人的语言表现力。

颈联描写池苑悲凉之境。菰米漂浮水面，被风浪聚集在一起，远远望去，状如乌云。寒冷的秋露附在成熟的莲蓬上，莲花在秋风中片片脱落，粉红的花瓣坠入水中，犹如坠河的红粉佳人。颈联对偶精工，景物一黑一红，色彩对比明显，语言精深雅健，意象生动鲜明，意境孤寂凄冷，为尾联抒情作出意境铺垫。

尾联抒发思念长安之情。“关塞极天唯鸟道”写长安遥不可及。诗人在回顾与设想长安昆明池苑景色之后，思绪回到了眼前。身在夔州，长安远隔千山万水和无数关隘，前往长安的道路险峻之处，唯有鸟雀才能飞越。“关塞”“极天”“鸟道”等词，既表现了夔州与长安之间地理空间的阻隔，又暗含其他众多因素的阻滞。“江湖满地一渔翁”写诗人眼下飘泊江湖的处境。欲回长安，路途阻隔，天下虽大，江湖虽广，诗人却无处所归，老病孤舟，行如渔翁，四处漂泊，孤身无依，凄凉之情跃然纸上，悲伤之痛不忍卒读。

八

昆吾御宿自逶迤，紫阁峰阴入渼陂[1]。
香稻啄馀鹦鹉粒，碧梧栖老凤皇枝[2]。
佳人拾翠春相问，仙侣同舟晚更移[3]。
彩笔昔游干气象，白头吟望苦低垂[4]。

注释

[1] 昆吾，亭名，西汉皇家园林，位于今陕西蓝田。御宿，川名，在今西安樊川。逶迤，形容道路、山脉、河流等蜿蜒曲折。紫阁峰，终南山的一个山峰。渼（měi）陂（bēi），古湖名，在今陕西省户县西，汇终南山诸谷水，西北流入涝水。阴，山的北面。入渼陂，渼陂湖的南面（即紫阁峰北面）是紫阁峰，山峰倒映在湖水中，故说“入渼陂”。昆吾两句，有版本次序颠倒。

[2] 香稻二句，写渼陂香稻丰盛，鹦鹉啄食有余，梧桐树高大，凤凰可安稳栖居。正确的语序应为“鹦鹉啄馀香稻粒，凤皇栖老碧梧枝。”因应格律而倒置语序。香稻，有的版本为“红稻”“红豆”或“红饭”。啄馀，有的版本为“啄残”。凤皇，同“凤凰”，有的版本为“凤凰”。

[3] 佳人，貌美且有才识的女子，也指君子贤才。拾翠，拾取翠鸟的羽毛。相问，指赠送礼物。《诗经·女曰鸡鸣》：“知子之顺之，杂佩以问之。”仙侣，轻松自在的伴侣，仙，指轻松、自在的样子。晚更移，指天色已晚，游船不愿归去，又转到别处游玩。更，又。移，指改变行船方向。

[4] 彩笔二句，意谓自己当年曾写过游历长安的气象，眼下客老他乡，只能吟诗远望，抚今追昔，白头低垂。彩笔，化用江淹梦笔典故。《南史》（列传第四十九）载，江淹曾宿于冶亭，梦到自称郭璞的人对他说，我有一支笔在您那里放了多年，应当还我了。江淹一摸怀中，果然有一支五色彩笔，就给了他。从此以后，江淹写诗再无优美语句，当时的人都说他才情已尽。“江郎才尽”便出于此。昔游，有的版本为“昔曾”。干气象，指撷取长安山川的美好气象。干（gān），干求、求取。吟望，吟诗眺望。吟，有的版本为“今”。

首联写从长安到渼陂的一路风景与湖光山色。从长安到渼陂，须经过昆吾亭、御宿川，一路逶迤，到达渼陂。临湖眺望，水面如镜，苍翠的紫阁峰，倒映在渼陂湖中。首联写景，一连用了四个地名，但诗句妥帖，毫无堆砌之感。

颔联写渼陂地灵物阜。“香稻啄馀鹦鹉粒”，以鹦鹉啄香稻粒的意象，表现出渼陂所在之地物产丰阜，民生殷实。“馀”突出盛唐时期物产丰阜的景象。“碧梧栖老凤皇枝”，写渼陂之地风物有灵。传说凤凰栖于梧桐之上，故古诗词中梧桐若与凤凰同时出现，则为祥瑞意象。凤凰是中国古代传说中的神鸟，凤凰出现意味着天下大瑞，国泰民安。《山海经·南山经》中说：有一种鸟，形状如鸡，花纹五彩缤纷，名字叫“凤皇”。头上花纹形如“德”字，翅膀花纹形如“義”字，背上花纹形如“禮”字，胸前花纹形如“仁”字，腹部花纹形如“信”字。这种鸟，饮食自然，自歌自舞，在人间出现则天下安宁。诗人用想象的笔法，通过虚设意象，表现出对昔日盛世的怀念。

颈联写渼陂游人雅兴。“佳人拾翠春相问”写渼陂游客高雅。在渼陂游玩的游客，或是富有才情貌如天仙的美女，或为满腹经纶潇洒倜傥的才子。地上洒落着包括神鸟凤凰在内的各种鸟雀的羽毛，才子美女们纷纷捡起五光十色的美丽羽毛，相互赠予对方。风光旖旎，游人高雅，地灵人杰，犹如仙境。“仙侣同舟晚更移”写游人乐而忘归。“佳人拾翠”写渼陂湖畔风物，“仙侣同舟”则是诗人将笔触聚焦湖中，写湖中游人雅兴。一条条的小舟上，船头站立的皆为情侣，轻松自在，举止娴雅。夜色降临，明月当空，游人流连忘返，调转船头又驶向他处。颈联对仗工整，辞藻华美，着色绮丽，绘景写人，若真若幻，意象雅丽，意境幽迷，写人状物的笔端，蕴含诗人理想之境。

尾联抒昔盛今衰之情。首、颔、颈三联，皆是诗人对盛世渼陂的回顾，词彩艳丽，情感高扬。尾联用一对偶句式，令情感陡然下沉。杜甫寓居长安时曾游历过渼陂，故言“彩笔昔游干气象”。诗人用“彩笔”“干气象”之语，委婉表明对渼陂风物描绘具有理想艺术化的夸饰成分。此句上承美景之盛，下启暮年之衰。“白头吟望苦低垂”写眼下悲苦情景。此句诗情急转，感情直落谷底，顿挫跌宕，用意在于突出今昔对比，突出诗人对唐王朝走向衰落的哀伤悲痛之情。白头老翁，身在夔州，遥望长安，追昔抚今，苦吟诗作，俯首低垂，慨然长叹。此联不仅作为本诗的结语，而且是整个八首诗歌的结语。

以上八首七言律诗，紧紧围绕“秋兴”二字写景抒情。组诗以秋天诗人寄居的夔州为思维发出点，以长安为追思对象，抚今追昔，抒发对唐王朝昔盛今衰的感慨和自身遭际的慨叹。诗歌无论是以写夔州之景起兴，还是直接落笔长安及其景点，在结尾时皆将思绪收回到思维出发点夔州，诗情往复回环，使每首诗都构成相对独立的诗篇。同时，每首诗与前后诗篇相互承接呼应，使整个组诗形成整体，构思缜密，结构严谨。第一首是序曲，奠定组诗的整体气氛和情感基调。第二首遥望京华，第三首遥想五陵，回应第一首“故园心”句。前三首诗写景侧重夔州，第四首以后写景侧重长安。第四首以“闻到长安”承接前三首诗意，用“有所思”开启后四首诗境，在组诗中起过渡作用。第五首到第八首，依次回顾蓬莱宫、曲江、昆明池和渼陂盛世美景，皆回应“有所思”句。组诗结构严谨，章法缜密，逻辑清晰，情思严密，相互回应，浑然一体。

诗人总以欢快愉悦的情感回顾过去，但在结尾处思情一旦回到眼前，情感便陡然直落，今昔对比，十分明显，沉郁顿挫，精微深远。诗歌情感深挚，情思幽怨，感伤之情，处处可见，但八首64句诗中，无一句直抒胸臆，而是巧妙地将所有情感寓于描写、叙述和议论之中，实现了美在咸酸之外，达到了“羚羊挂角，无迹可求”（《沧浪诗话·诗辨》）的艺术境界。

组诗对偶手法应用娴熟，不但每首诗颔联、颈联对偶工整，而且第三首的首联采用宽对，第五、第七、第八首的尾联采用宽对句式。诗歌描写盛世长安风物，辞藻华丽，色彩绚目，描写乱世长安或夔州之景，言辞精微，色彩淡雅，表达对比之中的昔盛今衰之感，显示出诗人精切高超的语言表达能力。组诗全部采取首句入韵格式，音韵深幽悲沉，格调悠远雄浑，充分体现出杜诗沉郁顿挫的风格。

附：《秋兴八首》繁体字文本

秋興八首

一

玉露凋傷楓樹林，巫山巫峽氣蕭森。
江間波浪兼天湧，塞上風雲接地陰。
叢菊兩開他日淚，孤舟一繫故園心。
寒衣處處催刀尺，白帝城高急暮砧。

二

夔府孤城落日斜，每依南斗望京華。
聽猿實下三聲淚，奉使虛隨八月槎。
畫省香爐違伏枕，山樓粉堞隱悲笳。
請看石上藤蘿月，已映洲前蘆荻花。

三

千家山郭靜朝暉，一日江樓坐翠微。
信宿漁人還汎汎，清秋燕子故飛飛。
匡衡抗疏功名薄，劉向傳經心事違。
同學少年多不賤，五陵衣馬自輕肥。

四

聞到長安似弈棋，百年世事不勝悲。
王侯第宅皆新主，文武衣冠異昔時。
直北關山金鼓振，征西車馬羽書遲。
魚龍寂寞秋江冷，故國平居有所思。

五

蓬萊宮闕對南山，承露金莖霄漢間。
西望瑤池降王母，東來紫氣滿函關。
雲移雉尾開宮扇，日繞龍鱗識聖顔。
一臥滄江驚歲晚，幾回青瑣照朝班。

六

瞿唐峽口曲江頭，萬里風煙接素秋。
花萼夾城通御氣，芙蓉小苑入邊愁。
朱簾繡柱圍黃鶴，錦纜牙檣起白鷗。
回首可憐歌舞地，秦中自古帝王州。

七

昆明池水漢時功，武帝旌旗在眼中。
織女機絲虛月夜，石鯨鱗甲動秋風。
波漂菰米沈雲黑，露冷蓮房墜粉紅。
關塞極天唯鳥道，江湖滿地一漁翁。

八

昆吾御宿自逶迤，紫閣峯陰入渼陂。
香稻啄餘鸚鵡粒，碧梧棲老鳳皇枝。
佳人拾翠春相問，仙侶同舟晚更移。
綵筆昔遊干氣象，白頭吟望苦低垂。

十二、《江汉》赏析

江汉[1]

江汉思归客，乾坤一腐儒[2]。
片云天共远，永夜月同孤[3]。
落日心犹壮，秋风病欲疏[4]。
古来存老马，不必取长途[5]。

注释

[1] 选自《全唐诗》（卷二三〇），中华书局1999年版，第2523页。江汉，指长江和汉水。

[2] 归客，指诗人自己。乾坤，天地、天地之间。腐儒，迂腐的读书人，诗人自称。

[3] 永夜，长夜。

[4] 病欲疏，疾病将要减轻。欲，将要。疏，分散、排除，这里指疾病减轻。疏，有的版本为“苏”。

[5] 存，收养，这里指饲养。不必取长途，意谓老马力薄但能识途，化用管子论老马识途典故。《韩非子·说林上》说，管仲等人随从齐桓公伐孤竹（商周时期的诸侯国，春秋时属燕国，后又从属山戎，被齐所灭），春往冬返，往往迷路。管仲说，老马之智可用，于是让老马引路，军队便找到了故道。

这首五言律诗是一首咏怀诗，当写于诗人晚年在湖北江陵、公安一带辗转漂泊时。唐代宗大历三年（768年）正月，杜甫携家人离开夔州，东出三峡，前往湖北，经江陵、公安等地，于年底抵达湖南岳阳。由题目“江汉”一词，可知此诗当作于湖北江陵、公安一带。当时杜甫56岁（古算法57岁），但在诗中仍抒发壮心不已的情怀。

首联叙写漂泊江汉流域。“江汉思归客”关合题目，突出背井离乡之苦。古人特别注重落叶归根。杜甫此时一身疾病，自知不久于人世，便急切想回到故乡。“思归”两字突出了当时渴望回到故乡的心情。“乾坤一腐儒”突出飘零孤寂之态，是诗人对自己与整个世界关系经过反复思考之后的最后概括。

（葛晓音，2007）乾坤之大，天地之广，竟然难容一个老孺。将“一”置于“乾坤”和“腐儒”之间，构句精妙，含意精微。“腐儒”既是自嘲之语，也是无奈的“自省”之语。杜甫思想单一，儒家思想根深蒂固，具有强烈的民本思想，主张仁政爱民，忠君守正。他信念笃定，具有极强的使命感和责任感。他一生忧国忧民，生性执着，性情耿直，直言不讳。这种性格是封建官场中公认的“迂腐”。杜甫不可能不知道自己性格在封建官场中是致命“短板”，但他无法做到曲意逢迎。于是，他用“腐儒”作为自己身份的认定，蕴含着深切的无辜与无奈。

颔联体现飘零无依之感。浮云在古诗词中是一个象征游子的意象。天边浮云，无依无凭，诗人欲邀一片浮云为伴，无奈浮云随风飘零，距离与天空一样遥远。长夜漫漫，皓月当空，诗人看着那一轮孤月，便立刻想到形影相吊的自己。举目望月，与月同孤，人月相映，孤情旷古。月在古代诗词中用以表达思乡、离情、伤悼、孤独、失意、清冷、浩渺等多种情感的意象，同时也是表现高洁、明净、孤傲、沉静、幽雅、永恒、超脱等多种人品的意象。诗人以月类比，不仅体现出孤寂冷漠的人生处境，而且暗含高洁孤傲的君子人格。颔联对偶精工，语言质朴，辞简意丰，意象典雅鲜明，意境清虚幽远。

颈联表达报国雄心壮志。“落日心犹壮”从精神意愿角度写暮年壮心不已。“落日”喻指自己的暮年。杜甫此时，年近六旬，生命已经进入倒计时，但仍然具有强烈的建功立业之志。“心犹壮”明确表达了诗人强烈的出仕愿望。“秋风病欲疏”从身体素质角度写自己仍可为朝廷效力。杜甫诗中曾多处写到自己因为疾病导致未能入职朝堂，但此处却一反常态，表示自己虽然年老但仍然能为朝廷效力。“秋风病欲疏”是诗人面对秋风的主观感受，暗含病情并未真正好转。“病欲疏”一词，既表达了积极用世的可能性，同时又符合实际情况，选词贴切精微，表述委婉曲致。

尾联显示堪当大任之能。尾联承接颈联诗意，从政治才能角度表达自己仍可大有作为。“古来存老马，不必取长途。”诗人用《韩非子》管仲论“老马之智可用”的典故（见注释），委婉表达了自己拥有把握方向的政治才能，可以承担重任。用典之妙在于非常贴切地用老马之“智”来比喻自己。诗人年老力弱，自然无法以“力”见长，关键在于用“智”。杜甫人生理想非常远大，他立志“致君尧舜上，再使风俗淳”（《奉赠韦左丞丈二十二韵》），对自己的政治才能十分自信，因此这里用老马自比，具有深刻内涵。老马之“智”，避免齐国军队迷路失道，诗人之“智”，在于尊儒守正，实施仁政，宽缓爱民，以免唐王朝政治失准。尾联两句，用典精妙，用词浅切，含意深远。

诗歌叙写了诗人晚年飘零孤寂的境遇，表达了暮年壮心不已、仍具有强烈用世之心的情志。首联侧重叙述，颔联侧重写景，颈联侧重抒情，尾联侧重议论，诗意前后相承，结构浑然一体。语言精微简远，音韵清幽凝重，风格雄豪深沉。

附:《江汉》繁体字文本

江漢

江漢思歸客，乾坤一腐儒。
片雲天共遠，永夜月同孤。
落日心猶壯，秋風病欲疏。
古來存老馬，不必取長途。

十三、《独坐》赏析

独坐[1]

悲愁回白首，依杖背孤城[2]。
江敛洲渚出，天虚风物清[3]。
沧溟服衰谢，朱绂负平生[4]。
仰羡黄昏鸟，投林羽翮轻[5]。

注释

［1］选自《全唐诗》(卷二三二)，中华书局 1999 年版，第 2561 页。

［2］悲愁，有的版本为“悲秋”。

［3］江敛洲渚出，意谓江中水位下降，沙洲多有露出。江，指浣花溪。天虚风物清，意谓秋高气爽，景物清晰可见。风物，风光景物。

［4］沧溟，原意指苍天或大海，这里指诗人所居的江村。服，承受，这里意思是变得。服，有的版本为“恨”。衰谢，衰败、凋谢、败落。朱绂(fú)，古代礼服上的红色蔽膝，借指官服。

［5］羽翮，指鸟的羽翼、翅膀。羽，鸟毛。翮（hé)，羽轴下段不生羽瓣而中空的部分。

这首五言律诗为述怀之作。杜甫出身官僚家庭，自幼聪颖好学，饱读诗书。他理想远大，早年对人生充满信心。20 岁到 30 岁期间，先后三次壮游，开阔眼界，结识才俊，凭吊古迹，陶冶性情。唐玄宗开元二十三年（735 年），23 岁的杜甫在洛阳参加进士考试落榜。天宝六载（747 年），35 岁的杜甫到长安参加第二次科举考试。在奸相李林甫的操纵下，当年的所有参加进士考试的人竟无一人及第。李林甫竟然对唐玄宗说“野无遗贤”。此次落榜，对杜甫打击很大。“破胆遭前政，阴谋独秉钧”（《奉赠鲜于京兆二十韵》），杜甫对李林甫弄权羁绊天下才俊仕途的卑鄙行为表示极大愤慨。此后，诗人的命运开始转变，困守长安十年，投诗干谒，仅仅得到一个看管兵器仓库的八品小吏官职。安史之乱后，杜甫曾获左拾遗官职，但不久便遭贬斥，恰遇关中大旱，为了家人活命，杜甫只得弃官漂泊，颠沛辗转，到达成都，投靠严武。已经年过半百的杜甫，依人生活，充满悲辛。这首诗歌就作于诗人在成都担任严武幕府节度参谋时。

首联叙写独坐回顾平生。“悲愁回白首”写独坐回顾人生。黄昏时分，暮云低垂。白头老翁，静默独坐，回顾平生，满腹愁闷。诗人以“悲愁”开篇，以“回白首”作为独坐的第一个行为，表现出寄身他乡的无限悲戚心情。“依杖背孤城”写独坐孤寂情景。诗人采用细节白描手法，描绘了一个手拄拐杖、背对着远远的城市孤身独坐的白发老人形象。“依仗”对应“白首”，表明年老体衰。“背孤城”形象地显示了诗人孤寂独坐的形象。这里“孤”不是指成都这个城市，而是指诗人孤身一人，既体现孑然一身独坐之“孤”，更暗含无依无靠身世之“孤”。

颔联描写独坐所见之景。首联以悲愁孤寂开篇，为诗歌奠定了情感基调。但悲愁太甚，不忍再述，于是诗人宕开笔触，将视野转移到江天风物。笔法顿挫，更能体现浓厚的愁情。“江敛洲渚出”以俯视角度写秋江之景。深秋时节，浣花溪水低落，清冷寂寥，水中沙洲裸露，江面一片萧索。“天虚风物清”以仰视角度写秋天之景。天高云淡，秋高气清，飞鸟浮云，一一清晰可辨。诗人用清寥的江水、泛白的沙洲、玄远的天空、清晰的视野等意象，构建了一个萧索寂寥、清虚阔远的意境，为前后诗句抒情作出景境铺垫。

颈联抒发幽愤不平之情。诗人将目光从江面移到江村，感到“沧溟服衰谢”。曾经“清江一曲抱村流，长夏江村事事幽”（《江村》）的江村，此时在诗人眼里，衰败残破，早已失去往日清幽静谧的风采。曾经“老妻画纸为棋局，稚子敲针作钓钩”（同上）的草堂，眼下处在风雨飘摇之中，再也难现逸乐惬意的生活。“朱绂负平生”表达诗人内心复杂情感。“窃比稷与契”“穷年忧黎元”（《自京赴奉先县咏怀五百字》）的杜甫，志向远大，渴望作贤相，辅明主，实民生，平天下，但早已年过半百，当时在严武的照顾之下，才得以在其帐下暂作节度参谋。检校工部员外郎官职，杜甫并未履职一天，仅仅挂一个衔名而已。因此，诗人想起这个虚官衔，不由暗自苦笑。“朱绂负平生”，既可以理解为官服（官职）不符合杜甫德才，有负于杜甫；也可以理解是诗人的自谦反语，说自己才疏学浅，未能给朝廷效力，眼下年老多病，没有在节度参谋的职位上作出多少业绩，有负于这身官服。如果持后一种理解，则必须明白，“负平生”表面是谦辞，实质是正话反说，道出了诗人内心幽愤、不平、无奈、自嘲等多种复杂情感。

尾联表露思乡愿归之意。诗人再次宕开笔触，将视角回到天空。“仰羡黄昏鸟，投林羽翮轻”句，回应了“天虚风物清”句意，委婉表露出深切思念家乡、梦想即刻能够回到故乡的游子之情。夕阳西下，夜色即将降临。诗人仰望天空，看到倦鸟归林，结伴而飞，身轻迅疾，没入深林。看到此景，诗人不由地发出感慨：多么羡慕黄昏时分的倦鸟，拥有轻盈的翅膀，可以及时归巢。相比之下，自己与家乡远隔千山万水，纵有万般思归之情，也只能仰天长叹。

诗歌叙写了寄身他乡的漂泊之苦，表达了人生功业未建的不平与无奈，并流露出深切思乡盼归之情。全诗无一字写“独坐”，但所思、所见、所感皆缘独坐而发，处处体现“独坐”。结构上打破先写景后抒情或叙事的惯常模式，采用首联叙述、颔联写景、颈联抒情、尾联再次回到景物描写的结构，别具一格，构思独特。诗歌语言简洁顿挫，情感跌宕起伏，音韵清幽深远，风格沉郁深曲。

附：《独坐》繁体字文本

獨坐

悲愁囬白首，依杖背孤城。
江斂洲渚出，天虚風物清。
滄溟服衰謝，朱紱負平生。
仰羨黄昏鳥，投林羽翮輕。

十四、《登岳阳楼》赏析

登岳阳楼[1]

昔闻洞庭水，今上岳阳楼[2]。
吴楚东南坼，乾坤日夜浮[3]。
亲朋无一字，老病有孤舟[4]。
戎马关山北，凭轩涕泗流[5]。

注释

［1］选自《全唐诗》（卷二三三），中华书局1999年版，第2564页。岳阳楼，见李白《与夏十二登岳阳楼》注释［1］。

［2］洞庭水，洞庭湖。

［3］吴楚二句，意谓洞庭湖宏阔，将东南吴楚一分为二，天地日月都涵于其中。坼（chè），裂开、分裂。乾坤，天地。浮，漂浮，这里指天地倒映在湖面。

［4］老病，指年老多病。

［5］戎马关山北，指北方边关战事。戎马，借指战事、战争。凭轩，靠着窗子。轩，窗户。涕泗流，眼泪鼻涕流淌。涕，眼泪。泗（sì），鼻涕。

这首五言律诗当作于唐代宗大历三年（768年）冬。这年冬天，杜甫从江陵、公安等地一路颠簸抵达湖南岳阳。当时杜甫56岁（古算法57岁），肺病、风痹等疾病缠身，右耳已聋，生命进入倒计时阶段。诗人到达岳阳后，拖着病体登上岳阳楼，即景生情，写下了这首千古传唱的经典之作。

首联写登上岳阳楼。开篇用工整的对偶句式，关合题目，表露出登上岳阳楼的欣慰之情。“昔闻”一词显示出诗人对洞庭湖的向往之情，“今上”一词表现了诗人登上岳阳楼的欣慰之情。这两句诗，词浅意深，一“昔”一“今”，一“闻”一“上”看似明白如话，实则蕴含着诗人多种复杂情感。诗人在唐玄宗天宝年之后，人生发生重大转变，科考无望，投靠无门，经历了国破家败，看遍了世事沧桑，看透了人间冷暖，体验了仕途踱踬，受尽了漂泊煎熬。到达湖南岳阳之前，诗人从四川到湖北、再到湖南，已经历了近四年的漂泊生活，饱受了颠簸之苦和穷困潦倒之痛。虽说到了晚年还能登上岳阳楼，了却多年对洞庭湖向往的心愿，但在颠沛流离中登上岳阳楼，其中辛酸自难消除。如此境遇之下，诗人登上岳阳楼，既有一丝满足多年夙愿的欣慰之感，又饱含着抑郁、幽愤、沉闷、冷落、孤凄等多种复杂的心情。

颔联写洞庭湖胜景。登上岳阳楼之后，眼前的景境令诗人感到震撼，他用饱含深情的笔触，赞颂洞庭湖雄浑阔远气势。“吴楚东南坼”描写洞庭湖之广。诗人用夸饰之语，将洞庭湖与古代吴楚两国分割连结在一起，泼墨挥毫，极力渲染洞庭湖所涉流域广袤。“乾坤日夜浮”写洞庭湖之阔。诗人从湖面倒映日月星辰的角度，将洞庭湖与苍穹大地相接，极力刻画洞庭湖水面浩荡无涯的气势。颔联回应首联“洞庭水”，对偶精工，意象清虚，意境宏阔，极富感染力，是传唱千古的表现洞庭湖美景的名句，表现了年老体衰的诗圣仍拥有以往雄浑的气势和阔远的胸襟。

颈联直抒孤老之苦。颈联并未顺着颔联意境抒发豪情壮志，而是笔锋一转，叙写孤苦之情。天下如此之大，竟难容一个登楼的老孺。吴楚物产丰阜，但一个忧国忧民的诗人竟要四处飘零。面对雄浑阔远之境，诗人忍不住慨叹晚年悲惨境遇，情感跌宕，句意顿挫。其实杜甫登楼时，始终强压着内心悲戚愁苦情感。首联诗人用“今上岳阳楼”将悲愁掩盖，颔联诗人用洞庭湖雄阔气势遏制了凄苦，到了颈联，诗人再也无法控制情感，便用特有的沉郁顿挫方式将之释放。“亲朋无一字”表露出无限孤寂之感，“老病有孤舟”表达了无限痛苦之情，一“无”一“有”，尽现凄然悲切。年老体衰，疾病缠身，孤独无助，如此惨境，孰能忍受？颔联和颈联前后情绪起伏不定，笔法顿挫跌宕，自是真实表露，不但毫无突兀之感，反而令人倍觉情真意切。颈联对仗工整，词意精切，感情深沉，笔法顿挫，将沉郁顿挫风格体现得淋漓尽致。

尾联表达忧国之情。诗人宕开个人愁情，将笔触伸向西北边关。“戎马关山北”表明北方边关战事又起。当时，吐蕃先后侵扰灵武（在今宁夏灵武市一带）和邠州（今陕西彬县一带），唐王朝先派马璘平边，后又令郭子仪率军实边。“凭轩涕泗流”生动地体现了诗人忧国忧民之情。安史之乱后，唐王朝政治走向衰落，游牧民族乘机开始侵扰边境，纷纷挑起战争。边地烽火不息，唐军疲以应对，国家难保安宁，百姓深受其害。诗人在岳阳楼上凭轩眺望，自身的苦难与家国不幸相互交织在一起，本就被悲苦压抑不堪的杜甫，想到边关战争给国家和百姓带来的深切灾难，便忍不住老泪纵横。诗人的家国情怀于笔端尽现，诗歌在孤独老人的泪水中收束，言已尽意无穷，引人深思，令人慨叹。

杜甫的人生悲剧，不仅仅缘于科举制度的弊端，也不仅仅是昏君与佞臣失政导致的结果，而是封建专制政治体制“假仁借义”、不重“儒术”“道术”、强压才士的内在本质与杜甫天真、善良、美好的理想之间剧烈冲突的结果。（杜晓勤，2018）诗歌描写了洞庭湖雄浑阔远的景象，抒发了年老多病、凄苦孤寂的悲苦之情，并表达了心忧天下的情怀。杜甫能在自身近乎绝愁境地之际，仍能以天下为念，胸怀如此广博，与表现洞庭湖气势相辅相成。

“文章千古事，得失寸心知”（《偶题》），杜甫晚年的诗歌由其心血凝结而成，语言凝练，神完气足，浑厚典雅，臻于极致，不仅对仗之工，其声律运用之妙，臻于炉火纯青的境地。（蒋寅，2018）杜甫晚年经典律诗，以老境取胜，犹如百年佳酿，浓烈醇厚，沁人心脾。本诗结构跌宕起伏，笔法沉郁顿挫，语言精微简切，对偶精切工整，音韵浑沉韶远，风格沉郁雄深。

附：《登岳阳楼》繁体字文本

登岳陽樓

昔聞洞庭水，今上岳陽樓。
吳楚東南坼，乾坤日夜浮。
親朋無一字，老病有孤舟。
戎馬關山北，憑軒涕泗流。

第六章　中唐经典诗作赏析

第一节　刘长卿、韦应物与李益经典诗作赏析

一、刘长卿经典诗作赏析

刘长卿（？—790?），字文房，宣州（在今安徽）人，后迁居长安，郡望河间（在今河北），中唐前期著名诗人。天宝年间进士，历任监察御史、县尉、转运使判官、知州等职，官终随州（在今湖北）刺史，世称“刘随州”。有《刘随州集》。

刘长卿虽然是盛唐时期人，但他的诗作大多是在安史之乱后的作品，故人们习惯将他归为中唐前期诗人。诗歌多写羁愁别恨、哀叹嗟伤之感，多为五言诗，自称为“五言长城”。中华书局《全唐诗》（1999 年版）录刘长卿诗 5 卷，共 509 首。

（一）《逢雪宿芙蓉山主人》赏析

逢雪宿芙蓉山主人[1]

日暮苍山远，天寒白屋贫[2]。

柴门闻犬吠，风雪夜归人[3]。

注释

［1］选自《全唐诗》（卷一四七），中华书局 1999 年版，第 1481 页。逢雪，遭遇雪天。芙蓉山主人，诗人借宿的家在芙蓉山的人，姓名未详。芙蓉山，当为今江苏常州的芙蓉山。诗人在唐代宗大历十年（775 年）遭贬后，居于碧涧山庄。

［2］苍山，青山。白屋，简陋的土墙茅草屋。

［3］夜归人，夜晚回家的人。

这首五言绝句，有观点认为是作于诗人遭贬居于碧涧山庄之时。（葛兆光，2018）刘长卿在任转运使判官期间，因得罪鄂岳观察使吴仲汝，遭其诬陷下狱，后来被贬为睦州司马。被贬时间未详，约在唐代宗大历九年（774 年）前后。（陈尚君，2021）这首五绝当作于这一时期。

“日暮苍山远，天寒白屋贫”两句，用一个工整的对偶句式，写诗人夜宿山庄的环境。“日暮”点明时间，“苍山远”突出环境的清虚悠远。“天寒”对应“日暮”，“白屋贫”是具体意象的勾勒。“白屋”在夜幕苍山的映衬下，格外醒目，色彩对比明显，构图虚实相间，意象非常鲜明。“日暮”“苍山远”“白屋”是视觉角度刻画景物，“天寒”“贫”是从主观感受角度描写环境。诗人写景由大到小、由远及近，由面到点，用清淡的笔墨，采用粗线条构图之法，寥寥数笔，构建了一个清冷、寥廓、悠远的意境。

“柴门闻犬吠，风雪夜归人”两句，写投宿之后的经历。诗人并没有写投宿过程，而是将其作为画面留白，读者可以通过诗歌格调进行合理想象。投宿之后，诗人仅选择“闻犬吠”“夜归人”两个典型的细节，从听觉角度，采用朦胧手法，表现出雪夜投宿奇情异趣。“柴门”是诗人投宿进院子时曾经亲眼见过的实情，但在“闻犬吠”之时，则是他听觉和回忆所构成的脑海中的“虚景”。“风雪”是诗人投宿之后遇到的天气现象，也是亲眼所见实景，但在“夜归人”之际，“风雪”则成为诗人从风雪之声通过判断所构的“虚景”。由于诗人白描手法高妙，这两个“虚景”在读者眼中异常真实，可以衍生出许多生动形象的画面，象外之象，言外之景，诗情画意，妙然成趣。

刘长卿诗歌具有紧婉不迫的情感，舒缓追荡的表现。（陈顺智，2000）这首简短的小诗，不少人从小就已经耳熟能详。表面上看，诗歌如同儿歌一样浅显生动，实际上，这首诗的奥妙却在于所写的情与景颇为朦胧。从诗中所表现的情感而言，极其隐晦，难以判定。有观点认为这首诗表达了诗人雪夜投宿温馨愉悦心情①，有观点认为诗歌含有“山居荒寒之感”②，有人则认为诗中之

① 周啸天等人撰写的《唐诗鉴赏辞典》认为，诗歌有亲切温馨的感觉，夜归人显示愉悦心情。

② 萧涤非等．唐诗鉴赏辞典．上海辞书出版社，1983：406.

情无限凄楚①，也有人认为此诗景物清寒但无寒寂之情②，等等观点不一而足。至于诗意到底如何，读者自可见仁见智。诗意朦胧隐晦正是诗人高妙之处。写景绘物，用语凝练，线条简约，意象生动鲜明，意境清虚幽美。但解读意象时，又有诸多不确定之处。如“苍山远”到底是诗人眼前实景，还是远处朦胧之景？“白屋”到底是夜暮中茅草屋的颜色，还是雪覆盖房屋的颜色？“贫”是指贫穷，还是指因山中缺少房屋故觉眼前“白屋”罕见？“闻犬吠”的行为主体是诗人，还是山屋主人？“夜归人”是诗人，还是山屋之人？这些不确定，增强了诗歌的朦胧艺术韵味。

附：《逢雪宿芙蓉山主人》繁体字文本

逢雪宿芙蓉山主人

日暮蒼山遠，天寒白屋貧。
柴門聞犬吠，風雪夜歸人。

(二)《送方外上人》赏析

送方外上人[1]

孤云将野鹤，岂向人间住[2]。
莫买沃洲山，时人已知处[3]。

注释

[1] 选自《全唐诗》(卷一四七)，中华书局 1999 年版，第 1483 页。方外，尘世之外。上人，古代对僧人的敬称。僧人具体姓名未详。

[2] 将，伴随。

[3] 沃洲山，在今浙江新昌。山上有支遁岭、养马坡、放鹤峰，相传为东晋高僧支遁养马、放鹤的地方。《高僧传》(卷四) 载，支遁派人求买印山旁边的沃洲小山岭，想做为隐居之地。高僧竺道潜回答说：“欲来辄给，岂闻

① 清初唐汝询《唐诗解》认为这首诗“凄绝千古”。清初周珽《唐诗选脉会通评林》说此诗“含无限凄楚”。

② 明代高棅《唐诗正声》认为，诗歌“清景，却不寂寞”。清代施补华《岘佣说诗》认为此诗“清妙自不可废”。

巢、由买山而隐。”已知处，指大家都知道。沃洲山在东晋之后，历经高僧、名士幽居和游历，已为名胜之地。

这首五言绝句是一首送别诗。唐肃宗上元二年（761 年），刘长卿到苏州，开始在江浙一带旅居近十年。这首诗当写于旅居江浙时期。诗歌表达了对高僧友人的赞赏之情，同时也流露出对假隐世俗的讥讽之意。

“孤云将野鹤，岂向人间住”两句，为送别之语。在与僧人朋友告别之际，诗人用赞颂的语言作为送别之词。将僧人喻为“孤云”与“野鹤”，赞扬僧人超凡脱俗的品性。既然僧人超然世外，那么红尘就非他归宿，自然要远离世尘，寻求世外隐逸之地。这两句送别语，取意高古，质朴自然，既符合僧人的习性，也体现了诗人的洒脱情怀。

“莫买沃洲山，时人已知处”两句，为寄情之语。诗人借送别高僧友人，对当时盛行的假隐之风进行了讽刺。唐代佛道盛行，有很多文人通过作隐士沽名钓誉，以接近权贵，皇帝闻知后召入朝廷做官。如被司马承祯讽刺走“终南捷径”的卢藏用，就是一个欺世盗名的假隐士。《新唐书》在为一些隐士立传之时，对当时假隐风气盛行进行了揭露和斥责：“放利之徒，假隐自名，以诡禄仕，肩相摩于道，至号终南、嵩少为仕途捷径，高尚之节丧焉”（《新唐书》卷一百九十六）。《旧唐书》对当时假隐恶俗也进行了斥责：“依隐钓名，真风渐鲜。结庐泉石，投绂市朝”（《旧唐书》卷一百九十二）。假隐之风降低了唐代对隐士的人品要求。诗人对当时一些文人假借隐士沽名钓誉的做法表示不满。这两句诗表面上看是临别之际寄语高僧，实际上是讥讽世情，对当时一些文人以做假隐士沽名钓誉的行为颇有微词。

诗歌构思精巧，诗句承接自然，语言质朴风趣，音韵流利清越，格调清逸超然。

附：《送方外上人》繁体字文本

送方外上人

孤雲將野鶴，豈向人間住。
莫買沃洲山，時人已知處。

（三）《穆陵关北逢人归渔阳》赏析

穆陵关北逢人归渔阳[1]

逢君穆陵路，匹马向桑干[2]。
楚国苍山古，幽州白日寒[3]。
城池百战后，耆旧几家残[4]。
处处蓬蒿遍，归人掩泪看[5]。

注释

[1] 选自《全唐诗》（卷一四七），中华书局1999年版，第1493页。有的版本题为《送上人》。穆陵关，指湖北麻城市北的穆陵关。渔阳，指唐天宝年间的渔阳郡，郡治在今天津蓟州区一带。

[2] 穆陵路，穆陵关前的路。桑干，即桑干河，古名“桑乾河”，源于山西，流经河北，今为永定河上游。

[3] 楚国，指穆陵关所在地域，穆棱关在春秋之后属楚国，故称。苍山古，意指青山年代久远。幽州，唐代幽州范围在今北京、天津一带，治所在今天津蓟州区一带。

[4] 耆旧，原指年高望重的人，这里指经历战乱的渔阳老者。耆（qí），古称60岁为耆，这里泛指老人。

[5] 蓬蒿，蓬草和蒿草，这里泛指野草。归人，指诗人在穆陵关北遇到的回渔阳之人。

这首五言律诗是一首独特的送别诗。一般认为该诗作于刘长卿在两湖一带任职期间。唐代宗大历五年到六年（770—771年）刘长卿任转运使判官，淮西、鄂岳转运留后等职，事务涉及湖南、湖北一带。这首诗当作于这一时期，季节当为秋冬。

首联写与人相遇的地点以及对方行程的方向。“逢君”表明与老熟人偶然相遇。“穆陵路”关合题目，一则表明与人相逢的地点，二则用“穆陵关”起兴，用意在于自然引出后面的兵戈灾难。“匹马”突出故人旅途孤寂。“向桑干”表明故人行进的方向。“穆陵”“桑干”，一南一北，山高水长，旅途遥远，暗含诗人对故人的路途牵挂之情。

颔联描写楚地与幽州两地的苍凉萧索景象。“楚国”回应首联“穆棱”，

“幽州”关合题目，回应首联“桑干”。“苍山古”表现山隘沧桑古远，“白日寒”渲染渔阳凄寒萧森气氛。“寒”为双关隐语，一则指渔阳秋冬气候寒冷，二则暗含战乱令人凄惨心寒。诗人用工整的对偶句式，用“苍山”“白日”意象，构建了一个沧桑萧森、苦寂悲寒的意境，为后面写战乱惨状进行铺垫。

颈联描述战乱带给渔阳的灾难。诗人用一个流水对句式，描述渔阳遭受战火之后的残破景象。“城池百战后”表示作为安史之乱爆发地附近的渔阳，城市多次遭遇战火摧残。“耆旧几家残”显示战乱带给百姓的苦难。“几家残”的言下之意是，在经过战乱劫难之后，渔阳没有几家老户能幸存下来。

尾联设想故人归去的情景。“处处蓬蒿遍”，写战乱导致渔阳荒无人烟。废墟遍地，已经枯萎的蓬草漫天飞舞，蒿草在朔风中哀鸣，如此荒破景象，令人触目惊心，肺腑彻寒。“归人”关合题目，将诗歌表现内容拉回到送别话题。“掩泪看”是诗人设想的情形。战乱所造成的破坏令人惨不忍睹，故人回到渔阳之后，见到眼前残破景象，定然会双目流泪，不忍回顾。

诗歌借与故人相逢话别抒发山河破碎之感。一般来说，送别之作往往都是给对方说一些祝福之类的话语，或者表达牵挂思念之意，但这首诗歌却在送别时设想故人回到渔阳看到的残破景象。之所以如此，是因为这首诗表面看起来是一首送别诗，实际上是借题发挥，揭露安史之乱爆发后，战乱频发导致国家破败、百姓罹难的社会现实，表达诗人深沉的忧国忧民之情。

诗歌前后照应，结构严谨，语言冷峻洗练，音韵悲沉怆然，风格凄冷孤寂。

附：《穆陵关北逢人归渔阳》繁体字文本

穆陵關北逢人歸漁陽

逢君穆陵路，匹馬向桑乾。
楚國蒼山古，幽州白日寒。
城池百戰後，耆舊幾家殘。
處處蓬蒿遍，歸人掩淚看。

（四）《松江独宿》赏析

松江独宿[1]

洞庭初下叶，孤客不胜愁[2]。
明月天涯夜，青山江上秋[3]。

一官成白首，万里寄沧洲[4]。
久被浮名系，能无愧海鸥[5]。

注释

[1] 选自《全唐诗》（卷一四八），中华书局 1999 年版，第 1509 页。松江，指吴松江，又名松陵，在今江苏苏州。

[2] 洞庭，指洞庭山，在今苏州太湖景区。有东洞庭山（洞庭东山）和西洞庭山（洞庭西山），合称洞庭山。孤客，有的版本为“旅客”。

[3] 青山江上秋，意即青山与江水皆显现出秋色。

[4] 沧洲，参见李白《江上吟》注释［6］。

[5] 海鸥，参见王维《积雨辋川庄作》注释［5］。

这首五言律诗写于刘长卿寓居苏州时期。刘长卿在唐肃宗至德二年（757 年）出任苏州长洲尉，不久便入狱，不到一年出狱。之后，被贬到潘州南巴（在今广东茂名）。唐肃宗上元二年（761 年）秋，重归苏州。从诗歌的内容看，应为重回苏州之后的作品。

首联以秋景起兴抒发愁情。“洞庭初下叶”，描写洞庭山秋景。“初下叶”表现了秋天树木纷纷落叶的萧索景象。飘零的落叶犹如游子，孤寂无依。悲秋是古诗词中的常见意象，诗人以秋景起兴，引出愁情。“孤客不胜愁”，由“洞庭初下叶”意象感发而来，诗人看着飘零的落叶，想起自己孤身一人客居他乡，一股孤寂悲伤之情油然而生。

颔联描写松江夜景。“明月天涯夜，青山江上秋。”诗人宕开愁情，转而描写景色，笔法顿挫，寓情于景。“明月”意象表现思乡，“天涯”回应首联“孤客”，这一意象既表示寄居之地与家乡的空间距离，更体现心理距离，突出了诗人悲愁心情。“青山”回应首联“洞庭”，“夜”“江上”关合题目，“夜”与“秋”突出冷落寒寂。诗人用明月、天涯、寒夜、青山、江水、清秋等意象，构建了一个清丽孤寂、萧索寒冷的意境。颔联对仗工整，语言清丽，意象鲜明，景中含情。

颈联表露仕途艰辛与向往隐居之意。写景之后，诗人又回到抒情，一唱三叹，顿挫跌宕。“一官成白首”，表现了诗人在封建官场所遭受的打击和煎熬。刘长卿为人疏傲，性格刚强，曾因事下狱，遭到贬斥，内心充满悲愤。诗人用“白首”作为仕途的结果，蕴涵诗人身处封建官场的无数心酸苦楚。“万里寄沧洲”，流露向往归隐的意愿。“万里”表示隐逸之地远离世尘，“寄沧洲”体现出诗人厌恶封建官场、向往隐逸的心情。颈联对偶，不但形式工整，而且将官场和沧洲进行明显对比，语言简约，意象鲜明。

尾联抒发置身官场的慨叹。“久被浮名系”，表达多年留置官场的无奈。名利情在世俗中最难舍弃，名尤为难舍。儒家君子人格注重功利，诗人进入仕途也是为了实现人生理想，但官场多年之后，则以“浮名”二字作结，其实是他在饱受封建官场摧残之后的一种无奈。“能无愧海鸥”，表达未能隐居江湖的遗憾。“海鸥”意象具有淡泊宁静、毫无心机的象征意义。诗人以愧对海鸥作为结尾，一则表示对隐居生活的向往，二则表示对封建官场意义的反思。意尽而结，略无拖沓。

诗歌描绘了秋江夜景，表达多年官场辛酸，表露向往隐逸之情。特别是对仕途“浮名”的反思，表现出刘长卿对封建官场的深刻认知。诗歌结构跌宕起伏，语言质朴简洁，音韵感伤清幽，风格凄清顿挫。

附：《松江独宿》繁体字文本

松江獨宿

洞庭初下葉，孤客不勝愁。
明月天涯夜，青山江上秋。
一官成白首，萬里寄滄洲。
久被浮名繫，能無愧海鷗。

（五）《寻南溪常山道人隐居》赏析

寻南溪常山道人隐居[1]

一路经行处，莓苔见履痕[2]。
白云依静渚，春草闭闲门[3]。
过雨看松色，随山到水源[4]。
溪花与禅意，相对亦忘言[5]。

注释

[1] 选自《全唐诗》（卷一四八），中华书局1999年版，第1511页。有的版本题为《寻常山南溪道士隐居》或《寻南溪常道士》。南溪，南边的小

溪。常山道人，住在常山的一个道士，地名与人名均未详。

［2］莓苔，即青苔，有的版本为“苍苔”。履痕，鞋印，有的版本为“屐痕”。

［3］静渚，指幽静的水中小洲。渚，见孟浩然《宿建德江》注释［2］。静渚，有的版本为“静者”。春草，有的版本为“芳草”。

［4］水源，溪水的源头。

［5］禅意，又叫禅心，佛教语，指清寂虚无的心境。忘言，道家以及玄学所倡导的一种超越语言表意的境界。《庄子·外物》：“言者所以在意，得意而忘言”。

这首五言律诗是一首山水诗，写作年代未详。诗歌描写了寻找道士的一路风景，表达体道自然的趣味，体现在山水感召之下的精神超然境界。

首联写拜访道士所行路途的幽僻之景。诗人沿着幽僻的小路行走，路边布满碧绿青苔，鞋子踩在青苔上，印记清晰可见。路上布满青苔，表示人迹罕至，青苔上鞋印可辨，表示路径清幽。诗人走在青苔上，犹如脚踩厚厚的地毯，不但具有一种惬意，而且具有一种远离世尘的轻松与欣悦。

颔联写拜访道士未果。“白云依静渚”是环境描写。“春草闭闲门”是近景刻画。“白云”意象，既是景物描写，又具有道士行踪如同闲云野鹤的象征意味。“静渚”突出道士所居环境清幽静谧。“依”字拟人化描写白云，突出了意象的生动性。道士门前“春草”萋萋，既体现了道士幽居深山，远离世尘，访客稀少，又暗含着归隐的涵意。《楚诗·招隐士》：“王孙游兮不归，春草生兮萋萋。”春草是一个具有思乡、归隐等含义的意象。诗人认为，山中道士隐居在此，是人生的一种归宿。因此，诗人在此将春草的归隐禅意化。“闲门”意象既表示访客稀少，又暗含道士闲逸生活的趣味。“闭”委婉地表述了诗人走访道士未能如愿的结果。这两句诗对偶工整，语言委婉含蓄，意味深长。

颈联叙写诗人游览山水。一阵春雨过后，空气更加清新，青松苍翠欲滴，山林更显清空。诗人被道士所居之处的美景感召，信步随着山路，溪水潺潺，清流汩汩，不知不觉则寻到了溪水源头。诗人以轻松惬意的笔调，叙写游历山水的经过，表现出体道自然的禅意。“随山到水源”与王维“行到水穷处，坐看云起时”（《终南别业》）的禅意诗句，有其曲同工之妙。诗句对偶工整，语言清丽简洁，意象生动鲜明，意境清丽幽深，为后面阐发禅意作出铺垫。

尾联表达体道自然的禅趣。诗人走到溪水源头，看到野花布满泉水四周。“相对”一词，表明诗人将野花人格化，他与野花进行了一次心灵对话。野花身处幽谷，年年花开无人欣赏，岁岁花落无人追惜，但野花淡然从容，照样年年花开花落，花开不为取悦谁人，花落不求谁人伤悼。诗人通过与“溪花”

的心灵对话，体悟到天道自然，是一种禅宗境界，所以诗人便用“溪花与禅意”表达即景参禅之意。“亦忘言”则由禅意转为玄学意境。陶潜“此中有真意，欲辨已忘言”（《饮酒》）就是一种玄学境界。“亦”字表明此语有明显的学陶意味。大道至简，“得意忘形”“得意忘言”是玄学的思维意识命题，是禅宗的一种高级境界。“相对亦忘言”表达了诗人在禅境的感召下，进入一种玄学的思维模式。

诗歌以寻访道人为线索，由寻人转入赏景，然后在景物的感召下参禅悟道，再由禅境转入玄学的哲学思维，结构层层深入，意蕴渐渐升华。语言简约婉丽，音韵深曲和婉，风格恬淡婉约。

附：《寻南溪常山道人隐居》繁体字文本

尋南溪常山道人隱居

一路經行處，莓苔見履痕。
白雲依靜渚，春草閉閑門[3]。
過雨看松色，隨山到水源。
溪花與禪意，相對亦忘言[5]。

二、韦应物经典诗作赏析

韦应物（737—792?），京兆（今西安）人，中唐时期著名诗人。韦应物出生在一个官僚家庭，少年时期任侠豪纵，天宝年间以三卫郎为唐玄宗近侍，出入宫闱，扈从游幸。安史之乱后，玄宗奔蜀，流落失职。玄宗辞世之后，始折节读书。唐代宗广德元年（763 年）出任洛阳丞。后任京兆府功曹参军、鄠县令、比部员外郎、滁州刺史、江州刺史、左司郎中等职，官终苏州刺史。世称“韦江州”“韦左司”“韦苏州”。有《韦苏州集》。

韦应物诗风恬淡高远，以善于写景和描写隐逸生活著称。韦应物是中唐前期著名的山水诗人，与王维、孟浩然、柳宗元合称“王孟韦柳”。中华书局《全唐诗》（1999 年版）录韦应物诗 10 卷，共 565 首。

（一）《淮上喜会梁川故人》赏析

淮上喜会梁川故人[1]

江汉曾为客，相逢每醉还[2]。

浮云一别后，流水十年间[3]。
欢笑情如旧，萧疏鬓已斑[4]。
何因北归去，淮上对秋山[5]。

注释

[1] 选自《全唐诗》（卷一八六），中华书局1999年版，第1903页。有的版本题为《淮上喜会梁州故人》或《淮上喜会梁川故友》。淮上，今江苏淮河一带区域，一说江苏淮阴。梁川，应为梁州，唐梁州在今陕西汉中一带。故人，相识已久的朋友，参见王维《渭城曲》注释［3］。

[2] 江汉，指长江和汉江，长江流经苏州，汉江流经唐代梁州。

[3] 浮云，喻指漂迫不定。流水，喻指时光消失。

[4] 萧疏，指头发稀疏。斑，指头发灰白相间。

[5] 何因，"因何"的倒置。北归，指故人回到梁州，汉中在淮河西北，故言"北归"。北归，有的版本为"不归"。对秋山，有的版本为"有秋山"。

这首五言律诗叙写与老朋友见面的情景。唐德宗贞元四年（788年）到贞元六年（790年），韦应物任苏州刺史。诗歌当写于这一期间。诗歌叙写了与老朋友重逢的喜悦心情，含蓄委婉地抒发了宦海沉浮与人世沧桑的感慨。

首联回顾与友人的旧情。"江汉曾为客"写诗人曾在江汉一带（长江与汉水交汇地区，在今湖北中南部）游历客居。"相逢每醉还"回顾二人在江汉见面时豪情纵饮的情景。"每醉还"一则指二人交情深厚，二则表示两人性情皆豪爽洒脱。韦应物早年任侠负气，豪纵不羁，横行乡里，十多岁就做了唐玄宗近身侍卫，可见他不但武艺高超，而且胆识过人。早年任侠负气的诗人，在遇到好朋友之后，每次宴饮，豪情纵酒，不醉不归。诗人以豪情开篇，关合题目"故人"，既回顾与友人的交情，同时又为后面抒情埋下伏笔。

颔联用一个流水对句式，叙写二人十年阔别。诗人用"浮云"意象表达宦游身世的漂泊之感。"流水"既表示分别十年间二人远隔千山万水，又暗含诗人官场流转不定的履职过程。"一别后""十年间"用质朴简约的语言表达与老朋友阔别之久。

颈联写喜会故人情景。诗人与故人再次相遇，丝毫未变的是"欢笑情如旧"，已经改变的是"萧疏鬓已斑"。不变与变，其中暗含许多宦海沉浮的酸甜苦辣。"欢笑"关合题目"喜会"，表示二人情谊并未因十年岁月流失有任何变化。"萧疏鬓已斑"与首联形成明显对比。故友重逢，虽然热情依旧，但早已没有了十年前的豪情，如今头发稀疏，尘灰满面，两鬓如霜，再也没有激情豪饮的场景了。诗人将二人阔别十年间经历的所有风霜雪雨，用此五个字，淡淡一笔带过，既含有人世沧桑感慨，又不至于损伤整个诗篇的“喜会”氛围，遣词用句，婉曲有致。

尾联借挽留故人抒发思乡之情。诗人和老友相谈甚欢，当朋友说起要北上回梁州的话题之时，引起了诗人对家乡的思念，诗人用调笑的口吻挽留故友：为何要北归梁州呢？还是留在这里面对淮上秋天的青山吧。“淮上对秋山”关合题目，用山水之情宕开北归故乡的话题，既委婉含蓄地表达了思乡之情，又使诗歌总体格调保持与朋友重逢的欢快气氛，词情微婉顿挫，笔法老练。

诗歌以“喜会”为主基调，以时间为线索安排结构，通过十年前后的不变与变，表达深情厚谊和仕途坎坷。构思缜密，情感幽婉，语言精微，韵律清远，风格澄淡。

附：《淮上喜会梁川故人》繁体字文本

淮上喜會梁川故人

江漢曾為客，相逢每醉還。
浮雲一別後，流水十年間。
歡笑情如舊，蕭疏鬢已斑。
何因北歸去，淮上對秋山。

（二）《寄全椒山中道士》赏析

寄全椒山中道士[1]

今朝郡斋冷，忽念山中客[2]。
涧底束荆薪，归来煮白石[3]。
欲持一瓢酒，远慰风雨夕[4]。
落叶满空山，何处寻行迹[5]。

注释

[1] 选自《全唐诗》（卷一八八），中华书局1999年版，第1927页。寄，指寄赠诗歌，参见李白《庐山谣寄卢侍御虚舟》注释［1］。全椒，唐时全椒

县（今安徽全椒县），隶属滁州。山中道士，住在山里的道士，姓名无详。道士，参见李白《送贺宾客归越》注释［3］。

［2］郡斋，滁州刺史衙署中的住宅。斋，屋舍。

［3］束荆薪，捆绑荆棘一类的薪柴，这里指打柴。束荆薪，有的版本为“采荆薪”。煮白石，喻指道士修炼得道。《神仙传》载，有个中黄丈人的弟子，经常煮白石头为粮，在白石山居住，当时人们都叫他“白石生”。

［4］瓢，古时盛酒或水的容器，由葫芦剖分而制成。远慰，有的版本为“远寄”。风雨夕，风雨交加的夜晚。

［5］满空山，有的版本为“遍空山”。行迹，指道士行走的踪迹。

这首五言古诗当写于韦应物任滁州刺史时。唐德宗建中三年（782 年）至贞元元年（785 年），韦应物任滁州（在今安徽）刺史。诗歌当作于这一时期的一个深秋。

开篇两句，关合题目，叙写思念山中道士。“冷”字是双关隐语，既指官舍寒冷，又暗含心灰意冷之意。“忽念”表面上看是诗人偶然想起山中道士，细一琢磨，并非偶然。在官舍寒寂落寞之时想起的人，往往是内心深处最值得交心的人。

“涧底束荆薪，归来煮白石”两句，叙写山中道士的生活。道士在深山修道，每天要在山谷涧底打柴，回到修行之所后，自己煮饭。“煮白石”用白石生典故（见注释）称颂山中道士修道成就。因此，表面上写道士山中生活异常清苦，实际上暗含诗人对山中道士生活方式的充分肯定。

“欲持一瓢酒，远慰风雨夕”两句，叙写诗人对山中道士的惦念。诗人在官舍心寒意冷之际，便想到道士在风雨夜中也应寒寂难耐，于是便想带着酒，去山中慰问道士。从字面上看，诗人要去山中宽慰道士，仔细一想，一个身处世尘的寒寂落寞的官吏，去宽慰一个隐居深山修道颇深的道士，这本身就是一件奇怪的事情。因此，诗人表面上说想去深山慰问道士，实际上则是想与道士谈玄论道，排解自己内心苦闷。

“落叶满空山，何处寻行迹”两句，表露对隐逸生活的向往之情。“落叶满空山”，构建了一个寒寂空净的意境。老子说：“致虚极，守静笃。万物并作，吾以观其复。夫物云云，各归其根。归根曰静，静曰复命，复命曰常，知常曰明。”（《道德经·十六章》）诗人用空山落叶意象，暗含一种“归根曰静”的禅境。“何处寻行迹”，叙写山中道士行踪孤云野鹤、漂游不定，委婉含蓄地表露了对隐逸生活的向往之情。

诗作通篇表达对全椒山中道士的思念，以设想的笔调叙写道士生活，表达对道士的敬仰，并抒发了向往隐逸之情。封建文人往往将世尘生活和隐逸生活对立，前者以官场官吏为代表，后者以寺庙僧道为典型。达官贵人，生活充裕但心神难安，僧人道士，生活清苦但精神超脱。诗人在苦寒寂寥中思念道士，想通过访道实现心灵的自我慰藉，但最终以行踪难寻为借口作罢，实际上表露出封建文人的内心矛盾，既向往隐逸生活的精神自由，又难以忍受清苦。这种“高处不胜寒”（苏轼《水调歌头》）的困惑是封建文人普遍的心理现象，客观上折射出封建官府对文人精神摧残的现实。

诗歌以寄思之情为线索，结构如行云流水。语言简约，抒情委婉，音韵清越灵活，风格清虚超逸，集中体现了韦应物诗歌澄淡精致的艺术特色。

附：《寄全椒山中道士》繁体字文本

寄全椒山中道士

今朝郡齋冷，忽念山中客。
澗底束荊薪，歸來煮白石。
欲持一瓢酒，遠慰風雨夕。
落葉滿空山，何處尋行跡。

（三）《寒食寄京师诸弟》赏析

寒食寄京师诸弟[1]

雨中禁火空斋冷，江上流莺独坐听[2]。
把酒看花想诸弟，杜陵寒食草青青[3]。

注释

[1] 选自《全唐诗》（卷一八八），中华书局 1999 年版，第 1929 页。寒食，寒食节，古代节日，有的朝代定为清明节前一天，有的定为前两天。相传晋文公为纪念介子推而设。介子推伴随晋文公（重耳）流亡十多年，后又鼎力相助晋文公取得王位。功成之后介子推坚辞不受俸禄，与母亲一起躲进深山避而不见晋文公。晋文公令人烧山，意欲迫使介子推出来见他，结果介子推与母亲皆抱树而死于大火之中。晋文公为了纪念介子推，在其死难之日禁火寒食，于是后来就有了寒食节。寄，指寄赠诗歌，参见李白《庐山谣寄卢侍御虚舟》注释［1］。京师诸弟，指在长安的几位兄弟。

[2] 空斋，空荡荡的房子，指诗人自己的住处。流莺，鸣声婉转的黄莺。

[3] 把酒，端着酒杯。杜陵，位于长安（今西安）南郊，参见杜甫《自京赴奉先县咏怀五百字》注释 [2]。

这首七绝，一般认为写于韦应物任江州（今江西九江）刺史之时的清明节前后。唐德宗贞元元年（785 年），韦应物由滁州刺史改任江州刺史，当时，诗人在寒食节想起了远在京师长安的诸位兄弟，写了此诗以抒发孤独思乡之情。

“雨中禁火空斋冷”，诗人在雨天寒食节里，面对客居官舍的冰锅冷灶，顿时感到孤凄冷清，心情不免独自忧伤。古代寒食节这一天不生火做饭，吃冷食、祭祀、踏青。无法安坐的诗人，一手提着酒壶，一手拿着酒杯，独自漫步到野外。走着走着，不知不觉来到了江边。“江上流莺独坐听”，诗人随意独坐，望着远远的江景，静静地听着黄鹂鸟婉转清丽的叫声。时间过了很久很久，诗人仍在静静独坐。“把酒看花想诸弟，杜陵寒食草青青”，诗人慢慢端起酒杯，喝着闷酒，看着身边的花草，想起了远在长安的诸位兄弟，他暗自思量：这个季节，长安的杜陵上野草青青，“王孙游兮不归，春草生兮萋萋”（《楚辞·招隐士》），归隐回乡吧，不作这个官了，兄弟们也该在时常想念着我吧。

这首七绝抒发了诗人对亲人的思念以及归隐之情的闪现。在艺术上，构景孤幽凄冷而淡远，江州与长安的空间转换自然流畅，景中处处含情。语言传神，如“冷”“独坐听”“把酒”“看”“想”等词贴切精微。韵律低沉，格调凄冷。

附：《寒食寄京师诸弟》繁体字文本

寒食寄京師諸弟

雨中禁火空齋冷，江上流鶯獨坐聽。
把酒看花想諸弟，杜陵寒食草青青。

（四）《滁州西涧》赏析

滁州西涧 [1]

独怜幽草涧边生，上有黄鹂深树鸣[2]。
春潮带雨晚来急，野渡无人舟自横[3]。

注释

[1] 选自《全唐诗》（卷一九三），中华书局 1999 年版，第 1999 页。滁

州西涧，在滁州城西郊，俗名称上马河。

［2］独怜，唯独喜欢。幽草，幽谷里的小草。幽草，有的版本为“芳草”。涧边生，有的版本为“涧边行”。深树，枝叶茂密的树。深树，有的版本为“深处”。

［3］春潮，春天的潮汐。野渡，郊野的渡口。横，指小船在码头边随意漂浮。

这首七言绝句写于韦应物在滁州任刺史时。任职滁州时期是韦应物诗歌创作的一个高峰。韦应物在滁州常独步郊外，滁州西涧是他常散步赏景之地。这首诗就是作者游览西涧时写的小诗。诗中通过幽草、深树、春潮、晚雨、野渡、横舟等意象，构成一幅清幽雅致的水墨画，诗人在如画的风景前冷眼静观，抒发出恬淡的心态和黯然悲凉之情。有人说此诗寄托韦应物仕途不得志、欲归隐而不得的情志，读者自可见仁见智。诗作构图精妙，状物精巧，声韵悠远，用词精道，是写景诗中的精品。

附：《滁州西涧》繁体字文本

滁州西澗

獨憐幽草澗邊生，上有黃鸝深樹鳴。
春潮帶雨晚來急，野渡無人舟自橫。

三、李益经典诗作赏析

李益（748—829?），字君虞，凉州姑臧（今甘肃武威）人，中唐时期著名诗人。唐代宗大历四年（769年）进士，初任郑县尉，后辗转在幽州、朔方、邠宁等地做幕府，在军旅度过十几年的戎马生涯。唐宪宗元和初年，李益被召回京，任都官郎中，后历任中书舍人、河南尹、秘书少监、散骑常侍等职，官终礼部尚书。有《李君虞集》（又名《李益集》）。

李益家族，素有家学，以文学知名。（周忠强，2021）李益诗歌题材广泛，以边塞诗作名世，其边塞诗在中唐独树一帜。擅长绝句，尤其工于七绝。中华书局《全唐诗》（1999年版）录李益诗2卷，共165首。

(一)《竹窗闻风寄苗发司空曙》赏析

竹窗闻风寄苗发司空曙[1]

微风惊暮坐，临牖思悠哉[2]。
开门复动竹，疑是故人来[3]。
时滴枝上露，稍沾阶下苔[4]。
何当一入幌，为拂绿琴埃[5]。

注释

[1] 选自《全唐诗》(卷二八三)，中华书局1999年版，第3209页。有的版本题为《竹窗闻风》。寄，指寄赠诗歌，参见李白《庐山谣寄卢侍御虚舟》注释 [1]。苗发，唐代诗人；司空曙，字文初（一说字文明），唐代诗人。二人皆在“大历十才子”之列。

[2] 临牖思悠哉，意即站在窗前思绪悠远。牖（yǒu），窗户。悠哉，思绪深远的样子。

[3] 故人，指苗发和司空曙。

[4] 沾，浸润，有的版本为“沿”。

[5] 何当二句，意即何时微风能够进入屋内帐幔，拂去琴上的尘埃。何当，何时、什么时候。幌（huǎng），帘帷，帐幕。绿琴，又名绿绮，一种名贵的琴，参见李白《听蜀僧濬弹琴》注释 [2]。

这首五言律诗是寄赠诗作，表达了对友人的思念之意，表现出诗人内心孤寂落寞之情。

首联叙写日暮独坐漫思。这两句正常的顺序应是“临牖思悠哉，微风惊暮坐”，因为受格律限制，故采用次序倒置。暮色苍茫，诗人处理完一天的公务，一个人静静地坐在窗前，回顾往事，思念故人，思绪飘荡，神游八荒。屋内一片寂静，一阵微风徐来，令诗人蓦然回过神来。“微风”“临牖”关合题目。“惊”字用得很传神，既表示环境非常寂静，又暗含诗人思绪神游进入了超现实的境界。

颔联叙写思友导致幻觉。颔联是首联“惊暮坐”之后的行动描写。诗人静坐被微风惊起之后，发现窗前翠竹摇动，便出去查看。开门的瞬间，发现竹丛又动了起来，诗人心头不禁一喜：脑海中刚刚思念两位老朋友，莫非真的来了？“动竹”“故人”关合题目。“疑”字既体现出诗人对故友的思念，又暗含自己孤寂落寞的心态。

颈联转为描写露中翠竹。确认并无人来之后，诗人宕开笔触，将目光聚集到露水浸透的翠竹之上。“时滴枝上露，稍沾阶下苔。”竹叶上充满了晶莹的露珠，微风吹来，露珠滴落，滴滴如泪，洒在台阶下的青苔之上。诗人将思念故友的思绪转移到窗前的翠竹之上，是为了消解愁情。不料看到竹枝滴露，如人掉泪，一滴一声，凄清无限。颈联移情换景，景中含情，对偶工整，笔法顿挫，情致幽婉。

尾联抒发寄思故友之情。竹枝滴露，令人更觉凄幽空寂。诗人便将注意力又转向窗前微风。微风轻拂，其力仅能抖落翠竹枝上的滴滴露珠，难以掀开帘幕进入屋内，吹拂掉绿琴上的尘埃。于是他面对微风而发感慨：“何当一入幌，为拂绿琴埃。”诗人用拟人化手法，采用与微风对话的方式，表达对苗发和司空曙两位故友的思念之情。绿琴蒙尘，表明诗人久未弹琴，暗含无赏琴知音，将诗情转回到寄思友人的话题。

诗歌以寄思为主线，以微风为辅线，将叙事、描写、抒情融为一体，表达对故友的思念之情，结构完整，笔法顿挫，抒情婉转。语言清丽，“惊”“思”“动”“疑”“滴”“沾”“入”“拂”等动词精切传神。诗歌格调古朴，音韵清幽舒缓，风格清丽雅淡。

附：《竹窗闻风寄苗发司空曙》繁体字文本

竹窗聞風寄苗發司空曙

微風驚暮坐，臨牖思悠哉。
開門復動竹，疑是故人來。
時滴枝上露，稍沾階下苔。
何當一入幌，為拂綠琴埃。

（二）《立秋前一日览镜》赏析

立秋前一日览镜[1]

万事销身外，生涯在镜中[2]。
唯将满鬓雪，明日对秋风[3]。

注释

[1] 选自《全唐诗》（卷二八三），中华书局1999年版，第3218页。览镜，照镜子。

[2] 销身外，抛出身外，消解于身外。销，消解、解除。

[3] 满鬓雪，有的版本为“两鬓雪”。雪，喻指白发。

这首诗五言绝句是即兴抒怀之作，诗中表现出作者在岁月蹉跎中人生失意、对未来无奈的复杂情感。

时光匆匆，岁月蹉跎，又一个秋天来到，次日就是立秋。自古文人多悲秋，李益也一样，在秋风萧瑟中感到人生苦短，岁月难再。回想过去，往事如烟，一切都可抛掷，让万事置于身外。诗人面对着镜子，看着镜子中自己的容颜，仿佛一生所作所为都在这张饱经风霜的脸上，脸映入镜中，自然一生也在镜中了。庄子说过：“至人①之用心若镜，不将不逆②，应而不藏，故能胜物而不伤。”（《庄子·应帝王》）意思是说，最高境界的人用心就像镜子一样，已离去的不跟着去，未来的不迎它来。反映所应之物但不将之藏于自身。所以他的心能够承担世间万物而不被万物所伤。诗人对着镜子，将自己的一生之事连同这张饱经风霜的脸都映在镜子之中，力求做到万事不伤自身。这是一种人生失意后的无奈与自我解嘲，也是古代众多士人在人生失意时利用老庄思想解脱精神压力的一个途径。身外万事可以弃之不理，但明天还需要面对。诗人认为，过去无得，将来无求便无失。所以感慨道：“唯将满鬓雪，明日对秋风。”用一颗早已沉静如水的心态，来面对未来的风雪冰霜。这是一种经历世间各种体验后的无奈人生选择，是一种算不上颓废但非积极的人生态度，是封建士子一种随遇而安的仕途心态，是一种万事随缘的生活方式。

诗歌总体上反映出诗人在人生失意时面对未来随遇而安的心态。在艺术上，这首五言绝句的特点主要体现在：一是情中见景。诗人以情感抒发为主线，围绕情感抒发选择意象，构成一个萧索淡泊的意境。二是语言简洁传神。全诗未引用典故，都是浅切的语言，但词义含蓄，在用词上极有讲究，“销”“在”“对”等词准确传神地表达出作者的心态。三是韵律深沉而不悲，格调哀而不伤，符合儒家“文质彬彬”（《论语·雍也》）的审美哲学。

---

① 一作“圣人”。

② 一作“迎”。

附：《立秋前一日览镜》繁体字文本

立秋前一日覽鏡

萬事銷身外，生涯在鏡中。
唯將滿鬢雪，明日對秋風。

（三）《从军北征》赏析

从军北征[1]

天山雪后海风寒，横笛偏吹行路难[2]。
碛里征人三十万，一时回向月明看[3]。

注释

［1］选自《全唐诗》（卷二八三），中华书局1999年版，第3221页。

［2］海风，指大漠吹来的风。海，即瀚海，喻指西北大漠，参见岑参《白雪歌送武判官归京》注释［6］。一说海风为青海湖吹来的风。横笛，笛子的另一种称呼。行路难，古乐府调，参见李白《行路难三首》（其一）注释［1］。

［3］碛（qì），沙漠、戈壁。征人，出征或戍边的军人，参见高适《燕歌行》注释［11］。回向，有的版本为“回首”。月明，有的版本为“月中”。

这首七言绝句是边塞诗。唐德宗建中元年（780年）至建中四年（783年），李益在灵武作朔方节度使崔宁的幕僚，诗歌当作于这一时期。

首句总体描写行军环境。“天山”说明区域是西北边关。“雪后”点明了季节和天气。“海风寒”突出行军环境的艰苦。诗人以写景起兴，为次句抒写“行路难”进行铺垫。次句叙写笛声，侧面描写行军路途艰难。“横笛偏吹”突出笛声的穿透力与将士听到笛声的烦闷心情。莽莽雪域戈壁滩，朔风厉烈，皓月当空，行军途中，一阵阵幽怨哀婉的笛声远远传来，划破了静静的夜空，传入所有行军者的耳中。“行路难”一语双关，既指笛子吹奏的曲调为《行路难》，又指唐军行军路途艰难。第三句写行军队伍规模浩大。数十万大军在一望无际的戈壁上行军，旌旗逶迤，浩浩荡荡。“征人”关合题目。“三十万”回应“横笛偏吹”，表示笛声所覆盖的人群之广。最后一句，表达唐军边关将士思亲怀乡的悲怆之情。“一时”突出笛声引起行军将士的情感共鸣，“回首”

“月中看”为细节描写，形象地体现了行军途中将士思乡怀土之情。明月意象暗含思亲怀乡之情，委婉曲折地表露了唐军边关将士深受征战之苦的悲切情绪。

前两句诗描绘行军艰难，后两句则从唐军将士的心理感受对行路难进行深入剖析，结构上层层递进，环环相扣。诗歌写三十万的“碛里征人”在听到笛声后“一时回向月明看”，显然是夸饰之词，读之不但无失真之感，反而能明显感到将士们的悲怆哀怨之情，充分显示出诗人巧用夸饰的高妙之处。诗歌语言朴质简劲，音韵清越悠远，风格凄切悲怆。

附：《从军北征》繁体字文本

從軍北征

天山雪後海風寒，横笛偏吹行路難。
磧裹征人三十萬，一時囬向月明看。

(四)《夜上受降城闻笛》赏析

夜上受降城闻笛[1]

回乐峰前沙似雪，受降城下月如霜[2]。
不知何处吹芦管，一夜征人尽望乡[3]。

注释

[1] 选自《全唐诗》(卷二八三)，中华书局 1999 年版，第 3225 页。受降城，这里指灵州（今宁夏灵武）。唐太宗贞观年间曾在灵州接受突厥一部投降，故名。另外，据《新唐书》(卷一百一十一) 记载，唐高宗时期，张仁愿率军打击突厥，在黄河北部建了中城、西城、东城三个受降城，其中西城的南部直达灵武。

[2] 回乐峰，指回乐县附近的山峰。唐代置回乐县，治所在灵州。峰前，有的版本为“烽前”。城下，有的版本为“城上”或“城外”。

[3] 芦管，有的版本为“芦笛”。

这首七言绝句是李益边塞诗最著名的代表作，写于李益在朔方节度使崔宁手下做幕府的时期（780-783 年）。诗的前两句写景，写诗人登上受降城楼所见的景色与将士的思乡之情。登楼在古代诗歌中是一个思乡意象。建安时期王粲在荆州刘表手下做幕僚时曾写《登楼赋》："登兹楼以四望兮，聊暇日以销忧。览斯宇之所处兮，实显敞而寡仇。挟清漳之通浦兮，倚曲沮之长洲。背坟衍之广陆兮，临皋隰之沃流。北弥陶牧，西接昭丘。华实蔽野，黍稷盈畴。虽信美而非吾土兮，曾何足以少留。"诗人在军营的夜晚难以入睡，独上城楼，登高眺望，就是思乡情绪所使然。登上城楼之后，诗人眼前的月下沙丘如雪，城郊月光洒在地上如霜。这两句用回乐峰、沙丘、孤城、月光等意象，构成一幅悲凉萧索的塞上夜景图，为后面抒情做铺垫。

后两句抒情，表现诗人身处塞外思乡之情。诗人在城墙上站立了很久很久，天高云淡，月明星稀，万籁无声，四周寂静。突然，远处传来一阵阵悠扬婉转的笛子声。这笛声，划破夜空，撕裂将士们思家的内心。将士们再也无法入睡，纷纷起身来到账外，向着自己的家乡眺望。很多将士的家乡远在千里万里之外，他们不可能看到家乡，映入他们眼帘的只有如霜的月光和似雪的白沙。笛声还在远处传扬，将士们早已泪流满面……。读诗至此，有一种言已尽而味无穷的感受。笛声中的将士眼泪，也许只有体味过战争的人，才能真正明白这种情感的真实感受。

诗歌在构思上采用铺垫和烘托手法，先写景后抒情，使情景完美地融合到一起。语言深沉，"雪""霜""芦管""尽望乡"等词，读之令人荡气回肠。诗歌韵律悠长，让人体味无穷。

附：《夜上受降城闻笛》繁体字文本

夜上受降城聞笛

回樂峯前沙似雪，受降城下月如霜。
不知何處吹蘆管，一夜征人盡望鄉。

第二节　韩愈等奇崛派诗人经典诗作赏析

奇崛派，又称韩孟诗派、险怪诗派、奇险诗派、奇崛险怪派、奇险怪硬派等，是中唐时期诗坛上一个重要流派。该诗派以韩愈为首，代表人物有孟郊、贾岛、李贺、姚合等人。在创作理论上主张不平则鸣和笔补造化，推崇奇险怪硬诗风。创作中以文为诗，以议论入诗。韩孟诗派的主张，突破了过度重视人伦道德和温柔敦厚的传统诗教，由重视诗的社会功能转向推重诗的抒情特质，从而注重创作主体内心展露和艺术创造力的发挥，对宋代诗歌创作具有很大影响。但“以文入诗”和“以议论入诗”在一定程度上影响了诗歌的意蕴与形象性，正因为此，韩孟诗派特别是韩愈的一些诗歌，后世褒贬不一，赞扬和贬责共存。

一、韩愈经典诗作赏析

韩愈（768—824），字退之，河南河阳（今河南孟州）人，郡望昌黎，世称韩昌黎，因官吏部侍郎，又称韩吏部，谥号“文”，故又称韩文公。唐代文学家、哲学家。唐德宗贞元八年（792 年）进士，历任汴州观察推官、四门博士、监察御史、山阳县令、国子博士、比部郎中、史馆修撰、中书舍人、刑部侍郎、潮州刺史、袁州刺史、兵部侍郎、京兆尹、御史大夫等职，官终吏部侍郎。有《韩昌黎集》。

韩愈的思想主要是儒家思想，但他的思想往往有矛盾的表现。他以儒家正统自居，反对佛教的清净寂灭、神权迷信，但又相信天命鬼神；他盛赞孟子辟排杨朱、墨子，认为杨、墨偏废正道，却又主张孔墨相用；他提倡宗孔，贵王道，贱霸道，而又推崇管仲、商鞅的事功；他抨击二王集团的改革，但在反对藩镇割据、宦官专权等主要问题上，与二王的主张并无二致。这些复杂矛盾的现象，在其作品中都有反映。

韩愈在文学创作方面取得了巨大的成就。他是中唐古文运动的倡导者和领导者。韩愈文章气势雄伟，说理透彻，逻辑性强，被尊为唐宋八大家之首，有“杜诗韩笔”（杜牧《读韩杜集》）之誉。散文创作与柳宗元并称“韩柳”，与宋代散文家欧阳修并称为“韩欧”，与宋代大文豪苏轼并称“韩苏”，并有“韩柳欧苏”之称。韩愈的散文对后世影响非常深远，迄今为止，韩愈散文仍是我们学习的典范。

韩愈的诗作成就远逊于散文，诗歌多长篇古诗，其中不乏揭露现实矛盾、表现个人失意的佳作。韩愈最具独创性和代表性的作品，则是那些以雄大气势见长和怪奇意象著称的诗作。韩愈诗风向怪奇一路发展，他的诗苍劲雄浑，硬语盘空，声宏调激，多用激荡、惊怖、幽险、凶怪的词语，构成了奇异动魄的意象。他用写赋的方法作诗，铺张罗列，浓彩涂抹，穷形尽相，力尽而后止。他以文入诗、以议论入诗，人称“韩愈为唐诗之一大变”（叶燮《原诗》），对宋代诗歌创作有非常大的影响。诗歌与孟郊并称“韩孟”，有“孟诗韩笔”之称。中华书局《全唐诗》（1999 年版）录韩愈诗 10 卷，共 402 首。

（一）《山石》赏析

山石[1]

山石荦确行径微，黄昏到寺蝙蝠飞[2]。
升堂坐阶新雨足，芭蕉叶大栀子肥[3]。
僧言古壁佛画好，以火来照所见稀[4]。
铺床拂席置羹饭，疏粝亦足饱我饥[5]。
夜深静卧百虫绝，清月出岭光入扉[6]。
天明独去无道路，出入高下穷烟霏[7]。
山红涧碧纷烂漫，时见松枥皆十围[8]。
当流赤足蹋涧石，水声激激风吹衣[9]。
人生如此自可乐，岂必局束为人鞿[10]。
嗟哉吾党二三子，安得至老不更归[11]。

注释

［1］选自《全唐诗》（卷三三八），中华书局1999年版，第3790页。

［2］荦（luò）确，奇险不平的样子。径微，道路狭窄。微，狭窄。

［3］升堂坐阶，进入寺庙殿堂，坐在台阶上。栀子肥，栀子生长茂盛。栀子，一种常绿灌木，夏季开花，花色白，有香气，原诗为“支子”，据别本改。

［4］所见稀，指看到的都是稀世珍品。稀，稀有、罕见。一说依稀、模糊。

［5］疏粝，指粗茶淡饭。疏，粗略、粗糙。粝（lì），糙米，泛指粗粮。

［6］百虫绝，各种昆虫都不做声。绝，停止鸣叫。光入扉，指月光穿过门窗，照入屋舍。扉（fēi），本意为门扇，引申为门窗、屋舍等。

［7］无道路，不择路而行，即随心所欲地走，一说指山中云雾弥漫看不清道路。出入高下，指自由行走在山上山下，一说指出出进进在高低不平的山路中。穷烟霏，指走出云雾。穷，尽，意即走出。烟霏，指山间流动的云雾。

［8］山红涧碧，指红色的山花和碧绿的溪水。松枥，松树和栎树。枥，同“栎”。十围，指树有十多围粗。围，计量单位，指两只手的拇指和食指合

围的长度，亦指两只胳膊合围起来的长度。这里指前者。

［9］风吹衣，有的版本为“风生衣”。

［10］为人鞿，被人羁绊、牵制。鞿（jī），本意为马嚼子，引申为羁绊、牵制、束缚。

［11］嗟哉，感叹词。吾党二三子，指与自己志同道合的朋友。吾党，《论语·公冶长》：“归与，归与！吾党之小子狂简，斐然成章，不知所以裁之。”二三子，《论语·述而》：“二三子以我为隐乎？吾无隐乎尔。”安得，哪能、怎么能够。归，指辞官归乡。

这首七言古诗既是记游诗，也是山水诗。写作年代众说不一，有观点认为作于唐德宗贞元十七年（801 年）韩愈离开徐州到洛阳的途中，也有人疑为在前往阳山或潮州的路上所作。以首句前两个字为题，是诗人拟古刻意模仿《诗经》，内容则叙写一次游历山寺的活动，描写一路所见、所闻和所感，表达了向往归隐山林的兴致。

首句到“清月出岭光入扉”十句，写游历山寺的经过和所见所闻。前两句写“黄昏到寺”。诗人首先将目光聚焦到道路旁的悬崖峭壁。“山石荦确行径微”，突出了诗人旅途行进的艰难。道路崎岖，路边怪石嶙峋，山路盘旋曲折，诗人行走在狭窄的山路上，攀爬山石，腾挪脚步，异常艰难。一路颠簸，终于在黄昏时分到达山寺。然而，进入古刹之前首先映入诗人眼帘的是一群空中盘旋、上下翻飞的蝙蝠。“山石荦确”“径微”“蝙蝠飞”，体现出韩愈诗歌意象险怪的特色。“升堂坐阶新雨足，芭蕉叶大栀子肥”两句，写进入寺院及所见景色。诗人进入寺院的殿堂，此时一阵春雨来临，新春的雨水伴随着寺院周围的泥土气息，扑鼻而来。春雨过后，寺内芭蕉硕大的叶子翠绿欲滴，栀子郁郁葱葱，枝繁叶茂，翠绿丰美。诗人坐在台阶上，与周围的美景相映成趣，路途劳累早已消除，此时感觉甚是惬意。“僧言古壁佛画好，以火来照所见稀”两句，叙写高僧引导诗人观赏壁画。寺内方丈和高僧见大文豪韩愈来临，十分高兴，热情地向诗人介绍寺院古壁佛画，亲自掌灯领着诗人观看墙壁上所绘的稀世珍品。“僧言”“以火来照”体现了高僧热忱待客的情景。“好”是高僧介绍古壁佛画的内敛之语，“稀”是诗人观赏佛画之后的夸赞之言。一“好”一“稀”，突出了山寺古壁佛画的珍奇价值，也表现出诗人游历古寺的欣慰之情。“铺床拂席置羹饭，疏粝亦足饱我饥”两句，写山寺僧人热情招待诗人。诗人经过长途跋涉，早已饥肠辘辘。寺内高僧热情周到，顺利地解决了诗人旅途中的食宿问题。床席虽然简陋，羹饭虽然粗糙，但足以让诗人饱食安睡，并给他此次游历留下了深刻的印象。“夜深静卧百虫绝，清月出岭光入扉”两句，叙写诗人深夜安然休息。夜深人静，诗人躺在床席上，四周毫无声息，万籁俱寂，一片沉静。皎洁月亮从东岭升起，清泠的月光从窗户照入屋舍。诗人用“夜深”“百虫绝”“清月”“光入扉”等意象，构建了一个静谧清爽的意境，表现出诗人静卧山寺的安逸心境。文学作品往往采用以噪显静的反衬之法表示环境的幽静，然而诗人却别开生面，直接以百物静默显示静谧，表现出韩诗的怪硬特色。

“天明独去无道路”到“水声激激风吹衣”六句，写游览山寺周围山水的经过和自然美景。“天明独去无道路，出入高下穷烟霏”两句，叙写诗人独自一人游历山林。一觉醒来，天已大亮。诗人笔触直奔游历主题，而将起床之后的洗漱进食行为以及与高僧道别等皆省去不叙，采用留白之法，给出足够的空间，任由读者想象。“独去无道路”，既表现山寺人迹罕至、山峦云雾弥漫、山路迷茫难寻的情景，又体现了诗人独自游山、率性而行的乐趣。“出入高下”对应“独去”，表示诗人游兴高昂。“穷烟霏”对应“无道路”，既表现了云雾缠绕群山的幻化幽美境界，又体现出诗人尽赏烟霞的浓厚雅兴。“山红涧碧纷烂漫，时见松枥皆十围”两句，是诗人所见的景物描写。山花烂漫，纷纷盛开，鲜红如火，漫山红遍。碧绿涧水，清澈见底，潺潺流躺，水声淙淙。行走在原生态的山林之中，不时看到十围粗细的参天古松和栎树。诗人用红色的山花、碧绿的涧水、高大挺拔的松枥，构建了一个美艳古雅、色彩耀目、对比鲜明、风景绮丽、引人入胜的意境，蕴含诗人崇尚山水、神融自然的淳朴高雅情怀。“当流赤足蹋涧石，水声激激风吹衣”两句，叙写诗人全然释怀于胜景之中。水流击石，叮咚作响，春风骀荡，拂面不寒。诗人将官靴脱掉，将衣衫解开，赤脚踩在石头河床之上，兴趣盎然地走入河中，迎着春风尽情享受全身心融入大自然的洒脱。宽衣洗足，是不合儒家礼教的行为。儒家思想非常浓厚的韩愈，此时此地，在幽美大自然风光的感召之下，暂且不顾礼教束缚，将红尘所有的烦恼全部抛开，近乎放浪形骸地融入山水，在游历中实现了精神超脱。

最后四句，抒发厌烦官场向往归隐的感慨。“人生如此自可乐，岂必局束为人鞿”两句议论，是诗人游历山寺后的感慨。诗人在游历中精神得到暂时的全然释放，他非常留恋这种随心所欲体道自然的状态，于是便产生对人生乐趣的思考，对封建官场深受束缚的苦痛进行了反思，并对封建官场的人生价值进行质疑。“嗟哉吾党二三子，安得至老不更归”两句议论，是对游历山寺行为的总结性感慨。表面上看，这两句劝志同道合的朋友归隐，实际上表达自己向往寄寓山林的归隐生活。从“至老不更归”的语气看，诗歌应不是韩愈而立之年的语调，更像一个知天命之年的口吻。因此，认为此诗作于韩愈贬谪潮州比作于韩愈 33 岁时到洛阳的途中的说法更为可信。

韩愈以散文创作手法作诗，有意在盛唐诗风之外独辟诗作新路。诗歌以时间为经，以行程为纬，从“黄昏到寺”“升堂坐阶”到“铺床拂席”“夜深静卧”，再到“天明独去”“出入高下”“当流赤足”，结构层次分明，逻辑清晰，犹如一篇优美的记游散文，明显体现出韩愈以文为诗的特色。在记游的同时，诗歌还塑造了人物形象，如热情好客的高僧、寄情山水的诗人等艺术形象，非常鲜明。诗歌虽然总体文从字顺，语言朴质清峻，但有的写景句意象奇崛，硬语盘空，仍能体现出韩诗奇险怪硬的风格。以四句议论收尾，体现韩诗以议论为诗的特征。

附：《山石》繁体字文本

山石

山石犖确行徑微，黃昏到寺蝙蝠飛。
升堂坐階新雨足，芭蕉葉大梔子肥。
僧言古壁佛畫好，以火來照所見稀。
鋪牀拂席置羹飯，疏糲亦足飽我飢。
夜深靜臥百蟲絕，清月出嶺光入扉。
天明獨去無道路，出入高下窮煙霏。
山紅澗碧紛爛漫，時見松櫪皆十圍。
當流赤足蹋澗石，水聲激激風吹衣。
人生如此自可樂，豈必局束為人鞿。
嗟哉吾黨二三子，安得至老不更歸。

（二）《调张籍》赏析

调张籍[1]

李杜文章在，光焰万丈长[2]。
不知群儿愚，那用故谤伤[3]。
蚍蜉撼大树，可笑不自量[4]。
伊我生其后，举颈遥相望[5]。
夜梦多见之，昼思反微茫[6]。
徒观斧凿痕，不瞩治水航[7]。

想当施手时，巨刃磨天扬[8]。
垠崖划崩豁，乾坤摆雷硠[9]。
惟此两夫子，家居率荒凉[10]。
帝欲长吟哦，故遣起且僵[11]。
剪翎送笼中，使看百鸟翔[12]。
平生千万篇，金薤垂琳琅[13]。
仙官敕六丁，雷电下取将[14]。
流落人间者，太山一毫芒[15]。
我愿生两翅，捕逐出八荒[16]。
精诚忽交通，百怪入我肠[17]。
刺手拔鲸牙，举瓢酌天浆[18]。
腾身跨汗漫，不著织女襄[19]。
顾语地上友，经营无太忙[20]。
乞君飞霞佩，与我高颉颃[21]。

注释

［1］选自《全唐诗》（卷三四〇），中华书局 1999 年版，第 3821 页。调，指调侃。张籍，见本章第五节张籍简介。

［2］李杜，指李白和杜甫。文章，诗文，主要指诗歌。

［3］那用，即哪用、何可用、怎么能用。故谤伤，指用陈词滥调诽谤中伤。故，陈旧。谤伤，诽谤中伤。

［4］蚍（pí）蜉（fú），一种体型相对较大的蚂蚁，常用于比喻浅薄愚妄之徒。撼（hàn），摇动、动摇。大树，喻指李白和杜甫。

［5］伊我生其后，意即我出生在李杜之后。伊，发语词，无意义。其，指示代词，指李白和杜甫。举颈遥相望，伸长脖子远远地眺望，意即对李杜充满仰慕之情。

［6］夜梦二句大意：夜晚做梦多次见到李杜，但白天思念他们的时候反而容貌模糊。之，指示代词，指李白和杜甫。微茫，指容貌模糊不清。

［7］徒观二句，将李白杜甫的诗作比喻成大禹治水的工程，字面大意：我徒然看到大禹治水工程留下的斧凿之痕，但却无法看到整个施工过程。实际

大意：我徒然看到李杜作品留下的艺术加工痕迹，却见不到当时写作的整个过程，因而未能究本探源。治水航，指大禹治水的过程。航，渡、航行，这里指过程。

[8] 想当二句，顺承上句，仍将李杜写诗比作大禹治水，字面大意：遥想当年大禹正在施工之时，手中高举摩天巨斧。实际大意：遥想当年李杜当时写作诗歌时，高举如椽巨笔。想，遥想。当，正当、正在。施手，动手、着手做事。巨刃，指开山大斧，喻指李杜手中之笔。磨天，即“摩天”，有的版本为“摩天”。扬，高举。

[9] 垠崖二句大意，仍以大禹治水喻李杜写诗。字面大意：山岭被大禹劈为峭壁，洪水从豁口奔流而出，天地间响起如雷一样的山崩声响。实际大意：李杜诗情如注，巨笔一挥，倾泻而出，千古绝响，惊天动地。垠（yín）崖，悬崖。划，劈开。崩豁，指山体崩塌豁开，水流倾泻如注。乾坤，天地。摆，摇动。雷硠（láng），山崩声，形容声音十分巨大。硠（láng），石头相互撞击的声音。

[10] 惟此二句大意：只有这两位大文豪，生活皆飘零困顿。两夫子，指李白杜甫两位诗豪。夫子，古时对学者、老师或男子的尊称。率，一概、都。荒凉，指生活困顿。

[11] 帝欲二句大意：玉帝想要李杜诗歌取得大成就，故意让二人崛起又倒下。帝，指上天、玉帝。长吟哦，作长篇巨制的诗歌。吟哦，作诗。故，故意、有意。遣，使、让。起，崛起，指名声大振。且，又、再。僵，倒下，喻指人生困顿。

[12] 剪翎二句，将李杜比作大鸟，字面大意：剪掉鸟的翅膀关入笼中，让它看各种禽鸟展翅飞翔。实际大意：封闭了李杜二人的仕途空间，让他俩看着那些平庸之辈们纷纷建功立业。剪翎，将鸟翅膀剪掉。翎，鸟的翅膀或尾巴上的长羽毛，这里代指鸟的翅膀。百鸟，指各种禽鸟，喻指庸人俗辈。翔，飞翔。剪翎送笼中，化用东汉末年祢衡《鹦鹉赋》“闭以雕笼，剪其翅羽”句。

[13] 平生二句大意：李杜一生写了千万篇优美的诗歌，精美的文字流传如美玉一样让人赏心悦目。金薤（xiè），倒薤书（一种篆书书体名称）的美称，喻文字优美。垂琳琅，流传下来的美玉。垂，留传、流传。琳琅，精美的玉石。

[14] 仙官二句大意：天仙派遣神兵下界，闪电雷鸣将李杜诗歌的大多精华取走。仙官，上天有职位的神仙。敕，玉皇大帝的诏令，这里指仙官发令派遣。六丁，道教中的丁卯、丁巳、丁未、丁酉、丁亥、丁丑六位阴神（未受封入正统的神），泛指仙界受驱使的小仙。雷电，打雷闪电，下取将，下凡界取走。将，语助词，无意义。

［15］太山，即“泰山”。毫芒，毫毛的细尖，喻极为细微。毫芒，有的版本为“豪芒”。

［16］捕逐，搜寻获取。捕，搜寻、获取。逐，追随、求取。八荒，八方荒远之地。

［17］精诚二句大意：精诚所至，意念一下子与李杜交汇贯通，各种奇怪的诗情进入我头脑之中。精诚，指自己对李杜真心诚意敬仰。忽，忽然、猛然间、一下子。交通，指意念与李杜交汇贯通。百怪，各种奇怪的诗情诗意。肠，代指头脑等意识器官。

［18］刺手二句大意：伸手拔深海的鲸牙，举瓢饮上天的琼浆。喻指领会了杜甫与李白的诗歌真谛。刺手，探手、伸手。酌，饮、饮酒。天浆，上天的琼浆、美酒。

［19］腾身二句大意：腾身而起遨游广阔天域，不肖穿织女纺出的衣裳。跨，渡、超越，这里指漫游、遨游。汗漫，广袤不着边际。襄，纺织，这里指纺织品。

［20］顾语二句大意：回头告诉地上的朋友张籍，不要刻意构思诗作。顾，回头看。语，告诉、告知。地上友，指张籍。经营，指刻意进行创作诗歌。

［21］乞君二句大意：给您穿戴如飞舞彩霞一般的仙人衣服佩带，与我一起在广阔的天空中高高飞翔。乞，给与。君，指张籍。飞霞佩，指仙人穿戴的如飘荡的彩霞一样的衣服和佩带，这里喻指李杜诗歌风采。颉（xié）颃（háng），上下飞翔的样子。

这首五言古诗写于韩愈担任中书舍人之后的一两年，即唐宪宗元和十年（815 年）或十一年（816 年）。李白与杜甫的诗作，在唐代就具有极大的影响。但人们对两人的成就评价并不一致。有的认为李白成就高于杜甫，有的则更倾向于崇尚杜甫。到了中唐时期，白居易和元稹的浅切诗风受到不少人的追捧，有些人对王维、孟浩然的评价高过李白与杜甫，甚至有人开始贬低李白和杜甫的成就。对此，韩愈在这首赠予之作中，以调侃的标题，严肃地阐述了对李白和杜甫诗歌成就的高度认可和坚决肯定。张籍是韩愈的门生，也是挚友。张籍作诗推崇杜甫而不注重李白，韩愈便以调笑的口吻写了这首诗，既旗帜鲜明地表达了并重李杜的观点，又对当时社会轻视李杜诗作的现象进行了辛辣的斥责，同时对张籍进行了善意提醒和勉励。

诗歌前六句为李杜诗歌正名，斥责当时贬低李杜的浅见。诗人用“光芒万丈”来形容李杜诗歌的杰出成就，用“群儿”“谤伤”等语斥责当时诋毁李杜诗歌成就的浅薄之人，甚至用“蚍蜉撼大树”比喻贬低李杜诗歌成就的行为，表达了对浅薄之人观点的不屑之情。开篇六句，皆为议论，观点鲜明，见解深刻。韩愈的观点并非贵远贱近，更非崇古抑今。对于韩愈来说，李白与杜甫，已成为故人前辈，而发出不当议论的人则是当时同僚。从世俗实用的角度，韩愈在崇尚李杜的同时，可以不去刻意斥责当朝的浅见者，但对文学的神圣使命感，使韩愈冒着得罪同僚的风险，坚决捍卫李白与杜甫的诗歌成就。李杜诗歌成就至今仍处于顶峰地位，事实证明了韩愈的见解是非常深刻的。

“伊我生其后”到“乾坤摆雷硠”十句，表达对李白与杜甫的倾慕之情。“举颈”表达敬仰之情，“遥相望”一词蕴含丰富，一则表示对李杜的追慕之情，二则表达因“生其后”未能得见李杜的遗憾，三则包含自己与李杜相差甚远的自谦之意。“夜梦多见之”突出思情之深，“昼思反微茫”表达思慕之切。日有所思，夜有所梦。梦中多次见到李杜，但醒来之后白天回想梦中情景，二人的容貌总是模糊不清。于是，“微茫”的结果是更加深了韩愈对李杜的思慕之情。诗人用“举颈”“望”“梦”“见”“思”等一系列行为动词，形象生动地表达了对李杜的追慕之情。接下来，诗人以大禹治水比喻李杜诗歌创作行为，表达了只看到诗歌成就，未能一睹创作过程的深切遗憾，从而突出了对李杜诗歌创作的仰慕之情。“治水航”“磨天扬”“划崩豁”“摆雷硠”等是诗人通过想象形成的意象，具有韩诗奇崛怪异的明显特征。

“惟此两夫子”到“太山一毫芒”十二句，盛赞李白杜甫的诗歌成就。韩愈首先采用想象的手法，将李白杜甫人生遭际不佳的原因归于上天玉帝旨意，使李杜人生颠沛流离与其诗歌创作成就形成一定的因果关系，体现了“不平则鸣”的文学观点，然后赞颂李杜诗歌取得辉煌的成就。“率荒凉”与“起且僵”，是诗人对李杜人生不幸的高度概括。“剪翎送笼中，使看百鸟翔”则采用比喻手法，形象生动地展示了李杜人生悲剧。“平生千万篇，金薤垂琳琅”两句写李杜诗作本应有的成就。“流落人间者，太山一毫芒”两句写李杜诗作实际成就。“仙官敕六丁，雷电下取将”两句，诗人采用神话想象，说李白与杜甫的质量最好、数量最多的诗歌被神仙派兵取到了天界，利用艺术化手法盛赞李杜诗歌创作成就。“荒凉”“起且僵”“垂琳琅”“雷电”“毫芒”等意象奇崛拗峭，造语新奇，体现了韩诗奇险怪硬诗风。

“我愿生两翅”到“不著织女襄”八句，写诗人学习李杜之所获。诗人愿生两翅，追逐李杜诗风于八荒之外，表达出他极力推崇李杜的心意。“精诚”表明韩愈诚心实意学习李杜，“忽交通”体现出诗人苦苦追逐李杜之后进入新的艺术境界的欣喜之情，“百怪”则体现了诗人学习李杜诗风的神秘感。“刺手拔鲸牙”指作诗掌握了杜甫沉郁顿挫风格，“举瓢酌天浆”则言作诗领悟了李白飘逸奔放诗风。飘逸奔放、沉郁顿挫，分别是李杜诗风的典型特征。这两句诗，诗人用形象化的行为比喻李杜诗风，委婉曲折地表达了自己已经掌握了李杜诗歌艺术的真谛。“腾身跨汗漫，不著织女襄”两句，表现出得到李杜诗歌艺术真谛之后，诗歌创作便可进入自由王国的境界。

最后四句，关合题目，希望张籍与自己一起学习李白和杜甫，在诗歌创作上取得更高的成就。用“地上友”称张籍，关合题目“调”字，一则体现出诙谐口吻，也折射出韩愈与张籍的关系非同一般；二则委婉地批评张籍作诗没有进入自由王国的艺术境界。优美诗歌创作，往往是诗人才情的自然流露，并不在于一味地刻意构思，寻章摘句。“经营无太忙”体现了韩愈主张诗歌创作重在才情神韵的观点。“乞君”一词，突出了韩愈欲让张籍学习李杜的真切心意，“与我高颉颃”表达出诗人对友人张籍诗歌创作进入更高境界的殷切期望。

这首诗表达了诗人对李白杜甫诗歌创作成就的充分肯定和高度赞赏，体现出诗人对李杜的追慕之情，显示出诗人学习李杜之后所获取的艺术成就。张籍致力于乐府诗创作，白居易曾说张籍“尤工乐府诗，举代少其伦”。（《读张籍古乐府》）致力于写乐府的诗人，往往推崇杜甫而忽略李白。韩愈当时引领孟郊、贾岛等文人写奇崛诗作，有意与元、白领导的新乐府运动唱对台戏。（张仲良，2014）韩愈以调笑的口吻写诗给老朋友张籍，一则表达自己对李杜诗歌成就的看法，二则提出对友人学习李杜的期望，三则委婉表达对张籍诗作道路并不赞同的意思。

从题材看，这是一首具有诗歌评论功能的“论诗”之作。诗人以调笑的口吻表达严肃的论题，寓庄于谐，体现出诗人精妙的构思艺术。诗歌结构层次清晰，逻辑严谨。诗人通过奇特的想象，采用形象化的比喻和夸张手法，应用奇奥的意象，阐发抽象的理论。韩愈主张“惟陈言之务去”（《答李翊书》），在诗歌语言上大胆创新，形成独特的诡峭诗境和奇崛诗风。韩诗中自造的词语，有400个以上。（谢思炜，2015）本诗中“蚍蜉撼大树”“举颈遥相望”“昼思反微茫”“巨刃磨天扬”“垠崖划崩豁，乾坤摆雷硠”“金薤垂琳琅”“百怪入我肠”“刺手拔鲸牙”“腾身跨汗漫”“与我高颉颃”等语，皆为韩愈自造。言辞创异，典丽古奥，盘空硬语，奇诡妥帖。

附：《调张籍》繁体字文本

調張籍

李杜文章在，光焰萬丈長。
不知群兒愚，那用故謗傷。
蚍蜉撼大樹，可笑不自量。
伊我生其後，舉頸遙相望。

夜夢多見之，晝思反微茫。
徒觀斧鑿痕，不矚治水航。
想當施手時，巨刃磨天揚。
垠崖劃崩豁，乾坤擺雷硠。
惟此兩夫子，家居率荒涼。
帝欲長吟哦，故遣起且僵。
翦翎送籠中，使看百鳥翔。
平生千萬篇，金薤垂琳瑯。
仙官敕六丁，雷電下取將。
流落人間者，太山一毫芒。
我願生兩翅，捕逐出八荒。
精誠忽交通，百怪入我腸。
刺手拔鯨牙，舉瓢酌天漿。
騰身跨汗漫，不著織女襄。
顧語地上友，經營無太忙。
乞君飛霞佩，與我高頡頏。

（三）《晚春》赏析

晚春[1]

草树知春不久归，百般红紫斗芳菲[2]。
杨花榆荚无才思，惟解漫天作雪飞[3]。

注释

[1] 选自《全唐诗》（卷三四三），中华书局1999年版，第3857页。本诗为组诗《游城南十六首》中的第三首。有的版本题为《游城南晚春》。晚春，暮春，春季末尾阶段。

[2] 草树，指各种花草树木。斗芳菲，指花草争奇斗艳。

[3] 榆荚，即榆钱，成熟脱落时为白色。才思，才华与情思。惟解，只知道、只懂得。

这是一首描写暮春景色的七言绝句。首句写花草树木对暮春的感知，诗人采用拟人化的手法，使草木富有人情味，强化了写景诗句的艺术性。次句顺接首句诗意，写草木在感到春天不久于世的时候，争奇斗艳，争相将最美好的姿色展示给春天，形成了万紫千红的暮春美景。最后两句，诗人从杨花和榆荚入手，描写暮春时节万物生机勃发的景象。“无才思”体现出在暮春季节，相对于色彩艳丽的芳菲，杨花和榆荚在体现春色方面是最弱的草木，毫无芳华可以展示。但杨花榆荚，在暮春时节同样不甘示弱，竞相生发。由于缺乏才情与思想，杨花和榆荚只知道露出最本真的颜色，漫天飞舞，犹如雪花在空中飘荡。“惟解”一词，对应“无才思”，形象地展现了杨花榆荚在暮春尽情展示“风采”的情景。

诗歌赞美晚春美景，毫无古人惯常的伤春情态，体现出积极乐观的情绪。相对于古体诗，韩愈的一些近体诗写得清新自然，活泼灵动。这首诗最典型的特色是全诗写景采用拟人化手法，在展示暮春美景的同时，体现了风趣、活泼的艺术魅力。诗歌前两句描绘百花争奇斗艳，色彩鲜艳；后两句描写杨花榆荚朴拙无巧，色彩单调。一边是五彩缤纷，一边是白色漫天，前后色彩形成强烈的反差，诗人将迥异的两种色彩布局在晚春的同一画面之中，不但令人无色彩杂芜之感，反而突出了暮春时节万物并作，生机勃然的繁盛景色，构思巧妙，手法娴熟，语言生动，风格奇趣。

附：《晚春》繁体字文本

晚春

草樹知春不久歸，百般紅紫鬬芳菲。
楊花榆莢無才思，惟解漫天作雪飛。

（四）《左迁至蓝关示侄孙湘》赏析

左迁至蓝关示侄孙湘[1]

一封朝奏九重天，夕贬潮州路八千[2]。
欲为圣朝除弊事，肯将衰朽惜残年[3]。
云横秦岭家何在，雪拥蓝关马不前[4]。
知汝远来应有意，好收吾骨瘴江边[5]。

注释

［1］选自《全唐诗》（卷三四四），中华书局 1999 年版，第 3867 页。有的版本题为《贬官潮州出关作》。左迁，降职、贬官，指作者被贬到潮州。蓝关，蓝田关，在今陕西蓝田县东南。湘，韩湘，韩愈的侄孙，字北渚。

［2］一封，指一封奏章，即《谏迎佛骨表》。朝（zhāo）奏，早晨送呈奏章。九重（chóng）天，古称天有九层，第九层最高，此指朝廷、皇帝。潮州，在今广东省，辖境包括今广东潮汕地区和梅州市一带。潮州，有的版本为“潮阳”。路八千，概数，泛指路途遥远。

［3］欲为二句大意：想替圣明王朝除去有弊端的事，哪能因衰老就吝惜残余的生命。欲为，有的版本为“本为”。圣朝，圣明的王朝，指唐宪宗执掌的唐王朝。圣朝，有的版本为“圣明”。弊事，政治上的弊端，指迎佛骨事。弊事，有的版本为“弊政”。韩愈《谏迎佛骨表》言：“今闻陛下令群僧迎佛骨于凤翔，御楼以观，舁入大内，又令诸寺递迎供养。臣虽至愚，必知陛下不惑于佛，作此崇奉，以祈福祥也。直以年丰人乐，徇人之心，为京都士庶设诡异之观，戏玩之具耳。安有圣明若此，而肯信此等事哉！然百姓愚冥，易惑难晓，苟见陛下如此，将谓真心事佛，皆云：‘天子大圣，犹一心敬信；百姓何人，岂合更惜身命！’焚顶烧指，百十为群，解衣散钱，自朝至暮，转相仿效，惟恐后时，老少奔波，弃其业次。若不即加禁遏，更历诸寺，必有断臂脔身以为供养者。伤风败俗，传笑四方，非细事也。”肯，岂肯。衰朽，衰弱多病。惜残年，顾惜晚年的生命。

［4］秦岭，指今陕西蓝田县境内的一段秦岭山脉。拥，阻塞。马不前，喻前途艰险。乐府《饮马长城窟行》：“驱马涉阴山，山高马不前。”

［5］应有意，应知道我此去的境遇是凶多吉少。瘴江边，指被贬之地潮州。瘴（zhàng）江，指岭南瘴气弥漫的江流。

这首七言律诗写于唐宪宗元和十四年（819 年）。这年正月，唐宪宗派人到凤翔法门寺，将释迦牟尼的遗骨迎入皇宫供奉。此事轰动了整个长安城。时任刑部侍郎的韩愈，认为朝廷此举过分崇尚佛教，本着守护儒家思想正统地位的意愿，韩愈向唐宪宗李纯呈递了《谏迎佛骨表》（又名《谏佛骨表》《论佛骨表》），体现出强烈的驱邪焦虑。（刘宁，2022）此举给韩愈带来了仕途中的巨大灾难。据《旧唐书》（卷一百六十）记载：“疏奏，宪宗怒甚。间一日，出疏以示宰臣，将加极法。”宰相裴度等人力争为韩愈说情，甚至宪宗身边的皇亲国戚都认为对韩愈的处罚过重。这样，韩愈才得以免除死罪，被贬为潮州刺史。潮州之贬，无论路途之遥还是谪罚之重，都是同期贬官中最堪关注者。（尚永亮，2023）韩愈去潮州赴任，走到秦岭蓝田关的时候，他的侄孙韩湘赶来与他送行。为了维护朝廷统治而因言获罪，个人的政治前途难卜，家人下落不明，半途得见亲人，韩愈此时的各种复杂情感瞬间涌上心头，于是便挥笔写了这首七言律诗。

首联点明获罪原因与被贬之地。表面上看，首联意在说明诗人被贬原因和结果，实际上是韩愈在鸣不平。导致韩愈差点丧命的根本原因是最高统治者的昏庸与薄恩寡义。诗人以“一封”开篇，起笔突兀，暗含满腹不平之意。“夕贬”关合题目中的“左迁”。“朝奏”与“夕贬”相对应，凸显获罪之易与获罪之快。“九重天”表面上指皇权朝政至高无上，同时隐指君意讳深莫测。“路八千”表面上指获罪之重与贬谪之地偏远，实际上暗含对最高统治者昏庸以及薄情寡义的不满之情。其实，这个“夕贬潮州路八千”的结果还是宰相裴度等人力争相助的结果，要不然韩愈就已命丧黄泉了。这两句诗，客观上表现出封建权力之巅的统治者昏庸失政、恣意决策、生性凶狠的本质，也体现了在充满险恶的封建官场，为国献策言事具有极大的风险，随时能招来灾祸甚至危及性命。

颔联剖白舍身为朝政除弊的心志。“欲为圣朝除弊事”挖掘了为朝廷呈递奏章的根本原因。韩愈一生以恢复儒家正统思想为己任，他不惜丢官折命，也要阻止佛教盛行的社会弊端。“除弊事”表明诗人至此仍然坚持认为自己是正确的，他的出发点是为了革除中唐以来朝廷推崇佛教的政治弊端。韩愈认为自己反对推崇佛教，旨在巩固儒家思想的正统地位，是“回狂澜于既倒”（《进学解》）的崇高正义之举。所以他甘愿牺牲个人利益，作出上书谏言的决定。“肯将衰朽惜残年”宣示自己守正不阿、舍生取义的政治情操。写此诗时，韩愈 51 岁（古算法 52 岁），诗人用“衰朽”“残年”等词描述自己，委婉隐微地表现了遭受打击之后的失望情绪与不平之气。

颈联阐发遭受打击之后的险恶境地。诗人笔锋一转，又开始鸣不平。“云横秦岭”关合题目中的“至蓝关”，以环境描写象征自身遭际异常险恶。“家何在”是诗人极度悲情下的呼号。韩愈上疏遭到贬谪，家人也因之遭到逐迁，12 岁的小女儿在迁移的半道死去。当时，在韩愈赴潮州途中，尚不知家人的具体情况。自身前途暗淡，境遇险恶，连累家人，下落不明，情何以堪？被贬潮州的第二年秋季，韩愈回到京城任国子祭酒，他在还朝途中，经过小女之墓，写诗深深地自责道：“致汝无辜由我罪，百年惭痛泪阑干”（《去岁自刑部侍郎以罪贬潮州刺史乘驿赴任其后家亦遣逐小女道死殡之层峰驿旁山下蒙恩还朝过其墓留题驿梁》）“雪拥蓝关马不前”，表现出诗人对前途未卜的暗淡心情。大雪封山，胯下坐骑止步不前，前路何在？问天不语，仰天长啸，悲情难言，只有用委婉的词语表达内心极度不平之意。

尾联关合题目中的“示侄孙湘”，是诗人对侄孙韩湘交待后事之语。韩愈此次政治打击，不仅非常突然，而且情势凶险。韩愈当时心灰意冷，以为自己再无出头之日，已做好了客死潮州刺史任上的打算。这两句诗便是诗人当时真实心理的折射。“知汝远来应有意”，表达了韩愈对侄孙送别深情的回应。韩湘是韩愈之侄韩老成的长子。韩愈弟兄三人，长兄韩会膝下无子，仲兄韩介便将次子韩老成过继给长兄为子。韩愈3岁失去了父亲，成了孤儿，由长兄韩会和长嫂郑氏抚养长大。韩愈与韩老成年龄相当，二人感情深厚。韩老成排行十二，故称十二郎。韩老成33岁而亡，韩愈饱含深情写了《祭十二郎文》怀念他。韩愈当时遭贬，韩湘25岁（古算法26岁），尚未登科及第。他听到祖父韩愈被贬消息之后，远路赶来为韩愈送行，并陪伴韩愈一直到广东增江口①。韩愈当时心情异常低落，以致近乎绝望，他认为此次与侄孙韩湘见面，或许是有生之年见到家人的最后一面，二人见面当为诀别。但当着年轻的侄孙，诗人又不愿将实情直言道破，便用“应有意”一词，委婉地表达了韩愈对侄孙道别深情的理解。然而诗人一忍再忍，当他意识到韩湘可能是他见到的最后一位亲人之时，心情低落哀痛到了极点，又想到自己这把老骨头就可能丢在充满瘴气的潮湿之地了，便再也忍不住直言相告韩湘：“好收吾骨瘴江边”。诗人失意万分，满目悲情地向侄孙韩湘托付后事：我死后，你去潮州收拾一下我这把死骨头，把它运回老家安葬了吧。《左传·僖公三十二年》写蹇叔哭师时，蹇叔对小儿子说：“晋人御师必于崤。崤有二陵焉。其南陵，夏后皋之墓也；其北陵，文王之所辟风雨也。必死是间，余收尔骨焉。”“收骨”之情，自古凄然。韩愈当时不知妻儿在何处，也不知道他们还能否为他料理后事。所以才将后事托付给侄孙韩湘。以“收骨”作结，凄楚哀痛，令人深切叹惋。

韩愈主张文学创作“不平则鸣”。这既是作家不满现实而激发出来的创作冲动，也是儒家提倡介入现实思想的一种诗学反映。（刘锋杰，2021）诗歌叙写了韩愈为国除弊惨遭打击的经过及其缘由，表露了诗人在遭受突如其来的打击之后，内心不平与激愤、凄楚、绝望之情。在艺术上，此诗是韩愈七律中的佳作。一是诗作有老杜“沉郁顿挫”之风。这首诗主要是以抒情为主，取景紧紧围绕抒情需要。在抒情时，诗人强压情感，但又不得不发，总是一叹三顿，整个诗像一首吞声悲哭的哀歌，给人以凄婉压抑的感受。二是意境悲凉阔远。“九重天”“路八千”“云横秦岭”“雪拥蓝关”等意象，构成不同的意境，形成了一组悲怆寂寒的凄美画面。三是用词极具高度概括性。“朝奏”“夕贬”“九重天”“路八千”等词，采用对比手法，高度概括了诗人被贬整个

① 韩愈有《宿曾江口示侄孙湘二首》诗作。曾江，即现今广东的增江。

事态。四是韵律悠扬顿挫，令人一唱三叹。天、千、年、前、边五字押韵，其余句尾三字不押韵，这样的诗句读起来语调富有变化，形成音韵美感。

附：《左迁至蓝关示侄孙湘》繁体字文本

左遷至藍關示姪孫湘

一封朝奏九重天，夕貶潮州路八千。
欲為聖朝除弊事，肯將衰朽惜殘年。
雲橫秦嶺家何在，雪擁藍關馬不前。
知汝遠來應有意，好收吾骨瘴江邊。

（五）《早春呈水部张十八员外二首》赏析

早春呈水部张十八员外二首[1]

天街小雨润如酥，草色遥看近却无[2]。
最是一年春好处，绝胜烟柳满皇都[3]。

莫道官忙身老大，即无年少逐春心[4]。
凭君先到江头看，柳色如今深未深[5]。

注释

［1］选自《全唐诗》（卷三四四），中华书局1999年版，第3872页。有的版本题为《早春呈水部张十八员外》。呈，呈递、呈送，用于下级对上级或晚辈对长辈恭送东西，也用作谦辞。呈，这里用作谦辞，指给张籍赠诗。水部张十八员外，指张籍，时任水部员外郎，张籍在家族兄弟中的排行第十八，故称张十八。

［2］天街，指天子所在的京城街道。这里指长安的朱雀门大街，亦称天门街。润如酥，指小雨细腻犹如乳酥。酥，牛羊乳汁提炼出的脂肪。

［3］绝胜，远远超过。烟柳，烟雾笼罩的翠柳。烟柳，有的版本为“烟花”。皇都，又称皇城，指长安。

［4］官忙，指官府公务繁忙。身老大，指年纪大。逐春心，追赶春天的心情。逐，追赶、追逐。

［5］凭君，请您。凭，请求、烦劳。君，指张籍。江，指长安曲江，参

见杜甫《哀江头》注释［1］。

这是两首七言绝句，写于韩愈晚年的一个早春。韩愈与张籍交情深厚，对于张籍来说，韩愈既是良师，也是益友。韩愈在张籍进士科考中对张籍有引荐之恩，后来又推荐张籍任国子博士、水部郎中和国子司业等职。张籍曾给韩愈写过《上韩昌黎书》和《再上韩昌黎书》，劝韩愈“绝博塞之好，弃无实之谈”，集成孟子之作，驳斥当时盛行的杨、墨、道、释等学说，发扬儒学，“使圣人之道，复见于唐”。他勉励韩愈及早著书立说，用儒家思想教化天下，传于后世。韩愈对两封信一一作了回复。由此可见二人交谊深厚。这两首诗是韩愈给张籍写的。以第二首诗歌的句意，可推测当时韩愈相约张籍赏春，张籍以公务繁忙、年岁已高婉言谢绝，于是韩愈便提笔写了这两首小诗给张籍。

第一首写早春小雨之后的小草绿色似有似无的独特观感，体现出诗人倾心自然生机与奇景的情趣。以“天街”喻皇城长安的大街，既表现出皇都的神圣，又体现高远的意境。“润如酥”一词，既准确传神地描绘出早春若有若无小雨的特色，又体现诗人对早春小雨的欣喜之情。后来人们将濛濛细雨称为“酥雨”，其意就来自“天街小雨润如酥”句。早春的街道两旁，布满小草，小草刚刚吐露嫩芽，绿色极为轻淡，远远望去，有淡淡绿意，靠近一看，却不见绿色。这种神奇的自然景象，令诗人无比惊异。早春万物复苏，小草抽芽，生命初始生发，稚嫩似若有若无的草色，将孕育出蓬勃的生机。诗人面对早春刚出土的小草，仿佛看到不久的暮春或夏日里，长安皇都杨柳堆烟、满城翠色。在诗人看来，早春稚嫩柔弱但充满无限生机的若有若无草色，比皇城里暮春绮丽春光与夏日云烟翠柳更值得倾心喜爱。因为未来的杨柳堆烟的美景，皆发端于早春似有似无的草色。诗人给予了早春无比热情的赞美，是对希望的肯定，是对生机的赞美，是对美好前景的憧憬。第一首诗描写长安早春独特景色，为第二首言事做了良好的铺垫。

第二首劝友人勿失亲近自然的朴质性情。张籍以官府事务繁忙、年岁已老大不小推辞了韩愈赏春之约。韩愈在第一首诗中描绘了长安早春细雨与草色的独特美景，一则表达自己对早春草色的激赏之情，二则对张籍表达言外之意：长安的早春景色有一种胜过暮春或盛夏的独特风味，我看过之后感触颇深，你没有看到应是一种遗憾。有了第一首诗的铺垫，于是第二首诗开篇便直言劝说张籍：“莫道官忙身老大，即无年少逐春心。”不要说你官府事务繁忙，也不要说你自己已经老大不小，更不要说你已经没有了少年逐春的心情。“凭君先到江头看，柳色如今深未深”两句，是诗人再次对好友张籍的善意规劝。长安大街细雨蒙蒙中若有若无草色的独特风景你没有领略到，那就请你先到曲江边看一看吧，看看那里的柳树颜色是不是已经深绿了。言外之意，或许你能在刚刚抽芽的柳条嫩绿颜色中体味一番勃勃生机的早春魅力。

这两首诗激赏早春景色，特别是对小雨中若有如无的草色极力予以赞赏，表现出作者浓厚的逐春之心。逐春之心象征着童心未泯，暗与官场经纶事务形成鲜明对比。韩愈以勿失逐春之心劝说好友张籍，也是对自己保持质朴性情的劝诫。无论是刚刚吐露嫩芽似有似无的草色，还是浅淡如无的柳色，都可以让人联想到人世间稚嫩、质朴、天然、纯真等一切最接近自然本初的品质。相对于成熟、深沉、巧华、艳丽等经过历练的人情世故，前者更令人觉得可亲可爱。韩愈写此诗，已是他的晚年。经过了一生宦海沉浮的诗人，对封建官场尔诈我虞的争斗有亲身体验与深刻认知。他对早春的草色稚嫩进行激赏，或许是因为他过多地看到了浓郁所蕴含的深沉。

韩愈力追李杜，多学杜甫的“变体”七绝，大胆创新，在中唐独树一帜。（陶文鹏，2012）韩愈七绝构思奇巧，章法多变，写景状物运用白描、比喻、夸张、拟人俱生动传神，惟妙惟肖，兼具谐趣、奇趣与理趣。这两首七绝在艺术上，前一首诗写景，为后一首诗议论与抒情作铺垫，后一首诗直抒胸臆，为前一首诗意义上作归结，两首诗相互依存，相映成趣。诗歌写景细腻传神，语言自然清新，议论直抵人心，托意委婉深曲。

附：《早春呈水部张十八员外二首》繁体字文本

早春呈水部張十八員外二首

天街小雨潤如酥，草色遙看近卻無。
最是一年春好處，絕勝煙柳滿皇都。

莫道官忙身老大，即無年少逐春心。
憑君先到江頭看，柳色如今深未深。

二、孟郊经典诗作赏析

孟郊（751—814），字东野，湖州武康（今浙江德清）人。中唐时期著名诗人，唐德宗贞元十二年（796 年）进士。任溧阳尉时年近半百，由于耽迷作诗，荒废公务，被罚半禄，后辞职。郑馀庆做河南尹时，孟郊任河南水陆转运从事、试协律郎等职。郑馀庆镇兴元时，孟郊被聘为节度参谋，卒于赴任道中。有《孟东野集》。

孟郊早年贫困，屡试不第，多地周游，晚年处境凄凉，身体多病，一生生活困顿，仕途潦倒。他的诗作多为愤世嫉俗、啼饥号寒、穷愁失意的不平之鸣，也有一些忧国伤时、体恤民苦的作品。孟郊是韩孟诗派主要代表人物，他将写诗作为生命的一部分，作诗追求好奇矜新，精思苦吟，是著名的苦吟派诗人。其诗多为五言古诗，以古朴凝重、凄苦气促、幽冷奇涩为主要特征。孟郊的诗深得韩愈赞赏，他与韩愈并称“韩孟”，有“孟诗韩笔”之誉，与贾岛并称，有“郊寒岛瘦”之说。中华书局《全唐诗》（1999 年版）录孟郊诗 10 卷，共 495 首。

（一）《登科后》赏析

登科后[1]

昔日龌龊不足夸，今朝放荡思无涯[2]。
春风得意马蹄疾，一日看尽长安花[3]。

注释

［1］选自《全唐诗》（卷三七四），中华书局 1999 年版，第 4219 页。

［2］龌（wò）龊（chuò），原意是肮脏，这里指不如意的处境。不足夸，不值得提起。放荡，自由自在、无拘无束。放荡，有的版本为“旷荡”。思无涯，情绪高涨，思域阔远。今朝放荡思无涯，有的版本为“今日坦然未可涯”。

［3］春风，有的版本为“春青”。

这首七言绝句写于唐德宗贞元十二年（796 年）。曾经两试不第的孟郊，45 岁（古算法 46 岁）第三次赴京科考后，终于进士及第。放榜之日，孟郊得知自己高中皇榜时喜不自禁，随即写下了这首表达人生快意的诗作。首句直抒胸臆，写自己往日生活暗淡无光。次句写得知登上进士第之后的狂喜之情。一扫往日窘迫处境，眼前感到一片光明，思绪可达四极八荒，极度高兴的心情难以抑制。最后两句，是诗人中榜之后得意心情的真实写照。一身轻松，快马加鞭，畅游长安，一览京师盛景。诗歌语言既体现出艺术形象性，又具有高度的概括性，“春风得意”“走马观花”两个成语都出于此，充分体现了诗人精妙的语言表达能力。

考试选拔制度虽然具有多种弊端，但比起隋唐之前的推举制和门阀制度等官吏选拔路径，科考是华夏文明历史进程中一个意义非常深远的制度进步。即使到了今天，仍然难以找到比考试选拔更具优势的人才选拔制度。正因为此，古今文人都非常注重在关乎人生命运的考试中取得优异成绩。这首七绝表现出孟郊中榜进士后的得意心情。经历两次科考失败的孟郊，年近半百才得以进士及第。在科举路上，孟郊所付出的艰辛与所经历的苦涩，要比其他进士及第的士人更多。正因为如此，在揭榜之后获得及第消息的孟郊，用诗歌表达了极度兴奋的心情。孟郊的心情，客观反映了唐代士人对进士及第重要性的认知，体现出封建科举取士对文人命运前途的影响。

在艺术上，诗人将“昔日”与“今朝”的心态进行了鲜明对比，用极为浓缩的语言对进士中榜前后的心情进行高度概括。诗人通过“马蹄疾”“一日看尽”等典型的细节描写，抒发金榜题名后的欣喜之情，且将“得意”之情寓于对“春风”的描写之中，明快之中不失含蓄，构思精妙，手法灵活，语言精致优美，韵律和畅，读起来令人有快意胜景一气呵成之感。

附：《登科后》繁体字文本

登科後

昔日齷齪不足誇，今朝放蕩思無涯。
春風得意馬蹄疾，一日看盡長安花。

（二）《秋怀》（其二）赏析

秋怀（其二）[1]

秋月颜色冰，老客志气单[2]。
冷露滴梦破，峭风梳骨寒[3]。
席上印病文，肠中转愁盘[4]。
疑怀无所凭，虚听多无端[5]。
梧桐枯峥嵘，声响如哀弹[6]。

注释

［1］选自《全唐诗》（卷三七五），中华书局 1999 年版，第 4220 页。本诗为组诗《秋怀》十五首中的第二首。《秋怀》，有的版本题为《秋怀十五首》。

［2］冰（bìng），寒冷，在此读去声。老客，客居时久。单，孤怯的意思。

［3］峭风，指刺骨的寒风。峭，严苛、尖利，这里喻指严寒。

［4］席上印病文，“病印席上文”的倒装句，意思是躺得久了席上的纹路都印在了皮肤上。文，通“纹”。转愁盘，指愁思太深，肠子打结，转成了一

个圆盘。

[5] 疑怀，极度空虚引起幻觉，一作“疑虑”。虚听，身体极度虚弱引发听觉出现虚妄现象。

[6] 哀弹，弹奏悲哀乐曲。

孟郊的《秋怀》共有15首。孟郊老年客居洛阳，做河南尹幕僚，他贫困交加，愁苦难耐，于是写了一系列《秋怀》古体诗。“秋月”交待季节。自古文人悲秋，更何况境遇凄婉悲苦的孟郊，他身处寒秋，疾病缠身，自然愁苦难耐。月色如冰，让人感到彻骨寒冷。偏偏在这样的天气里，诗人老病之身孤单无靠，面对万事心怯，发出“志气单”的叹惋。“冷露滴梦破”两句，对偶工整，意象凄凉，虚实着笔，寓意深长，充分体现“郊寒”诗风特色。“席上”两句写卧病已久，愁思难耐。“印病文”一词用白描手法，将诗人久病虚弱的状态形象地刻画出来。“疑怀”两句，是诗人久病虚弱导致的幻觉状态。那些虚妄的幻觉，耳中听到并不存在声音，都是没由来的事，由他去吧。这是一种无奈之下的自我解脱。最后两句，写梧桐枯树传来的声音。这里表面上在写枯老的梧桐，实际上在象征着即将走完人生之路的诗人自己。梧桐是制作古琴的良好木材，还未做成古琴的梧桐枯树，在阵阵秋风之中传来的声响犹如哀婉之声。这样的梧桐，将来如果做成琴，最适合演奏的是哀愁的乐曲。诗人一生苦吟，人树相望，同病相怜。诗歌最后将意象定格在一个枯老的梧桐树上，有言已尽而味无穷的艺术效果。

诗歌体现诗人窘迫悲苦的境遇和凄凉哀怨的心情。在艺术上，诗歌意象鲜明突出，“冰月”“老客”“冷露”“峭风”“病纹”“枯桐”等意象，构成了一组孤寂凄苦的意境，体现出苦吟派诗人情悲词苦的典型诗风，也体现出孟郊诗歌气度僻窄，格局狭小的特色，这种艺术是孟郊诗歌独有的韵味，令人感到“诗从肺腑出，出辄愁肺腑”（苏轼《读孟郊诗二首》）的艺术感染力。诗歌对偶工整，10句诗中有8句用了对偶手法，特别是“冷露滴梦破，峭风梳骨寒”两句，犹如神笔划出，精妙无比。诗人遣词用句独到，“滴”“梳”“印”等词，极具传神艺术效果，表现出孟郊深厚的语言功底和精思苦吟作诗的艺术魅力。

附：《秋怀》（其二）繁体字文本

秋懷（其二）

秋月顏色冰，老客志氣單。
冷露滴夢破，峭風梳骨寒。
席上印病文，腸中轉愁盤。

疑懷無所憑，虛聽多無端。
梧桐枯崢嶸，聲響如哀彈。

（三）《游终南山》赏析

游终南山[1]

南山塞天地，日月石上生[2]。
高峰夜留景，深谷昼未明[3]。
山中人自正，路险心亦平[4]。
长风驱松柏，声拂万壑清[5]。
到此悔读书，朝朝近浮名[6]。

注释

［1］选自《全唐诗》（卷三七五），中华书局1999年版，第4224页。终南山，参见王维《终南别业》注释［1］。

［2］南山，即终南山。塞天地，充塞在天地之间，喻终南山巍峨。塞（sè）充塞。

［3］高峰二句大意：夜幕降临时高峰上还留有落日余晖，进入白天后幽深的山谷仍一片昏暗。原诗“高峰夜留景”句后有注解说：“太白峰西，黄昏后见馀日”。景，光亮、日光。

［4］山中二句大意：终南山充盈中和之气，处在其中的人品行本自端正，道路艰险但心态平达淡远。中，这里为佛教用语，意为不二之至理，与空、假并称为“三谛”。自，本来、本自。

［5］驱，吹拂、摇动。

［6］朝朝（zhāo），日日、每天。浮名，指官场上获取的虚浮名利。

这首五言古诗既是记游诗，又是述怀诗。前四句描写终南山奇情异景。开首两句写终南山巍峨奇秀。“南山塞天地”极言终南山高大巍峨。“塞”字突出了终南山矗立天地的气势。“日月石上生”形象地表现了终南山奇秀风景。日月从山峰的崖石中生出，此景之奇，此景之峭，充分表现出孟郊诗作“盘空硬语”的特色。三四两句写终南山宏阔奇幽。“高峰夜留景”是傍晚时分落日余晖照耀下的终南山奇景。四周已经夜幕笼罩，但终南山的顶峰还在晚霞回光返照的辉映之下。“深谷昼未明”则显示出清晨时分终南山谷之幽深。红日高照，遍地金光，但终南山谷仍尚在幽暗之中。这两句诗，意在突出终南山昏晨时分有别于周围的奇情异景，体现出孟郊诗作奇语横出的特色。

后六句抒写诗人游终南山的感受。“山中人自正，路险心亦平”两句，道出诗人处群山、与山境融为一体的游山感触。“山中人自正”是诗人身处清幽山境之中的一种自我佛境体验。终南山巍峨宏阔，景色清幽奇秀，处于群山之中，令诗人生发出一种心身自正的意念。“路险心亦平”承接上句，表现出品性端正之人，虽然涉足险峻山路，但心态淡然平静。这两句诗表达的游历之感，体现出诗人将自己融入终南山景，体现出人处山中、山在胸中的一种潇洒超脱的情怀。“长风驱松柏，声拂万壑清”两句，是诗人独立于山境之中，心绪澄净之时，观察四周景色所获得的感触。“长风驱松柏”从视觉角度感受松柏临风奇景：清风入林，驱拂松柏，枝叶顺风而动，松涛翻涌，由近及远，极具动感。“声拂万壑清”从听觉角度感受万壑松涛胜境：远望山壑，翠碧清幽，清风吹拂，松涛阵阵，声声入耳，令人心旷神怡。“长风”“万壑”，意境阔远，“驱”“拂”等词，气韵不凡。“到此悔读书，朝朝近浮名”两句，是诗人游终南山的感悟。终南山为历代高人隐士栖居之处，也是唐代隐士向往之地。诗人游历此地，在奇秀风景感召之下，在被松风清洗肺腑之后，自然免不了生发隐逸之情，于是便发出了对世尘的厌倦之意。

诗歌盛赞终南山美景，抒发对追求功名的否定。诗歌完整地描绘了游历终南山的过程，由欣赏山景，到融情入景，再到对景感怀，最后达到入境感悟，于游历中实现了精神超脱。前面写景、融景、感触，皆为铺垫，最后两句，卒章显意，构思严谨，结构完整。诗歌意象奇崛，意境深幽，语言清丽，风格秀逸。

附：《游终南山》繁体字文本

遊終南山

南山塞天地，日月石上生。
高峯夜留景，深谷晝未明。
山中人自正，路險心亦平。
長風驅松柏，聲拂萬壑清。
到此悔讀書，朝朝近浮名。

三、贾岛经典诗作赏析

贾岛（779—843），字阆仙（一作浪仙），幽州范阳（今河北涿州）人，中晚唐时期著名诗人。早年出家为僧，法号无本，自号“碣石山人”。后还俗参加科举，但累举进士不中，晚年曾做过随州长江县（今四川遂宁市大英县）主簿，故人称贾长江。唐武宗会昌年初由普州司仓参军改任司户，未到任而病逝。有《长江集》。

贾岛一生穷困潦倒，但爱好作诗，刻意求工，苦吟作诗，人称“诗奴”，为著名苦吟派诗人，深得韩愈称赞，是韩孟诗派主要代表人物之一。其诗多写荒凉枯寂之境，长于五言律诗，重词句锤炼，风格以奇险瘦硬、幽深冷僻为主。贾岛与孟郊齐名，有“郊寒岛瘦”① 之称，与姚合并称“姚贾”。贾岛对晚唐五代、南宋永嘉四灵和江湖诗人、明代竟陵派等颇有影响。中华书局《全唐诗》（1999 年版）录贾岛诗 4 卷，共 403 首。

（一）《剑客》赏析

剑客[1]

十年磨一剑，霜刃未曾试[2]。
今日把示君，谁为不平事[3]。

注释

［1］选自《全唐诗》（卷五七一），中华书局 1999 年版，第 6675 页。有的版本题为《述剑》。剑客，古代仗剑行侠之士。

［2］霜刃，指锋利无比、寒光逼人的剑刃。

［3］把示君，原诗为“把似君”，有的版本为“把示君”或“把事君”，这里据别本改为“把示君”。谁为，有的版本为“谁有”。

这首五言诗塑造了一个义薄云天的雄豪剑客，表达了一种积极用世、兴利除弊、平济天下的雄心壮志。前两句描写剑客手中的利剑。“十年磨一剑”用夸张手法表示铸剑之精。“十年”表示宝剑打造与磨砺时间之长，“一剑”表示铸剑磨刃者用功之专一。“霜刃未曾试”表示锋利无比的宝剑未尝展示威力。“霜刃”用比喻手法，凸显剑刃锋利，剑气如霜，寒气逼人。“未曾试”

① 苏轼《祭柳子玉文》：“元轻白俗，郊寒岛瘦。嘹然一吟，众作卑陋。”

暗含急切展示威力之意。这两句诗表面看，是描写剑客手中剑气如霜的宝剑，实际上则是表现剑客潜心修炼，功夫盖世，身怀绝技，但却一直未曾展示才华。后两句抒发剑客兴利除弊、扶危济困、除尽人间不平的气概。“今日把示君”写剑客向世人亮剑，“谁为不平事”则用一问句，体现剑客愿清除天下一切不平的侠义之举。这两句诗，快语如疾风，气势如霹雳，将一个仗剑行侠、嫉恶如仇、心怀天下、胸襟宽广、义薄云天的剑客形象生动地耸立在读者面前。

这首小诗，贾岛借侠客之名，抒发自己建功立业的豪情壮志。剑客用功十年铸磨一剑，象征诗人多年专心寒窗苦读，心无旁骛地潜心修养。宝剑锋利无比、寒气逼人，象征诗人学识出众、才气逼人。剑客未曾展示宝剑威力，象征诗人满腹经纶未曾得到展示的平台，急切盼望向世人展示才华。剑客向天下人亮剑示威，象征诗人向世人宣示经世济用的才学。剑客表示愿除却天下不平之事，象征诗人满怀治国平天下、扶危济困的雄心壮志。

贾岛是著名的苦吟派诗人。“二句三年得，一吟双泪流。”（《题诗后》）他写诗非常注重耗费心力精心谋篇，并倾注全力选词用句。这首诗构思奇崛，意象鲜明，形象刻画显著，语言传神有力。这首诗一般被认为是五言绝句，但从平仄来看，并不符合绝句要求，以仄声为韵脚，更似古体。韵律急促刚毅，豪侠之气不逊于诗仙李白。

附：《剑客》繁体字文本

劍客

十年磨一劍，霜刃未曾試。
今日把示君，誰為不平事。

（二）《题李凝幽居》赏析

题李凝幽居[1]

闲居少邻并，草径入荒园[2]。
鸟宿池边树，僧敲月下门[3]。
过桥分野色，移石动云根[4]。
暂去还来此，幽期不负言[5]。

注释

［1］选自《全唐诗》（卷五七二），中华书局 1999 年版，第 6695 页。李凝，生平未详。幽居，深幽僻静的居所。

［2］少邻并，指邻居很少往来。邻并，邻居。草径，指长满杂草的小路。荒园，荒芜的园圃。

［3］池边，有的版本为“池中”。

［4］分野色，指山野景色被小桥分开。移石动云根，意即云雾绕着山石飘荡，看上去石头也在移动。云根，云起之处，指山石周围的云雾。古人有云生于石的说法。

［5］暂去，暂时离开。去，离开。幽期，指隐居的约定。幽，幽居，指隐居。期，约定。负言，背弃诺言。负，背负、背弃、违背。

这首五言律诗写诗人寻访一个名叫李凝的友人未遇之情景。首联描写友人李凝幽居之所的环境。“闲居少邻并”表示李凝隐居之处远离世尘。“闲居”点明李凝的隐居身份，“少邻并”突出李凝远离人间红尘。“草径入荒园”写李凝居所周围清幽静谧。“草径”意味着人迹罕至，“荒园”显示李凝住所幽僻。“入”字极具表现力，生动形象地显现出长满小草的小路在一片幽草荒园延伸的景色。这两句诗总体描写了李凝居所幽深寂静的环境。

颔联叙写诗人寻访李凝的行为，进一步侧面描写李凝居所清幽的环境。“鸟宿池边树”是归意禅境的一种情景显现。“僧敲月下门”是诗人拜访李凝的一个典型细节描写。“僧”是诗人自称，因贾岛早年曾做过僧人，故在此自称为“僧”。“敲月下门”是以动写静的手法，月光清冷，四周寂静，鱼眠池底，鸟宿树头，诗人慢慢地走近友人李凝的住所，轻扣门板，敲门声顿时打破周围的宁静。这样的描写更衬托出四周一片静谧的清幽美景。这两句诗由于“推敲”典故，成为历代传颂的名句。《苕溪渔隐丛话》引唐人韦绚《刘公嘉话录》（又名《刘公嘉话》或《嘉话录》）记载，贾岛到京城长安初次应举，有一天在当街骑着毛驴，思索“鸟宿池边树，僧敲月下门”两句诗，便在驴背上比划推门与敲门的动作。恰京兆尹韩愈路过。贾岛比划入神，胯下毛驴不知不觉闯入韩愈的仪仗队。随从将贾岛带到韩愈面前听候发落，贾岛便将事情原委告诉了韩愈。韩愈停下来马队思考了很久，对贾岛说，用“敲”字好。于是二人马驴并行而归。丛话与嘉话录，大多记录街头巷尾传说，未必可信。但贾岛以苦吟作诗闻名于世，“一日不作诗，心源废如井。”（《戏赠友人》）他将苦思冥想搜罗佳句、选词炼句作为生活不可或缺的一部分。从这两句诗的艺术效果看，“敲”比“推”更能反衬出环境的清幽。

颈联写诗人访友人未遇返途中所见的景色。“过桥分野色”写月光下小桥将两端的景色分开，显示出月色中野外清幽朦胧的景色。“移石动云根”写朦胧夜色中山石乌云缭绕的奇景。月色如霜，云雾绕石，清风徐来，云雾从石头底部向上盘旋飘飒，看起来仿佛石头在月色中摇动。“分”“动”两个动词，一实一虚，亦真亦幻，清虚迷离，突出了月光下夜晚景色缥缈与朦胧。

尾联抒发诗人相约再次拜访友人的心意。诗人进入幽山，本是为了看望友人李凝，而李凝云游在外，未能如愿。但诗人并没有丝毫怨气，反而在领略了清幽美景之后，抒发了再次拜访隐居之人的相约之言：“暂去还来此，幽期不负言。”诗人在诗中隔空向友人李凝喊话：这次来看望你未能如约见面，我暂且回去，以后还会来这里找你，我们相约好下次一起隐居，希望你不要再次失约。表面上是表达下次相约再见的心愿，实际上则是委婉曲折地表示对友人李凝隐居生活的向往。

这首诗叙写了寻访隐居友人的行程，描绘了一路所见清幽美景，抒发了向往隐逸的情怀。贾岛一生，穷愁潦倒，早年生活无着，出家为僧，后来他虽然还俗追求功名，但人生坎坷，身处困顿，总陷于理想与现实的矛盾之中，对佛门清净一直怀有向往之心。

诗歌以寻友行程为线索，叙写进入荒园、月下敲门、寻友不遇、返程过桥、暂时离开、再次相约等整个寻访友人过程，用草径、荒园、鸟雀、池水、树林、明月、小桥、野色、山石、云根等意象，构建了一组月色朦胧、迷离缥缈、清幽静谧、恬淡冲和的意境，寄托了诗人向往远离世尘清幽境界的意趣，为最终表达向往闲隐之情进行了多层次多角度的意境铺垫。诗歌结构严谨，层次分明，终章见意，景为情用。语言质朴凝练，声韵富有变化，韵律和淡醇厚，风格清虚冲淡。

附：《题李凝幽居》繁体字文本

题李凝幽居

閑居少鄰並，草徑入荒園。
鳥宿池邊樹，僧敲月下門。
過橋分野色，移石動雲根。
暫去還來此，幽期不負言。

第三节　柳宗元与刘禹锡经典诗作赏析

一、柳宗元经典诗作赏析

柳宗元（773—819），字子厚，河东解县（今山西永济市）人，世称柳河东。唐代著名文学家、思想家、唐宋散文八大家之一，中唐著名诗人。唐德宗贞元九年（793 年）进士，授集贤殿正字，调蓝田尉，拜监察御史。王叔文集团“永贞革新”失败后，被贬为永州（今湖南永州）司马。唐宪宗元和十年（815 年），被召回到京师，由于武元衡等人的仇视，不久便出京任柳州（今广西柳州）刺史，卒于柳州任上。人称“柳柳州”。有《柳河东集》。

柳宗元与韩愈一起领导了中唐古文运动，为恢复儒家思想正统，矫正当时散文创作偏颇现象做出了重要贡献。散文创作与韩愈并称“韩柳”，总体成就大于诗歌。诗歌绝大部分是贬官永州以后作品，题材广泛，体裁多样。叙事诗文笔质朴，描写生动，寓言诗形象鲜明，寓意深刻，抒情诗善于用清新峻爽的文笔，委婉深曲地抒写自己的心情。诗歌创作与刘禹锡并称“柳刘”（亦称“刘柳”）。苏轼评论柳宗元诗歌“外枯而中膏，似淡而实美”（《东坡题跋》卷二），并称赞他与韦应物“发纤秾于简古，寄至味于淡泊”（《书黄子思诗集后》）。柳宗元诗歌对当时以及宋代诗作影响颇大。中华书局《全唐诗》（1999 年版）录柳宗元诗 4 卷，共 162 首。

（一）《重别梦得》赏析

重别梦得[1]

二十年来万事同，今朝岐路忽西东[2]。
皇恩若许归田去，晚岁当为邻舍翁[3]。

注释

［1］选自《全唐诗》（卷三五一），中华书局 1999 年版，第 3946 页。梦得，刘禹锡，字孟得，见本节刘禹锡简介。

［2］岐（qí）路，岔路。

［3］归田，辞官归乡务农。晚岁，晚年。邻舍，邻里、邻居。

这首七言绝句是柳宗元在唐宪宗元和十年（815 年）与刘禹锡再次分别时写给他的一首小诗。柳宗元与刘禹锡不但是同年进士，政治见解相近，官场际遇相似，而且两人私交深厚。两人回京再次被派遣偏远之地为官时，朝廷最初让刘禹锡到播州（今贵州遵义）作刺史，柳宗元得知情况后，泣涕请求朝廷说：播州非人所居，刘禹锡有高堂母亲，万无母子同去之理。他愿意自己去播州，让刘禹锡去做柳州刺史。有人将此告知宪宗，于是刘禹锡改为作连州（今广东连州市）刺史。此事不但彰显柳宗元高风亮节的为人品质，也足能见证他与刘禹锡的个人关系非同一般。这首诗当写于柳宗元与刘禹锡京师见面后不久再次外出赴任的分别之际。刘禹锡看到此诗后，曾和答一首《重答柳柳州》回赠柳宗元。

前两句回顾二人宦游经历与重别情景。“二十年来万事同”，开篇抒发感慨，叹惋两人在官场所遭遇相类似的不幸际遇。唐德宗贞元九年（793 年），柳宗元与刘禹锡同时进士及第，是古代所称的同榜进士同学（又称同年），两人在官场上有类似的遭遇。二人都是王叔文“永贞革新”的骨干人物，改革失败后，二人于唐德宗贞元二十一年（805 年）同时被贬。柳宗元起初被贬为邵州（今湖南邵阳）刺史，赴任途中又加贬为永州（今湖南永州）司马。刘禹锡被贬为朗州（今湖南常德）司马。唐宪宗元和十年（815 年），两人相继被朝廷召回京都，不久又同时被派遣到外地做官，柳宗元出任柳州（今广西柳州）刺史，刘禹锡出任连州刺史。两人进入官场之后的 22 年来，政治立场相同，人生遭际相同，经历体验相同。“今朝岐路忽西东”关合题目，表达了当时相同中的“不同”。两人再次被排挤出京城，皆被贬偏远蛮荒之地作刺史，这又是眼下宦游途中的相类同之路，不同的柳宗元去柳州，刘禹锡去连州，二人一西一东。“忽”字突出了相聚时间之短与遭受政敌仇视打击之速。

后两句抒发愿与对方一起归隐的愿望。“皇恩若许归田去”表面上说归隐需要君主的首肯，实际上则委婉地表露人在官场身不由己的无奈。辞官归隐是封建知识分子与统治者决裂的一种行为方式，自然会引起统治者的不满。如果辞官得不到容许，会给仕途带来更多的麻烦。因此，诗人所言“皇恩若许”绝非矫情之语。当然，诗人未必真要辞官归隐，“皇恩若许”也有表达对自身遭遇不满的隐晦含义。“晚岁当为邻舍翁”表达诗人愿与刘禹锡一同归隐，躬耕自食，相邻而居，日日相见，饮酒吟诗的愿望。

诗歌表达了对官场遭遇不公正待遇的郁结心情，抒发了向往归隐的情志，同时也表露了与好友之间志同道合、神情相应的真挚友谊。全诗围绕“重别”抒发感慨，前两句叙事兼议论，后两句议论兼抒情，感情真挚，直抒胸臆但不失委婉含蓄与隐晦悱恻，叙事时间跨度很长但直奔主题而不枝不蔓。语言朴质精练，韵律和缓深沉，风格古朴蕴藉。

附：《重别梦得》繁体字文本

重别夢得

二十年來萬事同，今朝岐路忽西東。
皇恩若許歸田去，晚歲當為鄰舍翁。

（二）《登柳州城楼寄漳汀封连四州》赏析

登柳州城楼寄漳汀封连四州[1]

城上高楼接大荒，海天愁思正茫茫[2]。
惊风乱飐芙蓉水，密雨斜侵薜荔墙[3]。
岭树重遮千里目，江流曲似九回肠[4]。
共来百越文身地，犹自音书滞一乡[5]。

注释

［1］选自《全唐诗》（卷三五一），中华书局 1999 年版，第 3946 页。有的版本题为《登柳州城楼寄漳汀封连四州刺史》。柳州，即今广西柳州。寄，指寄赠诗歌，参见李白《庐山谣寄卢侍御虚舟》注释［1］。漳汀封连四州，指漳州（今福建漳州）刺史韩泰，汀州（今福建长汀县）刺史韩晔，封州（今广东封川县）刺史陈谏，连州（今广东连州市）刺史刘禹锡。

［2］接，连接。一说目接、看到。大荒，泛指荒僻的边远地区。海天愁思，像大海和天空一样无边无际的愁思。

［3］惊风，急风、狂风。曹植《赠徐干》："惊风飘白日，忽然归西山。"乱飐（zhǎn），风狂乱吹动。芙蓉，指荷花。薜（bì）荔，一种蔓生的香草。

［4］重遮，一层层地遮住。千里目，指向远方眺望的视线。岭树重遮千里目，有的版本为"云驶去如千里马"。江，指柳江，珠江流域的主要河流，流经柳州后称柳江。九回肠，愁肠九转，形容愁绪纠结难解。司马迁《报任少卿书》："肠一日而九回。"梁简文帝萧纲《应令诗》："望邦畿兮千里旷，悲遥夜兮九回肠。"。

［5］共来，指韩泰、韩晔、陈谏、刘禹锡四人同时被贬到和自己相似的蛮荒之地。百越，即百粤，泛指五岭以南的少数民族。贾谊《过秦论》："南

取百越之地，以为桂林、象郡。”文身，身体上纹身刺绣，古代一些民族有此习俗。文，通“纹”，用作动词。《庄子·逍遥游》：“越人断发文身。”《淮南子·原道训》：“九嶷之南，陆事寡而水事众，于是民人披发文身，以象鳞虫。”犹自句，言柳宗元和四州刺史无法互动音讯。犹自，依然。音书，音信。滞，阻隔。

这首七言律诗写于唐宪宗元和十年（815 年）。贞元二十一年（805 年）一月二十三日（癸巳），德宗辞世。二十六日（丙申），太子李诵即位，是为顺宗，改年号为永贞。以王叔文[①]为首的政治集团开始推行改革措施，取消宫市五坊、取消进奉、打击宦官与贪官、抑制藩镇，史称“永贞革新”。八月，唐顺宗李诵病重，王叔文集团遭到政敌报复，王叔文被贬（次年被杀），不久，李诵被迫禅位于太子李纯，是为唐宪宗。王叔文在朝把持政务共计 146 天。王叔文集团权倾一时，且互相吹捧、不可一世，不但引起既得利益者的痛恨，而且树立了很多新的政敌。随着王叔文权力的失去，永贞革新失败。当时革新的主要集团成员有王叔文、王伾、韦执谊、韩泰、陈谏、柳宗元、刘禹锡、韩晔、凌准、程异等人。由于改革失败后韦执谊等八人都被贬为州司马，故史称“二王八司马”。元和十年（815 年），柳宗元等人循例被召至京师，大臣中虽有人主张起用他们，终因有人梗阻，再度被贬为荒远之地的刺史。柳宗元改谪柳州刺史，十年前与他一同参与“永贞革新”的友人韩泰、韩晔、陈谏、刘禹锡也分别出任漳州、汀州、封州、连州刺史。这首诗便是柳宗元初到柳州时写给上述四位友人的七律诗。

首联写诗人登上柳州城楼所见景色。登高才可望远。登高是古代诗人常用以表现思乡之情或排遣忧愁的一个意象。“接大荒”之“接”字，是说城上高楼与大荒相接，诗人登上高楼，遥望友人贬谪之地，不由慨然长叹：“海天愁思正茫茫”。眼前辽远而荒凉的空间，望到极处，海天相连，诗人“愁思”则充溢于辽阔无边的空间。

颔联用精切的对偶句式，通过景物描写象征自身所处环境之恶劣。从首联到颔联，诗人目光由远及近。近处景物看得真切，所以写得细致传神。看到鲜花香草被风雨蹂躏，诗人内心极度悲伤。古代文人在作品中往往用香草鲜花象征君子人物或美好事物。屈子《离骚》：“制芰荷以为衣兮，集芙蓉以为裳。不吾知其亦已兮，苟余情其信芳。”又云：“擥木根以结茝兮，贯薜荔之落蕊；矫菌桂以纫蕙兮，索胡绳之纚纚。謇吾法夫前修兮，非世俗之所服。”芙蓉与

① 李诵身边之人，深得李诵赏识，李诵即位后，出任翰林院待招、度支使、盐铁转运使等职，虽欲做宰相未果，但当时的朝政大事在翰林院，由王叔文裁夺。

薜荔，象征着君子人格的美好与芳洁。诗人在这里表面写芙蓉和薜荔遭难，实际上影射自身在柳州的恶劣处境，所以他用“惊”写“风”，用“密”状“雨”，用“乱”曰“飐”，用“斜”述“侵”，充分表现诗人当时与罹难之物具有深切的感同身受。芙蓉婷婷出水，无碍于风，惊风却要乱飐；薜荔覆墙，香气外溢，并不干云何事，密雨偏要斜侵。诗人遭受再次被贬的打击，又何尝不是如此？由于神似，象征手法便可以表现得天衣无缝。

颈联应用精美的流水对句式，通过景物描写抒发自己的苦闷与忧愁之情。“岭树”两句，诗人将目光由近再次移到远方。诗人此时的处境如风雨之中的芙蓉与薜荔，远处的友人们，处境又如何？他将目光移向漳、汀、封、连四州的方向，但层层密林，遮断千里之目；江流曲折，恰似九回之肠。此地此景，情何以堪。

尾联融叙事、议论和抒情于一体，抒发诗人身处逆境的孤寂之情。此联抒情，与上联自然衔接，做到写景状物与抒发情感无缝对接。同出蛮荒之地，友人之间望而不见，是否可以互通音讯呢？结果却是“音书滞一乡”。一同被贬谪于蛮荒之地，已经够痛心了，彼此隔离，连音书都无法送到，让诗人感到异常孤寂。情到此处，无以言状，诗到此处，难以复言。

这首诗在内容上表现出柳宗元被贬柳州身处险恶环境时苦闷孤寂的心情。艺术上，象征手法高妙，诗人用风雨中“芙蓉”“薜荔”、层峦叠嶂的岭树、九回曲折的江流等意象，象征自己险恶的环境和孤寂愁苦的心境。诗句对偶工整，颔联的“惊风”对“密雨”，“乱飐”对“斜侵”，“芙蓉水”对“薜荔墙”；颈联的“岭树”对“江流”，“重遮”对“曲似”，“千里目”对“九回肠”。对偶句不但形式工整，而且内容一脉相承。诗歌用词传神，“接”“飐”“侵”“滞”等动词非常考究，形象而准确地传递出诗人所要表达的内心信息。

附：《登柳州城樓寄漳汀封連四州》繁体字文本

登柳州城樓寄漳汀封連四州

城上高樓接大荒，海天愁思正茫茫。
驚風亂颭芙蓉水，密雨斜侵薜荔牆。
嶺樹重遮千里目，江流曲似九回腸。
共來百越文身地，猶自音書滯一鄉。

（三）《柳州二月榕叶落尽偶题》赏析

柳州二月榕叶落尽偶题[1]

宦情羁思共凄凄，春半如秋意转迷[2]。
山城过雨百花尽，榕叶满庭莺乱啼[3]。

注释

［1］选自《全唐诗》（卷三五二），中华书局1999年版，第3949页。有的版本题为《柳州榕叶落尽偶题》。榕，榕树，一种常绿乔木，春季老叶脱落，新叶生出。二月，指古历二月。偶题，偶然间题写。

［2］宦（huàn）情，身处官场的心情。羁思（sì），因为做官客居他乡而思念家乡的思绪。意转迷，心意转而迷乱。

［3］山城，指柳州。庭，院子、院落。

这首诗写于柳宗元在柳州担任刺史时期，有观点认为约作于元和十一年（816年）春。① 柳州（今广西柳州）在唐代被认为是远离中原地区的偏远蛮荒之地，柳宗元贬谪到此主政，心情不免低沉。榕树是常绿乔木，春天老叶凋落，新叶长出。柳宗元在柳州看到榕树在二月春天凋落，不免心情低沉，于是就写了这首表达宦游愁情的七言绝句。

“宦情羁思共凄凄”，诗人在开篇直接抒发在官场不得意的愁情。“宦情”是做官的心情，柳宗元20岁进士及第步入官场，在京做官仅仅3年多时间。参加永贞革新，是他政治生涯的高光时刻，也是体现他政治主张的重要时期。但在既得利益者的打压之下，革新很快失败，柳宗元的人生于是便步入黯淡时期。如果这首诗作于元和十一年，从20岁进士及第步入官场到写此诗，柳宗元在官场23多年，在永州、柳州等地则达11年，除去为父亲守孝的时间，柳宗元在官场上的一半时间都是处于贬谪境地。如此宦情，诗人自然感到悲凄。“羁思”是身处官场思念家乡家人的一种情思。封建文人在官场上不如意，便易产生羁旅行役之情。柳宗元身处边远之地，郁郁不得志，羁思之情相比其他官员更为浓烈。“宦情”悲凄，“羁思”悲切，于是诗人用“共凄凄”表示“宦情”与“羁思”，起笔抒情为诗歌奠定了凄然悲沉的情感基调。

“春半如秋意转迷”，写在沉闷郁结心情之下对柳州春景的感触。“春半”

① 欧丽娟《唐诗选注》（北京大学出版社2021年版）持此说。

关合题目中“二月”。古历二月春已过半，本应是树绿花红、一片生机盎然的景象，但心情愁闷凄苦的诗人，看到榕树落叶，恍如身在秋境，满目萧然。“春半如秋”是写诗人将内心凄苦与眼前的榕树进行对应，在榕树落叶之景中的心灵感触。将仲春比作深秋，以悲凄之情对待春天，折射出诗人当时凄凉悲苦的心境。“意转迷”体现了诗人悲情心绪之下，受到榕树凋叶刺激后所出现的恍惚神情。柳宗元为人刚正不阿，遭受政治打击之后，他内心充满压抑，陷入悲愤沉郁情绪之中，特别是再次贬到柳州之后，悲戚怆然之情更浓。诗人明知身在柳州仲春时节，却迷离恍惚间有萧然秋意的感触，表明他身处贬谪之地的悲凉心境。

“山城过雨百花尽”进一步渲染伤春之感。“山城”关合题目中的“柳州”，“过雨”显示春雨猛烈迅疾，“百花尽”突出柳州在遭受风雨之后残破凄凉的仲春景色。诗人没有关注柳州仲春万紫千红的春天美景，而是将视线聚焦于春雨过后百花凋落的惨戚景象。阵雨过后百花尽落的情景，很容易让人联想到恶势力对美好事物的摧残。持有进步历史观的柳宗元，在改革失败之后遭到既得利益者的残酷打击，对风雨之后百花凋落的现象具有比常人更为深刻的感受。

“榕叶满庭莺乱啼”，通过悲凄繁杂的意象表达内心愁闷烦躁。“榕叶满庭”关合题目中“榕叶落尽”。诗人从视觉角度，用满地落叶的意象，构建了一个萧条凋零的意境。“莺乱啼”从听觉角度，将黄莺的啼叫声通过强烈主观感受，呈现出令人焦躁不安、凄迷纷扰的意境。诗人目击满庭落叶，心情悲沉惆怅，本来优美的黄鹂鸟鸣，在他的耳中成为了呕哑嘲哳之声。

柳诗情壮、思精、理直、趣奇、象新、味隽。（李育仁，1999）诗歌首句直抒胸臆，然后以情赋景，以景含情，情景交合，达到物我相融的艺术境界。特别是刻意将主观心理感受赋予客观意象的写法，更突出地体现了诗人郁闷悲沉的心情。诗歌感情哀婉悱恻，语言婉转淡雅，音韵低沉悲凄，格调萧疏凄峭。

附：《柳州二月榕叶落尽偶题》繁体字文本

柳州二月榕葉落盡偶題

宦情羈思共淒淒，春半如秋意轉迷。
山城過雨百花盡，榕葉滿庭鶯亂啼。

（四）《酬曹侍御过象县见寄》赏析

酬曹侍御过象县见寄[1]

破额山前碧玉流，骚人遥驻木兰舟[2]。
春风无限潇湘意，欲采蘋花不自由[3]。

注释

[1] 选自《全唐诗》（卷三五二），中华书局1999年版，第3953页。有的版本题为《酬曹侍御过象县》。酬……见寄，意为接受别人寄赠作品后，以作品答谢之。侍御，侍御史。象县，即今广西象州，唐代属岭南道。曹侍御，姓曹的侍御史，姓名无详，应为柳宗元官场中的老朋友。

[2] 破额山，在今广西柳州柳江县境内。碧玉流，形容柳江的江水澄明深湛，如碧玉一样。骚人，一般指文人墨客，这里指曹侍御。木兰舟，指用木兰木凿刻而成的小舟。《述异记》记载，七里洲中有鲁班刻木兰为舟，诗家称为“木兰舟”。木兰属落叶乔木，古代文人以兰为佳木，常在文学作品中以之比喻美好的人或事物。屈原《九歌·湘君》：“桂櫂兮兰枻（yì），斲冰兮积雪。”柳宗元称朋友所乘之船为木兰舟，表达赞美之意。

[3] 潇湘意，潇水和湘江在湖南境内，一南一北，相聚无望。潇湘意，有的版本为“潇湘忆”。欲采蘋花，喻相思不能相见之情。此句化用南朝柳恽《江南曲》“汀洲采白蘋，日暖（又作“暮”或“落”）江南春。洞庭有归客，潇湘逢故人”诗句。

这首七绝是柳宗元答谢友人的酬唱应答之作。象县（今广西象州）距离柳州的治所马平县（今柳州市）并不遥远，曹侍御史经过象县但二人不能见面，只能以诗相互赠酬交流情谊。这也许有客观原因，更可能是有迫不得已的难言之隐。

前两句写曹侍御过象县见寄之事。“碧玉流”指流经柳州和象县的柳江。秀山碧水，环境如此优美清幽，“骚人”好友本可与诗人一道同游山水，怡悦性情，然而他却只能“遥驻”木兰舟于“碧玉流”之上，惦念贬谪柳州的诗人。“遥驻”而不能过访，望“碧玉流”而兴叹，只能作诗一首慰藉诗人，虽迫于境（自然环境或社会环境）而不能访友，却传递出曹侍御真挚可贵的思念之情。

后两句写诗人对友人的感谢之意和难以相见的无奈慨叹。“春风无限潇湘意”让人感到意丰而远，但究竟是何“意”，迷离朦胧，难以名状，虽然诗人并未明言何意，但仔细体味，仍可以理解诗人用意。“潇湘”一带，是屈子行吟之地。诗人把曹侍御称为“骚人”，把“潇湘”和“骚人”联系起来，那“无限意”也许就有所指。诗人在表达对友人深深的谢意同时，也曲折隐微地表露出对自己境遇深感不平。“欲采蘋花”更近一层，表达对自身所处险恶环境的无奈叹息。身处贬谪处境的诗人，对友人的答谢和思念只能委婉含蓄地表达。

这首七绝在内容上表现出诗人对友人寄诗的感谢之意和难以相见的无奈慨叹，同时也流露出对自身境遇的抑郁不平之情。艺术上，这首诗言简意深，蕴涵丰富，向来被推为唐人七绝中的精品。诗歌巧妙用典，虚实相生，引发联想。“兰舟”“潇湘”“采蘋花”等语，明在写景叙事，实则暗含典故，使人们从典故中解读诗句丰富的蕴涵。诗中采用乐景写愁（又称“乐景写哀”）之法，极力刻画美丽风景，用意在于反衬无奈与苦闷的愁情。诗歌用词精致，语言简练，“碧玉”作定语修饰“流”，应用比喻手法高妙。“遥”做状语限制“驻”，含蓄委婉，词简意深。

附：《酬曹侍御过象县见寄》繁体字文本

酬曹侍御過象縣見寄

破額山前碧玉流，騷人遙駐木蘭舟。
春風無限瀟湘意，欲採蘋花不自由。

（五）《江雪》赏析

江雪[1]

千山鸟飞绝，万径人踪灭[2]。
孤舟蓑笠翁，独钓寒江雪[3]。

注释

[1] 选自《全唐诗》（卷三五二），中华书局1999年版，第3961页。

[2] 人踪，行人的踪迹。

[3] 蓑（suō）笠（lì），蓑衣和斗笠。

这是一首脍炙人口的五言绝句，一般认为写于柳宗元在永州（治所在今湖南永州零陵）担任司马时期。柳宗元贬谪到永州之后，生活环境与生存空间都发生了很大变化，他在贬所的空间营构，对其文学创作产生了深刻的影响，在永州的创作也创造了个性独特的贬谪文学世界。（李芳民，2019）这首小学生甚至幼儿园孩童能够背诵的诗歌，其实是一首拥有深厚人生阅历才能领悟的千古佳作。

“千山鸟飞绝，万径人踪灭”两句，用极为宏阔的视角，构建了异常孤寂凄寒的意境。这两句诗，与其说是寥廓空寂客观景物的描写，不如说是诗人孤寂凄冷内心世界的剖白。柳宗元出身官宦世家，祖上世代为官。先祖柳庆，是北魏和北周时期的朝廷重臣，为官清廉，不畏权贵，被封为济阴公。曾伯祖柳奭，在唐高祖时期担任宰相，曾祖父柳从俗（一作裕）和祖父柳察躬，都担任过县令。父亲柳镇，担任过侍御史等职。柳宗元聪颖好学，饱读诗书，才情出众，具有浓厚的儒家民本思想。他不但是唐代著名的文学家，而且是著名的哲学家和思想家，他的哲学思想具有唯物论观念和进步历史观。柳宗元 20 岁进士及第步入官场，不久父亲刘镇辞世，他回到家乡守孝。唐顺宗永贞元年（805 年），柳宗元因永贞革新失败，被贬为邵州（今湖南邵阳）刺史，赴任途中又加贬为永州（今湖南永州）司马。柳宗元满怀积极济世的理想步入官场，也担负着重振家门的使命走向仕途，但现实则给了他彻骨心寒的打击。柳宗元在京做官时便崭露头角，才华出众，被人认为是光耀柳家门楣的人物，一时间朝臣敬重，众人倾慕，然而革新失败遭贬之后，朝廷无人为他说情，众人躲避，孤身无助，道无所施，才无所用。遭受打击后的柳宗元充分体验了官场炎凉，陷于孤独寂寞的境地。更令柳宗元难以承受的是同僚们对他的不理解。韩愈称赞柳宗元“博学宏词”“俊杰廉悍”，在京担任集贤殿正字时，“踔厉风发，率常屈其座人。名声大振，一时皆慕与之交。诸公要人，争欲令出我门下，交口荐誉之。”（《柳子厚墓志铭》）但韩愈对柳宗元参加王叔文改革的看法，则认为他年轻气盛“勇于为人，不自贵重顾籍”（同上）。韩愈对柳宗元参加王叔文改革属“不贵自重”行为的看法，在当时同僚中具有普遍性，这使柳宗元不得不承受巨大的精神压力。在永州司马任上，置身荒远之地，处于政治边缘化，内心所承受的孤独凄凉，远远超出他步入仕途之初的预料。正因为对官场贬谪人生的深切体验，才使诗人能够采用精切的对偶句式，用寥寥十个字，构建出如此寂寒灭绝的艺术境界。

“孤舟蓑笠翁，独钓寒江雪”两句，塑造了一个孑然立世、清高孤傲、绝世超脱的钓者形象。在茫茫一片孤寂绝世的冰雪天地中，有一孤舟横于水边，一位老翁，身着蓑衣，头戴斗笠，端坐于孤舟之上，持竿垂钓于江中。人鸟绝迹，万籁俱静，四野茫茫，冰雕玉砌，洁净寂幽，恍如世外。钓者稳坐孤舟，满身雪片霜花，犹如一尊塑像，独矗绝世之境，手持钓竿，泰然自若，目光笃定，静望水面……。这个孑然独处的钓者，是一个不与世俗同流合污的超然伟岸的奇士。这一艺术形象正是诗人沉默孤寂于当时政坛、潜心立言的生动写照。柳宗元幼年在长安度过，入仕前期在长安履职，他对唐王朝由盛转为衰落之后所呈现的政治腐败、宦官弄权、朋党争斗、官员无能、藩镇割据、动乱频发、社会动荡、民不聊生等现象有深切的亲身体验。柳宗元参加王书文领导的政治革新，目的是为了消除官员贪腐，打击宦官擅权，抑制藩镇势力，任用贤能，消弱苛征暴敛，减轻民众负担。然而，改革措施推行仅仅三个多月，还未能得以全面实施之时，既得利益者集团势力代表人物武元衡、窦群等人与宦官俱文珍、刘光琦等人勾结，发动政变，拥立李纯（唐宪宗）登基，逼李诵（唐顺宗）退位，改革失败，革新派受到残酷打击。柳宗元从此便步入了政治边缘化的困境。在永州，柳宗元基本上处于居闲状态，他将主要精力用在博学立言方面，刻苦研读文献，专心写作，在哲学、历史和文学创作等方面都取得了杰出成就。《柳河东集》中的大半诗文写于他在永州时期。同时，柳宗元还寄情山水，在体味大自然的美景中实现精神超脱。柳宗元在受到政治打击之后独立特行，坚持创建政治业绩之外的人生价值，正是“独钓寒江雪”的现实写照。

这首小诗用20个字，刻画了一个寥廓孤寂、冰清玉洁的绝世之境，构成孤寂、寒寂、静寂、空寂、禅寂五重艺术境界（李君怡，2010），塑造了一个超尘脱俗、傲然独立的超然奇士。这首小诗，是柳宗元被政坛边缘化之后人生的浓缩。真正读透这首诗，需要在充分了解柳宗元人生的基础上体味诗人的内心世界，悟出其中的深奥蕴涵。唐宪宗元和十年（815年），柳宗元被朝廷召回到京师，由于武元衡等政敌仇视，不久便出京任柳州（今广西柳州）刺史。元和十四年（819年），唐宪宗大赦天下，在裴度等人的说情之下，柳宗元获得了回京机会，但此时柳宗元已身患重病，难以返京，不久便卒于柳州。柳宗元一生，从步入官场到辞世只有26年（中间还守孝3年），但贬谪在荒远之地作官时间为14年。历史已经过了1200多年，当时曾在政坛上翻云覆雨，随手可以打击压制柳宗元的人物，早已在历史的长河中烟消云散，根本不值一提。但“独钓寒江雪”的柳子厚却在“立言”方面取得巨大的成就，留给后世无价的文化瑰宝。他的名字如同这首千古传颂的佳作一样，将永垂不朽。

这首五言绝句是罕见的极品，在艺术上也取得了极大的成就，历来备受文人称颂。苏轼称颂此诗“殆天所赋，不可及也已”（《东坡题跋》卷二）。宋人范晞文甚至说“唐人五言四句，除柳子厚《钓雪》一诗之外，极少佳者。”（《对窗夜话》卷四）诗人将一个傲然独立的钓者置于宏阔辽远的绝世之境中，境为人设，人为境生，人境相融，呈现了一个罕见的人间奇景与傲岸的孤独奇士。整个画面以千山环绕的冰雪世界作为底色，间有江水的一片碧绿，有小舟的一抹褐黄，还有渔翁蓑衣、斗笠、鱼竿等点点棕色，构图清逸雅致，色彩深浅相宜，犹如一幅淡雅精美的国画浮现在读者眼前。诗歌用词精切，语言传神。“千山”“万径”意象，突显寥廓之境，“鸟飞绝”“人踪灭”意象，尽现绝尘之域。“孤舟”意象，意寓独绝，“蓑笠翁”形象，托意孑然立于世俗之外。“独钓”意象，意显孤傲，“寒江雪”意象，意寓千古奇士在一尘不染的理想境界之中获得心灵的超脱，取得独属于他自己的那份绝世收获。诗歌在音韵方面也独具特色，以仄声作为韵脚，韵律清越决绝，文气骨力刚劲，风格清峭奇崛。

附：《江雪》繁体字文本

江雪

千山鳥飛絕，萬逕人蹤滅。
孤舟簑笠翁，獨釣寒江雪。

(六)《渔翁》赏析

渔翁[1]

渔翁夜傍西岩宿，晓汲清湘燃楚竹[2]。
烟销日出不见人，欸乃一声山水绿[3]。
回看天际下中流，岩上无心云相逐[4]。

注释

[1] 选自《全唐诗》(卷三五三)，中华书局1999年版，第3970页。

[2] 傍，靠近、贴近。西岩，西山的岩石。西山在永州（今湖南永州）境内，作者曾写《始得西山宴游记》散文。宿（sù），露宿。晓，拂晓、早晨。汲（jí），打水、取水。清湘，清澈的湘江之水。楚竹，楚地的竹子。

[3] 销，同“消”，消散、消失。欸（ǎi）乃，原诗有注：“音袄霭”，象声词，指划船摇橹的声音。元结《欸乃曲》中自注：“欸乃，棹船声也”。绿，有的版本为“渌”。

[4] 天际，天边。下中流，指渔舟随湘水漂流而下。岩，山岩。无心云，化用陶渊明《归去来兮辞》“云无心以出岫”句意。相逐，指云雾互相追逐。

这首七言古诗写于诗人担任永州司马时期。柳宗元在永州的贬谪生涯长达十年之久。司马在当时是一个闲官，加之柳宗元以被贬之身到永州，基本上没有啥权力。他刚到永州后，甚至连官舍都没有，只得暂居龙兴寺内。在官场上居闲的柳宗元，“益自刻苦，务记览，为词章。”（韩愈《柳子厚墓志铭》）同时他寄情山水，依托自然美景排遣胸中孤寂，冲淡内心苦闷。这首诗，既是一首山水诗，也是一篇咏怀诗。诗人描写了一个清幽空灵的世外之境，塑造了一个远离世尘的隐者渔翁形象，表达了向往超凡绝俗与淡泊隐逸的情怀。

开篇两句写渔翁夜宿与晨起生活。“渔翁夜傍西岩宿”句，叙写渔翁随意潇洒的露宿生活。诗句中这位超脱世尘的渔翁，白日顺水行舟，随意择地而渔，到了夜晚停舟西山脚下，顺手找一个避风的岩洞安然独寝。在诗人眼中，如此淡然独处，绝非一般的打渔人，而是一个看淡一切、远离世尘的隐者。“晓汲清湘燃楚竹”句，叙写渔翁在拂晓时的生活片段。诗人选取打水和生火两个典型的细节，塑造了渔翁隐者清虚淡雅的生活。诗人用“清湘”代指渔翁所汲取饮用的河水，用“楚竹”代指渔翁所拾取点燃的薪柴，是为了凸显隐者超凡脱俗的形象。

中间两句叙写渔翁行踪飘忽不定。“烟销日出不见人”，从视觉的角度，描写渔翁在夜宿与晨起的地点消失。这位江上隐者，拂晓生火煮饭，岩崖下炊烟袅袅，江面浓雾蒙蒙，缥缈玄远，渔翁隐在此境之中，诗人遥望远处，只见烟雾，不见隐者。待到饭熟火灭，炊烟渐渐消失，红日升起，迷雾渐渐消散，诗人再次瞭望渔翁所居的江边石崖，却发现早已不见了人影。原来，渔翁不知何时已静静地离开了西岩，驾舟而去。“欸乃一声山水绿”，从听觉和视觉双重角度，描写渔翁身影消失在茫茫江面之中。诗人看不到渔翁，但远处划船之声依稀可辨。诗人静听着一声声的清脆的桨声，默默凝视着远处碧绿的江水和苍翠的群山，怅然若失。

最后两句描写隐者消失之后诗人所见的景色。“回看天际下中流”，写诗人不见隐者踪影之后的举动。从渔翁夜宿西岩，到晨起野炊，诗人一直关注着这位隐者的举动。诗人对这位独立洁行、孤高清虚的隐者表达出极大地兴趣，隐者的行为举止令诗人产生一种情感寄寓的心理依赖。诗人赞赏隐者的孤高幽独，向往远离世尘的生活。但转眼之间，隐者便从诗人的视野消失，令他感到一时不适。渔翁行踪不定，云游四方，日出而渔，日落而息，四处寄宿，随遇而安。这种与尘世割裂的清虚生活所获取的高度精神自由，令诗人敬仰并且向往。看到隐者孤高之行，诗人郁闷不平的心情可以暂时得到释然。然而，隐者飘忽云游，不可追随。诗人凝望远处山水，陷入沉思，转身眺望，视野随着江流方向远远望去，小舟早已顺着江流而下，在水天相接的江面上渐渐消失。渔翁在不经意间消失，令诗人心情顿时又陷入沉闷。“岩上无心云相逐”，描写江岸岩石之上白云飘荡之状。诗人将目光从远处的水面上收回，聚焦在江岸岩石上飘荡的朵朵白云之上。此句用“无心”修饰目光所及的白云，化用陶潜“云无心以出岫”句意，实际上表达了对心无所求、随意漂泊的精神自由境界的渴求。白云无心无机，随风飘荡，不受任何羁绊。渔翁的人生正是如此境界。人若能够如同白云，无依无羁，自由自在，内心则应当了无烦闷。在渔翁消失之后，诗人对白云无心相逐的激赏，表露了他对精神自由的渴望。苏东坡认为，“其尾两句，虽不必亦可。”（宋人惠洪《冷斋夜话》转引苏轼语）后人对此议多有不同看法。其实，这两句诗，不但意象生动，意境清虚，而且富有蕴含，寄托了柳宗元感到无法追逐隐者生活之后对精神自由的向往之情，是理解诗人创作旨意的重要诗句，绝非可有可无。

诗人笔下渔翁的精神风貌和生活面貌，可视为柳宗元在永州期间精神与生活的折光。（张映光，2007）诗化艺术中的渔翁，荡舟江中，夜宿晓行，随遇而安，与世无争，行止无定，恬淡悠然，自在如云。通过对渔翁隐者生活片段写意式的描述，诗人表现了内心的孤高品格，表露了对闲适生活的深切向往。

诗歌具有极高的艺术性。一是人物形象塑造极具特色。诗人用典型的细节描写，将一个孤高幽独、远离世尘、随缘任运、特立独行的具有宁静自由精神特质的隐者形象生动地展现在读者面前。二是景色描写极具韵味。诗人用岩崖、清流、炊火、烟雾、绿水、青山、白云等意象，构建了一个深幽静谧、清虚淡远、空灵透脱的意境，令人体会到一种脱尽尘埃、和冲恬淡的世外境域之艺术境界。三是情感表达深曲委婉。诗人将向往隐逸的情怀隐含于人物形象塑造与艺术境界构建之中，用情于渔翁，寄情于山水，托意于白云，构思精妙，用意深曲。四是诗歌语言精切平淡，极富表现力。诗人用质朴平淡的语言，精切传神极具概括力的词语，成功地塑造了人物形象，巧妙地构建了一个唯美意境，令人读之心旷神怡。

附：《渔翁》繁体字文本

漁翁

漁翁夜傍西巖宿，曉汲清湘燃楚竹。
煙銷日出不見人，欸乃一聲山水綠。
囬看天際下中流，巖上無心雲相逐。

二、刘禹锡经典诗作赏析

刘禹锡（772—842），字梦得，洛阳（今属河南）人，自言系出中山（今河北定州一带）。唐代文学家、哲学家、中唐著名诗人。唐德宗贞元九年（793年）进士，曾为淮南节度使杜佑的幕府，参与平叛，后任监察御史。王叔文“永贞革新”失败后，被贬朗州司马。元和十年（815年）回京不久，出任连州刺史，后任夔州刺史、和州刺史。后以裴度力荐，任太子宾客，加检校礼部尚书，世称“刘宾客”。有《刘宾客集》（又称《刘梦得文集》）。

刘禹锡一生宦海沉浮，屡遭贬谪。在诗歌创作上具有很高的成就，有“诗豪”之称。他与柳宗元合称“刘柳”（亦称“柳刘”），他与白居易酬唱和答，世称“刘白”，与韦应物、白居易合称“三杰”。诗作具有含蓄深沉的内涵、开阔疏朗的境界和高扬向上的情感，表现出通俗清新、简洁明快，自然流畅的特色。一些诗歌学习民歌朴素自然、清新可爱的特色，散发浓郁的生活气息。诗作以七律、七绝成就最高。诗风对后世影响很大。中华书局《全唐诗》（1999年版）录刘禹锡诗12卷，共796首。

（一）《西塞山怀古》赏析

西塞山怀古[1]

西晋楼船下益州，金陵王气黯然收[2]。
千寻铁锁沉江底，一片降幡出石头[3]。
人世几回伤往事，山形依旧枕江流[4]。
今逢四海为家日，故垒萧萧芦荻秋[5]。

注释

［1］选自《全唐诗》（卷三五九），中华书局1999年版，第4065页。西塞山，在今湖北黄石市东部长江岸边，是扼守长江中游地区的战略要地，古代多有战事发生。西晋大将王濬从成都出发，攻破东吴西塞山防线，顺流而下灭吴。

［2］西晋，有的版本为“王濬”。益州，今成都。晋武帝太康元年（280年），西晋大将王濬率军从成都出发攻打东吴。金陵，今南京。王气，指帝王之气。《太平御览》卷一七〇引《金陵图》：“昔楚威王见此有王气，因埋金以镇之，故曰金陵。秦并天下，望气者言江东有天子气，凿地断连冈，因改金陵

为秣陵。”黯然，有的版本为“漠然”。收，指王气不见，意即东吴亡国之相立即呈现。

［3］千寻铁锁，千寻长的铁链。千寻是夸饰之词，意指铁锁链很长。寻，古代表示长度的量词，八尺为一寻。降幡，投降的旗帜。幡（fān），旗帜。石头，石头城，金陵的别称。《元和郡县志》：“石头城在（上元）县西四里，即楚之金陵也。吴改为石头城。”

［4］人世几回伤往事，有的版本为“荒苑至今生茂草”。江流，有的版本为“寒流”。

［5］四海为家，意即国土统一，归大唐王朝统治。语出《史记》（卷八）：“天子以四海为家。”故垒，原来军事防御工事的遗迹。今逢四海为家日，故垒萧萧芦荻秋，有的版本为“而今四海归皇化，两岸萧萧卢荻秋”。今逢，有的版本为“从今”。

这首七言律诗，一般认为是写于唐穆宗长庆四年（824年）。这一年，刘禹锡由夔州（在今重庆奉节）刺史调任和州（今安徽和县）刺史，赴任途中经过西塞山，追溯历史，有感而发，便挥笔写了这首著名的咏史诗篇。

首联总体回顾西晋灭吴的历史。“西晋楼船下益州”，写西晋从益州（今成都）出兵伐吴。晋武帝咸宁五年（279年）古历十一月，晋武帝令王濬、唐彬等人率领六路大军，大举伐吴。太康元年（280年），益州刺史、龙骧将军王濬率领大军从益州（今成都）出发，沿长江顺流而下，一路破关俘敌，直逼建业（今南京）。诗人用“下”字，突出了西晋名将王濬等人伐吴时势如破竹、无坚不摧的军事态势。“金陵王气黯然收”，写东吴快速灭亡。太康元年（280年，吴国为天纪四年）古历三月，王濬带兵率先到建业城下，东吴末代皇帝孙皓投降，东吴割据政权经过了近60年（王朝历经51年）后灭亡。“王气黯然”形象地描绘了东吴帝国破灭情景，“收”字突出了孙吴王朝灭亡之速。

颔联具体描写晋军破吴与吴国投降的情形。“千寻铁锁沉江底”，写东吴长江防线被轻易摧毁，形象地描写了东吴消极的防御被晋军轻易攻破的情景。东吴为了固防，在长江水中设置了拦截船只的铁锁和铁锥，依据长江天堑发挥防御优势。然而，王濬率军攻吴之时就得到了东吴在长江天堑设置防御工事的具体情况，晋军采用冲击和火攻等手法，顺利地冲破了长江防御带，直逼东吴都城。“一片降幡出石头”，写石头城建业到处树起投降的旗帜，生动地再现孙皓率众投降的情形。王濬逼近建业，孙皓命张象率军抵御，但吴军看到王濬的浩大军阵和遮天蔽江的旗帜后，望风而降。孙皓在王濬大军的威逼下，慌忙向王濬递上降表。在王濬率军进入建业城之时，孙皓备亡国之礼，素车白马，袒露上身，反绑双手，衔璧牵羊，率太子孙瑾与大臣，身着丧服，车载棺木，到王濬军前请降。同时，孙皓还广发劝降书信给臣僚，以便晋军顺利收复各地。王濬进入石头城之后，接收了吴国政权，封禁吴国府库，将孙皓押送到西晋都城洛阳。颔联对偶精工，含义深刻。“千寻铁索”与“一片降幡”相对，“沉江底”与“出石头”相对，不但词语精妙，而且富有蕴含，将东吴王朝摧枯拉朽灭亡的态势表现得淋漓尽致。

颈联用一流水对句式，抒发怀古之情。“人世几回伤往事”，是对金陵六朝兴亡废替的感叹。西塞山作为军事要塞，发生的历史故事数不胜数，受诗歌篇幅所限，难以一一枚举，诗人仅选择具有典型代表意义的东吴亡国战事来回顾。东吴亡国的根本原因在于政治的昏庸腐败。孙氏世代在吴地为官，影响颇为深远。孙坚与孙策父子，征伐建功，开疆拓土，为东吴割据政权奠定了基础。孙策死后，孙权执掌割据政权，他富有远见卓识，广纳贤士，重用人才，富国强兵，兴修水利，发展生产，减免赋税，施行善政，体恤民力，朝廷用度节俭，在与各地军阀的纷争中进一步巩固和拓展了江东基业，与曹操、刘备一起，成为赫赫有名的历史争雄人物。曹丕和刘备相继称帝之后，孙权于 229 年称帝，建立吴国，与曹魏、蜀汉三国鼎立。孙权晚年，在皇位继承人的大是大非问题上反复无常，导致朝廷出现宫廷争斗与大臣党争的局面。吴大帝太元二年（252 年），孙权病逝，年仅 9 岁的孙亮继位，朝权由诸葛恪等人执掌。吴少帝建兴二年（253 年）诸葛恪征淮南失败被杀后，朝政由孙峻等人掌握。三年之后，孙峻病亡，朝政大权落入孙綝之手。孙綝凶残霸道，大肆杀戮朝臣，恣意妄为，损毁佛寺，斩杀僧人，导致东吴国力急剧衰损。太平三年（258 年），孙綝废黜了少帝孙亮，立孙休即位。景帝永安二年（259 年），在张布等人的协助下，孙休剪除了孙綝势力。虽然孙休注重收拢人心，颁布善政，注重教化，利惠百姓，但吴国此时积弊已深，内忧外患不断，难以改变国力衰落的大势。永安七年（264 年），孙休病逝，濮阳兴、张布等人未能遵从孙休遗愿，没有辅助太子继位，而立孙皓（孙和之子）为帝。孙皓起初还一度表现出振兴朝政的姿态，他封赏功臣，开仓赈济百姓，减省朝廷用度。但不久之后，孙皓便露出腐败与残暴的真面目，他猜忌朝臣，嗜杀成性，动辄滥杀无辜，就连濮阳兴、张布等人也未能幸免，皆被孙皓处死，并夷灭三族。这导致朝野人心惶惶，个个自保，朝不谋夕。孙皓凭借占卜、望气、谶语等决断朝政大事，骄奢淫靡，虐用民力，穷兵黩武，残暴施刑，导致社会矛盾尖锐，民变四起，致使东吴国力更加衰弱。“濬自发蜀，兵不血刃，攻无坚城，夏口、武昌、无相支抗。于是顺流鼓棹，径造三山。”（《晋书》卷四十二）东吴在晋军攻势之下摧枯拉朽，根本原因在于政治腐败，在于失去民心。腐败导致亡国是被历史反复证明的铁律。颈联承接颔联句意，围绕东吴政权灭亡的历史事件，抒发了对历代前朝兴亡废替的深切感慨。诗人所感伤的并不仅仅是东吴的王朝，更不仅仅是孙皓之类的亡国之君。前朝历代的兴亡都具有相类似的表现，政治得失、民心向背是根本原因。诗人所感伤的是统治者不吸取历史教训，导致“使后人而复哀后人”（杜牧《阿房宫赋》）的结局屡屡出现，因此他发出历史兴旺的慨然长叹。兴旺废替的话题太过沉重，于是诗人宕开笔触，将视野聚焦于眼前的山水，咏叹“山形依旧枕江流”。江山易手，人事更替，但河山依旧，江水东流。读此句诗，脑海中会浮现一个凝重的画面：诗人静静地眺望着滚滚东流的长江与岸边的西塞山，沉默良久……。

尾联借古讽今，委婉含蓄地表达了对唐王朝政治的担忧。“今逢四海为家日”句，写当时四海统一的盛况。表面上看，诗人盛赞当朝四海一统的局面，但实际上，“四海为家”仅仅是中唐王朝的表象。经过安史之乱的大唐，虽然平叛之后获得了一时稳定，甚至出现了短暂的“元和中兴”局面。但唐代武将拥兵自重的局面一直没有得到改变。当时，藩镇割据呈现出愈演愈烈的态势。朝廷党争之风盛行，政治腐败，民生困苦，社会矛盾日益尖锐。这些现象，作为对政治具有敏锐观察力的刘禹锡不可能没有注意到。特别是对政治派别之间争斗所造成的朝政极大内耗，刘禹锡有更为深切的亲身感受。但是，身处贬谪之地，刘禹锡即使看出朝政弊端，却又无可奈何，想到这些，心情愈发沉重。于是，诗人再次宕开笔触，描写眼前西塞山残败景象：“故垒萧萧芦荻秋”。昔日的长江防线早已废弃，西塞山的战略要地也久已不被人看重了，山上防御工事已经长满了杂草，芦荻等野草在秋风中瑟瑟摇动。诗人用荒废的军事要塞、瑟瑟秋风、衰枯的芦荻等意象，构建一个萧索衰败的意境作为全诗的结尾，蕴含深远，引人沉思。

刘禹锡所处的中唐时代，朝纲紊乱，国政日衰，国运危机四伏，他在咏史怀古诗中以深沉的历史责任感和对现实社会的严肃思考，借古言今，暗讽当权者，为之提供执政的借鉴。（白俊奎，2000）诗歌重点回顾西晋灭吴的历史，抒发对历代前朝兴亡废替的感慨，并借古讽今，含蓄委婉地表露了对唐王朝时局的深切忧虑。

宋人计有功《唐诗纪事》（卷三十九）中记载，长庆年间，刘禹锡与元稹、韦楚客一同去见白居易，酒席间谈论南朝兴废之事，相约每人现场赋《金陵怀古》诗作。刘禹锡满饮一杯之后，随口吟出“王濬楼船下益州，……”白居易看了刘禹锡诗之后，说：“四人探骊龙，子先获珠，所余鳞爪何用耶?”于是，其他人都停止了吟诗。《唐诗纪事》属诗话纪事，虽为杂说传言，但从一个侧面证明了刘禹锡这首诗高超的艺术性和强大的影响力。诗歌以西塞山和金陵等地理空间为依托，选取西晋灭吴的典型历史事件，将咏叹兴亡寄寓在漫长历史时间跨度的叙写之中，并采用典型的意象，构建富有蕴含的意境衬托情感，使历史、景物、情感有机地融合在一起，表现出极为深厚的艺术张力。诗歌构思严密，结构严谨，前四句回顾历史事件，后四句抒发兴亡感慨，回顾历史为咏叹兴亡进行了巧妙地铺垫，形成了抒发情感的依托；兴亡慨叹则为历史回顾提供了思想归宿，明确了借古讽今的主题。语言概括力极强，遣词用句，精切洗练。全诗感情深挚顿挫，音韵深沉典雅，风格深幽顿挫，堪为怀古绝唱。

附：《西塞山怀古》繁体字文本

西塞山懷古

西晉樓船下益州，金陵王氣黯然收。
千尋鐵鎖沉江底，一片降幡出石頭。
人世幾回傷往事，山形依舊枕江流。
今逢四海為家日，故壘蕭蕭蘆荻秋。

（二）《酬乐天扬州初逢席上见赠》赏析

酬乐天扬州初逢席上见赠[1]

巴山楚水凄凉地，二十三年弃置身[2]。
怀旧空吟闻笛赋，到乡翻似烂柯人[3]。
沉舟侧畔千帆过，病树前头万木春[4]。
今日听君歌一曲，暂凭杯酒长精神[5]。

注释

［1］选自《全唐诗》（卷三六〇），中华书局 1999 年版，第 4068 页。乐天，白居易的字。扬州，即今江苏扬州市。酬……见赠，是用于回赠诗作的标题用语。酬，酬答、酬唱。见赠，指别人作诗赐送于自己。

［2］巴山二句，概指诗人 20 多年的贬谪生活。诗人曾被贬到夔州、朗州等地，夔州古属巴国，朗州古属楚地，故称“巴山楚水”。诗人从永贞元年（805 年）被贬出京城，期间短暂回京，直到唐敬宗宝历二年（826 年）冬，才得到朝廷召回东都洛阳的旨令。白居易《醉赠刘二十八使君》有“亦知合被才名折，二十三年折太多”句，故称“二十三年”。

［3］怀旧，思念老朋友。空吟，指无用地吟诵。空，白白地，意为无实

际用处。吟，指吟唱诗赋。闻笛赋，即《思旧赋》，是曹魏时期向秀为悼念故友嵇康与吕安而作。翻似，却好像。翻，这里作副词，意思是反而、却、倒。烂柯人，语出《述异记》，指久离故乡或饱经岁月沧桑的人。《述异记》载，西晋时期的樵夫王质，到山上打柴，进入一个仙人洞，见两个童子下棋，便在一旁观看。局棋结束之后，仙童提醒王质回家，王质发现砍柴的斧柄已经腐烂，仅剩下斧头了。王质回到村里，发现周围全是陌生人，一打听，得知父母已经亡故一百多年了。

[4] 侧畔，旁边。千帆，指众多船只。千为夸饰之词，意为众多。帆，代指船。万木，指众多树木。万是夸饰之词，意为众多。木，树木。

[5] 君，指白居易。歌一曲，指白居易给刘禹锡写的《醉赠刘二十八使君》。长精神，振作精神。长（zhǎng），振作、增强。

这首诗当作于唐敬宗宝历二年（826 年）之后。宝历二年冬天，刘禹锡从和州刺史被召还东都洛阳，回洛阳途中经过扬州（今江苏扬州）时，与白居易相见。白居易当时担任苏州刺史，因病告假。二人在扬州相遇之后，游览了扬州、楚州（今淮安）一带。白居易曾作《醉赠刘二十八使君》一诗给刘禹锡，刘禹锡给白居易回赠此作。从诗的内容看，这首七律应是诗人回到洛阳后所作。这首七言律诗，在对好友白居易表达谢意的同时，借题对自身的贬谪遭遇进行了回顾，对故去的友人表达了深切怀念，对重返朝政的人事变迁表现出惊异的慨叹，对自己重返朝政的处境表露出难以名状的复杂心态。

首联回顾自身遭贬经历。“巴山楚水凄凉地”句，从空间角度叙写遭贬所经历的区域。诗人参加王叔文集团改革失败后，被贬出京，先后任朗州（今湖南常德一带）司马，连州（今广东连县）刺史、夔州（今四川奉节一带）刺史、和州（今安徽和县）刺史等官职。用“巴山”“楚水”代指夔州和朗州等地，不仅使诗句词语之间构成工整的对偶，显示诗化语言艺术，而且隐含对贬谪之地的酸楚感受。唐代以长安、洛阳为中心的中原地区是政治、经济、文化发达地区，远离中原的南方地区被广泛认为是偏远蛮荒之地。“凄凉地”一词突出诗人对贬谪人生的深切感受。“二十三年弃置身”句，则从时间角度叙写贬谪困境。二十三年，是诗人被贬谪在外到回到东都洛阳时间跨度。刘禹锡从唐顺宗永贞元年（805 年）被贬出京城，唐宪宗元和十年（815 年），曾被召回到京师，随即又被排挤出京城。直到唐敬宗宝历二年（826 年）冬，才得到朝廷召回洛阳的旨令。其实贬谪时间前后共计 21 年。诗人沿用了白居易赠诗的表述（见注释），称“二十三年”。事实上，刘禹锡于唐文宗大和二年（828 年）才回到洛阳到东都尚书省任职，期间正好是 23 年。“弃置身”既是对白居易诗意的回应，也表现了诗人对遭受政治打击的愤慨与不平心情。

颔联用流水对句式，表达了对故友的怀念以及对朝廷人事变迁的感慨。“怀旧空吟闻笛赋”，用向秀怀念嵇康的典故，委婉地表达了对已逝故友的深切怀念。“闻笛赋”指向秀的《思旧赋》。嵇康和吕安都是向秀的好友。嵇康是曹魏时期的名士、“竹林七贤”的首要成员。他志高疏阔，为人恬淡，超凡脱俗，举止出众，博览群书，富有学识，精通音律。在司马氏篡权之后，嵇康拒绝为司马集团所用，隐居不仕，引起司马昭等人的不满。吕安也是曹魏时期的名士，为人旷达，恃才傲物，是嵇康的挚友。吕安妻子徐氏，容貌美艳。吕安的同父异母兄长吕巽（字长悌），垂涎于弟媳美貌，便将徐氏迷奸。徐氏羞愧自缢而亡，吕安愤恨兄长，欲向官府状告吕巽。嵇康出于家丑不可外扬的考虑，劝止了吕安。吕巽担心吕安找麻烦，则向官府诬告吕安“不孝”之举。吕安被官府下狱后，嵇康非常愤怒，写了《与吕长悌绝交书》，斥责吕巽“苞藏祸心”，并出面为吕安的无辜作证辩护。钟会忌恨嵇康，乘机向司马昭进言，罗织罪名构陷嵇康。于是司马昭便下令处死嵇康和吕安。行刑之日，数千名太学生集体请愿，请求朝廷赦免嵇康。嵇康临刑之前，面色如常，神色平静，他聚精会神地弹奏了一曲《广陵散》之后，从容就刑，年仅 40 岁。嵇康死后，海内名士无不痛惜。有一天，向秀经过嵇康和吕安的旧居，听到邻人吹笛，笛声廖亮，悲愤交加，有感而发，便写了《思旧赋》以怀念故友。刘禹锡被“弃置”23 年后回到洛阳，他的许多朋友已经离开了人世。特别是他的挚友柳宗元于元和十四年（819 年）获得回京诏令后卒于柳州。刘禹锡惊闻柳宗元辞世的噩耗之后，嚎啕大叫，如得狂病。回到洛阳的刘禹锡，想到 9 年前年仅 46 岁就含恨九泉的柳宗元，心情异常沉重。嵇康受政治迫害而死。柳宗元遭受政治打击后抑郁愤懑，本质上也是受政治迫害病亡。嵇柳二人的生命终结形式虽然不同，但归因具有类型相似度。刘禹锡用向秀悼念嵇康，委婉地表达对柳宗元等遭受政治迫害的故友怀念之情，充分表现了他对故友之死的感伤与叹惜之情。“到乡翻似烂柯人”，引用《述异记》典故（见注释），表达对朝政世态沧桑、人事巨变的感慨。刘禹锡由于多年处于边缘化的贬谪状态，回到洛阳之后，朝政中的一切皆发生了巨大的变化。朝廷官场格局，世态变迁，人事变化，皆满眼陌生，令诗人有恍如隔世之感。刘禹锡祖籍洛阳，出身地是荥阳，为了避免招惹麻烦，诗人用“到乡”代指回东京洛阳。“翻似”一词突出诗人惊异的感受。诗人用“烂柯”典故，表现自身已经茫然不适朝政变化的情景，既十分贴切，又增强了诗歌的艺术趣味性。

颈联用一精切的对偶句式，回应白居易赠诗的中心旨意，抒发对自己“弃置”人生遭际的感慨。白居易在《醉赠刘二十八使君》诗中感叹刘禹锡道“诗称国手徒为尔，命压人头不奈何。举眼风光长寂寞，满朝官职独蹉跎。”刘禹锡志向高远，才识出众，但遭受了命运不公正的待遇。放眼望去，同朝官员都风光无限，个个官职升迁，唯有他的仕途滞碍连蹇。对于渴求功名的封建官吏，遭受边缘化的“弃置”是极为痛苦的事，也是令人感到愤懑的事，更是十分无奈的事。于是，诗人怀着复杂的心情感叹道：“沉舟侧畔千帆过，病树前头万木春。”诗人用“沉舟”“病树”比喻困顿官场的自己以及受政治迫害已故的友人，用“千帆”“万木”比喻在官场顺风顺水得到升迁者，二者形成极为明显的对比。“过”字作为喻体的含义，形象地展示千帆竞发的情景，作为本体的含义，则生动地表现出众多朝廷官员争相得以加官进爵的态势。“春”作为喻体的含义，形象地展示树木春天欣欣向荣之态，作为本体的含义，则生动地表现出已顺利升迁的官员人生滋润之情。颈联两句诗，对偶工整，比喻贴切，形象生动，富有蕴涵，既是对白居易赠诗主要诗句的回应，又形象生动、委婉巧妙地表露了对自身遭际的不平之情，语言表述十分精切，既含忧闷不平之气，又无幽怨激愤之情，情感表露恰到好处，不愧为千古传唱的名句。

尾联顺承颈联诗意，表达对乐天赠诗的谢意，表露出诗人既欲振作精神但又无奈的茫然心态。“今日听君歌一曲”句，关合题目，表达对白居易赠诗的感谢之情。刘禹锡七律诗中酬唱之作，能根据不同对象把握分寸感，能传达深刻的情感共鸣。（蒋寅，2023）刘禹锡与白居易同岁，两人都是河南人。在扬州会面时，刘禹锡在地方任职长达 21 年。白居易在地方做官长达 9 年，时任苏州刺史。二人都是贬谪或排挤到地方做官多年的朝政边缘化人物，对官场受打压排挤有着感同身受的经历。两人都是才情出众的著名诗人，并称“刘白”。刘禹锡从《醉赠刘二十八使君》诗句里，明显感觉到白居易对自己才情的欣赏，也深切体会到白居易对自己人生遭际的鸣不平之意。因此，诗人用“听君歌一曲”作为对白居易赠诗的回应，不仅表达了谢意，而且含有敬意。“暂凭杯酒长精神”句，表露出诗人不甘消沉的意愿。“暂”字，既有暂且之意，又暗含诗人不安于现状的心态。“凭杯酒长精神”，体现诗人不愿长久处于忧闷心态的愿望，但言语中含有一种无奈的情绪。刘禹锡京外做官多年，到洛阳之后在东都尚书省任职，朝政人事变化之大，自己具有“烂柯人”的茫然之感，今后仕途如何，难以料定。借酒浇愁，忘却烦忧，只能维持短暂的时间，酒醒之后的落寞寂然又何能疏解。如果根据“暂凭杯酒长精神”之言，说诗人心态豁达、意志坚忍不拔，如此解读，未免牵强了一些。

刘禹锡与白居易诗作唱和的历程长达 40 多年，分为扬州初逢、重入庙堂、出牧苏州和晚居洛阳四个时期。（肖瑞峰，2020）本诗属于刘白唱和的初始阶段作品，诗人借题发挥，从回顾贬谪生涯开篇，到表露仕途茫然结尾，诗句前后以意承接，结构浑然一体。诗歌以低沉感伤为基调，情感真挚深沉，对偶工整精切，比喻贴切精妙，语言典雅传神。诗歌采用首句平起不入韵、八句四韵格式，音韵浑然醇厚，风格沉郁深沉。

附：《酬乐天扬州初逢席上见赠》繁体字文本

酬樂天揚州初逢席上見贈

巴山楚水淒涼地，二十三年棄置身。
懷舊空吟聞笛賦，到鄉翻似爛柯人。
沉舟側畔千帆過，病樹前頭萬木春。
今日聽君歌一曲，暫憑杯酒長精神。

（三）《秋词二首》（其一）赏析

秋词二首（其一）[1]

自古逢秋悲寂寥，我言秋日胜春朝[2]。
晴空一鹤排云上，便引诗情到碧霄[3]。

注释

［1］选自《全唐诗》（卷三六五），中华书局1999年版，第4120页。有的版本题为《秋词》。

［2］逢秋悲寂寥，意为遇到秋天有孤寂萧索的悲叹。春朝，春天。

［3］晴空，有的版本为“横空”。一鹤排云上，化用《诗经·鹤鸣》“鹤鸣于九皋，声闻于野”句意。碧霄，青空、青天。

这首七言绝句一般认为写于诗人在任朗州司马时期（805—815年）。诗歌赞美秋天景色，表现出诗人身处逆境的豁达胸怀。

诗歌前两句表达非同常人喜爱秋天的达观情怀。首句陈述自古以来文人墨客悲秋的传统。战国时期楚国诗人宋玉《九辩》有“悲哉，秋之为气也。萧瑟兮草木摇落而变衰”“泬寥兮天高而气清。寂漻兮收潦而水清”“秋既先戒以白露兮，冬又申之以严霜”“岁忽忽而遒尽兮，恐余寿之弗将”“独悲秋其伤人兮，冯郁郁其何极。霜露惨凄而交下兮，心尚幸其弗济”等悲叹秋天感伤人生的诗句，故言“自古”。古代文人历来有悲愁的传统，他们借秋天肃杀凄凉之境，抒发悲愁寂寥之情。诗人言自古文人悲秋，是为下句抒发高扬情调作了具有反衬作用的铺垫。次句抒发独自喜秋的豪壮情怀。“我言”一词，毫不掩饰地表现出诗人的达观与自信。诗人将具有极大反差的两个对立的季节“秋日”与“春朝”进行对比，直言喜欢秋天胜过喜欢春天，折射出积极进取的人生态度和豁达乐观的情怀。

诗歌后两句具体描写秋天美景。“晴空一鹤排云上”句，描绘了秋季独特的美景：秋高气爽，碧空如洗，孤鹤独翔，振翮高飞，直贯云霄。诗人用晴空、白鹤、蓝天、白云等意象，构建了一个高扬宏阔的意境，为下句抒情造设了一个极为妥帖的载体。“便引诗情到碧霄”句，以飞鹤引诗情高扬的描写，形象地抒发了诗人高亢激扬的万丈豪情。改革失败，遭到打击，贬到朗州，担任司马虚职，在政治上处于无所作为的处境，这一切对常人而言是政治遭难，是人生低谷。身处如此境地，尚能有乐观豁达的心态，可见诗人着实具有超出寻常文人的豁达胸襟。

刘禹锡在逆境中豁达的心态与元和年间其他被贬的作家相比，显得更加突出。(贺秀明，2001）诗中表现出的高亢激越的情怀，与诗人达观的人生态度和淡然处世的人生哲学观点密切相关。刘禹锡身处逆境但绝不消沉，屡遭打击但无幽怨，不仅仅是因为他具有开阔的胸襟和豁达的心态，而且具有看淡人生得失的境界。他曾用“忽闻饥乌一噪聚，瞥下云中争腐鼠”（《飞鸢操》）诗句，化用庄子“鸱得腐鼠”寓言故事，表现出冷眼面对浮名虚利的达观心胸。

诗歌构思精巧，结构严谨。采用先抑后扬的表现手法，首句设意，为次句抒情做铺垫，两句诗意相对；三句设景，为四句抒情做铺垫，二者诗意相承。全诗意境宏阔，立意高远，气势恢宏，语言质朴，音韵高亢，风格玄远，是古人咏秋诗作中不同凡响赞美秋景的千古绝唱。

附：《秋词二首》（其一）繁体字文本

秋詞二首（其一）

自古逢秋悲寂寥，我言秋日勝春朝。
晴空一鶴排雲上，便引詩情到碧霄。

（四）《竹枝词九首》（其七）赏析

竹枝词九首（其七）[1]

瞿塘嘈嘈十二滩，人言道路古来难[2]。
长恨人心不如水，等闲平地起波澜[3]。

注释

［1］选自《全唐诗》（卷三六五），中华书局1999年版，第4121页。原诗题后有“并引”（有的版本为“并序”）二字，诗前有引言。

［2］瞿塘，即瞿塘峡，见李白《长干行二首》（其一）注释［9］。嘈（cáo）嘈，峡水激流的象声词。十二潭，意为峡谷深坑众多，十二不是确数。人言，有的版本为“此中”。

［3］等闲，这里意思是无端、平白无故。

这首七言绝句一般认为是作于刘禹锡任夔州（在今重庆奉节）刺史时期（822—824年）。竹枝词是古代巴渝一带的民歌，诗人借用民歌风格，写了一组七言绝句《竹枝词九首》。诗歌一经传唱，迅速流传到长安、洛阳等地，引起非常广泛的影响。北宋黄庭坚称赞《竹枝词九首》说：“词意高妙，元和间诚可独步。道风俗而不俚，追古昔而不愧，比之子美《夔州歌》，所谓同工异曲也。”（《山谷题跋》）这首诗表达了对世态人性的慨叹。

前两句写瞿塘峡行船艰险。瞿塘峡是长江三峡中由西向东的第一峡谷，也是三峡中最短的一个峡谷，两岸山峰险峻，峡谷陡峭，水流湍急，险滩众多。古有民谣说：滟滪大如襆，瞿塘不可触；滟滪大如马，瞿塘不可下；滟滪大如鳖，瞿塘舟行绝；滟滪大如龟，瞿塘不可窥。道出瞿塘峡谷航行之绝险。“瞿塘嘈嘈十二滩”，写瞿塘峡险象环生之景。诗人用象声词“嘈嘈”形象地表现瞿塘峡水流湍急、波涛汹涌的险境，用“十二潭”突出显示瞿塘峡潭多坑深、暗含杀机的险象。“人言道路古来难”，以寻常谈论的口吻，道出在瞿塘峡中航行之艰难。

后两句写人心叵测与世路难行。诗人前两句写瞿塘峡谷绝险之境，为后两句抒发感慨作出巧妙的铺垫。瞿塘峡虽然航行充满着艰险，但人心与峡水相比，更为险恶。水潭之险可预见，但人心之恶难料，于是诗人发出“长恨人心不如水”的感慨。人性之恶难防，直接的后果便是君子难以坦荡处世。“长恨”一词体现出诗人对封建官场和世俗人性之恶的厌恶之情。“等闲平地起波澜”句，是诗人对人心叵测的慨叹。刘禹锡身处封建官场，对世俗中的尔诈我虞、勾心斗角、无中生有、罗织罪名、构陷无辜、暗箭中伤等卑劣弄权行径，具有深刻的体验。特别是他参加王叔文的“永贞革新”，从进入封建官场权力核心圈到改革失败后遭贬，这种极速起伏转变的经历，使他对世态人心具有更清楚的深刻认知。“等闲”“平地”，是包括官场在内的人世间应有的本然状态，但由于人心叵测导致人世间总是“波澜”频起，于是这种本然状态则成了诗人内心中的一种奢望。诗人不得不在波澜频起的官场和世俗中继续体验人性之恶。诗句中将“等闲平地”与“波澜”相对，暗含诗人对人与人之间坦然相待状态的渴望，也突显他对封建官场和世俗人性之劣的厌恶。

诗歌前两句起兴，后两句显意。采用民歌风格，以托物起兴之法，抒发对世态人情的感慨，用风趣活泼的形式表现深刻沉重的议题，以瞿塘峡潭水之险引出人心叵测的话题，用峡谷险滩喻人心之恶，构思精巧，设喻精妙。语言质朴浅切，音韵婉转，风格清峭疏淡。

附:《竹枝词九首》（其七）繁体字文本

竹枝詞九首（其七）

瞿塘嘈嘈十二灘，人言道路古來難。
長恨人心不如水，等閑平地起波瀾。

（五）《元和十一年自朗州召至京戏赠看花诸君子》赏析

元和十一年自朗州召至京戏赠看花诸君子[1]

紫陌红尘拂面来，无人不道看花回[2]。
玄都观里桃千树，尽是刘郎去后栽[3]。

注释

[1] 选自《全唐诗》（卷三六五），中华书局1999年版，第4126页。元和十一年，应为“元和十年”。有的版本题为《元和十年自朗州至京戏赠看花诸君子》《元和十年自朗州承召至京戏赠看花诸君子》《游玄都观》《赠看花诸君子》《戏赠看花诸君子》。

[2] 紫陌，大路，这里指京城长安的道路。陌，田间小路，借指道路。红尘，路上扬起的尘土。拂面，迎面、扑面。

[3] 玄都观，道教庙宇名，在长安城南崇业坊（今西安市南门外）。桃千树，言桃树之多。刘郎，诗人自称。去后，有的版本为“别后”。

这首七绝写于唐宪宗元和十年（815年）。这一年，被贬十年之久的刘禹锡被召回京。这首诗，就是他从朗州回到长安时所写。诗歌借人们玄都观中看花，讽刺当朝新贵。此诗写出不久，刘禹锡又被贬往连州。

前两句描写人们在玄都观里观看桃花的情景。从字面看，前两句是写看花的盛况，人物众多，来往繁忙。诗人先从描绘京城的道路着笔。一路上，草木葱茏，尘土飞扬，衬托出了大道上人马喧阗、川流不息的盛况。诗人用侧面烘托手法，描写桃花之美。写看花，却不写看花去与看花过程，而只写看花回，并以“无人不道”四字来形容人们看花以后归途中的满足心情和愉快神态。诗人用桃花影射官场中的利禄富贵，前两句诗实际上影射官场上群小趋炎附势的媚态。看花的人，影射那些趋炎附势、攀高结贵之徒。如同在紫陌红尘之中，赶着热闹去看桃花的一群群游人一样，那些朝堂的群小们，为了富贵利禄，奔走权门，媚态尽显，俗不可耐。

后两句由物及人，写玄都观里桃花树的由来。字面的意思是：玄都观里如此众多的美貌桃花，十年前自己在长安时一棵也没有。自己离开京城这十年间，观里栽满了桃树，且都绽开了美丽的花朵。诗句中千树桃花，影射那些十年来依傍权贵，附势趋炎，投机取巧，在政治上愈来愈得意的新贵。

全诗采用象征手法，斥责朝臣弄权、结党营私的朝政，揭露群小攀结权贵并趋炎附势的官场丑态，对当时官场曲意逢迎、凭借利益互相援引、结党营私等现象予以辛辣的讽刺。艺术上，诗歌用桃树影射结党营私的政治团伙，用观桃花者影射趋炎附势之徒，象征手法高妙。诗歌寓庄于谐，语言浅切婉约，采用首句入韵、四句三韵形式，韵律轻快婉转，风格辛辣戏谑。

附：《元和十一年自朗州召至京戏赠看花诸君子》繁体字文本

元和十一年自朗州召至京戲贈看花諸君子

紫陌紅塵拂面來，無人不道看花回。
玄都觀裏桃千樹，盡是劉郎去後栽。

（六）《再游玄都观》赏析

再游玄都观[1]

百亩庭中半是苔，桃花净尽菜花开[2]。
种桃道士归何处，前度刘郎今又来[3]。

注释

［1］选自《全唐诗》（卷三六五），中华书局1999年版，第4126页。原

诗题后有“并引”二字，诗前有引言。

[2] 净尽，全无。净，空无所有。尽，完全。净尽，有的版本为“开尽”或“落尽”。菜花，这里指野菜花。

[3] 种桃道士，暗指当初打击二王八司马、培植自己党羽的权贵们。又来，有的版本为“独来”。

这首七绝作于唐文宗大和二年（828年），是《元和十一年自朗州召至京戏赠看花诸君子》的续篇。原诗引文写道：“余贞元二十一年为屯田员外郎①时，此观未有花。是岁②，出牧连州③，寻④贬朗州司马。居十年，召至京师，人人皆言，有道士手植仙桃，满观如红霞，遂有前篇⑤以志一时之事。旋⑥又出牧，今十有⑦四年，复为主客郎中⑧，重游玄都观，荡然⑨无复一树，唯兔葵⑩燕麦动摇于春风耳。因再题二十八字，以俟⑪后游。时大和二年三月⑫。”

写这首诗的十四年前，刘禹锡等因当朝权贵们仇视，加之他的《戏赠看花诸君子》诗开罪于既得利益者权贵，召回都城一个多月后就再次被贬，到连州任刺史。十四年后，刘禹锡“复为主客郎中”，再次回到了长安。十四年间，皇帝换了四个，由宪宗、穆宗、敬宗而到文宗，朝廷人事变迁很大，政治斗争仍在继续。这时，权相武元衡已死了十四年了。这首诗将旧事重提，向政敌权贵挑战，表示自己不屈服妥协的斗争精神。写法与上一首诗一脉相承。

开篇两句，写玄都观一片荒废的景色。从字面上看，写玄都观中桃树不知去向，因人迹罕至，道观中非常宽阔的广场已经一半长满了青苔，替代满观桃花的成了兔葵燕麦等杂草。杂草在春风中摇曳，显现出一片荒凉景色，与之前“玄都观里桃千树”形成强烈的对比，呈现玄都观的盛衰变化。

---

① 贞元是唐德宗李适的年号，贞元二十一年正月，德宗病逝，唐顺宗李诵即位，改年号为永贞。因此，贞元二十一年也是永贞元年，为公元805年。屯田员外郎，官名，掌管国家屯田及官员职田配给等事务。

② 是岁，这一年。是为指示代词。

③ 出牧连州，出任连州刺史。汉代称州的最高行政长官为牧，唐代称为刺史。

④ 寻，不久。

⑤ 前篇，指《元和十一年自朗州召至京戏赠看花诸君子》。

⑥ 旋，立刻，很快。

⑦ 有，通“又”，放在两个数字之间，表示整数之外的零头，是古代人的习惯用法。

⑧ 主客郎中，官名，负责接待宾客等事务。

⑨ 荡然，空空荡荡的样子。

⑩ 兔葵，一种多年生草本植物，属毛茛科，生林中或林边草地阴凉处。

⑪ 俟，等待。后游，后来的游人。

⑫ 大和二年，大和是唐文宗李昂的年号，大和二年，即公元828年。

后两句发出对种桃道士去处的疑问。从字面上看，诗人说：种桃道士都不知哪儿去了，刘郎今天又来这里了，你们在哪里？实则以种桃花者隐指达官显宦的政敌们。这些人，经过多年，有的死了，有的失势了，因而被他们提拔起来的新贵也就跟着改变了他们原有的煊赫声势，让位于另外一些人。“桃花净尽菜花开”，对既得利益的权贵们进行了无情地鞭挞，对封建官场人事沉浮给予辛辣的讽刺。

这首诗的意义与前诗一脉相承，但与前诗不同的是，这首诗流露出诗人的一种喜悦之情，对封建官场人事沉浮的嘲讽，表现了淡然超脱的情怀。对于政敌，诗人投以轻蔑的嘲笑和辛辣的讽刺，显示出坚强不屈的斗争精神。艺术上，虽与前诗一脉相承，但相比之下，格调比前诗更加爽朗，戏谑之韵味更加浓厚。

附：《再游玄都观》繁体字文本

再遊玄都觀

百畝庭中半是苔，桃花淨盡菜花開。
種桃道士歸何處，前度劉郎今又來。

（七）《石头城》赏析

石头城[1]

山围故国周遭在，潮打空城寂寞回[2]。
淮水东边旧时月，夜深还过女墙来[3]。

注释

［1］选自《全唐诗》（卷三六五），中华书局1999年版，第4127页。《石头城》为组诗《金陵五题》中的第一首。金陵，今南京，别称石头城、秣陵等。

［2］山围，指被山环抱。故国，指昔日六朝国都金陵。周遭，指石头城四周残破的遗迹。唐时，石头城早已失去六朝时的繁华，只留下一些昔日遗迹。空城，形容金陵荒凉残破之状。

［3］淮水，秦淮河。女墙，低矮的城墙。

这首七言绝句一般认为写于唐敬宗宝历二年（826 年）。这年，刘禹锡在和州（在今安徽和县）刺史任上被召回东都洛阳。诗人在由和州前往洛阳的途中，经过金陵（今南京），写了一组咏古之作。组诗共五首，这是第一首。原诗序写道："余少为江南客，而未游秣陵，尝有遗恨。后为历阳守[①]，跂而望之[②]。适[③]有客以金陵五题相示，逌尔生思[④]，欻然有得[⑤]。他日友人白乐天掉头[⑥]苦吟，叹赏良久，且曰：《石头》诗云'潮打空城寂寞回'，吾知后之诗人，不复措辞矣。馀四咏虽不及此，亦不孤乐天之言耳。"可见，诗人对这首诗作颇为满意。

前两句描绘金陵故国白日荒凉寂寥的全景。诗人以俯视视角，将所有的景色聚焦于一城、一江。河山依旧，石头城依然，但原先作为都城的繁华早已失去。滚滚长江，默默东流。曾经是东吴、东晋、南朝时期的宋、齐、梁、陈的金陵古都，在诗人的眼里，已是一座黯然失色的空寂之城。汹涌的长江浪涛，默默无声地拍击两岸，浪头被岸边的岩石阻遏，卷起如潮头般的巨浪。诗人采用拟人化的手法，赋予长江浪涛以人为意识，仿佛浪头也感知到石头空城的荒凉冷落，在受到冰冷的岩石阻击之后，带着满城的寒意寂然地又回到了江中。诗人以冷峻的笔触，用群山、空城、江水、浪涛等意象，构建了一个苍凉悲怆的意境，让读者感到满目凄然和彻骨悲凉。

后两句刻画夜晚月光之下秦淮河边的残垣断壁。诗人将目光收束，将笔触聚焦与空城中的一角。昔日游船如织、笙歌彻夜的秦淮河，当下水面空旷，河水折射着月光，正默默流淌。过去秦淮河边纸醉金迷、灯红酒绿、游人如潮、人声喧嚣的情景早已消失，诗人眼下所见到的是四周凋敝，一片寂然，满目荒凉。月亮还是金陵城繁盛时期的那个月亮，但秦淮河畔的风物早已今非昔比。深夜，冷月高悬，月光透过秦淮河边一段残破的矮墙，恋恋不舍地西移，似乎向诗人诉说着孤寂落寞的感受。诗人用一轮寒月、一湾河水、一段残墙等意象，构建了一个落寞凄寒的意境，令人内心不免产生政权兴废交替、江山盛衰变迁的感慨。

---

① 历阳，在今安徽和县，秦汉时称历阳，唐时称和州。唐穆宗长庆四年（824）至唐敬宗宝历二年（826 年），刘禹锡任和州刺史，唐人常沿用汉代的太守代指刺史，故刘禹锡自称"历阳守"。

② 跂而望之，踮起脚瞭望，意思是十分向往。跂（qǐ），抬起脚后跟站立。

③ 适，正好。

④ 逌尔生思，愉悦之时产生联想。逌（yōu）尔，欢笑的样子。

⑤ 欻然有得，忽然间有所感悟。欻（xū），文言副词，意为忽然、突然。

⑥ 掉头苦吟，意为摇摆着头很认真地吟咏。掉，这里的意思是摇、摇摆。苦，副词，意思是很、甚。

诗人借金陵之景咏古，其深刻的寓意在于讽今。唐王朝在安史之乱后，虽然刚刚经过了元和中兴的局面，但政治颓势并没有得到根本的扭转。朝政昏暗，党争不断，军阀割据，官员贪腐，宦官弄权，民不聊生，危机四伏，刘禹锡面对这些衰败迹象，忧心如焚，但又无能为力，只好借古讽今，希望唤醒顶层统治者，让前朝悲剧不再重现。

刘禹锡怀古诗立意高远，艺术精湛，取得了思想性和艺术性的高度统一。他的怀古诗不仅深含哲理而且在艺术上把写史和咏怀、写景和言情紧密结合，又把强有力的议论用于怀古诗作之中，使怀古诗的艺术表现方法更加丰富多样，更加完备成熟。（林静如，1994）全诗虽无一句抒情，但处处含情。诗人将伤古之情寄寓在景物描写之中，通过饱含深情的意境构建，抒发对金陵六朝兴亡的感慨，显示出诗人精深的构思艺术。诗歌语言精微简远，音韵幽深凄哀，风格苍凉悲怆，是刘禹锡借景怀古之作中的珍品。

附：《石头城》繁体字文本

石頭城

山圍故國周遭在，潮打空城寂寞迴。
淮水東邊舊時月，夜深還過女牆來。

（八）《乌衣巷》赏析

乌衣巷[1]

朱雀桥边野草花，乌衣巷口夕阳斜[2]。
旧时王谢堂前燕，飞入寻常百姓家[3]。

注释

［1］选自《全唐诗》（卷三六五），中华书局 1999 年版，第 4127 页。《乌衣巷》是组诗《金陵五题》中的第二首。乌衣巷，位于今南京市秦淮区。三国时期东吴在此设军营，因军士着黑色衣服，故名乌衣巷。一说东晋时期王、谢两个豪门都居住于此，贵族喜欢身着乌衣，故称此巷为乌衣巷。

［2］朱雀桥，故址在今南京市秦淮区乌衣巷附近，是六朝时期秦淮河上最重要的一座浮桥，因面对古金陵城的朱雀门，故名朱雀桥。今南京市的朱雀桥为新建。

［3］旧时，有的版本为“旧来”。王谢，指东晋时期王导家族和谢安家族两个豪门贵族。

这首七言绝句是《金陵五题》组诗中的第二首。诗歌借金陵乌衣巷之景，抒发人事兴废之叹。前两句描写夕阳中乌衣巷的衰败之景。“朱雀桥边野草花”句，是对乌衣巷周围之景的描写。坐落在秦淮河上的朱雀桥，位于乌衣巷附近。金陵作为都城繁盛之际，朱雀桥上行人熙熙攘攘、人声鼎沸，但衰落之后，朱雀桥则冷冷清清，哑鸣静悄，四周长满了荒草野花。“野”字突出了环境的衰败与荒芜。此句为下句写乌衣巷残败之景预先做了铺垫。“乌衣巷口夕阳斜”句，将笔触转移到诗歌所要焦距的景点，描绘了眼下乌衣巷衰败落寞之景。昔日达官显贵聚集、车水马龙的乌衣巷，如今衰落惨淡、落寞凄凉。黯然失色的乌衣巷口，在夕阳斜照之下，更加显现出寂寥冷落。

后两句叙写燕子仍然栖居乌衣巷旧巢的现象。诗人巧妙地选择一个极为普通的视角，通过燕子恒久栖居旧巢的现象，反衬贵族旧居衰落残破、人世变化无常的现实。“旧时王谢堂前燕，飞入寻常百姓家”，诗人不明言乌衣巷易主巨变，而是以燕子现在出入“寻常百姓”之家，暗指王谢等贵族的豪宅早已变为平民之屋的衰亡现实。东晋时期的乌衣巷，是王家、谢家等赫赫有名的豪门贵族居住地。这里曾经的主人们，衣冠磊落，车骑雍容，人流如织，访客盈门，何等煊赫，何等威势。但眼下诗人所看到的却是，乌衣巷的豪宅，早已不见了踪影，这里建筑是寻常人家的屋舍，房屋的主人们，是普普通通的平民百姓。只是原先筑巢于宰相王导与谢安等豪门的燕子后代们，倒不在乎房屋主人的变化，一代承袭一代依然飞回旧居，衔泥修巢，繁衍后代，安然栖居。“旧时”一词，突出了乌衣巷沧海桑田的巨变。乌衣巷的主人们早已实现了豪门贵族与平民百姓的替换，唯有燕子秋去春来，一代又一代，一年又一年，栖居于此，成了乌衣巷盛衰巨变的历史见证者。人事兴废，沧桑巨变，反观燕子，倒从容迭代，无荣辱之忧，无盛衰之变。人燕对比，更突出了人世沧桑的悲凉凄怆。

诗歌将写景与叙述有机结合，并将对乌衣巷盛衰的感慨隐含在具体的景物描写和现实叙写之中，看似无情但处处含情，体现了诗人独具匠心的构思艺术。诗歌语言精切典丽，采用首句入韵格式，音韵凝重深雅，风格清丽幽远。

附：《乌衣巷》繁体字文本

烏衣巷

朱雀橋邊野草花，烏衣巷口夕陽斜。
舊時王謝堂前燕，飛入尋常百姓家。

第四节　白居易经典诗作赏析

白居易（772—846），字乐天，原籍太原（今山西太原），后迁下邽（今陕西渭南），生于新郑（今河南新郑），少时避乱江南，晚年居住香山（在今河南洛阳），自号香山居士，亦称醉吟先生，又曾官太子少傅，后人因称白香山、白傅或白太傅。中唐时期最著名的诗人。唐德宗贞元十六年（800 年）进士，历任秘书省校书郎、盩厔（今陕西周至）县尉、翰林学士、左拾遗、太子左赞善大夫、江州司马、忠州（今重庆忠县）刺史、主客郎中、知制诰、中书舍人、杭州（今浙江杭州）刺史、苏州（今江苏苏州）刺史、秘书监、刑部侍郎、太子宾客（分司东都）、河南尹等职，以刑部尚书致仕。有《白氏长庆集》。

白居易的思想以儒家思想为主，带有浓厚的儒、释、道三家杂糅的色彩。他的人生以元和十年（815 年）被贬江州司马为界分为前后两期，前期以儒家思想为主，将“穷则独善其身，达则兼善天下”（《孟子・尽心章句上》）作为行为准则，后期注重佛道思想，尤其热衷于佛家思想。

白居易领导了中唐诗歌创作的新乐府运动，是新乐府诗派的核心人物，他提出了现实主义诗歌创作的重要理论。白居易与元稹并称“元白”，与刘禹锡并称“刘白”，具有“诗魔”之称。前期“志在兼济”（《与元九书》），意气风发，诗歌创作成就主要体现为积极干预政治的新乐府诗。后期“行在独善”（同上），秉节自持，诗歌主要内容转为表现闲情逸致。白居易曾将自己的诗作分为讽喻诗、闲适诗、感伤诗和杂律诗四类。白居易的讽喻诗继承了杜甫诗歌的现实主义精神，是新乐府运动的产物，对中唐诗歌创作产生重要影响，在文学史上影响极大，争议最多。闲适诗中有一些表现吟玩性情、淡泊平和、乐天安命的诗作，其淡雅浅切和理趣悠长的诗风对后世特别是宋初具有很大影响。白居易是唐代诗人中创作最多的一个，在晚唐五代，白居易诗不但流传最为广泛，而且某些人对之评价还在李、杜之上。（王运熙，2003）中华书局《全唐诗》（1999 年版）录白居易诗 39 卷，共 2864 首。

一、《买花》赏析

买花[1]

帝城春欲暮，喧喧车马度[2]。
共道牡丹时，相随买花去[3]。
贵贱无常价，酬直看花数[4]。
灼灼百朵红，戋戋五束素[5]。
上张幄幕庇，旁织巴篱护[6]。
水洒复泥封，移来色如故[7]。
家家习为俗，人人迷不悟[8]。
有一田舍翁，偶来买花处[9]。
低头独长叹，此叹无人喻[10]。
一丛深色花，十户中人赋[11]。

注释

［1］选自《全唐诗》（卷四二五），中华书局1999年版，第4688页。《买花》为《秦中吟十首》（原诗题后有“并序”二字，题下有序言）中的第十首诗，有的版本题为《牡丹》。

［2］帝城，指唐都长安。喧喧，指声音大而混杂。度，经过，这里指车马来回穿梭。

［3］牡丹时，指购买牡丹最佳时节。

［4］常价，固定的价格。酬直看花数，大意是牡丹花的价格根据品相及其在市场上数量多寡而定。酬直，给价。直，同“值”。看花数，指牡丹花不同的花色品相以及在市场上的稀缺度。

［5］灼（zhuó）灼，色泽鲜艳状。戋（jiān）戋，指牡丹花集聚簇拥的样子。五束素，五束精美的白绢。意指牡丹花价值高昂，抵得上五束精白生绢。束，古代表示布帛的量词，一束为五匹。

［6］幄幕，有的版本为“帷幄”。巴篱，有的版本为“笆篱”。巴，同“笆”。

［7］移，有的版本为“迁”。色如故，指牡丹花色品相如同出圃前一样。

［8］习为俗，习以为常成为风俗。

［9］田舍翁，老农。

［10］喻，明白、知晓。喻，有的版本为“谕”。

［11］深色花，指色泽鲜艳的牡丹花。中人赋，中等人家的一年赋税。

这是反映长安贵族奢靡生活的新乐府诗，是白居易《秦中吟十首》中的最末一首。诗人在《秦中吟十首》的序中写道：“贞元、元和之际，余在长安，闻见之间，有足悲者。因直歌其事”。诗歌以牡丹花市场火爆、价格高昂的场景描写，直观地揭露了唐王朝上层贵族竞相豪奢、挥金如土的生活现状，反映了当时社会巨大贫富差距与尖锐社会矛盾的现实。

前四句总体描写牡丹花市火爆场景。与白居易同时代人李肇，在《唐国史补》中记载：“京城贵游①尚牡丹三十余年矣。每春暮，车马若狂，以不耽玩为耻。执金吾铺官②围外寺观③种以求利④，一本有直⑤数万者。”这四句诗艺术地再现了长安贵族崇尚牡丹的场景。暮春时节，长安城热闹非凡，道路上车水马龙，声浪喧天。恰好此时正值牡丹竞放，是赏买牡丹花的最佳时节。上流社会呼亲唤友，争先恐后，携带家眷，纷纷涌向牡丹花市。“喧喧”一词，形象地显示了长安城当时的繁盛之景。“共道”一词，折射出当时长安牡丹花受到唐王朝贵族们广泛关注的社会现实。“相随”一词，形象地描绘了贵族对牡丹花趋之若鹜的情形。

“贵贱无常价”到“戋戋五束素”四句，采用铺陈手法，描写长安贵族高价竞买牡丹的情节。“无常价”表明牡丹可随行竞价，“看花数”表明牡丹花色品相是竞价的唯一依据。作者用“五束素”的价值表明色泽鲜艳的牡丹花价格。富豪们竟然用 25 匹精美的白绢的价值竞买一株花朵盛开、色泽艳丽、品相绝佳、市场罕见的牡丹，可谓挥金如土。按照中唐一匹绢值 3200 钱的价值计算，一株市场稀缺的牡丹价值竟有 8 万钱之多，可谓价值惊人。“无常价”“看花数”“五束素”三者之间相互照应，尽显长安贵族竞买牡丹奢华之态。

---

① 贵游，原指无官职的王公贵族，这里泛指王公贵族。

② 执金吾铺官，对唐长安城中金吾下辖的具体负责管理禁街的武候铺（执金吾府衙下设的负责治安的基层部门）官吏的称呼。执金吾，古代负责京城巡察戍卫等工作的高级武官，位同九卿。铺官，指在负责管理禁街的武候铺里当差的官吏。

③ 围外寺观，指当时长安城南部和东南部一带佛寺和道观。围外，是唐代对长安城南部以及东南部一带较为疏阔荒凉区域的称呼。（贾鸿源，2015）寺观，佛寺和道观。

④ 种以求利，种植（牡丹）以谋求获利。

⑤ 直，同“值”。

“上张幄幕庇”到“移来色如故”四句，用以赋入诗的手法，渲染长安贵族移花情节。上品牡丹被天价竞买后，需要小心翼翼地将其运往贵族的府邸。为了在上流社会炫耀竞买“成果”，贵族们在移栽牡丹之时，上面张开帷幕庇护，四旁用篱笆围护，枝叶用清水喷洒，根部用泥土封盖。如此精心呵护，牡丹完好如初，色彩鲜艳，向围观者炫耀之际，尽可倾倒四座。

“家家习为俗，人人迷不悟”二句，概述长安贵族耽玩牡丹的习俗。这两句诗既是对贵族出手阔绰一掷万金买花、不计人力物力成本移花情节的总结，又引出下文老农观看买花过程的情节，在结构上具有承上启下的作用。

“有一田舍翁”到“此叹无人喻”四句，叙写老农静观京城贵游买花时的怅然心情。如果不是偶然误入长安牡丹花市，老农一生都不会知道一株牡丹竟然如此昂贵，贵族生活竟然如此奢靡。当他看到贵族挥金如土买花的一瞬间，骤然失去对生活的希望。于是，他将头深深地埋在胸前，不由自主地发出一声声长长的哀叹。然而，醉心于买花的王公贵族们，无人注意老农的哀叹声，即使有人听到老农哀叹，也置若罔闻，毫不理会，更无人理解老农心情和体味其长叹的含义。诗人将笔触从贵族买花移花的行为移开，聚焦于一位误入花市的农夫老头身上，选取老农观花长叹的细节，采用白描手法，刻画老农怯懦卑微形象，与贵族豪掷金钱买花移花细节形成鲜明对比，折射出中唐社会贫富悬殊、阶层对立的社会现实。

最后两句以议论结尾。诗人用一对偶句，将贵族生活奢靡与平民赋税沉重形成鲜明对比，突出社会矛盾，深化主题。唐代按照私人资产将社会成员分为上户、中户、下户三等，每个等级又分为三等。这样，按照资产划分，唐代社会阶层一共分为九等。具有耽玩牡丹习俗的贵族，处社会的顶层。误入花市的老农当为社会底层。诗人采用折衷手法，借老农之口，用中户一年的赋税，计量一株上品牡丹的价值。按照唐代宗大历四年（769 年）颁布的赋税规定，中户人家的一年赋税应为 1500—2500 文。那么，十家中户的赋税当为 15000—25000 文。按照唐代物价，可换取 30—50 斗（即 3-5 石，约为现今 1500—2500 公斤）黍米。一株牡丹如此高价，不但令社会低层的贫苦老农绝望哀叹，而且会令中等农户瞠目结舌。如此悬殊的贫富差距，会动摇唐王室统治。因此，白居易欲通过新乐府诗作，“直歌其事”表达“足悲”，批评上流社会奢靡之风。

白诗的浅切易懂并非来自它的口语化或近俗，而是由于它题旨清楚、合于书面语规范和言事真切。（谢思炜，2006）诗歌以描写记叙为主，叙事完整，起承转合，一气呵成。诗人善于以赋入诗，渲染故事情节，对比鲜明，讥刺切直，议论警策，寓意深刻。诗歌语言浅切晓畅，韵律深沉急促，风格自然流畅。

附：《买花》繁体字文本

買花

帝城春欲暮，喧喧車馬度。
共道牡丹時，相随買花去。
貴賤無常價，酬直看花數。
灼灼百朵红，戔戔五束素。
上張幄幕庇，旁織巴籬護。
水灑復泥封，移来色如故。
家家習為俗，人人迷不悟。
有一田舍翁，偶来買花處。
低頭獨長歎，此歎無人諭。
一叢深色花，十户中人賦。

二、《上阳白发人》赏析

上阳白发人[1]

上阳人，红颜暗老白发新[2]。
绿衣监使守宫门，一闭上阳多少春[3]。
玄宗末岁初选入，入时十六今六十[4]。
同时采择百馀人，零落年深残此身[5]。
忆昔吞悲别亲族，扶入车中不教哭[6]。
皆云入内便承恩，脸似芙蓉胸似玉[7]。
未容君王得见面，已被杨妃遥侧目[8]。
妒令潜配上阳宫，一生遂向空房宿[9]。
宿空房，秋夜长，夜长无寐天不明[10]。
耿耿残灯背壁影，萧萧暗雨打窗声[11]。
春日迟，日迟独坐天难暮[12]。

宫莺百啭愁厌闻，梁燕双栖老休妒[13]。
莺归燕去长悄然，春往秋来不记年[14]。
唯向深宫望明月，东西四五百回圆[15]。
今日宫中年最老，大家遥赐尚书号[16]。
小头鞋履窄衣裳，青黛点眉眉细长[17]。
外人不见见应笑，天宝末年时世妆[18]。

上阳人，苦最多。少亦苦，老亦苦，少苦老苦两如何[19]。

君不见昔时吕向美人赋，又不见今日上阳白发歌[20]。

注释

[1] 选自《全唐诗》（卷四二六），中华书局1999年版，第4704页。有的版本题为《上阳人》。上阳，指唐东都洛阳的上阳宫。白发人，指上阳宫中荒度一生的老宫女。

[2] 上阳人，有的版本为“上阳人，上阳人”。红颜暗老，指青春美貌在不知不觉中衰老。

[3] 绿衣监使，指上阳宫的宦官。唐制规定，六品、七品等下等官员身着浅绿或深绿色官服。京都皇宫设正副监官，分别为从六品下和从七品下，故称负责监管上阳宫的宦官为“绿衣监使”。

[4] 玄宗末岁，即天宝十四载（755年）。

[5] 采择，选拔，指朝廷在民间选拔美貌女子充入后宫。

[6] 吞悲，强忍悲痛。吞，咽下，这里意为强忍住。

[7] 承恩，接受皇帝恩宠。

[8] 杨妃，杨贵妃。侧目，斜着眼看，这里指妒忌。

[9] 妒令句大意：杨贵妃妒忌此女美貌，偷偷令人将她遣送到洛阳上阳宫。潜配，指瞒过唐玄宗暗地里发配、遣送。

[10] 空房，有的版本为“空床”。无寐，无眠。

[11] 耿耿，微微明亮的样子。背壁影，有的版本为“照背影”。萧萧，指风雨声凄清的样子。

[12] 日迟，指天黑得很慢。

[13] 啭（zhuàn），指鸟婉转的叫声。愁厌闻，指因愁闷而厌烦听（鸟叫声）。老休妒，指因年老而不再妒忌（燕子双栖）。

［14］不记年，指不记得在宫中的年月。

［15］东西，指月亮东升西落。

［16］大家，皇帝，即唐玄宗李隆基。尚书号，尚书的名号。尚书，官职名。号，名号、名称。

［17］履（lǚ），鞋。鞋履为同义复指名词，皆指鞋。青黛，青黑色。

［18］时世妆，指当时流行的装扮。

［19］两如何，意指老少两头皆苦无可奈何。

［20］吕向美人赋，诗人原诗自注："天宝末，有密采艳色者，当时号花鸟使。吕向献《美人赋》以讽之。"吕向，字子回，盛唐时期官员，天宝年间辞世。吕向，有的版本为"吕尚"。上阳白发歌，有的版本为"上阳宫人白发歌"。

这首杂言诗是揭露唐王朝后宫嫔妃制度残酷无情的新乐府诗作，作于唐宪宗元和四年（809 年）白居易任左拾遗时，诗人自注此诗的写作目的是"愍怨旷也"。唐玄宗在开元、天宝年间，宫女数量急剧增加。据史书记载，开元、天宝年间，"东都大内、上阳两宫，大率宫女四万人。"（《旧唐书》卷一百八十四）这首诗选取一个宫女的典型事例，反映了在皇室深宫幽闭之下，花容月貌、青春年少的女子被残酷地剥夺人生自由，无奈地失去正常生活，对青春幸福毫无体验的社会现实，对宫女的悲惨遭遇表现出深切同情，对唐王朝宫廷广选嫔妃的残暴与罪恶行径进行了直面揭露。

"上阳人"到"零落年深残此身"八句，总体叙写主人公"上阳人"的人生遭遇。诗人直接切题，开篇就把笔触聚焦在一个满头白发的老宫女身上。曾经美丽的少女如今满头白发，从 16 岁起，被困深宫 44 年，人生毫无青春可言。当时与她一起被选入宫中的 100 多人一个个死去，如今就剩下她一个人还在冷落寂寥的上阳宫中了此残生。"暗""新"等形容词和"守""闭""选入""采择""零落""深""残"等动词，直观而形象地地展示了"上阳人"的悲惨人生。

"忆昔吞悲别亲族"到"一生遂向空房宿"八句，回顾主人公忍悲辞亲与被迫进入冷宫的过程。女子凭借如花似玉的容貌被选秀者选中，被胁迫着离家入宫，在痛别亲人之际，竟然要强忍悲伤不敢掉泪。那些选秀的官员，用立刻便能得到皇帝宠幸等谎言哄骗女子，使一个 16 岁的懵懂少女稀里糊涂地进入皇宫。进入长安之后，主人公连皇帝的面都没有见到，就又被稀里糊涂地潜配洛阳，从此便一生独宿冷宫。"吞悲""不教哭"等词，直观而生动地折射出统治者的残暴，"扶入"一词，值得玩味，表面上是选秀官兵搀扶少女上车，实际上是主人公被胁迫着进入车内。"未容"一词，显示了主人公毫无机会接触玄宗皇帝，"遥侧目"形象地显示了杨贵妃骄横跋扈的面目，折射出王室后宫争宠倾轧的现实。“潜配”“遂向”等词富有韵味，揭示了主人公稀里糊涂地遭人暗算的人生悲剧。

“宿空房”到“东西四五百回圆”十三句，回顾“上阳人”悲惨凄怨的幽禁生活。诗歌采用铺陈手法，渲染主人公独宿冷宫的凄凉惨状。主人公从妙龄少女到年老体衰，年年岁岁，独宿空房，除了假男人太监，她连任何男人都接触不到。这是一种惨无人道的逆人性生活。造成“怨女”凄惨人生的根源是皇宫嫔妃制度。为了唤醒统治者的良心发现，诗人采用大量的笔墨，以赋入诗，选取秋夜与春日两个时间节点，从视觉、听觉、感觉等多角度渲染“上阳人”被幽禁冷宫的凄凉悲惨情境。深秋季节，上阳宫萧条冷落，主人公倍感孤寂落寞，夜夜难眠，期盼天明，残灯之下面壁独坐，静听窗外风雨之声。好不容易盼来天亮，但在白天的日子同样难熬。春天来临，白日渐长，万物复苏，春心涌动，主人公幽闭宫内，身无所依，情无所系，心无所托，孤独寂寞，百无聊赖。她孑然独坐，静静地看着天空的太阳，盼望着日头尽快西斜。因为日暮之后，宫中不再有莺歌燕舞，可让她煎熬的内心稍微好受一些。刚入深宫时，她是一个天真无邪的少女，婉转的莺歌能给她带来美好的感受，她仿佛在黄鹂动听的叫声中感到人生的一丝希冀。但年复一年的孤寂落寞，随着年老体衰，她早已心灰意冷，开始讨厌黄鹂鸟的叫声，因为黄鹂鸟鸣让她徒增苦恼，更加烦闷。主人公的韶华被牢牢地幽禁在冷宫之中，看到屋檐下的燕子成双成对地飞舞栖息，春心荡漾的她不免产生羡慕、向往之情。当日复一日地冷宫生活磨灭了她所有的人生希望后，出双入对的燕子便令她不由地产生一股莫名其妙的妒忌。当无情的岁月带给她满头白发之时，步入暮年的“上阳人”，情感早已麻木，懒得再去妒忌那些梁上双栖的燕子了。“秋夜长”“天不明”“天难暮”“愁厌闻”“老休妒”等细微的心理刻画，反映了主人公在冷宫生活残酷折磨下冷落寂寞和悲凉凄怨的心情。诗人通过“长悄然”“不记年”“望明月”等细节描写，委婉地道破主人公长达 44 年处于煎熬中的非人生活之实情，结束了对主人公幽禁岁月的回顾。

“今日宫中年最老”到“天宝末年时世妆”六句，采用戏谑口吻，用“笑”中含悲的反衬手法，表现主人公的人生悲剧。诗人列举了“上阳人”三个典型“笑”点，突出其人生悲剧：一是她成了唐玄宗后宫中年龄最大的宫女，暗指主人公幽居冷宫时间最长，饱受煎熬、生不如死；二是这个幽居冷宫的老处女被远隔千山万水的皇帝赐了一个徒有其名的尚书名号，暗讽统治者假仁慈真残暴的虚伪本质；三是女子一直沿用 40 多年前时髦的着装打扮，暗示主人公长期幽居深宫，与世隔绝，早已情思麻木、心智痴滞。这几句诗饱含解嘲意味，是流着眼泪的苦笑，是带着滑稽色彩的悲剧。

“上阳人，苦最多”到最后是结尾部分。诗人用总结性的语言概括“上阳人”的悲剧人生，发出无可奈何的绝望呼号，并明确向皇帝隔空喊话，期望最高统治者良心发现，革除后宫嫔妃制度的弊端，怀德节欲，济世以仁慈，解民于倒悬。

全诗用“上阳人”自述口吻，完整地叙写了一个宫女孤苦凄怨的人生经历。这首诗的主旨在于揭露唐王朝特别是李隆基时代选妃行为，抨击王室嫔妃制度的罪恶。白居易为了替千千万万个幽居深宫的柔弱女子发声，不畏强权，为民请命，将问题的矛头直接对准皇帝，体现了他“补察时政”“泄导人情”（《与元九书》）的超人胆魄，显示了他“救济人病，裨补时阙”（同上）的担当精神。

这首诗实践了白居易“文章合为时而著，诗歌合为事而作”（同上）“非求宫律高，不务文字奇，惟歌生民病，愿得天子知”（《寄唐生》）的文学主张，体现出高度的艺术性，是白居易新乐府诗中精典之作。诗歌主题突出，叙事流畅，形象鲜明，结构严谨，层次分明。以叙述为主，兼融描写、抒情、议论于一体，并以赋入诗，善用铺陈手法，渲染悲戚情境，细节描写传神，心理刻画细腻，采用以乐写哀，表现手法灵活。诗歌句式多变，错落有致，语言浅显易懂且精切传神，音韵多次转换，韵律灵活流畅，风格凄幽悲切。

附：《上阳白发人》繁体字文本

上陽白髮人

上陽人，紅顏暗老白髮新。
綠衣監使守宮門，一閉上陽多少春。
玄宗末歲初選入，入時十六今六十。
同時採擇百餘人，零落年深殘此身。
憶昔吞悲別親族，扶入車中不教哭。
皆云入內便承恩，臉似芙蓉胸似玉。
未容君王得見面，已被楊妃遙側目。
妒令潛配上陽宮，一生遂向空房宿。
宿空房，秋夜長，夜長無寐天不明。
耿耿殘燈背壁影，蕭蕭暗雨打窗聲。
春日遲，日遲獨坐天難暮。
宮鶯百囀愁厭聞，梁燕雙棲老休妒。
鶯歸燕去長悄然，春往秋來不記年。

唯向深宫望明月，東西四五百回圓。
今日宫中年最老，大家遥賜尚書號。
小頭鞵履窄衣裳，青黛點眉眉細長。
外人不見見應笑，天寶末年時世妝。
上陽人，苦最多。少亦苦，老亦苦，少苦老苦兩如何。
君不見昔時吕向美人賦，又不見今日上陽白髮歌。

三、《长恨歌》赏析

长恨歌[1]

汉皇重色思倾国，御宇多年求不得[2]。
杨家有女初长成，养在深闺人未识[3]。
天生丽质难自弃，一朝选在君王侧[4]。
回眸一笑百媚生，六宫粉黛无颜色[5]。
春寒赐浴华清池，温泉水滑洗凝脂[6]。
侍儿扶起娇无力，始是新承恩泽时[7]。
云鬓花颜金步摇，芙蓉帐暖度春宵[8]。
春宵苦短日高起，从此君王不早朝[9]。
承欢侍宴无闲暇，春从春游夜专夜[10]。
后宫佳丽三千人，三千宠爱在一身[11]。
金屋妆成娇侍夜，玉楼宴罢醉和春[12]。
姊妹弟兄皆列土，可怜光彩生门户[13]。
遂令天下父母心，不重生男重生女[14]。
骊宫高处入青云，仙乐风飘处处闻[15]。
缓歌慢舞凝丝竹，尽日君王看不足[16]。

渔阳鞞鼓动地来，惊破霓裳羽衣曲[17]。
九重城阙烟尘生，千乘万骑西南行[18]。

翠华摇摇行复止，西出都门百馀里[19]。
六军不发无奈何，宛转蛾眉马前死[20]。
花钿委地无人收，翠翘金雀玉搔头[21]。
君王掩面救不得，回看血泪相和流[22]。

黄埃散漫风萧索，云栈萦纡登剑阁[23]。
峨嵋山下少人行，旌旗无光日色薄[24]。
蜀江水碧蜀山青，圣主朝朝暮暮情[25]。
行宫见月伤心色，夜雨闻铃肠断声[26]。
天旋日转回龙驭，到此踌躇不能去[27]。
马嵬坡下泥土中，不见玉颜空死处[28]。
君臣相顾尽沾衣，东望都门信马归[29]。
归来池苑皆依旧，太液芙蓉未央柳[30]。
芙蓉如面柳如眉，对此如何不泪垂[31]。
春风桃李花开夜，秋雨梧桐叶落时[32]。
西宫南苑多秋草，宫叶满阶红不扫[33]。
梨园弟子白发新，椒房阿监青娥老[34]。
夕殿萤飞思悄然，孤灯挑尽未成眠[35]。
迟迟钟鼓初长夜，耿耿星河欲曙天[36]。
鸳鸯瓦冷霜华重，翡翠衾寒谁与共[37]。
悠悠生死别经年，魂魄不曾来入梦[38]。

临邛道士鸿都客，能以精诚致魂魄[39]。
为感君王展转思，遂教方士殷勤觅[40]。
排空驭气奔如电，升天入地求之遍[41]。
上穷碧落下黄泉，两处茫茫皆不见[42]。
忽闻海上有仙山，山在虚无缥渺间[43]。
楼阁玲珑五云起，其中绰约多仙子[44]。

中有一人字太真，雪肤花貌参差是[45]。
金阙西厢叩玉扃，转教小玉报双成[46]。
闻道汉家天子使，九华帐里梦魂惊[47]。
揽衣推枕起裴回，珠箔银屏逦迤开[48]。
云鬓半偏新睡觉，花冠不整下堂来[49]。
风吹仙袂飘飖举，犹似霓裳羽衣舞[50]。
玉容寂寞泪阑干，梨花一枝春带雨[51]。
含情凝睇谢君王，一别音容两渺茫[52]。
昭阳殿里恩爱绝，蓬莱宫中日月长[53]。
回头下望人寰处，不见长安见尘雾[54]。
唯将旧物表深情，钿合金钗寄将去[55]。
钗留一股合一扇，钗擘黄金合分钿[56]。
但教心似金钿坚，天上人间会相见[57]。
临别殷勤重寄词，词中有誓两心知[58]。
七月七日长生殿，夜半无人私语时[59]。
在天愿作比翼鸟，在地愿为连理枝[60]。
天长地久有时尽，此恨绵绵无绝期[61]。

注释

[1] 选自《全唐诗》(卷四三五)，中华书局 1999 年版，第 4826 页。原诗以陈鸿《长恨歌传》为序。长恨，指李隆基和杨贵妃爱情悲剧所形成的长久遗憾。歌，歌行体，参见陈子昂《登幽州台歌》注释 [1]。

[2] 汉皇，原指汉武帝刘彻，这里指唐玄宗李隆基。唐代文人通常以汉代唐。倾国，指容貌绝色女子。御，本义是驾驭马车，引申为控制、统治。宇，天地之间所有的空间，这里指天下。

[3] 初，刚刚、刚好。深闺，与世隔离的闺房。识，知道。

[4] 丽质，美丽的颜值。自弃，自然湮没。弃，埋没、湮没、消没。

[5] 回眸 (móu)，回头看、转头看。百媚生，形容散发出无比魅力。百，概数，表示多。生，动词，意思是产生、生发、散发出。六宫，泛指皇帝所有寝宫。古称天子有一个皇后正寝之所，五个燕寝之所，合为六宫。粉黛，本指

女性的化妆品，这里代指女性。六宫粉黛，代指后宫所有妃嫔。无颜色，失去姿色。无，动词，意思是失去、丧失。颜色，这里指女人的姿色、美色。

［6］华清池，唐王朝御用温泉，在今陕西临潼骊山。凝脂，熔炼之后凝固的动物油脂，常见的如羊脂，这里喻指杨玉环肌肤。《诗经·硕人》："手如柔荑，肤如凝脂。"

［7］侍儿，婢女、宫女。娇无力，形容特别娇柔的样子。新承恩泽时，第一次承接恩宠的时候。新，指第一次、初次。承，动词，意思是承接、接受。恩泽，本义指程度深影响大的恩惠，这里暗指李杨二人床笫（zǐ）之欢。古代将女子与皇帝发生性关系称为得到宠幸，故这里用新承恩泽暗指杨玉环得到李隆基宠幸。

［8］云鬓，形容女子两鬓秀发像乌云一样蓬松浓密幽黑。古诗词多用"云鬓"来形容女子黑发，如《木兰辞》有"当窗理云鬓"句。花颜，形容如花一般美丽容颜。花颜，有的版本为"花冠"。金步摇，一种名贵的钗，用金银丝盘成花之形状，上面缀着垂珠之类，插于发鬓，走路时摇曳生姿。《释名·释首饰》："步摇，上游垂珠，步则摇也。"芙蓉帐，绣着荷花的床帐，这里泛指精美名贵的床帏帐幔。萧纲《戏作谢惠连体十三韵》："珠绳翡翠帷，绮幕芙蓉帐。"帐暖度春宵，有的版本为"帐里暖春宵"。春宵，本义是春天的夜晚，这里有男女欢娱初夜的含义。

［9］苦短，嫌春宵太短。苦，动词，意思是怨嫌、不满、无奈。早朝，古代君臣理政的一种重要形式，内容主要包括君主颁布政令、大臣呈递奏章、君臣讨论并决断政治大事等。

［10］侍宴，本指婢女或侍从在宴会用餐时陪从或侍候于主人旁边，这里指杨玉环与玄宗一起用膳。侍宴，有的版本为"侍寝"。夜专夜，指每个晚上独自一人陪侍玄宗过夜。第一个夜是名词，第二个夜是名词用作动词，意思是度过夜晚。专，副词，意思是只、专个、独自。

［11］后宫，有的版本为"汉宫"。佳丽，指年轻貌美的女子。三千，概数，指皇宫嫔妃宫女众多。

［12］金屋，喻指杨玉环的豪华住处，语出《武帝故事》（又名《汉武帝故事》）：汉武帝刘彻小时候，他姑妈将他抱在膝上，问他要不要她的女儿阿娇作妻子。刘彻笑答："若得阿娇作妇，当作金屋贮之。"玉楼，文学作品中多指神仙或富贵人家女子的居所，这里指华丽堂皇的宴会场所。醉和春，醉意中伴随着春意。和（huò），动词，意思是掺和、混杂。春，这里暗指男女情欲。

［13］列土，封赏领地，这里泛指杨玉环亲属受到封赏。可怜，这里的意思是令人羡艳。光彩，这里指杨家受封赏得到荣华富贵，光宗耀祖。生，动

词，意思是产生、出现，这里有突然出现的含义。门户，这里指家庭、门第。

[14] 心，心思、想法。重，看重、重视。

[15] 骊（lí）宫，又名华清宫、骊山宫，供唐代帝王游玩的京城外的宫殿，位于今陕西临潼骊山。

[16] 凝丝竹，指歌舞与音乐声融合。丝竹，指多重乐声。丝，代指弦乐，竹，代指管乐。看不足，有的版本为“听不足”。

[17] 渔阳，郡名，今北京市平谷县和天津市的蓟县等地，是当时属于平卢、范阳、河东三镇节度史安禄山的辖区。鞞（pí）鼓，古代骑兵用的小鼓，此处借指战争。《旧唐书》（卷二百上）：安禄山于天宝十四载“十一月，反于范阳，矫称奉恩命以兵讨逆贼杨国忠。”鞞鼓，有的版本为“鼙鼓”。渔阳鞞鼓动地来，从王翰《饮马长城窟行》“遥闻鼙鼓动地来”诗句化用而来。霓（ní）裳（cháng）羽衣曲，唐代宫廷舞曲，相传为唐玄宗所作，一说原为西域歌舞，唐玄宗开元年间流传到中原。据说杨玉环初次觐见时，玄宗曾演奏《霓裳羽衣曲》。

[18] 九重城阙（què），九重门的京城，宋玉《九辩》：“君之门以九重”，这里指京城长安。烟尘生，发生战事，指安史之乱。千乘万骑，指皇帝身边的卫士和随从。乘（shèng），四马驾一车为乘。骑，见杨炯《从军行》注释［3］。

[19] 翠华，皇帝仪仗队所打的旗帜，用翠鸟的羽毛装饰而成，这里代指皇帝车驾以及随从和卫队的车马。司马相如《上林赋》：“建翠华之旗，树灵鼍（tuó）之鼓。”

[20] 六军，本指天子的军队，这里指李隆基的御林军。不发，指陈玄礼等将士兵谏。无奈何，有的版本为“知奈何”。宛转，身体翻来翻去。西汉严忌《哀时命》：“愁修夜而宛转兮，气涫（guàn）瀿（fèi）其若波。”这里指杨玉环死前哀怨缠绵与痛苦挣扎。娥眉，代指美貌女子，这里指杨玉环。《诗经·硕人》：“螓（qín）首蛾眉。”

[21] 花钿（diàn），镶嵌金花的首饰。委地，弃落在地上。翠翘，翠翘钗。金雀，金雀钗。玉搔头，玉簪。

[22] 回看，有的版本为“回首”。

[23] 云栈（zhàn），高入云霄的栈道。萦（yíng）纡（yū），萦回盘绕。萦纡，有的版本为“萦回”。剑阁，又称剑门关，在今四川剑阁县北，是由秦入蜀的要道，参见李白《蜀道难》注释［19］。

[24] 峨嵋山，即今四川峨眉山，玄宗逃亡路线由长安到成都并不经过峨眉山，故此处用峨眉山泛指蜀山。日色薄，指日光黯淡。薄（bó），晦暗。

[25] 圣主，指唐玄宗李隆基。

［26］行宫，皇帝出行时的住所。夜雨闻铃，唐人郑处诲《明皇杂录·补遗》：“明皇既幸蜀，西南行。初入斜谷，霖雨涉旬，于栈道雨中闻铃音，与山相应。上既悼念贵妃，采其声为《雨霖铃曲》以寄恨焉。”这里暗指此事。铃，指栈道铁索上所系的铃铛，用以行人闻声辨识方位，以利前后照应或救助。

［27］天旋日转，指时局扭转。回龙驭，指唐玄宗返回京城长安。龙驭（yù），皇帝的车马。踌（chóu）躇（chú），停留，徘徊不前。

［28］马嵬（wéi）坡，杨玉环缢死之处，在今陕西兴平市西。泥土，有的版本为“尘土”。玉颜，指杨玉环。空死处，空见死处，承前省略了“见”字。

［29］相顾，相看。沾衣，指泪水流下沾湿衣襟。信马归，不鞭策马，任其慢速行走返回。

［30］太液，汉代皇宫中的池名，在汉建章宫北。未央，汉宫名。这里用互文手法借太液、未央泛指唐代长安皇室宫苑。

［31］芙蓉，荷花。柳，柳叶。

［32］花开夜，有的版本为“花开日”。

［33］西宫，太极宫。南苑，兴庆宫。南苑，有的版本为“南内”。皇宫之内称为大内，兴庆宫在东内之南，故称南内。唐玄宗李隆基返京后，初居兴庆宫，因临街太近，与外界方便接触，肃宗左右恐其有复辟之心。上元元年（760年），权宦李辅国假借肃宗名义，胁迫玄宗迁往太极宫变相软禁，并流贬玄宗亲信。宫叶，有的版本为“落叶”。

［34］梨园弟子，指玄宗当年训练的乐工舞女。据《新唐书》（卷二十二）：唐玄宗时，宫中教习音乐的机构曾选坐部伎三百人教练歌舞，随时应诏表演，号称“皇帝梨园弟子”。椒房，指后妃居住的房屋。参见杜甫《丽人行》注释［7］。阿监，宫中侍从女官。据《新唐书》（卷四十七）记载，唐王室宫官设有阿监、副监，视七品。青娥，年轻美妙的容颜，这里代指阿监年轻时的美貌。

［35］孤灯挑尽，古时用油灯照明，不时要把浸在油中的灯芯往前上挑一小截，以保持油灯亮度。孤灯，有的版本为“秋灯”。挑尽，侧写夜已深。其实，唐时宫廷为了防火，夜间燃烛而不点油灯，此处为形容玄宗晚年生活环境的凄苦，同时考虑韵律，故如此写。

［36］耿耿，微明状。欲曙天，指长夜即将破晓。

［37］鸳鸯瓦，屋顶上俯仰相对而合在一起的瓦。翡翠衾（qīn），绸缎表面绣有翡翠鸟的被子。《楚辞·招魂》：“翡翠珠被，烂齐光些。”翡翠衾寒，有的版本为“旧枕故衾”。

[38] 经年，经过一年以上的时间。

[39] 临邛句大意：有个临邛来长安客居的道士。临邛（qióng），今四川邛崃（lái）县，唐属剑南道。道士，参见李白《送贺宾客归越》注释［3］。道士，有的版本为“方士”。鸿都，东汉都城洛阳的宫门名，这里借指长安。客，指客居在长安的临邛道士。

[40] 展转思，有的版本为“展转恩”。方士，方术之士，从事求仙问鬼、冶炼丹药等法术活动的职业人，这里指上文提到的临邛道士。殷勤，这里指勤勉、尽力。

[41] 排空驭气，指腾云驾雾地空来空去。排空，有的版本为“排云”。驭气，驾驭空气。

[42] 穷，穷尽，意为找遍。碧落，上天、天界，道家称天界为碧落。黄泉，阴间、地府。

[43] 仙山，指蓬莱山。

[44] 楼阁，有的版本为“楼殿”。玲珑（lóng），华美精巧的样子。五云起，指楼宇耸立在五彩云霞之中。五云，五彩的云霞。绰（chuò）约，形体优美轻盈貌。《庄子·逍遥游》：“藐姑射之山，有神人居焉，肌肤若冰雪，绰约如处子。不食五谷，吸风饮露，乘云气，御飞龙，而游乎四海之外，其神凝，使物不疵疠而年谷熟。”

[45] 字太真，杨玉环被度为女道士时号太真，居于内太真宫，故此以太真用作仙号。字太真，有的版本为“字玉真”或“名玉妃”。参（cēn）差（cī），仿佛，好像。

[46] 金阙，指金碧辉煌的神仙宫殿。西厢，正室西边的房子。西厢，有的版本为“两厢”。玉扃（jiōng），玉门。小玉，吴王夫差女，又名紫玉，年少早逝。双成，即董双成，与小玉都是传说中西王母的侍女。小玉、双成，皆代指杨贵妃在仙山的侍女。

[47] 汉家天子，指唐玄宗李隆基。九华帐，锦绣华美的帐子。九华，指多种花饰图案。《博物志》（卷三）：“汉武帝好仙道，祭祀名山大泽，以求神仙之道。时西王母遣使乘白鹿告帝当来，乃设供帐九华殿以待之。”帐里，有的版本为“帐下”。

[48] 裴回，彷徨，徘徊不进，有的版本为“徘徊”。珠箔（bó），用珍珠穿成的帘子。银屏，镶嵌着银丝的屏风。银屏，有的版本为“银钩”。逦（lǐ）迤（yǐ）开，接连不断地打开。逦迤，有的版本为“迤逦”。

[49] 云鬓，有的版本为“云髻”。新睡觉，刚刚醒来。觉（jiào），睡醒。

[50] 袂（mèi），袖子。

[51] 阑干，纵横交错貌。

[52] 凝睇，凝视，有的版本为“凝涕”。

[53] 昭阳殿，汉殿名，汉成帝宠妃赵飞燕居所，这里借指杨贵妃生前住过的宫殿。蓬莱宫，传说中的海上仙山之一，这里借指杨贵妃死后成仙所居之所。《史记》（卷二十八）：“自威、宣、燕昭使人入海求蓬莱、方丈、瀛洲，此三神山者，其传在渤海中。”

[54] 下望，有的版本为“下问”。人寰（huán），人间、凡间、人世间。

[55] 唯将，有的版本为“惟将”或“空持”。旧物，指杨贵妃和唐明皇二人定情时的信物，即后文的“钗”“钿”等物。钿合，用珠宝镶嵌的一种首饰，用两片合成，一说是用珠宝镶嵌做成的金盒。

[56] 擘（bò），用手掰开。合分钿，将钿分成两部分。此两句引申上句，意思是把金钗、钿分成两半，自留一半，另一半让临邛道士带给唐玄宗。

[57] 但教，有的版本为“但令”。

[58] 殷勤，指情深义厚，情意恳切。重（chóng），反复、多次。寄词，捎话、带话。

[59] 长生殿，代指杨贵妃与李隆基的居所。宋人王溥等《唐会要》：“天宝元年十月造长生殿，名为集灵台，以祀神。”这里指长安皇宫内李隆基和杨玉环二人的寝殿，并不一定是指华清宫祀神的集灵台。《长恨歌传》载：“昔天宝十载，侍辇避暑于骊山宫。秋七月，牵牛织女相见之夕，……夜殆半，休侍卫于东西厢，独侍上。上凭肩而立，因仰天感牛女事，密相誓心，愿世世为夫妇。言毕，执手各呜咽。”一说，唐代将后妃所居之所统称为“长生殿。”

[60] 愿作，有的版本为“愿为”。比翼鸟，传说中的一种鸟，此鸟只有一目一翼，雌雄并在一起才能飞。《尔雅·释地》：“南方有比翼鸟焉，不比不飞，其名谓之鹣鹣（jiān）。”连理枝，异本草木，枝干连生在一起，两株树木的树干相抱。古人常用比翼鸟和连理枝喻情侣相爱永不分离。

[61] 恨，憾、遗憾。绵绵，连绵不绝。绝期，有的版本为“尽期”。

这首七言歌行体是叙写李隆基与杨贵妃爱情悲剧的长篇叙事诗。写于唐宪宗元和元年（806年）诗人在盩厔（今陕西周至）县尉任上。这一年，34岁的白居易与好友陈鸿、王质夫同游仙游寺，三人谈论唐玄宗与杨贵妃之事，颇有感触。受王质夫鼓励，陈鸿写了传奇小说《长恨歌传》，白居易写了这首长篇巨作。《长恨歌》写成后，得到迅速传播，雅俗共赏，朝野捧诵，被誉为“元和体”。据说当时长安歌伎以能“诵得白学士《长恨歌》”（《与元九书》）而自矜，以此抬高身价。

全诗在结构上可分为四个部分。从开头到“尽日君王看不足”为第一部分，写唐玄宗李隆基对杨玉环沉湎爱恋，暗示李杨爱情“长恨”的根本原因。

开头六句为序曲，交待李杨爱情故事的由来。“汉皇重色思倾国，御宇多年求不得”，采用唐代诗人以汉代唐的习惯，开篇直言唐玄宗“重色”，日夜思谋寻觅绝色美女，虽身居九五之尊，可享有天下万物，但一直未能找到至爱的佳丽。“倾国”一词，出自对汉武帝宠妃李夫人美貌的赞美。《汉书》载，李延年在汉武帝面前唱了一首歌：“北方有佳人，绝世而独立。一顾倾人城，再顾倾人国。宁不知倾城与倾国，佳人难再得。”（《汉书》卷九十七上）此歌引发汉武帝的好奇心，后来李夫人得以入宫。“倾国”不仅指绝色美女，而且暗将杨玉环比作李夫人，与前面用汉武帝代指李隆基形成呼应，亦可作为倾覆大唐国运和杨玉环悲惨下场谶语的解读。开篇即写李隆基的好色本性，不仅为整个故事情节发展作出有力铺垫，而且奠定全诗情感基础，统领人物命运，暗示李杨悲剧形成的主要因素。“杨家有女”四句，写杨玉环的身世与入宫经过。“杨家有女初长成，养在深闺人未识”，概述杨玉环的身世。杨玉环出生于蜀州（今四川崇州市），父亲是蜀州司户杨玄烨，父死而孤，由二叔杨玄珪养大，她不是直接从“深闺”来到唐玄宗身边，见到李隆基时也不是“初长成”的懵懂少女。白居易诗中如此叙写杨玉环身世，是为接下来两句诗做一个铺垫。“天生丽质难自弃，一朝选在君王侧”，概述杨玉环入宫经过。其实，杨玉环曾是唐玄宗之子寿王李瑁的妃子。开元二十五年（737 年），李隆基的武惠妃死去，唐明皇李隆基闷闷不乐，后宫又无他心仪的女子。有人说寿王之妃资质天挺，李隆基召见之后遂有意。为掩人耳目，李隆基让杨玉环出家入女道士籍（道号太真），然后入宫被封为贵妃。诗人有意为唐玄宗避讳，不说破唐宫家丑，不仅要遵守作为朝臣“为尊者讳”的礼教，而且是出于“大恶不容不隐。”（南宋赵与诗《宾退录》）的考虑。从文学创作的角度来说，诗人如果直言历史“揭丑”，有伤于故事情节的整体艺术美感。在处理历史与艺术相悖之难题时，诗人用简约笔墨，将杨贵妃与李隆基的结合过程写成必然性与偶然性相互作用的结果，收到了保大唐体面与润色诗作的双重效果。“回眸一笑百媚生，六宫粉黛无颜色”，诗人采用避实就虚手法，通过唐玄宗见到杨玉环无法自持的情感触动，侧写杨玉环的绝色美貌与无与伦比的魅力。“回眸一笑”细节描写，颇具传神，“百媚生”一词，用模糊性的语言，调动读者的无限想象力，以此表现女主人公绝色魅力，手法甚高。“无颜色”与前面“思倾国”呼应，开启李隆基沉迷杨玉环的具体细节的描写。“春寒赐浴华清池”到“尽日君王看不足”二十二句，采用铺陈手法，多角度渲染李隆基深切爱恋与过分沉迷杨玉环。“春寒赐浴”以下八句，从男女情欲角度，写杨玉环初次得到唐玄宗的恩宠。“赐浴华清池”是特殊待遇，“春寒”与“温泉”相对，体现出李隆基对杨玉环体贴入微。“温泉水滑洗凝脂”“侍儿扶起娇无力”是两个极具人物特征的典型细节描写。“水滑”与“凝脂”相应，极力表现杨玉环肌肤白皙润嫩、细腻紧致的特征。“扶起”“娇无力”“金步摇”等神态描写，形象地再现杨玉环在承恩之时娇艳欲滴的情态。据说，李隆基亲自研磨步摇金钗并亲手插在杨玉环的头上，并言：“朕得杨贵妃如得至宝也。”（宋人乐史《杨太真外传》）“云鬓花颜”“芙蓉帐暖”等描写烘托出令人耽迷情欲的氛围。“春宵苦短”以埋怨夜晚太短的口吻，侧写男欢女爱甚切之情形。用顶针手法连用两个“春宵”，极力渲染李杨二人情欲浓烈。“日高起”“从此君王不早朝”侧写李隆基沉溺于杨玉环的情色，回应“重色思倾国”，暗含托讽意味。按照王维《早朝》诗中“皎洁明星高，苍茫远天曙”的描写，唐代早朝在天不亮就举行。日上三竿，皇帝不理朝政，仍与新宠颠鸾倒凤，一则极力表现李杨浓情蜜意，二则暗讽玄宗沉湎女色而轻朝政，为之后的悲剧埋下伏笔。“承欢侍宴”六句，从帝王专宠与纵欲的角度，写李隆基对杨玉环热切爱恋。自从拥有了杨玉环，李隆基将后宫所有佳丽抛之脑后，他让杨玉环每日“无闲暇”地“承欢侍宴”，寸步不离地伴随他春游。金屋藏娇，独自侍寝，酒后春色更浓，二人纵情欢娱。这些细节描写表明，作为皇室中的女人，杨玉环在李隆基身上得到了极致恩宠。“姊妹弟兄”四句，从恩及家人的角度，写李隆基对杨玉环过分溺爱。杨家因杨贵妃而光耀门庭。据史书记载，天宝初年，杨玉环册封为贵妃，其父杨玄琰被追赠为太尉、齐国公，其母封凉国夫人。叔杨玄珪，封为光禄卿。从兄杨铦封为鸿胪卿，杨锜封为侍御史，从祖兄杨钊（赐名国忠）为右丞相。杨贵妃的三个姐姐被册封为韩国夫人、虢国夫人、秦国夫人。一时杨家“恩宠声焰震天下。”（《新唐书》卷七十六）“韩、虢、秦三夫人与銛、锜等五家，每有请托，府县承迎，峻如诏敕，四方赂遗，其门如市。”（《旧唐书》卷五十一）李隆基的缪赏行为，导致自古封建社会重男轻女的传统一时出现动摇，使天下父母产生“不重生男重生女”的想法。据《长恨歌传》载，当时民谣有“生女勿悲酸，生男勿喜欢”“男不封侯女作妃，看女却为门上楣”等传闻。诗人在表现李隆基过分宠爱杨贵妃的同时，暗含对统治者重色误国行为的讽刺。李隆基对杨家特别是杨国忠的谬赏滥封行为，是导致后面马嵬坡惨剧的根本原因，这几句诗为后面杨贵妃缢死情节做了铺垫。“骊宫高处”四句，从纵情声色角度，写李隆基对杨玉环的深切迷恋。“仙乐”一词，用比喻手法形容李隆基宫廷音乐精美动听。“处处闻”不但指音乐空间传递距离遥远，而且暗含宫廷乐舞时间跨度很长，表明骊山周围时时处处都能听到华清宫里传出来的乐声。“缓歌慢舞”表现唐玄宗沉湎声色，“尽日”“看不足”凸显李隆基荒芜朝政。乐极生悲，当玄宗对杨玉环的爱恋达到无以复加的峰值之时，便是令其撕心裂肺的悲剧出现之际。

从“渔阳鞞鼓动地来”到“魂魄不曾来入梦”为第二部分，写马嵬坡杨玉环之死，表现“长恨”的直接原因。

“渔阳鞞鼓动地来，惊破霓裳羽衣曲”，以四两拨千斤之效，瞬间将故事情节由第二部分的沉溺欢娱转为悲切伤痛。诗人用“渔阳鞞鼓”代指安史之乱，将其与“霓裳羽衣曲”相对，暗含对唐玄宗荒淫误国的讽刺。“动地来”突笔直写范阳叛乱顿起，朝政风云突变，“惊破”则委婉含蓄地显示唐玄宗对安禄山叛乱毫无防备。“九重城阙烟尘生，千乘万骑西南行”，承接前两句诗意，开启杨贵妃缢死悲剧的故事情节。“九重城阙烟尘生”对应“渔阳鞞鼓动地来”，前者是后者的直接后果；“千乘万骑西南行”对应“惊破霓裳羽衣曲”，前者亦为后者的直接后果。天宝十五载（756 年）六月，安禄山攻破潼关，逼近都城，玄宗仓皇带领杨贵妃等逃出长安向西南方向逃窜。当时随行护卫并不多，“千乘万骑”乃艺术夸饰之辞。“翠华摇摇行复止，西出都门百余里”，叙写唐玄宗一行出逃之后对京都长安的眷恋之情。“百余里”正好是长安距离马嵬驿的距离。“六军不发无奈何，宛转蛾眉马前死”，叙写玄宗御林军发生兵谏导致杨玉环被赐死。据《资治通鉴》等史书记载，唐玄宗一行到马嵬驿之后，御林军持械不前，陈玄礼等请求除掉杨国忠等人，杨国忠被杀后，众人担心杨贵妃报复，又兵谏玄宗赐死杨玉环。迫于兵变，李隆基不得不令人在马嵬坡缢死杨贵妃。“六军不发”导致唐玄宗在挽救杨贵妃性命上“无奈何”，而李隆基“无奈何”与“娥眉马前死”之间构成直接因果关系。悲剧情节环环相扣，层层推进，将李杨爱情推向毁灭。“花钿委地无人收，翠翘金雀玉搔头”，写杨贵妃缢死之时的惨状，与前“云鬓花颜金步摇”神态形成鲜明对比；“君王掩面救不得，回看血泪相和流”，写李隆基面对杨贵妃之死的绝望悲戚之情，与前“回眸一笑百媚生，六宫粉黛无颜色”情节构成鲜明对比。“甚爱必大费，多藏必厚亡。”（《道德经・四十四章》）之前李隆基对杨玉环有多溺爱，此时便有多惨痛。

从“黄埃散漫风萧索”到“魂魄不曾来入梦”为第三部分，写李隆基对杨玉环刻骨铭心的怀念。诗歌分别从奔蜀途中、入蜀之后、返京途中以及回到长安四个时空，多层面描写李隆基哀悼与怀念杨玉环的心情，体现李隆基“长恨”的具体感受。

“黄埃散漫”四句，与前“骊宫高处入青云，仙乐风飘处处闻”情景形成鲜明对比。诗人通过环境渲染，侧面描写李隆基在失去杨玉环之后前往成都路上黯然沮丧、哀伤悲凉的心情。“蜀江水碧”四句，与“承欢侍宴无闲暇，春从春游夜专夜”情景形成鲜明对比，从人物对环境感受的角度，用美景反衬悲情，通过心理描写显示李隆基入蜀之后伤悼杨贵妃的落寞孤寂心情。“天旋日转”六句，写李隆基由成都返回京城长安的归途中对杨玉环哀悼悲伤之情。

唐肃宗至德二年（757 年）十月，郭子仪收复长安，肃宗派太子太师韦见素去蜀郡迎接玄宗回朝，十二月，玄宗还京。诗人用“天旋日转”四字一笔带过具有重大意义的长安光复事件，用“回龙驭”三字概述李隆基回返长安。“马嵬坡下”点明杨玉环死地，“泥土”暗含杨玉环肉身已埋入泥土腐化。据史料记载，杨贵妃被缢死之后，埋在马嵬驿西边道路旁，唐玄宗自蜀还京，密令改葬杨贵妃，当时肌肤已坏，随身香囊还未腐化，太监将香囊献给玄宗，“上皇视之凄惋。”（《旧唐书》卷五十一）停驻车马于杨玉环死地，唐玄宗凝望着马嵬坡，四周空旷荒凉，杨玉环“玉颜”难再，不由潸然泪下，身边的人看到太上皇掉泪，也纷纷以泪相应。临近长安，一行人向东望去，长安城门依稀可辨，但玄宗与身边近臣却全然没有返京的热切心情，他们垂头丧气，不愿策马快行，而是信马由缰，任由马匹垂首慢行而归。还都长安本值得庆贺，归心似箭应为人之常情。但由于杨玉环之死，李隆基凄凉悲苦，闷闷不乐，加之失去了皇权，玄宗及其近臣根本无法高兴。“君臣相顾”“尽沾衣”“东望都门”“信马归”四个细节描写，用词精切，通过神情描绘，侧写人物心理，既突出了李隆基失去杨玉环之后在归途中的落寞哀伤之情，又委婉隐晦地体现了唐玄宗失去朝政权柄之后，与近臣一同心灰意冷、失魂落魄之态。

“归来池苑”以下十八句，以赋入诗，采用铺陈手法，从多角度渲染李隆基回到长安皇宫之后对杨玉环刻骨铭心的怀念。诗人连用两个“归”，以顶针手法，实现了从归途到进入长安皇宫的时空转换，起承转合，十分自然。“归来池苑”四句，从空间角度，写皇宫处处景物引发李隆基对杨玉环的深切怀念。诗人选取宫苑池中荷花和垂柳两种典型的植物，用贴切的比喻手法，刻画李隆基看到荷花联想到杨之玉颜、看到柳叶想起杨之美眉的两个典型细节，以美景反衬哀伤，表现唐玄宗重返皇宫物是人非，睹物思人，触景生情。“春风桃李”以下十句，从时间角度，写李隆基无时无刻不在思念杨玉环。“春风桃李”四句，侧写李隆基一年四季对杨玉环的深切怀念。诗人用对偶句式，通过骀荡春风中桃李花开的明月之夜与潇潇秋雨中梧桐叶落的黄昏时分两个典型意境，应用心理刻画侧写李隆基无论是在和煦美丽的春夜，还是在凄凉萧索的秋天，都在思念杨玉环。接着诗人将笔触聚焦西宫南苑的院落与台阶之上，特用“秋草”“宫叶”两个意象，以衰草黄色与落叶暗红色，渲染荒凉冷落的环境，映衬玄宗孤寂愁苦心情。然后，诗人用戏子白发与宫女色衰两个细节白描手法，侧写李隆基时光已逝，晚景凄凉。李隆基热恋杨贵妃之时，六宫粉黛在他眼里不值一瞥。眼下，梨园弟子已白发苍苍，红颜宫女已年老色衰，再无佳人伴随。此处暗写李隆基在失去杨玉环和皇权之后，悲哀酸楚，极速苍老。“夕殿萤飞”四句，侧写玄宗日日夜夜对杨玉环的深切思念。“夕殿萤飞思悄然，孤灯挑尽未成眠”与前“金屋妆成娇侍夜，玉楼宴罢醉和春”形成鲜明对比，极力渲染幽深凄冷的环境，映衬李隆基孤独寂寞的心情；“迟迟钟鼓初长夜，耿耿星河欲曙天”与前“春宵苦短日高起，从此君王不早朝”形成鲜明对比，描摹李隆基独夜无眠情态，尽显夜以继日孤寂苦思之情。“鸳鸯瓦冷霜华重，翡翠衾寒谁与共”与前“云鬓花颜金步摇，芙蓉帐暖度春宵”形成鲜明对比，描摹李隆基凄寒难眠情态，突显孤苦寂寞与哀伤悱恻之情。“悠悠生死”二句，以生离死别多年企盼梦中相见的心理描写，将李隆基缠绵悱恻的“长恨”推向无以复加的层面。“魂魄不曾来入梦”，承上启下，既以杨玉环不曾“入梦”的极端悲戚收束李隆基之“长恨”，又以“梦”为缘由开始由实化虚，开启杨贵妃之“长恨”。

从“临邛道士鸿都客”到“此恨绵绵无绝期”是第四部分，写杨玉环对李隆基的思念之情，体现杨玉环的“长恨”。

“临邛道士”四句，叙写李隆基痴情感动方士，开启寻找杨贵妃魂魄的虚幻故事情节。“排空驭气”六句，概述临邛道士离开凡界，在天界、地府、仙界寻找杨贵妃的过程。“求之遍”对应“殷勤觅”，突出临邛道士尽心尽力。“忽闻”一词，暗含柳暗花明之意，“穷碧落”“下黄泉”“虚无缥渺”等词，渲染征途之艰，侧写寻找杨玉环魂魄之难。“楼阁玲珑”四句，写打探到杨玉环魂魄的下落。“楼阁玲珑五云起”渲染仙界绝美，云霞绮丽，“其中绰约多仙子”明写身姿优美的仙女众多，暗示众仙芸芸中寻人不易。“太真”一词，一语双关，既巧妙推出杨玉环死后成仙的名称，又暗中回应了她生前出家经历。“雪肤花貌”是判定仙女与杨玉环关联的主要相似性特征。“参差”一词，一箭双雕，既显示蓬莱寻找杨玉环仍具有不确定性，又暗中体现仙界的虚幻神秘色彩。“金阙西厢”四句，写太真仙子得到唐玄宗使者的讯息。“金阙西厢叩玉扃”渲染杨玉环魂魄所居蓬莱宫之豪华典丽，“转教小玉报双成”用互文手法，写临邛道士找到太真仙女，暗指杨玉环所居的蓬莱宫庭院深深，须经辗转通报多次才能传递到消息。“转”“报”等词，推进情节发展，使故事主要人物由临邛道士自然顺畅地转为太真仙子。“闻道汉家天子使，九华帐里梦魂惊”是太真仙子亮相。“梦魂惊”举动，承接“闻道”行为，显示太真仙子的惊异情态，暗中显示她对李隆基旧情难忘。“惊”字在推动情节发展中具有重要作用，诗歌接下来对太真仙子的行为描写，皆在“惊”的基础上展开。“揽衣推枕”以下八句，以赋入诗，采用铺陈手法，摹写太真仙子迎见玄宗使者的情态，渲染太真仙子缱绻悱恻的深情。“揽衣推枕”写太真闻讯起床，突显太真仙子在仙界独闲状态，“起裴回”细节，暗示太真得到玄宗使者来访讯息后的惊异与犹豫情态。“珠箔银屏逦迤开”以床帏华丽、多层次第被打开的细节描绘，侧写太真起床的举动。“云鬓半偏新睡觉，花冠不整下堂来”叙写太真欲见玄宗使者的急切情态，同时体现出她慵懒迷离、妩媚性感的姿态。“风吹仙袂飘飖举，犹似霓裳羽衣舞”将太真仙子优雅的身姿步态与杨贵妃的优美舞姿用一个比喻句关联，在描写人物情态的同时，将虚幻与现实进行了巧妙地联结。“玉容寂寞泪阑干，梨花一枝春带雨”用一个神似的比喻，摹写太真仙子泪流满面、悱恻悲痛的情态，暗示她面对大唐使者悲喜交加、五味杂陈、有“恨”难言的心理状态。“含情凝睇”以下十二句，描写太真仙子见到临邛道士的言行。“含情凝睇”四句是对太真仙子语言描写。“含情凝睇”显示她仍然对玄宗一往情深。“谢君王”颇有蕴意，委婉地显示出彼此的身份发生了变化，眼下太真以仙界仙子的身份称呼玄宗为“君王”，且彬彬有礼地言“谢”，表明二人的爱情已成为过去。“一别音容两渺茫”既表达对大唐使者带来李隆基讯息的谢意，又暗自道出太真急切想知道玄宗下落的心情，回应“揽衣推枕”“玉容寂寞”等举止情态。“昭阳殿里恩爱绝，蓬莱宫中日月长”用一对偶句式抚今追昔。“恩爱绝”与“谢君王”呼应，表示过去的爱情成为“长恨”的记忆。“日月长”是太真眼下及其今后的仙界生活状态，将“昭阳殿”与“蓬莱宫”对比，暗含对过去宫廷爱情生活的怀念。“回头下望人寰处，不见长安见尘雾”用仙界俯瞰凡间的细节描写，既显示出仙界与凡间隔绝状态，又表现了太真仙子对故土的思念，暗示她仍对李隆基切切惦念。“唯将旧物表深情”承接上句诗意，说明托物寄情是眼下唯一的情感沟通方法，预示临邛道士无法完成使命，暗示李隆基即使有“精诚”之心也难以“致魂魄”相见。接下来，诗人挥毫泼墨用三句诗渲染“旧物”，突出太真仙子内心深处之“恨”。“但教心似金钿坚，天上人间会相见”以愿望形式表达了李杨再次遇面的可能性，使刚刚失落情绪又点燃希望之星。最后八句，借李杨爱情誓言发出感慨，叹惋“长恨”，收束全诗。“临别殷勤”六句是语言行为情态描写，表达太真仙子对李隆基生死不渝的爱情，委婉地表达了杨玉环的“长恨”。最后两句，将李杨爱情长恨与天长地久相对，通过“有时尽”和“无绝期”的鲜明对比，抒发对李杨爱情的无限感慨，突出“长恨”主题。

关于这首诗的主题，有爱情说、隐事说、讽谕说、婉讽主题说、感伤说、双重及多重主题说、无主题说与泛主题说等多种。（胡可先等，2008）归纳各种说法，主要有三种观点：其一，爱情主题说。认为作品着重表现了李杨的真挚爱情与悲剧结局；其二，政治主题说。认为作品主要揭露了李隆基重色误国，对杨玉环的耽迷导致荒政乱政。其三，双重主题说。认为将此诗看成纯粹的讽谕诗或爱情颂歌都不恰当，它是暴露与歌颂的统一，讽谕和同情交织，既为李杨的爱情悲剧进行叹惋，又为耽爱误国失政表达遗恨，两种情感交相融汇。

按照白居易对自己诗作的分类，本诗应归于感伤诗类。对“长恨”的理解，是把握这首诗主题的关键。诗歌第一部分写李杨爱情悲剧的隐性原因，也是根本原因。第二部分是李杨爱情悲剧的显性原因，也是直接原因。第三部分写李隆基的“长恨”，第四部分写杨玉环的“长恨”。前两部分是后两部分的铺垫，第三、第四部分则是诗歌内容的侧重点。因此，从文本分析来看，诗歌的主要内容在于表现李杨爱情悲剧，所反映的“长恨”是李隆基与杨玉环爱情悲剧的无比缺憾。但由于爱情主人公身份特殊，所以这个爱情悲剧与唐王室政治悲剧具有密不可分的联系。作为一国之君的李隆基，没有将爱情与政治进行严格区分，而是将个人爱情与国事纠缠一起，荒政误国，谬赏滥封，致使安史之乱爆发，直接导致爱情悲剧形成。这样，诗歌在客观上表现出李隆基因“重色”而“倾国”，具有政治性色彩。

诗歌实践了诗人提出的“根情，苗言，华声，实义”（《与元九书》）的诗歌创作理论观点，在艺术上取得了巨大的成就，堪为古代长篇叙事诗的经典之作。在艺术构思方面，诗人采用虚实结合之法，将历史事件与坊间传说融为一体，以“长恨”为主线，展开叙事、描写和抒情。诗歌以“重色”起底，以赋入诗，采用铺陈手法，多层面、多角度极力渲染李隆基沉湎杨玉环美色，并极度渲染二人男欢女爱的荒乐，为后面的爱情悲剧做铺垫，反衬后面的“长恨”。由于悲剧的责任主要在于李隆基，所以在诗歌铺垫部分，诗人将主要的笔墨用于对李隆基沉湎爱情与荒乐误国的描写。对于杨玉环，诗歌主要侧重于绝美娇艳、妩媚承欢等方面的刻画，以映衬李隆基沉溺女色。悲剧的主人公同时又是悲剧的制造者，在突出“长恨”悲剧的同时，也使得故事具有讽刺意味。在表现“长恨”方面，诗人采用不同的手法，显示李杨二人“长恨”的不同特征。对于悲剧主要责任人李隆基，诗人采用铺陈手法，通过时空转换、情感渲染、情态描摹、心理描写等手法，极度渲染他幽冷凄寒、孤寂落寞、哀伤悲戚的情态，体现他对杨玉环销魂蚀骨的思念。对于以性命为代价的悲剧主要承担者杨玉环，诗人表现她死后的“长恨”，只能采用虚幻手法，通过太真仙子的一系列言行情态，委婉曲折地显示她悲恨交加、旧情难忘、悱恻悲伤、叹惋悲情等复杂情感。与李隆基相比，她的“长恨”，既体现得平缓克制，在程度上也偏弱一些。

诗歌在情节发展上，层层推进，曲折有致，环环相扣。先是李隆基贪念美色而多年未能如愿，随即便有“丽质”“百媚”的杨玉环出现在他眼前，于是一场热恋上演。接着便是李隆基对杨玉环的百般耽迷与二人如胶似漆，“度春宵”“不早朝”“无闲暇”“夜专夜”“醉和春”“皆列土”“看不足”等情节，将爱情推向无以复加的程度。然而乐极生悲，局势急转直下，“渔阳鞞鼓”动地而来，“宛转娥眉”命丧马嵬，玄宗面对“宠爱在一身”的女人惨死，竟然“掩面救不得”，故事开启了杨玉环命丧黄泉与李隆基痛断肝肠的情节。李杨爱情悲剧形成之后，诗歌情节聚焦于二人“长恨”。诗歌从奔蜀途中、入住蜀地、由蜀返京、皇宫幽居等四个阶段的时空变化，层层推进情节，极度渲染李隆基睹物伤情，无论身处何时何地都在思念杨玉环，以“魂魄不曾来入梦”将“长恨”推向无以复加的极致。似乎故事到此便可结束。然而，诗人笔锋一转，推出“临邛道士”这一关键人物，使故事情节由现实转为虚化境界。诗人借助各种传说，展开丰富的想象，构建了一个神秘华丽的仙界，通过蓬莱宫中太真仙子的言行举止继续推进故事情节发展，展示杨玉环的情思缱绻、悲恨交加、爱意悠深的“长恨”。即使在幻化世界，情节发展仍曲折多变。诗歌先显示“致魂魄”希望，然后由临邛道士不辞艰辛上天入地举动表现出“精诚”，推进李杨会面的希望升级。然而“碧落”与“黄泉”都不见杨玉环魂魄，令人几近失望。“忽闻”一词，又点起希望之火，蓬莱传讯、太真出迎等情节，使得希望之火更烈。可太真“恩爱绝”的答复，令希望之火再次熄灭。“会相见”再一次点燃希望的火星，但“无绝期”令希望彻底破灭，使“此恨绵绵”成为永恒。全诗故事情节曲折多变，可谓一波三折。

诗歌紧紧围绕“长恨”剪裁史料，繁简有致，详略得当，主线突出，结构严谨。诗歌从李隆基执政贪慕女色写起，经过杨玉环入宫、杨国忠入相、安禄山叛乱、潼关失守、长安失陷、玄宗奔蜀、马嵬驿兵变、杨氏被灭、肃宗登基、长安光复、玄宗失势、幽居深宫等历史事件，又融入杨贵妃成仙、玄宗派遣方士寻访杨玉环魂魄等民间传说，整个故事时间跨度很大，人物事件复杂，需要精心构思，巧妙裁剪。诗人将笔墨主要泼洒在渲染李隆基重色贪欢、李杨爱情甜蜜以及悲剧发生之后的“长恨”等方面，对于次要情节，或一笔带过，或暗中提示。如用“一朝选在君王侧”将杨玉环入宫情节一笔带过，用“姊妹弟兄皆列土”隐含杨国忠专权，用“渔阳鞞鼓动地来”写安史之乱爆发，用“九重城阙烟尘生”交待潼关失守和长安陷落等历史事件，用“六军不发”代指马嵬驿兵变，暗含杨国忠被杀等事件，用“天旋日转回龙驭”概括长安光复与李隆基返京，同时暗指肃宗登基与玄宗失去权柄，用“西宫南苑”暗指玄宗失柄幽居深宫。特别是诗歌在情节详略选取上，以突出“长恨”为准，该简略处，惜墨如金，应备述时，挥毫泼墨。如写杨玉环死亡经过，仅用“马前死”三字，但表现杨贵妃死时惨状与玄宗无奈与绝痛之情，则浓墨重彩，通过“宛转蛾眉”“花钿委地”“掩面救不得”“血泪相和流”等画面进行极力渲染。在表现玄宗幽居痛苦时，极度渲染他对杨玉环的怀念，而将失去权柄的失落之情暗隐其中，留出意念上的巨大空白，任由读者想象。诗歌情节结构真可谓紧凑处密不透风，约略处疏可跑马。

诗歌还通过前后情节之间大量的鲜明对比，反衬李杨爱情悲剧，突出“长恨”主题。同时，诗人善于以赋入诗，多处采用铺陈手法，显示李杨热恋情节和爱情悲剧发生后的绵绵长恨。这些手法已在诗句欣赏文字中有过阐释，此处不再赘述。

诗歌以普通人性角度塑造人物形象。李隆基是诗中的核心人物，他自导自演悲剧，又不得不吞下这一苦果，遭受长久的精神折磨。诗人塑造这一形象，既注重他皇帝身份，又赋予他普通人的七情六欲，在表现他贪恋女色、沉溺爱情、倦怠朝政、荒淫误国的同时，也体现他感情真诚、痴迷爱情、缠绵悱恻、幽怨凄悲、情感脆弱等性格的一面，呈现出多元化、立体化人物特征。对杨玉环的形象塑造，诗人主要是从姿色神韵等角度，突出她容颜绝美、身姿绰约、娇态百媚、韵味无穷的形象与柔情蜜意、顺美可人、受宠承欢的性格。值得一提的是，杨玉环形象的呈现出发展变化的特征，她生前温和婉顺、妩媚温柔的性格，在辞世成为太真仙子之后，则具有了闲雅幽怨、情思深长等性格特征。此外，诗歌还根据情节发展需要，勾勒出一个方术精深、重诺守信的临邛道士形象，出于渲染情感需要，闪现过白发梨园弟子与苍颜后宫女官等人物。

全诗总体上是七言歌行体，但有多处精美的对偶句式，增强了艺术感染力。诗歌语言铺张排比有类汉赋，委婉深曲，缠绵密丽，清炼流利，丽而不淫，感情激荡，深婉细腻，缠绵悱恻，凄怨动人。全诗采用严整的七言，共120句，换韵多达30多次，或两句一韵，或四句一韵，或六句一韵，或八句一韵，音韵灵活，风格多变，或悠扬婉转，或和丽流畅，或急切危苦，或悱恻缠绵。委婉深曲，精工密丽，华实相扶，雅俗兼备。

附：《长恨歌》繁体字文本

長恨歌

漢皇重色思傾國，御宇多年求不得。
楊家有女初長成，養在深閨人未識。
天生麗質難自棄，一朝選在君王側。
回眸一笑百媚生，六宮粉黛無顏色。
春寒賜浴華清池，溫泉水滑洗凝脂。
侍兒扶起嬌無力，始是新承恩澤時。
雲鬢花顏金步搖，芙蓉帳暖度春宵。
春宵苦短日高起，從此君王不早朝。
承歡侍宴無閑暇，春從春遊夜專夜。
後宮佳麗三千人，三千寵愛在一身。
金屋妝成嬌侍夜，玉樓宴罷醉和春。

姊妹弟兄皆列土，可憐光彩生門戶。
遂令天下父母心，不重生男重生女。
驪宮高處入青雲，仙樂風飄處處聞。
緩歌慢舞凝絲竹，盡日君王看不足。
漁陽鼙鼓動地來，驚破霓裳羽衣曲。
九重城闕煙塵生，千乘萬騎西南行。
翠華搖搖行復止，西出都門百餘里。
六軍不發無奈何，宛轉蛾眉馬前死。
花鈿委地無人收，翠翹金雀玉搔頭。
君王掩面救不得，囬看血淚相和流。
黃埃散漫風蕭索，雲棧縈紆登劍閣。
峨嵋山下少人行，旌旗無光日色薄。
蜀江水碧蜀山青，聖主朝朝暮暮情。
行宮見月傷心色，夜雨聞鈴腸斷聲。
天旋日轉囬龍馭，到此躊躇不能去。
馬嵬坡下泥土中，不見玉顔空死處。
君臣相顧盡霑衣，東望都門信馬歸。
歸來池苑皆依舊，太液芙蓉未央柳。
芙蓉如面柳如眉，對此如何不淚垂。
春風桃李花開夜，秋雨梧桐葉落時。
西宮南苑多秋草，宮葉滿階紅不掃。
梨園弟子白髮新，椒房阿監青娥老。
夕殿螢飛思悄然，孤燈挑盡未成眠。
遲遲鐘鼓初長夜，耿耿星河欲曙天。
鴛鴦瓦冷霜華重，翡翠衾寒誰與共。
悠悠生死別經年，魂魄不曾來入夢。
臨邛道士鴻都客，能以精誠致魂魄。
為感君王展轉思，遂教方士殷勤覓。
排空馭氣奔如電，昇天入地求之遍。
上窮碧落下黃泉，兩處茫茫皆不見。
忽聞海上有仙山，山在虛無縹緲間。

樓閣玲瓏五雲起，其中綽約多仙子。
中有一人字太真，雪膚花貌參差是。
金闕西廂叩玉扃，轉教小玉報雙成。
聞道漢家天子使，九華帳裏夢魂驚。
攬衣推枕起裴迴，珠箔銀屏邐迤開。
雲鬢半偏新睡覺，花冠不整下堂來。
風吹仙袂飄颻舉，猶似霓裳羽衣舞。
玉容寂寞淚闌干，梨花一枝春帶雨。
含情凝睇謝君王，一別音容兩渺茫。
昭陽殿裏恩愛絕，蓬萊宮中日月長。
回頭下望人寰處，不見長安見塵霧。
唯將舊物表深情，鈿合金釵寄將去。
釵留一股合一扇，釵擘黃金合分鈿。
但教心似金鈿堅，天上人間會相見。
臨別殷勤重寄詞，詞中有誓兩心知。
七月七日長生殿，夜半無人私語時。
在天願作比翼鳥，在地願為連理枝。
天長地久有時盡，此恨緜緜無絕期。

四、《放言五首》（其三）赏析

放言五首（其三）[1]

赠君一法决狐疑，不用钻龟与祝蓍[2]。
试玉要烧三日满，辨材须待七年期[3]。
周公恐惧流言后，王莽谦恭未篡时[4]。
向使当初身便死，一生真伪复谁知[5]。

注释

[1] 选自《全唐诗》（卷四三八），中华书局 1999 年版，第 4889 页。原

诗题后有“并序”二字，题下有序言，有的版本题为《放言》。放言，指放胆发表言论。

［2］君，指元稹。法，方法、办法。决狐疑，解决疑虑。决，决断、解决。狐疑，疑虑、疑惑、犹豫不决，因狐狸多疑，故言狐疑。钻龟，古人占卜的方法，用利物刺钻龟壳，辅以火灼，然后根据裂纹预判吉凶。祝蓍，古人占卜的一种方法，将蓍草焚烧，根据灰烬状态预判祸福。蓍（shī），蓍草，一种多年生植物，可入药，古人多用于占卜。

［3］试玉句原诗注：真玉烧三日不热。试，检验、鉴别。辨材句原诗注：豫章木生七年而后知。豫章木是枕木和樟木的并称。辨材，指确认树种。辨，辨别、确认。材，指枕木和樟木。期，期限。

［4］周公，姬旦，又名叔旦，周武王之弟，西周时期著名的政治家，是西周典章制度的设计者，在政治、经济、军事、教育等方面都具有杰出成就，为稳固西周政权起到了决定性作用，对儒家思想的形成具有奠基性作用，被儒家奉为圣人。恐惧流言后，指在听到流言蜚语之后惶恐不安。武王驾崩之后，周成王尚幼，由周公摄政，执掌权柄。管叔等人散布流言，说周公摄政不利于成王，意即周公有篡位之嫌。周公听到流言后，选择退避，不问国事。成王悔悟后，迎回周公。管叔等人畏罪叛乱，被周公平定。后周公励精图治，待朝政稳固后，还政于年少的周成王。流言后，有的版本写作“流言日”。王莽（前45—23），字巨君，西汉大臣，汉平帝时期，执掌朝政，平帝死后，选立2岁刘盈为太子，效仿周公摄政，公元8年废汉自立，建立新朝。公元23年，新朝在农民起义打击下灭亡，王莽被杀。谦恭未篡时，指王莽在篡位之前，为了博得人心，举止谦恭，行事低调。

［5］向使，假使、倘若。当初，有的版本为“当时”。

这首七言律诗是白居易与元稹的唱和之作。作者在《放言五首》序中写道：“元九①在江陵②时，有《放言》长句诗③五首，韵高而体律，意古而词新。予每咏之，甚觉有味。虽前辈深于诗者未有此作。唯李颀有云：‘济水自

① 元稹，族门兄弟中排行第九，故白居易称之为元九。

② 江陵，今湖北荆州。

③ 长句诗，即七言律诗，与五言律诗相对。唐代将七言律诗成为长句诗，将五言律诗称为短句诗。

清河自浊，周公大圣接舆狂’①，斯句近之矣。予出佐浔阳②，未届所任③，舟中多暇④，江上独吟，因缀⑤五篇，以续其意耳⑥。”

唐宪宗元和十年（815 年）六月，主张削藩的宰相武元衡在上朝途中被贼人截道所杀，头颅被贼人砍下取走。与此同时，御史中丞（副宰相）裴度也在道中被贼人砍伤头部，坠入沟中才免于死难。一时间，唐朝政治出现巨震，流言四起，朝臣惊惧，长安城人心惶惶。担任太子左赞善大夫官职（负责辅助与规劝太子等事务）的白居易，上疏请求朝廷严查凶手，被认为是越职言事，引发权豪贵近们的指责。又有人翻出他写诗有“赏花”“新井”等诗句，犯了母亲因赏花坠井而亡的忌讳，有损礼教。于是，白居易被贬出京城到浔阳任江州司马。其实，白居易心里明白，遭贬的根本原因是他的新乐府戳到了权贵们的痛点，令“权豪贵近者相目而变色”“执政柄者扼腕”“握军要者切齿”（《与元九书》），因此才遭到权贵们的打击报复。他曾叹息道：“始得名于文章，终得罪于文章。”（同上）贬为江州司马对白居易的打击非常大，是他思想意识、人生态度与诗歌创作的转折点。这首诗就写于白居易赴任江州司马的途中。当时，元稹已度过了五年的贬谪生活，在江陵担任江陵府士曹参军期间，他写过《放言五首》。白居易贬江州司马时已过不惑之年，这次打击引发了他对人生冷峻思索。在赴任江州司马的途中，他深入思考人生意义，写了《放言五首》应和元稹，发出“朝真暮伪何人辨，古往今来底事无”（《放言五首》其一）“世途倚伏都无定，尘网牵缠卒未修”“不信君看弈棋者，输赢须待局终头”（《放言五首》其二）“莫笑贱贫夸富贵，共成枯骨两如何”（《放言五首》其四）“泰山不要欺毫末，颜子无心羡老彭”“生去死来都是幻，幻人哀乐系何情”（《放言五首》其五）等慨叹。

首联用与老朋友元稹探讨的口吻，引出自己决断是非疑虑的看法。“赠君”一词，既饱含回应元稹之情，又暗含慎重之意。诗人觉得他悟到了消除“狐疑”的良法，有必要慎重地告知患难与共的老朋友。“狐疑”是人们遇到难以辨别的人与物时具有的心理反映，古人盛行依靠“钻龟”“祝蓍”等占卜方法来预判未来，消除疑虑。“不用”一词，明确显示诗人悟出的“一法”比

---

① 这是李颀《杂兴》中的两句诗，大意是：济水河水自然清澈黄河河水自然浑浊，周公作为圣人避政自然不同于接舆向孔子狂歌。济水，古代北方的一条河流，源自河南济源县，流经河南与山东注入渤海。现今的济水，又称济河，在河南流入黄河与沁河。

② 浔（xún）阳，又称江州，今江西九江。

③ 未届所任，指尚未到达任职所在地。届，到达。

④ 暇（xiá），空闲，指无事可作的时候。

⑤ 缀（zhuì），写作，指组织文字构成诗文。

⑥ 续其意，指回应元稹《放言五首》诗意。耳，语气词，相当于现代汉语“罢了”。

占卜更为实用。

颔联具体阐释辩物“绝狐疑”方法。诗人选择“试玉”与“辨材”两个实例，说明辨别事物优劣真伪需要正确方法与必要时间。“烧”“待”分别是检验玉质优劣、辨析枕木和樟木的有效方法。《淮南子·俶[①]真训》：“钟山之玉，炊以炉炭，三日三夜而色不变，则至德天地之精也。”古人认为，辨别玉石的真假优劣，需要用火烧烤，质地色泽不变，才是真正的好玉。今人看来，火烧玉石的方法并不科学，但在检验技术落后的条件下，古人只能利用玉石结构稳定、比一般岩石耐温的特点，采用火烧法检验玉石。据说，古人开采玉石，先用大火焚烧山石，然后将冷水泼在山石上，导致岩石裂开，然后采挖玉石。可见以火辨玉是古人常用之法。豫章是枕木和樟木的并称，二木相似，待长大时才可分辨。唐代张守节《史记正义》：“豫，今之枕木也，章，今之樟木也。二木生至七年，枕樟乃可分别。”诗人《寓意诗五首》亦有“豫章生深山，七年而后知”的说法。“三日”“七年”分别是鉴别玉质、判定枕木和樟木所需的必要时间。“满”“期”则强调必要时间对辨析事物的重要性。

颈联具体阐述知人“决狐疑”方法，强调时间跨度在人品认知中的重要性。诗人选择周公摄政的事例，从正面论证必须经历事件全过程方可论人。武王死后，继位的周成王尚幼，西周王朝面临着严峻的政治危机，周公摄政，代替成王主持国家大事，担起稳固朝政的大任。为了周成王在长大后能够顺利施政，他呕心沥血，励精图治。但是周公的一片赤胆忠心受到了质疑，别有用心的管叔、蔡叔、霍叔等人，摇唇鼓舌，散布流言，说“周公将不利于成王”（《史记》卷三十三），暗示周公要篡位，以此迷惑朝臣与国人。周公虽然对太公（姜子牙）、召公等朝廷重臣剖白心迹，但年幼的周成王听到流言后，开始疏远周公。于是周公选择退避之策，离开都城。周成王后来醒悟，于是周公再次回到成王身边。后来管叔、蔡叔等人勾结殷纣王的儿子武庚叛乱，周公率军平叛，励精图治，稳固政权。在将权力顺利地交接给周成王之后，周公的一片赤诚才彻底得到了验证。从周公摄政到致政成王，经过六年之久才证明了周公的人品。接着，诗人又选择王莽伪善的事例，反面论证非日久不可识人的道理。王莽出身皇亲国戚，是西汉末年最显贵的家族，先后有九人封侯，五人曾担任大司马执掌兵权。王莽家族中的权贵大多生活侈靡，但王莽却守静简朴，穿着如同一般儒生，为人谦逊，行为严谨，勤奋好学。他谨守孝悌，“外交英俊，内事诸父，曲有礼意”（《汉书》卷九十九）。做官之后，王莽恪尽职守，勤恳做事，为官清廉，待人谦恭，礼贤下士，体恤仆从。他生活简朴，常常将自己的俸禄赏赐身边的人，甚至将皇帝的赏赐和自己家产拿出来接济穷人和灾

① 俶，读 chù，意为开始。

民，乃至“家无所余”（同上）。王莽37岁时，担任大司马，朝权在握，更加谨慎，勤勉于政，广纳贤才。他厚待名士，自己生活却十分简朴，夫人穿着简陋，以致外人将她误认为奴仆。王莽的儿子王获杀了奴仆，本可以用钱摆平，但王莽却令王获自杀抵命。汉哀帝时，王莽一度失去权柄，哀帝死后，王莽重返权力中心。汉平帝刘衎[①]即位后年仅九岁，政权由王莽执掌。他一方面排斥异己，一方面拉拢重臣、培植党羽。他“色厉而言方”（同上），表现出刚正严谨之态，若有所求，便暗示亲信向执掌玉玺的王太后（王莽之姑）奏明其意。每当党羽们奏请太后之际，“莽稽首涕泣，固推让焉，上以惑太后，下用示信于众庶。”（同上）群臣奏请太后，说“莽有定国安汉家之大功，宜赐号曰安汉公。”（同上）王莽坚辞不受，并推举他的亲信先受封赏。在大臣们多次奏请之后，王莽接受了“安汉公”的封号，但辞让了相应的俸禄，表示百姓生活好起来后再领封赏。他极力推荐诸侯和功臣的子孙们加官进爵，并奖赏官员，施惠百姓，救济灾民。他建言王室俭朴，捐钱百万、田三十顷救济贫民，“于是公卿皆慕效焉”（同上）。遇到旱灾，王莽常常只吃素菜，以显示忧民之深。为了巩固权势，王莽使出手段让女儿做了皇后。群臣提议用25600顷土地加封王莽，王莽推辞不受。官员奏请用黄金二万斤、铜钱两亿钱作皇后聘礼，王莽只接受4000万钱，并且将3300万钱分给其他嫔妃家里。后来，朝廷补发2300万钱，王莽又拿出1000万钱分给家族中的穷人。朝廷后来赐给王莽母亲“功显君”称号，给他两个儿子封侯，并追加皇后聘礼3700万钱，王莽叩头辞谢，表示只愿接受母亲的封号。王莽为求学者建一万间房舍，罗网数千有特长的人才到京城，以获取天下儒生拥戴。汉平帝患病，王莽写策书表示“愿以身代”（同上）。平帝病亡，王莽执掌朝政，被臣民称为“摄皇帝”，他立年仅两岁的刘婴为皇太子，终于在公元九年篡汉登基，改国号为“新”。篡逆是封建时代顶级罪行，也是统治者最痛恨、惩罚最严厉的行为，更是以儒家为主导思想的社会意识普遍不能接受的举动。据说王莽姑母皇太后王政君在王莽逼迫交出玉玺之前，勃然大怒，愤然摔砸传国玉玺。王莽被杀之后，被割首裂身，“争相杀者数十人”（同上），首级被悬挂在大街上，百姓纷纷提起击打。甚至有人竟然将王莽头颅里的舌头切下来吃掉，以解心头之恨。班固以孔子“色取仁而行违”（《论语·颜渊》）总体评价王莽人品，说他“折节力行，以要名誉”“不仁而有佞邪之材，……已成篡盗之祸”（《汉书》卷九十九）。王莽登上权力顶峰之后，撕下伪善假仁面目。班固斥责王莽在篡夺皇位之后，“奋其威诈，滔天虐民，穷凶极恶，流毒诸夏，乱延蛮貉，犹未足逞其欲焉”，并说“自书传所载乱臣贼子无道之人，考其祸败，未有如莽之甚者

① 读kàn。

也。”（同上）当然，班固的评价建立在王莽篡汉的基础之上。“王莽未篡”期间，从少年开始沽名钓誉到篡汉称帝，共有 40 多年，他一直伪善隐忍，“爵位益尊，节操愈谦”（同上）。诗人选取王莽伪善的典型事例，有力地论证了时间对于检验人品的重要作用。

尾联继续以周公王莽的典型事例，对历史进行大胆假设，进一步论证必要时间对判断真伪的重要性。如果周公辞世于致政成王之前，王莽身死在篡汉之前，那么二人本性真伪便难以得到验证，后世对他们的评价就要倒过来，周公摄政“不利于成王”将成为永远令人疑惑的历史谜团，王莽的清廉谦恭将成为后世的典范。“复谁知”具有反问意，强调全过程检验对认知人品至关重要，否则便会导致误解妄断。

中唐时期，诗人群体之间颇多诗歌唱和活动。他们或交流思想、抒写怀抱，或增进友谊、排遣愁情，或切磋诗艺、争雄斗巧，或游戏文学、风雅应酬。中唐唱和诗人群体中，以白居易为主的唱和群体与以韩愈为主的唱和群体作品最多，影响最大。（汤吟菲，2001）这首诗是白居易唱和诗中的精品，全诗选取典型事例，阐述辨析事物与人品真伪必须要通过全过程检验的道理。诗人在选取证据时选择玉石与枕樟二木，撷取一正一反两个历史人物，颇具匠心。辨物易，识人难，因此诗人用两句诗论证辨物，用四句诗论证识人。张九龄曾言：“临事之选，仅取其才；而平日之选，在择其德。”（《选卫将》）对于识人而言，识才能易，识德行难，因此诗人便选取检验人品德行的事例，正反两方面论证必须经过整个人生所为的全过程，才能全面认知其德行，从而强调时间限度对认知人品的重要性。这首诗回应元稹“三十年来世上行，也曾狂走趁浮名。两回左降须知命，数度登朝何处荣”（《放言五首》其五）的咏叹，重点强调全过程时间跨度的重要性，暗含自己与元稹尚未走完人生，政治得失与是非曲折犹待时间检验，意在与元稹共勉，淡然面对贬黜生涯。

八句律诗构成完整的议论，论点明确，论据典型，从正反两方面进行论证，构思独特，逻辑严密，结构严谨。语言朴质，对偶工整，韵律和缓，耐人寻味。

附：《放言五首》（其三）繁体字文本

放言五首（其三）

贈君一法決狐疑，不用鑽龜與祝蓍。
試玉要燒三日滿，辨材須待七年期。
周公恐懼流言後，王莽謙恭未篡時。
向使當初身便死，一生真偽復誰知。

五、《采莲曲》赏析

采莲曲[1]

菱叶萦波荷飐风，荷花深处小船通[2]。
逢郎欲语低头笑，碧玉搔头落水中[3]。

注释

[1] 选自《全唐诗》（卷四四二），中华书局 1999 年版，第 4966 页。采莲曲，旧乐府体，内容多涉及水乡风光，表现女子劳作场景与情感表现。南朝梁简文帝萧纲、吴均、刘孝威等有《采莲曲》，唐代王勃、贺知章、徐彦伯、王昌龄、杨衡、李白、崔国辅、李康成、刘方平、张籍、鲍溶、郑愔、戎昱、陈去疾、张敬徽、温庭筠等人都写过《采莲曲》。

[2] 菱，参见王维《山居即事》注释［5］。飐（zhǎn），摇曳、颤动。荷飐风，有的版本写作“荷飐水”。小船通，指小船通过，意即两只小船迎面相遇。

[3] 郎，青年男子。碧玉搔头，碧玉簪，搔头，簪子的别称。

这首七言绝句是一首爱情诗，表达一位采莲女子遇到所爱之人喜悦与娇羞情态。一般认为，本诗当作于白居易任杭州刺史期间。

首句是环境描写，诗人用碧绿的菱叶、碧波荡漾的水面、轻轻摇曳的荷花、骀荡和煦的春风等意象，构建了一个清新亮丽，澄净明快、悠然闲适的意境，为表现男女恋情设定了风光旖旎的环境氛围。菱叶碧绿，荷花粉红，在蓝天白云映衬之下，形成强烈的色彩对比，奠定了全诗明丽色彩与欢娱的情感基调。

次句写男女相遇。“荷花深处”承接首句诗意，将笔触深入到幽深静谧的荷花丛中，进一步为怀春少女相遇心上人营造狭小适意的幽密环境。“小船通”采用写物匿人、以物代人手法，增强了少男少女不期而遇的神秘感。水面莲叶繁茂，朵朵莲花盛开，狭窄的荷花丛中，一个采莲少女和一个捕鱼少男各自驾着小舟相向而行。采莲少女根据前方莲花摇动判断对方的距离，待到两只小舟靠近，她才发现原来小舟中竟然是自己心仪已久的人。两只小舟停了下来，本来采莲女还想羞答答地故意离男子的船远一点，但莲丛茂密幽深，只能贴着对方船舷停泊。至此，诗人用“荷花深处”作为“小船通”路径安排的匠心便全然展现。

后两句是对采莲少女的情态描写。“逢郎欲语低头笑”句，选取典型细节，采用白描手法，生动形象地表现了怀春少女在莲花丛中见到心上人之后的一系列心理反应。“逢郎”暗示此次相见是不期而遇。“欲語”一词形象传神，活灵活现地再现了采莲少女忽然看到心上人之后初恋的热切心理与娇羞情态。女子胸中小鹿乱撞的喜悦，对男子深深的热恋，欲言又止的娇羞，不知从何说起的冏态等等情感，都蕴涵在“欲语低头笑”的细节描写之中。“低头”一词颇有韵味，既表现女子欲言又止难为情的掩饰举止，又体现她初恋期间见到心上人羞涩神态，同时委婉地隐含着对面男子火辣的目光。“笑”这一动词，选取得很精切，女子低头之后的微笑，既是采莲女对自己娇羞的掩饰，也是对心上人传递的爱意，更是怀春少女热恋期间内心甜蜜的心理反应。这一诗句是塑造人物形象的关键情节，通过个性化细节描写，生动传神地勾勒出一个自然逼真的采莲少女形象，令读者如入其境、如见其人。“碧玉搔头落水中”承接女子“低头笑”举止，以玉簪落水的细节描写，在男女浓情未现之时便戛然收束诗歌，开启了一个意味无穷的想象空间，将巨大的空白留给读者，由其发挥无限联想，续咏二人世界的爱情故事。

诗歌在构思上，以景起兴，将男女二人不期而遇之后的重点，全部放在表现女子的情态描写和初恋心理刻画方面，完全隐去男子的行为举止，塑造了一个天真无邪、爱情纯洁、娇羞可爱的怀春少女形象，赞美自然淳朴的爱情。同时，这样的构思增添了情诗的神秘色彩，有利于调动读者赏析诗歌过程中的再创作才情。诗歌以格律诗形式写乐府旧题，语言自然清新，音韵欢快流畅，风格活泼明快，颇有民歌意味。

附：《采莲曲》繁体字文本

採蓮曲

菱葉縈波荷颭風，荷花深處小船通。
逢郎欲語低頭笑，碧玉搔頭落水中。

六、《负春》赏析

负春[1]

病来道士教调气，老去山僧劝坐禅[2]。

孤负春风杨柳曲，去年断酒到今年[3]。

注释

［1］选自《全唐诗》（卷四五四），中华书局1999年版，第5167页。负春，指辜负春天美好季节。

［2］道士，原指道教职业人士，这里指谙熟养生之道的道教人士。教(jiào)，告诉、叮嘱。调气，指调养身心气息。坐禅，一种僧侣用于修行或养生者用于养神的打坐方法。

［3］孤负，对不住、枉然错过。杨柳曲，《杨柳枝》的别称。汉乐府横吹曲辞《折杨柳》，经白居易等人翻为新声，易名为《杨柳枝》。断酒，指因身体原因戒酒。

这首七言绝句写于白居易晚年在洛阳生活时期。白居易从57岁开始基本在洛阳为官。唐文宗大和三年（829年），白居易因病由刑部侍郎改任太子宾客分司东都洛阳，开始在洛阳生活。次年，白居易任河南尹，大和七年（833年），白居易因病被免河南尹，再次担任太子宾客分司东都，大和九年（835年）被任同州刺史，但因病请辞未赴任，改命太子太傅分司东都，唐武宗会昌元年（841年），罢太子太傅，次年以刑部尚书致仕，领取一半俸禄，开启晚年生活。元稹去世（831年）之后，他与同在洛阳的刘禹锡酬唱和答，反映独善其身的“闲适”生活。这首诗表现了诗人晚年老病缠身、落寞无奈但清虚淡泊的生活情景。

前两句写调养病体。白居易晚年有眼疾、肺病以及半身不遂等多种疾病缠身，他更加倾向于佛老思想，频繁与道士僧人打交道，用佛道思想静心养生，用佛道修行方式调养身体。诗歌以“病来”开篇，开门见山点明晚年身体多病的状态。“教”字含有安排、吩咐之意，突出道士对诗人病情的关切，暗指诗人与道士关系非同一般。古代道士并不仅仅是道教从业者，而且大多具有医术，有的甚至医术精湛，是顶尖的医学大家，如葛洪、陶弘景、孙思邈等大师，皆是道士身份。中医认为，“五藏之道，皆出于经隧，以行血气。血气不和，百病乃变化而生。”（《皇帝内经・素问・调经论》）。因此，诗人通过道士“调气”之法治病养生。“老去”照应“病来”，强调晚年身老体衰。“劝”字体现“山僧”对自己的关切，暗含彼此之间的深厚情谊。“坐禅”是佛教徒修行常用的一种方法，也往往被人们作为调理身体、医治疾病、修身养性、参禅悟道的途径。坐禅之人要求忘却七情六欲，抛弃一切世尘杂念，闭目端坐，从而达到净心修身、调理身体的目的。诗人曾在《思旧》写道：“退之服硫磺，一病讫不痊①。微之炼秋石，未老身溘然②。……唯予不服食，老命反迟延。”韩愈、元稹等人因采取错误的养生方法导致过早丧命，只有白居易不滥服用草药和丹药，反而活到了古稀之年。开篇两句诗用工整的对偶句式，阐述诗人晚年调理身体的主要方法，体现了他晚年清虚淡泊对待疾病的态度。

后两句写负春戒酒。“孤负”一词，显示诗人对错过春天美好季节的遗憾。《杨柳枝》是白居易等人在汉乐府横吹曲辞《折杨柳》的基础上翻新的近体乐府，白居易写过十首以“杨柳枝”为题的诗歌，或赞美春景，或抒发感慨，或以柳喻人，或睹物思人。他在《杨柳枝词八首》（其三）中写道：“依依袅袅复青青，勾引春风无限情。白雪花繁空扑地，绿丝条弱不胜莺。”诗中用拟人化手法刻画杨柳摇曳含情、婀娜多姿、柔顺娇弱的神态。眼下，由于年老多病，他在春天里难以再咏唱《杨柳枝》了，总觉得自己对不住春天的美景。“断酒”表示诗人晚年多病少趣生活的无奈。白居易嗜酒，他在《醉吟先生传》中说自己“性嗜酒，耽琴淫诗。凡酒徒、琴侣、诗客，多与之游。”每当良辰美景或好友来访，白居易总是先打开酒坛，然后再翻开诗箱，在酒酣之际抚琴，“放情自娱，酩酊而后已”（《醉吟先生传》）。他吟诗述怀至情激时，便“醉复醒，醒复吟，吟复饮，饮复醉，醉吟相仍若循环然”（同上）。他还是酿酒高手，曾说自己十年时间写诗约千余首，每年酿酒约数百斛。白居易的诗作中频繁提到饮酒，“眼昏久被书料理，肺渴多因酒损伤”（《对镜偶吟赠张道士抱元》），他晚年身体疾病缠身，卖马散妓之后，便开始戒酒。诗人一生嗜酒，但晚年因病戒酒，故将千般无奈在“去年断酒到今年”诗句中得以淡淡地体现。

白居易晚年咏叹孤寂落寞的诗作并不多。同样咏叹晚年病苦，白居易则与杜甫则有很大不同。白居易在被贬江州司马之后，心态由原来的“志在兼济”转为“行在独善”，对人生价值进行重新审视，他晚年喜好佛老，参禅悟道，对世尘争名夺利发出“蟭螟杀敌蚊巢上，蛮触交争蜗角中。应是诸天观下界，

① 退之，韩愈的字。韩愈为了壮阳益寿用硫磺喂鸡，然后食用鸡肉而致死，卒年 56 岁。

② 微之，元稹的字。元稹为了壮阳益寿服食从男童女童尿液中提炼的秋丹石而致死，卒年 52 岁。

一微尘内斗英雄”（《禽虫二十章》之七）的“自照”咏叹。白居易晚年从内心里要做一个名副其实的“乐天”，即使是叹惋病患的诗作，也显现出“思澹而辞迂”的特色，有别于杜甫晚年慨叹多病体衰时沉郁顿挫风格。

唐宣宗李忱在白居易辞世之后曾作《吊白居易》，以“诗仙”赞誉白居易的诗歌创作成就，并用“浮云不系名居易，造化无为字乐天。童子解吟长恨曲，胡儿能唱琵琶篇。文章已满行人耳，一度思卿一苍然”的盛赞诗句，哀悼这位中唐最著名的诗人。这首诗用几近口语化的语言，质朴简练地写出了晚年体衰多病的黯然之情，前两句对偶似不经意间写出，毫无斧凿之痕，后两句负春断酒之叹，悠悠道出，用词朴质无华，音韵柔和悠远，风格清疏冲淡。

附：《负春》繁体字文本

負春

病來道士教調氣，老去山僧勸坐禪。
孤負春風楊柳曲，去年斷酒到今年。

七、《秋雨夜眠》赏析

秋雨夜眠[1]

凉冷三秋夜，安闲一老翁[2]。
卧迟灯灭后，睡美雨声中[3]。
灰宿温瓶火，香添暖被笼[4]。
晓晴寒未起，霜叶满阶红[5]。

注释

[1] 选自《全唐诗》（卷四五六），中华书局1999年版，第5196页。

[2] 三秋，孟秋、仲秋、季秋的合称，三秋分别对应古历七月、八月、九月。老翁，指诗人自己。

[3] 睡美，指安睡。

[4] 灰，指炉火燃烧后留下的灰烬。宿（sù），过夜，指炉灰放置了一个晚上。温瓶，熏炉，是古代用于取暖或烘烤的一种火炉，与《问刘十九》“红泥小火炉”中的“火炉”为同一种器具，下部分为火盆，上部加盖罩笼。笼，

指熏炉。

［5］晓，指天空破晓时分。起，指起床。

这首五言律诗，写于诗人晚年在洛阳时期，反映了白居易晚年淡泊安闲的生活状态。

首联用一对偶句式，点明时间和人物。时间是深秋时分，诗歌中的“三秋”是为了与下句“一老”相对。以“凉冷三秋夜”开篇，奠定全诗萧疏幽冷的基调。虽然环境孤寂冷落，但屋子主人老翁却安闲悠然。“安闲”一词，既明确显示诗人晚年闲适淡雅的生活状态，又委婉含蓄地暗指清心寡欲、淡泊名利、超然物外的心态，引发后面诗句的具体描写，是全诗的关键词。白居易晚年写过大量的反映清虚淡泊的闲适诗，他对人生的意义进行反思，发出“蜗牛角上争何事，石火光中寄此身。随富随贫且欢乐，不开口笑是痴人”（《对酒五首》其二）等咏叹。诗中老翁所体现的“安闲”，正是诗人以佛老思想麻痹自己以求得精神超脱的结果。

颔联用一流水对句式，具体写老翁安闲情态。“卧迟”关联“睡美”，二者是因果对应关系，因为睡得迟，所以才能在风雨之中安睡。“卧迟”细节描写，突出老翁睡眠减少的特征。而“睡美”细节描写，则是老翁安闲的具体表现。“灯灭后”对应“风雨中”，前者为睡前最后的举止，后者则是醒后的第一知觉。诗人从沉睡中起来，才发现昨夜在风雨声中安睡了一宿。

颈联对偶句写物，侧面反映诗人独自安闲状态。诗人醒来后，发现火炉中的火已经化为灰烬，但身上盖的被子在熏炉的炙烤后余温尚在，透出一阵阵棉絮中特有的淡淡香味。“暖被”照应“温瓶火”，二者是因果关系；“香添”照应“睡美”，二者亦为因果关系。老翁在“香添暖被”中彻夜安寝，泰然自若之情不言自明。

尾联写老翁清晨卧看霜叶。天亮了，该起床了，但早上秋寒被暖，不由得令老翁睁着眼睛赖床不起。一“寒”与一“暖”相对，共同构成“未起”之因。诗人睁着眼睛躺在床上，无所事事，向窗外看去，只见一夜风雨之后，门前满树红叶纷纷飘落，布满了整个台阶。面对秋风中凋零的“霜叶”，诗人漫不经心，这一细节侧面衬托出诗人心境淡泊。诗歌在诗人默看落叶的画面中结尾，余韵悠远，韵味淡然。

“大隐住朝市，小隐入丘樊。丘樊太冷落，朝市太嚣喧。”“唯此中隐士，致身吉且安。”（《中隐》）白居易晚年居住洛阳，选择“中隐”自适的生活模式，是闲适诗创作的高峰期。他放弃功名追逐，开启诗意人生的探求。清雅的园林生活，名士的宴饮游乐，闲散的日常起居，繁琐的生活经历，世俗的人情交往等等，皆是他诗歌关注的素材。白居易将心理上的禀性和生理上的本能需求视为天性，进而把天性之满足称为“适性”。闲适诗就是记录诗人对适性生活的追求、体验和思考。（叶跃武，2020）白居易晚年的闲适诗，以“平常心”关注现实生活与身边琐事，以探求生命本真的意义。本诗所体现的懒散安闲生活情调，正是诗人当时本真的生活状态。

白居易诗作在形式方面的突出表现是以寻常语表现平常心，不尚雕饰，不务奇险，一任自然，絮絮道来，通过对人人皆可见之寻常事、人人皆可具有之寻常情来体悟契证“平常心”。（胡遂，2007）诗歌以时间为线索，从晚上入眠写到次日早晨醒来，通过叙写老翁由醒入睡、由睡到醒、醒而不起、卧观霜叶一系列举止神态，显示自己晚年怡然安闲之状，并通过景物描写侧写悠然自得之情。语言清疏简约，音韵舒缓和衷，风格清逸疏淡。

附：《秋雨夜眠》繁体字文本

秋雨夜眠

涼冷三秋夜，安閑一老翁。
臥遲燈滅後，睡美雨聲中。
灰宿溫瓶火，香添暖被籠。
曉晴寒未起，霜葉滿階紅。

第五节　元稹、王建与张籍经典诗作赏析

一、元稹经典诗作赏析

元稹（779—831），字微之，河南（今河南洛阳）人，中唐著名诗人。唐德宗贞元九年（793 年）明经及第，唐宪宗元和元年（806 年）举才识兼茂明于体用科，以第一名登第。早年历任校书郎、左拾遗、监察御史等职，后因得罪宦官遭贬，唐穆宗长庆二年（822 年）依附宦官由工部侍郎升为同中书门下平章事（宰相），不久罢相被排挤出京，先后任同州刺史、越州刺史等职。唐文宗大和三年（829 年），入京任尚书左丞，不久又被排挤出京，死于武昌军节度使任上。有《元氏长庆集》。

元稹多才多艺，擅长书法、音乐，尤长于诗。诗作中成就最高的是新乐府诗和情诗，他是新乐府运动的主要代表人物，与白居易并称“元白”。中华书局《全唐诗》（1999 年版）录元稹诗 28 卷，共 830 首。

（一）《遣悲怀三首》赏析

遣悲怀三首[1]

谢公最小偏怜女，嫁与黔娄百事乖[2]。
顾我无衣搜画箧，泥他沽酒拔金钗[3]。
野蔬充膳甘长藿，落叶添薪仰古槐[4]。
今日俸钱过十万，与君营奠复营斋[5]。

昔日戏言身后意，今朝皆到眼前来[6]。
衣裳已施行看尽，针线犹存未忍开[7]。
尚想旧情怜婢仆，也曾因梦送钱财[8]。
诚知此恨人人有，贫贱夫妻百事哀[9]。

闲坐悲君亦自悲，百年都是几多时[10]。
邓攸无子寻知命，潘岳悼亡犹费词[11]。
同穴窅冥何所望，他生缘会更难期[12]。
唯将终夜长开眼，报答平生未展眉[13]。

注释

[1] 选自《全唐诗》（卷四〇四），中华书局 1999 年版，第 4520 页。有的版本题为《遣悲怀》。

[2] 谢公，东晋宰相谢安，这里以谢安暗比岳父韦夏卿。最小偏怜女，偏爱最小的女儿，这里以谢安侄女谢道韫暗比亡妻韦丛。嫁与，有的版本写作“自嫁”。黔娄，春秋时期齐国的一个贫寒高士，历来为文人称颂，诗人在此以黔娄自比。百事乖，指各种事情都很不顺意。百事，指生活中的各种事情，百是概数，泛指多。乖，形容词，意思是反常、不顺利、不如意。

[3] 顾，回头看，这里意思是看。画箧，绘着图案的草编或竹编的箱子。箧（qiè），古代用草藤、柳条或竹子编织的用以盛物的一种箱子。画箧，有的版本为“荩箧”或“尽箧”。泥（nì），软语央求、软言纠缠。沽酒，买酒。金钗，古代用金子制作的一种首饰，由两股合成，插入女子发髻用以固定发髻

并起装饰效用。

[4] 野蔬，野菜。充膳，充当饭食。膳（shàn），肉食、饭食。甘长藿，以食用豆叶为香甜。甘，意动词，以……为甘。长藿，长长的豆叶。藿（huò），豆叶，嫩时可吃。落叶句大意：烧柴仰仗古槐树的落叶。添薪，将薪柴添进灶口。仰古槐，依仗古老的槐树。仰，仰仗、依仗。

[5] 俸钱，俸禄，古代官员的薪水。过十万，超过十万钱。十万是概数，意为多。钱，这里指麻钱，古代最小面值的铜钱，外圆内方，常用细麻绳穿起来便于携带或贮存，故称“麻钱”。与君句大意：为你筹办祭奠和超度仪式。营，动词，意为置办、举办、筹办。奠，祭奠，设酒席等祭品祭祀亡者的一种仪式。复，再、又。斋，斋祭仪式，这里指延请僧人等设祭坛超度前妻亡灵。

[6] 昔日句大意：从前诗人与前妻开玩笑谈论死后的安排。身后，婉言死后。意，对事情的安排。皆到，有的版本为“都到”。

[7] 衣裳句大意：诗人将前妻遗留的衣裳施舍给了别人，即将送完了。施，施舍，具有接济之意的送人财物。行看尽，指前妻遗留下来的衣裳眼看着就没了。针线句大意：前妻的针线包还保存完好，诗人避免过分悲伤而不忍心打开。

[8] 怜，珍爱、爱惜。婢仆，指侍奉过前妻的婢女和家仆。送钱财，指为亡妻焚烧纸钱。

[9] 诚，副词，意为确实、的确。恨，遗憾。百事哀，指各种事情令人悲伤。百是概数，意为多。哀，哀伤、悲伤。

[10] 百年，指人的一生。都是，有的版本为“多是”。

[11] 邓攸（yōu），字伯道，晋代官员，以清廉著称，《晋书》对其生平事迹有记载。寻，不久、立刻。知命，指人生的50岁阶段，《论语·为政》：“吾十有五而志于学，三十而立，四十而不惑，五十而知天命，六十而耳顺，七十而从心所欲，不踰矩。”潘岳，又名潘安，字安仁，西晋文学家。曾作《悼亡诗》三首怀念亡妻。费词，浪费言辞，意指用言辞悼念亡妻难以表达内心伤痛。

[12] 同穴，指合葬。穴，指墓穴。窅（yǎo）冥（míng），遥远幽暗的样子，意指死后之事幽虚深远而不可测。何所望，有何指望，意思是死后未必能与亡妻重逢。他生缘会，来生有缘相遇。难期，难以预料。期，预知、料想。

[13] 唯，有的版本为“惟”。长开眼，指无法入睡。未展眉，展不开紧皱的眉头，意即常年处于思念亡妻的痛苦之中。

这组七言律诗是诗人为悼念亡妻韦丛而作。唐德宗贞元十八年（802年），元稹在23岁时与18岁的韦丛成婚。韦丛是检校工部尚书、太子少保韦夏卿的小女儿，元稹当时刚上任秘书省任校书郎，在朝中是一个毫无根基的小吏。元稹幼年丧父，家境贫寒，成婚之后，生活拮据。但韦丛毫无怨言，与元稹一起度过苦日子，二人情感很深。婚后七年，韦丛病故。当时元稹刚过而立之年，担任监察御史。对于韦丛之死，元稹感到十分痛惜。妻子下葬之时，元稹因公务缠身无法亲临现场，只得写一篇祭文让人在亡妻灵前代读。元稹写过不少怀念韦丛的诗作，其中最著名的就是这三首《遣悲怀》。有观点认为，这首诗写于元和五年（810 年）或元和六年（811 年）[①]，也有人认为写于元稹任宰相之后[②]。从“俸钱过十万”“百年都是几多时”“邓攸无子寻知命”等句和诗中深愧哀伤之情，应是元稹任宰相之后的晚年之作。

第一首追忆亡妻生前与诗人一起经历的贫苦生活，表达韦丛病亡之后诗人内心的无比缺憾。首联概述韦丛与诗人成婚之后的艰难生活。“谢公最小偏怜女”句，写韦丛出身高贵，知书达理，博学聪慧，才情超逸，深受父母疼爱。诗人用谢安暗比自己的岳父韦夏卿，用谢安侄女谢道韫暗比妻子韦丛。谢道韫是东晋大将谢奕的女儿，东晋宰相谢安的侄女，东晋名士王羲之次子王凝之的妻子。谢道韫的母亲阮氏，与东晋名士阮籍同族。谢道韫是东晋时期的女诗人，当时著名的才女，其事迹入《晋书》。谢道韫思辨敏捷，长于诗文，精研玄学，善于言辞，举止超逸脱俗，其才气深得谢安赞许，称其“有雅人深致”（《晋书》卷九十六）。谢安对这位富有才情的侄女疼爱有加，颇为她的婚事操心。诗人开篇以谢道韫暗比韦丛，除了使诗句富有艺术韵味之外，更深的用意在于赞扬亡妻韦丛的高尚品格与超逸才情。“偏怜”一词，突出了韦丛婚前人生娇贵的良好处境。事实上，韦家历代为官，韦丛之父韦夏卿担任过常州刺史、苏州刺史、京兆尹等职，后又在朝中任工部检校尚书、太子少保等职，属于掌握实权的高级官员。韦丛是韦夏卿最疼爱的小女儿，诗人以谢道韫类比韦丛，在艺术性地介绍韦丛出身高贵的同时，为下句诗意作了反差性的艺术铺垫。“嫁与黔娄百事乖”句，写韦丛婚后生活艰苦。黔娄，号黔娄子，是春秋时期齐国的名士，修身清节，安贫守贱。据西晋皇甫谧《高士传》记载，鲁恭公赐粟三千钟[③]请其为相，辞而不受。齐王以黄金百斤聘其为卿，亦辞而不受。据西汉刘向《列女传》记载，黔娄死后，布被不能覆盖全身，盖住头则露脚，盖住脚则露头，有人建议斜着布被覆盖尸体。黔娄妻子说：“邪而有

---

① 陈志明在萧涤非等主编的《唐诗鉴赏辞典》（上海辞书出版社 1983 年版）中的赏析文字持此观点。欧丽娟《唐诗选注》（北京大学出版社 2021 年版）亦持此观点。

② 蘅塘退士《唐诗三百首》（安徽人民出版社 1983 年版）持此观点。

③ 钟是古代容量单位，春秋战国时期各国容量不同，有六斛四斗一钟，有八斛一钟，有十斛一钟。后来一般十斛为一钟。

余，不如正而不足也。先生以不邪之故，能至于此。生时不邪，死而邪之，非先生意也。”可见，黔娄不但自己能够安贫乐道，而且能够得到妻子的理解。诗人用黔娄自比，在表达成婚之时生活贫困的同时，隐含对韦丛贤惠明理的赞赏之意，并委婉含蓄地标榜了自己品行高洁。出身名门闺秀的韦丛，父母疼爱有加，每天读书之余习作一些女工之事，养尊处优，无忧无虑。自从“嫁与”诗人之后，生活发生了巨大改变。由于诗人家庭贫寒，官职低微，收入微薄，导致婚后生活出现诸多困难。就生活条件而言，“嫁与”诗人成了韦丛人生的分水岭。“百事乖”一词，概括了韦丛婚后生活的各种不易，突出了韦丛甘心陪着诗人吃苦的贤明品格。首联两句，上联是下联的铺垫，下联则是所要表达诗意的落脚点。诗人将韦丛婚前婚后生活进行明显对比，概括表达韦丛生前与诗人一起所承受的生活困苦。

颔联与颈联通过具体叙写韦丛与诗人一起生活的几个典型细节，回顾韦丛生前所承受的生活困苦，赞颂她安贫贤惠的纯洁人品。颔联用一精切的对偶句式，采用白描手法，刻画出两个极为动人的细节。“顾我无衣搜画箧”句，写韦丛给诗人提供衣着的细节：看到丈夫没有体面的衣服，韦丛打开陪嫁的箱子，从娘家带来的嫁妆中寻找出值钱的东西出去当卖，然后为诗人添置新衣服。“顾”字形象地体现出韦丛对诗人饱含深情的爱意。“搜”字突出韦丛翻遍整个箱子为丈夫换衣的良苦用心。“泥他沽酒拔金钗”句，则写诗人无钱买酒软求妻子的细节：诗人想喝酒但无钱买酒，便去找韦丛要钱，他说着各种好听的情话，用各种手段缠着她，韦丛也没钱，但架不住他软磨硬泡，便拔下头上的金钗，让诗人拿去换酒。“泥”字生动地再现了诗人软求妻子的神态。“拔”字突出韦丛对丈夫的爱顾宽容。颔联采用白描手法，用精切传神的动词，使韦丛挚爱丈夫的贤惠形象生灵活现地跃然于纸上。颈联用一流水对句式，通过传神的细节描写，再现了韦丛生前勤俭持家，与诗人一起度过艰苦生活的几个典型画面：用野菜充当饭食；甘之如饴地食用豆叶；以树叶作为薪柴烧火做饭，当没有柴烧的时候，便仰看古槐树，盼着古槐能早点落叶……。如果说颔联表现的是诗人怀念韦丛对自己挚爱中隐含着对当时生活困顿的缕缕酸楚，那么颈联所表现的则是韦丛在艰辛生活中对丈夫的浓浓爱意，体现了她对丈夫情纯意真、情深意笃，具有甘于为爱情牺牲一切物质享受、安贫俭朴的纯洁品质。

尾联诗人笔触回到当下，叙写对亡妻韦丛的祭奠行为，抒发了诗人内心的无限遗憾和对韦丛深切怀念之情。“今日俸钱过十万”句，写诗人生活境遇好转。韦丛在世的最后一年，元稹已在朝中担任监察御史、观察使等职，俸禄不薄，生活有了好转。然而韦丛却撒手而去，离开了诗人。元稹在韦丛亡后不久，被政敌排挤出京，开始长达十年的贬谪生涯。元和十四年（819 年）冬，元稹被召回京，任膳部员外郎，后来诗人担任中书舍人、甚至做了中书门下平章事（宰相）。俸禄超过十万，极为丰裕，但此时的韦丛已去世十多年，再也无福享受丰裕的生活，也未能分享诗人在朝担任要职的荣耀。“与君营奠复营斋”句，写诗人对亡妻的祭奠行为。两个“营”字，表明诗人对祭奠仪式极为重视，体现了诗人的一片良苦用心。“复”字表明祭奠活动的频繁，表现出诗人在极其遗憾的心态之下不惜耗费资用尽力补偿亡妻的心情。然而，“祭而丰，不如养之薄也。”（欧阳修《泷冈阡表》）死后祭奠亡妻，难以弥补其生前未能共享丰裕生活之缺憾，只不过是诗人为减少缺憾尽力所为的一些补偿而已。

第二首表达诗人对亡妻的深切哀悼之情。首联在结构上具有承上启下的功用。“昔日戏言身后意”句，顺承第一首尾联悲切情感，追忆往日与韦丛嬉笑之时所说的戏言。“身后意”本是夫妻二人不假思索之下戏言对方死后的各种假设，不料戏言成谶。“今朝皆到眼前来”句，叙写亡妻死后的万般无奈，引出颔联和颈联对亡妻哀思的几个感人细节。首联忆昔抚今，用语质朴，情思悱恻。

颔联与颈联是诗人怀念亡妻的细节描写。“衣裳已施行看尽”句，写诗人将韦丛所留衣裳施舍于人。元稹将亡妻的衣裳赠给亟需之人，一则可使对亡妻的爱意惠及身边之人，二则因诗人不堪忍受睹物思人之苦。然而，眼看着衣裳即将送完，但思情却丝毫不减。原来，思人并未由于睹物，而是缘于情深。“针线犹存未忍开”，写诗人珍存韦丛遗物，由于避免过度伤悲而不忍开视。既然衣物赠人且尽但丝毫不减思念之苦，那么妻子生前最常用的针线包就原封不动地珍存起来吧。包里的一针一线，都是韦丛生前亲手用过的，诗人回想亡妻生前为自己缝补衣服的点点滴滴，历历在目。每当看到针线包，诗人痛断肝肠，更别说打开细数一针一线了。“未忍”一词，极显触目生悲之意。颔联用一精切对偶句式，通过两个典型的细节描写，表达了诗人身处人亡物存境地痛彻心扉之情。颈联用一流水对句式，叙写诗人深切怀念亡妻的几个典型细节。看到曾陪在妻子身边的婢女和仆人，诗人便想起韦丛生前一颦一笑。由于对亡妻的挚爱，诗人便对韦丛生前的婢仆们由衷地增添了爱怜之情。因日日思念亡妻之情甚切，夜里便多有梦中相会情景。每当夜里梦到韦丛，元稹次日便立刻为亡妻焚烧纸钱，以此慰藉遗憾之情。留给元稹的遗恨，一生难以释怀，此时的他，除了烧纸祭奠之外，又能做些什么呢？颔联与颈联采用感人的几个细节，体现了诗人对亡妻刻骨铭心的思念。

尾联抒发对亡妻的深切哀悼之情。“诚知此恨人人有”句，是诗人在韦丛去后痛彻心扉的情感体验。一切美好，失去了才知道珍惜。与亲人生离死别，是所有人必须面对的最残苦现实。"此恨"是失去挚爱之人的莫大缺憾。韦丛死后，诗人才真正体验到人间最深切的遗憾在于无论多么努力也无法弥补对失去亲人的爱。"贫贱夫妻百事哀"句，从死后再咏到韦丛生前，回顾韦丛与自己同贫贱、共患难之时所历经的诸多艰难困苦，表达了诗人对亡妻的深切怀念，更含有韦丛未能享受自己发迹之后优裕生活的哀伤与遗憾之情。"贫贱夫妻"是诗人对韦丛生前与自己一起生活状态的基本定位，"百事哀"与第一首诗"百事乖"相对应，"百事乖"是因，"百事哀"为果。"百事乖"是夫妻二人婚后生活的现实情境，"百事哀"则是诗人感受，并非韦丛生前的情绪反映。韦丛甘愿与诗人共度贫贱生活，无丝毫"哀"感。正因为此，诗人对韦丛与自己只能共苦而未能同甘的人生经历，表现出深深的愧意，言词之中饱含蚀骨哀伤与无尽遗憾。

第三首承接第二首诗意，由对亡妻的哀悼转为对自己身世的悲叹。首联抒发自己的人生感慨。"闲坐悲君亦自悲"句承上启下，情感由前两首的"悲君"转为"自悲"。"闲坐"一词，显示诗人在韦丛死后经常独自呆坐伤神，寂寥哀悼。"亦"字是承上启下的关键词，突出了伤悼之情的递进。"百年都是几多时"句，叹息人生短暂。人之一生，能有几多岁月，更何况妻亡之后，常常独自哀伤悲痛，距离大限之日更无几何。

颔联引用前人典故，表达哀伤之情。"邓攸无子寻知命"句，引用邓攸典故，叹息韦丛未留子嗣于世的遗憾。邓攸，字伯道，晋代著名的清廉官员。他父母早亡，弟弟留下一子之后早逝。北方游牧民族进犯中原之时，邓攸与妻子在逃难路途中，为了保住弟弟的儿子而抛弃了自己的儿子，留下了"弃子保侄"的美名。邓攸终究无子，当时人们叹惋道："天道无知，使邓伯道无儿。"(《晋书》卷九十)。人无子嗣是封建时代顶级层面的憾事。人们常用"伯道无儿""伯道之忧""邓攸无子"等语表达无子的叹息。韦丛与元稹仅生一女，诗人在此引用邓攸无子的典故，叹惋妻子韦丛并未留给自己儿子的遗憾。"潘岳悼亡犹费词"句，引用潘岳悼亡之事，慨叹自己给韦丛写悼亡诗的无奈。西晋诗人潘岳曾为亡妻杨氏写过三首《悼亡诗》，真挚情感，淋漓倾注，开悼亡诗之风气，使悼亡诗成为哀悼亡妻诗作的专用体裁。但诗人认为，即使哀悼亡妻的文字如同潘岳悼亡诗一般情真意切，也是白白浪费笔墨，没有多少实际意义。因为，韦丛生时未能与自己一起享受美好生活，死后无论生者如何祭奠伤悼，都徒劳无用。颔联对偶妥帖工整，用词讲究，情感真切，表达自己与韦丛无子之伤感，叹息自己中年丧妻之哀痛。

颈联用一流水对句式，表达自己死后与韦丛相见希望渺茫的担忧。"同穴窅冥何所望"句，表达诗人对死后能否与亡妻相见的疑虑。自己死后虽能与韦丛同穴安葬，但是黄泉之下夫妻二人能否再次相遇，犹如冥府幽微，难以预见，更无确切的期望。“他生缘会更难期”句，表示诗人无望与韦丛来生再做夫妻的悲观情绪。在诗人看来，有缘与韦丛做夫妻，那是几多前世修来的福分。也许与韦丛的“缘会”，仅此一世，却如此短暂。人死后转世来生，本来就虚无缥缈，至于来生再做夫妻，就更令人难以期待。“更难期”一词，突出了诗人对来世与韦丛相爱相守之期望，处于近乎绝望的心境。

尾联再次回到现实，抒发亡妻之后诗人孤独寂寞的哀伤之情。“唯将终夜长开眼”句，是诗人在对来世几乎绝望之后选择弥补对亡妻遗憾的最为有效的行为方式。“唯”字表明，诗人彻夜不眠思念亡妻是不可替代的最佳哀悼方式。“报答平生未展眉”句，抒发了诗人对亡妻刻骨思念与极其哀伤之情。“平生未展眉”是对韦丛婚后与诗人生活状态的高度概括。虽然韦丛无怨无悔地深爱着丈夫，心甘情愿地与元稹一起共度贫贱生活，但是生活中的“百事乖”，总让这位出身名门的坚贞女子眉头紧锁，难以应对。与元稹婚后共度的七年生活，是韦丛一生“百事哀”的经历。待到元稹功成名就之时，她既不能与丈夫一起享受成功的喜悦，更不能与丈夫共享丰裕优厚的生活。这正是元稹内心最为遗憾和痛楚之处。如今，一切祭奠伤悼、企盼来生相遇都徒劳无望，平生所能做的最大努力，只有彻夜无眠，刻骨蚀心思念亡妻，才能报答她生前的一往情深，才能稍微抚平诗人内心的莫大遗憾。诗歌以“唯将终夜长开眼，报答平生未展眉”举动结尾，有余意无穷之韵，令人倍感诗人悼念亡妻的无奈与哀痛之情。

从文本解读角度，就文辞情韵而言，《遣悲怀三首》写得情真意切，感人肺腑，不愧为悼亡诗中的精品。三首诗紧扣题目，以“悲”为情感基调，层层递进，其“悲”一“遣”不得再“遣”，再“遣”不得三“遣”。每首诗的情感在昔日回顾与现实悲情之间切换，用传神的细节描写，塑造了亡妻韦丛贤惠纯洁的形象，突出了诗人哀伤与无限遗憾的情感。诗歌构思精巧，语言精美，情真意切，具有令人销魂蚀骨、痛彻心扉的凄美艺术韵味。

附：《遣悲怀三首》繁体字文本

遣悲懷三首

謝公最小偏憐女，嫁與黔婁百事乖。
顧我無衣搜畫篋，泥他沽酒拔金釵。
野蔬充膳甘長藿，落葉添薪仰古槐。
今日俸錢過十萬，與君營奠復營齋。

昔日戲言身後意，今朝皆到眼前來。
衣裳已施行看盡，針線猶存未忍開。
尚想舊情憐婢僕，也曾因夢送錢財。
誠知此恨人人有，貧賤夫妻百事哀。

閑坐悲君亦自悲，百年都是幾多時。
鄧攸無子尋知命，潘岳悼亡猶費詞。
同穴窅冥何所望，他生緣會更難期。
唯將終夜長開眼，報答平生未展眉。

（二）《行宫》赏析

行宫[1]

寥落古行宫，宫花寂寞红[2]。
白头宫女在，闲坐说玄宗[3]。

注释

[1] 选自《全唐诗》（卷四一〇），中华书局 1999 年版，第 4562 页。行宫，古代帝王京城之外的居所。这里指唐代东都洛阳的上阳宫。一说是王建所作，题为《故行宫》，普遍认为是元稹之作。

[2] 寥落，寂寥冷落。

[3] 说，谈论、追忆。玄宗，唐玄宗李隆基。

这首五言绝句一般认为写于元和四年（809 年）元稹任监察御史分务东台（在东都洛阳）时期。诗歌以唐玄宗洛阳行宫中宫女的寂寥之情，抒发唐朝政治盛衰之咏叹。

前两句写昔日行宫，渲染洛阳行宫冷落凄凉的景象。开篇用“寥落”一词，奠定整个诗歌的情感基调。“古”字暗含行宫昔日曾有过繁盛。“宫花寂寞红”句，诗人选取一个典型意象，表现行宫衰萎落寞之景。红色本是鲜艳喜庆、热情奔放的色调，但经过“寂寞”一词修饰，顿时令人有黯然失色、凄凉冷落之感。这两句诗，用“古行宫”“宫花”等意象，通过“寥落”“寂寞”等修饰性词语，构建出一个凋落、冷清、黯淡的意境，为下文叙事抒情进行了氛围的铺垫和艺术的烘托。

后两句写白发宫女，慨叹中唐政治昔盛今衰的现实。“白头宫女在”句，承接前两句景物描写，推出人物，在结构上实现了由物及人的转折。“白头”回应首句之“古”，与次句的“寂寞红”形成强烈的色彩反差，从人物角度进一步显示洛阳古行宫的衰败与冷落。“在”一词，将白发宫女置于空寂寥落的行宫，颇为传神，既极显老宫女们孤独、寂寞、空虚之境况，又极为自然地引出下一诗句。“闲坐说玄宗”句，采用一个非常典型的细节，突出表现朝政盛衰的沧桑之感。“闲坐”显示出白发苍苍的老宫女们百无聊赖的寂寞情态。“说玄宗”是老宫女们每日闲谈的主要话题。这些曾是如花似玉的宫女，常年幽居深宫，与世隔绝，所谈论的话题只有行宫里的见闻。洛阳行宫衰落之后，她们遭遇更为凄惨，几无可说的话题。因此，她们所热衷谈论的，无非是年轻时候天宝年间有关玄宗的逸闻轶事。诗人采用白描手法，通过“闲坐说玄宗”这一细节，形象地再现了白发老宫女们对开元盛世喋喋不休的议论，对唐玄宗旧事念念不忘的唠叨，对年轻貌美之时目睹玄宗风采津津乐道的怀念，对昔日行宫辉煌点点滴滴的眷恋……。这一细节，折射出唐朝由盛到衰的巨变，蕴含诗人对中唐政治时移势迁的沧桑之感，委婉表现了诗人在反观朝政盛衰变化时所抒发的惆怅哀悼之叹惋。

诗人写作这首诗，旨意在于借白发宫女闲论玄宗之事，抒发对唐朝由盛到衰的沧桑之感，但“白头宫女”客观上体现了唐代以及整个封建王朝宫廷后妃制度对女性的残害。这首小诗结构严谨，层次分明。前两句构建意境，后两句叙事抒情，前两句是艺术氛围的烘托，后两句是全诗旨意的显现。诗歌选取典型的意象构建意境，采用白描手法刻画典型细节，体现了诗人知微见著的艺术表现力。诗歌情感哀怨低徊，语言简练传神，韵律哀婉深沉，风格清幽婉约。

附：《行宫》繁体字文本

行宫

寥落古行宫，宮花寂寞紅。
白頭宮女在，閑坐說玄宗。

（三）《离思五首》（其四）赏析

离思五首（其四）[1]

曾经沧海难为水，除却巫山不是云[2]。
取次花丛懒回顾，半缘修道半缘君[3]。

注释

［1］选自《全唐诗》（卷四二二），中华书局1999年版，第4654页。有的版本题为《离思》或《离思诗五首》。

［2］曾经句，化用《孟子·尽心上》“孔子登东山而小鲁，登太山而小天下，故观于海者难为水，游于圣人之门者难为言”句意，大意为：曾历经过大海，便会对别的水觉得不足一看。曾经，曾经抵达。曾，副词，意思是曾经。经，动词，意思是经过、达到、抵达。沧海，大海。难为水，意思是大海以外的水不值得观看。除却句大意：除了巫山的云之外，其他的云不足一观。巫山云一词，语出战国文人宋玉的《高唐赋》：“昔者先王尝游高唐，怠而昼寝，梦见一妇人，曰：‘妾，巫山之女也，为高唐之客，闻君游高唐，愿荐枕席。’王因幸之。去而辞曰：‘妾在巫山之阳，高丘之阻，旦为朝云，暮为行雨。朝朝暮暮，阳台之下。’旦朝视之，如言。”

［3］取次，随意、不在意，此处意为随意信步经过。花丛，喻指女人堆。缘，由于、因为。

本诗是《离思五首》中的第四首。《离思五首》是元稹为悼念亡妻韦丛而作的一组七言绝句。一般认为这组七绝写于韦丛去世当年（809年）或第二年（810年），韦丛死后不久，元稹已遭权贵排挤，被贬为江陵（在今湖北荆州）府士曹参军。从“半缘修道半缘君”诗句看，诗歌应当写于元稹遭贬之后。

前两句以名言警句起兴，隐喻亡妻在自己的爱情中具有无可替代、至高无上的地位。表面上看，两句诗在说“水”说“云”，起兴作用明显，但实际上，诗人连续用两个隐喻，将韦丛比作深广无垠的沧海，将其他的女子比作溪流河水；将韦丛比作巫山之云，将其他女子比作寻常云雾。隐喻的妙用，意在言外。在诗人的心目中，世间无数窈窕淑女一旦与韦丛相比，便顿时黯然失色。诗人巧用比兴手法，对亡妻之情不著一字，却尽显对亡妻无尽的钟爱之情。

后两句抒发对亡妻的深切怀念之情。“取次花丛懒回顾”句，通过在花丛中无意赏花的反常行为描写，暗喻对其他美艳女子已无眷恋之意。前两句和第三句，皆用比兴手法，委婉含蓄地表明自己在韦丛死后难以找到称心如意的伴侣，也无意于对其他美色眷顾。“半缘修道半缘君”句，则点明上述言行的两个缘由，表达对亡妻一往情深和无比怀念之情。“修道”指参禅悟道。古代文人在遭受政治打击之后，往往采用参禅悟道的途径来寻求精神上的解脱。元稹遭受亡妻之痛和遭贬双重打击之后，思想波动，寻佛问道，研习老庄思想，甚至学习炼丹之术。如果说“修道”行为中有排遣亡妻之痛的成分，那么“半缘君”则完全表明前三句的言行的原因就是因为失去爱妻韦丛。“半缘修道”与“半缘君”之间具有忧思的一致性和情感的兼容性，且“缘君”是“难为水”“不是云”“懒回顾”的主因。

从文本解读来看，诗人对亡妻情有独钟、一往情深的情感，表现得笃定深厚与悱恻绵长，可为悼亡诗中的精品。诗歌构思精巧，妙用比兴手法，前三句以“曾经”“除却”“取次”引出三个隐喻，显示言行之果，隐情于言外之意，为结句进行了一系列铺垫，托物言情，曲折委婉，用意深远，耐人寻味。特别是“曾经沧海难为水，除却巫山不是云”二句，为历代传颂名句。最后一句，连用两个“半缘”，明言前三句言行之因，剖白对亡妻的一片赤诚，卒章显意，情感悲切，情义深沉。诗歌比兴取意高远，语言精切典丽，韵律悱恻低沉，风格蕴藉隽永。

附：《离思五首》（其四）繁体字文本

離思五首（其四）

曾經滄海難為水，除卻巫山不是雲。
取次花叢懶回顧，半緣修道半緣君。

二、王建经典诗作赏析

王建（765？—830?），字仲初，颍川（今河南许昌）人，中唐著名诗人。早年寒微，一度从军。唐代宗大历年间进士，历任渭南尉、昭应县丞、太府寺丞、秘书郎、陕州司马等职，世称王司马。有《王司马集》。

王建是新乐府诗派的主要代表人物，诗作以新乐府诗见长，与张籍并称为“张王”。中华书局《全唐诗》（1999 年版）录王建诗 6 卷，共 526 首。

(一)《羽林行》赏析

羽林行[1]

长安恶少出名字，楼下劫商楼上醉[2]。
天明下直明光宫，散入五陵松柏中[3]。
百回杀人身合死，敕书尚有收城功[4]。
九衢一日消息定，乡吏籍中重改姓[5]。
出来依旧属羽林，立在殿前射飞禽[6]。

注释

[1] 选自《全唐诗》(卷二九八)，中华书局 1999 年版，第 3380 页。有的版本题为《羽林郎》。行，歌行体，是古乐府的一种体裁。

[2] 恶少，品性恶劣、横行民间的少年，这里指羽林军中品性恶劣的青少年士兵。出名字，著名，这里意为恶名远扬、臭名昭著。

[3] 下直，从值班岗位上下班，如同今天所说的值完班。直，通“值”。明光宫，汉代宫殿名，这里代指唐王室的皇宫。散入，指分头进入。五陵，参见杜甫《秋兴八首》之三注释 [4]，这里代指当时的长安贵族居住之地。

[4] 合，应该。敕书，又称敕命、敕谕，皇帝任官封赏或颁布诏令的文书。收城功，指战争中获取的收复城池等一类的功劳。

[5] 九衢，纵横交错、四通八达的道路，有时也指繁华的街市，这里指长安城各大街小巷。消息定，指皇帝敕令传遍长安城，恶少们因获取功名而被赦免罪行的消息得到证实。籍中，古代登记人口的簿籍之中，如同今天所说的户籍册里。

[6] 属羽林，归属御林军。羽林，指皇室的禁军、御林军。殿前，指皇宫前。

这是一首以乐府歌行体为体裁的七言古诗。诗歌揭露了当时御林军为非作歹、残害百姓的恶劣行径，反映了中唐时期皇权滥用、军政失度的腐败现实。

诗歌前两句叙写长安恶少杀人越货的强盗行径。“长安恶少出名字”，开篇便将笔触聚焦于一伙在长安城早已臭名远扬的恶少。“楼下劫商楼上醉”，叙写这伙恶少肆无忌惮地打劫商贾，作恶之后嚣喧过市，大摇大摆地出入高档消费场所，用打劫来的钱财挥霍买醉、寻欢作乐，整日毫无顾忌地过着灯红酒绿、花天酒地的生活。

三、四两句交待了这伙恶少的特殊职业身份与身世。“天明下直明光宫”句，表明这伙恶少的真实身份。如果仅从前面两句诗看，读者会认为这伙人是职业盗匪。看了此句诗之后才得知，原来这伙恶少是在皇宫中办差的身份极为特殊的“官家人”。这伙人用抢劫来的不义之财换得酒饱饭足之后，便在皇宫中开始值夜班。天亮了，他们值完夜班交差。诗人在此没有说这伙恶少在皇宫里的具体差事，但根据前面诗歌中提到他们劫杀抢掠的行为，读者大抵可以猜度出，这伙人在皇宫里所干的差事应当与打打杀杀有关。诗人在此故意不点破恶少们的具体职业，仅仅流露出他们在皇宫值班的信息。如此用笔，在交待了这伙恶少特殊身份的同时，也增添了这伙恶少身份的神秘感，激发了读者的好奇心，增强了诗歌的可读性。“散入五陵松柏中”句，交待这伙恶少的身世背景。五陵在汉代是豪门贵族的居住地，诗人这里用五陵借指中唐当时豪门贵族的居住之地。这伙恶少，早上从皇宫的值班岗位上交差之后，大摇大摆地分头进入长安城的一个个豪宅里，原来他们不但身份特殊，而且身世也非常不一般。恶少们消失在“五陵松柏”之中，隐含恶少们家庭背景深厚，那些高大茂盛的松柏，影射封建煊赫权势的“荫护”。封建社会是等级森严的官本位社会，豪门的社会地位与政治地位密切相关。这伙恶少出身豪门，说明他们的父辈或祖父必然是唐代政坛上举足轻重的人物。

五、六两句叙写恶少罪大恶极的行径得到皇权庇护。“百回杀人身合死”，明确这伙恶少所犯的滔天罪行。无数次当街杀人，常态化地公开抢劫，普通民众敢怒而不敢言。或许恶少们过于放肆，竟然动了有些权贵的“奶酪”，终于一天恶少们被官府收押了。官府一查发现，这伙歹徒仅涉及的杀人案件，就在百起以上。无论在哪个政权统治下，他们都应该死有余辜。可偏偏令人难以置信的怪事出现了：“敕书尚有收城功”。这些恶少们竟然得到了皇权的特赦，理由冠冕堂皇：这些少年虽然命案在身，但由于有过收复城池、恢复失地的战功，可以免除罪行。就这样，在皇帝敕书的保护下，这伙恶少被特赦了。可以想象，恶少们挺着胸脯从牢房中走出，大摇大摆地再次“散入五陵松柏中”。人们会不禁疑问：这些恶少果真战功卓著？敕书中所言的攻城收地之功勋是否可信？封建社会，瞒报虚报战功是常有的现象。唐代军阀割据，朝廷为了遏制军阀势力，在战争中往往派宫中太监到军营中任监军。这些恶少一则有“五陵松柏”之荫护，二则在宫中当差，通过运作监军等人，弄一个战场的虚功，对其来说，应是唾手可得之易事。诗人通过敕书特赦恶少的情节描写，委婉地揭露了中唐时期的军政腐败。

“九衢一日消息定，乡吏籍中重改姓”两句，叙写恶少改名易姓的情节。得以特赦之后，恶少及其背后的保护伞便开始加紧运作，一旦皇帝敕书的消息得以在全城传播，户籍管理部门便立刻为恶少们改名换姓，“洗白”他们的身份。这两句诗，主观上揭露皇权和特权庇护下恶少们翻云覆雨地玩弄法律和户籍管理的丑行，客观上则揭露了封建法治和户籍制度的腐败现实。在封建社会，法律历来在特权面前是块橡皮泥，封建统治政治相对“清明”之时，法治的弹性略小一些，如果政治昏暗，法律就只能充当压制人民的工具，对特权阶层几乎没有约束力。王建的这两句诗，正好证实了中唐政治昏暗时期法治失度的腐朽现实。

最后两句，叙写恶少们逃脱法律惩罚之后重操旧业。“出来依旧属羽林”句，叙写恶少重返职业岗位。“羽林”一词，挑明了恶少们的具体职业，回应“天明下直明光宫”诗句。原来恶少们之所以身背着百起命案却能逍遥法外，除了身世显赫之外，还有特殊职业作为庇护。“立在殿前射飞禽”句，通过一个典型的细节，叙写恶少们重操旧业之后仍然飞扬跋扈的神态。恶少们引弓射禽之时，或许皇宫的主人们就在一旁观看，飞禽应声掉落之际，或许还能得到旁观者的喝彩。从恶少们在皇宫殿前骄横放肆地射禽嬉戏的得意举止来看，他们对自己所犯的百起杀人罪行毫不在意，更毫无忏悔之意。“殿前”一词，暗含恶少背后有皇权庇护。“射飞禽”这一细节，惟妙惟肖地刻画出作恶多端的恶少们在逍遥法外之后得宠骄纵、有恃无恐的邪恶嘴脸。皇帝身边的御林军竟然是一伙打家劫舍、杀人越货、草菅人命的惯犯。诗人写出这样人间奇事，是对当时封建王朝极其辛辣的讽刺。诗人以“射飞禽”这一细节结尾全诗，把一系列疑问留给读者：谁能保证这伙恶少会改邪归正，不再杀人？谁能知晓他们还会不会重操“旧业”，继续作恶，祸害百姓？如此结尾，呈现出别有特色的言已尽而意无穷。

全诗通过恶少们在皇宫当差，为非作歹，官府收监，敕书特赦，重改姓名，再次返回皇宫作御林军等一系列情节，揭露了当时唐王朝政治纲常沦丧、军政法治腐败不堪的昏暗现实。杀人偿命，是华夏民族文化自古以来的执念。在皇宫里当差的一伙恶少竟如此猖獗，那些杀人如麻的割据军阀的恶行，更令人难以想象。特权导致的腐朽政治，是封建时代难以消除的一大弊端。王建出身贫寒，年少时贫困潦倒，与底层百姓具有相同遭遇，他清醒而深刻地认识到统治者腐朽昏暗的政治现实，十分了解百姓痛苦，深切同情人民灾难。他的新乐府诗，对百姓苦难表现出深切体恤之情，对官府作威作福欺压百姓的丑行无比愤慨。这首诗在揭露恶少的罪恶行径的同时，深刻挖掘皇权与贵族特权严重冲击军政法治秩序的现实，具有很强的思想性，集中体现了王建新乐府诗思想深刻的特征。

全诗采用叙述手法，通过“明光宫”环境描写和“五陵松柏”象征手法，巧妙地交待了这伙恶少的特殊职业身份和身世，挖掘出恶少背后的“保护伞”。诗中不见一字议论、抒情之句，但人们明显感到诗人爱憎分明的强烈情感，这是因为诗人将对封建统治者昏庸腐败的愤慨与对百姓的同情之情融入记叙与描写之中，在叙事中显现言外之意与韵外之旨，表现出诗人高妙的构思艺术和表现力。诗歌语言通俗凝练、浅切传神，感情凝重，韵律深沉，风格朴质。

附：《羽林行》繁体字文本

羽林行

長安惡少出名字，樓下劫商樓上醉。
天明下直明光宮，散入五陵松柏中。
百回殺人身合死，赦書尚有收城功。
九衢一日消息定，鄉吏籍中重改姓。
出來依舊屬羽林，立在殿前射飛禽。

（二）《雨过山村》赏析

雨过山村[1]

雨里鸡鸣一两家，竹溪村路板桥斜[2]。
妇姑相唤浴蚕去，闲看中庭栀子花[3]。

注释

［1］选自《全唐诗》（卷三〇一），中华书局1999年版，第3426页。

［2］竹溪，岸边布满翠竹的小溪。板桥，一般跨度不大、以石板或木板为桥面的桥梁。

［3］妇姑，指乡村少妇和小姑子。浴蚕，古人通过在盐水或卤水中浸泡筛选蚕种，俗称“浴蚕”。闲看，有的版本为“闲着”。中庭，庭院，这里指农家的院子。栀（zhī）子花，一种常绿灌木所开的花朵，色泽洁白，有浓郁的香味，可入药。

这是一首表现田园风光的七言绝句。前两句写景。诗人选取农家鸡鸣与板桥横斜两个景点，描写雨后山村的田园风光。春雨刚过，清新的空气中透出一股淡淡的泥土味，村落里的农家零零散散、稀稀落落地分布在山谷之中。一两家农户的院落中，不时传来几声鸡鸣。鸡鸣声打破了农庄的寂静。村头有条蜿蜒的小溪，岸边长满了一簇簇翠竹，远处一座古朴的板桥横截溪上，在摇曳的竹丛中若隐若现。诗人从视觉与听觉角度，寥寥数笔，勾勒出一幅有声有色、有动有静的田园山居风景画，着墨淡雅，笔触传神。

后两句写人。诗人选择两个姑嫂关系的乡村女子，通过结伴浴蚕选种、忙里偷闲赏花两个细节描写，表现出农家生活忙碌充实且富有情趣。“相唤”一词，让人仿佛听到农村少妇与小姑子之间一呼一应的欢快动听的声音。两个乡村少妇和少女“浴蚕”，自然少不了欢声笑语。诗人通过“相唤浴蚕”，不但显示了姑嫂之间亲密无间，而且揭示了山村农家淳朴的人际关系。这种关系让久处官场的文人，有一种直抵内心的灵魂触动。“闲看中庭栀子花”，是姑嫂二人浴蚕期间忙里偷闲的举动。姑嫂二人将蚕种泡入水中，利用空闲的间隙，一同去观赏院子里正在盛开的栀子花。这一细节描写，显示出农村少妇与少女向往美好的淳朴情感。栀子花颜色洁白素雅，香气浓郁扑鼻。栀子花与两个年轻的农家女子相映成趣，既表现出农家生活富有情趣，又象征着年轻的村妇村姑心灵纯洁，具有向往洁雅美好的淳朴执念。

王建在这首田园诗，描绘了一种理想化的田园生活，不但赋予了农家生活淳朴的乐趣，而且赋予农家女子追求美好的雅趣，是诗人内心渴望的一个理想中的“世外桃源”。古代文人赞美田园生活，往往寄寓着满足自身向往淳朴天然的心理需求。其实，王建自幼与下层百姓一起生活，并非不了解农家生活的艰辛与清苦，他之所以用理想化的色彩着力描绘和赞美田园生活，是因为内心中有一种崇尚自然淳朴的渴望。与其说诗人描绘田园风光，赞美农家生活，不如说身在官场与世俗中的王建，是在通过诗歌寻求一种厌恶官场纷争、崇尚自然淳朴的心灵慰藉。

诗歌意象鲜明，意境清幽淡雅，情感淳朴闲适，语言自然清新，音韵和畅轻快，风格澹泊明净。

附：《雨过山村》繁体字文本

雨過山村

雨裡雞鳴一兩家，竹溪村路板橋斜。
婦姑相喚浴蠶去，閑看中庭梔子花。

三、张籍经典诗作赏析

张籍（768？—830？），字文昌，原籍吴郡（今江苏苏州），出生于和州乌江（在今安徽和县），中唐著名诗人。唐德宗贞元十五年（799年）进士及第。

历任太常寺太祝、水部员外郎、国子司业等职，世称“张水部”“张司业”。有《张司业集》。

张籍是韩愈门生，但诗歌以新乐府成就最高，是新乐府诗派的主要代表人物，与王建齐名，并称“张王乐府”。中华书局《全唐诗》（1999年版）录张籍诗5卷，共450首。

（一）《野老歌》赏析

野老歌[1]

老农家贫在山住，耕种山田三四亩[2]。
苗疏税多不得食，输入官仓化为土[3]。
岁暮锄犁傍空室，呼儿登山收橡实[4]。
西江贾客珠百斛，船中养犬长食肉[5]。

注释

［1］选自《全唐诗》（卷三八二），中华书局1999年版，第4292页。有的版本题为《山农词》。歌，属歌行体，参见陈子昂《登幽州台歌》注释［1］。

［2］老农，有的版本为“老翁”。山田，山中的坡洼地。

［3］输入，应征送入。官仓，官府粮仓。化为土，指粮食变质成为如同泥土一样的无用之物。

［4］傍，靠，这里指靠在室内的墙壁放置。傍，有的版本为“倚”。橡实，橡树的果实，穷人可用来充饥。

［5］西江，江河名。古代西江有多种说法，一说是金陵以西四川以东的长江；一说是今珠江上游；一说是今江西九江一带；另外，古代将浙江东部的西小江也称西江。贾（gǔ）客，商人。百斛，指谷物数量多。百是概数，形容数量多。斛（hú），古容量词，参见李白《江上吟》注释［3］。长食肉，指常常吃肉。长，做副词，意思是经常、常常。

这是一首以乐府歌行体为体裁的七言古诗，应作于张籍贫居长安时期（张煜，2007），是张籍新乐府诗的代表作。诗歌前两句交待老农家境。“老农家贫在山住”句，关合题目，总体介绍老农生存状况。“家贫”说明生活窘迫，“在山住”体现生存环境恶劣。老农一家在深山居住，一则或许无法得到平坦的土地，二则或许躲进深山原先是为了逃避官府的苛捐杂税。“耕种山田三四亩”句，介绍老农生产状况。“山田”表示土地贫瘠，“三四亩”显示农田数量很少。这两句诗，可让读者明显体会到老农生存非常不易。

三、四句，叙写官府对老农严苛盘剥。“苗疏税多不得食”句，是说老农辛辛苦苦一年到头，将收获为数不多的粮食全部作为赋税交给了官府。“苗疏”意味着老农未遇到风调雨顺之年，庄稼收成非常微薄；“税多”则体现出官府不顾百姓死活，赋税依然十分沉重。“苗疏”与“税多”是导致“不得食”直接原因，前者是天灾，后者是人祸，二者相对，突出了当地官府的恶政。老农一家，头顶烈日，面朝黄土，沐风栉雨，辛辛苦苦一年到头，却不吃不到自己用血汗换来的粮食，毫无天理。“输入官仓化为土”句，叙写农夫被迫将粮食运到官府粮仓，结果粮食腐化变质成为尘土。读者可以从“输入”一词中，体会老农一家的悲惨遭遇。他们强忍着饥饿，在基层官府衙门当差者的威逼之下，含着眼泪将苦水咽到肚子里，肩扛背驮，将自己血汗换取的所有粮食送到官府，然后眼睁睁地亲手将它们倒入官仓之中。期间，差役们还会设置各种“关卡”为难老农，老农家人的举动若稍有不合官差之意，轻则叱骂，重则拳脚相加，甚至受刑罚或坐牢房。“化为土”一词，与“不得食”构成鲜明对比，无情地揭露了官府触目惊心的昏暗腐败现实。封建时期官仓内的粮食化为尘土，并非罕见现象，往往有以下几个原因：一则是官府在征收赋税的过程中，下级为了讨好上司或从中牟利，往往层层加码，导致横征暴敛，粮食积累过多，致使官仓超出承载限度，“粮满为患”，难以确保妥善贮存的条件，从而使粮食变质。二则因政治昏暗，官府昏庸，看管粮仓的官员不作为或失职，差役敷衍了事，导致因粮仓进水等原因使粮食腐烂。三则因官员贪腐，团伙联手盗取官仓粮食，中饱私囊，之后又担心罪行败露，人为导致官仓进水，或人为纵火，致使粮食化为尘土或灰烬。此外，贪官污吏为非作歹，将官仓粮食盗取后掺入沙土以充数量，导致粮食易受潮变质，最后腐烂化为尘土。上述几种可能出现的情形，根本的原因是官府腐败。因此，诗人看似平淡地一句“化为土”，实际上委婉揭露了当时社会隐藏着令人瞠目结舌的政治腐败。

五、六句，叙写老农举家拾取橡实充饥。“岁暮锄犁傍空室”句，突显老农一年到头劳而无获的悲惨遭遇。秋天本来是收获的季节，但老农一家含辛茹苦劳作所换取的为数不多的粮食，在被迫缴纳赋税之后，几乎颗粒不剩。年初取农具下地之前，老农或许有过秋日获得丰收的憧憬，可到了年底，当老农把锄头、犁耙等农具再次放回土屋之后，屋子里仍然如同年初一样，除了农具，家徒四壁，毫无所贮。望着年年使用的农具，再看看空无粮食的土屋，老农欲哭无泪，只得“呼儿登山收橡实”。一家人总得活命。深山之中，别无可食之物，只有橡树的果实，可以捡来充饥。踏踏实实的庄户人家，拼死拼活地辛苦劳作，生产的粮食到不了自己口里，全家老少，只能忍着饥饿攀爬岩石拾取橡实，以此求得活命。果真是“任是深山更深处，也应无计避征徭”（杜荀鹤《山中寡妇》）。身处（或躲入）深山的老农在官府压榨下生活竟如此悲惨，那些在平原沃土耕作的农夫，则更难以逃脱官府的盘剥和压榨。从农民粮食“输入官仓化为土”的现实不难看出，百姓生存如此之艰，皆因官府政治昏暗，官员贪腐。

最后两句，叙写富商的奢靡生活。“西江商贾珠百斛”句，写唐代巨商富有。西江之地，说法不一，有观点认为是当时扬州、金陵至樊、邓地区乃至更西的长江。（吴在庆，2018）或许是泛指依水运为主业的经商者。需要注意的是，诗中的商贾应是巨商，经营范围极为广泛，或许把持着西江水运，可以获得高额垄断利益。“珠百斛”一词，以商人的奢侈品为切入面，显示巨商的富有。巨商的一颗普通玉珠就抵得上百斛谷物。诗人用粮食数量来表示玉珠价值，目的在于突出老农与富商之间的极为悬殊的贫富差距。“船中养犬长食肉”句，写富商生活侈靡。富商在船上养犬，且长年累月食肉，仅仅是富商奢侈生活中一个非常小的细节。诗人将富商船中之犬常年食肉与老农一家以橡实充饥活命，进行了鲜明的对比。诗人以商贾为切入点，揭露当时贫富差距悬殊、社会矛盾尖锐的现实，当有深刻寓意。封建社会，重农抑商，商人总体上处于被官府打压的地位，并不是谁都可以凭借辛劳和智慧就可以在商场获得成功。诗人曾说的“农夫税多长辛苦，弃业长为贩宝翁”（《贾客乐》）仅仅是一般人的主观愿望而已。封建社会商人获利，必须与官府有某种利益的联系。商人与官员勾结，官商一家，利益均沾，不但能够顺利地获取超额垄断利益，而且还能得到官府的庇护。读者可从“船中养犬长食肉”这一细节，展开联想：一条豢养在船上的狗，竟然常年食肉，那么在富商家中所养的犬马，又能得到如何奢靡的待遇呢？表面上看，诗人采用平铺直叙的结尾方法，事实上，这一结尾引发人们的深思，仍具有言已尽意无穷的艺术效果。

中唐在乐府诗意义上的开拓乃是一次自觉的革新。张籍等人对乐府诗歌的革新带来中唐乐府更广泛的变化。（刘航，2004）全诗采用叙述手法，将情感巧妙寓于叙述与描写之中，构思巧妙，对比鲜明，结构严谨。诗歌感情深沉凝重，语言平实洗练，音韵灵活多变，风格质朴深沉。

附：《野老歌》繁体字文本

野老歌

老農家貧在山住，耕種山田三四畝。
苗疏稅多不得食，輸入官倉化為土。
歲暮鋤犁傍空室，呼兒登山收橡實。

西江賈客珠百斛，船中養犬長食肉。

（二）《节妇吟寄东平李司空师道》赏析

节妇吟寄东平李司空师道[1]

君知妾有夫，赠妾双明珠[2]。
感君缠绵意，系在红罗襦[3]。
妾家高楼连苑起，良人执戟明光里[4]。
知君用心如日月，事夫誓拟同生死[5]。
还君明珠双泪垂，恨不相逢未嫁时[6]。

注释

［1］选自《全唐诗》（卷三八二），中华书局1999年版，第4294页。有的版本题为《节妇吟》。节妇，古代指坚守封建女德贞操，能够对男子从一而终的女子。寄，指寄赠诗歌，参见李白《庐山谣寄卢侍御虚舟》注释［1］。东平李司空师道，指平卢节度使（又称淄青节度使、平庐淄青节度使）李师道，因加官检校司空、同平章事，故称李司空。

［2］君，指诗中虚构的男子，影射李师道。妾，古代一夫多妻制度下，男子除了正妻之外配偶的称呼，有时也用作女子在丈夫面前的谦辞。此指诗中虚构的女子，影射诗人自己。双明珠，一对晶莹亮丽的珍珠。

［3］罗襦，质地为丝织品的短衣衫。罗，轻软透气的丝织品。襦（rú），短衣、短袄。

［4］妾家两句大意：妾家的高楼毗邻着皇帝的池苑，夫君手持长戟在皇宫里当差。连，指庭院连接、毗邻。起，耸立。良人，参见李白《秋歌》注释［4］。执，持、拿着、握着。戟（jǐ），古代一种将戈与矛结合在一起兼有钩刺功能的兵器。汉代以前普遍应用于战场，后来多用于仪仗器具。明光，明光宫，见王建《羽林行》注释［3］。

［5］用心如日月，心思非常明显。事夫，侍奉夫君。事，侍奉、服侍。拟，打算、准备。

［6］恨，遗憾。恨不，原诗为“何不”，据别本改。

这是一首以男女关系寓意封建官场主僚关系的杂言诗，是张籍自创的乐府诗体。诗人假借一个已婚女子婉言拒绝男子追求的口吻，含蓄委婉地表达了自己不愿追随李师道的政治态度。

开首两句叙写男子追求女子的举动，影射李师道拉拢张籍之事。“君知妾有夫”，表示女子心身已有所属，男子若有非分之想，则不合常纲和礼义。“赠妾双明珠”，表示男子示爱举动非君子所为。明知道女子是有夫之妇，若还对人家有心思，甚至还付诸讨好的行动，非但心术不正，而且行为不端。诗人以男女之情，比喻封建政治体系中的主官与僚属关系，委婉地表达自己心有所属，而李师道拉拢自己的动机不纯、行为失当。忠于皇帝和朝廷，是封建政治对所有官员基本要求，也是封建士子首要的道德修养。李师道以名利作为诱因拉拢诗人，收买人心，充实个人和小集团的势力，这一动机让诗人感到非常不安与反感。因此，他给李师道寄赠的诗中，开篇就将李师道收买自己的行为委婉地比作不正当的男女私情，既用“有夫”明确表达了自己的政治立场，又巧用“赠”“明珠”，颇有微辞地委婉指出李师道的不当行为。

“感君缠绵意，系在红罗襦”两句，表面上叙写女子对男子示爱行为表达谢意，实则表达诗人对李师道给自己封官许愿的行为予以委婉的“致谢”。“缠绵”一词，假借男子用情深厚暗指李师道颇费心思拉拢诗人。“系”一词，用女子接受男子礼物委婉地表达了对李师道的“谢意”。

“妾家高楼连苑起，良人执戟明光里”二句，笔锋一转，写女子夸赞婆家和夫君。“高楼连苑”，表示女子家与皇帝的池苑相邻，“起”一词，表示女子婆家高楼耸立，是一个豪门贵族，委婉暗示男子所赠的两颗明珠在女子眼里根本算不了什么。女子以傲然的口吻夸赞“良人”，用“执戟明光里”这一细节，描写夫君相貌英俊威武，职业是身居皇帝身边当差，令人多少女子仰视，委婉表示女子不会为别的男人动心。这两句诗，诗人借女子以婆家和夫君为傲的语气，从敬爱朝廷的角度表达对李师道委婉拒绝之意。

“知君用心如日月，事夫誓拟同生死”两句，表示节妇誓言一生对夫君忠贞。“知君用心”显示女子深知夫君深爱着自己。“如日月”一语双关，既表示男子对女子明明白白的爱意，又显示男子为人光明磊落，暗与前面诗句的赠珠男子暗通款曲行为形成鲜明对比，突出了女子对夫君真挚爱意与高尚人品的激赏之情，委婉含蓄地贬斥了赠珠男子的不义之举。“事夫”是封建女子首要的人生使命。女为悦己者容，士为知己者死。节妇既然深知夫君对自己一片赤诚，便自然对夫君的爱情坚如磐石。“誓拟同生死”表达了节妇对夫君忠贞不渝的爱情，为下句拒绝赠珠男子的追求做了铺垫。这两句诗承接前两句诗意，借节妇对夫君的忠贞决心，表达了自己对朝廷的一片忠心，进一步委婉地拒绝了李师道的拉拢行为。

最后两句，叙写女子含泪还珠谢绝赠珠男子。“还君明珠”表示女子对男子追求行为的回绝。“双泪垂”显示女子对赠珠男子热烈追求的感激之情与矛盾心理。“恨不相逢未嫁时”则是女子对赠珠男子行为的安慰之语。诗人借节妇含泪还珠以及向男子表达相识恨晚之情的两个细节，以委婉但明确的态度拒绝了李师道，显示出张籍的矛盾心理和难以名状的现实困境。

这首诗以“节妇”为题，但节妇的一些行为却让人费解。读此诗，使人容易想起《陌上桑》坚贞刚烈的秦罗敷。既然是“节妇吟”，就应该表现出节妇的贞烈性情，在男子赠明珠表达爱意之时果断拒收礼物，怎么能够不但不拒绝，反而将一对明珠毫不掩饰地系在自己的红色罗襦上呢？既然体现贞洁，就应义正言辞地拒绝并斥责赠珠男子的行为，为何要哭哭啼啼地送还宝珠，还颇有深情地表达相见恨晚之意呢？要解释这些矛盾，需要了解中唐的朝政现状与李师道的割据势力。安史之乱后，藩镇割据不但没有削弱，反而更加严重。李师道是李正己之孙、李纳之子、李师古之弟。李正己早先是平卢节度使王玄志手下的一名副将，王玄志死后，侯希逸领平卢节度使，唐代宗永泰元年（765年），李正己发动兵变，赶走侯希逸，自领平卢节度使。大历年间，乘着朝廷讨伐李灵曜叛军，李正己迅速扩大地盘，坐拥十五州，成为当时最强的割据势力。唐德宗建中初年，李正己与其他军阀相约，公开反叛朝廷，屯兵扼守江淮，迫使漕运改道。李正己病死之后，其子李纳封锁消息，承袭父位，自领军政，出兵攻打宋州（在今河南商丘）、徐州（今江苏徐州）等地，公开反叛朝廷。建中三年（782年），李纳自称齐王。朝廷派军讨伐李纳未果，后来李纳取消齐王名号，与朝廷和解，朝廷对之妥协，德宗下诏，李纳名正言顺地成为平卢节度使，并得到朝廷加封的检校工部尚书、同平章事等官衔。李纳死后，其子李师古承袭其位。李师古死后，秘不发丧，权力落到李师道之手后，他才上报朝廷。经过一番操作，李师道自领淄青节度使，割据青州（在今山东潍坊）、缁州（今山东淄博一带）、齐州（今山东济南）、登州（今山东威海一带）、海州（今江苏连云港）等十二州，成为权倾一时的军阀。从李正己到李师道，历代世袭平卢淄青节度使，经过半个世纪的经营，李氏军阀集团成为割据今山东半岛大片地区的一支强悍的武装力量与政治势力。唐宪宗元和十年（815年），宰相武元衡与副宰相裴度主张削藩，被李师道密谋派杀手行刺，武元衡当场身亡，裴度负伤。此案引起朝野震惊，可见李师道的割据势力之大与为人之心狠手辣。当时，作为一个缺少权势支撑的朝廷一般官吏，张籍拒绝李师道，不但具有巨大的政治风险，而且处理不当会有性命之忧。因此，虽然内心对李师道的所作所为深恶痛绝，但屈于李氏集团的淫威，张籍在给李师道的赠诗中不得不言不由衷地对其委婉表达“谢意”。诗人在此用“节妇”矛盾行为，隐晦地表达了自己身不由己“致谢”李师道的无奈现实，折射出诗人对朝廷忠诚与对军阀憎恶且畏惧的矛盾心理。不得不说，张籍能够明确拒绝李师道所许名利的诱惑，一则因其内心不满军阀割据的政治格局，二则显示其对李师道动机不纯早有防备。武元衡被杀后，裴度继任宰相，继续主张削藩。淮西之乱被朝廷评定之后，李师道迫于形势，表示归顺朝廷。元和十三年（818年），李师道掀起叛乱，朝廷出兵讨伐，李师道被其部将刘悟生擒斩首。张籍在李师道权势炙热时果断拒绝其拉拢收买，不仅体现出坚定的政治立场，而且显示出他清醒的政治头脑。

诗歌用象征手法，通过叙写男子赠送女子一对明珠、女子暂受馈赠之后对男子述说身世并表达永世忠于夫君心迹、最后含泪拒绝男子并表示遗憾的故事，刻画了一个对夫君忠贞但有又未能决然拒绝追求者的女子形象，巧妙地表达自己的政治立场与个人情操，同时隐含自己难言的内心苦衷，构思精巧，结构完整。诗歌情感婉转但不失坚贞与笃定，语言质朴通俗但不乏含蓄与蕴藉，是影射文学中的精品诗作。

张籍以男女之情喻官场人事，写了这首千古传唱的名作。无独有偶，后来张籍在任水部员外郎的时候，也有人向他呈递诗作，假借男女之情喻官场功名之事。朱庆馀以“洞房昨夜停红烛，待晓堂前拜舅姑。妆罢低声问夫婿，画眉深浅入时无”（《近试上张籍水部》）的夫妻对话口吻，向他表达“行卷”之意，喻体绝妙，寓意鲜明，笔触细腻，堪称佳作。

附：《节妇吟寄东平李司空师道》繁体字文本

節婦吟寄東平李司空師道

君知妾有夫，贈妾雙明珠。
感君纏綿意，繫在紅羅襦。
妾家高樓連苑起，良人執戟明光裏。
知君用心如日月，事夫誓擬同生死。
還君明珠雙淚垂，恨不相逢未嫁時。

第六节　李贺经典诗作赏析

李贺（790—816），字长吉，福昌（今河南宜阳）人，中唐著名诗人。李贺是皇室远支（郑王后裔），他出生时家世早已没落，生活困顿，因避父亲李晋肃的讳，被迫不得应进士科考试，曾做奉礼郎。李贺人生不顺，仕途偃蹇，抑郁而卒，死时年仅 26 岁。有《昌谷集》。

李贺与李白、李商隐共称“唐代三李”，世称“诗鬼”。诗作长于乐府，多表现政治上不得意的悲愤，作诗有“鬼仙”之才，善于熔铸词采，驰骋想像，运用神话传说，创造出新奇瑰丽的诗境，在诗史上独树一帜，其诗被称为“李长吉体”。中华书局《全唐诗》（1999年版）录李贺诗5卷，共242首。

一、《雁门太守行》赏析

雁门太守行[1]

黑云压城城欲摧，甲光向日金鳞开[2]。
角声满天秋色里，塞上燕脂凝夜紫[3]。
半卷红旗临易水，霜重鼓寒声不起[4]。
报君黄金台上意，提携玉龙为君死[5]。

注释

［1］选自《全唐诗》（卷三九〇），中华书局1999年版，第4408页。雁门，古郡名，在今山西省北部。太守，秦汉时期郡的最高行政长官。此处《雁门太守行》并非写雁门郡太守之事，而是古乐府的曲名，大多以边塞军旅生活为题材。

［2］摧，指城池损毁。甲光，指将士铠甲反射的日光。向日，有的版本为“向月”。金鳞，喻指甲光如金色鱼鳞。

［3］塞上，原诗为“寒上”，疑为误，据别本改。塞上，又称塞外，参见王维《使至塞上》注释［1］，这里泛指北方交战区域。塞上，有的版本为“塞土”。燕脂凝夜紫，指暮色中边塞城墙由深红渐变为深紫色。燕脂，同“胭脂”，指如同胭脂般的深红色。夜紫，指暗紫色。

［4］半卷红旗，化用王昌龄《从军行七首》（其五）“红旗半卷出辕门”句。临，到、接近。易水，河流名，源于河北易县，流入拒马河（古称涞水），因荆轲刺杀秦王嬴政临别燕国太子丹慷慨高歌“风萧萧兮易水寒，壮士一去兮不复还”而闻名。这里的易水，泛指边关河流。鼓寒声不起，有的版本为“鼓声寒不起”。

［5］黄金台上意，指君王重金招募人才的情义。黄金台，参见李白《行路难三首》（其二）注释［7］。玉龙，古诗文中宝剑的代称。据《晋书》（卷三十六）记载，雷焕作豫章丰城县令时，掘地得到双剑名为“龙泉”“太阿”，

后一双宝剑坠入水中化为两条巨龙。

这首七言古诗是李贺著名的边塞诗。一般认为，此诗作于元和二年（807年），此说法根据唐人张固《幽闲鼓吹》记载：李贺将此诗呈递给韩愈，得到韩愈赞赏，时为元和二年。诗歌赞扬了中唐时期平叛或平边战争中唐军将士临危不惧、舍身杀敌的英勇气概。

前四句是环境烘托，渲染了大军压境、兵临城下的严峻形势。“黑云压城城欲摧”句，采用象征手法，以仰视角度，用黑云压城之势，象征敌军大举进攻的危难情景。“压城”二字突出了浓云密布、低垂在城池上空危殆之势，“城欲摧”体现临阵将士的主观感受。诗人不直接写敌军来势凶猛，而是将笔触聚焦于城池上空的乌云，用黑云摧城，烘托战场气氛，委婉曲折地表明守城唐军处于劣势的艰难处境。“甲光向日金鳞开”句，用俯视角度，采用比喻手法，写敌军数量众多，阵容强大，方阵排列有序，阵形严谨。黑云如墨，在城市上空剧烈翻滚。城池之外的上空，云缝之间透出一缕阳光，照在城外敌阵将士的铠甲上，立刻反射出如鱼鳞一般的光点，斑斑驳驳，令人目眩，使人胆寒。这两句诗，采取一暗一明、一黑一白的色彩对比，烘托了严峻的战时环境，表现出战前敌军势重强悍，唐军处于劣势的战场形势。“角声满天秋色里”句，从听觉角度，烘托战前两军对垒紧张气氛。“角声满天”形象地再现敌我双方画角声顿时划破沉寂上空，此起彼伏、相互交织的情景。“秋色里”突出战场肃杀气氛。秋天万物肃杀。古代农牧民族，都往往选择秋季交战。战场杀伐与秋气肃杀相互映衬，更加烘托出此战的惨烈气氛。“塞上燕脂凝夜紫”，从视觉角度，渲染战前阴森惨凄的环境氛围。两军对垒之际，不觉已近黄昏，暮色苍茫，残阳如血。远远望去，用红色岩土筑成的城池与关塞，在残阳暮色中，色彩由暗红渐渐变为暗紫，犹如流淌的人血渐渐凝固变色。如此境地，黯然凝重，虽然战端未开，但悲沉气氛可令人窒息。前四句诗，从视觉和听觉角度，用鲜明的色彩对比和独特的边塞之音，通过黑云压城、甲光向日、角声满天、城池暮色等意象，构建了一个令人窒息的森寒凝重之意境，为后面诗句表现唐军将士浴血奋战的斗志和视死如归的精神做出了氛围铺垫。

后四句写唐军与敌鏖战情景，歌颂唐军将士舍生忘死杀敌报国的英雄气概。“半卷红旗临易水”句，从视觉角度，侧面描写战场激烈情景。“半卷”，是持旗者将旗帜向前斜倾，疾步如飞，以致风劲旗卷的状态。“半卷红旗”体现了守城唐军将士出城迎敌行动非常迅猛。“临易水”，可引发人们联想荆轲与燕太子丹辞行时所咏唱的“风萧萧兮易水寒，壮士一去兮不复还”（《战国策·燕策三》）的句意，隐含的寓意是唐军将士在敌众我寡、大敌压境的情境下生还希望渺茫。诗人以荆轲义无反顾、慷慨赴死的牺牲精神，赞扬唐军将士不畏强敌、敢于牺牲的大义凛然之举。“霜重鼓寒声不起”句，从听觉角度，侧面描写战事胶着状态。敌我双方短兵相接于黄昏时分，夜幕降落之后仍在激烈鏖战。霜气随着夜色降临，将战鼓打湿。寒风凛冽之中，鼓面牛皮松弛。于是，战鼓发出低沉的声音，难以发挥鼓舞士气的功用。诗人用鼓声低沉，暗指唐军将士在激战中未能取得优势，战场局势异常严峻。“报君黄金台上意”句，引用燕昭王筑黄金台广纳天下贤士的故事（见注释），颂扬唐军将士满怀报效朝廷之情。“君”即天下。李贺是封建文人，具有很浓厚的忠君思想，故用“报君”表示将士报效唐王朝。“提携玉龙为君死”句，叙写勇士不畏强敌、誓死捍卫君王的忠勇行为，颂扬了唐军将士赤胆忠心、以身许国的英雄气概。

边塞诗往往色彩灰暗，意象黯淡，意境萧索。但这首诗则应用色彩超常组合手法，将浓云的乌黑色、铠甲反射出的耀眼金色、万里寂寥的苍色、落日熔金的橙色、晚霞绚丽的红色、夕阳照耀下的岩土深红色、黄昏笼罩下的暗紫色等多种绚丽的色彩斑驳交错在一起，构建了一个战前雄浑悲壮、气象万千的意境，形象地表现了军情紧急、瞬息万变的战场形势。在表现惨烈战斗场面之时，诗人又将鲜艳的红色旗帜、泛着粼粼波光的溪水、透着寒光的宝剑等色彩交织在一起，描绘出悲壮惨烈的战斗场面。诗歌不仅有显性色彩，而且还应用隐形色彩增强艺术感染力。如“塞上燕脂凝夜紫”既契合黄昏时分城墙土色，又隐含泛紫的城墙曾多次被无数攻守双方兵士的鲜血浸染过，并且在此即将再次爆发伤亡惨重、凝血遍地的一场激战。这种超常组合并显隐结合使用浓墨重彩描写战事的边塞诗，成为李贺诗歌中独具特色的艺术风格。诗歌侧重烘托艺术氛围与侧面描写，层次分明，结构严谨，语言浓丽，感情凝重，韵律低徊，风格瑰奇，不愧为韩愈惊叹的经典之作。

附：《雁门太守行》繁体字文本

雁門太守行

黑雲壓城城欲摧，甲光向日金鱗開。
角聲滿天秋色裏，塞上燕脂凝夜紫。
半捲紅旗臨易水，霜重鼓寒聲不起。
報君黃金臺上意，提攜玉龍為君死。

二、《梦天》赏析

梦天[1]

老兔寒蟾泣天色，云楼半开壁斜白[2]。
玉轮轧露湿团光，鸾佩相逢桂香陌[3]。
黄尘清水三山下，更变千年如走马[4]。
遥望齐州九点烟，一泓海水杯中泻[5]。

注释

[1] 选自《全唐诗》（卷三九〇），中华书局 1999 年版，第 4409 页。

[2] 老兔句大意：幽冷的月夜里，玉兔和蟾蜍在哭泣，泪水成为空中飘洒下的阵阵寒雨。老兔寒蟾，指玉兔和蟾蜍，神话传说住在月宫里的两种动物。《太平御览》（卷九〇七）引《典略》："兔者，明月之精。"东汉张衡《灵宪》："羿请不死之药于西王母，姮娥窃之以奔月。遂托身于月，是为蟾蜍。"

[3] 鸾佩，雕刻着鸾凤的玉佩，代指仙女。桂香陌，指月宫里的道路，陌的本义为田间小路，这里因月宫有桂树桂花飘香，故曰"桂香陌"。

[4] 黄尘二句意为世事如沧海桑田变化之大。《神仙传》："麻姑自说云：'接待以来，已见东海三为桑田。'"参见刘希夷《代悲白头翁》注释［5］。这两句诗化用了《神仙传》麻姑之语意。三山，指传说中的海上蓬莱、方丈、瀛洲三座神山。走马，奔马。

[5] 遥望二句大意：从天上看，九州就像九点烟尘，大海的波涛也不过是泻在杯中的一汪水而已。齐州，中州，即中国。一泓水，一汪水。古代称中国为九州，九州之外就是大海。泻，液体快速流动。

这首七言古诗是李贺的记梦诗。诗中描写了诗人在梦中游历天宫所看的景色。至于诗歌内容是梦境的再现还是艺术想象的体现，可仁者见仁，智者见智。

前四句写梦中天宫所见所遇。"老兔寒蟾泣天色"句，写远处对雨中月宫的感知。清幽寒冷的月宫里，玉兔和蟾蜍在哭泣，洒落在空中的雨点便是月宫中玉兔和蟾蜍的眼泪。"云楼半开壁斜白"句，是逐渐靠近月宫时所看到景色。雨停云开，云中楼阁在雾气中忽闪忽现，墙壁上的光和阴影被一道斜线分开，一半洁白，另一半灰黑，分界线清晰可辨，色彩对比异常明显。“玉轮轧露湿团光”句，写临近月宫看到的云雾中之月。月亮像一个巨型滚动的玉轮，轧碾着天上的琼露，玉轮周围被天宫琼露打湿，透着朦朦胧胧的光芒。“鸾佩相逢桂香陌”句，写进入月宫的经历。诗人正在一边欣赏月宫景色、一边惊叹之时，忽然远处传来轻轻的玉佩相碰的美妙悦耳之音，原来在广寒宫里飘溢着桂花香气的幽径里，走过来了一群（或一个）仙女。仙女径直向诗人驻足的地方走了过来，与诗人不期而遇。诗人写广寒宫与仙女相遇的细节，充满神秘感。诗歌在此用一个巨大留白，将无限的想象空间留给读者：诗人与仙女相遇之后，仙女是低头而过，还是和诗人四目相对？仙女是默默俯首离开，还是频频向诗人回首致意？是匆匆而过，还是驻足凝望？是相顾无言，还是问答甚欢？一番对话之后，是凝睇相别，还是挥手劳劳？……

后四句，写从天宫遥望人间所看到的景色。和仙女相逢之后，诗人良久才回过神来，他猛然想起，自己原是凡夫俗子。于是，诗人俯首沉思，目光便由天宫移向人间。“黄尘清水三山下，更变千年如走马”二句，写月宫俯视人间的沧桑之感。月宫上俯瞰人间，有黄尘飞扬之地，也有清澈的水域，有蓬莱、方丈、瀛洲三山一般的仙境，也有桑田阡陌杂树炊烟……。人间的一切，从月宫上看，短短片刻，景象巨变，沧海桑田，亦真亦幻。“遥望齐州九点烟，一泓海水杯中泻”二句，写诗人从月宫俯瞰凡间两个具体景点的感受。诗人目光从整个凡尘之宏观景色移开，转而聚焦到两个具体的地点：中原和大海。中原九州像点点烟尘，九州之外的大海，像杯中泻水。原来非常宏阔的九州四海，在月宫上看去如此渺小。世尘之外，回看人间，人就更加渺小得可以忽略不计了……。梦到此惊醒，诗到此收笔。

李贺诗中经常涉及仙道，或写神仙境界，或写升天遨游。（余恕诚，2014）全诗描绘出诗人梦中奇幻世界，将仙境的永恒同人间的渺小、生命的短促进行对比，寄寓诗人关于时空与人生的哲理思索和静观世尘的冷峻思想。

艺术上，一是想象奇特，梦境刻画，虚实结合，奇幻无比。在中唐诗人中，李贺最具想象力。李贺诗中的想象以虚幻著称，令读者如入幻境。本诗如果是梦境的完全再现，体现了诗人在深厚艺术积淀基础之上所具有的独特精神活动。如果是艺术想象的结果，则体现出李贺超人的形象思维。二是夸饰大胆。李贺能够与李白并称为“唐代三李”，是因为他的诗歌具有极为浓厚的虚幻浪漫色彩。诗中的夸饰手法应用，如“遥望齐州九点烟，一泓海水杯中泻”之句，就气势来说，不逊于诗仙李白，只不二人夸饰之词的笔调不同而已。三是色彩虚玄瑰异，意境缈远诡奇。李贺擅长表现梦幻里的广阔无际虚玄缈远之色，表现光色的微妙变化，赋予色彩以象征性、情感性和个性，把色彩作为创造冷艳瑰奇意境的重要手段。（陶文鹏，1997）诗中色彩对比鲜明，意象斑驳璀璨，充满幻情奇彩，意境玄虚飘渺，令人目眩神迷。四是情感深沉，笔法冷峻，语言传神。写月宫路上与仙女相遇，本是值得大肆渲染的部分，但诗人却惜墨如金，将无限想象的空间留给读者，体现他深沉的情感和冷峻的笔法。李贺极讲求词语的翻空出奇，诗中“泣”“开”“斜”“轧”“逢”“走”“点”“泻”等词，用得精切传神。

附：《梦天》繁体字文本

夢天

老兔寒蟾泣天色，雲樓半開壁斜白。
玉輪軋露濕團光，鸞珮相逢桂香陌。
黃塵清水三山下，更變千年如走馬。
遙望齊州九點煙，一泓海水杯中瀉。

三、《南园十三首》（其五）赏析

南园十三首（其五）[1]

男儿何不带吴钩，收取关山五十州[2]。
请君暂上凌烟阁，若个书生万户侯[3]。

注释

［1］选自《全唐诗》（卷三九〇），中华书局1999年版，第4414页。有的版本题为《南园》。南园，园名，指李贺故居福昌昌谷（在今河南省宜阳县）的家园，诗人在昌谷有南园和北园。

［2］吴钩，吴地出产的弯形宝刀。沈括《梦溪笔谈》（卷十九）：“吴钩，名刀也，刃弯。”吴钩，有的版本为“横刀”。关山，具有关隘的山，这里泛指山河。五十州，指当时被藩镇所占领割据的山东及河南、河北五十余州郡。

［3］凌烟阁，唐太宗为表彰功臣而建的殿阁，上有长孙无忌等二十四人的画像。唐人刘肃《大唐新语》：“贞观十七年，太宗图画太原倡义及秦府功臣赵公长孙无忌、河间王孝恭、蔡公杜如晦、郑公魏徵、梁公房玄龄、申公高士廉、鄂公尉迟敬德、郧公张亮、陈公侯君集、卢公程知节、永兴公虞世南、

渝公刘政会、莒公唐俭、英公李勣、胡公秦叔宝等二十四人於凌烟阁，太宗为之赞，褚遂良题阁，阎立本画。”若个，哪个。万户侯，受封食邑达一万户的侯爵，这里泛借指高位厚禄。

李贺自幼才思出众，传言他七岁作诗，得到大文豪韩愈等人的赞誉，名扬京城，15 岁时名声已誉满京华。李贺之父名李晋宿，妒才者散布流言说，李贺参加进士科考是犯讳之举，李贺因而未能参加进士考试，导致他难以获取功名。李贺愤然离京，回到故居昌谷。因李贺与皇帝同宗，后经人荐举，依靠父荫得官，只做了从九品的奉礼郎，主要负责祭祀或朝会时祭品、执仪、赞导和官员座次等事宜。官职迁升无望，功名难就，爱妻病亡，膝下无子，李贺忧思致病，于元和八年（813 年）告病回到故园昌谷，不久又回到长安。第二年，绝望中的李贺决然辞职归卧昌谷。《南园十三首》便是诗人在昌谷养病闲居时所做。这首七绝通过两个问句，抒发了投笔从戎的愿望，反映了唐代乃至整个封建社会重武轻文的现实。

前两句诗人自问，是李贺对自己人生取得成就的路径思考：作为大丈夫，为何不佩带宝刀，横马天下，固邦安民？采用反诘语气设问，增强了诗句传情达意的力道。诗人自问自答，答案是“收取关山五十州”。诗人认为，文人想要建立千秋功业，就应该投笔从戎，横刀立马，冲锋陷阵，收复失地，开疆拓土，以博取功名。

后两句诗人反问。经历官场生涯，耳闻目睹了唐王室的政治现实，通过深思之后，诗人终于明白：进入唐王朝政治核心圈层、获取功成名就的官僚几乎全是靠沙场征战中取得功勋而获得的，若靠饱读经书、凭借笔墨才情根本无法获得卓著功业。诗歌用反诘句，强烈地表达对唐王朝重武轻文社会现实的不满。

李贺对功名思索的结果，道破了封建社会人生成功的本质：为统治者打天下守天下是最重要的事情，是最容易获得功勋的事业。唐王朝是一个重武轻文的时代，武将职权易进、文人功业难成的现象尤为突出。自然经济状态下的封建社会，家天下统治高于一切，驰骋疆场与满腹经纶相比，统治集团更看重前者。文治不如武功，这一现实导致无数文人墨客满腹牢骚，而李贺一语道破，除了悟到此理以外，大胆且高超的表现能力也是不可缺少的因素。

诗歌构思巧妙，用设问和反问抒发胸臆。诗歌表现出高度概括力，“吴钩”“关山”“凌烟阁”“万户侯”等都是诗人对描写对象高度概括的艺术表现。诗人情感豪迈，笔调豪放，韵律激越，体现出顿挫激越、酣畅淋漓的艺术风格。

附：《南园十三首》（其五）繁体字文本

南園十三首（其五）

男兒何不帶吳鉤，收取關山五十州。
請君暫上淩煙閣，若箇書生萬戶侯。

四、《南园十三首》（其六）赏析

南园十三首（其六）[1]

寻章摘句老雕虫，晓月当帘挂玉弓[2]。
不见年年辽海上，文章何处哭秋风[3]。

注释

［1］选自《全唐诗》（卷三九〇），中华书局1999年版，第4414页。

［2］寻章摘句，写诗作文时在典籍中搜寻典故、摘取或化用诗句，泛指文学创作。南朝宋裴松之注《三国志·吴主传》：吴王“博览书传历史，籍采奇异，不效诸生寻章摘句而已。”老雕虫，自嘲老于文学创作。雕虫，喻指文学写作。杨雄《法言·吾子》：“童子雕虫篆刻”“壮士不为也”。玉弓，喻指弯月。

［3］辽海，指辽东地区，因临于海，故称辽海。哭秋风，泛指悲秋之作。

这首七绝是李贺辞世两三年前在故居昌谷南园所作的组诗中的一首诗，诗人用自嘲的口吻，抒发怀才不遇、功业难就的感慨。

“寻章摘句老雕虫，晓月当帘挂玉弓”二句，自嘲自己研读典籍，苦吟诗文，耗费人生岁月。自己二十多年，经常通宵达旦地专心于“寻章摘句”的苦读与诗文创作，将美好年华耗费在写诗作文这种雕虫小技的事情上。李贺虽然想象奇诡，夸饰大胆，但作诗属于苦吟派诗人，苦吟为诗是李贺把心灵生活与诗歌创作结合在一起的生活方式乃至精神生命留存的途径。（魏静等，2016）透过本诗自轻自贱的自嘲口吻，读者可以感受到诗人才情不被统治者认可的悲苦辛酸的人生体验，亦可体味出李贺怀才不遇的落寞之情。唐代虽然沿袭隋朝科举取士制度，但受自古以来特别是魏晋时期门阀制度的影响，门第观念仍然根深蒂固，资源被极少数人支配，社会阶层严重固化。无数出身低微、缺少政治人脉资源的文人自幼立志高远，始终黾勉好学，坚持刻苦自励，面壁苦读经书，潜心钻研经典，终生勤奋创作，希望通过“立言”行为获得统治者认可，从而跻身于封建官场权力圈层，但现实则让他们饱尝人生绝望的滋味，他们或笔耕不辍而空耗心血，或闻名于世却穷困潦倒，或投闲置散而啸吟山谷，或避世隐居而参禅悟道，或忧愤激怨而佯狂买醉，或孤高狷狂而痛哭穷途……。李贺在此则通过冷静思索，用耐人寻味的自嘲诗句，道出了千千万万封建贫寒文人的凄怨幽愤之情。

“不见年年辽海上，文章何处哭秋风”二句，慨叹边关连年战乱，唐王朝重武轻文，自己诗作不被关注，满腹经纶无处可用，人生功业难以成就。封建统治者在所谓的盛世时期需要文人粉饰太平，便会宣扬以文治理天下，有意标榜几个御用文人，暂以慰藉文人不平之心。但当政治陷于困境、局势动荡不安之时，便立刻撕下伪装的面具，一味地使用武力平定天下，于是杀伐征战的武将便赫然于世，文人便沦为百无一用的冷落地位。中唐时期，藩镇之乱加剧，内忧外患不断，统治者将所有的目光聚焦于能够为自己稳固统治、固土守边的武将身上，何有心思顾及贫寒文人。时乱君昏，则文章难显，纵有如同屈原、宋玉的悲秋佳作，也无人关注，更无人能理解自己感伤时势、哀叹个人与国家命运的情感。“何处哭秋风”突出了李贺忧郁感伤之情，诗人将对战乱频发、朝政日益衰败的国运伤悼之情与个人穷途失落的悲观情绪融为一体，倾吐出一位富有天下情怀和远大抱负的文人压抑良久的心声。

诗歌文思深远，结构精巧，吐纳有致，一气呵成，用典无痕，含蓄蕴藉，笔法洗练，情感悲沉，语言精练，韵律和衷深沉，风格蕴藉沉著。

附：《南园十三首》（其六）繁体字文本

南園十三首（其六）

尋章摘句老雕蟲，曉月當簾掛玉弓。
不見年年遼海上，文章何處哭秋風。

五、《金铜仙人辞汉歌》赏析

金铜仙人辞汉歌[1]

茂陵刘郎秋风客，夜闻马嘶晓无迹[2]。

画栏桂树悬秋香，三十六宫土花碧[3]。
魏官牵车指千里，东关酸风射眸子[4]。
空将汉月出宫门，忆君清泪如铅水[5]。
衰兰送客咸阳道，天若有情天亦老[6]。
携盘独出月荒凉，渭城已远波声小[7]。

注释

［1］选自《全唐诗》（卷三九一），中华书局1999年版，第4416页。原诗题后有“并序”二字，题下有序言。金铜仙人，指汉武帝时期在长安（今西安）建章宫的承露铜柱上的铜铸仙人。据史料记载，汉武帝刘彻命人在建章宫前建造承露台，高二十丈，大十围，上有铜铸仙人，手托铜铸承露盘，用来承接天空露水，和玉屑一起服用，以求长生不老。辞汉，指承露台被搬离长安汉宫。魏明帝景初元年（237年），曹叡命人将西汉建章宫里的承露台搬离长安，迁往洛阳。因铜柱过重，被拆解在坝垒留滞。歌，歌行体，参见陈子昂《登幽州台歌》注释［1］。

［2］茂陵刘郎，指汉武帝刘彻。茂陵，汉武帝陵墓，在今陕西咸阳兴平市东北。刘郎，即汉武帝刘彻。秋风客，秋风中悲秋之人，亦指刘彻。汉武帝刘彻曾作《秋风辞》：“秋风起兮白云飞，草木黄落兮雁南归。兰有秀兮菊有芳，怀佳人兮不能忘。泛楼船兮济汾河，横中流兮扬素波。箫鼓鸣兮发棹歌，欢乐极兮哀情多。少壮几时兮奈老何。”夜闻句大意：夜晚听到汉武帝的马嘶鸣之声，但天亮之后却不见踪迹。

［3］画栏，雕饰图画的精美栏杆。桂树悬秋香，指秋天桂花的香气四溢飘荡。秋，有的版本为“愁”。三十六宫，泛指汉代皇宫。班固《西都赋》：“离宫别馆，三十六所。”土花，指生长在地面的苔藓。

［4］魏官句大意：魏国官员率手下引车搬运金铜仙人向洛阳进发。魏官，指三国时期魏国负责搬运承露台铜铸仙人的宦官与随行官员。牵车，意即魏国官员指引手下驾车载运铜铸仙人。指千里，魏官手指千里之外，意指金铜仙人迁徙路途遥远。东关句大意：搬运金铜仙人的车辆出长安东门后寒风直入金铜仙人的眼睛。东关，指长安东门。酸风，喻指厉烈的寒风。射眸子，指寒风直入眼内。眸子，眼瞳，代指眼睛。

［5］空将句大意：金铜仙人搬出宫门时，只有汉宫上空的明月与之随从。空将，徒然伴随。空，徒然、白白地，意即毫无意义。将，动词，意为随从、伴随。忆君句大意：金铜仙人因怀念汉武帝而流泪。忆，追忆、怀念。君，君

王、皇帝，指汉武帝刘彻。铅水，喻指金铜仙人流出的眼泪。

[6] 衰兰句大意：衰萎的兰草在长安城古道上为金铜仙人送行。衰兰，指秋天衰萎的兰草。客，指金铜仙人。咸阳道，咸阳城古道，代指长安城的道路。秦都咸阳，唐时为渭城，比邻长安，故用咸阳代指长安。

[7] 携盘句大意：在荒凉的月色下金铜仙人手举着承露盘独自被搬出长安城。盘，承露盘。渭城，在今陕西咸阳，与西安毗连，代指长安。波声，指渭河的水流声。

这首七言古诗一般认为写于元和八年（813 年），是李贺离开长安回福昌昌谷（今河南宜阳县）故居途中所作。原诗序："魏明帝青龙元年八月[①]，诏宫官[②]牵车西取汉孝武捧露盘仙人，欲立置前殿。宫官既拆盘，仙人临载，乃潸然泪下。唐诸王孙[③]李长吉遂作《金铜仙人辞汉歌》。"

诗歌前四句是环境烘托，描写金铜仙人所处汉宫衰落寂寥的情境。开篇点明与金铜仙人密切相关的历史人物汉武帝刘彻。诗人一连用"茂陵""刘郎""秋风客"三个名词共指一人，即开创西汉盛世的极负历史盛名的汉武帝。金铜仙人是汉武帝刘彻命人所铸造。刘彻沉迷神仙，醉心于长生不老之道，他建造承露台的目的是承接露水，将所谓的天浆琼露与玉屑掺和在一起饮用，梦想可以得道成仙，长生不老。然而，饮用仙露的汉武帝刘彻终究未能得以长生不老，他与秋天的落叶一样悠然逝去，最终成为"茂陵"的主人。将具有后世罕及的雄才大略、威震四方、名垂千古的汉武大帝称为"刘郎"，即委婉地对他生前好大喜功、挥霍无度、穷兵黩武、喜交方士、求神问鬼、醉心成仙、妄想长生不老的一系列做法表示不满，又体现出诗人傲岸不羁的性情。"秋风客"一词，令人易产生武帝死后鬼魂随秋风而过的联想，具有神秘色彩，为下句诗做铺垫。"夜闻马嘶晓无迹"句，写汉武帝刘彻死后影响。夜色降临，武帝魂灵常常带着生前的随从，骑着生前的胯下骏马，从茂陵来到西汉旧宫，骏马低沉的嘶鸣，划破空荡荡的汉宫，使人惊悸；然而待到东方破晓之后，西汉宫阙中寻不到人马的丝毫踪迹，令人沉思。一代天骄刘彻在世之时，皇宫森严，朝臣济济，觐者如云，万民敬仰，威震天下，功业显赫。然而撒手人寰之后，留给世人的不过是一座幽静寂寥的茂陵而已。在荒凉的汉宫里，这个曾经

---

① 青龙，魏明帝曹叡的年号，青龙元年为公元 233 年。据史书记载，曹叡搬迁金铜仙人是在景初元年（即青龙五年，237 年）。青龙元年，有的版本为"青龙九年"。八月，为古历八月。

② 宫官，宦官。

③ 李贺是郑王李亮的后代。李亮是李渊的叔父，故李贺是唐王室宗亲的远支，因此自称为"王孙"。

八面威风的帝王，只能在幽静的夜晚留给金铜仙人一些悲凄幽冷的感受。诗人用虚幻的表现手法，通过一组若虚若实的意象，构建了一个阴森神秘的意境，烘托出一个幽阴悲戚的艺术氛围，为全诗奠定了悲戚寂寥的情感基调。“画栏桂树悬秋香，三十六宫土花碧”二句，描写西汉皇宫荒凉冷落的情境。雕栏玉砌依然，桂花飘香如故，但汉武帝时期车水马龙、人声鼎沸、丝竹悠扬、锣鼓喧阗的皇宫早已失去了往日的繁盛，一座座宫阙在秋风中冷落萧条，凄凉沉寂。金铜仙人一眼望去，旧时宫廷地面与台阶上，苔藓斑驳，一片荒芜，满目凄然。

中间四句写金铜仙人离开汉宫之际悲戚之情。“魏官牵车指千里”句，叙写曹魏集团迫使金铜仙人远离汉宫。金铜仙人被拆除，载于车上，“魏官”手指遥远的洛阳，明示了金铜仙人的去处。长安距离洛阳并无千里之远，“千里”乃夸饰之词，意欲显示金铜仙人远辞长安的悲凄之状。“东关酸风射眸子”句，叙写金铜仙人临载之际面迎寒风、内心酸楚的细节。“酸风”一词，一语双关，意蕴深长，不仅叙写了寒风入鼻令金铜仙人眼鼻发酸，而且暗含令人心扉酸楚的意味。“酸风射眸子”这一细节，为后面金铜仙人流泪细节做了铺垫。“空将汉月出宫门”句，叙写金铜仙人被移出西汉宫阙时孤单无助的情景。金铜仙人离开汉宫之时，身边无一故人陪伴，只有汉宫的明月，眼睁睁地看着金铜仙人被魏官移出宫门。“空”字突出金铜仙人内心无助的绝望，“汉月”一词委婉地展现了金铜仙人的怀旧与感伤之情。“忆君清泪如铅水”句，叙写金铜仙人怀念君王汉武帝的痛别情节。回忆昔日汉武帝刘彻时代的鼎盛风光，再看眼前汉宫的衰萎景象，金铜仙人的泪水夺眶而出。“清泪如铅水”细节是“酸风射眸子”情节的发展，艺术地展现了“仙人临载，乃潸然泪下”传言的情景。诗人用“铅水”描写金铜仙人的眼泪，在赋予金铜仙人情感深重的同时，又保持铜铸仙人金属性的特质，想象奇特，比喻贴切，形象生动，寓意深刻。

最后四句写金铜仙人被迁出长安的凄婉之情。“衰兰送客咸阳道”句，叙写金铜仙人离开长安时的孤寂凄凉。金铜仙人矗立在人流如织的汉宫内，每日为汉武帝承接玉露，充满神秘色彩，曾被万人敬仰。但随着汉祚衰微，朝政更替，金铜仙人独立寒宫，失去光环，寂寥无限。在魏官将金铜仙人搬离长安之际，其身份由长安汉宫的“主”变为洛阳魏宫的“客”，只有衰萎的兰草为金铜仙人送行。“衰兰送客”用侧面描写手法，反衬汉宫的衰败寂寥，抒发了金铜仙人的凄怨之情。“天若有情天亦老”句，用假设性的推测，直抒胸臆，将全诗的悲凉情感推向至高点，表达对金铜仙人辞别汉宫的悲凄哀叹。“携盘独出月荒凉，渭城已远波声小”二句，叙写金铜仙人离开长安时的留恋伤感之情。载于车中离开汉宫的金铜仙人，双手仍然高举着承露盘。汉宫上空的月亮照在一片荒凉的长安城中，载着金铜仙人的马车渐行渐远，长安淡出视野，渭城渐渐模糊，渭河的流水声逐渐变弱，继而若有若无，直至毫无声息……。诗歌结尾采用情景交融的表现手法，体现出言有尽而意无穷的艺术韵味。

金铜仙人见证了西汉由强盛到衰亡的全过程，也见证了汉武帝热衷求仙和贪念长生的种种行为。诗人对金铜仙人凄怨伤感之情的描写，一则体现了对汉王朝盛衰兴替历史的反思，二则对汉武帝热衷求仙、幻想长生不老等做法进行了委婉地嘲讽，影射唐代皇室盛行服用丹药以求长生不老的做法。三则对金铜仙人依恋故都、不忍辞汉的重情之举予以称颂。至于诗人是否借金铜仙人之事，抒发自己辞离长安落寞孤寂的感受，读者自可见仁见智。

“笔补造化天无功”（《高轩过》），李贺能根据主题需要充分调动气氛渲染、细节描写和心理刻画等多种技巧，凭借丰富的想象细致描绘所取场景片段的“情状”，将虚拟的“前事”写得如在眼前。（葛晓音，2023）全诗将记叙、描写、议论、抒情融为一体，完整叙写了金铜仙人被迁离汉宫的全过程，构思精巧，想象丰富，采用拟人化手法，将铜人视为具有生命和情感的“仙人”，用感知汉武帝魂灵、体会汉宫荒凉冷落、痛别汉代宫阙、依恋故都长安等细节描写，赋予金铜仙人丰富的人生经历与情感体验，不仅令诗情深切，而且体现出神秘的艺术魅力。诗歌善用烘托手法构建意境，妙用侧面描写手法反衬金铜仙人艺术形象，感情凄婉深沉，语言淡雅洗练，音韵灵活变换，声律忧伤沉郁，风格悲凉深婉。

附：《金铜仙人辞汉歌》繁体字文本

金銅仙人辭漢歌

茂陵劉郎秋風客，夜聞馬嘶曉無蹟。
畫欄桂樹懸秋香，三十六宮土花碧。
魏官牽車指千里，東關酸風射眸子。
空將漢月出宮門，憶君清淚如鉛水。
衰蘭送客咸陽道，天若有情天亦老。
攜盤獨出月荒涼，渭城已遠波聲小。

第七章　晚唐经典诗作赏析

第一节　杜牧经典诗作赏析

杜牧（803—852），字牧之，号樊川居士，世称杜樊川，京兆万年（今西安）人。唐代文学家，晚唐著名诗人。出身官僚家庭，唐文宗大和二年（828年）进士，历任弘文馆校书郎、淮南节度使的推官和掌书记、监察御史、宣州团练判官、左补阙、史馆修撰、膳部员外郎、比部员外郎、黄州刺史、池州刺史、睦州刺史、司勋员外郎、史馆修撰、吏部员外郎、湖州刺史、考功郎中、知制诰、中书舍人等职。有《樊川文集》。

杜牧性格耿直，不喜逢迎，思想以儒家为主，喜好老庄道学。文学创作成就斐然，尤以诗歌创作最为显著，与李商隐并称为“小李杜”。他的古诗、绝句、律诗都成就卓著，内容有政治诗、咏史诗、咏怀诗、爱情诗等，他“诗情豪迈，语率惊人”（《唐才子传》卷六），艺术上体现出既风华流美而又神韵疏朗，既气势豪宕而又精致婉约的风格。中华书局《全唐诗》（1999年版）录杜牧诗8卷，共524首。

一、《过勤政楼》赏析

过勤政楼[1]

千秋令节名空在，承露丝囊世已无[2]。
唯有紫苔偏得意，年年因雨上金铺[3]。

注释

［1］选自《全唐诗》（卷五二一），中华书局1999年版，第5996页。勤

政楼，全称“勤政务本之楼”，曾在唐都长安（今西安），与花萼楼（全称“花萼相辉之楼”）一起皆为唐玄宗执政之后兴建，是唐玄宗举行国家盛大典礼和处理重要政务之所。

[2] 千秋令节，指唐玄宗为自己庆生设立的千秋节，后改为“天长节”。令，善、美好。令节，有的版本为“佳节”。承露丝囊，指群臣千秋节上进献给唐玄宗的礼物。囊是唐人佩带的用来盛放细小贵重物品的一种装饰物，由早期的荷包演化而来，多由丝绸缝制而成，故称丝囊。

[3] 紫苔，一种攀壁漫生的杂草，泛指墙壁上的藤蔓植物。得意，有的版本为“称意”。上金铺，有的版本为“洒金铺”。金铺，门环下面的金属托盘，多以铜铸，上有鱼龙或虎狮等首为装饰图案，后来将整个门环也称金铺。

这首七言绝句是咏史之作，为杜牧早年作品。杜牧特别喜欢用绝句体把历史见解融入形象和情事之中，发挥深刻的论史或讽喻作用。（邝龑子，2016）诗歌通过一个建筑物的荒废，反思玄宗政治得失，抒发唐朝兴衰之感。

诗歌前两句讽刺盛唐政治。“千秋令节名空在”讥刺唐玄宗君臣相悦的失政之举。取得开元盛世的成就之后，李隆基及其辅臣们居功自傲，私欲膨胀，乐于行施务虚扬名的垂世之举。为了讨好皇帝，宰相源乾曜、张说请求玄宗将他的生日设立为“千秋节”，含千秋万代的寓意。唐玄宗起初有些犹豫，但经不住群臣联合轮番奏请，便于开元十七年（729 年）同意设立“千秋节”。这一年古历八月五日，唐玄宗与嫔妃近臣在花萼楼前举办乐舞表演与盛大宴会，举国庆祝第一个“千秋节”，场面十分壮观。此后，每年八月五日，全国都举行“千秋节”，举国休假三日，可谓朝野同欢，堪称万民同庆。极度膨胀的李隆基，为了一己私欲，竟让举国百姓为皇帝庆生，名义上是为江山千秋万代祈福，实际上是扬其所谓的盛威。天宝七载（748 年），应群臣奏请，唐玄宗将“千秋节”改为“长天节”，以顺应所谓天道，求得大唐江山长治久安，天长地久。唐玄宗还设置了“长天节使”一职，专门负责庆典事宜。在李隆基穷奢极欲地欢庆“长天节”的时候，“朱门酒肉臭，路有冻死骨”（杜甫《自京赴奉先县咏怀五百字》）的现象已经发生，百姓已深陷贫困之中，唐王朝政治危机已经悄悄来临。在举国为皇帝庆生了 26 次之后，安史之乱终于爆发，大唐由强盛开始走向衰落。肃宗李亨登基之后，并没有吸取其父教训，反而效仿太上皇李隆基，将自己的生日设立为“天成地平节”（简称“地平节”），每年九月三日举国为其庆生。这样，太上皇的“长天节”和皇帝的“地平节”相隔不到一个月，一月之内就要举办两次大典，劳民伤财，粉饰太平，名为与民同乐，实乃取败之道。“自罢千秋节，频伤八月来。”（杜甫《千秋节有感二首》其一）以举国为皇帝过寿的形式，祈福大唐江山天长地久，早已成为一种空虚的名头。杜牧在写这首诗的时候，大唐早已失去了往日盛世，藩镇割据，外族犯境，暴乱频发，党争不已，互相倾轧，宦官专权，内忧外患，唐王室的政治已处在危机四伏的风雨飘摇之中。唐玄宗命名"千秋节"时设想的将举办千秋万代的庆典，早已成为一个虚空的充满讽刺意味的历史名词。诗人走到勤政楼前，回想起唐玄宗君臣设立"千秋节"的荒唐之举，满腹忧闷，不吐不快。"令节"一词，正话反说，含有嘲弄意味，对玄宗皇帝贪求空名、宰相群臣讨好皇帝的盛唐朝政闹剧进行了辛辣的讽刺。"名空在"一词，则是实话实说，对唐玄宗荒政误国进行客观直白的评价。

"承露丝囊世已无"抨击开元盛世的群臣们争宠误国的丑陋行径。诗人选取"承露丝囊"一物，揭露群臣争相巴结讨好最高统治者的鄙陋举动。"露"在古代，具有祥瑞象征意义。据史料记载，在唐玄宗的千秋节上，王公贵戚与百官争相向唐玄宗敬献承露囊，隐微表达自己沐浴浩荡皇恩之意。除了承露囊，王公贵戚与大臣们在庆典结束之后还纷纷向玄宗皇帝敬献铜镜。唐玄宗则向四品以上大臣赐镜，称为"千秋镜"，意味着千秋万代可供借鉴之意。然而，不到百年光景，承露囊不见了踪影，皇恩浩荡早已烟消云散，千秋宝鉴最终黯然失色。"世已无"表达了诗人对盛唐群臣献物争宠行为的睥睨。皇帝应该以政令合道、举措得当、勤政爱民赢得官员臣服和百姓拥戴，而不是靠谬赏滥赐来收买人心。大臣应该以施政谨严、恪尽职守、廉洁公允获得皇帝的赏识，而不是靠献物争宠换取加官进爵。诗人在对开元盛世群臣误国行径进行讽刺的同时，也在反思政治得失的历史教训。

后两句描摹勤政楼荒凉冷落之景，反衬盛唐政治失德所引发的衰落后果。作为大唐的臣子，对"前辈"的嘲讽足够辛辣，指责足够直切，若再深入挖掘盛唐荒唐政治举措已很难开口了。于是诗人笔锋一转，采用写景状物衬托之法，用当下勤政楼荒败之景，侧面表达对盛唐失政举措的反思。"唯有"一词，饱含诗人对唐朝政治盛衰的叹惋。曾经被玄宗标榜的"勤政务本之楼"内外，那些权势绝伦，炙手可热的人物，早已不见了踪影。回望开元盛世，歌舞升平，整个唐王室充盈着骄奢浮靡气息。到了天宝年间，骄奢淫逸成风，丝竹响彻皇宫，舞女长袖善舞，皇帝骄奢极欲，权臣相继贪腐，"勤政务本"已成为统治者自欺欺人的粉饰之词。兴盛之际执掌朝政权柄者骄奢极欲，结果必然是盛极必衰，到了杜牧经过勤政楼的时候，大唐曾有的盛况早已成为历史的过眼烟云，映入诗人眼帘的"唯有"沿壁疯长的藤蔓。"偏得意"以拟人化的手法，描写墙壁上紫苔到处蔓延，突显眼下勤政楼萧条冷落的情景。"年年因雨上金铺"进一步描写紫苔"得意"之状，侧面烘托勤政楼凄凉破败之景。紫苔一类的藤蔓植物喜阴喜雨，雨季正是其生长茂盛之时。杜牧经过勤政楼时，看到曾经千秋节盛典上百戏纷呈、欢歌笑语、人头攒动的勤政楼前，眼下却是重门紧锁、杂草丛生，勤政楼及其他宫厅的门环上爬满了藤蔓，门环下金属铸成的龙头兽首，早已被藤蔓深深地掩盖。诗歌的画面定格在杂草缠绕的宫门上，将人们的思情引向对盛衰之道的深思。

在晚唐的日益衰败中，诗坛却出现了回光返照的盛况，像杜牧、李商隐、温庭筠等都是辉煌的唐诗天幕上各具特色的星座。晚唐文人借怀古咏史表达对现实社会颓势的忧虑与绝望，抒发忧国忧民感慨。其中杜牧的怀古咏史诗作成就最高，不仅是晚唐咏史诗的代表，在整个古典诗词中，也是独具一格、耐人寻味的优秀作品。（李希兴，2015）杜牧“刚直有奇节，不为龊龊小谨，敢论列大事，指陈病利尤切至。”（《新唐书》卷一百六十六）他是写作咏史诗的顶级高手。短短四句诗，是盛唐到晚唐的缩影，体现出诗人高超的历史概括能力。诗歌前两句叙事，采用委婉辞令，饱含讽刺意味，直陈开元盛世统治者私欲作祟，贪求万民敬仰、千秋垂名，出台失政举措的弊端，讽刺君臣务虚弄政，相互取悦，大兴浮靡的不良政风。后两句用曲径通幽之法，通过景物描写，用荒凉冷落的意境衬托唐玄宗及其近臣失政导致的恶果，追念盛唐，借古讽今，反思盛衰得失之道，提醒当朝统治者借鉴前辈经验，摒弃浮靡之风，切实做到勤政务本。诗歌精于构思，妙于讥讽，善于构境，长于烘托。语言精深隽永，音韵婉转幽深，风格精微深湛。

附：《过勤政楼》繁体字文本

過勤政樓

千秋令節名空在，承露絲囊世已無。
唯有紫苔偏得意，年年因雨上金鋪。

二、《齐安郡后池绝句》赏析

齐安郡后池绝句[1]

菱透浮萍绿锦池，夏莺千啭弄蔷薇[2]。
尽日无人看微雨，鸳鸯相对浴红衣[3]。

注释

［1］选自《全唐诗》（卷五二二），中华书局 1999 年版，第 6011 页。齐

安郡，即黄州，今湖北黄冈，唐玄宗天宝年间，曾改州为郡。

[2] 菱，参见王维《山居即事》注释 [5]。透，透过、穿过，这里指菱叶和浮萍交错布满水面。浮萍，一种生长在水面上的草本植物，叶面绿色，背面为紫红色。绿，动词，使锦池绿，为使动用法。锦池，美丽的后池。锦，形容事物美好。夏莺，指夏天的黄鹂鸟。千啭（zhuàn），指黄鹂十分婉转地鸣叫。蔷薇，一种落叶灌木，花色艳丽，荆条多刺。

[3] 尽日，整天。鸳鸯，一种鸭科动物，鸳指雄鸟，鸯指雌鸟，合称鸳鸯，因雌雄偶栖，形影不离，古称"匹鸟"，古诗词多用鸳鸯比喻和谐亲密的夫妇。红衣，色彩艳丽的羽毛。

这首七言绝句写于杜牧任黄州刺史期间。唐武宗会昌二年（842 年）古历七月，杜牧离京到黄州做刺史。黄州当时是鄙陋州郡，"户不满二万，税钱才三万贯"（杜牧《黄州刺史献上表》），加之中唐以来多年战乱，导致民不聊生，官不安位。按照过去年龄算法，杜牧到黄州刚步入不惑之年，这是他入仕以来首次独当一面地担任州府官员，表明上看似得到朝廷为官一方重用，实际上被排挤出京含有贬谪意味。当时李德裕为宰相，牛李党争中李党一派势盛，杜牧与牛僧孺交情深厚，曾做过牛僧孺任淮南节度使时的幕僚，李德裕虽然赏识杜牧，"素奇其才"（《新唐书》卷一百六十六），赞同杜牧一些政治见解，但二人之间关系微妙。杜牧离京到黄州作刺史，说明他并未得到李党认同。杜牧曾用"使君家似野人居"（《齐安郡晚秋》）说自己在黄州的住所，用"雨暗残灯棋散后，酒醒孤枕雁来初"（同上）描述自己在黄州的生活。杜牧做了黄州的地方官之后，革除苛捐杂费，制裁贪官污吏，审查冤假错案，深入体察民情。他修缮孔庙，教化百姓，设置学堂，亲自讲学，使"吏民怀服"。经过杜牧两年多的精心治理，黄州的政风大有改观，民众困苦有所减缓。会昌四年（844 年）古历九月，杜牧离开黄州，调任池州（治所在今安徽贵池）刺史。黄州两年多，杜牧写了许多著名诗篇，除了本诗外，还有《赤壁》《兰溪》《早雁》《题木兰庙》《齐安郡中偶题二首》《题齐安城楼》《齐安郡晚秋》《江上偶见绝句》《黄州竹径》等。这首诗描写夏季后池清新幽静的美景，折射出诗人安闲清虚的心境。

前两句总体描写后池美景。"菱透浮萍绿锦池"从俯视角度，写菱叶与浮萍布满后池水面，暗示无人搅扰后池，意在显现清幽美景。"夏莺千啭弄蔷薇"从仰视与听觉角度，写黄鹂鸟在盛开花朵的蔷薇树丛中嬉戏，叫声婉啭动听，采用以动写静手法，用黄鹂鸟叫声反衬幽静。"弄"字颇有韵味，形象生动地描绘出黄鹂鸟体态轻盈、活泼可爱、气定神闲的情态。

后两句具体描绘鸳鸯嬉戏，突出闲雅清幽的后池美景。"尽日无人看微雨”句，看似闲淡，实为妙笔：一是将笔触由后池及周围风物拓展到天空，具有开阔意境之功效，使诗歌在表现清幽静谧意象的同时，不至于显得过于偏狭幽僻；二是写“无人看微雨”，实则“尽日”看微雨”的人恰是杜牧自己，暗示诗人独自“俊赏”① 清幽之景；三是“微雨”与菱叶、浮萍、黄鹂、蔷薇等意象相映成趣，使后池美景既体现明丽色彩，又具有淡淡的朦胧韵味；四是此句承接前面后池景色总体描写，开启下句鸳鸯戏水的具体刻画，在结构上具有承启作用。“鸳鸯相对浴红衣”句，诗人将笔触聚焦于后池水面的一对鸳鸯，以鸳鸯双栖亲昵嬉戏的细节描写，衬托后池闲雅静谧。

全诗紧紧围绕“幽静”特征，通过无人侵扰的水面、婉啭动听的鸟鸣、怡乐雀跃的黄鹂、缀满鲜花的蔷薇、淅淅沥沥的细雨、亲昵戏水的鸳鸯等一帧帧优美的画面，构建了一个闲雅幽静的艺术境界。境之清幽，实为心神宁静，诗人将自己隐于期间，在刻画后池夏日“幽静”美景的同时，折射出当时安闲宁静的心情。

诗歌结构承启自然，写景状物一气呵成。语言明丽，色彩丰艳。“绿”“锦”“红”直写颜色，“菱透”“浮萍”“夏莺”“蔷薇”“微雨”暗含色彩，明暗交叉，色泽艳丽，众彩纷呈。诗歌音韵谐美清幽，风格明丽澄净。

附：《齐安郡后池绝句》繁体字文本

齊安郡後池絕句

菱透浮萍綠錦池，夏鶯千囀弄薔薇。
盡日無人看微雨，鴛鴦相對浴紅衣。

三、《早雁》赏析

早雁[1]

金河秋半虏弦开，云外惊飞四散哀[2]。
仙掌月明孤影过，长门灯暗数声来[3]。
须知胡骑纷纷在，岂逐春风一一回[4]。
莫厌潇湘少人处，水多菰米岸莓苔[5]。

① 南宋姜夔《扬州慢》词有“杜郎俊赏”句。

注释

[1] 选自《全唐诗》(卷五二二),中华书局1999年版,第6018页。

[2] 金河,在今内蒙古呼和浩特市南,这里泛指北方边地。秋半,八月,因八月在三秋中间,古称秋半。虏弦开,指回纥犯境南下。虏,参见高适《营州歌》注释[3]。弦开,指拉弓射箭,代指回鹘(hú)使用武力进犯中原。云外,有的版本为"云际"。

[3] 仙掌,指汉武帝时期长安(今西安)建章宫内铜铸仙人手举的承露盘,代指唐长安皇宫。长门,汉代宫门,代指唐都长安皇宫。

[4] 须知胡骑纷纷在,有的版本为"虽随胡马翩翩去"。胡骑,参见高适《燕歌行》注释[6],这里指回纥骑兵。

[5] 莫厌,有的版本为"好是"。潇湘,潇水和湘水在湖南零陵一带汇流,故称这一带为潇湘,这里泛指湖南。菰米,一种草本植物,生长于浅水之中,果实称菰米(又叫"雕胡米"),秋季成熟,可食用。莓苔,苔的别称。菰米和苔都是鸟类食物。

这首七言律诗是杜牧咏物感怀之作。唐武宗会昌二年(842年)古历八月,北方游牧民族回鹘①犯境南侵,导致民众流离失所。目前普遍认为此诗与回纥侵扰大唐边境关联。如此说来,诗歌当写于诗人到黄州任刺史不久之时。诗歌托物寓意,假借清早时分大雁惊散南飞的过程,表达对边地百姓战乱中流离失所遭遇的深切同情。

首联写秋季大雁遭到袭击而惊散南飞。"金河秋半虏弦开"写时间、地点和大雁惊散原因。诗歌用"金河"泛指回鹘进犯的北方地区,暗指回鹘犯境引发战火的范围(波及现今河北、山西、内蒙古等地)。时间是"秋半",与会昌二年古历八月回鹘大举进犯山西大同一带的时间暗合。"虏弦开"泛指打猎行为,暗指回鹘进犯的战乱。当时,回鹘突然大举南下,掳掠河北、山西北部汉族与其他少数民族,抢走数万头牛马等牲畜以及大批钱粮物资。云州(今大同)唐军一时难以抵挡,只得固守待援,边境局势骤然紧张。"虏弦开"一词,在暗指战乱的同时,又交待下句"惊飞四散"缘由。"云外惊飞四散哀"写大雁受到捕猎行为惊吓的情形,暗指北方边地百姓对战火的慌乱反应。

① 回鹘(hú),原称回纥(hé),唐德宗时改称回鹘。中国古代游牧民族,隋唐时期居住在北方广大地区,贞观年间,接受唐朝管辖,天宝年间建立割据政权,强盛之时势力范围包括现今东北、内蒙古、甘肃、新疆、西伯利亚以及中亚一些地区,曾助唐平定安史之乱。

这两句诗构成一明一暗两幅画面。画面一：塞外大漠，秋风萧索，苍穹之中，大雁一字排开，振翅南飞。突然间，一大帮捕猎者呼啸而来。大漠尘土飞扬，马嘶人叫，猎鹰疾飞，黄犬狂吠。猎人们纷纷拉开硬弓，向着云中大雁频频射箭。云端之下，顿时霹雳弦惊，雁阵一时大乱，群雁四散惊飞，空中不断传来阵阵孤雁哀鸣之声。画面二：秋草衰黄，膘肥马壮，数万回鹘彪形大汉策马南下，所到之处无恶不作，烧杀抢掠，奸淫妇女，北方边地顿时成了人间地狱。唐军寡不敌众，百姓纷纷逃命。南逃途中，夫妻走散，父子走失，呼儿唤女之声不断，哭天抢地之声震天。

颔联用工整的对偶句式，叙写失群孤雁经过长安上空。“仙掌月明孤影过”从视觉角度写孤雁形单影只的悲凄之情。以西汉建章宫前的承露盘指代唐都长安，即委婉隐晦，又将矗立高空的“仙掌”与天空明月相对，凸显孤寂凄寒之境。“过”字十分传神，使月色之中孤雁形影相吊、冷寂无助的情态跃然纸上。“长门灯暗数声来”从听觉角度写孤雁悲凄哀痛之感。“长门”与“仙掌”互文见义，皆代指长安。长门是陈皇后失宠之后被幽静之地。灯光暗淡的冷宫上空，传来数声雁叫，凄厉哀鸣顿时划破沉寂寒夜，令人倍感悲愁凄冷。诗人用有形之景与有声之鸣，映射流离失所百姓孤苦无依的困境。唐都长安尚且“长门灯暗”无法栖身，可见天下难以找到容身之地。

颈联用一流水对句式，渲染孤雁难以北归的无奈情形。“胡骑”具有暗示作用，是将早雁与难民关联起来的关键词。“纷纷”显示回鹘势力强盛。“春风”代指大雁北归适宜气候与环境，影射流亡边民企盼能够击退回鹘乱军、收复失地、让其返归故土的“皇恩”。“一一回”回应“四散哀”，蕴含失群大雁再次相聚的强烈意愿，暗指北方边民渴望回归故土的愿望。“须知”“岂逐”以旁白的语气，强调危难局势将难以一时改变，明确失群孤雁无法北归是不容质疑的事实，隐含逃难流民孤苦无依、长期到处颠簸的伤痛。

尾联用安慰口吻寄语孤雁，对其遭遇表现出无限的同情。“莫厌”之语似人雁对话，蕴含体恤之情。“潇湘”指湖南中南部一带，古代有大雁南飞不过衡阳的说法，因此诗人用“潇湘”代指大雁南飞最终的目的地，暗指逃难流民的栖身之处。“少人处”表示孤雁目的地荒远冷僻，影射流亡边民落难之地孤苦贫瘠。大雁适于“水多”的地方生活，“菰米”和“莓苔”皆为大雁喜食之物。既然如此，何来“莫厌”之说？其实，“水多菰米岸莓苔”是对孤雁的安慰之语，既委婉地表达了诗人对流民的安抚之情，又蕴含诗人为遭难百姓的祈愿之意。

诗歌构思精巧，假托失群孤雁的哀伤，抒发对流亡百姓的同情，表面上句句哀雁，实际上处处忧人，笔法细腻，言近意远。全诗将叙述、写景、抒情、议论融为一体，情感富于发展变化，由惊惧到哀伤，再由哀伤转为无奈，然后由无奈之情深化为同情，再由同情转为体恤抚慰，最后发展为祈愿。语言饱含情感，音韵清越哀婉，风格凄恻曲致。

附:《早雁》繁体字文本

早雁

金河秋半虜弦開，雲外驚飛四散哀。
仙掌月明孤影過，長門燈暗數聲來。
須知胡騎紛紛在，豈逐春風一一迴。
莫厭瀟湘少人處，水多菰米岸莓苔。

四、《寄扬州韩绰判官》赏析

寄扬州韩绰判官[1]

青山隐隐水迢迢，秋尽江南草木凋[2]。
二十四桥明月夜，玉人何处教吹箫[3]。

注释

[1] 选自《全唐诗》(卷五二三)，中华书局1999年版，第6028页。韩绰，杜牧之友，生平未详。杜牧任淮南节度使推官和掌书记时，韩绰为淮南节度使判官，二人为同僚。

[2] 水迢迢，有的版本为“水遥遥”。草木凋，有的版本为“草未凋”。凋，凋落。

[3] 二十四桥，又名廿四桥，有多种说法，主要有两种解释。一是数量之说，指扬州曾有的二十四座桥，从此说者多援引宋人沈括《梦溪笔谈·补笔谈》中的记载：“扬州在唐时最为富盛，旧城南北十五里一百一十步，东西七里三十步，可纪者有二十四桥。”书中记录了其中21座桥的情况。一是专名之说，指具体一座桥的名称，从此说者多援引清人李斗《扬州画舫录》中的记载：“二十四桥即吴家砖桥，一名红药桥，在熙春台后。”南宋姜夔《扬州慢》中“二十四桥仍在，波心荡，冷月无声。念桥边红药，年年知为谁生”词句可作为红药桥佐证。现今扬州在瘦西湖重建新的一座二十四桥，沿用了专名之说。玉人，美人，有两种解释，一说指扬州歌姬，一说指韩绰。教

(jiāo)，指传授吹箫技能。

这首七言绝句是杜牧给老朋友韩绰的寄赠之作。韩绰判官是杜牧在淮南节度使牛僧孺帐下作推官和掌书记时的同僚，与杜牧交情不薄，他去世后，杜牧曾作《哭韩绰》表达深切缅怀之情。杜牧于唐文宗大和九年（835 年）被召回京城任监察御史。这首诗当写于诗人离开扬州之后，诗中回顾了扬州自然风光之美，委婉表达了对老朋友的思念。

前两句总体写扬州自然风光。“隐隐”体现出远望“青山”隐隐约约的朦胧之美。“迢迢”是深秋季节远眺河流渺远之状，突出江南水乡特色。“隐隐”“迢迢”两处叠字，不但增添了自然山水的亲切感，而且暗含诗人与韩绰相隔山远水长，暗中关合题目中的“寄”意。“秋尽”一则点明诗歌所写景物的季节，二则隐含诗人悲秋思友之意。“江南”一词关合题目中“扬州”，既交待景观所处的区域，又暗含诗人情感指向的地点。“草木凋”表现出深秋萧索悲凉之境，暗含诗人思念故人低沉感伤的心情。

后两句聚焦典型意象，托物寓情，表达对友人的思念。诗人将笔触聚焦于“明月夜”之中的“二十四桥”，蕴藏多重含义：一是扬州的桥在唐代久负盛名，二十四桥在是扬州桥梁中典型景点；二是传说此桥因二十四个美女在此吹箫而得名①，甚至还有野史小说记载隋炀帝冶游扬州命名二十四桥的传说②，因此具有充满神秘感的浪漫色彩；三是诗人借二十四桥之名引出他与韩绰等人扬州风流韵事的回忆；四是为下句玉人吹箫细节烘托出一个静谧优雅的意境。“玉人何处教吹萧”句解读的关键在于对“玉人”的理解。有观点认为，“玉人”指韩绰，“教吹箫”是韩绰的行为③。笔者认为，玉人应是美女，教吹箫应是美女的举止。扬州的深秋，万里廓清，千里气爽，宁静的夜晚，皎洁的月光，神秘的二十四桥上，曾经有过一个杜牧与韩绰共同经历过的美人教吹箫的经历。也许是一名美女正在教一群美人吹箫。这些吹箫的美女个个貌美如花、肌肤细腻白皙，在月光映衬之下，透出冰清玉洁般的美丽。玉人箫声悠扬，如

---

① 清人吴绮《扬州鼓吹词》有桥名源于“二十四美人吹箫于此”的说法。另说唐代有人曾在明月之夜看到 24 位身姿绰约的曼妙仙女在桥上吹箫，以此将桥称为二十四桥。

② 明代齐东野人《隋炀帝艳史》中有隋炀帝游扬州时以当时所随 24 名宫女数命名二十四座桥的说法。另有传说隋炀帝当时船上有 23 名妃子，其中一人怀孕，便命名二十四桥。还有隋炀帝以当时舞女的数量命名二十四桥的说法。野史小说不足为信，但作为文学作品援引其意，未尝不可。

③ 葛晓音在萧涤非等主编的《唐诗鉴赏辞典》（上海辞书出版社 1983 年版）中的赏析文字、王涛与周啸天在周啸天主编《唐诗鉴赏辞典》（商务印书馆国际有限公司 2021 年版）的赏析文字中皆持此观点。

诉如泣，在寂静夜空飘荡，令诗人与韩绰听得如痴如醉。也许在二十四桥或附近，美人曾教杜牧与韩绰等人吹箫……。也许还有很多也许，读者难以穷尽一一想象，但可以推测："二十四桥""明月夜""玉人""教吹箫"是杜牧与韩绰在扬州时一起经历过的某一场景，与韩绰密切相关。诗人用这些意象，暗合题目"韩绰判官"，意在唤醒老朋友共有的回忆。在"玉人"与"教吹箫"之间巧妙地嵌入"何处"一词，以询问老朋友的戏谑口吻，将二人从共有的回忆中拉回到现实，道出二人别离已久，眼下物是人非的淡淡思绪，表达对故友韩绰的惦念之情。

杜牧在七言绝句上所表现出的艺术造诣极深，其诗不拘前格，在学习继承前贤精华的基础上立异标新，别开蹊径，创造出新的风格。杜牧绝句以优美的意境、充满诗情画意的笔触和爽俊拗峭的格调在晚唐诗坛独树一帜，对后世诗歌的影响极为广泛。（吴绍礼，1996）诗歌最明显的艺术特征，在于将对友人的思情，隐含在写景叙事之中，以扬州山水之远，隐射二人空间距离，用玉人教吹箫的细节，回顾隐含对故友思情的寄托，在明显与隐晦的可言不可言之间，体现出一种隐微朦胧的艺术美。诗歌语言精微简约且饱含情感，采用叠字描写山水，不但富有情趣，而且增强了词语的韵律感。特别是"二十四桥明月夜，玉人何处教吹箫"成为千古名句，令后来的许多文人墨客在描写扬州自然风光时，将笔触聚焦于"二十四桥"。毛泽东手书的《寄扬州韩绰判官》诗碑，现今矗立在扬州二十四桥畔。江泽民多次与人提到家乡扬州时，吟咏"二十四桥明月夜，玉人何处教吹箫"诗句。此诗影响，可见一斑。

附：《寄扬州韩绰判官》繁体字文本

寄揚州韓綽判官

青山隱隱水迢迢，秋盡江南草木彫。
二十四橋明月夜，玉人何處教吹簫。

五、《赠别二首》（其二）赏析

赠别二首（其二）[1]

多情却似总无情，唯觉尊前笑不成[2]。
蜡烛有心还惜别，替人垂泪到天明[3]。

注释

［1］选自《全唐诗》（卷五二三），中华书局 1999 年版，第 6035 页。有的版本题为《赠别》。

［2］唯觉，有的版本为“但觉”。尊，应为“樽”，古代温酒或盛酒的器皿。

［3］心，喻指蜡烛芯。

这首七言绝句抒写男女分手时难舍难分的情感。前两句写男女情人之间分别时的场景和气氛。由于“多情”，故而刻意装作“无情”，在最后一次相遇即将分手时，两人都很难露出一丝笑容。由于咽泪装欢似的强笑，更会引发对方的痛苦，使得分别场景更为难堪，所以男女二人都不约而同地选择了不苟言笑。诗人用“总无情”“笑不成”的细节描写，将男女情人分别场景的压抑气氛体现出来，白描手法高妙。后两句借蜡烛之状写男女分离的悲痛心情。诗句用拟人手法，赋予蜡烛性情表露，将蜡烛和人进行对比，显示人强装无情而蜡烛有心惜别，人强忍不哭但蜡烛暗自流泪。这种移情于物的写法，更能体现男女被迫分手时缠绵悱恻、痛彻心扉的心情。

诗中的男女主人公身份不明。杜牧早在晚唐五代就有“颇纵声色”“狎游饮酒”“狂于美色”的名声。（洪越，2021）由于杜牧早年风流倜傥，放荡不羁，纵情声色，流连于青楼歌榭，沉湎于风花雪月，故多有观点认为这首诗是杜牧自己与某歌妓的惜别之作，甚至有人认为是写杜牧与张好好分别时留恋伤情。诗歌情感深沉真挚，并不像是“薄幸”之人的手笔。元好问《论诗三十首》（其六）：“心画心声总失真，文章宁复见为人。高情千古闲居赋，争信安仁拜路尘。”不少文人的文学创作与作人具有矛盾性和二重性，况且世人一时之情并不代表长久甚至一世之情。读者自可以文本阅读分析为主，体味诗中所含情感。

诗歌构思精巧，采用拟人化的手法，用蜡烛之形指代离人之情，移情于物，使得侧面描写和虚写比直接描写和写实更为感人，更为动情。语言练达朴质，感情缠绵悱恻，音韵委婉悲沉，风格幽曲婉丽。

附：《赠别二首》（其二）繁体字文本

贈别二首（其二）

多情卻似總無情，唯覺尊前笑不成。
蠟燭有心還惜别，替人垂淚到天明。

第二节　李商隐与温庭筠经典诗作赏析

一、李商隐经典诗作赏析

李商隐（812—858），字义山，号玉谿生，怀州河内（今河南沁阳）人，晚唐著名诗人。唐文宗开成二年（837 年）进士及第，历任秘书省校书郎、弘农县尉、秘书省正字、盩厔县尉、西川节度使幕府参军、盐铁推官等职。有《李义山诗集》。

李商隐性情孤介，以儒家思想为主，晚年偏好佛道。李商隐诗歌创作成就斐然，与杜牧合称“小李杜”，是晚唐最著名的诗人。在整个唐代的诗歌创作中，李商隐也具有重要的地位，他与李白、李贺合称“唐代三李”，与温庭筠合称“温李”。诗歌有政治诗、咏物诗、情诗等众多内容，构思新奇，风格浓丽，特别是爱情诗缠绵悱恻，凄婉优美。李商隐诗歌用典使事、精细称工、深曲婉丽等艺术特色，对宋初诗作影响很大，深得西昆体诗人的尊崇。中华书局《全唐诗》（1999 年版）录李商隐诗 3 卷，共 600 首。

（一）《锦瑟》赏析

锦瑟[1]

锦瑟无端五十弦，一弦一柱思华年[2]。
庄生晓梦迷蝴蝶，望帝春心托杜鹃[3]。
沧海月明珠有泪，蓝田日暖玉生烟[4]。
此情可待成追忆，只是当时已惘然[5]。

注释

[1] 选自《全唐诗》（卷五三九），中华书局 1999 年版，第 6194 页。诗歌以首句前两字为题。锦瑟，瑟，一种拨弦乐器，现通常 25 弦，古瑟为 50 弦。瑟上花纹如锦，故曰“锦瑟”。

[2] 无端，表示心惊。这里表示惊异锦瑟弦多之意。华年，美好岁月、青春年华。

[3] 庄生句，抒发人生如梦之情。《庄子・齐物论》：“庄周梦为胡蝶，栩

栩然胡蝶也；自喻适志与，不知周也。俄然觉，则蘧蘧然周也。不知周之梦为胡蝶与？胡蝶之梦为周与？”李商隐用庄周梦蝶典故，言人生如梦。“望帝”句，抒发思乡哀愁之情。《太平御览》（卷一百六十六）引《十三州志》：“望帝使鳖冷凿巫山治水，有功，望帝自以德薄，乃委国禅鳖冷。号曰开明，遂自亡去，化为子规。”又说：“杜宇（望帝）死时，适二月，而子规啼，故蜀人怜之。”子规，参见李白《蜀道难》注释［14］。

［4］沧海两句，抒写诗人困境。珠有泪，《博物志》（卷九）：“南海外有鲛人，水居如鱼，不废绩织，其眼泣则能出珠。”近代学者张采田《玉谿生年谱会笺》卷四：“二句谓卫公①毅魄，久已与珠海同枯；今令狐相②方且，如玉田不冷。”李德裕是唐武宗时的宰相，功勋卓著，李商隐对他很仰慕。宣宗时，牛党得势，李德裕贬死崖州（今海南琼山）。此地为产珠之地，故诗言“珠有泪”。蓝田，今陕西蓝田，产蓝田玉。蓝田日暖，喻令狐绹执秉朝政，声势煊赫。

［5］此情，指上述所言情感。可待，岂待、何必等到。只是，只不过。惘（wǎng）然，指若有所失、空无所有但又不知所措等复杂的心理状态。

这首七言律诗写于李商隐晚年。此诗是李商隐的压卷之作，历来对它的解释分歧很大。（郑在瀛，1999）有观点说此诗是写给一个叫“锦瑟”的令狐绹家侍女的情诗；有观点说写锦瑟琴声“适、怨、清、和”的特色；有观点说是睹物思人，写给已故妻子王氏的悼亡诗；有观点认为是描写音乐的咏物诗；有观点认为是自讶自怜之作；有观点认为诗人追悔早年风流放荡；有观点认为是感慨国祚兴衰的政治诗；有观点说是伤感唐王室残破之作；也有观点认为是追溯平生之作；甚至有观点认为表现佛家色空思想。众说纷纭，莫衷一是，大体而言，一般以“悼亡”和“自伤”说者较为普遍。根据李商隐的人生经历，从本文分析的角度来看，应是自伤身世之作。

首联以锦瑟之弦起兴，追思逝去的年华。“无端”含有惊异、哀怨、悲悯等复杂含义，“五十弦”言锦瑟琴弦之多。“一弦一柱”折射诗人对每一根琴弦的关照，并将对锦瑟琴弦的关注引入对“华年”的思索。“华年”一词，似言琴，又似言人，介乎琴与人之间，体现出朦胧意味。从咏物角度，可做如此解读：锦瑟虽有“五十弦”之多，但“一弦一柱”都有各自音色，如果锦瑟具有生命，那么锦瑟奏出美妙曲调就是它的美好岁月，其中的“一弦一柱”都值得思念，因为“华年”由“一弦一柱”共同构筑。从思人角度，可进行

① 指李德裕，被封卫国公，故称卫公。

② 指令狐绹，做过宰相，故称令狐相。

以下联想：人生犹如锦瑟，青春年华由年年岁岁、桩桩件件往事累积而成，故每一个春秋都值得追思，回想自己所谓的青春年华，年年岁岁都值得回味，虽然不堪回首，但所有岁月的经历又历历在目，难以忘却。“思华年”承接首联的锦瑟之叹，开启颔联的人生感慨，在结构上具有承前启后的功用。

颔联抒发人生如梦的感慨和思乡归隐之情。“庄生晓梦迷蝴蝶”句，化用庄周梦蝶的典故（见注释）。诗人用庄周梦蝶的感慨，抒发人生如梦的哀叹。李商隐幼年时父亲去世，家庭陷入困境，少年时期在贫寒中度过。长大之后应举之路不顺，16 岁参加科举考试，“凡为进士者五年”（《上崔华州书》）直到 25 岁才中了进士，但接下来的博学鸿词科考试未通过，只得到泾州（今甘肃泾川）做了泾原节度使王茂元的幕府。王茂元非常欣赏李商隐的为人和才华，并将女儿嫁给他，但这桩婚姻后来成了李商隐官场难以摆脱的麻烦。文宗开成四年（839 年），27 岁的李商隐再次参加授官选拔考试，得以通过，任秘书省正字（校书郎），不久又调往弘农（在今河南灵宝）作县尉，官阶与秘书省正字相同，为正九品下。李商隐作弘农县尉时，上司有意责难，令他难以忍受，便提出辞职未准，次年再次提出辞职得到准许。唐武宗会昌二年（842 年），已过而立之年的李商隐再次任秘书省正字。不久母亲去世，居家丁忧。李商隐母亲去世的第二年（843 年），岳父王茂元去世。失去王茂元，意味着李商隐仕途上失去了重要的背景和支撑。会昌五年（845 年）十月，33 岁时，李商隐结束守孝，重新回到了秘书省正字的工作岗位。会昌六年（846 年），年仅 32 岁、在位仅 6 年的唐武宗李炎因服丹药去世，唐宣宗李忱即位，李党失利，牛党得势，李商隐处境更为艰难。宣宗大中元年（847 年），35 岁的李商隐离开京城追随李党主要人物郑亚（由御史中丞贬为桂州刺史）到桂州（今广西桂林）做了幕府。次年，郑亚再次遭贬而卒，李商隐不得不再次回到长安，通过考试得到了盩厔（今陕西周至）县尉的职位。从 25 岁中进士到 36 岁作盩厔县尉，李商隐在官场 11 年，却仍然还是一个正九品下的官阶。不久，李商隐到长安，在京兆尹卢弘正手下做幕僚。大中三年（849 年），卢弘正任宁武军节度使兼徐州（今江苏徐州）刺史，李商隐追随他到徐州作幕府，任掌书记。大中五年（851 年）春，卢弘正辞世，李商隐再次失去职业依靠。也正是这一年的夏天，李商隐妻子王氏病故。王氏是大家闺秀，贤淑温婉，知书达理，与李商隐年龄相差十岁，二人感情深厚。李商隐官小位卑，四处漂泊，夫妻聚少离多，完全依靠王氏料理家事，照顾孩子。妻子王氏的离去，对于 39 岁的李商隐打击很大，之后他未续弦再娶。处理了妻子的后事，到了秋天，李商隐便追随剑南东川节度使、梓州刺史柳仲郢到梓州（治所在今四川三台县）作幕府参军。大中九年（855 年），柳仲郢回京作刑部侍郎、改任兵部侍郎，并任朝廷诸道盐铁转运使。43 岁的李商隐在柳仲郢的照顾下，做了盐铁推官，不久罢官回到故乡闲居。归乡之后，不久便病逝郑州，年仅 46 岁。从内容与情感上看，写这首诗的李商隐，已步入人生晚期。他回顾人生遭际，满眼都是辛酸：少年失祜，中年丧妻，科考跋前踬后，职场滞碍蹇步，富有才华但很难委以重任，满腹经纶但深受党争之祸。供职十年，官阶不进，依人栖身，沉为下僚，仰人鼻息，躬身做事。于是乎，本该“一弦一柱”细思“华年”，却被诗人一笔勾掉所有的回忆，直接化用庄周梦蝶的典故总结自己的一生。“望帝春心托杜鹃”句，化用望帝化鹃典故（见注释），表达离开官场隐退山林的愿望。李商隐多年处在牛李党争的夹缝之中，郁郁寡欢，一生不得志，晚年已十分厌倦官场尔虞我诈的争斗，产生退隐归乡之思是人之常情。“托”字折射出诗人无奈的哀怨。

颈联抒写自己所处的职场境遇。“沧海月明珠有泪”句，用典故写自己政治上失去李党依靠。诗人巧妙化用鲛人泣珠的典故（见注释），暗含对李德裕的沉痛伤悼与深切怀念。李德裕是晚唐著名的政治家，一生经历唐宪宗、穆宗、敬宗、文宗、武宗、宣宗六代皇帝，曾在文宗和武宗时两度为相。李商隐对李德裕颇为推崇，积极拥护他的政治主张，他在《太尉卫公会昌一品集序》中称赞李德裕“成万古之良相，为一代之高士”。武宗辞世后，宣宗即位，李德裕罢相，先后被贬为荆南节度使（治所在今湖北荆州市）、东都（洛阳）留守、太子少保（分司洛阳）、潮州（今广东潮州）司马、崖州（在今海南海口市）司户参军（官阶正七品），于大中三年十二月（850 年 1 月）客死崖州。崖州是滨海产珠之地，根据《玉谿生年谱会笺》的说法，诗人用鲛人泣珠委婉表达伤悼李德裕之情，是合乎情理的联想。李商隐的岳父王茂元与李德裕交好，是李党的得力成员。王茂元生前并未利用人脉在李商隐官场升迁之路上进行鼎力帮助，王茂元辞世以及李德裕失势与故去，彻底动摇了李商隐的职业根基。诗人通过化用典故悼念先贤前辈李德裕，隐含对自己官场前景的无望之意。“蓝田日暖玉生烟”句，用暖玉生烟喻牛党势力无法企及。蓝田据长安不远，盛产蓝田玉。诗人用“蓝田日暖”隐喻令狐绹秉政朝廷，权势煊赫。“玉生烟”有可望不可即之蕴意。南宋王应麟《困学纪闻》：“诗家之景，如蓝田日暖，良玉生烟，可望而不可置于眉睫之前也。”李商隐在青年时期就与令狐绹有过交往。17 岁时，李商隐干谒令狐绹的父亲令狐楚（在唐宪宗元和年间做过宰相），得到时任户部尚书的令狐楚赏识，让他与令狐绹一起读书交游。李商隐对令狐楚尊敬有加，与令狐绹也一直保持着友善的关系。但令狐绹属牛党一派，李商隐是李党圈层重要人物王茂元的女婿，又对李党核心人物李德裕崇敬之至。此外，令狐绹为人谨小慎微，与李商隐有门第的巨大差异。这些因素都是令狐绹内心难以认可李商隐的原因。李商隐曾干谒过这位老同学，出于同情，令狐绹曾给李商隐补了一个太学博士官位。令狐绹与李商隐一样，也从校书郎作起，但他一路高升，从左拾遗、右补阙一直升任户部员外郎、湖州刺史等官职，在唐宣宗大中四年（850 年）升任宰相，居相位达 9 年之久。李商隐写这首诗的时候，令狐绹虽然未拜相，但已身居要位，名声显赫。李商隐给令狐绹写过不少诗作，曾以“休问梁园旧宾客，茂陵秋雨病相如”（《寄令狐郎中》）的诗句想勾起令狐绹的旧友故交之情，但终究未能得到令狐绹的倾力相助。诗人用“蓝田日暖玉生烟”影射令狐绹之势难攀，语言清丽工致，情感凄恻委婉。颈联用婉约隐晦之法，慨叹党争剧烈环境下自己冷热不遇，无依无靠，孤寂悲苦的尴尬际遇。

尾联对全诗作结，表现了茫然无助的哀愁。“此情可待成追忆”句，表示对上述情形没有及时反思的懊恼。“此情”对应“华年”，诗人反观过去，审视现实，认知到所谓的“一弦一柱”、桩桩件件，当时就该明白其中事理，不必待到事后才追忆悔悟。“只是当时已惘然”句，承接上句句意，表示对人生宿命的感叹：所有的一切只不过当时就已注定失落迷茫罢了。

诗歌以《锦瑟》为题，沿习《诗经》以来的习惯做法，取诗歌首句的前两个字作为题目，实际上属于无题诗。诗人以锦瑟起兴，引发对自我“华年”的追忆。李商隐的诗歌“瑰迈奇古，辞难事隐”（《唐才子传》卷七），往往引发读者不同的见解。欣赏此诗以文本为本，合理解读，尽可仁者见仁，智者见智，只要解读合乎情理，其他并无妨碍。

艺术上，此作充分体现出李商隐诗歌情志婉曲、意象朦胧、清雅幽深、典丽精工的艺术特色，诗歌构思精深，以“思”起，以“忆”收，首尾呼应，结构完整。诗中所写思情，幽微隐约，迂回曲折，委婉含蓄。颔联和颈联以精切的对偶句式用典，贴切自然，毫无滞碍。诗歌言辞典丽，深情绵渺，笔法精湛，音韵幽深哀转，风格隐微沉郁。

附：《锦瑟》繁体字文本

錦瑟

錦瑟無端五十絃，一絃一柱思華年。
莊生曉夢迷蝴蝶，望帝春心託杜鵑。
滄海月明珠有淚，藍田日暖玉生煙。
此情可待成追憶，祇是當時已惘然。

（二）《马嵬二首》（其二）赏析

马嵬二首（其二）[1]

海外徒闻更九州，他生未卜此生休[2]。
空闻虎旅传宵柝，无复鸡人报晓筹[3]。
此日六军同驻马，当时七夕笑牵牛[4]。
如何四纪为天子，不及卢家有莫愁[5]。

注释

［1］选自《全唐诗》（卷五三九），中华书局1999年版，第6228页。有的版本题为《马嵬》。马嵬，指马嵬驿或马嵬坡，是杨贵妃丧身之地。

［2］海外，大海之外，白居易《长恨歌》："忽闻海上有仙山"。徒闻，指没有根据的传闻。更九州，指九州之外还有九州。九州，古代将中国汉民族集中居住的地方分为九州，有不同说法。《尚书·禹贡》相传大禹治水时，将天下分为冀州、兖州、青州、徐州、扬州、荆州、豫州、梁州、雍州；《尔雅·释地》说九州是冀州、兖州、扬州、荆州、豫州、雍州、幽州、并州、营州。《周礼·夏官·职方》说九州是冀州、兖州、青州、扬州、荆州、豫州、雍州、幽州、并州。更，复、还有。他生，来生、下一世，与今生相对。未卜，不可占卜，意思是无法预知。未卜，有的版本为"未决"。

［3］空闻，只听见。空是副词，意思是只、仅。虎旅，原指虎贲氏和旅贲氏的并称，二者皆为夏朝负责王室禁卫的官职名称，这里指唐玄宗李隆基奔蜀途中的御林军。传，有的版本为"鸣"。宵柝，巡夜的梆子声。宵，夜晚。柝（tuò），古代打更用的梆子。无复，不再有。鸡人，指皇宫中报时的卫士。鸡人原是周王朝时期的官职名称。鸡人掌管鸡牲（用鸡祭祀的仪式），在举办大典之时，负责报时和夜晚警戒等事宜。报晓筹，指报告天亮的时辰。古代宫中不得养鸡，卫士候于宫门外，听鸡鸣而报时。晓筹，佛晓的更筹，代指拂晓时刻。更筹是古人夜间为报时而计时用的竹签。

［4］此日句，天宝十五载（756年）古历六月十四，御林军在马嵬驿兵变杀死杨国忠等人，然后逼迫唐玄宗李隆基杀杨贵妃。白居易《长恨歌》："六军不发无奈何，宛转蛾眉马前死。"六军，参见白居易《长恨歌》注释［20］。七夕笑牵牛，传说古历七月七日，李隆基与杨玉环在长生殿欢笑秘誓，曾嗤笑牛郎织女聚少离多仅一年一度相见。参见白居易《长恨歌》注释［59］。

［5］四纪为天子，概指李隆基在位四十五年。古人以木星（岁星）绕地球一周所需的 12 年为一纪，四纪为 48 年。李隆基是唐朝在位最长的皇帝，从 712 年 9 月到 756 年 8 月在位，跨 45 个年头，约为四纪。卢家有莫愁，代指寻常女子平平淡淡的婚姻生活。南朝梁武帝萧衍《河中之水歌》："河中之水向东流，洛阳女儿名莫愁。莫愁十三能织绮，十四采桑南陌头。十五嫁于卢家妇，十六生儿字阿侯。卢家兰室桂为梁，中有郁金苏合香。头上金钗十二行，足下丝履五文章。珊瑚挂镜烂生光，平头奴子擎履箱。人生富贵和所望，恨不嫁与东家王。"

这首七言律诗以《马嵬》为题，以李隆基与杨玉环爱情悲剧为切入点，讽刺李隆基荒淫误国导致悲剧发生的失政行为。

首联入题，从李杨爱情结束写起，表现李隆基对杨玉环的徒然挂念。"海外徒闻更九州"句，沿袭白居易《长恨歌》与陈鸿《长恨歌传》的传说，用简约的语言，概括性地叙写马嵬驿兵变后李隆基派遣方士寻找杨玉环的故事。诗人用"徒闻"体现李隆基得到杨玉环下落之后的失望情态，用"海外"与"更九州"渲染李隆基与杨玉环生死之隔的空间遥不可及。"他生未卜此生休"句，对李杨爱情做出评价。"他生未卜"是对杨玉环让方士转交钗钿等爱情信物并言"决再相见，好合如旧"（《长恨歌传》）的评论。诗人认为，世事无常，天道易变，运数难料，来生虚无渺茫，即使神仙也难以预知未来，所谓的"天上人间会相见"（《长恨歌》）的坚定盟约毫无定数。"此生休"与"他生未卜"相对，是诗人对李隆基与杨玉环爱情悲剧所给出已成定局的结论。无论唐玄宗有多么苦痛难堪，无论这个太上皇内心有多么不甘，此生不可能与杨玉环再相见，"皇心震悼，日日不豫"（《长恨歌传》）已是残生常态。至于来世，虚妄难料，更不可期。

颔联逆叙，用一精切对偶句式，回顾唐玄宗离京奔蜀的困局。诗人用典型细节，反映唐玄宗逃跑途中冷落与绝望的心情。禁军戒备之声清晰可辨，但却冠以"空闻"一词，隐射将士离心，为颈联伏笔，为尾联蓄势。"空闻"上承"徒闻"，一实一虚，构成因果。"空闻"是史实描述，为因；"徒闻"是虚幻传说，为果。同时，"空闻"下启"无复"，空间转换，构成对比。"空闻"表现的是逃难途中万般不适的悲伤之感，"无复"体现的是难返京城皇宫的绝望之情。诗人以"虎旅传宵柝"的典型细节，形象地表现唐玄宗奔蜀路上兵荒马乱的严峻局势，用"鸡人报晓筹"的典型细节，颇有用意地回顾唐玄宗宫中奢靡安逸的生活。这种安逸，奔蜀之后难以再有。两个典型细节构成鲜明对比，含有深刻的讽刺意蕴。

颈联逆挽，采用流水对句式，再现马嵬驿兵变杨贵妃缢死的惨剧。诗人用

“六军同驻马”细节，有意淡去惨剧的血腥场景，以强化下联意蕴，突出逆挽句法的效果。李杨曾世世代代永作夫妻的爱情誓言，在“六军同驻马”的片刻间风消云散。“七夕笑牵牛”细节，颇具讽刺意味。当年李隆基曾经搂着杨玉环肩膀，“仰天感牛女事，密相誓心，愿世世为夫妇”。（《长恨歌传》）然而，时隔不久，这个拥有大唐最高权力和所有特权、曾经讥笑牛郎织女的男人，竟然在他心爱的女人被缢死之际，束手无策，只得掩面而去。杨玉环，这个曾经让李隆基抛弃伦理道德与政治原则而耽爱的女人，片刻之间就眼睁睁在拥有至高无上权力的自己男人面前香消玉殒。“此日”之生离死别与“当时”之溺爱缠绵，形成了令人难以置信的鲜明对比，令读者在仰天瞠目的同时，随即俯首深思。诗情发展至此，结尾议论呼之欲出。

尾联议论，用一个看似违背常理的反诘句式，慨叹唐玄宗爱情与政治悲剧。“如何四纪为天子”句，引发深思：唐玄宗李隆基在位四十五个年头，是大唐拥有皇权时间最长的皇帝，也是执炳大唐走向空前盛世的皇帝，更是酿成安史之乱、导致唐朝由盛转衰的皇帝。这个贵为“天子”，手握天下人生杀予夺权力的帝王，为何无法保住自己心爱的女人？“不及卢家有莫愁”句，饱含讥讽意味：倾城倾国的杨贵妃，嫁给一个手握皇权将近“四纪”大唐皇帝，还不如一个普普通通的采桑女，做一个寻常百姓的妻子，为卢家生子，享一世安稳。诗人用一反问句式，把李杨爱情悲剧的责任明确归咎于唐玄宗，使爱情悲剧与政治悲剧有机连接，将这个沉重的话题抛给读者，引发人们对统治者荒淫误国行为的深思。如此结尾，如警示钟声回荡，久而不绝。

诗歌精于构思，从唐玄宗遣方士寻找太真仙子入题，采用倒叙手法，表现马嵬兵变与杨贵妃惨死过程，然后逆叙“七夕笑牵牛”细节，引发结尾反诘之语，起承转合，环环相扣，叙事抒情，层层推进。颈联和颔联，对偶精妙，且善于应用鲜明的对比，突出讽刺效果。尾联反诘巧妙，笔法犀利，寓意深远。诗歌融叙事、抒情、议论为一体，语言朴质精切，言浅意深，“徒闻”“他生”“此生”“空闻”“无复”“此日”“六军”“驻马”“当时”“七夕”“牵牛”“如何”“四纪”“天子”“不及”“卢家”“莫愁”等词，似信手拈来，却意蕴颇丰。音韵呈现探微幽深之味，诗风具有卓然警策特征。

附：《马嵬二首》（其二）繁体字文本

馬嵬二首（其二）

海外徒聞更九州，他生未卜此生休。
空聞虎旅傳宵柝，無復雞人報曉籌。
此日六軍同駐馬，當時七夕笑牽牛。
如何四紀為天子，不及盧家有莫愁。

（三）《安定城楼》赏析

安定城楼[1]

迢递高城百尺楼，绿杨枝外尽汀洲[2]。
贾生年少虚垂泪，王粲春来更远游[3]。
永忆江湖归白发，欲回天地入扁舟[4]。
不知腐鼠成滋味，猜意鸳雏竟未休[5]。

注释

［1］选自《全唐诗》（卷五四〇），中华书局1999年版，第6243页。安定，指安定郡，在今甘肃泾川，唐时改郡时为安定郡，改州时叫泾州。李商隐写此诗时，安定为泾原节度使治所。

［2］迢递，高耸渺远的样子。枝外，有的版本为“枝上”。汀洲，水边的平滩与水中小洲。汀（tīng），水边小块的平地。

［3］贾生，贾谊，见李白《行路难三首》（其二）注释［4］。虚，徒劳、没有结果。垂泪，有的版本为“垂涕”。王粲（177—217），字仲宣，山阳高平（今山东邹城）人，东汉末年文学家，“建安七子”之一。

［4］永忆二句大意：总想着做一番大事年老之后像范蠡一样归隐江湖。永忆江湖，指内心总有归隐念头。回天地，指做成扭转乾坤的大事。入扁舟，暗指范蠡功成身退之后乘小舟泛五湖典故。扁（piān）舟，小船。《史记》（卷一百二十九）：“范蠡既雪会稽之耻，乃喟然而叹曰：‘既然之策七，越用其五而得意。既已施于国，吾欲用之家。’乃乘扁舟浮于江湖，变名易姓，适齐为鸱夷子皮，之陶为朱公。”谢灵运《会吟行》：“范蠡出江湖，梅福入

城市。”

[5] 不知二句，化用“鹓雏腐鼠”典故。鸳雏，又称鹓雏，凤凰一类的神鸟，有的版本为“鹓雏”。《庄子·秋水》：“夫鹓雏，发于南海，而飞于北海，非梧桐不止，非练实不食，非醴泉不饮。于是鸱得腐鼠，鹓雏过之，仰而视之曰：‘嚇！今子欲以子之梁国而嚇我邪？’”

这首七言律诗为登楼感怀之作，写于李商隐在泾原节度使做幕府时期。李商隐于唐文宗开成三年（838 年）参加博学宏词考试落选，只得寄寓在泾原节度使王茂元的帐下作幕府。诗歌以阔远的意境、豪迈的气概、旷达的胸怀和坚定的自信，展现了志存高远、才情横溢、品行高洁的文人情怀。

首联描写登楼所见风景。“迢递高城百尺楼”关合题目，以仰视角度，由远及近，由面到点，描写登楼之前所看到的安定城及其城楼的高邈气势。“绿杨枝外尽汀洲”为登楼即景，以俯瞰角度，由近及远、由点到面，写登楼之后所看到的安定城附近的广袤气象。“百尺楼”与“尽汀洲”相对，一高一远，与“高城”“绿杨”等意象，构成一个雄浑阔远的意境，诗人隐立于其间，蓄积千钧之力与磅礴之势而待发，引出后面诗句的壮志豪情。

颔联抒发怀才不遇之情。“贾生年少虚垂泪”句，以贾谊自比，抒啸才高难用之慨叹。贾谊因才高议政而遭权贵嫉妒被排挤出京，由太中大夫贬为长沙王太傅。李商隐才华横溢但屡试不第，中进士之后，又在博学宏辞科考试选拔中名落孙山。在安定做幕府的李商隐，自然想起贾谊的遭遇。贾谊在《陈政事疏》（又名《治安策》）中曾言：“臣窃惟事势，可为痛哭者一，可为流涕者二，可为长太息者六，若其它背理而伤道者，难遍以疏举。”在《吊屈原赋》序言中，贾谊有“谊追伤之，因自喻”句，在《鹏鸟赋》序言中有“长沙卑湿，谊自伤悼”句。贾谊贬黜时 24 岁，李商隐博学宏辞科考试失败时 25 岁，二人年龄相仿，经历相似，诗人用“虚垂泪”表达对贾谊感同身受的情怀，折射出李商隐遭人排挤之后的抑郁心情。“王粲春来更远游”句，以王粲自比，申抒思念家乡之幽情。王粲为“建安七子”之冠，少有才名，生逢乱世，依附刘表，长期未得重用，他曾写《登楼赋》抒发怀才不遇感慨与思念家乡之情。李商隐远到大西北的安定做幕僚，虽然王茂元是自己的岳父，但说到底还是寄人篱下，况且王茂元一直没有重视李商隐的政治前途，未动用人脉资源与影响力帮助李商隐。李商隐对依人作幕僚的处境感到十分郁闷。王粲写《登楼赋》时 27 岁，李商隐登安定城楼时与其年龄相仿，二人遭际相近，“更远游”体现了诗人与王粲登楼时相类似的心情：怀才不遇，去国思乡，忧时伤世，渴望施展抱负，希冀建功立业。

颈联展示超逸高远志向。“永忆江湖归白发”句，显现诗人内心功成身退的理想。唐代诗人素来都有一个梦想：建立一番可名垂千古的丰功伟业，待功成名就之时退隐江湖。李白如此，杜甫如此，李商隐亦如此。“永忆”一词，充分体现了李商隐内心对这一理想的执着渴求。“欲回天地入扁舟”句，化用范蠡功成身退的故事，进一步显示成功隐退的心志。“欲回天地”展示诗人挽狂澜于既倒、扶大厦之将倾的弘誓大愿。“入扁舟”则体现了他愿以范蠡为典范，建立不朽功勋之后隐退江湖。司马迁说“范蠡三迁皆有荣名，名垂后世。”（《史记》卷四十一）除了《史记》记载了范蠡功成身退的事迹，假托左丘明的《范蠡乘轻舟以浮于五湖》也有相类似的表述：“反至五湖，范蠡辞于王曰：‘君王勉之，臣不复入越国也’”“遂乘轻舟以浮于五湖，莫知其所终极。”范蠡成就功业之后隐退江湖，是历代文人称颂的超逸之举，唐代诗人怀着仰慕之情歌咏范蠡：“范蠡长好之，庐山我心也”（王维《送张舍人佐江州同薛璩十韵》）；“天地庄生马，江湖范蠡舟”（高适《古乐府飞龙曲留上陈左相》）；“不然五湖上，亦可乘扁舟”（李白《越中秋怀》）；“范蠡舟偏小，王乔鹤不群”（杜甫《观李固请司马弟山水图三首》其二）；“谁解乘舟寻范蠡，五湖烟水独忘机”（温庭筠《利州南渡》）；“惆怅无因见范蠡，参差烟树五湖东”（杜牧《题宣州开元寺水阁阁下宛溪夹溪居人》）；“名归范蠡五湖上，国破西施一笑中”（杨乘《吴中书事》）；“迹高尘外功成处，一叶翩翩在五湖”（周昙《春秋战国门·范蠡》）。清代文学家蔡元放在改编冯梦龙《东周列国志》中曾言赞美范蠡“见机远隐，其高不必言，又精于货殖之术，能生财而致富，真是千古奇人。世人誉之：忠以为国，智以保身，商以致富，成名天下。”北宋人蔡居厚《蔡宽夫诗话》载，王安石晚年喜吟李义山此诗，尤其喜欢颈联这两句诗，认为“虽老杜无以过”。可见，非但唐人素怀“事了拂衣去，深藏身与名”（李白《侠客行》）的情怀，宋人乃至历代文人内心都愿以范蠡功成隐退为榜样，做一个既有积极济世之志、创名垂千古功业，又有恬淡清虚情怀、立高山仰止人格的文人。李商隐“永忆江湖归白发，欲回天地入扁舟”诗句，道出了千千万万古代文人的心声。

尾联剖白高洁傲岸人品。诗人化用鹓雏腐鼠典故，曲折隐微地表白心迹。《庄子·秋水》中讲述，施惠在梁国为相，庄子去见他。有人向施惠说，庄子来了，想代替你为相国。于是施惠很害怕，在梁国国都里搜查了三天三夜想找到庄子。庄子前去见施惠，给他讲了“鹓雏腐鼠”的故事（见注释）。庄子用猫头鹰担心凤凰与之抢食腐烂老鼠肉的故事，讽刺施惠醉心于功名利禄，以己之心度庄周之腹，体现了庄子无意于高官厚禄的清高人格。李商隐化用鹓雏腐鼠的典故，以鸳雏自比，表明自己高远的志向与高洁的品德。言外之意是他并不在乎获取官位利禄，如类似博学宏词考试等失败，对他来说只不过是猫头鹰所获的腐鼠而已。而那些径顾私利的势利小人，却“竟未休”猜忌自己，其行令人鄙睨。

诗歌从安定城楼入题，以雄浑意境蓄势，引出豪情，自比贾谊与王粲，以范蠡为楷模，矢志扭转乾坤、功成身退，并以鹓雏自喻斥责宵小，尽显高洁情怀。诗歌构思着力，诗脉清晰，结构严整，用典精切，富有深蕴，颔颈两联，属对精工，语言简淡玄远，情感慷慨沉著，风格清峻雅健，笔力不输老杜。

附：《安定城楼》繁体字文本

安定城樓

迢遞高城百尺樓，綠楊枝外盡汀洲。
賈生年少虛垂淚，王粲春來更遠遊。
永憶江湖歸白髮，欲迴天地入扁舟。
不知腐鼠成滋味，猜意鴛雛竟未休。

（四）《贾生》赏析

贾生[1]

宣室求贤访逐臣，贾生才调更无伦[2]。
可怜夜半虚前席，不问苍生问鬼神[3]。

注释

[1] 选自《全唐诗》（卷五四〇），中华书局1999年版，第6261页。

[2] 宣室，西汉未央宫正殿，是商定政治和军事等重大决策的地方。逐臣，指贾谊。汉文帝时，贾谊受到权贵的嫉妒，被排挤出京城任长沙王太傅，故以逐臣称贾谊。才调，才华与志向。才，才华，调（diào），指志向、志趣、格调、格局等品质。无伦，无与伦比、无人可比。

[3] 可怜两句化用汉文帝夜半前席的故事。《史记》（卷八十四）：“上因感鬼神事，而问鬼神之本。贾生因具道所以然之状。至夜半，文帝前席。”可怜，可惜、可怪。虚，徒劳、白白地。前席，坐着向前移动。古人席地而坐，谈话投机或对谈话内容感兴趣时，向前移动身体，靠近对方。苍生，百姓，代指国计民生的大事。

这首七言绝句是一首咏史诗。一般认为是李商隐在唐宣宗大中二年（848

年）所作。诗人依据历史记载，概述贾谊被汉文帝诏见之事。据《史记》记载：“后岁余[①]，贾生征见。孝文帝方受釐[②]，坐宣室。上因感鬼神事，而问鬼神之本。贾生因具道所以然之状。至夜半，文帝前席。既罢，曰：‘吾久不见贾生，自以为过之，今不及也。’居顷之，拜贾生为梁怀王太傅。”（《史记》卷八十四）诗歌借感慨贾谊怀才不遇的遭际，抒发自己功业难就的感伤。

首句写汉文帝隆重征见贾谊。诗人开篇不凡，将商定重大战略决策的未央宫正殿“宣室”展示在读者面前，突出汉文帝对此次“访逐臣”活动的极其重视。“求贤”体现汉文帝思贤若渴的姿态。“访逐臣”更显汉文帝礼贤下士的诚心。首句巧妙用欲抑先扬之法，是为三、四两句做反衬的伏笔。

次句称赞贾谊才能与志向。本来应该顺着上句，接着写文帝“访逐臣”的行为，但诗人却宕开笔触，转而颂扬贾谊的才华与格局。贾谊聪颖好学，少有才名，他 18 岁时政论文章称著于世，经人推荐得到汉文帝赏识，年仅 21 岁便委以博士之职，不到一年又升任太中大夫一职，负责朝廷议论，执掌舆论要务，成为当时罕见的青年才俊。他的政论文章鞭辟入里，切中时弊，见解独到，逻辑严密。贾谊的政治主张曾引起朝廷重视，但遭到周勃、灌婴等元老级权贵的嫉妒，他们向汉文帝进谗言诽谤贾谊“年少初学，专欲擅权，纷乱诸事。”（《史记》卷八十四）于是，汉文帝逐渐疏远了贾谊，并外放他做长沙王吴著的太傅。吴著是西汉第五代长沙王，也是汉代最后一个异性王。贾谊作吴著的太傅，实际上等同于贬黜置散。贾谊满腹经世致用才华无用武之地，他对“腾驾罢牛，骖蹇驴兮；骥垂两耳，服盐车兮”[③]（《吊屈原赋》）的政治现状表示极度不满。李商隐用“才调更无伦”表达对贾谊极度推崇。既然汉文帝求贤若渴，贾谊又是无与伦比的经天纬地之才，拥有创万世伟业的胸怀格局，那么这场“访逐臣”应该是一次名垂千古的“君臣对”。诗人用跌宕起伏的笔法，巧妙地为故事情节发展设置悬疑，引读者急切想看到精彩绝伦的君臣问答。此句在设置悬疑的同时，诗人继续为后面文帝的荒唐行为作反衬铺垫。

后两句具体写汉文帝“访逐臣”的可笑行为。“可怜”既是对前两句的收束，又是对下面两句的开启，在诗歌结构中具有枢纽作用，是整个诗意的转折

---

① 指贾谊贬为长沙太傅第三年（前 173 年）写《鹏鸟赋》之后的一年多。

② 受釐又称“受福”，皇帝派人祭祀或王侯郡国祭祀之后，将剩余的祭祀肉品带回来敬献皇帝，以示受福。

③ 这几句话的大意是：羸弱的老牛耀武扬威在给驷马战车驾辕，左骖右骖是瘸腿的驴在拉车，而骏马却耷拉着耳朵拉着盐车。驾，驾辕，古代驷马战车的中间两匹马驾辕，称“服”。罢牛，羸弱疲乏的老牛，罢（pí），同“疲”。骖，驷马战车两边的马叫“骖”，分为左骖和右骖。蹇驴，瘸腿或跛脚的驴。骥，良马、骏马。服盐车，拉着盐车。服，驾，这里指拉车。

点。“可怜”一词，颇有蕴意，既透露君臣对的内容出乎意料，又留有悬念，令人存疑，若用“可悲”“可哂”“可惊”“可愚”“可憨”“可哀”“可虞”“可嗔”等词，则不但情感色彩失度，而且无法继续保持悬疑色彩。“夜半”突出汉文帝与贾谊对话之久，因为有“可怜”在前，“夜半”虽尚有一些疑惑色彩，但已开始降低读者的期望值。“虚前席”再次压低了读者期望值，但总还有些期待。“不问苍生”不断刷新读者的置疑能力，人们不禁疑惑，一个大汉皇帝，在商定朝廷大事的正殿里，面对“才调无伦”的贾生，大半夜地不断“前席”，怎么能不询问安天下济苍生之策呢？那他到底问什么？探讨人生？询问经典？切磋学问？行文至此，诗歌仍保留一丝疑点。“问鬼神”彻底揭开了谜底。至此，整个剧情结束，原来，汉文帝的举动出乎所有合乎情理的想象，令人大跌眼镜。这场令人期待的“君臣对”，竟然谈得都是神神鬼鬼的问题。汉文帝对鬼神话题具有极为浓厚的兴趣，根本的原因在于统治者无尽的欲望，他对鬼神感兴趣，实质是对长生不老的觊觎。皇帝在得到皇权之后，朝思暮想的头等大事就是如何获取生命延续的秘诀。古代有不少皇帝欲求得长生而服用丹药，导致中毒而亡。唐王室尊崇道教，道人方士炼丹之术盛行。算上少帝李重茂，唐代有21位李姓皇帝（武则天除外），平均年龄只有43岁，有一半以上的皇帝对金丹感兴趣，有的皇帝十分迷恋丹药，甚至有的皇帝因服用丹药中毒身亡。与李商隐同期的唐敬宗李湛、唐文宗李昂、唐武宗李炎、唐宣宗李忱4位皇帝都迷恋丹药，其中武宗和宣宗皆因服用丹药中毒而亡。“问鬼神”隐微地折射出唐王朝统治者妄图长生不老的穷奢极欲行为。

贾谊是古代怀才不遇文人类比的对象，感慨贾谊遭际是一个常见的文学题材。诗歌依据史料对汉文帝诏见贾谊的记载，故意隐去“贾生因具道所以然之状”的情节，增强了诗歌的戏剧性色彩，强化讽刺意味。通过文帝“访逐臣”闹剧，辛辣地讽刺了统治者弃才不用与昏聩无能，揭露了封建帝王极度自私、毫不顾忌天下黎民百姓的丑恶本质。同时，诗歌对贾谊不遇明主的个人遭遇予以深切的同情。李商隐认为自己的人生类似贾谊，他曾感慨：“贾生游刃极，作赋又论兵”（《城上》）。李商隐敬佩贾谊才华，慨叹他功名难就，实际上是感伤自己怀才不遇、壮志难酬的际遇。

诗歌采用反跌手法，欲露故藏，前两句极力表现汉文帝求贤若渴之举，并极力称颂贾谊才华与胸襟，后两句则叙写汉文帝昏聩平庸，并深切惋惜贾谊怀才不遇。前后形成巨大反差，具有极强的艺术表现力。诗歌精妙构思，不仅体现在反跌手法的妙用，而且还体现欲抑先扬、层层设疑与层层剥解等方面。开首两句着力渲染君臣合会的隆重场景，尽显明主得遇良臣的表象，欲贬先褒，巧用伏笔，设置悬疑。“可怜”一词，开启层层设疑、层层剥解的妙笔，读者对“访逐臣”内容之悬疑并未消除，反而产生为何“可怜”与“虚”的疑惑。

"夜半"则出现了君臣谈论为何如此持久的疑惑，"前席"则产生了是何话题令文帝如此感兴趣的疑问，"不问苍生"稍解"可怜"与"虚"之惑，但仍未消解君臣对的内容悬疑与"前席"之惑，直至"问鬼神"尽释前疑。诗人层层设疑，至最后一词方揭开所有谜底。结构曲折回环之妙，令人称奇。诗歌文笔犀利，文辞精切，"虚前席""问鬼神"等细节描写十分传神，寥寥数笔白描，使汉文帝昏庸可笑的形象跃然纸上。诗歌咏史切入角度独到，反跌手法娴熟精巧，叙议与抒情浑然融为一体，述史举重若轻，抒情隐微曲幽，议论精警深刻，语言凝练，讽刺辛辣，音韵遥深，体现出李商隐骨力劲健、才雄思深的咏史风格。

附：《贾生》繁体字文本

賈生

宣室求賢訪逐臣，賈生才調更無倫。
可憐夜半虛前席，不問蒼生問鬼神。

（五）《谒山》赏析

谒山[1]

从来系日乏长绳，水去云回恨不胜[2]。
欲就麻姑买沧海，一杯春露冷如冰[3]。

注释

［1］选自《全唐诗》（卷五四〇），中华书局1999年版，第6262页。谒山，拜谒山峰。谒（yè），干谒、拜见。

［2］系日乏长绳，化用西晋傅玄《九曲歌》"岁暮景迈群光绝，安得长绳系白日"句意，喻指难以留住岁月流逝。水去云回，指日子在回环往复中逝去。水去，化用《论语·子罕》"子在川上曰：'逝者如斯夫，不舍昼夜'"句意，喻指时间如流水一去不复返。云回，指云气翻卷缭绕，往返于沟壑。李隆基《送赵法师还蜀因名山奠简》："二室遥相望，云回洞里天。"不胜，无穷无尽。胜（shēng），尽。

［3］就，介词，向。麻姑，古代神话中的女神仙。这里借麻姑沧海桑田典故，想象沧海为麻姑所有。沧海，古代称东海为沧海。一杯春露，从李贺

《梦天》“一泓海水杯中泻”句意中化出，喻指沧海所剩余的水。

关于本诗的主题，历来有多种说法。清代学者冯浩认为，“谒山者，谒令狐也。”（《玉溪生诗笺注》）后多有人从此说。近代学者张采田认为，“山即‘义山’之山，玉溪自谓。此暗记令狐来谒事也。”（《李义山诗辨证》）清代大学者纪昀读之则言未解其意。今有观点认为，是李商隐悼念王氏的悼亡诗（黄世中，1991）；有观点则认为，“谒山者，谒故山也。谒诗人昔年学道之玉阳山，希望会见从前的道友，尤其想见到曾与他相恋的女冠。”（郑在瀛，1999）从文本解读的角度看，诗作写登山时的感慨，抒发面对晚唐朝政颓势自身有心济世而无力回天的失望之情。

前两句感叹时光难留与世事多变。“从来系日乏长绳”感慨时光难留。长绳系日，想象奇崛，诗人巧妙化用典故，不漏痕迹。“从来”一词强化语意，加深悲怆情感。“水去云回恨不胜”叹惋岁月流逝。“水去”暗用孔子“逝者如斯”语意，感伤时间如流水一去不返。“云回”化用“云回洞里天”句意，以白云翻浮归壑之态，喻世事多变。“恨不胜”直抒胸臆，表现在岁月流逝条件下面对纷乱时局的无奈，抒发了功业难建、壮志难酬的悲慨之情。

后两句感慨有心济世却无力回天。“欲就麻姑买沧海”画风突变，情感由悲伤无奈转为积极勇为，尽显诗人力求回旋天地的宏大抱负。盛衰无常，沧海桑田，岁月难再，人生苦短。若能从根本上解决问题，一劳永逸地建立千秋伟业，则可消除人生的一切遗憾。于是，诗人化用“沧海桑田”的典故，提出奇特而大胆的设想：从麻姑手里买下沧海，操天地变化于股掌之上，令沧海不再变为桑田，立千古盛世，开万世太平。“一杯春露冷如冰”诗情骤然下沉，情感由激昂转为失望。“一杯春露”，显示沧海已经所剩无几。言外之意：沧海已经几乎全部变为桑田，即使从麻姑手里购得沧海，也无济于事了。“冷如冰”一词，将骤降的情感再次下压，表达了无比失望之情。

李商隐以其特有的幻想、幻觉、梦思，创构出许多美丽空灵的幻象。他的许多富于艺术独创性的诗歌，既有幻象营造出的幻境，又有象征手法和象征意蕴，是幻象与象征的完美结合。（陶文鹏，2002）诗歌情节跌宕起伏，情感大起大落，巧妙布局，频繁用典，想象奇特，夸饰大胆，气盛辞宏，语豪情悲，展现出奇幻瑰丽的浪漫色彩。

附：《谒山》繁体字文本

謁山

從來繫日乏長繩，水去雲迴恨不勝。

欲就麻姑買滄海，一杯春露冷如冰。

二、温庭筠经典诗作赏析

温庭筠（801—866），原名温岐，字飞卿，祖籍太原祁地（今山西祁县）生于鄠（今陕西户县）。晚唐著名诗人和词人。为人狂放，纵酒放浪，傲慢刻薄，讥刺权贵，多犯忌讳，屡试不第。历任随县尉、襄阳巡官、方城尉等低级小官，官终国子助教，一生穷困潦倒。温庭筠是晚唐仅次于杜牧和李商隐的著名诗人，在诗作领域与李商隐并称“温李”，他精通音律，能诗善词，诗歌内容广泛，尤以闺情与个人感慨之作为著，表现手法多样，风格灵活多变。后人辑有《温飞卿集笺注》《金荃集》等著作。中华书局《全唐诗》（1999年版）录温庭筠诗9卷，共335首。

（一）《题卢处士山居》赏析

题卢处士山居[1]

西溪问樵客，遥识楚人家[2]。
古树老连石，急泉清露沙[3]。
千峰随雨暗，一径入云斜[4]。
日暮飞鸦集，满山荞麦花[5]。

注释

［1］选自《全唐诗》（卷五八一），中华书局1999年版，第6794页。有的版本题为《处士卢岵山居》。卢处士，名卢岵（hù），生平未详。处士，见杜甫《赠卫八处士》注释［1］。

［2］西溪，西边的小溪，具体位置不详。樵客，樵夫、打柴人。遥识，有的版本为“遥指”。楚人家，指卢处士的所居之处，以楚人称卢岵，说明卢岵是古楚地人。楚人，有的版本为“主人”。

［3］急泉，指湍急的水流。露沙，露出溪水底下的沙石。沙，指沙石。

［4］径，指山间小道。斜，古音读“xiá”，指小路幽深，弯弯曲曲。

［5］飞鸦集，有的版本为“飞鸟散”。满山，有的版本为“满庭”。荞麦，一种农作物，茎呈红色，花呈白色或淡粉色，果实呈三棱形。

这是一首五言律诗，诗人通过环境的描写，体现了卢处士古朴高洁的人格，表达诗人羡慕隐居之情。

首联写寻途问路。“西溪问樵客”以问路口吻，暗含拜访路途幽僻。“问樵客”暗指卢处士所居环境远离尘世。“遥识楚人家”句，叙写通过问路，诗人确认了拜访卢处士的路径。“遥识”显示卢处士居所幽远僻静。

颔联是途中所见。这两句是近景刻画。“古树老连石”句，以仰视与平视角度写景。千年古树，老根抱石，古奥奇崛，雄奇峭僻，突显卢处士所居环境浑朴古雅。“急泉清露沙”以俯视和平视角度写景，水流虽然湍急，但溪水异常清澈，河床底部沙石清晰可见，偶尔有石头露出，流水激石，叮咚作响，清韵悠扬，显示卢处士所居环境清幽澄净。

颈联写眺望远景。“千峰随雨暗”句，构建深幽朦胧意境。远望峰峦，连绵起伏，在濛濛细雨中若隐若现。“一径入云斜”句，构建曲幽高远意境。在千峰万壑之间，有一条幽僻的小路，随着地势盘旋而上，弯弯曲曲，高入云端。“千峰”“一径”“雨暗”“云斜”意象，构建了一个迷蒙宏阔的意境，“随”“入”两个词，使景色呈现出灵动之感。如此意境，既显示卢处士所居环境迷蒙幽深，又体现诗人胸襟清虚阔远。

尾联是暮色描写。“日暮飞鸦集”是远景描绘，以仰视角度，选取日薄西山的夕阳、晚霞映衬下的一群群回巢昏鸦等意象，构建了一个苍茫淡远的意境。“满山荞麦花”则是中距离景物渲染，以平视角度，选择满山一眼望去的荞麦花意象，形成明丽淡雅、清幽寂静的艺术境界。荞麦富有生命力，适应性很强，不择地而生，往往在山坡陡峦种植。荞麦在仲秋期间开花，花簇繁丽，色泽淡雅。以荞麦花结尾，既蕴含卢处士清幽淡雅生活乐趣，又折射出诗人清丽飘逸的人格追求。同时，描写满山盛开的荞麦花，还具有诗歌情感的矫正作用，由于颔联与颈联所描绘的景色有些奇崛峭僻，尾联以荞麦花收束全诗，使全诗情感不至于过于苦涩冷僻。

诗歌构思别致，结构奇特，采用首联叙事，颔联、颈联和尾联皆写景的结构模式，将赞赏卢处士与倾慕隐居的思想情感全部寄寓在意境之中。颔联与颈联对偶精工，景色描写清丽精致，语言简淡玄远，音韵淡远闲雅，充分体现出温庭筠诗歌精丽工细的风格。

附：《题卢处士山居》繁体字文本

題盧處士山居

西溪問樵客，遙識楚人家。
古樹老連石，急泉清露沙。

千峯隨雨暗，一逕入雲斜。
日暮飛鴉集，滿山蕎麥花。

（二）《商山早行》赏析

商山早行[1]

晨起动征铎，客行悲故乡[2]。
鸡声茅店月，人迹板桥霜[3]。
槲叶落山路，枳花明驿墙[4]。
因思杜陵梦，凫雁满回塘[5]。

注释

［1］选自《全唐诗》（卷五八一），中华书局1999年版，第6796页。商山，又名地肺山、楚山、智亭山，在今陕西商洛，因汉初“四皓”而闻名，号称“中国第一隐山”。

［2］动征铎，车马走动引发铃响，代指动身启程。征铎，远行车马上所挂的铃，马铃一般系于马颈。客行，客走他乡。

［3］茅店，指用茅草屋来做客房的小店，泛指简陋的小店。

［4］槲叶，槲树的叶子。槲（hú），槲树，一种落叶乔木，又名柞栎、橡树、青岗、金鸡树、大叶波罗等，秋冬树叶虽枯而不落，春天新叶吐芽之后才落叶。枳花，枳树开的花。枳（zhǐ），枳树，一种像橘的树木，又称枸橘，晚春夏初开花。驿墙，驿站的围墙。

［5］杜陵，地名，参见杜甫《自京赴奉先县咏怀五百字》注释［2］。凫雁，泛指水生鸟类。凫（fú），野鸭。雁，大雁。回塘，指四边弯弯曲曲的水塘。

这首五言律诗是羁旅行役之作，一般认为是唐宣宗大中十三年（859年）温庭筠离开长安赴襄阳经过商山时感慨而作。

首联叙写客栈拂晓启程与黯然怀乡之情。“晨起动征铎”写清晨从旅舍出发。“晨起”关合题目。“动征铎”从听觉角度表达远行。古代交通工具多以畜力牵引的木轮车为主，路途往往充满艰险。当人们听到远行车马的铃铛声声，往往会黯然思乡。清晨未行先闻铃声，凄凉之情悠然而生，下句之“悲”

隐然欲出。“客行悲故乡”明确抒发背井离乡凄伤悲苦之情。

颔联描写出驿站后所见景色。诗人从听觉、视觉的角度，以仰视和俯视两个维度，选取“鸡声”“茅店”“月”“人迹”“板桥”“霜”六个典型意象，构建了寒寂幽冷、明丽清越、疏朗淡远的艺术境界，将羁旅愁思完全隐于意境之中。颔联对偶天然浑成，堪称千古名句，受历代文人称颂，欧阳修认为此联呈现“羁愁旅思”（《六一诗话》），对此联高度赞赏，他曾有“鸟声梅殿雨，野色柳桥春”（《过张至秘校庄》）诗句，可以明显看出模仿本诗颔联的痕迹。

颈联刻画行进途中的沿路风景。“槲叶落山路”是远景描写。晨风料峭，干枯的槲树叶稀稀落落铺在山路上，令人有萧索如秋之感。“枳花明驿墙”是近景刻画。洁白的枳树花在曙色中开放，在馆驿墙体的映衬下，更加显眼。“落”字，蕴含行役之苦，“明”字牵引思乡之情。诗人点面结合，远近交叉，选取“槲叶”“山路”“枳花”“驿墙”四个典型意象，构建了一个萧索疏远、雅丽凄清、孤寂落寞的意境，寓浓浓乡愁于其中，引人不免向往家乡的春景。颈联对偶工整，色彩对比鲜明。

尾联表达思乡之情。“因思杜陵梦”是对曾经梦中家乡的回顾。温庭筠家在鄠县（今陕西户县），曾在早年迁居长安，这里用杜陵代指长安。旅途中看到眼前之景，诗人自然想起曾经梦中长安的情景。梦中所历，诗人并未多言，而是留白给读者想象，只用一句“凫雁满回塘”收束全诗，寓悠悠思乡之情于满塘湖水之中。

总体而言，唐末的羁旅行役诗和咏史讽刺诗是诗人们写得最好的、引以为傲的类别。（李定广，2006）此诗堪为晚唐羁旅行役诗作中精品。诗人从空间移动中选取富有蕴含的典型景物进行着力渲染，烘托深幽冷僻的气氛，寄托深切思乡之情，表达多年官场颠沛流离、到处奔波之苦痛。景物描写，意象具足，意境情深，寓情于境，蕴藉婉曲。语言疏简淡雅，音韵清悠凄伤，风格清越疏朗。

附：《商山早行》繁体字文本

商山早行

晨起動征鐸，客行悲故鄉。
雞聲茅店月，人蹟板橋霜。
槲葉落山路，枳花明驛牆。
因思杜陵夢，鳧雁滿迴塘。

参考文献

1. 全唐诗．中华书局，1999.

2. 高棅．唐诗品汇．中华书局，2015.

3. 朱东润．中国历代文学作品选（中编第一册）．上海古籍出版社，2002.

4. 蘅塘退士．唐诗三百首注疏．安徽人民出版社，1983.

5. 袁行霈．中国文学史（第二版）．高等教育出版社，2005.

6. 游国恩，王起，萧涤非，季镇淮，费正刚．中国文学史（修订版）．人民文学出版社，2002.

7. 傅璇琮．唐五代文学编年史．辽海出版社，1998.

8. 郭预衡．中国古代文学史．上海古籍出版社，1998.

9. 闻一多．唐诗杂论．上海古籍出版社，2019.

10. 范文澜．中国通史简编（第三编）．人民出版社，1965.

11. 欧丽娟．唐诗选注．北京大学出版社，2021.

12. 葛兆光．唐诗选注．中华书局，2018.

13. 张燕瑾．唐诗选析．天津人民出版社，1981.

14. 郭绍虞．中国历代文论选．上海古籍出版社，1979.

15. 张培恒．中国文学批评史大纲．上海古籍出版社，2001.

16. 袁行霈．中国诗歌艺术研究．北京大学出版社，1996.

17. 吴战垒．中国诗学．东方出版社，1991.

18. 张清华．王维年谱．学林出版社，1988.

19. 陈铁民．王维集校注．中华书局，1997.

20. 刘文刚．孟浩然年谱．人民文学出版社，1995.

21. 周勋初．高适年谱．上海古籍出版社，1980.

22. 陈铁民，侯忠义．岑参集校注．上海古籍出版社，2004.

23. 郁贤皓．李太白集校注．凤凰出版社，2015.

24. 王伯祥．增订李太白年谱．四川人民出版社，1981.

25. 詹锳．李白诗文系年．人民文学出版社，1984.

26. （清）仇兆鳌．杜少陵集详注．北京图书馆出版社，1999.

27. 刘文典．杜甫年谱．云南人民出版社，2013.

28. 萧涤非．杜甫诗选注（增补本）．人民文学出版社，2018.

29. 王汝弼．白居易选集．上海古籍出版社，2012.

30. 张采田．玉谿生年谱会笺．上海古籍出版社，1983.

31. 葛晓音．盛唐“文儒”的形成和复古思潮的滥觞．文学遗产，1998（6）.

32. 许总．论陈子昂人生心态与诗风演变．四川大学学报（哲学社会科学版），2001（2）.

33. 许总．刘希夷与张若虚：唐诗意境的新指向．江汉论坛，1994（12）.

34. 闻一多说张若虚《春江花月夜》．名作欣赏，2002（2）.

35. 杜晓勤．从家学渊源看陈子昂的人格精神和诗歌创作．文学遗产，1996（6）.

36. 冯建国．贺知章其人其诗考论．首都师范大学学报（社会科学版），2007（4）.

37. 唐雯．贺知章生平再审视——以历官与交游为中心．复旦学报（社会科学版），2022（5）.

38. 陈尚君．贺知章的文学世界．杭州师范大学学报（社会科学版），2012（3）.

39. 胡果雄，胡遂．王维淡泊心境与和谐环境的营造．湖南社会科学，2012（5）.

40. 杨径青．王维的终南隐居——与陈铁民先生商榷．文学遗产，2001（4）.

41. 陆平．王维：盛唐律诗第一高手．文学遗产，2011（6）.

42. 张清华．《王维年谱》证补．文学遗产，1988（6）.

43. 常法亮．开元天宝间王维行迹考．中州学刊，2010（1）.

44. 荣小措，梁瑜霞．论王维选择隐居辋川之缘由．西北大学学报（哲学社会科学版），2016（4）.

45. 赵玉桢．王维隐居与其诗的关系新探．宁夏社会科学，1991（5）.

46. 杨松冀．王维《使至塞上》诗新考．文学遗产，2016（2）.

47. 萧晓阳，李东昀．孟浩然行迹考．江汉论坛，2021（2）.

48. 佘正松．边塞诗研究中若干问题刍议．文学遗产，2006（4）.

49. 戴伟华．对文人入幕与盛唐高岑边塞诗几个问题的考察．文学遗产，1995（2）.

50. 陈铁民．关于文人出塞与盛唐边塞诗的繁荣——兼与戴伟华同志商榷．文学遗产，2002（3）.

51. 万伯江．盛唐县尉诗人的文化心态及其诗歌创作．中国文化研究，2013（1）.

52. 花志红．论高适的任侠之风．西南民族大学学报（人文社会科学版），2011（11）．

53. 王勋成．岑参入仕年月及生年考．文学遗产，2003（4）．

54. 李芳民．岑参安西之行事迹新考．复旦学报（社会科学版），2014（5）．

55. 吴宗海．岑参诗“轮台”辨．文学遗产，2000（2）．

56. 李羿萱．岑参西域诗中的火山、赤亭、走马川考．西北史地，1995（4）．

57. 戴伟华．论岑参边塞诗独特风格形成的原因．文学遗产，1997（4）．

58. 黄益元．王昌龄生平事迹辩证．文学遗产，1992（2）．

59. 董学文，吴登云．王昌龄“境思”说的诗学地位．湖南社会科学，2009（4）．

60. 李炳海．崔颢边塞诗考辨．文学遗产，1999（6）．

61. 周勋初．李白诗原貌之考索．文学遗产，2007（1）．

62. 钱志熙．论李白《古风》五十九首的整体性．文学遗产，2010（1）．

63. 钱志熙．略论李白游仙诗体制类型及渊源流变．文学遗产，2022（4）．

64. 赵昌平．李白性格及其历史文化内涵——李白新探之一．文学遗产，1999（2）．

65. 刘方喜．论李白“杂言”诗及其诗学意义．文学遗产，2004（6）．

66. 杨义．李白诗的生命体验和文化分析．文学遗产，2005（6）．

67. 王树森．游走在府县之间的李白．文学遗产，2019（3）．

68. 李芳民．论李白对佛教的接受及其文学表现．清华大学学报（哲学社会科学版），2021（3）．

69. 杨义．李白的明月意象思维．中国社会科学院研究生院学报，1998（5）．

70. 龙新辉．李白写“月”诗歌的精神内涵．湖南社会科学，2014（2）．

71. 詹福瑞．时间意象与李白对生命本质之体悟和表现．北京大学学报（哲学社会科学版），2020（3）．

72. 张炳蔚．论李白诗中的太阳意象．西北大学学报（哲学社会科学版），2001（1）．

73. 冷成金．李白诗歌悲剧意识新论．浙江社会科学，2019（10）．

74. 童庆炳．李白《独坐敬亭山》义证．河北学刊，2013（4）．

75. 戴伟华．独白：中国诗歌的一种表现形态．中国社会科学，2003（3）．

76. 梁桂芳．杜甫与盛唐气象．南京师大学报（社会科学版），2005（2）．

77. 葛晓音．杜甫长篇七言“歌”“行”诗的抒情节奏与辨体．文学遗产，2017（1）．

78. 李芳民．杜甫“致君尧舜”政治理想论．西北大学学报（哲学社会科学版），2022（1）．

79. 师海军．杜甫鄜州避乱行实考．文学遗产，2010（4）．

80. 葛晓音．杜甫五律的“独造”和“胜场”．文学遗产，2015（4）．

81. 徐建芳，傅绍良．杜甫“诸葛诗”与其仕宦心态．兰州大学学报（社会科学版），2006（5）．

82. 丁启阵．杜甫、严武“睚眦”考辨．文学遗产，2002（6）．

83. 李翰．杜甫七绝平议．文学遗产，2009（2）．

84. 李芳民．杜甫晚年的家国情怀与诗歌艺术创新——以寓居夔州之初的诗歌创作为中心．复旦学报（社会科学版），2022（2）．

85. 钱志熙．杜甫诗法论探微．文学遗产，2001（4）．

86. 莫砺锋．穿透夜幕的诗思——论杜诗中的暮夜主题．文学遗产，2009（3）．

87. 蓝旭．杜甫诗中的议论．山东师范大学学报（人文社会科学版），2006（3）．

88. 葛晓音．杜甫的孤独感及其艺术提炼．陕西师范大学学报（哲学社会科学版），2007（1）．

89. 杜晓勤．杜甫的政治悲剧及其文化史意义．华南师范大学学报（社会科学版），2018（2）．

90. 蒋寅．杜甫与中国诗歌美学的“老”境．文学评论，2018（1）．

91. 陈尚君．诗人刘长卿的两次迁谪．文史知识，2021（12）．

92. 陈顺智．论刘长卿诗歌的风格．社会科学研究，2000（3）．

93. 周忠强．李益家世生平补考．学术交流，2021（5）．

94. 张仲良．韩愈诗，押韵之文耳．江汉论坛，2014（9）．

95. 谢思炜．试论韩愈诗歌的“造语”．文学遗产，2015（5）．

96. 刘宁．从《论佛骨表》看韩愈崇儒排佛思想中的身体关切．北京大学学报（哲学社会科学版），2022（2）．

97. 尚永亮．韩愈两度南贬与诗路书写蠡论．北京大学学报（哲学社会科学版），2023（2）．

98. 刘锋杰．韩愈“不平则鸣”说的诗学归属论．中国文学研究，2021（1）．

99. 陶文鹏．论韩愈的七言绝句．文学遗产，2012（5）．

100. 谢汉强，仝毅．柳宗元祖籍小考．广西社会科学，1998（4）．

101. 李育仁．论柳宗元诗风的多维结构．湖北大学学报（哲学社会科学版），1999（2）．

102. 李芳民．空间营构、创作场景与柳宗元的贬谪文学世界——以谪居永州时期的生活与创作为中心．清华大学学报（哲学社会科学版），2019（1）．

103. 李君怡．柳宗元《江雪》“冷寂”的意境美与悲剧精神．解放军艺术学院学报，2010（1）．

104. 张映光．论柳宗元的渔翁诗——从柳诗渔翁形象的比照看柳宗元永州时期的心态．南京社会科学，2007（12）．

105. 白俊奎．刘禹锡贬谪时期的咏史怀古诗述论．西南民族学院学报·哲学社会科学版，2000（7）．

106. 蒋寅．论刘禹锡七律的典范性．华南师范大学学报（社会科学版），2023（2）．

107. 肖瑞峰．论刘禹锡与白居易的唱和诗．云南师范大学学报（哲学社会科学版），2020（5）．

108. 贺秀明．坚贞·愤懑·豁达——刘禹锡朗州时期心态探析．厦门大学学报（哲学社会科学版），2001（4）．

109. 林静如．试论刘禹锡的怀古诗．求索，1994（6）．

110. 王运熙．白居易诗歌的几个问题．学术研究，2003（5）．

111. 贾鸿源．《唐国史补》“执金吾铺官围外”献疑．陕西历史博物馆馆刊，2015．

112. 谢思炜．白居易讽谕诗的语言分析．文学遗产，2006（1）．

113. 胡可先，文艳蓉．白居易《长恨歌》爱情主题考论．东南大学学报（哲学社会科学版），2008（2）．

114. 汤吟菲．中唐唱和诗述论．文学遗产，2001（3）．

115. 叶跃武．适性与白俗：论白居易闲适诗及其诗史意义．北京大学学报（哲学社会科学版），2020（2）．

116. 胡遂．从“平常心是道”看白居易平易浅俗诗风．文学评论，2007（1）．

117. 齐文榜．张籍卒年考．文学遗产，2001（1）．

118. 张煜．张王乐府与元白新乐府创作关系再考察．文学评论，2007（4）．

119. 吴在庆．唐若干“西江”诗考论——以张籍、刘禹锡、杜牧三首“西江”诗为中心．福建师范大学学报（哲学社会科学版），2018（1）．

120. 刘航．对风俗内涵的着意开掘——中唐乐府的新思路．文学遗产，2004（4）．

121. 余恕诚．李贺诗歌的赋体渊源．文学遗产，2014（1）．

122. 陶文鹏．论李贺诗歌的色彩表现艺术．文学评论，1997（6）．

123. 魏静，沈会祥．再论李贺诗的“苦吟”．天津大学学报（社会科学版），2016（5）．

124. 葛晓音．李贺诗歌“求取情状”的两种思路．文艺研究，2023（2）．

125. 邝龑子．“多少楼台烟雨中”——从杜牧诗看自然之道中的历史感．南开学报（哲学社会科学版），2016（5）．

126. 李希兴．杜牧咏史诗中的偶然性思想．社会科学论坛，2015（11）．

127. 吴绍礼．杜枚七言绝句艺术论．东北师大学报（哲学社会科学版），1996（2）．

128. 洪越．读者与作者的“竞争”——论晚唐五代杜牧形象的生成．文艺研究，2021（9）．

129. 郑在瀛．读《李商隐诗歌集解》说疑．华中理工大学学报·社会科学版，1999（3）．

130. 黄世中．李商隐《揭山》《玉山》诗解——兼论破除“陈情”说．浙江师大学报（社会科学版），1991（1）．

131. 陶文鹏．论李商隐诗的幻象与幻境．文学遗产，2002（5）．

132. 李定广．“温李”齐名与唐末诗歌的演变趋向．中南民族大学学报（人文社会科学版），2006（2）．